Rio Antigo

Anatole Jelihovschi

Rio Antigo

*Confissões de um assassino
na Belle Époque*

Roco

Copyright © 2009 by Anatole Jelihovschi

Direitos para a língua portuguesa reservados
com exclusividade para o Brasil à
EDITORA ROCCO LTDA.
Av. Presidente Wilson, 231 – 8º andar
20030-021 – Rio de Janeiro, RJ
Tel.: (21) 3525-2000 – Fax: (21) 3525-2001
rocco@rocco.com.br
www.rocco.com.br

Printed in Brazil/Impresso no Brasil

preparação de originais
SÔNIA PEÇANHA

CIP-Brasil. Catalogação-na-fonte.
Sindicato Nacional dos Editores de Livro, RJ.

J49r   Jelihovschi, Anatole
         Rio Antigo: Confissões de um assassino da Belle Époque/
         Anatole Jelihovschi. – Rio de Janeiro: Rocco, 2009.
         ISBN 978-85-325-1605-3

         1. Ficção histórica brasileira. I. Título.

08-5241   CDD–869.93
                                                          CDU–821.134.3(81)-3

Aos meus irmãos,
Enio, Tei (Sergio), Artur

1

Nenhuma emoção guardo da vida. Neste momento, em que o vazio dentro de mim se tornou maior do que a morte, nada restou capaz de refazer a ilusão da existência. Ao contrário, entrego-me inteiramente ao vácuo que cobre o céu e em cujo regaço minha vida desaparecerá. Vivi da mesma maneira que em breve morrerei; na mais completa indiferença a tudo, à exceção da volúpia de sangue. Na miséria vivi, e onde não a encontrei, provoquei-a. Sou um monstro. Minha vida só existiu no sofrimento que causei às pessoas e no sangue que derramei. Aos meus olhos os outros viveram numa região de sombras de uma camada nebulosa entre a vida e a morte em que eu próprio vivi. Tanto a uma como à outra só dediquei o desprezo. Quando amei uma mulher, provoquei-lhe a morte. Não me interessei por Deus, e o demônio também não me trouxe satisfação. O sofrimento do próximo me conduziu à única ideia de vida que me despertava desejo e assim a abracei.

Sim, conheci a bondade. Conheci esse sentimento tão venerado pelos homens e capaz de se transformar na própria razão de existir. Não a conheci como sentimento, apenas como um cancro ligado à alma humana e do qual cabia me livrar onde o encontrasse. Se, em toda a vida, alimentei qualquer resíduo de piedade por alguém, esse sentimento foi dirigido àqueles que considerei bons, embora tal não me impedisse de aniquilá-los, colocá-los diante da impotência obscena desse sentimento.

Descartei-me da vida e assim tudo o que aconteceu comigo não passa de sonho; sonho de loucura, naturalmente. Os crimes praticados num sonho não têm importância. Acordarei, sim, no dia do juízo final e direi ao Criador (espero não rir para Ele não desconfiar) que, como num sonho, nos pensamentos nunca materializados, a crueldade não importa de verdade.

Levo para o fundo do mar a imagem de uma mulher jovem e alegre (minha mãe) e de um homem com um olhar sombrio (meu pai); imagens que eu próprio construí, nunca os conheci. Levo também a grande pergunta da minha vida; que natureza é esta que faz um homem provocar tantos males? Estou na avenida Central, diante do palácio São Luís. Embaixo do seu leito ainda vejo as vielas sepultadas do século passado, soterradas pela nova ordem de beleza e saneamento das ruas que transformaram a cidade. Com elas, desapareceram os pesadelos infestados de peste e de medo do assassino (eu) que rondava as suas ruelas contaminadas. Resta-me imaginar a avenida e o palácio São Luís alcançando um novo tempo à frente, em que a memória dos homens estará livre do mal e da infâmia que lhes deixo.

Desde que vi o São Luís pela primeira vez, achei que, se Deus existisse, não seria muito diferente do que me anteparava em seu esplendor absoluto de glória e eternidade. Por isso era o único lugar para onde eu poderia vir.

Uma multidão enfurecida percorre as ruas da cidade, atrás de mim. Não sabem que sou tão invisível aos seus olhos como os micróbios da peste que há poucos anos levou para o túmulo seus melhores amigos. "Não se persegue uma maldição", quero gritar a eles, "pelo contrário, foge-se dela." Ouço as suas vozes; onde se escondeu o monstro? Não na grande avenida, não diante do palácio São Luís, não diante de Deus. E, no entanto, cá estou.

Agora, iluminado na extremidade da avenida vazia, num rigor absoluto de quem nada vê além da eternidade, estamos frente a frente, o São Luís e eu. E somente nós.

"Você vai e eu fico", ouço-o dizer.

Sim. Entrego-me à morte como um homem normal se entrega ao sono; sem medo, por cansaço apenas.

Eu vou, mas a minha memória permanecerá impressa nas paredes do São Luís, um monumento à perfeição do homem, que aqui se erguerá para o resto dos dias. Numa hora solitária de um futuro distante, quem parar neste lugar para admirar o palácio verá a minha silhueta impressa em suas paredes brancas. Seremos um único corpo, majestade e maldição inseparáveis numa ideia única de eternidade.

Vejo o fulgor das tochas que carregam em minha busca subir pelo ar escuro como uma aura. Por que tantas tochas? Já não há iluminação suficiente na cidade? Ouçam-me; as ruas têm luzes, todas elas, muitas elétricas. Mas não, sei bem o que pretendem. Querem me encurralar num beco com o fogo, como se faz a um animal danado.

Animal danado!
Grito ao São Luís:
– O seu esplendor não passa de matéria inerte; tijolos, cimento, pedras. Escute. A matéria usada para exibir a sua grandeza é a mesma usada para se construir um cortiço.
"Bem verdade", ele retruca. "A minha matéria é inerte, mas sólida. A sua em breve não passará de pedaços decompostos de carne e odores fétidos sob as águas da baía. Enquanto os peixes o devorarem, estarei aqui tão sólido quanto os olhares de admiração que em mim pousarem."
– Engana-se. A minha memória não é a da carne decomposta. Porque o destino da carne é se desfazer. Não, porém, o horror refletido nos rostos que aqui vierem admirá-lo e enxergarem a minha silhueta. Enquanto você existir, minha memória viverá.
"Não é verdade. A monstruosidade não se perpetua. Ela desaparece com a morte do monstro. Vá embora, não há lugar para você nos monumentos erguidos à grandeza do homem. Você desaparecerá sem deixar traço. Eu continuarei aqui. Aqui estarei quando a própria época terminar. E, nesta praça ocupada agora por você e por mim, só haverá lugar para mim."

Pelo clarão das tochas, vejo que passaram pela Uruguaiana e desembocaram no largo da Carioca. Vêm nesta direção. Não me resta muito tempo. O que busquei enxergar em minhas vítimas, terei agora dentro dos meus próprios olhos.

Uma velha sai de trás do São Luís e se aproxima. Venha, minha velhinha, venha até aqui confortar um condenado. Quem sabe o seu sangue redimirá uma alma a ponto de se lançar no vazio?

A velha hesita no largo vazio, então prossegue empurrando sua sombra à frente dos passos. Cambaleia, toma a minha direção, arrasta uma perna.

Para a cinco metros de mim e me examina aturdida como se eu não passasse de alucinação. Nós nos olhamos à procura de um reconhecimento impossível.

Quebro o silêncio:
– Minha boa velha, venha até aqui.
Por que a chamo? Não seria melhor continuar em frente e acabar com tudo logo? Para que preciso do sangue dela?
Ela se aproxima, cautelosa. Seu rosto se abre num sorriso de reconhecimento:
– Afonso, meu filho, não me reconhece?

Será possível, minha mãe! A mulher que nunca conheci em vida veio me buscar na morte?
– Pare. O que veio fazer aqui? Não vê que me preparo para morrer?
– Antes teríamos de nos conhecer, meu filho. Graças a Deus, cheguei a tempo.
– Talvez não o suficiente, minha mãe. Permite que a chame assim? Olhe, vê o clarão de tochas? É a multidão vindo. Estão desembocando na avenida. Não estarei aqui quando chegarem.
– Não posso vê-los. Estes olhos mortos só veem você, meu filho.
– Sinto muito, minha mãe, que só tenhamos nos encontrado numa situação tão pouco propícia. Breve o meu cadáver estará sob as águas da baía, e meus olhos estarão tão mortos como os seus.
– Existe uma outra vida, meu filho. Perto dela, esta não vale nada.
– Sabe como chamam o seu filho? Um monstro. Existe outra vida para os monstros também? Bem, talvez a senhora devesse dizer-lhes que estão enganados. Não terão razões para não acreditar numa mulher morta há muitos anos.
– Não se importe com eles. Logo descobrirão que estão enganados.
– Não estão enganados. Não desta vez. Por isso preciso seguir adiante até a praia de Santa Luzia e peço que se afaste, não gosto de ver pessoas na minha frente. Vivos ou mortos!

Ela se afasta, certamente me esperará num lugar qualquer do universo. Estou certo de que teremos tempo de sobra, lá onde o tempo não corre, para esclarecermos todos os enganos que me conduziram à danação.

Ela abre a boca, aturdida. Desprende um odor fétido antes de se transformar numa multidão de vermes. Ao se desfazer completamente, avisto um sorriso. O sorriso encobre um véu de melancolia que avistei uma vez, numa única mulher. Talvez não passe de impressão o rosto antevisto; a última imagem antes que o tempo abra as suas mandíbulas e me consuma para sempre.

Quando eu tinha três anos de idade, no ano de 1864, meu pai matou minha mãe e se suicidou. Lembro-me de acordar de noite entre gritos e choros que vazavam da escuridão. Ele gritava, e ela chorava. De repente gritos e choros se transformam em gargalhadas, mas essas aí não tenho certeza de ouvir naqueles momentos ou anos depois. De mim próprio. Há um momento em que os gritos se perdem numa confusão de cadeiras arrastadas, mesas quebradas, pancadas, e vejo o inferno rachar a noite e desabar sobre nós. A voz de minha mãe grita, não mate o menino, ele é inocente. Levanto da cama e quero sair dali, não consigo me mover. Na visão seguinte, estou nos braços de minha mãe e pergunto o que aconteceu com o seu rosto. Não é o rosto que uma criança espera ver na mãe. Olhos escuros e inchados, bochechas deformadas, cor cinza opaca, apenas as lágrimas pertencem a ela. E sangue; a primeira vez que vi sangue na vida foi no rosto de minha mãe. Numa voz trêmula e sussurrada, diz para não me assustar. Não tenho certeza de estar sonhando e assim não importa. "Não estou assustado", digo a ela. No próximo sucesso, uma negra me leva para fora de casa. Estou sozinho e só o silêncio me envolve. Vejo um cobertor que puxo até o rosto e desapareço dentro dele. Uma cortina grossa cai sobre o meu sono e atravesso a noite perdido numa paisagem negra.

Fui morar com os meus tios numa fazenda perto de Vassouras, chamada Fazenda do Ferreira e conhecida como Ferreirinha. O que aconteceu me contaram apenas anos depois. Assim, cheguei para morar com eles porque meus pais haviam feito uma longa viagem da qual não se volta. Nos primeiros tempos, perguntava muito pelo retorno deles. Respondiam que demorariam um ano, o ano estendeu-se, acabei por me esquecer que tinha pai e mãe.

Era um menino arredio, isolado. Os dias claros e brilhantes me causavam mal-estar. Gostava dos dias escuros, nublados ou chuvosos. Principalmente das borrascas. Quando todos se recolhiam amedrontados, e minha tia se ajoelhava diante do oratório, pedindo para um raio não cair na casa, tornava-me o senhor do lugar. Observava meus primos, e até o meu tio, com um desprezo excitado pelo furor dos trovões. Sob a tempestade, no que se transformavam? Diminuíam, murchavam. Um rato que atravessasse a estrada lá fora não pareceria mais insignificante. Eu andava pelos campos de noite e passava horas observando o movimento noturno dos animais notívagos; corujas, gambás, cobras, os maiores devorando os menores de acordo com uma obscura lei natural. Mais tarde pensei que me sentia uma espécie de doente, um leproso que só ousasse sair coberto pelas trevas, escondendo de todos os sinais mais visíveis de sua danação. Mas não, não era verdade. O que acontecia era que eu queria estar a par do meu mundo; e este era o mundo das trevas.

Atormentava-me uma noção confusa de que aquela não era a minha casa, os pais dos meus primos não eram os meus pais, nada ali me pertencia, e eu era uma espécie de enjeitado, agregado com direitos de família. Tia Inês tratava-me com delicadeza, mas eu desconfiava das intenções de todo mundo como se me considerasse objeto de uma obrigação com mortos. Bem verdade, meu comportamento não me proporcionava amizade dos que me rodeavam. Invejava os meus primos (os filhos verdadeiros) e engolia a inveja num mar subterrâneo de ódio e ressentimentos. Meu tio, o comendador Antônio Ferreira, sonhava se tornar barão do Império. Para tal não poupava dinheiro e influências na corte. Tipo corpulento, empertigado, barba espessa e cerdosa, sóbrio, exibia uma expressão reflexiva, grave. Não ocultava a satisfação quando o comparavam com o Imperador. Lembro-me dele sentado na cadeira de balanço, soltando no chão da sala uma cusparada de saliva negra misturada a tabaco. Certamente imaginando que o Imperador ali chegaria de imprevisto. Um negro ficava por perto, correndo a limpar o chão assim que a saliva era expelida. No mais, não passava de um bêbado que vivia atrás das escravas. Volta e meia éramos acordados por gritos de bêbado e de negra se esfregando no meio da noite, como gato e gata no cio. Dormia em qualquer lugar da casa em que encontrasse uma rede ou uma esteira. O movimento da família e dos escravos na manhã seguinte não incomodavam seu sono. Quando, anos depois, alguém se dignou (de verdade) a lhe indicar o nome para o título de barão (com grandeza), disseram-lhe que já não valia a pena o trabalho nem o dinheiro. Nas redondezas da fazenda, sua vontade era encarada como pilhéria e informalmente era chamado de o barão Ferreirinha. Estávamos então no meio da década de 1880, os escravos estavam próximos da libertação, e ninguém dava muito pelo Imperador e o seu Império. E meu tio contentou-se com a comenda da Ordem de Cristo recebida anos antes.

    Ao meio-dia a família se sentava à mesa da sala para o jantar, que anos depois foi chamado almoço. Tratava-se de um momento especial para a minha tia que podia exibir as taças de estanho e as baixelas de louça ou de prata quando havia visitas, preparando-se para receber os nobres do Império quando o marido se tornasse barão. A comida era bem-feita, ela era uma mulher caprichosa que inspecionava com rigor a cozinha, alternando-a durante o dia com as tarefas de agulha. Pelo sabor da refeição, que o marido tinha em alta conta, ele se resignava a suportar o ritual de um jantar em família, quando seria muito mais divertido comer lá fora junto de animais e amásias.

Não ousando enfrentar a mulher durante as refeições, chegava até a lavar as mãos e o rosto na bacia trazida por um escravo.

Sentava-se cada um dos tios numa extremidade, eu e Felícia de um lado, João Bento e Pedro Simão, o menor, do lado oposto. Não digo que a refeição corria pacífica como deveria aos olhos de um nobre, principalmente do lado de João Bento que, correndo o dia inteiro pelos campos, dificilmente mantinha a etiqueta como desejava a mãe. Do lado que eu compartilhava com a prima Felícia, pelo contrário, os modos eram observados, e ela se mostrava reconhecida, reservando-nos os melhores bocados.

— Não entendo — dizia tia Inês ao marido, provocativa — como um homem sonha se tornar barão e passear pela rua do Ouvidor, se não sabe comer usando os talheres.

Meu tio suspirava ruidoso de forma a deixar claro o descontentamento. Suas demonstrações de desagrado restringiam-se aos suspiros sonoros, uma vez que a capacidade verbal dele não sustentaria uma discussão que fosse além de gritos, injúrias e ameaças de usar o "bacalhau".

— Na corte, se comporte como os nobres — falava sentencioso ao modo de um texto decorado. E se calava, manipulando garfo e colher com dificuldade. Nem sempre era capaz de usar talheres até o fim e os deixava de lado, enfiando a mão no prato com um prazer redobrado. Nesses momentos, a barba se tornava um empecilho de verdade, pois quase tudo se emaranhava nos fios imperiais antes de encontrar o caminho da boca. Parecia um banquete, e a esposa chamava o escravo da bacia diversas vezes até o final da refeição, para evitar o constrangimento de ver o marido sair da mesa semelhante a um balcão de exibições do jantar da família.

A casa-grande era uma construção imponente aos olhos do menino. Havia mais de dez quartos e alcovas embaixo, uma sala enorme iluminada por candeeiros de querosene, quartos de banho com bacias e urinóis, varanda que se estendia por toda a frente. Nela meus tios se sentavam de tarde, e o Comendador passava as ordens para o feitor, ali recebendo autoridades locais e vizinhos. Isto, claro, quando não estava cochilando embalado por uma escrava cuja função era manter longe dele moscas e outros insetos importunos que não se sentissem nauseados de receber na cara o bafo de bebida misturada a fumo de qualidade inferior e comida decomposta grudada na barba.

— Essa peça — dizia o Comendador apontando o dedo a um escravo jovem, sorriso iluminado que pousava no hóspede com a força de uma grande descoberta – comprei barato junto a outras menos valiosas. Tenho muitos. Bons para as colheitas do café. – Vaidoso das terras, não deixava o hóspede ir embora sem exibir as extensões de sua propriedade. A fazenda era o único assunto que lhe despertava entusiasmo genuíno. Ao falar sobre ela, abria os braços com eloquência como se abraçasse as terras de um extremo ao outro num gesto, numa explicação sumária. Principalmente se o hóspede se dirigisse à corte. Nesse caso, desdobrava-se em exibir os seus domínios na presunção de que, impressionado, o outro o recomendaria para o baronato ambicionado ao próprio Imperador.

As janelas eram enormes, envidraçadas. Aos meus olhos e de meus primos, não havia diferença entre elas e as portas; atravessávamos as primeiras com o mesmo ímpeto das últimas. O Comendador não prestava atenção. Tia Inês, por sua vez, nos dirigia um par de olhos suplicantes e uma pele pálida – só as faltas mais graves lhe mereciam uma advertência –, fazendo-nos prometer nunca repetir tal profanação, se não exagero um pouco nas palavras depois de tantos anos. Mais do que portas, janelas me causavam uma impressão profunda e eram inúmeras. Quando aprendi a contar, passava horas contando-as num sentido e depois no sentido oposto, não contendo o pasmo ao chegar ao mesmo número em ambos os sentidos.

Havia um sobrado na casa-grande que a cortava transversalmente com três janelas de frente formando uma platibanda. Uma porta lateral dava para um pátio que se estendia pelo teto do primeiro andar cercado por uma balaustrada encimada de contornos curvos que, diria, passava por uma fachada de bom gosto para o lugar e a época. Centrado numa enorme ravina, poucas árvores o rodeando, o casarão erguia-se como um monumento do homem cercado pelas imensidões silenciosas da divindade. Não sei quem o construiu, imagino que o meu avô tenha feito a parte de baixo e o Comendador ampliou-a, acrescentando-lhe o sobrado.

A casa era muito bem conservada. O dia inteiro tia Inês fiscalizava a arrumação e o trabalho de cada negra. Magra, suave, extremamente delicada e amável, formava um contraste com o marido cuja constituição abrutalhada e os gestos grosseiros nada possuíam das atitudes imperiais que ele gostava de imitar. Incapaz de levantar a voz com alguém, tratava as negras como se cuidasse da irmã doente, colocando-as na poltrona extensível de uso dos enfermos quando se sentiam mal. Deva-se dizer que, apesar de católica e de se entregar a jejuns, abstinências e autoflagelações, não prescindia de amuletos contra bruxedos, observava o Lunário Perpétuo para tratar os doentes, utilizando truques para saber se viveriam ou morreriam. Além de, volta e meia, chamar rezadeiras e benzedeiras. Como dizia, vivia de olho na casa, receosa de que um morcego leviano pousasse em sua preciosa mobília ou lhe sujasse os sofás. Éramos proibidos de sentar em qualquer móvel que fosse coberto de estofado e só podíamos usar a sala em casos urgentes de locomoção.

Desde as primeiras luzes da aurora, a casa se enchia de pretos para os serviços domésticos. A balbúrdia de vozes e passos transformava o ambiente de recolhimento numa algaravia semelhante à que se ouvia no curral. Escravos entravam e saíam trazendo verduras, animais, utensílios, gritavam uns com os outros, riam, trocavam gracejos. Tia Inês permanecia a maior parte do tempo na roca de fiar ou no sofá costurando e bordando, acompanhada da filha. O Comendador roncava alto pendurado numa rede num canto da sala, o braço caído para um dos lados; vez ou outra um ronco mais forte provocava um silêncio súbito seguido de risadas. Do trabalho rigoroso de minha tia surgiam vestidos, roupas de cama, toalhas rendadas de mesa, almofadas de cetim. Muitos desses panos eram guardados em baús para fazerem parte do enxoval de Felícia, mas seriam, pelo contrário, testemunhas das tragédias que dizimaram a família, terminando seus dias nas mandíbulas das traças.

Mosquiteiros eram preparados e estendidos acima das camas durante a noite, uma escrava andava pela casa carregando um fumeiro que espalhava pelos quartos um cheiro acre de fumo queimado usado para espantar mosquitos. Almofadas e travesseiros recheados de penas, lã ou lanugem, colchões de palha, capim seco, macela, povoavam os quartos trazendo-lhes um aspecto de conforto e requinte. Em particular, lembro-me de um colchão de algodão que esteve em cima da minha cama durante um ano e dos lençóis de linho oferecidos às visitas. Tabuleiros de xadrez e gamão eram retirados dos armários, junto de alfaias cujo luxo me surpreendia, e usados para distração dos hóspedes nos serões noturnos da casa-grande. A princípio acompanhando as jogadas com os olhos, me tornei íntimo do xadrez; acabei por participar de jogos e fui expulso da sala quando comecei a ganhar dos adultos.

João Bento, o mais velho e mais turbulento dos meus primos, vivia metido em brigas com meninos brancos e negros das redondezas. Muitos músculos e pouco cérebro, eu o acompanhava desde criança sabendo que cedo ou tarde ele acabaria por seguir as minhas determinações e sofrer os castigos por elas. Finoca (Felícia), a segunda, mais nova do que eu dois anos, gostava de me seguir. Magra, encolhida, tímida, mal abria a boca para dizer duas ou três palavras. Percebendo que eu não a queria por perto, passou a me vigiar às ocultas. Ainda hoje a vejo criança tendo comigo certos diálogos que não sei se foram reais ou produzidos por sonhos que me assaltaram nos últimos anos. De repente sua figura pálida, batida por um tempo que não senti, começa a rir. Rosto tomado de pústulas sangrentas, ela levanta os braços como um apóstolo renegado e desaparece no ar. E do primo mais novo, Pedro Simão, menino fraquinho com uma fala aflautada, não tenho muitas lembranças. Sei que preferia brincar com as meninas a acompanhar o irmão mais velho e o primo. Não suportava sujeira, e o cheiro de curral dos nossos corpos deixava-o nauseado.

João Bento e eu passávamos o dia soltos pelas terras da fazenda, misturando-nos a cavalos, bois e porcos. E, por que não dizer, negros. Os meninos negros nos acompanhavam nas brincadeiras que não raro terminavam em brigas violentas provocadas por meu primo. Eu tinha aversão a tumultos. Escolhia ambientes isolados, confinados. Atraíamos a vítima a lugares escolhidos e batíamos sem piedade. Seu rosto se transformava numa pasta sangrenta, e ele voltava aos pinotes para casa. Não sofríamos as consequências de nossa violência porque o Comendador era uma espécie de potentado local. Entre causar um atrito com o futuro barão e curar as feridas do rebento sem alarde, essa última era sempre a alternativa escolhida.

Meu primo era mais velho e bem mais forte do que eu. Magro, tendendo para franzino, meus sucessos nos combates travados passavam por fanfarronice. Para tal, exibia uma agilidade surpreendente; ninguém era capaz de me segurar, não importava a força do adversário. Meus golpes eram dados com objetividade, certeiros, atingiam com precisão uma parte fraca do oponente. Guiava-me uma fúria cega, animal, meus olhos se turvavam e via apenas o sangue saindo do rosto adversário. Sangue era tudo o que me importava. Exercia em mim um efeito repousante, pleno e absoluto. Às vezes não me continha e lambia o sangue arrancado do oponente caído. Lambuzava lábios e rosto, gritava e pulava. Ficava fora de mim. Muitos meninos se assustavam. A maioria, no entanto, aplaudia como se assistissem a uma proeza fantástica, e eu era transformado em herói.

Uma vez, Finoca reuniu coragem para se aproximar de mim. As bochechas afogueadas denunciavam o estado de ansiedade e confusão. Falou:

— Afonso, você me ensina a beijar?

Por mais que considerasse a atração exercida nela, e até me divertisse frustrando-lhe os impulsos mais arrebatados, a pergunta me espantou de verdade.

— Está doida! Não sabe o que dizem dos beijos?
— Coisa do diabo! Um dia vou ser beijada por um homem. Por que não hoje?
— Se quiser beijar, procure os seus irmãos.
— Ora, João Bento é um bobo. Pedro Simão parece mais uma menina. E, você sabe, a gente não faz essas coisas com irmãos.

Desconfiei que ela queria me pegar numa trapalhada e corri. Finoca me assustava. Não sabia como explicar uma rejeição que beirava o terror. Não havia nada físico, não havia intimidação, a situação era até ridícula, o que me causava perplexidade. Uma sombra cobria-a, transformando-a em figura de pesadelo. Via-a como uma cobra oculta numa clareira, invisível em sua insignificância. Tinha medo que seu rosto se transformasse numa máscara como as que me perseguiam em sonhos. Ela passava o dia recolhida entre agulhas e panos, exibia a fragilidade e a incapacidade de fazer mal que era própria da mãe. Mais parecia um coelho assustado. No fundo, enxergava nela os prenúncios da tragédia que estaria por devorar a família. Sem desistir de seus intentos, continuou a me espreitar desconfiada, sombria. Sentime acossado. Não tinha medo de nada, de ninguém, situações difíceis nunca me abalavam, porém sua figura franzina me levava ao pânico.

Na década de 1870 fizemos uma visita à corte de que nunca me esqueci. Nos hospedamos no Hotel de France na esquina do largo do Paço com a rua Direita. Ficava diante da confeitaria do Carceller e a alguns metros da igreja do Carmo dotada de torres e campanário, perto da qual a capela da fazenda não passava de um oratório. Padres e irmãos vestidos de opa, beatas de roupa preta e cabeças envoltas em mantilha, religiosos de todas as ordens passavam diante do hotel. Da varanda vi o mar pela primeira vez. Estarreci-me. Nada menos do que uma massa de água azul que confinava a terra entre montanhas escuras e ilhas minúsculas, em cujas areias a água, sólida como uma gigantesca placa de metal, era transformada em espumas brancas tão frágeis como o ar. Algo que não podia ser menos do que uma paisagem brotada de um conto de fadas.

Na linha do cais, debruçado sobre uma balaustrada rica de colunas, um aglomerado de gente observava o espetáculo adiante. No meio da baía, os navios atracados, velas brancas recolhidas em numerosos mastros, mal se distinguiam das montanhas do outro lado; navios que eu associava a piratas e batalhas em alto-mar. Entre o cais e os navios, centenas de botes e faluas cruzavam a baía pejados de mercadorias, a custo se equilibrando entre as ondas. Oscilavam como se executassem passos de dança. Proas e popas coloridas, misturadas a uma cordoalha quase invisível, faziam acrobacias sobre as águas inquietas, amontoando-se entre os navios. Voltavam carregadas de gente e mercadorias. Traziam para o cais malas, objetos dourados, tapetes estampados mal saídos de um reino mágico das arábias, roupas bordadas, oratórios, móveis requintados, pianos, tudo o que eu nunca pensava existir neste mundo além das cercas da fazenda Ferreirinha.

Sem esquecer o paço do Imperador a poucos metros do hotel. E esse aí era realmente um casarão de verdade. Rodeavam-no soldados vestidos em casaca de veludo, espadas, sapatos com fivelas de prata, dragonas, passamanes e alamares. Carruagens entravam e saíam conduzindo senhores em sobrecasacas pretas e mulheres com vestidos longos e sombrinhas. Nunca vira tantas carruagens juntas e confesso o aturdimento diante do movimento pomposo em frente do palácio. Não apenas eu. O Comendador e a minha tia também pararam ao meu lado, fascinados com os cerimoniais na porta do paço.

Pouco acima do largo, no prolongamento da rua da Misericórdia que margeava o hotel, erguia-se o morro do Castelo. Diversas histórias nos inundavam os ouvidos. A tia nos mostrava um canhão lá em cima dizendo que ali a cidade fora fundada. Os canhões defenderam-na dos corsários franceses que no passado invadiram as praias e subiram o morro à procura do tesouro dos jesuítas. Constava que existiam subterrâneos em que se escondiam fortunas, ouro, joias de reis, diamantes, rubis, pedras de que mal se podia aproximar tamanho era o brilho.

— E levaram o tesouro? — perguntou Pedro Simão.

Tia Inês, olhar condescendente, respondeu que procuraram e não acharam. O morro do Castelo, situado como estava num plano elevado de onde dominava a cidade, permaneceu plantado na minha mente como um lugar de abastança, abarrotado de castelos e tesouros escondidos em galerias, símbolo da pujança da monarquia e da exuberância do Rio de Janeiro como se a vida da cidade e tudo o que lhe pertencesse fosse lá em cima gerado. No dia em que subi pela primeira vez a ladeira da Misericórdia e só vi casebres, solidão e gente pobre, senti que atravessava um limite perigoso em que sonhos e fatos se separavam para sempre.

O Comendador sentou-se no café Neuville, ao lado do hotel, com o barão Andrade Ribeiro, para tratar do desejado baronato. Tia Inês dirigiu-se com Felícia e Pedro Simão para a igreja do Carmo, dentro de cujas paredes cinza pensava chegar mais perto de Deus do que na acanhada capela da fazenda. Instado a acompanhá-las, João Bento fez cara ruim no que o secundei. O Comendador, que nunca revelou nada próximo à fé ardente da esposa, dispensou-nos da tarefa, prometendo que compensaríamos a falta quando voltássemos. Mandou-nos passear à volta do paço, e corremos entre as barracas do Mercado Municipal, misturando-nos com a população. Escravas carregando grandes tabuleiros na cabeça, carregadores suados e maltrapilhos, mercadores, homens gordos examinando suspensórios, barqueiros, soldados, negros em trajes grosseiros curvados sob pesados volumes, marinheiros, mendigos. Nobres de olhar grave caminhavam pensativos entre a multidão, mãos atrás das costas agarradas a bengalas. Uma menina vestida em cassa bem engomada passou de mão dada à mãe. Magotes de povo giravam por toda a superfície visível da praça. Atravessamos um portão monumental em forma de arco, chegando à praia do Peixe e pisando as areias barrentas e sujas de detritos do mercado. Circulando entre as barracas, um homem envelhecido conduzia uma vaca seguida por um bezerro amordaçado. Ele gritava "Leite!", e pessoas aproximavam-se carregando baldes. A vaca parou um instante e olhou para o meu lado. Parecia dizer: "Meu Deus, tenho tanto leite para dar. O meu bezerro, no entanto, eles amordaçaram e o mandam atrás de mim. Por que não lhe dão leite também? Não é para ele, o leite? Que mundo é esse, meu Deus?"

Andávamos com cuidado para não nos cortarmos nos detritos espalhados na terra, e duvidei que um imperador andasse entre aqueles trastes. Um cheiro nauseabundo de frutas podres e carne decomposta infestava o ar. Pedaços de frutas e sobras de comida jogadas ao chão, carroças descarregadas, entulho de construções, lixo das barracas, porcos amarrados, animais e aves negociados por todo o largo. Um lagarto enorme era chamado de jacaré e imaginei a ferida que tais mandíbulas seriam capazes de abrir numa perna humana. Barracas vendiam capões dentro de cestas; o freguês apontava um, e uma negra arrancava-o da cesta. Às vezes degolava-o diante do freguês. Perto do cais, negras ferviam peixes em panelas enormes e uma tartaruga de barriga para o ar, as patas mexendo impotentes na direção do firmamento, tinha sobre si um cartaz escrito: "Amanhã sopa de..." Escravas em trajes coloridos e imensos colares de miçangas sentavam-se diante de tabuleiros vendendo filtros, patuás e quitutes. Caminhávamos impressionados entre os quiosques e nos debruçamos na balaustrada do cais sem coragem de nos jogarmos na água.

Observando os peixes pulando asfixiados dentro de um bote de pesca, senti pela primeira vez satisfação pelo sofrimento alheio. Parei hipnotizado, observando com fixidez seus olhos arregalados e as bocas escancaradas como se tentassem em vão absorver uma última golfada de oxigênio. À estupefação dos olhos animais diante da morte, sobrepus olhos humanos, e levado pela agonia animal avistei a agonia humana. João Bento me puxava, e eu não me movia, absorvido pela contemplação do desespero de nossos companheiros cobertos de escamas. Os anos seguintes, vivi numa ansiedade inútil de reproduzir o prazer primitivo ao qual se misturavam os deslumbres da corte. Como se um complementasse o outro. Poucas vezes experimentei o êxtase de que me lembrava nesse momento.

Absorvido na insólita contemplação, não percebi um mulato sujo e barbudo debruçar-se sobre mim e meu primo. Sua mão calosa agarrou nossos pulsos, e o choque do inesperado contato me fez sentir a fraqueza de dois meninos envolvidos por uma multidão desconhecida. Quis me livrar num arranco, em vão. A agilidade nos campos da fazenda se mostrou inútil ali. Estava preso, imobilizado, e se tivesse correntes atadas nos calcanhares não estaria mais seguro. Nós nos debatemos sob suas palmas grossas e me lembrei, numa espécie de transposição, dos peixes sufocados cuja agonia acompanhava com tanto empenho. Meu primo gritou, e o grito foi abafado por uma gargalhada dos companheiros que rodeavam o nosso algoz.

– Vamos dar uma volta na canoa do Anastácio, sinhozinhos?

O mais assustador eram os rostos que nos cercavam. Pareciam contaminados por uma doença que lhes provocasse a decomposição em vida. Exibiam pústulas e deformações. Cobriam-nos uma crosta de sujeira, e, no ritual macabro de gritos e gargalhadas que multiplicavam o nosso desespero, fundiam-se a máscaras de demônios medievais. Bocas escancaradas em risadas roucas descobriam pedaços de dentes escuros dispersos numa gengiva sangrenta; exalavam um hálito tão apodrecido que não poderia ser diferente da morte. O terror alheio, que me causara tamanha satisfação, sofreu uma inversão, revelando sua outra face. Aos meus olhos de menino a Fúria Divina, numa violenta reação pelo prazer profano experimentado pouco antes, revidava nas mãos de um bando de vagabundos que perambulavam pelo cais Pharoux. Essa ideia me perseguiu nos anos posteriores e nunca experimentei uma satisfação completa nos crimes praticados sem, simultaneamente, recear enxergar-me metido na pele de minhas vítimas no momento seguinte.

Meu primo se debatia atônito, sucumbido às garras do maltrapilho que ria do seu pânico acompanhado do cortejo de esfarrapados, e não via a hora em que tudo se transformaria num festim de zumbis materializados das histórias contadas pelos negros da fazenda. Percebendo a inutilidade dos esforços, cessei de me debater e me mantive dócil. Esperava pelo momento oportuno. No lugar, atraíram-me os gemidos sufocados de João Bento e observei com atenção o seu pavor. É possível que suas dificuldades me tenham distraído das minhas próprias. Assim me coloquei involuntariamente do lado dos nossos algozes, partilhando com eles das risadas pelo seu sofrimento. Imaginei meu primo estendido junto aos peixes que jaziam quietos e úmidos, misturados à terra barrenta do largo. Tentava prolongar, por uns instantes que fossem, a satisfação havia pouco gozada. Queria refazer o prazer, do qual sentia tantas dificuldades em me separar mesmo num momento de tamanho aperto. Observando o pânico do meu primo que se misturava aos peixes, confundi de propósito agonias humana e animal, embora tivesse de reconhecer as diferenças evidentes entre as aflições de um e dos outros.

— Vamos com o Anastácio, meus branquinhos. Tenho uma porção de coisas gostosas que nunca comeram na vida. Brinquedos de que nunca ouviram falar. — Falava e raspava as coxas nas nossas, numa intenção lúbrica cujo verdadeiro propósito só entendi muitos anos depois, numa situação sem muita semelhança com a atual, mas cuja singularidade provocou os meus primeiros crimes no Rio de Janeiro.

Ele passava a barba em meu rosto e ombros e enxerguei, no bafo quente de bebida exalada daquela boca fétida, uma repulsiva multidão de vermes a abandonar em pânico o seu corpo apodrecido. Esperei com calma a mão afrouxar o aperto no meu braço. Percebendo o momento exato, acertei-lhe um pontapé na região genital. Ele me largou espantado, e qualquer grito que lhe tenha passado pela garganta foi abafado pelo choque da surpresa. O segundo golpe foi mais forte que o primeiro. E igualmente preciso. Levava em conta que agora tinha os movimentos mais livres. Acertei no joelho e desta vez ele urrou livremente para tombar no chão, sem saber qual das partes do corpo segurar.

Puxei João Bento, que continuava paralisado num entorpecimento de terror. Pulando sobre um mendigo que delirava embriagado, corremos entre as barracas do mercado e passamos embaixo do arco do Teles, perseguidos pelo bando sinistro. Recuperados da surpresa, substituíram as gargalhadas por uivos de raiva, vindo em nosso encalço ferozes como se lhes tivéssemos roubado o alimento.

Se esperava obter ajuda ao atravessar o arco, percebi que não poderia ter caído em pior lugar. O beco adiante não passava de um lugar sujo, habitado por vagabundos e maltrapilhos, semelhantes aos que nos perseguiam. Ouvimos gritos de trás, alertando os companheiros encostados às paredes que nos pegassem, e esbarrei num deles, derrubando-o. Entramos pelo beco que prosseguia sob o arco, atulhado de mercadores e escravos a berrarem exibindo mercadorias. Continuamos em frente, fazendo uma curva poucos metros adiante. Maltrapilhos aglomeravam-se dos dois lados da rua, um ou outro vulto surgiu à frente, não tivemos dificuldades de nos desviar. Casas arruinadas de um lado e de outro pareciam a ponto de tombar sobre nós. Acostumado a correr livre pelo campo, esperei que o confinamento daqueles lugares terminasse num beco sem saída. Uma mistura de poeira e caliça flutuava no ar como uma nuvem amarela, entrava em nossos pulmões, sufocava-nos.

Corríamos sem direção, pisando e empurrando corpos escorados nas paredes. Um odor de doença, misturado ao esgoto que se derramava nos becos, acompanhava a nossa marcha de fugitivos. Um gato esquelético cruzou a frente perseguido por um cachorro. No meio da rua, um frango morto era devorado por um bando de ratazanas. Demos a volta com os perseguidores à nossa cata. Viramos uma esquina e prosseguimos por uma ruela (mais tarde descobri tratar-se do final da rua do Ouvidor que o meu tio tanto apregoava). Terminamos numa rampa que margeava a praia do Peixe. Quisemos voltar. Desorientados, tomamos a direção do largo do Paço, que surgiu adiante, e então agarraram-me o calcanhar com a mão.

A poucos metros, vi João Bento ser alcançado por um dos espectros que nos perseguiam. Virando o rosto, deparei-me com o mulato Anastácio agarrado ao meu pé. No encontro de olhos, ele me lançou uma risada faminta, deteriorada, pronta a se transformar num milhão de vermes, que continuou a me perseguir no tempo, atormentando-me nas noites de pesadelo quando o via materializar-se da febre e agarrar o meu calcanhar. Firmando-me na perna presa, acertei-lhe com o outro pé em pleno rosto. Libertei-me e prossegui na direção da rua. Antes que a cruzasse, o resto do bando fechou a saída. Nada nos diferenciava de um porco debatendo-se na lama, tentando aos roncos livrar-se dos braços humanos que o imobilizavam antes de lhe penetrar a faca.

Esbarrei numa mulher muito pintada, trajando um vestido claro e brilhante, chapéu escuro que lhe cobria toda a cabeça. Nunca vira uma mulher tão bonita, tão etérea, deveria dizer, trajando vestes tão diferentes das que conhecia do campo. O rosto prendeu-se ao meu lá do alto, pálida e coberta por um pó branco, e acreditei que uma santa da devoção de tia Inês acabava de descer do céu em nossa salvação. Percebendo o tumulto que nos rodeava, segurou-me protetora com uma luva branca e bordada, forrada do tecido mais macio que tocara a minha pele. Olhou-me espantada, virou o rosto vendo João Bento debater-se preso às mãos de um vagabundo, e compreendeu o que acontecia. Acompanhava-a uma outra mulher vestida como ela e dois homens de fraque, bengala e cartola, flor na lapela, que anos depois aprendi a chamar de cavalheiros.

– O que está acontecendo com vocês, meus queridos? – falou com uma voz suave, a mais doce que resvalou meus ouvidos.

Apontei para o bando, incapaz de articular uma palavra. Os maltrapilhos imobilizaram-se aturdidos diante da estranha interferência. Já não me pareciam tão assustadores. Observando os dois rostos, a mulher e o vagabundo, pensei que nunca Deus e o demônio estiveram tão próximos um do outro. Um dos cavalheiros que as acompanhavam adiantou-se e levantou a bengala, fazendo gestos ameaçadores ao bando. Não houve reação. Nada restava dos gritos de zombaria e ferocidade que nos perseguiram e que se destinavam a me atormentar nos anos seguintes. A metamorfose foi completa. Encolhendo-se, mais se assemelharam ao bando de ratazanas que devoravam o frango no beco. Recuaram e correram, desaparecendo para os lados da praia do Peixe.

– O que aquela malta fez com vocês? – perguntou um dos cavalheiros.

A nossa fada madrinha (ocorreu-me chamá-la assim) ajudou-me a levantar e fez um gesto para a companheira fazer o mesmo com João Bento.

– Vocês não devem ser daqui. Ninguém lhes disse para não andar a sós neste lugar?

Gaguejei, aturdido:

– O Imperador mora do lado...

Ela aproximou o rosto do meu e observei os seus olhos esverdeados encimados por uma mecha de cabelos louros brilharem com uma expressão de bondade infinita. O rosto inteiro absorveu a chama dos olhos e cobriu-se de um rubor que avistara somente no céu. Falou e suas palavras soaram ainda mais suaves, agora que a ameaça estava afastada:

– Escute, meu anjo, o Imperador não enxerga bem. Não vê o que acontece tão próximo do paço. – Piscou-me o olho e se abriu numa risada tão simples que se assemelhou a uma escrava da fazenda. Tão logo surgiu, o riso desapareceu, revelando uma melancolia oculta. – Nosso Imperador não tem muito tempo para olhar em volta – completou com um ar de cumplicidade que nunca surpreendera num rosto antes dela. – Ele passa a maior parte do tempo viajando. Pouco vem aqui.

Discutiram se deviam nos acompanhar até o hotel e percebi que ela não queria aparecer diante da minha tia. Afirmei que não precisavam, o hotel era do outro lado do largo e não teríamos dificuldades em voltar. Ela sorriu satisfeita, passou a mão com cuidado em meu rosto, espanando-me a roupa. Antes de se afastar, me beijou a testa. A sensação de ser beijado por ela equivaleu a toda uma história de amor que nunca conheci. Apalpei o lugar tocado por seus lábios, sentindo que conservaria a sensação para sempre, se não tirasse a mão. Observei um dos cavalheiros estender-lhe a mão para entrar na carruagem e odiei-o. Se tivesse um punhal, lhe atravessaria o peito.

De volta ao hotel, encontramos minha tia extremamente preocupada. Não contamos nada, falamos que nos metêramos com pescadores e depois rondamos o paço, esperando que o Imperador passasse. Tia Inês sorriu com a graça natural que lhe coloria a face pálida. O Comendador chegava ao lado do barão Andrade Ribeiro que lhe dizia:

– O Pharoux, coitado, soubemos que morreu na França.

Meu tio balançava o rosto, consternado, e julguei surpreender nele uma expressão de condolência idêntica ao me dizer que meus pais viajaram pelo mundo. O tal Pharoux fora um francês que tinha um hotel perto dali, onde hoje havia uma placa da Casa de Saúde do Dr. Cata Preta. O mais curioso é que, soube depois, ele já estava morto havia dez anos e deixara a cidade havia vinte. E meu tio estivera com ele pela última vez havia quase trinta. Por que a consternação? Não levou muito tempo para saber que, para todas as situações, deveríamos apresentar a expressão adequada, e ele nada mais fazia do que cumprir uma norma da corte.

Almoçamos no hotel, meu tio foi se deitar e permanecemos ali para acompanhar a tia nas compras às lojas ao redor. Pensei que de manhã todo mundo que vivia na cidade estivera ali. Engano, de tarde mais gente do que vira toda a vida amontoou-se naqueles quarteirões, numa confusão doida entre as lojas e os quiosques do largo. Houve um corre-corre súbito, e os hóspedes se precipitaram para a porta do hotel. Ouvi um murmúrio que corria de boca em boca, e a palavra imperador chegou aos meus ouvidos. Tia Inês empurrou-nos para uma janela e segurou Felícia junto do corpo, mantendo-se ali ereta como uma sentinela, um sorriso longínquo e sonhador nos beiços que se alongaram numa linha fina e sinuosa. Fiz-lhe uma pergunta, ela não respondeu. Percebi que, de uma maneira que não compreendia, ela estava longe dali.

Uma carruagem negra com o brasão imperial, rodeada de um séquito de cavalarianos, passou a menos de cinco metros da janela. A algaravia do largo silenciou-se, o lugar pareceu esvaziar-se e, em vez de pessoas, restaram silhuetas imóveis. Os homens tiraram o chapéu e um silêncio sepulcral, incompatível com a movimentação anterior, envolveu o largo, quebrado apenas pelo estrépito das rodas da carruagem contra o solo irregular. Minha tia estava pálida, a custo se segurava na janela. Apoiou-se em Felícia e Pedro Simão que se mexiam impacientes com a espera prolongada. Parecia levada por um sonho distante abandonado havia muito tempo em qualquer lugar de sua juventude enterrada na fazenda Ferreirinha. A lembrança se apoderou dela no inesperado daquela visão repentina como se alguém que não visse havia muitos anos surgisse de surpresa a seus olhos. Suas mãos agarraram-se à cadeira com tanta força que se tingiram de vermelho. A carruagem se afastou de nossas vistas e a recordação, de sua mente, ela nos chamou para longe da janela e lá fora a confusão se refez como se nada a tivesse abalado.

Quando o Comendador levantou, o Barão voltou ao hotel para um passeio pela cidade, que culminaria na rua do Ouvidor. Meus tios desceram do quarto e pensei que estava diante de um casal desconhecido, provavelmente extraviado da carruagem real. O Comendador trajava um fato que nunca imaginaria em seu corpo por mais que desse largas à imaginação: chapéu-coco, colete, bengala. Sem mencionar as botinas de abotoar. Não estava longe de acrescentar um pincenê igual ao do Barão. Aprumou-se, adquirindo um ar airoso. De acordo com o seu modelo. Tia Inês exibia todas as joias que guardava na arca e que nunca viram a luz do sol nos últimos dez anos. E um vestido de seda, como diziam, roçagante. Acrescentavam, no momento, uma dimensão nova à mulher acanhada que vivia numa fazenda longe dos brilhos da corte. Ofuscavam, com o seu brilho intenso e suas cores exuberantes, seus escassos dotes físicos, embora estivesse claro que tudo não passava de improvisação, e nenhum dos dois se adequava aos trajes como via o Barão tão bem ajustado ao dele. A impressão foi mais forte do que a passagem do Imperador na carruagem. Os três filhos e eu permanecemos extasiados diante das escadas. Só o Barão não se impressionou, adiantou-se com um gesto largo de braços, beijou a mão de minha tia e deu uma palmada nos ombros do Comendador, que quebrou o encanto:

— Maravilhoso! Estão dignos de serem lembrados como as grandes personalidades que passaram pela nossa rua do Ouvidor. Agora precisamos nos pôr a caminho sem mais detença ou perderemos a hora mais importante.

É preciso esclarecer que o barão Andrade Ribeiro não passava de um vigarista que recebia dinheiro do meu tio para providenciar o baronato e o enfiava na algibeira. O que muito contribuiu para que o título nobiliárquico nunca fosse obtido. Era assim provável que ele estivesse rindo por dentro do quadro extravagante que resultava dos provincianos esforços dos meus tios, como estaria também por fora ao ver os dois pelas costas. No entanto, o encanto estava lançado e, embora os efeitos externos não fossem os imaginados, para nós não causaria surpresa se a carruagem do Imperador estacionasse diante do hotel e fôssemos convidados a integrar o cortejo real.

O porteiro quis chamar uma caleça, sendo impedido pelo Barão. Em vez de carro, devíamos experimentar um bonde da nova Companhia de Carris Urbanos. Podia parecer coisa popular, mas eram muito mais confortáveis do que carruagens, levando em conta as condições dos calçamentos da cidade. Minha tia objetou, aquelas roupas não eram apropriadas para bonde. O marido lançou-lhe um olhar severo, demonstrando que ela nada sabia dos costumes da corte, e ela seguiu-o em silêncio. O Barão assegurou-lhes que o transporte a bonde era mais elegante do que uma caleça e nos resignamos a acompanhá-lo. A razão verdadeira, hoje tenho certeza, nada tinha a ver com conforto e elegância; mas com o fato de o Barão não querer passar por muito familiar com os meus tios como pareceria a quem nos visse juntos numa carruagem. A multidão ainda se concentrava nas imediações do hotel, na esperança de que o cortejo do Imperador voltasse para o paço.

Mal colocamos os pés fora do hotel, recebi uma cotovelada de João Bento. Apontava para um lugar poucos metros adiante, e vi o vagabundo que tentara nos raptar. O inchaço abaixo de um dos olhos denunciava o lugar onde lhe acertara com o pé. Não contive um tremor. A deformação do rosto o fez parecido com um fantasma ou um duende, um monstro sobrenatural que aterrorizasse a imaginação de uma criança. Foi a única vez na vida que senti medo de verdade. Percebendo que fora visto, o homem dirigiu-me o mesmo sorriso lúbrico que me queimava a memória como uma ferida. Segui apressado, colocando-me entre o Comendador e o Barão, de quem estava certo o maltrapilho não ousaria aproximar-se. Mais do que a recordação da violência sofrida de manhã, a figura insolente do vagabundo, exibindo-se no largo do Paço como o seu verdadeiro senhor, me fez estremecer. Tentei ignorá-lo caminhando entre os homens. Sabia, no entanto, que haveria de trazê-lo para sempre na memória, guardado dentro dos pesadelos, como uma substância venenosa que me fosse injetada e de que nunca me livraria.

Caminhamos para a rua Direita, na direção do Carceller. O Barão nos parou diante da Casa Areia Preta, onde dizia haver o melhor rapé francês. Mais adiante, senti um cheiro nauseabundo dos depósitos de carne-seca e açougues das vizinhanças. As casas eram pobres e muitas não passavam de ruínas. Pessoas mal visíveis em portas e janelas escuras pareciam saídas de cavernas, a olharem para fora sem acreditar na existência da luz e do dia. Vimos um bonde vazio puxado por quatro burros, fizemos sinal. Subimos, ele entrou na rua São José e virou a rua dos Ourives. Dali atravessamos o largo da Carioca. O Barão não se cansava de apregoar os confortos oferecidos pelos modernos meios de transporte, apontando para os trilhos de metal sobre os quais corriam as rodas do bonde, evitando os solavancos tão comuns nas carruagens que trafegavam nas ruas esburacadas da cidade. Descemos e caminhamos para a praça da Aclamação. Ali o Barão apontou o teatro Provisório, falando com um orgulho especial.

– Eis onde cantou a Stoltz na Guerra do Paraguai. – Voltamos na direção do Rocio. E então, lá estávamos diante da famosa rua.

A primeira impressão causada em minha tia foi decepção. Tão estreita a rua do Ouvidor, mais parecia um beco encravado entre ruas muito mais imponentes. Exclamou: "Esse beco é a rua famosa!" O Comendador girava os olhos entre a esposa e o Barão, ansioso por um esclarecimento do engano. Ao contrário do espanto do Comendador, o Barão colocou as duas mãos para trás, puxou as luvas e curvou-se numa risada divertida. Abriu os braços num gesto amplo e apontou a bengala para os dois lados da rua:

– Minha senhora, não se deixe enganar pela primeira impressão. Garanto-lhe que não verá no mundo inteiro um lugar tão elegante como a nossa rua.

De fato, logo nos primeiros passos, ao nos familiarizarmos com a atmosfera em que se concentrava o espírito da corte, a impressão modificou-se. Sobrados coloridos sucediam-se, encimados por sacadas e balcões ornamentados por relevos em que se destacavam uns longes de ouro, e sobre os quais se debruçavam moças risonhas. Alternavam-se com casas térreas numa harmonia de cores e formas que se combinavam exibindo, como num palco, os esplendores do Império. Senhoras elegantes, vestidas em casimira e seda francesa, passaram rente a nós conversando entre risadas discretas; um grupo de homens de casaca discutia acaloradamente, e o Barão apontou-os sussurrando: "Fazem parte do Parlamento." Uma multidão faladora e ruidosa, reunida diante das lojas ou se movendo com um andar *dernier cri*, parecia ali estar apenas para exibir os seus dotes superiores. Vitrines coloridas sucediam-se, e as observávamos maravilhados. À medida que prosseguíamos, as primeiras impressões multiplicavam-se, as pessoas mais numerosas, sedas, gazes, veludos; sobrecasacas imponentes se tornaram comuns e nos sentimos cada vez mais subjugados pelo luxo exibido por uma rua na qual esbarrávamos com as mais ilustres figuras do reino.

— Antônio — falou minha tia encolhida —, veja só o chapéu daquela senhora. Nunca vi tão lindo!

O Comendador não respondeu porque observava atônito um prédio de quatro andares sem atinar com os mistérios da engenharia que lograssem amontoar tantos pavimentos verticalmente sem o conjunto vir abaixo.

— Três sobrados — exclamava sem se dar conta das próprias palavras —, veja só, Inês, três sobrados. Tem gente com coragem para subir até o último?

O barão Andrade Ribeiro ria condescendente com o espanto dos pupilos, exibindo um ar de superioridade como faria um legítimo nobre do reino. E foi no auge do divertimento que enfiou a botina numa poça de água enlameada, entre dois paralelepípedos irregulares, afastando-se com repugnância como se um inimigo tivesse colocado a poça ali de propósito para sujar sua reputação.

— No campo temos muita lama — observou o Comendador sem malícia —, andamos de botas e não nos preocupamos com a sujeira.

O Barão fez um gesto para prosseguirmos. Entrou na loja do Bernardo onde se compravam charutos de Havana. Encheu os bolsos de charutos pagos, naturalmente, pelo Comendador. Afinal, um aspirante ao baronato não andaria sem charutos que pudesse oferecer aos futuros pares. Uma vitória aberta, cujos cavalos tilintavam guizos, passou por nós; lá dentro o chapéu emplumado de uma dama derramava no ar uma despreocupação aristocrática. Todos os que compartilhavam a rua conosco afastaram-se e observaram o carro com admiração.

— Se quiser voltar para a sua terra transformado em duque — ponderou o Barão, fazendo gestos de reconhecimento a um ou outro que achasse suficientemente digno para lhe merecer a atenção —, fique aqui, diante da loja do Bernardo, do Incroyable, sabe o que lhe perguntarão? A quantas léguas mora da rua do Ouvidor? Não diga a verdade; nunca se deve dizer que se mora a mais de uma légua daqui.

O que me causava confusão era a linguagem confusa das pessoas que cumprimentavam o nosso nobre. Percebi depois que ele os cumprimentava e só recebia cumprimentos em francês. Ao ser cumprimentado em português, não respondeu. Não soube se não ouviu ou não entendeu. E era esse o grande segredo da rua do Ouvidor, em que país estávamos?

Exibindo ademanes exagerados, o Barão curvou-se diante de duas mundanas ostentando espaventosos chapéus de plumas, e lhes beijou as mitenes. Apresentou-as ao Comendador com um sorriso torto:

– É um membro da nossa nobreza da província. Está de visita à corte e espero colocá-lo em contato com o Imperador.

As duas lançaram ao Comendador um sorriso tão idêntico que não podia ser outro que não uma única máscara sobreposta às duas mulheres. Este lhes fez uma vênia que lhes arrancou uma risada, desta vez de pilhéria. O Barão lançou para o Comendador um olhar endurecido e depois, para as duas, uma explicação que não necessitasse mais do que um sorriso sem graça e um brilho dos olhos apropriado para situações ambíguas.

Passou por mim um homem de meia-idade, alto e corpulento, vestindo uma sobrecasaca negra brilhante, colete, polainas brancas e cartola. Impressionou-me a sua pressa como se o seu movimento atarefado desmentisse o resto da rua com a despreocupação elegante exibida. O mais intrigante era a contradição do fato, uma espécie de afronta um homem de sobrecasaca e cartola passar apressado em vez de ostentar o ar empertigado e digno exibido pelo Barão e por todos os que o cumprimentavam com um sorriso superior.

Felícia e Pedro Simão estreitavam-se um no outro, impressionados com a opulência das vitrines; desapareciam atrás do vestido de tecido fino da mãe. Felícia chorou dizendo que estava com medo. Foi preciso o Barão levá-la a uma sorveteria, prometendo-lhe um doce que nunca tinha experimentado na vida. Mesmo o turbulento João Bento, depois da experiência da manhã aliada à quantidade de lojas com enfeites desconhecidos, recolheu-se a uma expressão pensativa e observou o desfile da rua do Ouvidor guardando uma proximidade precavida dos pais.

As lojas hipnotizaram minha tia, tiraram-lhe a capacidade de pensar. Gaguejava, falava por meio de exclamações, exultava, suspirava; queria entrar em todas. Perfumes, roupas, joias, chapéus, jogos, luvas, modas, jornais, iguarias. Mais parecia um parque em que surpresas fantásticas e criaturas do outro mundo desfilassem diante dos nossos olhos. Paramos em frente ao chapeleiro Watson, e o Comendador entrou para escolher um chapéu. Comprou três. Foi a vez do Desmarais, minha tia cheirou todos os perfumes e obrigou o marido a comprar mais de dez. Meu tio pedia pelo amor de Deus, tivesse pena da algibeira dele.

– O que vamos fazer com tantos perfumes numa fazenda, mulher?

Mas tia Inês perdera todos os vestígios de sua austera serenidade. Replicava que nunca mais voltariam à rua do Ouvidor e bastava. O Comendador sorriu envergonhado quando lhe deram um papel, pedindo a sua assinatura, e teve de confessar que não sabia escrever. O Barão ria desdenhoso sem largar mão do seu ar de superioridade, mas enfiar a mão na sua enorme algibeira e tirar dinheiro para fora, tal gesto ele não fez nenhuma vez porque, tenho certeza, nada existia lá dentro. Na verdade, não foi difícil no final do passeio, mesmo para um menino, perceber que, caso se retirasse o ar de superioridade do Barão, nada restaria. Seguiu-se a Casa da Madame Roche, o armarinho mais elegante da rua do Ouvidor, e o ateliê fotográfico de Leuzinger em que paramos e ficamos um tempo que não passava imobilizados diante de uma máquina, sob a afirmação categórica do Barão de que, no dia seguinte, veríamos as nossas caras impressas num pedaço de papel como o próprio Imperador.

Na Casa Raunier, o Comendador sentou-se e olhou desamparado para a rua como faria uma mosca presa numa teia de aranha. Na Notre Dame de Paris nos deparamos com corredores e salões que não podiam existir numa loja tão estreita. Sem mencionar os tapetes felpudos em que afundávamos os pés mais fácil do que num pântano. Caixeiros uniformizados pareciam batedores do Imperador enfurnados naqueles corredores. As luzes nos fizeram sentir que flutuávamos nas nuvens. João Bento enveredou-se por um corredor escuro e fui atrás. Passamos entre mulheres que examinavam roupas, homens mais empertigados do que o nosso barão, caixeiras louras a se desmancharem em risadas maliciosas conversando com os nobres numa mistura de francês e português. Num salão vazio, ele pegou uma caixa e abriu sem cuidado. Lá dentro havia uma cabeleira negra e se assustou quando lhe expus a possibilidade de os cabelos serem arrancados dos incautos atraídos para aquele lugar.

Estávamos cansados e aturdidos. A rua do Ouvidor, como uma armadilha medieval, nos lançava os seus feitiços transformando um velho corredor num caminho de deuses. Para o fim da tarde, o ar adquiriu espessura, parecia que já não pisávamos o solo; no clima de encantamento que envolveu a rua, a terra se ergueu no ar levando-nos para o céu.

Um fato ficou gravado na minha memória. Passávamos por um hotel chamado Europa e olhei para cima. Debruçada numa janela do terceiro andar, havia uma mulher com uma expressão melancólica. Meu coração bateu num ritmo desordenado ao reconhecer a benfeitora dessa manhã. Senti um impulso de subir os dois lanços de escada que nos separavam. Ela estava sem pintura, sem qualquer enfeite, pareceu tão envelhecida e feia que duvidei tratar-se da mesma mulher. Foram dois impulsos contraditórios, ir ou não ir. Anos depois interpretei-os como o impasse entre o bem e o mal. Não fui, venceu o segundo. Na expectativa tensa que me dominou, um homem surgiu ao seu lado e puxou-a para dentro. Fecharam a janela e tudo desapareceu, ficando a continuidade da cena restrita à minha imaginação doente que a prolongou nos delírios que me assolaram nos anos seguintes.

Ainda paramos na Casa de Modas da Madame Dreyfus antes de entrarmos na Confeitaria Pascoal. Nesta, novo espetáculo nos esperava. O lugar estava cheio e foi com dificuldade que encontramos uma mesa para nos acomodar junto à quantidade de embrulhos que segurávamos. O burburinho de vozes e sons de pratos e talheres ecoava na atmosfera densa de ruídos como um estridor, emudecendo a rua lá fora. Estávamos acomodados à mesa comendo sanduíches, salgados e tomando refrescos, quando alguém na confeitaria gritou: "Morra o Imperador!" Meu tio olhou espantado para o Barão que desviou o olhar em busca de um desmentido. Os movimentos surpreendidos entre mesas e cadeiras mostraram que muita gente ali compartilhava do nosso espanto.

Havia um grupo republicano entre os frequentadores da confeitaria, e as discussões entre republicanos e monarquistas eram acaloradas. O brado contra o Imperador acendeu o estopim da agitação. As discussões inflamaram-se, gritos de lado a lado, insultos, empurrões; estudantes enxamearam a entrada aos gritos. Garçons largaram as travessas para dissuadir os mais exaltados, e mais estudantes amontoaram na porta. Um deles subiu numa mesa e iniciou um discurso. O Comendador continuava a lançar sobre o Barão a sua incredulidade e vez ou outra balbuciava, o que está acontecendo?

Quando a agitação piorou, tia Inês abraçou-se a Felícia e Pedro Simão, pedindo que os homens protegessem as compras. Os estudantes formaram um bloco em volta do orador.

— Bando de vagabundos sem respeito ao Imperador — resmungou o Barão, brandindo a bengala.

Alguma coisa passou voando rente à mesa. Um salgado jogado de um lugar às nossas costas atingiu o orador, prenunciando o início de uma confusão de verdade. O dono, mãos na cabeça, colocou os empregados entre os dois grupos com a finalidade de isolá-los. Os republicanos, concentrados num dos lados da confeitaria, revidaram a agressão monarquista jogando-lhes pedaços de sanduíche. Os insultos de parte a parte tornaram-se mais furiosos, e meu tio interrogou o Barão com dureza, expondo as dúvidas sobre a respeitabilidade do lugar a que nos trouxera.

— Aquele ali — falou o Barão, apontando para um barbudo de pincenê —, aquele ali é um radical perigoso; o chefe. Merecia ser enforcado.

Minha tia não evitou uma risada maliciosa que empregava nas conversas com o marido:

— Se o conhecia, senhor Barão, por que nos trouxe para cá?

— Eu não pensei, eu não pensei... — repetia o nosso guia, desconcertado.

Ouvimos um apito, e a porta se encheu de guardas que empurraram os republicanos para fora da confeitaria. Sobrepondo-se aos gritos e insultos de parte a parte, ouvimos a *Marselhesa* que os republicanos começaram a cantar em sua marcha pela rua do Ouvidor, em direção à delegacia. O que aconteceu daí foi espantoso. Os insultos cessaram, e os monarquistas levantaram-se respeitosos, ao som do hino. Levando a mão ao peito, passaram a cantar juntos a famosa marcha. E quem chegasse à porta, veria franceses e francesas donos das lojas, veria moças risonhas de olhos amendoados e palavras complicadas, veria os nobres do reino igualmente, todos eles retirarem cartolas e chapéus e se empertigarem. A *Marselhesa* continuou em frente, fazendo ecos no estreito corredor chamado rua do Ouvidor, enquanto mais gente parava nas calçadas esmerando-se em gestos de respeito.

Perguntei à minha tia o que estava acontecendo e foi o Barão quem respondeu:

– É assim, meu filho. Quando se toca o hino do nosso país, todo mundo, não importa se republicano ou monarquista, levanta-se e tira o chapéu.

Suas palavras provocaram um olhar de repreensão de tia Inês ao marido, por não ter ensinado à prole o conhecimento mais fundamental da sociedade, o seu hino nacional.

2

Os vislumbres da corte desapareceram, e os brilhos de um mundo de cristais secaram na rotina áspera da vida no campo. As roupas compradas na rua do Ouvidor perderam o viço, os perfumes acabaram. Restaram as recordações que também não se esquivaram à erosão do tempo e se foram memória abaixo. Uma vez tia Inês me chamou à varanda e perguntou:
– Afonso, do que ainda se lembra da corte?
Levei algum tempo para entender do que ela falava e me achei incapaz de trazer da memória uma lembrança para lhe oferecer. Sim, havia uma lembrança que me acompanharia a vida inteira, mas não era à cata desta que ela estaria. Compreendendo minhas dificuldades, emitiu um sorriso engolido, que nos últimos anos rareou em seu rosto, até desaparecer completamente. Minha tia era a única criatura a cuja bondade eu devia a vida e lhe era reconhecido. Nessa época, a distância entre mim e as pessoas tornou-se intransponível. Ao classificar minha tia como uma mulher bondosa, não me valia da experiência presente, valia-me sobretudo de recordações longínquas, emoções ligadas à infância de que não guardava muito calor.
– A carruagem do Imperador – gaguejei, após uma reflexão que ameaçava estender-se indefinida. Ela havia se afastado e virou-se ao ouvir minhas palavras. Sorriu-me agradecida. Foi a única vez que contribuí para um momento de satisfação dessa memorável mulher.
  A passagem do tempo ficou marcada na mobília da sala que era acrescentada a cada ano. Onde antes se viam uns poucos móveis desajeitados, mal distintos da penumbra empoeirada, agora mesas, cadeiras, poltronas povoavam o cômodo trazendo-lhe uma nova feição, uma ligação com a corte, uma lembrança distante da rua do Ouvidor que insistisse em não desaparecer. Dois quadros na parede, do Comendador e da minha tia, davam com os olhos nos visitantes que entravam na casa, preparando-os para a visão das grandezas que lá dentro os esperava. Cortinas pesadas com sanefas guarneciam as janelas, lustres e candelabros depositavam-se nos móveis. Deslocada na sala, fica-

va a marquesa do Comendador. Ninguém encostava-se nela ou corria o risco de uma severa repreensão. Num relicário afastado da entrada, retratos produzidos por fotógrafos itinerantes apresentavam a família aos estranhos. Uma foto maior mostrava o casal na capela, ao lado da cruz e do padre, separados pelos escravos ajoelhados (de costas para o fotógrafo) por uma pequena grade.

As latrinas foram deslocadas para dentro do casarão, também para não diferir da corte, e me lembro das pândegas alegres organizadas para os visitantes ilustres (conta-se que até o duque de Caxias ali teria estado) em que se dançavam quadrilhas e *schottisch*.

Eu passava horas debaixo de uma árvore lendo, numa clareira deserta onde ninguém chegava perto. Assim preenchia o tempo livre.

A sós, num local remoto dos campos que cercavam a fazenda, longe de todo mundo, sentia-me integrado ao espírito da floresta que me mantinha protegido das turbulências do lugar. No início pareceu um espírito benigno que me afagava com as carícias do vento e do suave movimento da vegetação. Com o passar do tempo, porém, ele se tornou sombrio, feroz; sua voz rouca ecoava nas tempestades que me surpreendiam em pleno campo, e gargalhadas seguidas de raios e trovoadas acompanhavam a minha desajeitada corrida em busca de abrigo.

Incomodava-me a companhia das pessoas; não gostava de tê-las por perto. Andava por todos os lugares só. Suportava apenas o Comendador porque o secundava na administração da fazenda no lugar de João Bento, incapaz de exercer qualquer função além das pândegas habituais e das bebedeiras. Não era muito diferente do pai, embora muito mais turbulento. Como eu vivia de livros na mão, era tido como excêntrico e aceitavam a minha natureza misteriosa, certos de que ela ou eu, um dos dois, desapareceria um dia daquelas cercanias.

O único cuja companhia aceitava era um negro alistado nos combates da Guerra do Paraguai, num dos batalhões dos Voluntários da Pátria, no lugar do Comendador. Distinguindo-se nas batalhas, trouxe para o peito do antigo amo medalhas de bravura que meu tio exibia orgulhoso, tomando para si as proezas do antigo escravo. Ao voltar da guerra, era um negro alforriado e veio para a fazenda Ferreirinha na condição de trabalhador livre. Estremecido pelos sangrentos episódios testemunhados, passava horas contando as trágicas experiências, repetindo um mesmo fato vezes sem conta como se tentasse inutilmente livrar-se dos tormentos que o perseguiam. Além de mim, ninguém tinha paciência para escutá-lo. Os brancos por ser ele negro, os negros por não entenderem que um negro também era um homem. Negro não passava então de uma propriedade ou capital de ganho, adquirido por peças ou por toneladas. Não raro era vender-se um negro de quarenta anos imprestável para serviços pesados, e com o dinheiro adquirido acrescentar-se um capital suplementar na compra de um negro jovem. Tais transações não causavam estranheza. Os casos de guerra exerciam em mim grande fascínio, e não me importava que ele os repetisse sem parar.

Chamava-se Tibúrcio, antes conhecido como Negro Búrcio. De retorno da guerra, externava um ar novo de autorrespeito, próprio de um homem (branco) e interditado a um escravo. Não digo que fossem tais ares bem-vistos num preto, mas as medalhas exibidas no peito do Comendador davam-lhe certos direitos. Além de que era um grande carpinteiro, lidava com armas e fazia com perfeição qualquer serviço. Mais ainda, aprendera a ler e sabia lidar com números. O ponto mais delicado na relação entre ele e os brancos era que aprendera também a respeitar-se (talvez em demasia) e exigia ver o respeito visível no rosto dos interlocutores. Admito que ar de dignidade no rosto de um negro não fosse compatível com a cor. Assim sendo, o que viam (os brancos) não passava de uma paródia do que pensavam de si próprios, uma espécie de absurdo que toleravam com risonha deferência à guerra que rugiu perto de seus ouvidos por tantos anos. O Negro Búrcio, metamorfoseado no trabalhador Tibúrcio, foi uma das excrescências produzidas pelo estranho fenômeno chamado guerra. Seus feitos não podiam ser ignorados pela simples razão de as provas materiais encontrarem-se exibidas no peito altivo do Comendador.

– Em Tuiuti – dizia Tibúrcio – foi o inferno de verdade. Dormíamos num pântano infestado de mosquitos. Os paraguaios surgiram de madrugada no acampamento, nos pegaram dormindo. A confusão foi medonha. Ninguém sabia em quem atirava. A fuzilaria durou horas e só se ouviam tiros, gritos, pragas. A primeira vez que vi tantos corpos no chão, Afonso, brancos e pretos. Alguns pareciam dormindo, tão pacíficos os rostos. A maioria, entretanto, eu ouvia gritar pelo amor de Deus que alguém os salvasse. Pensei que queriam respirar e alguma coisa chamada morte não os deixava. O rosto deles me fez ter medo de morrer. Torcidos como se estivessem sendo torturados no inferno, suplicassem para sair, e o diabo risse dos seus tormentos. Quando os paraguaios fugiram nem acreditei que estava vivo. Rezei para que cada um fosse para o seu lado e esquecessem a guerra. Como disse, o campo ficou cheio de corpos. Os oficiais diziam que tínhamos ganhado a batalha, mas o que queriam dizer com ganhar a batalha com tantos mortos no chão? De outra feita, falou do ataque à fortaleza de Curupaiti:

– Atacamos de frente, dos abrigos; os paraguaios apontavam e atiravam. Tinham tempo de sobra. Quando os oficiais perceberam que só estávamos ali servindo de alvo, mandaram voltar. Vi um preto que nem eu desaparecer no ar atingido por uma bomba de canhão! Foi assim, bum!, e o preto não existia mais. Sabe o que acontece então, Afonso? A gente aprende a ver os outros morrerem e não se importa mais. Se vivíamos era só para matar mais paraguaios e esperar a nossa hora. Sabe me dizer, Afonso, você que gosta tanto de livros? Que diferença existe entre viver e morrer, no meio do inferno? Quem tinha sorte, os que morriam logo ou os que continuavam vivos naquela miséria?

Seus olhos umedeciam-se e era possível que os estrondos da guerra voltassem a eclodir nos ouvidos dele. Retesava o rosto, volta e meia perguntava se eu estava certo de que a guerra tinha acabado de verdade e não preparavam outra, que ele agora era livre e não seria obrigado a seguir na linha de frente. Eu o tranquilizava; ele falou de Humaitá, desta vez do surto de cólera que sobreveio ao recuo das tropas diante da fortaleza paraguaia. Se até ali os homens morriam por tiros e bombas, agora não era preciso nada disso. Começava com dores de barriga, as dores ficavam mais fortes, logo o doente estava se contorcendo e gritando. Pedia desesperado que alguém lhe desse um tiro para acabar com o sofrimento. E assim passaram a morrer. Como moscas. Diante dos paraguaios, ao menos tinham armas e se defendiam; contra a doença estavam totalmente indefesos.

Os sentimentos que dirigia aos escravos eram ambíguos. A alguns tratava com extrema bondade, outros com uma crueldade de que os próprios brancos não eram capazes. Uma vez, semiembriagado, berrou para um cativo:

– Olhe para os meus pés, negro. Eu uso sapatos que você nunca vai colocar nesses seus pés sujos.

A maior parte dos escravos odiava-o pelo que considerava uma terrível injustiça alardeada por aquela espécie de híbrido de senhor e escravo; um mulato que se bandeara para o lado dos brancos, apossando-se de uma absurda condição de senhor menosprezada pelos dois lados. Exibia uma amargura profunda que, diante de uma garrafa de parati, se tornava completa.

— Escute o que pensei, Afonso. Imagine um cavalo que aprendesse a falar e a pensar como nós. O que seria ele, gente ou cavalo? Imagine que ele visse os outros cavalos arrastando carroças. Como deveria se sentir? Imagine agora que tentasse falar com os outros. Acha que algum dos outros cavalos o entenderia?

Quanto ao outro lado da personalidade de herói, ele não tinha pejo em exibir para mim. Diria até que se orgulhava dela. Embriagado, naturalmente. Nunca contaria prosápias de certos atos de guerra ao Comendador com suas vistosas medalhas, ou à minha tia. Falo de espoliar corpos, degolar moribundos para saqueá-los, atos que se tornaram comuns no arrastar da guerra. A nada se referia quando sóbrio. Demonstraria até sincera repulsa se fossem mencionados. E duvidaria que sequer tivessem acontecido. Eu lhe vencia os escrúpulos com uma garrafa de parati. E, claro, a suposta cumplicidade que ele tomava como demonstração de solidariedade. Dizia-lhe, por exemplo, que como negro não devia aos brancos reconhecimento. Se hoje era livre, tal se devia a ter atirado nos outros e não ter morrido. E, o mais importante, na guerra deles. Certos fatos não necessitavam de floreios. Ele concordava em meio a risadas embriagadas. Eu prosseguia numa pretensa lógica que misturava de propósito o aturdimento da bebida ao absurdo criado pelas recordações da guerra. O resultado era um inferno escaldante e um diabo vestido com as roupas mais finas da rua do Ouvidor. Por que não se beneficiar das pequenas oportunidades criadas na guerra, depois de tudo o que havia suportado? Ou pensava que os escrúpulos de homens honrados (e realçava, honrados mercadores de escravos!) se estenderiam aos campos de combate? Além do mais, poupava-se sofrimento aos moribundos se lhes apressasse a morte. E, uma vez mortos, o que fariam com os pertences que deixavam?

Tibúrcio não compartilhava, de maneira alguma, da atração pela crueldade e pelo sofrimento alheio que despontava em mim na época. Pelo contrário. Para ele, crueldade não passava de contingência, necessidade momentânea, o preço da sobrevivência na guerra. Uma história triste, digamos assim, quem não tinha uma história triste de que não quisesse se lembrar? Algo que se praticava nos fundos da casa, de que devíamos nos esquecer porque não se mostrava adequado às nossas aspirações de humanos e civilizados, ou se não à ideia que fazíamos de nós próprios. Como, por exemplo, os dejetos que lançávamos nas vasilhas e que os negros despejavam no rio. Não era assunto que se mencionasse numa reunião com senhoras, nossa habilidade de nos livrar das próprias fezes. Apenas nos livrávamos delas e esquecíamos o que acabávamos de fazer. A guerra foi uma provação especial a que se submeteu, como homem, pelo direito a uma humanidade que nós, brancos, lhe havíamos roubado. Contava as suas histórias entre risadas e gemidos que acrescentava quando os episódios se tornavam muito vívidos. Misturando batalhas a atos de violência gratuita, as risadas revelavam um prazer degenerado. Não duravam muito porque se chocavam com a consciência de sua atual condição, transformando-se em remorsos. Eu o olhava curioso, sem entender o que acontecia com ele; remorsos! De onde viriam os remorsos? Do excesso de álcool? Não soube o que ele sentia nesses momentos pelo fato de nunca ter sentido algo tão curioso. Pois sim, remorsos!

    Alegria e tristeza, as expressões em que elas se manifestavam, me consumiam o maior número de experiências que comecei a fazer na época. Meu propósito era me livrar da primeira como se fosse possível abolir todos os sorrisos da Terra. Ignorava-os, tentava ignorá-los, para continuar isolado no meu mundo coberto de sombra. Alegria, o que chamava alegria, ligava-se às manifestações da vida das quais sentia pavor. Tudo em mim, o próprio ar que respirava, relacionava-se à minha maldição pessoal, ao crime perpetrado em meu nascimento. A morte adquiria especial importância por ser o único caminho à danação suprema. Assim, nos esforços empregados para me livrar da vida, entreguei-me, sobretudo, às experiências que conduziam à morte.

    Acompanhava um boi levado para o abate, anotando os sinais da agonia que precede a morte. Não digo que tais experiências me tivessem satisfeito. O boi morria rápido e eu nada aproveitava. Não poucas vezes, trazia um segundo animal para recuperar o que me havia escapado. Queria explicar-lhe o que era sofrimento e morte para que a sua angústia ultrapassasse os limites do sofrimento irracional e chegasse até mim. Mas estupidamente o boi me lançava o mesmo olhar bovino de incompreensão de seus antecessores, e a experiência fracassava. Bem, não todos. Felizmente. Algumas vezes, poucas, tinha sorte de me deparar com um animal mais atormentado. Embora seu entendimento fosse extremamente reduzido, tenho certeza de que percebia a extensão de sua desgraça antes do cutelo pôr um fim às minhas observações.

De alguma maneira, por um simples movimento dos olhos, explicava-lhes que não passavam de um monte de carne destinada a entupir os nossos intestinos e terminar como matéria repulsiva que os escravos descarregavam no rio. Quando era possível ouvir um uivo de desespero, eu alcançava a razão de minhas buscas e me afastava satisfeito. O abate que maior satisfação me despertava era o dos porcos e, em segundo lugar, o das galinhas. Às últimas, assistia a uma escrava raspar-lhes as penas do pescoço e enterrar-lhes a faca lentamente, com cuidado, para não desperdiçar nenhuma gota de sangue. Eu lhes ordenava prolongar o ritual de sangue e morte e rabiscava notas incompreensíveis, como se algo no desespero das aves pudesse se perder se não tivesse os apontamentos à mão naqueles preciosos minutos. Passando-se tudo como uma experiência científica, aliada aos rituais africanos ligados a sacrifícios de animais, meus desejos eram atendidos com naturalidade. As negras exibiam satisfeitas as aves debatendo-se nos estertores da agonia e penso que, se tais episódios ocorressem anos depois, teria o registro fotográfico de minhas experiências e com elas resgataria momentos preciosos do meu passado.

No entanto, verdadeiro prazer eu sentia quando torcia o riso das escravas na imaginação e transportava-o para a agonia das galinhas, ouvia gritos humanos substituírem o cacarejar confuso das aves. Sim, aos poucos não me satisfaziam os terrores de meros irracionais submetidos aos sacrifícios que nós, humanos, lhes infligíamos para a nossa digestão diária. O que sabiam os animais da morte que fosse capaz de lhes causar horror? De que maneira veriam as trevas desconhecidas transformadas em danação eterna? O que a vida significava para eles além de uma atividade contínua visando encher o estômago para que, posteriormente, o nosso estômago também fosse satisfeito? Como lhes explicar, por fim, que o seu sacrifício só existia porque nós não comíamos capim como eles? Não, queria mais. Queria ouvir gritos humanos, desesperadamente humanos, no lugar de roncos desconexos incapazes de me conduzir à fonte espiritual do prazer almejado.

Mas era a matança de porcos que me trazia as maiores emoções. De alguma maneira, esses repugnantes animais sabiam o que lhes esperava. A esses o Criador dotara com a capacidade de perceber, a despeito do seu animalesco embotamento, que uma desgraça estava para acontecer. Irracional, inexplicável, estapafúrdia desgraça. Engasgavam-se em roncos e urros (não sabiam gritar) que não podiam ser suínos apenas. Os músculos contraíam-se entre as amarras que lhes imobilizavam o corpo e pareciam inchar a ponto de romper a própria pele, expondo um entrelaçamento de nervos e carne em desabalada agonia. Algo, uma sombra, alertava-os de que poucos segundos os separavam da iminente extinção. E eu, em vez dos esforços para lhes transmitir o desespero como fazia com os bois, passava a apreendê-lo. Empenhava-me assim em extrair a dor de seus roncos. Fixava-lhes os olhos, penetrava-os em busca dos sinais mais visíveis do sofrimento. Inútil. Por maiores que fossem os meus esforços, permanecia do lado de fora, e o desespero não transgredia o debater impotente de corpos esgotados a soltarem gritos lancinantes. Já não tinha gritos de sobra? O que seriam simples gritos se não compreendêssemos a linguagem cifrada do horror que os produzia? Tomava a faca do escravo e me encarregava pessoalmente da matança, imaginando criar um vínculo entre carrasco e vítima. Escavava-lhes a camada de gordura depositada entre a pele e o coração. Interrompia a operação oferecendo-lhes momentâneo alívio, apenas para recomeçar o suplício e prolongar o ritual. Transformava o abate numa tortura, objetivando ampliar o sofrimento do animal e torná-lo humano. A intenção era fazê-lo um homem, e eu, o seu assassino. Uma vez o cheiro de sangue se tornou tão forte que me provocou um êxtase. Mandei vir outro porco e o matei, embriagado pela sensação nova. O odor de sangue tomou conta de todos os meus sentidos, arrancando-me da terra para me levar às nuvens. Mandei trazer mais um porco. Então, um escravo correu até o Comendador para preveni-lo de que eu estava matando todos os porcos.

 Se não lograva atingir sucesso total, ao menos aumentava a minha fome. Exigia o animal abatido por mim no almoço. Ao engolir a carne sacrificada num ritual de perversidade, sentia fortalecer o meu espírito. Era como se, dentro do meu sangue, passassem a circular os gritos aniquilados pela minha crueldade.

 Percebi depois que sofrimento e desespero associados não se limitavam à presença próxima da morte.

 Cuidava de um filhote de cachorro. Ao me ver, o bicho dava pulos de satisfação, correndo e me cercando com a alegria própria dos infantes para os quais o mundo é um repositório ilimitado de sua inesgotável energia. Eu tratava bem o animal, dava-lhe comida, alisava-lhe o pelo. Se um cachorro sentisse ou pensasse como o seu correspondente humano, estou certo de que amor seria o sentimento que teria por mim.

Passou a me causar irritação. Certamente a alegria dele ao me ver, o modo como balançava o rabo, a língua que saía da boca num ridículo esboço de sorriso humano, a irrequieta demonstração de alegria que me prodigalizava, a mistura de tudo isso me criou o mal-estar. Não era essa a imagem que buscava num cão. Como falei, a alegria me causava aversão, e sua demonstração, em qualquer ser vivo, me enfurecia. Se suportava a alegria num ser humano, num cachorro tornava-se uma afronta indesculpável. Não demorou para que desse fim a tais demonstrações. Comecei por lhe dar um pedaço de carne e retirá-la de sua boca ao tentar engoli-la. A mistura de frustração e tristeza, resultante da infrutífera busca do alimento, me causou tal deleite que decidi expandi-lo.

Imaginei formas mais requintadas de torturar o animal. Misturava grande quantidade de pimenta na carne e deleitava-me com a sua dor quando as entranhas se incendiavam. Amarrava-o a uma árvore e colocava alimento fora do seu alcance. Ele se consumia em inúteis tentativas, até sentar-se diante da carne e uivar tristemente. Às vezes soltava-lhe a correia, colocando, porém, uma chapa quente de metal sob o alimento. Faminto, o animal não tomava as necessárias precauções e se jogava sobre a chapa fervendo apenas para recuar aos uivos. Não há como negar a satisfação que me dominava ao expor um inocente aos inesgotáveis caprichos de uma crueldade superior. Não estaria errado ao afirmar que foi a época mais feliz da minha vida.

– O melhor amigo do homem – dizia ao companheiro irracional que ingenuamente continuava demonstrando alegria ao me ver – tem por obrigação diverti-lo. Não concorda comigo?

Ele balançava o rabo e abria a boca ferida, expondo a língua, no único gesto de alegria e conformidade que podia oferecer ao amo. Não demonstrava, naturalmente, a alegria plena de poucos meses antes. Acabei por me cansar dele. Entediava-me a sua presença, e as novas torturas que lhe impunha não me satisfaziam. Tornou-se um animal taciturno, não me oferecia as mesmas oportunidades de lhe desbaratar a alegria de antes. Talvez começasse a sentir pena do animal.

Um escravo capturou dez ratazanas que aprisionou num cercado construído para o fim em vista. Eu planejava terminar as experiências caninas com um combate à altura dos mais baixos instintos da crueldade capaz de infligir a um ser vivente.

Para resumir, deixei as ratazanas famintas e joguei em seu cercado o cão, enfraquecido e sangrado. O cheiro de sangue enlouqueceu os roedores, e o massacre provocado seria uma das experiências mais fascinantes da minha vida, se não fosse por um detalhe inesperado. Ao terminar a experiência, digamos assim, e observar os ratos devorando a pasta sangrenta que antes chamava o meu melhor amigo, descobri Felícia contemplando-me e não soube dizer o quanto havia presenciado. Um longo segundo passou sem que nenhum dos dois ousasse pronunciar palavra.

– Como pôde fazer uma coisa dessas! – exclamou ao se recuperar do transe provocado pela visão da barbaridade.

Não respondi, esforço inútil. No lugar, injuriei-me por não ter lembrado que ela poderia estar me vigiando. A cólera desviou-se de mim e pousou no corpo do animal morto. E então nas ratazanas que me voltavam os focinhos sangrentos. Dali voou e se agregou em minha prima. Imaginei-a ocupando o lugar do cachorro, e um sorriso denunciou uma satisfação espúria, aumentando a sua indignação. Quis agarrá-la e sangrá-la, oferecê-la de banquete aos roedores. Que desgastassem as minúsculas mandíbulas em despojos humanos. Ali, naquele lugar afastado, quem veria? Não fui avante, não estava preparado para substituir animais por gente, ao menos naquele momento, e a possibilidade me causou um tremor.

– Escute, Finoca...

– Não me chame Finoca.

– Ouça, Felícia, não entenda errado o que viu. Você sabe que faço experiências.

– Isso não é experiência, é maldade. Você adora causar sofrimento nos animais.

– Felícia, se lesse um pouco mais em vez de passar o dia inteiro ao lado de sua mãe costurando e rezando o terço, saberia que as experiências com animais têm uma finalidade científica. E a crueldade com eles, com os animais, é usada para poupar as pessoas do sofrimento.

Ela me olhou com uma expressão ainda mais indignada:

– Quer me convencer de que não matou o cachorro para se divertir? – O rosto retesou-se numa risada que não se concretizou. – Sei que se considera um sábio porque leu os livros de uma porção de filósofos heréticos. Pensa que são melhores do que Deus? É por causa deles que se julga superior a nós? Até hoje, ao menos, nunca teve o desplante de dizer que matou um animal para que as pessoas sofram menos.

Comecei a achar divertida a indignação da minha prima, tive vontade de prolongar a conversa e, com ela, quem sabe, a sua irritação. Se me continha para não quebrar o seu pescoço e jogá-la aos ratos, me contentei em aumentar a sua exasperação:

– Agora é você que está zombando de mim, Felícia. Todos os dias bois morrem, porcos morrem, galinhas morrem para encher o seu estômago. Sabia disso? E você se perguntou se era preciso que morressem? Algum dia chegou lá fora para ver se não sofriam ou nem se importou? Mas vamos deixar os animais de lado. Falemos agora nos escravos. Nunca pensou que seria imoral manter um ser humano na condição de animal de carga? Ou pensa que esse outro lado não fere a religião nem soa como heresia? Pois eu lhe afirmo, nenhum dos filósofos heréticos teve escravos...

Exasperada, ela tampou os ouvidos com as mãos, ao modo de uma criança:

– Não quero ouvir mais, não quero ouvir mais!

Aproximei-me, ela recuou. Estava muito assustada e era possível que percebesse o que se passava em minha mente. Talvez já soubesse que o meu estranho comportamento escondesse algo de monstruoso. Não sei se tal palavra seria apropriada na época, não sei mesmo quando a usei pela primeira vez. Claro, mais tarde, muito mais tarde. Não tinha ideia, naquela altura da minha vida, de aonde chegaria. Falei uma porção de coisas, estendi o assunto, o cachorro doente que teríamos de sacrificar, eu precisava conhecer a reação dos animais ao sangue derramado. Queria descobrir o que faz um ser vivo matar outro. À exceção do demônio, mas este aí não era preciso discutir naquele momento, não acreditava que o demônio se interessasse por animais. As palavras soavam confusas, eu as fazia ainda mais confusas para que ela não entendesse o que não poderia ser, de forma alguma, entendido, se a questão principal, eu, não fosse abordada.

Naquela noite fui assaltado por pesadelos de cães e porcos torturados. Não sabia se o motivo da tormenta era remorso infligido pelo olhar chocado de Felícia ou ter sido surpreendido num ato que não queria compartilhar com ninguém. Levantei-me e abri a porta do quarto, passando para o terraço.

Apoiei-me na mureta, contemplando a noite se estender inerte pelos campos adormecidos. "Por quê?", gritei para ninguém. Pensei que uma voz distante, uma voz impessoal que tanto pertenceria a Deus como ao demônio, aos mortos ou aos porcos torturados por meus instintos perversos, responderia em qualquer lugar entre as árvores. Não respondeu, talvez não pensasse ser a hora certa, talvez apenas não houvesse voz nenhuma.

Não me afligiam os estranhos caminhos por onde me enveredava, pelo contrário, sentia uma confiança ilimitada em meus instintos distorcidos. Experimentava uma indiferença absoluta por tudo e por todos. Indiferença das rochas e das paredes, das pedras de mármore que cobriam a sala lá embaixo, dos enfeites espalhados pelos móveis, relicários, oratórios, do relógio de parede diante do qual o Comendador passava horas à espera do cuco, e para o qual tanto fazia andar como parar, tanto fazia se o conservássemos ou o despedaçássemos. Indiferença de um mundo que se torturava de dia apenas para se refazer de noite e esperar por novas torturas no dia seguinte. Tudo o que fizéssemos de bom ou de mal enquanto o sol atravessava o céu em seu passeio diário – desapontamentos, fome, sacrifícios, fraquezas, lembranças dolorosas – e que nossa razão nunca sonhasse entender desapareceria numa noite de sono. Não tinha certeza sequer de que do sol saberiam que existia um planeta chamado Terra no qual milhões de seres saíam de sua toca ao vê-lo no céu e voltavam para dentro quando ele desaparecia do outro lado.

A voz que esperava ouvir dos confins da vida e do inferno não chegou aos meus ouvidos. No lugar dela, ouvi tia Inês às costas:

– Também não consegui dormir – falou vindo na minha direção.

Virei-me espantado. Assustou-me de ter falado em voz alta. Não seria impossível, depois de surpreendido pela filha na tarde anterior. Qualquer coisa seria possível e não me sentia tão protegido em meu mundo particular como antes do episódio com Felícia. Meu espírito excitado esperava por novas surpresas.

Cobria-se com uma capa escura que a envolvia da cabeça aos pés e não soube se, sob a capa, estaria vestida em camisola de dormir ou nas roupas habituais. Percebi a touca sob a manta. Continuou:

– Estava sentada lá embaixo. Ouvi o ruído da porta. Escutei os passos. – Encostou-se na mureta e fixou os olhos lá adiante como à espera de uma palavra da voz longínqua que me negara uma resposta. – Finoca me contou que o viu ontem de tarde.

O que teria ela a dizer? Suportava todos os dias um marido com cheiro permanente de bebida, um filho turbulento não muito mais inteligente que um jumento, outros dois filhos de quem nem era bom falar, um monte de negros resmungões que ameaçavam insurgir-se e

matar todos os brancos. Espremendo o terço entre as mãos pálidas, esperaria uma palavra de Deus em vão. E aí então, por que daria tratos à mente se eu torturasse um miserável cachorro que logo estaria doente e morto de qualquer maneira? Falei:
– Finoca se confundiu.
Interrompeu-me:
– Falou o suficiente. Bem, está certo, ela não tem certeza do que viu.
– Eu digo o que ela viu. Um cachorro doente e umas ratazanas. Não sei por que ficou indignada. Sabe o que disse a ela? Não temos piedade dos escravos que são gente. Por que a indignação por causa de um cachorro? Para ela sou o pior homem da Terra.
– Você sabe que não é verdade, Afonso. Ela gosta muito de você. Acho... – E nesse momento hesitou antes de concluir. – Mais do que dos irmãos.
– Felícia quer que eu faça o que ela faz, passe o dia inteiro de terço na mão. Não se conforma de eu dar mais valor aos livros.
Ela não demonstrou surpresa:
– Olhe, Afonso, não vamos misturar Deus nas conversas. A experiência me ensinou, meu filho, que todas as coisas mudam com o tempo. Hoje se pensa de uma maneira, amanhã se pensa diferente. Só Deus é sempre o mesmo. Você pode dar a importância que quiser aos livros... eu também acho os livros importantes... mas não pode esquecer Deus.
Enfiei no rosto uma expressão de compunção. Não sei se ela acreditou. Não ousava revelar a ninguém o que pensava. Não podia esperar que entendessem. Minha tia, principalmente. Admitia que eu tivesse uma natureza diferente da dos outros. Maligna, como se diria. Mas já não se dizia até que não diferíamos dos animais? O que esperavam de mim? Não se pode pedir a um leão que se comporte como um coelho.
– Tia, os animais são nossas vítimas. Assim como os escravos. Não se pode fingir piedade por nossas vítimas.
– Vítimas! Mas, se somos cristãos... Os cristãos sim foram vítimas dos leões em Roma.
– Acontece que depois os romanos se tornaram cristãos e mandaram os leões de volta para a África. Tia, nós matamos os animais e comemos a sua carne. Fazemos os escravos trabalhar para nós e os espancamos.

– Você tem palavras estranhas, Afonso. Animais não são gente. Não têm alma. E os escravos, nós os ensinamos. Se são chicoteados, é porque não entendem de outra maneira. É nossa responsabilidade fazê-los bons católicos.

– Não acho que a maneira de torná-los bons católicos seja por meio do chicote.

– Afonso, acho que o excesso de livros minou a sua fé. Escute. Temos Deus, a Igreja e o Imperador. Quando eles julgarem que a escravidão é injusta, tenho certeza de que a extinguirão. Você fala como esses abolicionistas que gritam na corte que escravidão é desumanidade. Eles são os mesmos homens que gritam contra o Imperador pela República, não são? Nenhum deles sabe o que acontece no campo. O que vai ser da fazenda se os escravos forem embora? Os bois vão desaparecer no pasto e os abolicionistas morrerão de fome.

– Os americanos do norte libertaram os negros.

– Nossos escravos não são como os deles. Aqui você os abandona e eles morrem no dia seguinte.

Esquecendo-se de que dissera pouco antes que os negros precisavam de nossa mão caridosa (acrescentada, claro, do chicote), afirmava agora não saber o que seria da fazenda Ferreirinha sem os escravos. Não aludi à contradição para não prolongar o assunto. Não estava interessado na sorte dos negros, a não ser por uma questão de civilidade. É preciso deixar claro que o sofrimento não me causava interesse como um estigma marcando uma raça, apenas no que apresentasse de pessoal. Por outro lado, utilizava-me da ambiguidade criada pelas palavras presunçosas dos meus tios apenas para ridicularizar uma humanidade que ali ninguém mais levava a sério. E, é claro, alardeava a crueldade praticada com os escravos para ocultar a minha. Além do mais, estava farto da fazenda Ferreirinha, farto de todas as fazendas, de todo mundo ali. Não via mais propósito em passar os dias ocultando dos outros quem eu era realmente. Queria ir para longe, qualquer lugar longe dali, e teria ido se não fossem os fatos subsequentes. No entanto, não queria discutir com a minha tia, a quem devia um reconhecimento mais forte do que arrancava dos meus sentimentos atuais. Assim, me calei.

– Minha tia, acho que não devemos prosseguir a conversa. Diga a Finoca para manter-se afastada de mim. Tenho certeza de que evitaremos novos mal-entendidos.

Fixou os olhos em mim. Aparentemente não me levou a sério. Um sorriso rápido indicou que outros pensamentos ocupavam-lhe a mente. Não sei se cogitaria num possível casamento entre mim e Felícia. Nunca soube de seus planos para a filha, uma vez que se desfizeram com os acontecimentos posteriores.

— Não acho que o problema seja Finoca, Afonso. Quanto a mantê-la longe de você, não vejo dificuldade, ela passa o dia em casa, você no campo. O que acho é que devia pensar com mais empenho no que diz. É muito fácil nos enganarmos, hoje em dia. Principalmente para quem lê muitos livros e é jovem. Não se pode misturar pensamentos profanos com verdades eternas. Queria que pensasse mais no assunto, meu filho. Com os animais, o que se pode fazer? Foram colocados no mundo para prover a nossa alimentação. Não é erro matá-los. O erro seria fazê-los sofrer para nada.

— Sofre-se para nada, minha tia. Humanos e animais. Não há razão para o sofrimento, a não ser perversidade. Quando alguém sofre, um outro ganha alguma coisa.

Ela me olhou chocada:

— Que palavras são essas, Afonso? Perversidade! A nossa natureza foi feita por Deus, Ele não se enganaria ao nos criar. Concordo que existem falhas. Mas as falhas são nossas, não de Deus.

Não perdi a chance de espezinhá-la:

— Voltemos então aos escravos. Não penso que eles concordem que lhes moer as costas com o chicote seja a melhor maneira de torná-los cristãos honestos. Bem, talvez a opinião deles não seja importante, uma vez que não sabem de nada!

Sem se irritar com a minha impertinência, ela manteve o tom delicado, maternalmente rigoroso, utilizado para ensinar uma criança a não fazer certas coisas, deixando claro que as minhas razões não passavam de caprichos juvenis e não mereciam maiores atenções.

— Eu sempre recomendei ao Antônio que não maltratasse um negro. Você sabe que aqui é proibido dar mais do que cinquenta chicotadas num escravo. — Olhou-me com um sorriso que, em outras circunstâncias, seria luminoso. — São como crianças, têm de ser disciplinados. — (No entanto, ninguém havia disciplinado João Bento em criança com o chicote.) E adquirindo uma expressão grave. — Um negro, Afonso, não é como um branco, não sente da mesma maneira! Como um cavalo. Se não lhe meter as esporas nas ilhargas, ele não se move.

Quem havia me falado em cavalos? Ah, sim, Tibúrcio. Talvez fosse tudo, no fundo, uma história de cavalos! Ela compreendia que as palavras sofrimento e tragédia estavam ligadas a mim por laços superiores ao meu discernimento. Uma antiga desgraça, diria melhor, que não estaria longe de me legar uma maldição, embora ninguém ousasse conjeturar em torno de sua possível natureza. Assim se compreendia que eu tivesse maneiras estranhas. No fundo, atormentava-lhe uma culpa por ter visto a irmã mais nova desaparecer numa tragédia que ela (supostamente) poderia ter evitado. Por força de circunstâncias além do seu alcance, por ato de uma culpa que nunca conseguiu compreender, minha tia tolerava de mim mais que toleraria nos filhos. Começava a zombar das palavras dela. Queria mostrar-lhe que ela não era melhor do que o marido, ou mesmo um feitor. E, no fundo de todas as razões, do que eu. Apesar de sua rara bondade, tia Inês era uma participante involuntária do que acontecia ali, do espírito de crueldade, melhor dizendo, exercido segundo os ditames estabelecidos por eles. O que se tornava uma ofensa especial, para mim, é que a crueldade deles não feria o espírito cristão, o que não acontecia com a minha. É preciso mencionar atitudes magnânimas, como a de impedir o marido de vender um escravo mais velho. Ou separar marido e mulher, vendendo os dois para compradores diferentes. Mas o que faziam atitudes esporádicas, em meio à degeneração geral, além de confirmá-la? Cito um exemplo. Minha tia pegou um negro roubando um objeto dentro de casa e mandou chicoteá-lo. Abalada pela própria atitude, não suspendeu o castigo. Ao contrário, mandou reunir a família e os escravos na capela para suplicarem a São José que o açoitado não sofresse muito. O que valeria, diante disso, a crueldade praticada num cachorro? Não teria eu direito a um desabafo, num ato pueril de violência privada?

O que me incomodava nessa violência disfarçada pelo véu falso de piedade era que deformava mais o que existia dentro de mim, criando uma grande diferença entre o que eu era capaz de fazer e o que todo mundo fazia. A crueldade, como tentava dizer a tia Inês, era um ritual especial, não uma rotina praticada por ignorantes. No fundo, reduzia-se tudo a uma questão de clareza, de propriedade de atitudes. Opunha-me a açoitar um negro como castigo à negligência, aceitando torturá-lo por perversidade. E a perversidade, por definição, carece de justificativa.

— Não pertence a nós chegar ao fundo das razões — obtemperou ela com um sorriso de falsa complacência —, somos gente, meras criaturas de Deus. Todas as vezes que buscarmos certas respostas, tropeçaremos em nós próprios. Porque as respostas que você busca, meu caro menino, só se encontram na religião.

— Não estou certo disso, minha tia. Existem coisas dentro de mim que nunca tiveram resposta, por mais que invocasse Deus. Anos atrás, eu fechava os olhos e fingia não existir, dizia que nunca na Terra nasceu um menino chamado Afonso Resende da Mata. Ficava horas de olhos fechados, não sentia fome, não sentia frio, não sentia desconforto, não sentia nada. Pensei que esta seria a resposta de Deus, o nada.

Ela fez uma expressão de espanto e se persignou:

— O que está dizendo, Afonso? Isto é heresia, um absurdo. A resposta de Deus é a vida, nunca o nada. Você está muito confuso. Escute, eu também não espero que Deus me responda como se lhe mandasse uma carta e aguardasse a resposta. Temos de ser tolerantes com Deus também, e não só esperar tolerância d'Ele.

O rosto pálido dela, naquela hora fria da madrugada, perdeu a consistência sólida de pessoa para se assemelhar a uma visão, uma sombra clara que transgredisse a noite. Ela me tinha como excêntrico, dominado por leituras estranhas. Tia Inês, qualquer um ali, nunca seria perturbada pelos pensamentos que me aturdiam nas noites de insônia, sequer os consideraria. Pela primeira vez na vida, fui presa de uma solidão mortal. Quis confessar-lhe tudo. Devo dizer que aceitava a ética dos filósofos cujos ensinamentos abominavam a perversidade voluntária. Compartilhava de sua visão social de justiça e igualdade, o que causava sérios conflitos com os meus impulsos. Como naquela idade não diferenciava as questões que me envolviam das outras, criava dentro de mim uma ambiguidade entre o que pensava e o que era. Estava assim preparado para confessar tudo a minha tia; se preciso, pedir-lhe o perdão. Cheguei a abrir a boca. Uma espécie de discernimento calou-me, e o meu ímpeto transformou-se num suspiro.

— Sabe, Afonso, tenho me preocupado muito com você. Às vezes olho em seus olhos e lembro a minha irmã. Outras vezes são outros olhos, os olhos dele, e então tenho medo do que possa lhe acontecer. Sua mãe, minha irmã, também tinha pensamentos estranhos. Queria viajar, viver nos grandes centros, na corte. Pensei que eles desapareceriam com o casamento. Não desapareceram, pelo contrário, cau-

saram a sua morte. Mas claro, enquanto a sua mãe era de uma santa bondade, seu pai possuía uma maldade... satânica. Ele sim gostava de açoitar escravo. – Olhou para um ponto distante e fez um gesto de resignação. – Talvez um dia entendamos o que aconteceu. Meu pai, seu avô, foi contra o casamento, mas sua mãe era determinada, e ele acabou por ceder. – Jogou as mãos para o alto, numa demonstração de incredulidade final. – Sua mãe nunca deveria ter se casado neste lugar.
– O que quer dizer?
– Como as coisas terminaram, você sabe. Se ela tivesse ido para a corte! Sua mãe nunca esteve na corte, ela que se preparou tanto. Nunca andou na rua do Ouvidor. Quando estivemos lá, senti que a levava dentro de mim.
– Tia, outra noite sonhei com minha mãe. Fantasmas me perseguiam, e ela apareceu. Era muito grande e se vestia com roupas claras, macias, cheias de enfeites dourados. O rosto era coberto de uma pintura branca, muito branca, os olhos retocados de diversas cores. Eu queria ver a cor dos olhos dela. Ainda se lembra deles?
Ela riu divertida, acenou com o rosto:
– Não, Afonso, sua mãe não era essa. Essa mulher é outra coisa, na corte existem muitas. Chamam-se... cortesãs? Aqui a vida é simples, talvez simples demais para alguém que gosta tanto de livros. – Virou o rosto e me lançou um olhar duro. – Bem, pensei que você deveria partir para a corte.
Mais do que as palavras, o olhar dela espantou-me. Devo dizer que a corte exercia em mim uma grande atração desde a nossa visita anos antes. Uma mistura de fascínio e medo cercavam as minhas recordações dos dias que lá estivemos. No entanto, me pareceu que ela queria se livrar de mim e ouvi suas palavras com desconfiança.
– Como falei, foi um erro manter sua mãe aqui, numa fazenda cercada de vilas. O erro acabou por matá-la. Não gostaria de cometer o mesmo erro pela segunda vez.
Não pensei no assunto, porque suas palavras reforçaram os meus desejos anteriores. Certo, iria embora para a corte, teria uma nova vida lá, afastado daquele lugar em que a vastidão sem fim das terras contrastava-se com a estupidez das pessoas. Havia apenas um problema com o qual minha tia não atinara. Eu administrava a fazenda, uma vez que o Comendador permanecia ausente dias seguidos e, quando aqui se encontrava, estava bêbado a maior parte do tempo. Quem ela pensava colocar no meu lugar, João Bento?

Minha tia não teve tempo de colocar em prática suas intenções. A morte de Pedro Simão poucos dias depois, em infelizes circunstâncias, deixou-a transtornada demais para que seus pensamentos continuassem presos em mim. Encontrado morto perto da fazenda, apresentava marcas de espancamento. O principal, e que meus tios nunca souberam, é que havia indícios de sodomia ou do ato nefando. Como bem dissera, eu não era o único ali a esconder certas práticas incompatíveis com o espírito católico da casa. E, é claro, Pedro Simão não seria o caso mais escandaloso nem a maior tragédia entre as que nos esperavam.

Talvez tia Inês se recordasse da nossa conversa sobre sofrimento e dor enquanto pranteava o filho. É possível também que pensasse nos escravos açoitados. Como impedir que, ao nosso sofrimento maior, hermético, inexpugnável, se agregassem outros sofrimentos de que nem nos dávamos conta antes? A família representava o seu mundo, e os sinais da sua desagregação não podiam ser mais claros. A verdadeira dimensão da dor e da perda ela estava a ponto de compreender, agora que a primeira porta estava aberta para que os desastres se sucedessem.

O caixão seguiu para Vassouras onde o aguardavam mais de uma centena de missas. O Comendador não poupou dinheiro para que a alma do filho conhecesse os confortos do céu sem esperar inutilmente um período no purgatório. Não sei se tais práticas trouxeram consolo à mãe, cuja vida já estava dilacerada pelos desregramentos do marido e do filho mais velho. Se a prática religiosa na casa-grande era contida até então, todos os entraves ruíram. A partir daí, minha tia vivia de joelhos diante do oratório ou na capela, pedindo a Nossa Senhora da Conceição ou a São José que tomasse conta do filho. A casa se encheu de crucifixos, bentinhos, indulgências. Felícia seguiu os passos da mãe impondo-se autoflagelações e até o uso de cilício. Uma vez surpreendi-a chicoteando uma imagem de São José por ter permitido que o irmão morresse antes de a família lhe levar socorro. Eu tinha de fazer esforço para manter a expressão de gravidade que o luto familiar requeria. O Comendador, por outro lado, passou a se ausentar com maior frequência e a me deixar encarregado de zelar pela casa tanto como pela fazenda.

Tia Inês envelhecia a passos largos, o rosto magro tomado por rugas e uma marca de tristeza permanente imprimiu-se em seus olhos chorosos. Uma vez ouvi-a dizer que Deus a obrigava a uma provação de que não se sentia capaz, perguntando-me com frequência o que fizera para merecer castigo de tal monta. Demonstrações de alegria na casa-grande eram não só proibidas como, mais além, tidas como ofensivas. Acompanhando a decadência da dona, o casarão não demorou a cair em declínio. Se antes observava-se com rigor o lugar de todos os objetos ali dentro, agora tudo se encontrava espalhado sem qualquer ordem. Os escravos domésticos eram instruídos em seus afazeres com poucas e ríspidas palavras, não sendo as instruções cumpridas na maior parte das vezes.

Bem, ela já não tinha razões para fazer da família uma espécie de antecâmara de sua futura entrada no paraíso, nem ostentar a atual posição de senhora da maior fazenda das cercanias. Tudo o que desejou e sonhou para si e para os filhos ruía. Até a morte do filho, o Comendador passava por honrado fazendeiro, pai de família grave e responsável, restringindo as orgias com negras aos mocambos às altas horas da madrugada. Tal conduta foi deixada de lado. Ao desistir do baronato, ou seja, desde que descobriu que ser barão com grandeza ou até sem grandeza (mais barato) custaria de sua algibeira mais do que merecia uma monarquia desacreditada, julgou que o comportamento também não requeria as demonstrações de respeito que por força cercassem a casa e a posição de um nobre. Tornou-se republicano! Alisava as pontas do bigode com pomada Hongroise como faziam na corte, e saía a buscar todas as fêmeas que passavam ao alcance da vista. O olhar imperioso e o sobrecenho carregado, resquícios do antigo retrato tirado na rua do Ouvidor, e que se tornavam mais carregados e menos imperiosos após uma bebedeira, foram substituídos por um sorriso canalha exibido num rosto que estava sempre a ocultar uma patifaria. Sumia de casa. Vivia pelas bandas de Vassouras, ali se instalando com mulheres da vida, as chamadas "teúdas e manteúdas", trazendo algumas para a própria fazenda.

João Bento tampouco lhe era motivo de alegria. Turbulento e grosseiro, mal conseguia escrever o próprio nome e vivia aos galopes pelas redondezas, cavalgando alimárias e mulheres, volta e meia participando de atos de violência gratuitos. Aproveitava-se do nome do pai quando os poderes públicos vinham à sua cata. Não demonstrava interesse pela administração da fazenda; em qualquer negócio que se metia desaparecia com parte do dinheiro ou com todo ele, conforme lhe ditasse a necessidade. O filho em quem minha tia concentrava as aspirações maternas estava morto, deixando as propriedades sem sucessor do pai na administração. Eu não passava de um agregado que vivia à sombra da proteção dos meus parentes, e agora estava em minhas mãos a sorte da família que me acolhera.

Falei agregado, embora agregado não fosse a maneira mais certa de definir a minha situação na fazenda Ferreirinha. A começar pelo fato de terem vendido a fazenda dos meus pais e as contas nunca terem sido apresentadas.

Diante da minha tia, eu agia com comedimento e circunspecção, longe dela não raro aliava-me a João Bento. O filho imitava o pai na busca de escravas, embora os interesses possuíssem naturezas diferentes. Restringia-se ele a maltratá-las e humilhá-las, descontando nelas a raiva acumulada de seus fracassos com as mulheres brancas. Para tal não poupava tronco, ferros e açoites. Muitas vezes tomava a si o encargo de torturá-las e examinava com prazer as marcas deixadas em suas costas. Havia também certas brincadeiras que organizava com negros e negras mais dóceis. Colocava-os em roda, arrancava-lhes as roupas e mandava-os dançarem uns atrás dos outros. O detalhe infame, mesmo em se tratando de escravos cuja condição não poderia ser mais injuriosa, o detalhe infame, como dizia, era que eles tinham de enfiar um dedo na boca e o outro no cu de quem se encontrasse na frente. João Bento cantava e eles tinham de manter o ritmo e demonstrar satisfação. Alguns passos à frente, meu primo mandava trocar os dedos e recomeçava a cantoria.

Necessário esclarecer que muitos dos escravos na fazenda eram pretos livres enredados na escravidão pelas negociatas do meu tio. Foram contrabandeados para o país após a lei Eusébio, e o Comendador trocou seus documentos com documentos de negros mortos. Escravos. Assim os mortos passaram por negros contrabandeados ilegalmente, e os vivos tomaram o lugar dos cativos. Era um bom negócio, segundo ele, porque tais "peças" eram compradas pela metade do preço e trabalhavam tanto como os outros. E quem reclamaria? Naquela época não éramos afetados pela insidiosa campanha de José do Patrocínio e seus "abolicionistas de araque", que em vez de trabalhar infernizavam a vida das fazendas de café.

Se me estendesse em descrições pormenorizadas do que João Bento (secundado por mim) obrigava-os, cansaria qualquer um. A maldade que não vá além de pura maldade arrisca-se a se tornar enfadonha para quem não compartilhe do espírito do prazer. Basta dizer que João Bento obrigava-os a copular entre si e com animais. Confesso a ideia pobre que eu tinha do ato sexual como prazer em si. Nada do que vi parecia capaz de levar um homem a dissipar o dinheiro com mulheres como acontecia com o Comendador, ou arrancar do meu primo uivos que o faziam concluir a degradante bacanal derrubando uma escrava e cavalgando-a, arfando como se possuído por uma entidade das que dominavam os negros em seus rituais... Tudo isso me interessava na medida em que enxergasse nos escravos não a simples submissão que fingiam nos demonstrar. Queria o oposto, a revolta, o sofrimento vazado pelo ódio ao patrão e ao branco, queria conhecer-lhes os pormenores do sofrimento que a nossa prepotência e a sua impotência combinadas lhes traziam. Para João Bento só interessava estimular sua volúpia pervertida como um touro diante de uma vaca no cio. Tão logo atingia o clímax, o interesse na roda dançante se esgotava. Seu rosto experimentava total transformação. A obscena alegria tornava-se uma expressão sombria, melancólica, equivalente à incompreensão aturdida de um cachorro ao farejar os restos de uma festa. Às vezes jogava a garrafa de parati numa pedra e afastava-se com ar estúpido de choro. Não duvidava que, longe do bando de negros que lhe lançavam olhares aturdidos, ele desabava em prantos, e eu me afastava nauseado.

Apesar de estar presente nas orgias organizadas pelo meu primo, não era propriamente um participante. Quem me visse pensaria que ali era trazido por obrigação, submissão ou solidariedade. Como falei, não fazia do sofrimento dos outros matéria de prazer, e sim de observação. Não me divertia, melhor dizendo. Para mim, crueldade era uma necessidade, não simples diversão como para o meu primo. O espetáculo improvisado desfilava por meus olhos como se em vez de gente contemplasse animais. Infelizmente nas orgias do meu primo, em que poderia colher observações preciosas, a dor se atenuava em gemidos e suspiros confusos, dissipando as suas manifestações mais pungentes. O mais curioso era que, aos olhos dos outros e dos escravos em particular, eu passava por uma vítima da maldade de João Bento tanto quanto os escravos.

Meu primo tornou-se assim uma espécie de verdugo, zumbi ao modo das entidades conjuradas nos cultos africanos dos negros e que rondavam os seus barracos. É preciso dizer, nossas orgias não terminavam em sangue, e a razão é clara, escravo valia dinheiro. De qualquer maneira, o sangue viria a seu tempo. E o pormenor foi um acréscimo introduzido por mim tempos depois, em forma de sugestão a João Bento. Mas chegaremos lá.

Quis dissuadi-lo de levar para o tronco as escravas que fugiam. Ele repeliu as minhas palavras com cólera:

— O que te importa se as coloco no tronco? Tornou-se protetor de negros?

— Penso no seu pai, não estou certo do que acharia disso. Ele é zeloso das propriedades.

João Bento jogou as mãos para cima, impaciente. Resmungou:

— Ora, não posso mais me divertir com negros? Meu pai também se diverte. Sabe o que me aconteceu outro dia? Uma das concubinas dele me chamou para a sua casa. Bom, pode ser que ainda vá.

— Pai e filho com a mesma mulher! Seria uma experiência interessante.

Ele interrompeu os passos e me lançou um olhar desconfiado. Pensava que o acompanhava para manter os pais informados. Ou para desviá-lo de ideias que trariam problemas para o Comendador. Não sabia se eu levava a sério o que me dizia, se zombava dele ou o provocava. Nunca estava certo de minhas palavras. Não me enquadrava nos limites de sua compreensão, e tal fato o deixava fora de si. Não duravam muito as discussões, minhas palavras acabavam por prevalecer. As desconfianças só se tornavam mais graves quando se relacionavam às terras. Pensava que eu queria lhe tirar a herança da fazenda. Esperava de mim um golpe cedo ou tarde.

— Não gosto de vê-lo metido com os negócios da fazenda, Afonso. Você não passa de um agregado... E um dia quero dar uma olhada nas contas, pode ser que esteja faltando... como dizer, numerário. — Pensou na palavra usada e achou graça. De repente, deixou de lado o assunto como se nunca tivesse pensado nele. — Não pense que conhece os negros melhor do que eu. Marque-lhes as costas e o respeitarão. Trate-os bem e lhe cortam o pescoço. — E, na segunda vez consecutiva, mudou o assunto sem qualquer ordem aparente. Falou, desafiador. — Algumas vezes, Afonso, vejo-o como meio homem. Fraco, magro, emasculado. Falta fibra em você. Não é capaz de enfrentar os homens de frente, como eu. Está sempre a emboscá-los como nos tempos de criança.

Meio homem! Não soube o quanto se aproximava da verdade, embora o verdadeiro sentido da afirmativa nunca viesse a descobrir. Quanto às provocações que me lançava, não me importavam. Era melhor mesmo que as repetisse, uma vez que apenas anunciavam sua total impotência em cumprir as ameaças. Eu o tinha nas mãos e o teria à minha maneira quando chegasse a hora. Tudo o que dizia e fazia apertava mais a rede que acabaria por aniquilá-lo.

A visão de corpos nus num movimento de sombras revelava, sobretudo, a mesquinhez do corpo humano. Em vez do quadro de pureza conspurcada num ritual de demônios, a imagem que associava, ao ver os corpos negros empenhados na dança lúgubre da sua profanação, era a dos frangos decepados debatendo-se no terreiro. Nada além de uma náusea infinita associava os dois, a compreensão da própria insignificância que nunca seríamos capazes de vencer. A nulidade final em que esbarravam nossas aspirações de mortais, e que eu tentava em vão elevar pelo sangue, ampliava-se na alegria bestial do meu primo diante da pobreza do espetáculo criado. Para que o Comendador sustentava mulher em Vassouras, e João Bento caçava fêmeas metendo-se em brigas inúteis? Para aquilo? Que satisfação inalcançável os levava a buscar prazeres tão inócuos, incapazes de arrancar dos olhares aturdidos alguma dor de verdade? Não podia acreditar quando via o rosto do meu primo inchar-se excitado diante de um quadro tão vulgar. Tanto para tão pouco!

Ao submeter os negros aos seus caprichos, o membro do meu primo mal se continha dentro da calça; volta e meia ele o punha para fora como se submetesse o espetáculo da humilhação alheia ao seu próprio senso. O meu, por outro lado, permanecia flácido, nada daquilo me causava impressão. Queria transferir para os negros as observações e o sentido de aniquilação experimentado ao matar os animais, sem sucesso. A ligação entre a morte e o prazer que via manifesto no rosto do meu primo não se concretizava em mim. E foi em meio a esses esforços vãos que imaginei os primeiros passos para a realização final da ideia.

Minha tia tornou-se distante, calada; reclusa na própria dor. Até a morte do filho, ela enchia a casa com a sua presença. Uma certa quantidade de alegria vazava de seus movimentos ao se ocupar das infindáveis lides domésticas. Com a morte do filho caçula, os motivos que a levavam a extravasar satisfação doméstica desapareceram. Andava aprumada e rígida pela casa, preocupada apenas com a arrumação do lugar. Arrumação tornou-se assim uma questão de ordem e o que antes fazia parte de uma esfera de alegria e calor transformou-se em demonstração de disciplina. Os dias, as noites, as pessoas, vida e morte seguiam uma espécie de ordenação primitiva que era o início e a razão de tudo.

Uma noite ouvi discussão no quarto de Felícia e levantei-me. Oculto vi o Comendador olhar a esposa com uma expressão de bêbado, ela gritar e chorar dizendo palavras incongruentes. Afastada, Felícia girava o rosto entre os dois com um ar ausente, apático. Quis ouvir o que diziam, afastei-me, tive medo de ser visto. O Comendador levantou-se e caminhou pelo quarto, esbarrou numa cadeira, e minha tia atirou-se sobre ele, tentando jogá-lo pela janela. Ele se virou e derrubou-a com violência. Ergueu uma cadeira, bateria na esposa se um grito da filha não o alertasse. Ouvi ruídos por toda a casa e voltei para o meu quarto.

O comportamento de minha tia modificou-se em relação a mim. Imaginei que me consideraria, de alguma forma, responsável pela infelicidade abatida sobre a casa. Seus gestos assustados ao me encontrar, a irritação contida ao passarmos muito tempo próximos, reforçavam o pensamento. Associei suas suspeitas à tragédia dos meus pais, ao meu pai em particular, como se tivesse recebido um legado de loucura ou maldição e agora o transportasse à sua família. Era possível, no final das contas, que decidisse que o olhar que surpreendia nos meus olhos não fosse o da minha mãe. Uma ou outra vez avistei-a numa janela espiando-me no ato de matar um animal. Entre risadas, o Comendador apontava-me o dedo dizendo que eu seria o melhor açougueiro da localidade se não fosse tão habilidoso na administração das terras.

Sempre que podia, ele me fazia acompanhá-lo nas prolongadas excursões por suas terras. Digo prolongadas mais afeito à noção de tempo do que de distância. Enchia-o, porém, a ideia da importância da sua presença diante das extensões da propriedade. Não andávamos muito, felizmente. Nunca passávamos de uma pequena colina dois quilômetros adiante. Dali, aos arfados, falava entre gestos exuberantes, como se quisesse absorver tudo à volta. O mais curioso é que nunca se dava conta de que eu conhecia as terras melhor do que ele:

— Para além daquele bosque, lá adiante à esquerda, Afonso, até a divisa das duas pontes é a fazenda. Pode ver as montanhas azuladas do lado de Vassouras? A fazenda passa além delas. Mais para lá do morro arredondado com a forma de uma laranja... tudo, tudo me pertence. Meu! Do outro lado — voltou-se num movimento ágil e tentou localizar algum acidente do terreno que lhe servisse de referência, sem sucesso. Levantou as mãos num gesto irritado, admitindo um conluio secreto entre seres desconhecidos e a natureza para lhe impedir o correto dimensionamento de sua grandeza, e continuou –, mais de seis léguas na direção do meu dedo, tudo pertence a mim.

Mas o que importava realmente, quis interrompê-lo, a vida, a sua vida e da sua sucessão, essas aí lhe eram tiradas inexoravelmente e não seriam substituídas pelas extensões que ainda acrescentasse ao seu cabedal.

O casarão permanecia silencioso de noite. À meia claridade da sala, as pessoas desapareciam como se toda a luz de que dispúnhamos não fosse suficiente para nos distinguir das trevas. Sentávamo-nos distantes um do outro, sendo difícil nos reconhecermos nessas horas. O Comendador apeava-se sobre a marquesa e não mais se mexia. João Bento refestelava-se num preguiceiro e ouvíamos os roncos entremeados às parcas palavras que ousavam quebrar o pesado silêncio de recriminação que de noite, ao nos sentarmos todos juntos, se tornava presente.

Uma noite minha tia fez um gesto que a seguisse, pegou o castiçal e subiu as escadas, entrando na alcova em que guardava a arca. Depositou o castiçal em cima de um armário de gavetas. Remexeu lá dentro e retirou uma peça escura de roupa que abriu diante de mim. Era um vestido. Colocou-o num encosto do lado da janela. Estendeu-o e passou a mão sobre ele diversas vezes com cuidado, amedrontada pela ideia de que ele podia se desmanchar em suas mãos. Lá embaixo ouvi os passos pesados do Comendador saindo para a varanda. Os pés bateram no chão de pedras, produzindo pequenos estalidos. Seguiram em frente, afundaram na relva adiante e se afastaram.

Ela me olhou com um sorriso úmido. Pela primeira vez enxerguei o seu rosto livre da rigidez do pesar:

– Afonso, esse vestido pertenceu à sua mãe. Fazia parte do enxoval, usava-o nas ocasiões especiais. Era o que ela mais gostava. Não o usou mais depois do seu nascimento e perguntei por quê. Ela chorou e, bem, como podia adivinhar o que estava para acontecer? – Passou a mão na testa num gesto de desânimo. – "Ele não me tem dado sorte", foi tudo o que respondeu.

"Um erro trágico", completei em pensamento. E eu era o resultado dele.

Ela quebrou o silêncio que caíra entre nós, com ruídos abafados. Não percebi, absorvido como estava na contemplação do passado. Só então me dei conta de que chorava. Chorava de manso, soluçava, passava as mãos nos olhos tentando em vão dissipar as lágrimas que insistiam em rolar pelo rosto. Ao falar, a voz soou firme, como se tivesse expulsado as lembranças de dor que o passado lhe trazia:

— Guardei o vestido. Chegou a hora de entregá-lo a você. É tudo o que terá da memória de sua mãe. Saberá o que fazer com ele.

Suas feições voltaram a adquirir uma expressão de dureza e me passou o vestido. Dirigiu-se ao castiçal, pegou-o e saiu do quarto, deixando-me a contemplar aquele inesperado vestígio de passado que repousava nas minhas mãos, inerte. A escuridão acabou de me envolver.

3

Enfrenta-onça era um escravo alto, forte e espadaúdo, usado nos trabalhos de terra com carros de boi, transporte de toras, serviços pesados. Dotado de extraordinária força física, empenhava-se nos trabalhos sem fazer como os outros que negligenciavam as tarefas quando podiam. Acreditava numa velha promessa do Amo. O Comendador instituíra um prêmio pelo trabalho, prêmio este que culminaria em carta de alforria. Nunca soube se pretendia cumprir a promessa (certamente não). Cartas de alforria faziam parte de uma prática antiga. Prometia-se e não se cumpria. Não nos últimos anos quando o sistema escravocrata estava nos estertores. Acredito que, vendo-se os seus dias contados, tentava-se extrair tudo dos escravos em troca das tais cartas.

Enfrenta-onça seria um homem importante se nascesse branco. Infelizmente, o destino não o poupou neste aspecto particular. Havia algo de respeitável em sua conduta, de nobre, algo que se assemelharia à postura de um barão do Império como o meu tio tanto almejava. Nasceu com um sentido apurado de honra e dever que a condição de escravo não destruiu. Tinha esposa e filhos e um barracão, o mais bem cuidado de todos. Meu tio dizia que, se todos fossem iguais a ele, a fazenda Ferreirinha seria a maior da província. Sem entrar em detalhes, digo que Enfrenta-onça era um escravo à parte dos outros, e nas conversas com ele devia-se usar as mesmas maneiras usadas para um branco. Ou para Tibúrcio. O nome Enfrenta-onça não surgiu por acaso. Ele enfrentava uma onça sem usar armas, com as mãos livres. Matava-as e vendia a pele. Além da força física, apresentava uma habilidade espantosa e uma sabedoria instintiva que impressionavam quem quer que conversasse com ele.

O apelido Enfrenta-onça possuía também outro significado. Era dócil e acomodado de uma maneira geral. Provocado, tornava-se uma onça, revelava a natureza feroz das feras. Lembro-me de uma vez em que fugiu; um capitão-do-mato saiu em sua perseguição e sumiu. Mandaram-se então cinco homens que o trouxeram preso em correntes.

Não bastando as correntes, três seguravam o prisioneiro, e os dois restantes mantinham as armas engatilhadas.

Esse não foi, entretanto, o fato mais curioso ligado à fuga do escravo. Dois dias depois, foi encontrado o corpo desaparecido do capitão-do-mato que o perseguira. O mais intrigante foi encontrarem-no dilacerado e semidevorado. Tudo indicava o ataque de uma fera que saltara sobre ele sem lhe dar tempo de usar a arma. A fera devorou-lhe as entranhas e o peito, na procura do coração. O resto do corpo não foi tocado. Não havia sangue em volta do corpo, sinal de que ele fora lambido. Estranhei que o animal atacasse um homem e lhe devorasse partes insignificantes do corpo, com tantos novilhos soltos pela região.

Saíram à caça da fera, nada encontraram. Nem sequer indícios de uma onça que rondasse a região; nada. Os rumores não demoraram a se espalhar. Falaram em lobisomem, algo de humano e algo de fera, que assolava o lugar. Os homens tinham medo de andar pelos campos. Contavam histórias a respeito de um ser maligno a espreitá-los em busca de vingança sobrenatural. Os tempos passaram e nada mais aconteceu. Nenhum corpo foi encontrado, e a tragédia foi esquecida. O único a não esquecê-la fui eu.

Observava Enfrenta-onça com atenção. Exibia um comportamento impecável, trabalhava como se cumprisse um dever. Não media esforços; em alguns trabalhos, chegava a revelar uma força maior do que se esperaria de um homem. Uma vez o vi puxando uma carroça junto de uma mula incapaz de fazer o trabalho sozinha. Impressionava-me, em particular, o cuidado e asseio do seu barracão. Em total oposição aos demais barracões de escravos, devo acrescentar. Imaginava o que um homem daqueles seria capaz de fazer se não fosse escravo.

De noite esgueirava-se para um terreiro no meio do mato, em que os negros praticavam cultos africanos. Dançavam e cantavam calundus a noite inteira, desvairados pelos batuques de atabaques, pandeiros, canzás e botijas. Soltavam horrendos alaridos que a noite cobria como uma enorme caverna. E que, se minha tia presenciasse, diria ser coisa de Satanás. No que eu teria de concordar. Não sei se me percebia nos seus rastros. Movia-se pelo mato como se andasse em pleno dia. Algo, diria, que se aproximava da minha própria natureza. Assim eu não tinha dificuldade em segui-lo. Nunca se atrapalhava no emaranhado de moitas e árvores cobertas pela escuridão que atravessava, parecia guiado por um instinto animal que lhe substituísse os olhos.

Uma vez desapareceu no caminho e me protegi atrás de uma árvore, receoso de que tivesse me percebido. Senti um arrepio como se estivesse à beira de uma grande descoberta. Percebi que estava numa situação precária. Se fosse atacado, nada tinha com que me defender além do punhal usado para os porcos.

Ouvi um estalido às costas. Virei-me. Se fosse uma fera de tocaia, teria dado o bote antes de me colocar em guarda. Intrigou-me como chegara a uma distância tão próxima de mim sem ser percebido. Devo dizer que por aquela época eu já possuía os sentidos muito apurados. Capaz de enxergar na escuridão, onde ninguém via um metro adiante, ouvia zumbidos a distâncias impossíveis a um ouvido humano, pressentia ações antes de acontecerem. Se os ruídos às costas viessem de Enfrenta-onça fazendo a volta para me surpreender por trás, ele fora mais rápido que os meus sentidos.

Nada aconteceu. O estalido foi abafado pelo cicio das cigarras, e o mais absoluto silêncio me cercou. Esperei alguns minutos e prossegui por onde o vira a última vez, avistei-o lá longe entrar no terreiro iluminado por uns poucos lampiões. Ocultei-me para observar os negros entregues aos seus lundus. Entre eles, Enfrenta-onça tremia e dava grandes saltos, à medida que o ritmo se intensificava. Uma velha aleijada aproximou-se trazendo dois gatos decepados cujo sangue esfregou em seu corpo. De repente soltou um berro tão forte e rouco que todos se encolheram. Erguendo os braços, soltou outro grito mais forte do que o primeiro. Assemelhou-se a um rugido. A sensação foi que a terra tremia sob o seu ímpeto. Uma roda de negras envolveu-o, batendo os pés no chão numa cadência alucinada. De repente ele imobilizou-se e permaneceu inanimado durante muito tempo.

Uma galinha lhe foi estendida. Nunca ouvira de nenhum animal ruídos tão estridentes como aqueles da galinha ao lhe ser entregue. Tantas vezes sonhei com espetáculo semelhante, a expressão de dureza e crueldade de um homem num ritual de sacrifício. Algo que reservava a mim e via num desconhecido. Enfrenta-onça abriu a boca e dilacerou a ave numa única mordida em que metade do peito dela desapareceu sob os seus dentes, banhando o rosto no sangue esguichado.

Ele vibrava e se agitava, contorcia-se com a agilidade de um felino. Enfiando a boca no peito dilacerado da ave, mordeu alguma coisa lá dentro e surgiu mastigando o coração. O rosto feroz exibia agora uma expressão pacífica de criança. Tudo isso causado pelo sangue de uma galinha, pensei. Que paz lhe transmitiria o sangue de um homem?

O pensamento surpreendeu-me. Não sei o que me fez associar um ritual idiota de negros ao sacrifício humano. Hoje percebo que passavam por minha mente as primeiras ideias do que me esperava no futuro. Os pensamentos, aliados ao espetáculo diante de mim, levaram-me a uma excitação incontrolável. Mais ainda, o ritual impregnou-se em mim, dominou-me, e quis provar o sangue da galinha sacrificada.

Andei pelo mato em estado de embriaguez, sem noção do que fazia. Devo ter me deitado e adormecido. Ao abrir os olhos, deparei-me com Enfrenta-onça debruçado sobre mim, os lábios cobertos por uma camada de sangue que lhe escorria dos dentes, os olhos vermelhos e inchados consumindo-se em fogo. Vendo-me desperto, a boca abriu-se num esboço de gargalhada. Falou:

– Escute o que digo, branco. Não passará muito tempo e este lugar vai se encher de sangue. Sangue de branco. Os que não forem embora, morrerão.

Sumiu e nunca soube ao certo se o vi realmente ou não passou de sonho. Saí dali com os pensamentos atrapalhados. Algo que vinha se delineando havia tempo começava a se materializar. Refiro-me a João Bento. Estava próximo de me livrar dele. Para sempre. Ao encontrá-lo, falei que as orgias com os escravos de nada valeriam se Enfrenta-onça não fosse obrigado a participar. Ele admirou-se:

– Está maluco! Sabe quanto essa peça vale? Se meu pai souber.

– E quem teria coragem de contar a ele? O Comendador já soube de alguma? Muito bem, e se souber, o que acontecerá? De um lado o filho, o único filho varão, do outro um escravo. Pode ser um escravo valioso, mas não passa disso, escravo. E, mais um pouco, não valerá mais nada.

Ele me lançou um olhar desconfiado:

– Olhe aqui, Afonso. Uma coisa são as nossas diversões. Outra, é mexer com fogo. Aquele negro, não quero me meter com ele.

– Está bem, se prefere assim. Mas não fale mais dos seus feitos com negros como se fosse um valente, e eles um bando de animais. Enquanto existir um negro a quem você, João Bento, curvar a cabeça, não os chame um bando de negros degenerados.

João Bento fixou em mim os olhos amarelos que expressavam todo o ódio e medo que caberiam num simples olhar. Agarrou a arma e levantou-a na altura dos ombros. Observei os dedos contraírem-se brancos em torno da culatra, com a força provocada pela raiva. Tive medo que a apontasse para mim, mas no instante seguinte os olhos vaguearam pelo espaço à volta e percebi que não me via mais.

Minhas palavras tinham um propósito definido e me serviriam de duas maneiras diferentes. Dar um jeito em meu primo e me apossar da fazenda. Com um pouco de sorte, concretizaria ambas. E não demoraram a fazer efeito.

João Bento achou que ali estava a hora de mostrar que era o verdadeiro senhor da fazenda. Isso porque os próprios escravos o provocavam, cochichando entre si em meio a risadas. Não se mostravam tão submissos como se esperaria de escravos. Cercado pelos feitores, meu primo agarrou Enfrenta-onça em sua casa, trazendo-o junto à mulher.

Para não me alongar no episódio, Enfrenta-onça recusou-se a participar da orgia, João Bento tomou-lhe a mulher à força e violentou-a sob as vistas do marido contido à ponta de bacamarte. Ao final, meu primo mostrou-lhe o punhal e desafiou-o a vingar a honra da mulher. Ele não se mexeu. Inchado de satisfação, João Bento chamou-o covarde e outras coisas. O negro observou-o com um olhar frio e perverso no qual só eu poderia ler a resolução assassina que o determinava.

Poucos dias depois, Enfrenta-onça matou a mulher e os filhos, e fugiu. Avisado da tragédia, rumei para o barracão acompanhado do Comendador. Deixamos nossos cavalos a mais de cinquenta metros da cabana porque à proximidade da tragédia o cheiro de sangue enervou-os. Um bando de escravos amontoados na porta dispersou-se quando chegamos. Um feitor, saindo da cabana, fez um gesto de espanto ao nos ver. Os olhos refletiam terror, quis dissuadir o Comendador de entrar. Este fez um gesto de pouco caso e entramos, ofuscados pela penumbra e pela espessura do ar saturado de sangue. No cômodo que nos recebeu, vi uma esteira, uma cabaça cheia de água, potes de barro e andrajos. Não havia cadeiras, não havia mesa. Custamos a enxergar os corpos. O Comendador, porém, só passou mal ao fazer as contas das perdas.

— Quatro peças perdidas! — (incluído, naturalmente, Enfrenta-onça) balbuciava com os olhos fixos nos cadáveres. Duas negras contemplavam chorosas as crianças, sem coragem de perturbar o silêncio imposto pela morte. Ao nos verem entrar, afastaram-se submissas.

A visão dos corpos causaria tremores a qualquer um. Duas crianças estendidas no chão tinham a barriga aberta e as entranhas para fora parcialmente mastigadas. Pensei em animais que devoram os próprios filhos. Caminhamos sobre um chão lamacento e desnivelado. Numa esteira no fundo, separado da entrada por um tabique, deparamo-nos com o cadáver decepado da mulher. A cabeça no chão estava rodeada por uma poça de sangue solidificado; parecia decapitada por um único golpe. O resto do corpo estava intacto, não havia marcas de dentes.

Mal refeito da visão crua da morte, o Comendador falou amparado na parede:
— O que... o que aconteceu?
— Escutamos urros de noite... — falou um negro de cabelos brancos, também encostado na parede. — Urros e gritos. Muito tempo, muito tempo. Não paravam. Tivemos medo de vir aqui.
— Mas esse negro era tão equilibrado.
— Enlouqueceu — respondi.

Contei-lhe o que presenciara de noite, no ritual dos negros. Ele colocou a mão na cabeça, girou-a pelo barracão sem acreditar na cena à frente. Nada mencionei das orgias de escravos.

Ouvimos um relinchar teimoso de cavalo recusando-se a chegar até o barracão. A voz de João Bento cortou o silêncio:
— Saiam, saiam daí. O que estão fazendo grudados na porta, suas bestas? Vão para o trabalho.

Botas esmagaram os cascalhos lá fora, e ele entrou no barracão, intempestivo. Sua presença agitada abalou o clima de irrealidade que cercava os dois cadáveres de criança. Tudo ali dentro pareceu agitar-se levado pelo movimento desordenado que ele imprimia à volta, e a impressão que tive foi que o transe da morte acabava de ser profanado brutalmente. Ao dar com os corpos, parou e recuou boquiaberto:
— Que diabo é isso?

Acenei com a cabeça e apontei para o fundo do barracão onde se encontrava o cadáver da mulher. Ele tirou o chapéu como se para abrir mais espaço para o que aguardava. Entrou e voltou de costas, assustado pela cena macabra. Ignorando-nos, virou-se e atravessou a porta, saindo aos tropeços da cabana. Ouvi a sua voz lá fora:
— Você aí, pegue a garrafa de parati no meu cavalo.

Empurrando de leve o Comendador, segui-o e saímos do barracão. João Bento empunhava a garrafa e bebia em grandes goles, espalhando o líquido pela boca e pelo queixo como um sedento a quem entregassem uma garrafa de água.
— Alguém aí sabe o que aconteceu?

João Bento bebia e falava, as palavras saíam desordenadas, não faziam sentido. Do seu lado, o Comendador repetia, mergulhado no torpor:

— Mas o que aconteceu com o escravo?

Percebendo que a pergunta era dirigida a ele, João Bento jogou a garrafa vazia no chão antes de limpar a boca com as costas da mão. Quis responder e se atrapalhou. O rosto fixou-se no meu e fiz um aceno disfarçado de cabeça. Apaziguado, voltou-se ao pai:

— Eu digo o que aconteceu. Esses negros... — Não prosseguiu, uma crise de soluços sacudiu-o. Segurava o bacamarte como se fosse atirar em alguém. — Esses negros com seus rituais do diabo. Foi o que aconteceu.

Os escravos escutavam o diálogo entre filho e pai sem quebrar o silêncio portentoso. Rostos de pedra, não transpareceram emoção. A porta aberta do barracão ecoava a voz rouca do escravo fugitivo, como se convidasse todos ali a entrar. Nada à volta anunciava a tragédia, apenas um dia qualquer com o movimento habitual da hora.

Permaneci em silêncio. Observava o resultado da tragédia como se me emocionasse com um livro novo cujo tema nunca esperasse encontrar. Por mais que desse tratos à imaginação, não era capaz de conceber algo tão brutal, tão inexpugnável, como a morte oculta dentro daquele barracão. Espantava-me, sobretudo, saber que alguém, um negro, fora capaz de algo mais definitivo do que eu seria em situação semelhante. Dominou-me uma excitação trêmula, mais forte à medida que as sequências do morticínio tomavam forma em minha mente. Minhas experiências, acumuladas na observação da agonia nos animais, nada valiam perto do que aquele barracão ocultava.

Enfrenta-onça esperou-os adormecerem para estrangulá-los. Não havia sinal de reação, briga, nada. Morreram como se a morte fosse o prolongamento natural do sono. Aparentemente os corpos só foram violados após a morte. Pensei haver nisso um ritual macabro e associei-o à cena deparada dias antes, ao vê-lo cortar uma galinha ao meio com as mandíbulas. O Comendador, sem ainda acreditar no que acontecera, continuava a balbuciar interjeições desconexas. Falei-lhe da loucura e de certas manifestações diabólicas que os cultos negros provocavam. Ele pareceu aquiescer, por fim.

— Foi o diabo — repetiu João Bento semiembriagado. — Só o diabo é capaz de fazer um trabalho desses.

– Senti cheiro de sangue a noite toda. Cheiro do maldito – completou um escravo, confirmando as palavras do amo.
– O diabo, claro – concordei, olhando para o Comendador com um aceno de cumplicidade.
– O que importa agora é caçar o negro de qualquer maneira e pendurá-lo na corda. – João Bento adiantou-se, sem revelar qualquer envolvimento pessoal na tragédia.

O Comendador espantou-se com as palavras do filho, demonstrando que não lhe agradava a ideia de enforcar um escravo. Fixou os olhos em João Bento, voltando-os para mim a seguir. Os ombros ergueram-se ao modo da antiga autoridade. Pararam a meio caminho e tombaram na fraqueza atual. Balbuciou que um negro como aquele não se podia caçar como animal. Havia dinheiro, capital investido. Seu rosto girou lento pelo barracão. Ainda não acreditava que suas crias desaparecessem assim, tão abruptamente.

– Escutem, será preciso tudo isso? Já perdi três... – Falou baixo para mim: – Se ainda tivesse matado um branco! Não matou um branco, não precisa ser justiçado. Pega-se o negro, mete-se no tronco. Damos com o bacalhau nas suas costas, trezentos açoites, quatrocentos. Mostramos a ele o que vale de verdade e o que valemos nós. – Sua voz firmou-se e concluiu com a energia dos anos passados. – Depois do castigo, o colocamos nos ferros. Esperamos dois meses, até as piores marcas diminuírem. E então, vendemos.

Empinou o queixo. A barba grisalha, manchada de flocos brancos, brilhou em contato com a luminosidade da manhã, exibindo um ar de dignidade verdadeiramente imperial que trazia de um recanto oculto da memória. Nunca tinha visto nele uma expressão tão altiva como a que transparecia daquela mistura de espanto e incredulidade salpicados de horror.

Formamos três grupos. Um ao comando do meu primo, outro sob as minhas ordens. No meu grupo, estávamos eu, Tibúrcio e mais dois homens. O terceiro grupo era comandado pelo delegado e tomou uma direção diferente da nossa. O Comendador reuniu forças suficientes para recomendar a todos que queria o escravo vivo. Machucado, mas vivo! Ele saberia o que fazer quando o trouxessem.

Tibúrcio era um rastreador habilidoso e tive certeza de que nos levaria a Enfrenta-onça. Caminhamos dois dias pelas montanhas e pelos bosques sem trocar palavra, a atenção tensa nos detalhes do mato. Passávamos horas quase sem nos mover, em busca de indícios do escravo. Dormíamos poucas horas e prosseguíamos. Mais adiante descobrimos rastros do grupo de João Bento e de Enfrenta-onça que se misturavam e se afastavam. Pareciam seguir uma combinação qualquer, como se algo os fizesse aproximar-se e então os separasse. Certas horas a situação invertia-se e era o escravo que os seguia.

— Ele vai emboscá-los em algum lugar — sussurrou Tibúrcio com um aceno de rosto. — Vê como os confunde?

Mais adiante apontou outras pegadas acompanhando Enfrenta-onça. Três escravos das vizinhanças juntaram-se a ele. Concluí que o trabalho seria mais difícil do que esperava. Durante toda a perseguição, Tibúrcio permaneceu trancado num silêncio obstinado que, imaginei, seria idêntico ao mantido quando rastreava as tropas inimigas na Guerra do Paraguai. O pensamento me perseguia o tempo todo: poderia confiar nele?

— O negro... — falou ao parar para tomar água num riacho — ele é muito esperto. E conhece bem a região.

Chamou-me a atenção ele se referir a Enfrenta-onça como o negro. Pensei divertido na distância que julgava existir entre ele e o escravo. O tom de voz referia-se a alguém que nada tivesse em comum com ele, como se estivesse numa guerra e falasse do inimigo do outro país. Quase fui levado por uma risada que dominei a tempo. Não arriscaria a sua lealdade com um gesto estouvado. Se Tibúrcio se via branco que fosse branco. A mim não importava. Confesso que criticava o trabalho do Criador na gênese do mundo, por não fazer todo mundo branco. Teria imaginado todos os problemas que nos criaria? Respondi:

— Sim, muito esperto. Mas não pode escapar. E não ligue para as palavras do Comendador, não o quero vivo.

Nada revelei a Tibúrcio dos meus propósitos. Ele passou longo tempo a examinar o lugar antes de se voltar para mim:

— Claro. Vamos apanhá-lo.

Andamos poucas horas e escureceu. A chuva veio com a noite. Tivemos de nos proteger. Trovões e relâmpagos caíam sobre a terra como se os céus decidissem lançar-nos, numa única noite, seu furor concentrado nos séculos. O vento soprou açoitando-nos com rajadas de água gelada e nos encolhemos imobilizados nas pedras, impossibilitados de prosseguir. Cochilei abrigado numa rocha e fui despertado por um estalido. Um estalido que me lembrou episódio semelhante meses antes, quando seguia Enfrenta-onça no meio da noite. Abri os olhos assustado, deparei-me com a escuridão tombada sobre a terra como um bloco sólido; segurei o punhal na mão direita com força, enquanto buscava o fuzil no chão com a outra. A chuva continuou castigando a terra numa fúria crescente. Tremi numa expectativa mórbida, compreendendo a extensão da tragédia que nos aguardava. Um raio branco cortou a noite revelando Enfrenta-onça acocorado no alto de uma árvore, olhos arregalados voltados na minha direção. No instante fixado pelo raio, fomos surpreendidos por um espanto recíproco que provocou em ambos um movimento de recuo. O rosto dele parecia o resultado de uma ferocidade animal misturada aos últimos vestígios de uma expressão humana. Estava a ponto de saltar sobre mim. Os músculos, salientes e brilhantes pelo efeito das águas, adquiriram a dureza de uma rocha, e seus gestos calmos traduziram a frieza calculada de uma fera ao se aproximar da presa. Pouco restava de humano, antes um demônio materializado das trevas a ponto de concretizar uma vingança terrível. Seu rosto se descontraiu numa risada muda e dos lábios negros escancarados gotas de sangue escorreram diluídas pela chuva.

O clarão desapareceu, e a noite voltou a enclausurar o medo como uma espessa cortina. E no minuto seguinte não tinha certeza de tê-lo visto realmente. Pensei em chamar Tibúrcio, desisti. Melhor dizendo, não o queria por perto.

Guardei o punhal na cintura. Coloquei o bacamarte a tiracolo e caminhei na direção da aparição. A chuva batia em meus ombros como pedras, os roncos da tempestade assemelhavam-se aos urros de leões confinados na floresta. Cheguei à árvore, examinei-a. Não encontrei marcas de gente. Olhei à volta, segurando o punhal com força. A chuva continuava furiosa, não levaria muito tempo para inundar a região. Prossegui por uma trilha invisível entre a vegetação, que meus pés descobriam sem dificuldade. Ramagens retorcidas, puxadas para cima, indicavam a passagem do escravo. Os espaços entre as árvores estavam empoçados e os caminhos transformados em riachos barrentos. Enxerguei-me espreitado por figuras demoníacas envolvendo-me num círculo fechado. Caminhei atento a arbustos amassados que denunciassem a passagem de Enfrenta-onça. Não foi difícil localizá-los, pelo contrário, e suspeitei de uma armadilha; mas não recuei. Ele estaria mais interessado em João Bento do que em mim e não poderia continuar rondando as redondezas ou arriscava-se a ser cercado. Teria de agir rápido. Se pretendia atrair-nos a algum lugar, não seria muito diferente de onde nos encontrávamos. Quantos o acompanhavam? Tibúrcio dissera três homens, três escravos foragidos de fazendas vizinhas. Tive a impressão de que os negros perambulavam pela noite tão livres como nós de dia.

Eu estava ensopado, a água passava por dentro das minhas vestes, entrava pelas botas tornando quase impossível prosseguir. A chuva caía com mais força, gotas numerosas flutuavam na atmosfera formando uma grade suspensa que se fechava acima de minha cabeça como uma cúpula. Correntezas formaram-se entre as rochas e corriam no chão à maneira dos rios nas cheias. Uma neblina pousava sobre as copas das árvores e descia lentamente até o chão, multiplicando a espessura da escuridão. Parecíamos náufragos perdidos numa tempestade, suplicando aos céus pela nossa sorte de flagelados. Um raio cortou o céu partindo-o em dois. Ouvi a bateria de trovões e pensei que o céu acabava de tombar sobre a terra. Não passávamos de corpos esmagados que trafegavam por campos desertos, desprovidos de razão e desejo, impelidos por uma única ideia de ódio e violência.

Um grito dilacerado interrompeu meus pensamentos. Rasgou o espaço vazio da noite como uma faca. O grito desenhou diante dos meus olhos a figura de um porco debatendo-se sob a compreensão instintiva da morte. Nenhum grito soaria mais desesperado ou mais humano do que o ronco de um animal ao ter o peito varado por uma faca. O grito prolongou-se e se transformou em ruídos surdos. Diante da morte, falei em voz alta, que diferença haveria entre um homem e um animal? O que nos separava?

Ao primeiro grito seguiu-se um segundo. Este último animal, forte, cavernoso; um rugido de fera a cujo poder a natureza se curvava. Silenciou os trovões.

Havia entre os dois gritos algo de comum, um laço, rasgavam a tempestade como uma única força. Teriam se cravado em qualquer coração que por ali rondasse angustiado pelo frio e pela chuva, inundando-o com o desespero e a solidão que só a vastidão dos campos e o furor da tempestade infligiriam. Um ouvido como o meu percebia que estavam em total harmonia e eram produzidos pela fúria do instinto homicida. Do primeiro grito restavam apenas soluços engasgados; nada havia nele que não fosse a comprovação da própria desgraça, fraco, humano, espectral porque já destituído da força da vida. Este aí não assustaria ninguém, nem sequer comoveria a natureza em seu diário testemunho dos holocaustos cometidos dentro de seus longínquos horizontes. O segundo grito, rasgando as trevas e derramando-se pelos campos inundados, era o sinal mais claro da presença do diabo. Uma sequência de relâmpagos e trovões foi a resposta do céu ao desafio de potências ocultas pelas trevas. Segurei a faca e precipitei-me na direção dos gritos. Não sei que sentido me orientava, a escuridão era absoluta tornando impossível aventurar-se dois ou três passos adiante. Escutei a queda de um corpo seguido de outros corpos, sinais claros de luta. A terra cedia aos meus pés, eu afundava quase até os joelhos, caminhava com crescente dificuldade, não demoraria muito para as águas cobrirem tudo. Raios e trovões transformavam a Terra num planeta perdido no espaço vazio, em que a vida não resistisse à tempestade e acabasse.

As árvores rarearam e surgiu uma superfície clara tornando o espaço visível. Caminhei contornando as árvores, vi corpos caídos na terra e soube que um deles era João Bento.

O rosto do meu primo, rasgado como papel, estava irreconhecível. Enormes presas haviam lhe arrancado pedaços da garganta, das orelhas, do nariz. Não se restringiu ao rosto; ao ver o seu corpo, eu soube exatamente o que havia acontecido. Enfrenta-onça caiu sobre ele como uma fera de tocaia. Não houve tempo para um gesto de defesa. A não ser o grito (o primeiro). Mas então outro grito (o segundo) já o havia subjugado. Arrancou-lhe metade do pescoço expondo a seus olhos moribundos, nas últimas fagulhas de vida, o espetáculo do seu corpo devorado. O resto da vingança, o negro completou já desprovido de ódio, levado apenas por uma fome animal, insaciável, diante da causa dos seus tormentos; a ânsia de preencher pela boca os espaços vazios que sua energia revigorada exigia. Por fim, ao saciar a fome, dominou-lhe novamente o espírito do homem e da vingança. Vendo o corpo do inimigo inerte na terra, as lembranças de sua tragédia reacenderam o ódio e o desejo de aniquilação que ali o trouxeram. Observou o monte de carne dilacerada sem dominar os impulsos de homem e animal em árdua disputa por seus músculos. Ao contemplar o espaço à volta, a escuridão se desfez com a compreensão final de sua vitória. Músculos relaxados, Enfrenta-onça mutilou o cadáver e lhe cortou os órgãos genitais, enfiando-os na boca. Bebeu os primeiros jorros de sangue inundando-se com as forças do inimigo morto. E ali estava o desfecho de uma tragédia que lhe aniquilara a família. Entorpecido pela rapidez dos últimos acontecimentos, quis reunir dentro de si a força do animal e a glória do homem, no lugar inflamou-o uma fúria homicida, e chutou o cadáver pisando-o diversas vezes.

O corpo estava mutilado e não entendi como fora tudo tão rápido. Por mais que refletisse sobre a tragédia, não fui capaz de dispor as sequências no reduzido tempo entre o primeiro grito e a minha chegada ali. João Bento fora abatido e devorado em poucos minutos.

Seria possível imaginar algo parecido com uma alma que tivesse habitado aquele destroço humano? Como os animais, os homens não passavam de corpos animados de movimento. Sem identidade, sem esperança, respiravam o ar da atmosfera e se nutriam de sonhos que logo se esgotavam. Criavam então uma grande fantasia que denominavam vida apenas para desaparecer numa noite de tempestade, isolados numa natureza tão morta como o cadáver diante de mim. Em vez de servirmos nossos restos ao repasto dos homens, servíamos ao repasto dos vermes. Em que nos diferíamos de um porco?

Três outros corpos rodeavam o cadáver do meu primo. Nestes não havia mutilações. Foram mortos com um golpe seco, repentino. Também eles não tiveram tempo de se defender. Pensei com a garganta ressecada que se um estalido não me tivesse despertado em plena tempestade, através de um sentido misterioso que me alertara do perigo iminente, meu corpo não estaria em melhor estado do que esses. Aos olhos do escravo, eu seria tão culpado como João Bento. Como todos os brancos.

Parte do que eu esperava realizara-se: o cadáver de João Bento. Faltava a outra metade, o cadáver de Enfrenta-onça. Não estaria longe. Imaginei-o à minha espera em algum lugar, de tocaia, vigiando os caminhos entre as árvores que completavam o nosso círculo de trevas. Como ao ser descoberto pelo meu ouvido e exposto pelo raio da tempestade. Meus olhos fixaram-se no cadáver, agora levados por um sentido diferente do que a repulsa ao assassinato e à violação dos corpos. Guiou-me algo parecido com a fome que leva um animal a destroçar outro, a matá-lo enquanto simultaneamente abocanha e engole pedaços de sua carne. Uma espécie de volúpia grudou-os ali, buscando nas feridas abertas no corpo do meu primo cada marca viva do seu derradeiro momento. Transpus os grunhidos roucos dos porcos que eu matava ao corpo inerte do homem, para extrair dessa insólita associação a expressão de morte que brilhou nos olhos do meu primo antes que ele os perdesse para sempre. E que me havia escapado. Imaginei Enfrenta-onça diante de mim, metade gente metade fera, os dentes reluzindo o brilho frio de um punhal. Juntei a tal visão o grito surpreendido na tempestade. Desejei, com tal mistura, revivificar o cadáver diante de mim para reproduzir seus momentos finais. Por que não chegara poucos minutos antes, um minuto que fosse, teria presenciado tudo!

A compreensão de que deixara, por minutos, de testemunhar o episódio que tanto perseguia criou dentro de mim um vácuo. Rodeou-me um abismo que descortinava novas escuridões mais densas à medida que afundava no vazio deixado pelas águas. Invadiu-me um desânimo mortal, teria de começar tudo novamente; uma longa experiência pelos caminhos tortuosos do sofrimento e da aniquilação, por ser despojado do desfecho por poucos minutos. Experimentei um desejo de vingança contra o homem que me roubara a tragédia que eu havia planejado. (Ou não fora bem assim!) O espetáculo que ali me esperava fora organizado por mim. Era de fato o seu criador e dele não passava de mera sombra, um observador distante a quem só os restos do ato conjugado de violência e desespero fossem oferecidos. Onde os buscaria dali? Como refazer um episódio tão perfeito? Tudo por causa de um negro que se apossou do senso e da matéria da crueldade que eu tanto buscava, transformando-a em loucura.

Seria de fato loucura?

Vultos saíram de trás das árvores, mal destacados da noite. Caminharam na minha direção pelas estreitas ilhas de terra que despontavam entre as águas. Reconheci Tibúrcio e falei:

– Vamos atrás deles.

Tibúrcio olhou o cadáver do meu primo sem demonstrar emoção. Caminhou à volta, examinando os outros corpos. Voltou e falou, reflexivo:

– Não tiveram tempo de usar as armas.

– Sim, não tiveram.

– E os assaltantes não levaram as armas.

– Não sabem usá-las. Só lhes atrapalhariam a marcha.

Nossos acompanhantes não esconderam o pavor de prosseguir. Falaram que estávamos inferiorizados em número e mandei-os voltar levando o cadáver do meu primo. Os outros, levaríamos mais tarde.

– Não deixem a mãe vê-lo – adverti.

Olhei para o céu. A massa de água continuava despejando-se leitosa contra o fundo escuro que tragava a floresta. Uma saliência brilhante numa nuvem descobriu a lua.

— Estranha sepultura — falei escorando os cadáveres que eram deslocados pelas águas.

Seguimos na direção das pegadas que deixavam o local do sinistro. De novo não procuraram disfarçá-las. Tibúrcio trazia a espingarda inclinada no braço frouxo, de forma a manter as mãos livres caso precisasse delas. Eu levava a minha arma a tiracolo e uma das mãos presa no punhal. Os homens se despediram de nós como se despediriam de condenados. Quatro homens armados mortos facilmente; como acreditar que seríamos capazes de enfrentá-los?

— Procurá-los nesta noite, com tanta chuva — falou um —, é buscar a morte.

Não respondi. Queria de qualquer maneira caçar um inimigo que me mostrara como sofrimentos idiotas infligidos em animais indefesos não passavam de veleidades. Guiava-me um propósito pessoal, a busca a um poder (ao menos, o conhecimento da existência deste poder) inalcançável enquanto esse inimigo existisse. Empurrava-me junto o vazio criado à volta pelo feito de um outro, a percepção da irrelevância dos meus propósitos enquanto esse outro possuísse um poder maior do que o meu. A expectativa do momento, aliada ao emaranhado de reflexões que a visão do cadáver do meu primo me induzia, apressava os meus passos, forçava-me a avançar mais rápido, estrangulando o tempo que me separava de Enfrenta-onça. Tudo o que ele tivera por tão pouco — repetia numa tentativa impotente de compreender o que me fascinava no escravo fugitivo. Porque na verdade, como parecia agora numa espécie de fundo comum de sucessivas tragédias, éramos cúmplices no assassinato de João Bento, e eu, a parte lograda. De qualquer maneira, e isso era o mais importante, não havia lugar para nós dois num mesmo mundo. E agora, seguindo o mesmo ritual de morte estabelecido em nosso duelo privado, teria de matá-lo para a fraqueza que se apossava de mim não me subjugar.

Fiz um gesto de mão a Tibúrcio que se imobilizou e levantou a arma, apontando-a na direção do meu dedo. Pressentia-os. Deveriam estar à nossa espera, contava que sim. Senti o dedo tremer, possuído pela fúria da tempestade. Nesse momento, como a seguir uma ordem minha, um raio brilhou no céu, substituindo a escuridão por um dia exausto e sem vida. Enxerguei-nos cercados por um cortejo imobilizado de esqueletos, troncos desnudos ponteavam a terra por entre uma vegetação imóvel; e a poucos metros de nós três silhuetas humanas surgiram sobrepostas às copas das árvores mais próximas. Apontei a arma e fiz fogo. Tibúrcio atirou junto. Os gritos ecoaram enquanto a escuridão se fechava de novo sobre a tempestade, então os trovões sacudiram o céu. Dois corpos caíram no chão, num ruído amortecido pelo crepitar monótono da chuva. Atiramos novamente. Silêncio. Corri na direção dos corpos, e Tibúrcio veio atrás sem descansar o fuzil.

Pulei sobre os cadáveres, avistei um vulto correndo e se desviando das árvores. Parei e mirei. Tibúrcio atirou antes de mim, o vulto tombou para frente. Larguei a arma para apressar o passo. Deixei-me guiar por um instinto desconhecido, não havia marcas, nada que indicasse a direção de Enfrenta-onça. Ele estaria saltando entre as moitas e se agarrando às árvores como fantasma. Mais adiante reparei que Tibúrcio não me acompanhava, eu fora rápido demais. Quis chamá-lo, não ousei fazer ruído. Encostei-me num tronco alto, compreendendo que o escravo me fizera percorrer um arco com o objetivo de me separar de Tibúrcio. Apertei o punhal e saltei para frente, afastando-me das árvores.

Escutei um grito longínquo e soube instantaneamente o que aconteceria. O grito transformou-se num urro, o urro evoluiu numa gargalhada feroz que encobriu os roncos da tempestade. Não tinha direção, parecia soar de todos os lugares ao mesmo tempo. O céu ficou claro como se o dia brilhasse num relance alucinatório, um vento quente soprou entre as árvores, curvando-as. Um estrondo pulverizou o céu, e um raio se abateu sobre uma árvore a poucos metros de mim, incendiando-a. Logo a árvore era engolida por uma enorme labareda.

Um corpo pesado caiu sobre mim. Nunca soube de onde veio. O choque me fez acreditar que árvores em fogo acabavam de desabar. Um braço que mais parecia pedra prendeu o meu pescoço e o teria quebrado se um galho em chamas não caísse sobre nós, arrancando-lhe um grito. Não durou mais do que um segundo, mas foi o tempo necessário para repeli-lo.

Desvencilhei-me dele e nos colocamos frente a frente. Eu e Enfrenta-onça. Estremeci ao ver nele a mesma expressão animalesca deparada poucas horas antes num clarão da tempestade. Nada havia de humano naquele conjunto de olhos, nariz, músculos retesados e um corpo gigantesco materializado do nada. Os olhos, cortados por estrias sangrentas, expeliram um clarão de ódio cujas dimensões verdadeiras permaneceram ocultas na tempestade.

— Malditos todos os brancos, vou matá-los.
— Você teve a sua chance, deveria ter fugido.

— Ficarei aqui. Todos os brancos são malignos, e todos morrerão.

— Os brancos viverão, só você morrerá.

Ele riu e recuei com a força da risada. Nem a tempestade parecia tão ameaçadora.

— Matei a minha mulher porque um branco a violou. Para me vingar dos brancos, comi partes dos cadáveres dos meus filhos. Trouxe para mim a vida deles. Agora o poder do leão, que protegia os meus avós, me pertence.

Ele teria me cortado a garganta com um simples movimento de braço. Mas fui mais rápido e lhe enfiei o punhal abaixo das costelas. O punhal entrou macio, sem encontrar resistência. Ele abriu a boca, surpreso. Não havia choque nem dor; apenas surpresa por algo que não poderia acontecer. A surpresa o paralisou o tempo necessário para um segundo golpe. Arranquei o punhal e cravei-o de volta. Ele abriu a boca atordoado com a nova estocada, mas não se deixou abater. Os braços caíram pesados em cima dos meus ombros, e os dedos fecharam-se sobre mim. Faltaram-lhe forças, porém, e libertei-me com facilidade. Lutávamos diante da árvore incendiada; na minha frente a tempestade, às costas o fogo. Uma labareda caiu rente a ele, e o brilho do fogo ofuscou-o, afastando para longe o seu poder desmoronado. Procurei os seus olhos, ávido de buscar em suas profundezas as marcas que lhe deixara a agonia de João Bento. Não as encontrei.

Não encontrei a agonia, não encontrei a dor. E onde não existe dor não existe sofrimento.

Movimentando-se como embriagado, empurrou-me para o fogo, não foi capaz. Agarrei um galho em chamas e o bati contra seu rosto. Gritou. Quis fugir, mas o cerquei com facilidade. A partir daí, ele não passava de um leão agonizante, presa fácil de meus golpes. Caindo ao chão, levantou o braço num gesto derradeiro que foi tão inútil como o de uma barata ao erguer a antena num pedido de misericórdia. Agarrei-o e abocanhei-lhe a junção do pescoço e ombro, arrancando-lhe um naco de carne com os dentes. Mastiguei a carne e engoli o sangue que ainda circulava quente dentro dela. Ele estendeu-se no chão inerte e arrastei-o para o fogo. Ainda observei movimento nos seus olhos e gritei que iria queimá-lo vivo.

— A vida dos seus filhos e a sua passaram para mim.

A partir daquele momento, teria o meu horror e o ódio dele circulando no meu sangue.

O calor que nos envolveu dissipou todos os vestígios da tempestade. Ele ainda fez um movimento desordenado. Desistindo, me olhou com uma expressão zombeteira. Enfureceu-me. Se esperava arrancar dele uma súplica que me devolvesse a roubada agonia de João Bento, não tive sucesso. Enfrenta-onça deixou-se levar para a morte com uma expressão militar do dever cumprido. Entendi que não matara os filhos e a mulher por repulsa à profanação de João Bento, seguia um velho instinto animal que aniquilava o que perdia as forças para a sobrevivência. Ao contrário do que eu acreditava, não se tratou de um desabafo de fúria selvagem, apenas demonstração de piedade. O que não era nada do que eu buscava.

A lucidez reforçada pelo fogo aumentou a minha fúria. Agarrei uma tora em brasa e aproximei-a do ferido. Eu lhe daria um último momento para compreender que, despojado da vingança e da cólera, só a dor o esperava. Ele abriu a boca e lhe bati com a tora, na expectativa do urro de dor que o vento e a tempestade embalariam em seu crepitar monótono. A chuva formou uma cortina líquida à nossa volta, isolando-nos do mundo. Suas mãos se abriram num gesto derradeiro. No momento seguinte, estava morto.

Ao levantar o rosto, vi Tibúrcio do lado. O fuzil apoiava-se nas pernas, e a posição descansada indicava que ali se encontrava há algum tempo. Mantinha a atitude distante e passiva de simples observador. Estremeci diante da expressão dura do seu rosto. Senti inibição semelhante à experimentada diante de Felícia ao me surpreender com o cadáver do cachorro. Porém a Tibúrcio devia uma explicação, uma explicação em que eu também acreditasse. Isso porque minha prima nada conhecia das extensões a que nos levava a crueldade, nada sabia do mal e assim não sabia quem eu era realmente. Não Tibúrcio.

Ele segurou a arma com força e esperei que atirasse em mim. Não conseguiria me defender e senti um pesar enorme. Pesar por estar ali, por nós e por quem éramos. Ao contrário dos meus temores, depositou a arma numa saliência do terreno protegida da chuva e se dirigiu ao cadáver. Observei-o, sem fazer qualquer movimento. Alguma coisa além da crueldade que me possuía e da amargura de um homem que trazia consigo a marca da escravidão criava um laço entre nós. Por ora, não precisava temê-lo.

Quando voltamos, esperava-nos o corpo de João Bento dobrado sobre uma mula diante da casa-grande. A varanda, mergulhada na escuridão, era atravessada pela luz tênue de um lampião na sala. Amainara-se a tempestade. A chuva agora caía em pingos grossos e compassados que pareciam seguir o ritmo de um tambor fúnebre. Distingui minha tia sentada lá dentro, as vestes costumeiras, o rosto oculto nas sombras que giravam à sua volta como almas penadas. O Comendador andava de um lado para outro, volta e meia retirava o patacão da algibeira e o consultava. Parecia especialmente oprimido pela madrugada e media insistente o tempo que o separava da aurora. Não passaria de uma cena habitual se não fosse a hora e o cadáver aqui fora. Antes que eu entrasse, ele veio para fora e caminhou até a mula. Permaneceu em pé, imóvel, sob a água da chuva que o atravessava em filetes. Desviou os olhos do cadáver e levantou as mãos para o céu, num clamor impotente. Entrou em casa abanando a cabeça, certo de que nada do que o rodeava pertencia ao mundo de verdade.

A partir desta segunda morte, minha tia começou a definhar. Quedava-se numa poltrona e passava o dia inteiro imóvel sem pronunciar palavra. O marido chamou médicos que lhe aplicavam ventosas; nenhuma mudança obtiveram em seu estado mórbido. Uma noite ouvi-o falar irritado com ela:

– Não se lembra do enterro que fiz para o Pedro Simão? Mais de dez padres acompanharam o cortejo fúnebre. Paguei missa em intenção da alma dele para os próximos dez anos. Nenhum pai fez tanto pela alma do filho como eu!

Pouco depois Felícia deixou a casa para seguir a vocação religiosa e se internar num convento. Era a única pessoa que acompanhava a mãe e, com a sua partida, minha tia acabou de mergulhar na solidão.

Eu evitava entrar em casa para não encontrá-la. Tinha medo de que ela enxergasse o que se passava dentro de mim. É que (falo muitos anos depois, de modo que posso estar misturando os fatos) nessa época fui acossado por sonhos e suspeitas de que os acontecimentos envolvendo as mortes de João Bento e Enfrenta-onça não foram como lhe havia contado. Histórias diferentes em sonhos que se repetiam me faziam acreditar que eu matara o escravo e depois o meu primo. Eu havia assassinado João Bento, mutilado o seu cadáver, eu! Mas estava claro que nada do que via em sonhos era verdade, apenas minha mente confusa invertendo imagens a esmo, sem objetivo outro que não me atormentar. Às vezes a surpreendia olhando-me com uma fixidez doentia e chegava a tremer, imaginando-a penetrar em meus sonhos mentirosos e ver o horror que me torturava de noite. Queria gritar-lhe que não era verdade, acreditasse em mim. Ao contrário, corria para fora, montava no cavalo e ia para longe dali; desejava apenas que ao voltar a encontrasse morta.

Resta-me dizer que os céus, que ela tanto venerou, não recompensaram a sua bondade. Pelo contrário, em troca da paciência e tolerância dedicada a todos, lhe enviaram o mal, castigando todos os filhos. "O que eu fiz?", balbuciava, olhando para a cruz que tinha sempre nas mãos. Não havia mágoa ou recriminação, apenas dor. Às vezes perdia-se na contemplação da cruz e espichava os pensamentos até os olhos se fecharem num sono sobressaltado. "Por que comigo?", falava bruscamente de dentro do sono. Abria os olhos de repente e arrastava o silêncio cada vez mais para dentro de si. Como se pouco a pouco se desfizessem os restos de esperança, fechou-se numa tristeza inexorável. Imagino esses romances sentimentais em que o autor quer se livrar de uma personagem e faz com que ela apareça morta um belo dia. Com tia Inês não foi diferente. Um dia amanheceu com tosse. No outro, não quis sair da cama. No terceiro, estava morta.

O que confesso agora ninguém nunca soube. Nem sequer desconfiou. Ela estava na cama, melhor dizendo, o corpo. O corpo, bem entendido. Tinha morrido havia poucos minutos, eu estava sozinho no quarto. A princípio não parecia morta, continuava olhando fixo para mim. Exceto a expressão que perdera todos os vestígios da dor e se mantinha imobilizada diante de uma cena invisível como se eu não existisse, como se nada mais fosse real.

Chamei-a pelo nome diversas vezes, sem obter resposta. Peguei-a pelos cabelos e esbofeteei-a. Nada. Uma mistura de desespero e satisfação perversa apossou-se de mim. Chorei, pedi perdão por machucá-la. Era a única pessoa no mundo que eu não ousava machucar. De repente dei um beijo nela. Alguma coisa transformou o desespero em desejo. Sussurrei palavras lascivas em seus ouvidos, numa última esperança de que ela retornasse ao nosso mundo.

Debruçando-me sobre o cadáver, acariciei-lhe o rosto imaginando uma expressão de vida e saúde onde somente a morte e a ausência habitavam. A região abaixo do pescoço não se esfriara e pensei que havia resquícios de vida naquele corpo que eu não podia deixar se extinguir na distância e no vazio absoluto da morte.

Segurei o corpo como se tocasse uma mulher ardendo de vida. Um desejo irresistível apossou-se de mim e despi-a. Possuí o cadáver com uma volúpia que nunca mais voltei a sentir.

— Se o seu marido não a fez sentir-se mulher, é necessário que tal aconteça antes que o seu corpo deixe para sempre o nosso mundo.

No final, quando eu resfolegava os últimos ardores que me deixavam o corpo de amante, passei a mão de volta na base do pescoço, estava frio. O desejo de amante foi substituído pela fúria do rejeitado e esbofeteei o cadáver gritando-lhe injúrias e obscenidades.

Era noite, a casa mergulhada na escuridão, duas velas ardiam ao lado do cadáver. As próprias sombras haviam se recolhido a total imobilidade. Quedei-me ao lado dela e chorei.

A perda da esposa, pouco tempo depois da morte do filho primogênito, atordoou o Comendador. Dois filhos mortos, a filha num convento, e... claro, minha posição de administrador da fazenda Ferreirinha estava consolidada. Meu tio perdia-se em delírios, passava o dia bebendo atrás de concubinas. Agora as trazia para casa, sumia com elas nos quartos, passavam o dia inteiro gritando lá dentro. Não raro o surpreendi bêbado esfregando-se com uma delas. Virou motivo de risadas dos escravos que eu alforriava aos poucos, receoso das insurreições estimuladas pela campanha abolicionista. Dei graças a Deus tia Inês estar morta ou diria, meu Deus, o que fizemos a eles esse tempo todo?

Cada dia mais, o Comendador mergulhava nos delírios encharcados de álcool. A fazenda estava entregue a mim, ele não passava de uma figura nauseabunda a perambular pelos domínios que pouco antes apontava dizendo com uma empáfia insuportável, tudo e todo mundo neste lugar me pertencem! Sim, dele, mas não por muito tempo mais. Buscava-o na vila e o jogava na cama, desejando que a morte o levasse de vez.

Certa ocasião, quis chicotear um negro e me olhou furioso quando lhe expliquei que ele já não era escravo. Acusou-me de roubo, ameaçou expulsar-me de suas terras. Os negros rodearam-no risonhos e depois enfurecidos com os seus vitupérios. Afastei-me, pensando que eles acabariam por fazer o serviço que eu desejava, mas apenas lhe encheram a cara de lama. De noite ele entrou em casa resmungando que iria buscar o delegado para colocar todos nos ferros. Caiu numa esteira ao lado da escada. No outro dia, não se lembrava de nada.

Para passar as longas horas de solidão naquela casa infestada de fantasmas, eu trouxe um piano da corte. Um piano negro de cauda, da marca Erard, chegou em lombo de burro junto de um professor.

Com ele aprendi as primeiras lições. Passava as horas tocando polcas e *schottisch*, valsas e sonatas. A música afugentava os fantasmas que começavam a me rondar naquela época, estalando as grandes tábuas no assoalho que jaziam sobre o silêncio dos mortos, tendo o poder suplementar de acalmar os acessos de fúria do Comendador. Embalado pela melodia, concluía que a falta de música fizera a família se perder. Adormecia e passava as próximas horas entre rosnados e os delírios habituais.

Tibúrcio foi embora da fazenda. Alegando que na corte o chamavam para um cargo digno de um Voluntário da Pátria, montou num cavalo e partiu levando apenas a espingarda. Não aceitou dinheiro, alegou que não precisaria na corte. Tão rápido como voltara dos combates, desapareceu de nossa vida, foi embora seguindo a mesma estrada pela qual ali chegara como escravo.

Decidi que chegara a hora de o Comendador deixar o nosso mundo. Não bastando os incômodos a que me obrigava, havia a possibilidade de acabar vendendo a fazenda a um dos espertalhões que o rodeavam, e que eu não conseguia afastar dali.

Ele vivia atormentado por um sentimento de culpa em relação à mulher, pelo que a obrigara a suportar nos últimos anos. Havia outra culpa, muito mais grave, que só descobri anos depois, e que teria dado plena justificação ao meu ato. Misturando perturbações ao álcool, acordava de madrugada aos berros, aterrorizado com o fantasma da mulher à sua espreita. Se quisesse apressar a sua passagem para o outro mundo, deveria pedir ajuda ao fantasma da minha tia.

Vesti camisola e touca, esfreguei o rosto com tinta branca, esperei a noite, coloquei-me diante da sua cama. Ao me ver encolheu-se na cabeceira da cama como uma criança febril, gaguejou palavras indistintas infestando os meus ouvidos com pedidos de perdão.

O mais difícil foi conter as risadas. Duvidava que ele acreditasse na farsa o tempo todo, mas não seria difícil que não me enxergasse, mergulhado como vivia num mundo de alucinações alcoólicas. A custo contraindo os músculos para que um gesto em falso não me denunciasse, olhei-o nos olhos e murmurei rouco, de forma a tornar indistinto o tom de voz:

— Não estarei em paz enquanto você permanecer na Terra. Deverá vir ao meu encontro aqui.

Ele batia os dentes e não deixei de sentir pena daquele destroço de homem que almejara tornar-se barão do Império. Diante de mim,

colocava-se nada além de uma criança aleijada, sujeita aos rompantes de nossas perversões.
— Por favor, por favor...
— Nossos dois filhos estão comigo e pedem a sua presença. Fomos atirados no mundo do além por causa das suas perversões. As preces da nossa filha não bastam para diminuir os nossos tormentos. Somente você.
— Eu... eu prometo...
— Como ousa falar em promessas depois que fomos atirados às trevas por causa das suas iniquidades? Não pode buscar a salvação condenando-nos às trevas eternas.
— Estou arrependido e farei tudo para...
— Não há mais arrependimento no mundo em que estamos. E, para você, só existe uma maneira de demonstrar sincero arrependimento. E a maneira — estendi a mão, apontando a janela — é vir ao encontro da sua mulher e dos filhos.

Ele sentou-se na cama e esfregou o rosto, dizia, vá embora, vá embora, seu lugar não é aqui. Teria de arrancá-lo da cama e jogá-lo lá embaixo.

— Não poderia me dar um dia para pensar? — falou súplice e tive de me conter para não cair numa risada.

Caminhei na sua direção levantando as duas mãos, e ele abriu os olhos, estarrecido. Estava assustado de verdade e tive curiosidade de saber o que via. Era possível, na confusão de sono e álcool misturando-se em sua mente, que visse realmente a esposa vinda do outro mundo, coberta pela expressão feroz de uma entidade sobrenatural.

Levantou-se e fez menção de correr. Tropeçou na cama e se segurou no parapeito da janela. Avancei na sua direção. Não vendo caminho de fuga, passou para o lado de fora. Empurrei-o, o rosto libertou-se dos efeitos do álcool para iluminar-se com um inesperado discernimento.

— Você!

Se teve tempo para descobrir, não teve tempo para entender. Nem para se defender. No minuto seguinte, projetava-se em pleno ar.

Teria me reconhecido tarde demais? Corri para baixo. A altura não era grande, mas a cabeça bateu na saliência de uma pedra do pavimento de entrada. Para não deixar nada ao acaso, assegurei-me do trabalho da queda, complementando-o para que o coração dele não ousasse mais bater.

Abarrotei o corpo no caixão de comendas (Hábito de Cristo e o Hábito da Rosa, concedidos pelo próprio Imperador ao passar por Vassouras), brasões e honrarias. O que existia e o que não existia. Adicionei o título de barão que eu próprio inventei e do qual, tenho certeza, ele teria grande orgulho. Encomendei um grande cortejo fúnebre presidido por uma porção de padres, paguei adiantado mais de cinquenta missas pela alma do finado; durante muito tempo se falou do enterro do barão Ferreirinha por toda a região. Como a única filha viva não estava presente, coube a mim as honras da família. Acredito que melhor não poderia me sair.

Com Felícia no convento, me tornei senhor da fazenda Ferreirinha e o administrador de todos os bens do espólio do comendador Antônio Ferreira e Benevides. Assim transcorreram os poucos anos em que juntei um capital no banco, com a venda de café e gado. Dividi a fazenda em arrendamentos, sendo os lucros partilhados entre mim e o arrendatário. Nos anos seguintes, nenhum dos impulsos à crueldade me incomodou. Tornei-me um bom proprietário, um comerciante astuto. Não tinha amigos, mantinha-me afastado de qualquer convivência humana. Entretinha-me com livros, importava-os de Paris. As horas de ócio, passava-as ao piano. Vivia numa altiva indiferença à comunidade e aos acontecimentos do país. Contanto que comprassem o meu café e o meu gado, e me pagassem direito, nada me incomodava. Teria até comprado um título de barão, tal como desejou um dia o Comendador, se a República não substituísse a Monarquia mandando o velho rei para além-mar.

Durante as longas reflexões que me impunha no casarão vazio, perguntava-me se fora eu realmente quem trouxera a maldição para a família. Ou ela ali sempre estivera? Nunca atinei com resposta. Fazia tudo parte de uma fatalidade, algo ligado às nossas precárias noções do mal e do sofrimento, assim entendia os fatos. Tola pretensão a nossa, nos julgarmos os criadores do bem e do mal quando não passávamos de simples agentes. E, como descobri anos depois, estava envolvida, na sucessão de tragédias que se abateram sobre a família, uma perversão muito maior do que a minha. Que bastaria para condenar todos eles à Maldição Eterna. Não afirmo que foi fácil me livrar dos fantasmas da casa paterna e das lembranças do desabamento da família que me acolheu, sem esquecer que todos eles tiveram um único elemento comum em sua desgraça: eu. Mas não me deixava abater.

Maldição não é uma palavra que impressione os malditos. Só sentia por ela, minha tia.

Um dia me cansei de tudo e viajei. Deixei procurador em Vassouras, meu desejo era nunca mais voltar. Fui para Paris com a intenção de ali viver o resto da vida. Casei-me e enviuvei. As rendas da fazenda, porém, começaram a escassear, e minhas cartas para o Brasil ou não eram respondidas ou recebia respostas evasivas. Não podendo permanecer na Europa muito tempo mais, voltei. E um dia, pelo começo do ano 1901, aportei no Rio de Janeiro.

4

Cheguei ao Rio de Janeiro num dia de verão do ano 1901, no navio *Avon*, viúvo com 41 anos. Ao penetrar a baía da Guanabara, fui tomado de uma emoção esquecida, sentindo um mundo desaparecido inflamar-me a pele. As montanhas escuras mal destacadas das nuvens, naquela manhã enevoada em que as praias fixavam o contorno das águas como linhas brilhantes, me fizeram enxergar a grandiosidade da natureza que saltava de minhas lembranças. Nos minutos seguintes, as montanhas desprenderam-se das nuvens e tive a sensação de que tombariam sobre nós. Lá adiante, onde o mar encontrava a terra na curva da baía, erguia-se o morro do Castelo como uma protuberância escura sobressaindo-se do casario, à maneira de um suserano rodeado dos súditos. Não se passou muito tempo e a luminosidade do dia abrasou o céu. O mar foi cortado por espumas brancas, tornando a baía insólita, fundindo-a à terra e anulando os contrastes tão bem acentuados na natureza europeia. As montanhas oscilavam como se flutuassem na água, e experimentei algo parecido com a estupefação de Américo Vespúcio ao ser o primeiro europeu a penetrar entre aquelas montanhas negras. Ondas pequeninas batiam no costado do navio, aves voavam em bandos fazendo longas curvas no ar, a vida agitava-se intensa sobre a superfície das águas.

O navio parou no meio da baía. Foi cercado por botes, catraias e faluas, velas enfurnadas, que dançavam sobre as ondas; os barqueiros, mal se equilibrando no fundo das embarcações, chamavam aos berros os recém-chegados para conduzi-los a terra.

Gente e bagagens passavam do convés para as embarcações locais, num movimento tumultuado. Mulheres faziam sinais para os carregadores que lhes falavam desajeitados, receosos de ofendê-las. Homens desciam pelas escadas bambas gritando uns com os outros, fazendo-se gestos numa algaravia abafada pelo ronco estridente do mar. Marinheiros carregavam os objetos para os botes em troca de moedas, e o comandante acenava sorridente a cada passageiro que abandonava o vapor.

A impressão era de que nunca acabariam de descarregar o navio, e me mantive afastado do tumulto. Ao meu lado, uma mulher discutia com o marido numa voz alterada, amedrontada de se enfiar numa das faluas que balançavam como casca de noz entre as ondas. O marido insistia que não havia perigo, ela apontava o barqueiro repetindo que não passava de um *cochon*. E repetiu quase histérica com um dedo trêmulo, *cochon*! O barqueiro assistia à discussão numa língua desconhecida, acenando a cabeça sorridente como um cão incerto das intenções do dono.

Encostei-me no parapeito da proa e observei o cais distante. Cobrindo toda a superfície das águas entre o navio e a praia, uma massa de barcos oscilava sobre as ondas formando figuras escuras de caleidoscópio contra o fundo brilhante da baía. O comandante observou a paisagem ao meu lado e balançou a cabeça, num gesto superior:

– Lindo, não? – Acenei que sim. – Sinceramente, nunca vi costa tão linda como esta. – Espichou o pescoço mirando toda a praia. – *Épatant!* – murmurou para si.

– Realmente – respondi, monossilábico. A confusão me inquietava e queria ir para terra rápido.

– Pois ouça o que digo. Venho a essas paragens há mais de dez anos. Só uma vez coloquei os pés em terra.

– Tem algo contra a cidade?

Balançou a cabeça, reprovador. Encheu o peito com o ar marinho que soprava para a terra repleto de sal:

– Como falei, uma vez fui a terra e não tive coragem de pôr os pés lá novamente. Perdi dois marinheiros com as febres. Sem falar da sujeira e da escuridão de noite. Iluminação quase não há. Por onde passava, via negros fazendo culto ao diabo. Não duraram dois dias, os dois marinheiros. Sei lá onde se meteram. Até hoje as famílias me culpam.

Olhou para o lado, vendo as minhas malas:

– Vai desembarcar no Rio de Janeiro, sr. Da Mata? – Acenei que sim, ele continuou: – Não sei o que as pessoas vêm fazer aqui. – Ante o meu ar interrogativo, apressou-se em explicar. – Febre amarela, bubônica, varíola... Todas as doenças que flagelaram a Europa há quinhentos anos vieram parar aqui. Não permito que os marinheiros desçam a terra. Ficamos o tempo suficiente para pegar os passageiros que aqui embarcam. Olhe em volta, nem porto eles têm! Atracamos aqui, no meio da baía. Lugar atrasado. Uma pena – concluiu quase aos murmúrios, como se falasse apenas para si –, uma terra tão linda entregue a tanta sujeira.

A mulher que discutia com o marido deu a mão a um barqueiro lá embaixo, e uma onda maior desequilibrou-a, deixando-a pendurada a meio caminho entre o navio e o barco. Gritou amedrontada e, num balanço mais forte, largou a mão do marido no convés, caindo em cheio dentro da embarcação.

A fila de gente concentrou-se diante da escada. Alguns receavam descer do navio, outros queriam sair o mais rápido possível. Uma tensão bem alinhada em rostos que pouco tempo antes se extasiavam com os esplendores da baía marcava os passageiros no tombadilho. O comandante estendia a mão a cada um que descia a escada, ao modo de um sacerdote despedindo-se de um condenado à morte. Ouvi um homem dizer a outro:

– Uma família inteira, marido, mulher, três filhos; deixaram Nápoles dois anos atrás para trabalhar aqui. Todos mortos, febre amarela. Para que vieram? Para morrer? Preste muita atenção, não se afaste do Centro. Para além, tudo infestado.

A fila rareou em volta do tombadilho, e o comandante aproximou-se para um último aperto de mão:

– O senhor esteve longe daqui muitos anos, não? Pois ouça o meu conselho, não ande por aí sozinho. Gente imunda, dez anos atrás eram escravos, governantes ladrões, plebe ignara. Resolva seus negócios e venha embora. Daqui a um mês, passo de novo por aqui.

Não havia malícia em seus olhos. Queria ser solícito com um passageiro, reforçando os laços de uma solidariedade compartilhada na viagem pelo oceano. Retruquei:

– Capitão, vivi os últimos anos em Paris. Dois anos atrás testemunhei acontecimentos não muito diferentes na França. Ouviu falar do Processo Dreyfus? Governantes mentirosos, oficiais corruptos, gentalha fazendo gestos obscenos nas ruas. Isso o senhor chama civilização? Sim, faltavam as febres, não se morria da bubônica. De resto, não me parecia muito diferente do que acontece aqui.

Ele sorriu embaraçado e entreguei as malas a dois marinheiros antes de descer as escadas. Olhei uma última vez o vapor. Nunca mais voltaria à Europa.

Ao colocar os pés em terra, fui invadido por náuseas. Um cheiro adocicado de substâncias podres cobria o antigo largo do Paço, agora praça 15 de Novembro. Odores antigos, misturados a sensações esquecidas, impregnavam a atmosfera do largo. Girei o rosto confuso, aturdido pela mistura de impressões que vinham me abalar tantos anos depois. Na sucessão de recordações inesperadas, acabei por não saber onde me encontrava.

A praça estava mergulhada numa algaravia estridente que extinguiu os rumores das ondas, como se uma porta de ferro caísse sobre o cais, separando-nos do oceano. Lembrei as palavras do comandante, gentalha, sujos, turbulentos. Quiosques espalhados pelo largo serviam de agrupamentos de ladrões, vagabundos, animais, formando uma cacofonia de palavras, uivos e latidos. Conversavam aos berros e trocavam risadas espalhafatosas. Passavam o dia tramando pequenos roubos. Olhavam para os recém-chegados como se fossem lhes tirar tudo o que traziam consigo. Esperavam qualquer oportunidade como um bando de urubus sobrevoando um animal agonizante. Por trás do espalhafato, via-se claro a falta de esperança impressa em todos os rostos que nos espreitavam.

Não diferiam de ratos, brotavam da sujeira com a mesma espontaneidade macabra dos roedores. Pretos e brancos gargalhavam e trocavam palavras similares, irmanados na pobreza e na falta de esperança coletiva. Repeliam os horrores da passada escravidão, presos a uma escravidão mais feroz e inumana, invisível, que os acorrentava juntos e os atirava aos abismos de sujeira abertos sob as cloacas do antigo paço Imperial.

Um negro velho de cabelos brancos varria os pavimentos diante de umas vendas nas laterais do largo, contíguas ao arco do Teles. Acompanhado pelos olhares risonhos dos comerciantes, gritava impropérios e fazia um discurso feroz impregnado de ameaças contra personagens indistintos. O pobre louco se esgotava em blasfêmias inócuas e não tardaria a sucumbir numa rouquidão engasgada. Cachorros cabisbaixos andavam sem rumo, cheirando os detritos jogados no chão. Não muito longe, um bando de urubus devorava uma carcaça de cachorro, e imaginei o capitão do vapor fundeado na baía assistindo ao espetáculo com a condescendência desdenhosa que distanciava a civilizada Europa de uma terra selvagem e ignorante.

O movimento era intenso nas barracas do Mercado Municipal, do lado da praça. Magotes de gente se estreitavam entre elas, discutiam preços e se entregavam a acaloradas disputas. Numa rinha improvisada, dois galos se dilaceravam entre bicadas e esporões, arrancando gritos e discussões de uma assistência entusiasmada.

No paço, observei uma tabuleta em que se lia Ministério da Instrução Pública, Correios e Telégrafos. Mais nada, estava vazio. Troquei dinheiro numa casa de câmbio, do lado do arco do Teles, e prossegui até o Hotel de France, onde me hospedara com o Comendador e tia Inês. Não havia mudança. Apenas as paredes estavam mais velhas e mais sujas. A mesma entrada, exatamente como guardava nas recordações, a louça azul que a cobria, caixeiros falando francês com os hóspedes. Mais adiante o tumulto nas lojas vizinhas, gente discutindo preços e examinando mercadorias, por um momento não passava de um menino e esperei que tia Inês chegasse da igreja, acompanhada de Felícia e Pedro Simão.

De noite fui despertado por um ruído de rodas diante do hotel. Corri até a janela e abri-a num arranco. Lá embaixo, provinda do paço, passava escoltada por um destacamento de soldados vestidos de negro uma carruagem escura com janelas cobertas de estores negros. Uma multidão de sombras espremia-se embaixo do hotel, gritando o nome do Imperador. Junto à multidão avistei minha tia tão pálida como me lembrava de seus últimos dias.

Dois cocheiros, sentados na boleia, comandavam quatro cavalos negros sem utilizarem arreios. Os cavalos brilharam pelo luar tênue que banhava a cidade. O paço estava engalanado, a fachada coberta de centenas de bandeiras, luzes em todas as janelas. À medida que a carruagem negra prosseguia o trajeto entrando na rua da Misericórdia, as sombras curvavam-se respeitosamente. Senti-me tonto e afastei-me da janela. As aclamações ao Imperador emudeceram, sucedendo-as o mais completo silêncio.

Vesti as roupas e desci para uma volta. O porteiro me alertou para os perigos de madrugada. Fiz um gesto de assentimento e continuei em frente.

Caminhei na direção da praia do Peixe. Corpos adormecidos se estreitavam às paredes. Passei pelo portão em arco. Afastei-me um pouco e, pairando sob o céu negro acima do casario, contemplei as torres da igreja do Carmo e da Cruz dos Militares. Um bêbado resmungava palavras incoerentes e me estendeu a mão pedindo uma moeda. Ignorei-o, sem dar importância às suas injúrias. Avistei um casal deitado ao lado do chafariz. Um deles fazia movimentos de vaivém sobre o outro.

Dei a volta e atravessei o arco do Teles. O arco era cercado de nichos nos muros compondo oratórios que abrigavam imagens de santos. Lamparinas minúsculas, que iluminavam as imagens, forneciam a escassa luz da praça. Um oratório maior servia de abrigo à padroeira do lugar, Nossa Senhora dos Prazeres.

Examinei o beco, acossado por memórias longínquas enterradas naquelas paredes arruinadas. Odor de urina infestava o lugar. Rodeavam-me construções velhas e fantasmagóricas. Sombras prolongadas da noite disputavam as fachadas com a parca iluminação de rua, compunham desenhos fantásticos sobre portas e janelas, transformavam as fachadas num cortejo de gigantes que desapareciam na curva do beco. Velhos ornatos de estuque destacavam-se numa ou noutra fachada, compoteiras nos telhados, símbolos de uma antiga grandeza transformada em destroços. Examinando com atenção uma casa, percebi detalhes que se sobressaíam das paredes arruinadas, riquezas de outro tempo enterradas sob rebocos rachados, testemunhas de sonhos e desejos desaparecidos sob a imponência de uma época extinta. Pensei no tipo de gente que moraria nas casas, passando o dia debruçado nas janelas a observar na miséria alheia os reflexos da própria degeneração. Seria possível cair mais baixo? A pergunta era ingênua, porém adequada para a hora e o lugar. Uma sombra afastou-se para dentro de uma janela numa trapeira, como alguém que tivesse medo de ser visto. Talvez o lugar fosse exatamente este, gente que conhecera outras épocas, vivera em outros lugares, e agora era obrigada a viver ali. Ouvi um gemido estridente, e um gato pulou de uma sacada. Ao me ver, imobilizou-se nas patas dianteiras. Os olhos trespassaram a escuridão e se grudaram em mim como um facho brilhante.

Saltei por cima de dois corpos. Alertou-me um movimento junto à parede e distingui uma ninhada de ratos. Numa corrida de sombras, subiram a parede e desapareceram numa janela. Na esquina da rua do Ouvidor, ouvi sussurros que não soube de onde vinham. Finalmente me vi diante de um vulto. Ele se aproximou e percebi tratar-se de uma velha cujos traços disformes denunciavam uma leprosa. Ao me ver, estendeu-me a mão, formando um esboço de risada. Numa voz rouca e engrolada falou que só andava na rua de noite, as pessoas tinham medo dela. A voz firmou-se como se declamasse no palco e tive a impressão de que representava para uma plateia invisível. Confirmando o pensamento, afirmou que fora uma grande atriz antes de contrair a moléstia. Alcançou a glória por meio de um pacto com o diabo que a obrigava a banhar-se em sangue de animais nas noites de lua cheia. Por fim, o demônio exigiu que ela se deitasse com o Imperador e lhe cortasse a garganta. Seria o seu último banho, o banho real! Ao pronunciar banho real, soltou uma risada fraca. Sem sucesso na última empreitada, foi amaldiçoada pelo diabo e no dia seguinte contraiu lepra.

– Não vá em frente – advertiu. – Este lugar é amaldiçoado, e todos os que desafiarem a maldição terminarão como eu.

Algo de familiar me chamou a atenção e enxerguei, sobreposta à figura decrépita, uma mulher alta e elegante, roupas brilhantes de seda, rosto pálido coberto por um véu. Minha antiga salvadora, envergonhada de acompanhar a mim e a João Bento até o hotel, depois de nos livrar dos vagabundos. A velha leprosa parou no mesmo ponto em que a outra me acolhera e enxerguei-a atravessar o tempo, exibindo uma formosura que iluminou as ruínas que nos cercavam.

No dia seguinte, o céu apresentou-se limpo, e o sol espalhou uma impressão pálida de beleza no largo. Desci e misturei-me ao movimento tumultuado do comércio. Caminhei para o lado da Misericórdia, vendo no final da curva o morro do Castelo. Tomei a sua direção.

Perto da praia dos Cavalos, junto do pau da bandeira, subi a ladeira da Misericórdia. Uma ligeira bruma flutuava no ar poucos metros acima. O chão era íngreme, desigual, mal calçado. Um comerciante sonolento observou-me da loja, sem interesse. Casas velhas manchadas de umidade, antigos solares roídos pelo tempo, desfilavam nas calçadas. Gaiolas de passarinho e roupas penduradas em varal justapunham um movimento tênue à exibição estática de épocas passadas. Vultos inertes nas janelas acompanhavam os meus passos de estranho com rápidos movimentos de olhos. Das portas abertas exalava um odor de gordura queimada, e vi um oratório de madeira coberto de flores de papel. Fiz uma pergunta a um desconhecido, ele apontou a encosta dizendo que tinha desabado cinco anos antes sobre o beco do Cotovelo, matando muita gente. Operários, remendões, vendedores, caixeiros em mangas de camisa desciam o morro carregando latas de comida embrulhadas em jornal. À frente, deparei-me com crianças em roupas surradas e descalças, amontoadas numa escada, que me acenaram ruidosas. Uma mulher segurando um bebê conversava com outra que equilibrava um balde de água na cabeça.

Por toda a aba do morro havia lavadeiras e roupas penduradas. A atmosfera pareceu carregada de umidade e o largo do Paço, a igreja de São José e o quartel do Moura destacaram-se entre os telhados cinzentos aglomerados lá embaixo. A ponta do Calabouço mergulhava na baía entre as ilhas que pareciam flutuar sobre as águas. Prossegui caminho, um manto verde cobria a encosta acidentada da montanha, pontilhada de casas ao meio de flamboyants e coqueiros. A calçada transformou-se em degraus estreitos e seguiu por um beco. Passei por um canhão enferrujado, ruínas do antigo forte tomadas pelas ervas, o colégio dos Jesuítas; dominou-me a sensação de galgar um mundo soterrado pelos séculos que implorasse para voltar à superfície.

O aspecto do morro mudou ao atingir a praça do Castelo, ao final da ladeira da Misericórdia. A impressão de isolamento se desfez. Pessoas entravam e saíam das casas num tumulto alegre, varriam lixo do chão, desviavam-se de cadeiras e mesas ao longo da calçada onde velhos abancavam-se. Um capuchinho barbudo olhou-me por trás de grossas lentes e uma expressão plácida em que se misturavam sorriso de boas-vindas e curiosidade bisbilhoteira. Passei por um oratório de Santo Antônio diante do qual duas moças pálidas, saias úmidas de água de tanque, postavam-se de joelhos, concentradas em orações.

Parei diante da igreja de Santo Inácio. O frontão estava coberto por ervas e ramos encimado pela cruz, à qual se contrapunha o telhado do Observatório em frente, entulhado de cruzetas e para-raios. Oculto pelas ervas lia-se: "Jesus Hostia Santa". Flamboyants coloridos flanqueavam os dois lados da igreja, cujos muros estavam cobertos de plantas de maracujá e chuchu. Uma atmosfera morna de solidão e conforto abraçou aquele lugar tão retirado da cidade. Empurrei o portão, ele se abriu. Atravessei o átrio.

Não havia ninguém lá dentro. As três naves da igreja estavam mergulhadas numa penumbra densa. Resguardava, como um véu, a atmosfera de religiosidade deslocada do bulício de fora. Entrei na nave principal, deparando-me com o altar-mor sustentado por duas colunas de mármore. Três arcos de pedra cobriam o altar e sobre eles um crucificado e uma figura de joelhos concentravam, numa fé impossível, os desejos de salvação dos que ali entravam. No nicho central, ficava o altar de Santo Inácio ladeado por São Francisco Xavier num sacrário em forma de hexaedro. Havia lâmpadas de prata, alfaias e paramentos ornamentando altares, estátuas de madeira e uma imagem de Cristo crucificado. Segui pelo caminho entre as sombras que as colunas projetavam na nave.

Sentei-me. Ouvi vozes que rompiam o silêncio de séculos para inundarem os meus ouvidos com orações desconhecidas. Virei o rosto, certificando-me de não haver ninguém além de mim. Cercava-me a mais absoluta imobilidade que os meus passos ali dentro não chegaram a abalar. Levantei-me atraído pelas vozes, caminhei até um oratório lateral. Passei pela imagem de São Félix, dando com a figura de São João Evangelista a me lançar o furor de uma crença profanada. "Estamos todos condenados", ouvi de sua boca. Seus olhos liquefeitos – pareceram-me os olhos da minha tia – transformaram-se num abismo cujas profundezas inalcançáveis saltaram do seu confinamento, descobrindo figuras aleijadas e deformadas por todas as doenças que nos últimos séculos flagelaram a humanidade. Expostas a terríveis castigos, elas se debatiam, gemiam e suplicavam acenando-me com suas chagas, e recuei espantado com tamanha demonstração de dor.

No dia seguinte, saí do hotel e segui a rua São José. Entrei na rua Chile chegando ao largo da Carioca; desemboquei diante do teatro Lírico. Coches de enterro cruzaram a rua Chile. Passantes observavam o cortejo fúnebre e tiravam o chapéu, com expressões graves. Logo atrás, carroças puxadas por homens cruzaram a praça. Um grupo de moleques chamou-os burros sem rabo, e eles retrucaram numa linguagem obscena. As ruas esburacadas, paralelepípedos irregulares e poças de lama, obrigavam-me a andar olhando para baixo. Trilhos vindos da rua 13 de Maio rodeavam a praça, por onde os bondes da companhia Jardim Botânico saíam e entravam no depósito colado ao morro de Santo Antônio. Guardas gritavam e apitavam. De vez em quando, uma carroça atravancava o caminho causando enorme bulício.

Casas intercalavam-se a sobrados e casarões de um lado do largo. Todos exibiam cimalhas, sacadas gradeadas e compoteiras no alto. Veículos surgiam de todas as ruas, criadas com cestos, quitandeiros e vendedores de peixe enchiam o ar de gritos. Do lado oposto, na aba do morro, erguia-se o Hospital da Ordem Terceira da Penitência, de cujas janelas os doentes debruçavam-se em camisolas. Ao lado, o bar do Necrotério de onde se viam os corpos saírem do hospital.

Cafés, lojas, armarinhos, loterias sucediam-se ao longo do largo. Diante do Bar Restaurante e Charutaria de Paris, concentrava-se o movimento elegante do lugar. Homens empertigados vestiam sobrecasaca, cartola e bengala. Mulheres, acompanhadas de criadas, exibiam saias de seda e brocados. Caixeiros em mangas de camisa alardeavam mercadorias nas portas, atraindo os passantes com vozes roucas e estridentes. Amontoados em quiosques, homens em roupas surradas e descalços empunhavam bandejas cheias de bolinhos, à espera dos bondes que ali faziam ponto final. No canto do largo, diante da 13 de Maio, havia um enorme chafariz em forma de templo com quarenta bicas, para onde se dirigiam os pobres do morro de Santo Antônio com vasilhas de água.

Desci a rua Gonçalves Dias até a rua do Ouvidor. Parei indeciso e virei à direita. Contemplei a visão longínqua de um casal e quatro crianças caminhando deslumbrados com as lojas, guiados por um nobre embusteiro. Exclamei: "Bem, cá estamos novamente, rua do Ouvidor!" Lojas de modas, exibindo roupas elegantes em vitrines de madeira envernizada, traziam de volta as minhas recordações impregnadas com a materialidade do presente. Procurei com os olhos a Notre Dame de Paris. Enxerguei-a decepcionado, nada havia da grandeza que guardava na memória. Patrões e caixeiros, vestidos em roupas de linho branco, mastigavam charutos que mal cabiam na boca, exibiam limpeza e arrumação incompatíveis com o resto da cidade. Passei pela Casa de Modas da Madame Dreyfus, vendo uma velha bruxa na porta que teria sido a mulher elegante que recebera minha tia anos atrás. Parei distraído diante da vitrine de uma joalheria. Um vendedor dirigiu-me palavras amáveis que não levei em conta. Perguntei a um passante se ainda existia a Confeitaria Pascoal. Ele apontou para um amontoado de lojas à frente. Agradeci e caminhei na direção indicada.

Vendedores ambulantes enxameavam a rua. Amontoavam-se em torno dos passantes, rivalizavam-se em gestos e gritos. Em meio ao charivari festivo da multidão, uma voz gritou: "Ó Vinte-e-nove!" As pessoas, contendo uma risada abafada, afastaram-se para a calçada oposta evitando um preto sujo e embriagado que caminhava aos resmungos. Parando alerta, fez meia-volta numa tentativa inútil de localizar o autor da pilhéria. Gritou uma obscenidade que só teve o efeito de provocar risadas. Rosto inchado de bebida, cabelo branco embaraçado em detritos e folhas secas, girava os olhos fora de foco em inúteis esforços para manter o equilíbrio. Uma impressão de sujeira e doença eliminava nele qualquer resquício de humanidade que resistisse à miséria. Balançou os braços tentando se agarrar ao ar, como um náufrago ao ser tragado pela tempestade. Um homem alto com uma longa barba e chapéu de palha, empunhando uma bengala luzidia, parou diante do maltrapilho, trocou com ele algumas palavras. O outro não deu mostras de ouvi-lo. Continuava tentando, por meio de uma ginástica espalhafatosa, localizar a origem da pilhéria. O homem desistiu e afastou-se. Balançou os braços com veemência, como a ampliar os inúteis esforços de suas palavras pela eloquência muda que o gesto produzia nos olhos que o observavam. Desistindo de localizar o culpado, o maltrapilho berrou um insulto que se dirigia igualmente a todos ali. De novo a voz, "Ó Vinte-e-nove", de uma direção contrária, fez o bêbado girar e perder o equilíbrio. Sem apoio ao alcance da mão, caiu sentado, provocando novas gargalhadas. O movimento dos passantes concentrou-se na calçada de cá, tendo todos o cuidado de evitar proximidade com o maltrapilho, receosos de contaminação pelas febres que infestavam a cidade. À exceção de uns poucos. Estes o rodearam, atraídos pelo fascínio da degradação humana que superava o medo da doença. Um guarda surgiu, e o bêbado levantou-se.

A cena seguinte foi patética. Recuando, o maltrapilho enrijeceu-se numa posição marcial e levou a mão à testa, fazendo uma continência ao superior hierárquico. Não parecia levado por confusão provocada pelo álcool. Antes, uma lembrança antiga que substituía os fragmentos torpes do presente, compelindo-o a buscar pela memória uma antiga dignidade desfeita no prolongar da infâmia. O policial espantou-se. Num reflexo inesperado, enxerguei os dois se reconhecendo e testemunhando antiga camaradagem. A impressão desapareceu deixando a autoridade diante do pária cuja presença importuna lançava vermes invisíveis sobre a camada mais limpa da nossa sociedade.

O guarda segurou o maltrapilho pelo ombro, empurrando-o. Ele ainda girou os olhos à volta, numa última tentativa de localizar o profanador de sua contaminada insignificância. Desistiu preocupado com a ameaça mais imediata representada pelo policial. Não devia ter lá uma ideia muito boa do que o esperava, pois se esforçou para convencer o guarda de que tal fato não aconteceria novamente. Este não se deixou sensibilizar e compeliu-o a seguir em frente.

Algo me chamou a atenção no maltrapilho e fui ao encontro dos dois. Oculto entre trapos, na mais completa ruína física e mental, reconheci Tibúrcio. Fiz um gesto para o policial que me esperou alcançá-los. O esfarrapado pousou os olhos enevoados em mim, sem demonstrar sinal de reconhecimento. Os últimos anos tinham lhe obscurecido totalmente a memória. Falei:

— Você não é Tibúrcio, Voluntário da Pátria que se bateu entre as tropas brasileiras na Guerra do Paraguai?

Ele me olhou desconfiado. O guarda colocou-se entre nós.

— Tibúrcio, Guerra do Paraguai — balbuciou, num esforço mecânico de repetir as palavras que ouvia sem compreender.

— Estou certo, é você mesmo — continuei sem esperar resposta. Dirigi-me ao policial. — Esse homem prestou inestimáveis serviços ao país. Não sei que motivo o levou a tal situação. Não se trata de um vagabundo, eu afiaço.

A cena insólita chamou a atenção dos passantes mais próximos que se imobilizaram a poucos metros, curiosos. O guarda e o maltrapilho me observavam em silêncio, com a mesma expressão de incredulidade. Adiantei-me:

— Deixe-o comigo, sou responsável por ele. O que esse homem fez pelo país nenhum dos nossos concidadãos aí terá a oportunidade de igualar, mesmo que vivam duzentos anos.

O guarda fez um gesto de resignação e afastou-se, olhando-nos de soslaio à espera de que o episódio não passasse de uma farsa. O grupo à nossa volta dispersou-se e me vi só com o maltrapilho.

Compeli-o a caminhar até a rua Uruguaiana e chamei um cupê. O cocheiro, sentado na calçada, veio correndo e entrou no coche. Fiz um gesto para Tibúrcio subir e precisei firmá-lo. O cheiro era insuportável. Tocar nele equivalia a pegar em algo sujo, profanado, corrompido e doente. Não diferia do esgoto ou dos barris transportados pelos antigos "tigres", para os nossos sentidos de repulsa. Um odor adocicado de suor, misturado à sujeira e à mais completa devastação, formaram as primeiras impressões do antigo combatente. Seria possível que ainda existisse matéria parecida com carne e ossos dentro dos farrapos? Não estaria distante da verdade se afirmasse que ele não diferia de um cachorro estropiado como os que vagueavam pela cidade, rebuscando lixo nas ruas. Mandei o cocheiro seguir para o Hotel de France. O que ainda haveria naquele homem que evocasse a figura do ex-combatente? O cocheiro olhou repugnado para o maltrapilho, sem acreditar que ele estivesse dentro do seu fiacre. Ainda esperou que eu percebesse o engano e o expulsasse. Fiz um gesto para ir em frente, e ele sacudiu os ombros, resignado. Puxou os arreios, e os animais se movimentaram.

Chegamos ao hotel e pedi outro quarto. A mesma estranheza causada no guarda e no cocheiro foi transmitida ao pessoal do hotel. Pedi-lhes que providenciassem uma banheira com água quente e conduzi Tibúrcio. Até então nada disséramos um ao outro.

Deixei-o dentro da banheira, mandei jogar fora os farrapos e desci para o comércio do largo. Já metido nas roupas novas, conversamos:

– Não vou perguntar o que aconteceu nos últimos anos – falei. – Não tem importância.

– Os últimos anos! – Estendeu uma das mãos e olhou para os dedos numa conta silenciosa. – Quantos anos foram os últimos anos?

Coçou a cabeça, reflexivo. Queria entender onde estava após dez anos mergulhado na mais completa miséria. Parecia estar em outro mundo, algo que se esfumaria de repente. Aos poucos, lembranças esparsas da fazenda, de nossas conversas, dos acontecimentos ligados a meu primo João Bento e ao escravo Enfrenta-onça, voltaram-lhe à mente:

– Patrãozinho Afonso... – começou num tom submisso de mendigo. Duas décadas antes, seria o termo esperado para um escravo. Interrompi-o:

– O que está dizendo? Patrãozinho! Acredito que falo com Tibúrcio, o Voluntário da Pátria que cobriu o peito do Comendador de medalhas de feitos de guerra. O Negro Búrcio morreu ou nunca existiu, deste eu não preciso.

Talvez tenha sido mais severo com ele do que necessário. Quem era aquele homem que poucas horas antes não passava de um maltrapilho tratado por Vinte-e-nove, para diversão e escárnio de uns poucos passantes nas horas mortas da rua do Ouvidor? Talvez nada mais possuísse do homem de quem me lembrava e de quem precisaria novamente. Talvez nunca devesse tê-lo tirado do lixo. Porém, das recordações que eu próprio trazia, aquele era o único homem que eu respeitava. O único homem que eu precisava ao lado para o que me esperava fazer.

Seus olhos rodopiaram pela penumbra do quarto e voltaram a se fixar em mim. Deparei-me com uma expressão distante em que já se via o homem emergindo do aturdimento do mendigo. Misturei-a às lembranças vagas que arrancava da memória e dos anos que jaziam no esquecimento, e enxerguei desconfiança nela. De repente, acenou a cabeça numa risada ruidosa. Murmurou para si próprio, patrãozinho Afonso, onde mesmo nos encontramos? Ri de suas palavras porque já não traduziam docilidade escrava e sim escárnio. Caminhou até a janela e se debruçou, de modo a ver o largo. No seu jeito de caminhar compassado, reconheci o antigo preto em busca da dignidade roubada. Virou-se para dentro e me olhou com uma expressão reflexiva:

– Deus tudo faz, Afonso. De tudo dispõe. Me fez nascer escravo, me fez lutar na guerra e voltar vivo. Depois me levou de volta à fazenda, me fez largar tudo e vir para o Rio de Janeiro. Fui um homem numa época em que negro não passava de animal de carga. Hoje não sou nada; nem escravo, nem homem. Durmo na calçada, vivo do que a caridade me dá.

– Daqui para frente, não precisará mais de Deus. Nem da caridade.

Contrapus suas palavras às palavras do Comendador, tudo me pertence. No entanto, nada de fato lhe pertencia mais, e Tibúrcio ainda tinha a vida. O que, para ele, sempre foi tudo. Os cabelos estavam quase todos brancos. Teria por volta de sessenta anos. Energia e audácia, exibidas depois da guerra, avistei naufragadas num olhar de amargura mais visível, à medida que se recuperava dos efeitos da embriaguez e do entorpecimento.

– Suas medalhas, a menção aos feitos na guerra – falei – foram enterrados no peito do Comendador. – Abri-me num sorriso que não soube se refletiu respeito ou escárnio. Ele não prestou atenção, continuava mergulhado em reflexões confusas:

– Medalhas, feitos de guerra. Não sei do que fala. Estive no inferno e voltei. Deveria ter morrido lá, hoje sei que deveria. Pensei que dali em diante seria um homem. Não era nada. Nunca fui nada, sou preto, agora sei a verdade.

Calou-se e o deixei.

O discernimento que brilhou no rosto dele, marcado pelas mais infames condições, anunciou uma consciência despertada pelo próprio estado de agonia. A risada idiota de escravo fundiu-se a episódios da guerra, revelando a tempestade que o devastava. O maltrapilho que perambulava pela rua mais elegante da cidade, objeto de escárnio dos passantes, deu de cara com a vida que jazia afogada numa poça imunda, revivificada pelo encontro casual comigo. Num efeito contrário, o encontro serviu também para lhe descobrir o abismo oculto pela miséria. Ao se debruçar na janela do quarto, diante do largo do Paço, suas mãos agarraram-se ao peitoril. Pensei que se jogaria, compreendendo a que se reduzira, e me arrependi de tê-lo trazido.

De noite o largo esvaziou-se, e os vultos que perambulavam entre o hotel e o cais não passavam de sombras afugentadas do Paço pela lembrança do extinto Imperador. Os poucos ruídos que chegavam até o hotel provinham dos quiosques, em torno dos quais reuniam-se as figuras habituais.

A uns trinta metros do hotel, distingui Tibúrcio num quiosque, rodeado por uma malta que gargalhava junto dele dando-lhe palmadinhas nas costas. Ele girava os ombros incapaz de mantê-los a prumo, logo estaria fora de si. Desci e me dirigi para lá.

Esperei que esvaziasse o copo e toquei-lhe o ombro. Ele se espantou. Mandei-o acompanhar-me de volta ao hotel. Percebi seus esforços para se manter em linha reta numa grotesca tentativa de ocultar a embriaguez. Subimos as escadas e paramos ao lado de uma lata cheia de água. Agarrando-o pelo pescoço, enfiei-lhe a cabeça dentro da água e a mantive mergulhada até quase sufocá-lo. Deixei que se levantasse, enchesse os pulmões de ar e mergulhei-a de novo na água.

Gritei:

— Foi para isso que o trouxe aqui? Para se embriagar num quiosque? Se quiser acabar de se degradar, volte para onde estava.

Larguei-o, ele pulou para longe. Olhou-me em pânico, exibia no rosto uma mistura de medo e desafio. Virou-se para um lado e para o outro, procurando por onde fugir, como faria um coelho cercado por um bando de cachorros. Afastei-me, falei:

— Enxugue-se e vá ao meu quarto.

Quando ele entrou eu estava sentado do lado da janela. Tinha um Havana na boca, de que sugava a fumaça adocicada em longos haustos. Joguei-lhe um, ele o agarrou no ar. Atirei-lhe o fósforo:

— Fume um. Tenho uma porção. Existem horas em que um desses é melhor do que embriagar-se num quiosque sujo.

Examinou o charuto com uma curiosidade infantil, manuseou-o como uma criança faria com um objeto desconhecido. Ao aspirar a fumaça, sorriu como se acabasse de recuperar a vida que lhe fugia. Falei:

— Escute agora, quero deixar bem claro. Preciso de você, por isso o livrei do xadrez. Do contrário, não teria me dado ao trabalho. Quando o trouxe para cá, pensei lidar com um homem, não com um vinte-e-nove. Vagabundos existem aos montes nesta cidade. Vagabundos, sujeira e pobreza. Não preciso de nenhum.

Ele aspirava a fumaça sem dar importância ao que ouvia. Risadas alegres perpassavam por sua face, libertas de uma década de cativeiro. Esperei que se saciasse, continuei:

— Não vou lhe dizer o que fazer, você sabe melhor do que eu. Se quiser beber, não me importo. Só não beba quando estiver ao meu serviço.

Saboreava o Havana com movimentos delicados da boca, quase aos beijos; parecia fazendo promessas de amor a uma mulher.

— Patrãozinho... — engasgou-se na palavra e consertou. — Afonso, não sei como agradecer o que fez por mim...

— Deixe de lado a humildade estúpida. Não preciso dela. Odeio humildade, odeio escravos, odeio subserviência. Preste atenção. Falei que preciso dos seus serviços porque você é o único homem a quem respeitei. Não falei o único negro, disse o único homem. Aja como um homem e estará tudo certo.

É preciso dizer que assim aconteceu. Ele agiu como um homem. Sempre. Mesmo quando chegou o dia de se virar contra mim.

Mandei que fosse para o quarto, amanhã iríamos para a fazenda Ferreirinha. No trem conversamos com familiaridade, lembramos os anos passados e os acontecimentos envolvidos. Se a palavra inferno, para mim, não passava de metáfora – não das mais expressivas, ousaria dizer –, ao ouvi-lo discorrer sobre sua vida de escravo e depois que deixou a fazenda pela corte, reconheci que o inferno existia de verdade. Os caminhos que conduziam um homem à total ruína eram inúmeros e irreconhecíveis. E não era só isso. O sofrimento, intraduzível em palavras, não se assemelhava a um tiro do canhão ou uma emboscada no meio da noite, nem sequer era anunciado num grito de desespero. O sofrimento, tal como via jorrar das palavras do antigo escravo entre risadas cautelosas ao se ver dentro de um trem, mais parecia uma massa amorfa, uma voz sussurrando que não passávamos de um vinte-e-nove objeto do escárnio popular, uma pequena ferida que não doía muito, mas que não cessava. Pequenas dores, pequenas tristezas, tardes tristes e noites enregeladas e apenas isso, a acumular tristezas e dores intraduzíveis – intraduzíveis, como falei – numa sequência sem início e sem fim, brutal na total falta de sentido. Não precisava chamas ardentes, apenas uma dor pequena que não tivesse fim.

Os caminhos da perdição do homem, como falei, eram inumeráveis, o oposto um só; aceitar a primeira proposta que lhe apresentassem e não pensar mais nela. Bastava uma cama e comida. Tirassem-nos isso, e o inferno subsequente não caberia no mundo inteiro.

– Eu morava no morro do Livramento, atrás da Central do Brasil. Os soldados que vieram da Guerra de Canudos chamavam Favela e assim ficou. Bem, quando começou... Canudos, quero dizer, me apresentei como voluntário, não fui aceito. Por quê? Os negros lutam melhor que os brancos, todo mundo sabe; nada têm a perder. Sabe me dizer, Afonso. Por que não me aceitaram?

Ri do seu espanto.

– Porque não precisavam de velhos bêbados querendo se matar. Nunca teve curiosidade de se olhar no espelho? – Avistei o meu rosto refletido no vidro. – Olhe, também eu já não sou jovem. Tenho 41 anos.

– Quarenta e um? Quando deixei a fazenda, você pouco passava de vinte. Não sei qual a minha idade. Quanto acha que tenho? – Voltou a olhar pela janela num gesto nervoso, observando as terras correrem como se o movimento reforçasse a ideia de que a vida passara nada lhe deixando. – Escravidão hoje parece sonho ruim, mas ela existiu de verdade, você sabe que sim. Bem, não me importo mais. Não quero lembrar o que aconteceu e, para isso, o melhor é que não tivesse existido. Ao abrir os olhos de manhã, nada sei de ontem; e se não fosse um preto velho e sujo acreditaria que era um recém-nascido.

– Podia ter ficado na fazenda. Teria sido o capataz depois da morte do Comendador.

– Capataz, eu! Ora, há muito não sirvo para nada. Como acha que cheguei ao que sou? – Dois olhos esbugalhados cravaram-se em mim e desviei o rosto. – Quando deixei a fazenda e fui para a corte, queria me apresentar ao Imperador. Lia os jornais, sabia o que acontecia na província, sonhava com a nobreza ou uma carreira militar. – Ao falar em nobreza e carreira militar, abriu-se numa estrondosa gargalhada, zombando de seus sonhos estúpidos e do destino que os acolheu. – Sabia que eu tinha uma carta do duque de Caxias? Fazia-me grandes elogios. Eu os li com esses olhos. Li até decorá-los. Não sei onde a carta foi parar. Me roubaram, um desses barões da rua da

Misericórdia... Fui Voluntário da Pátria e ganhamos a guerra. Era o que diria ao Imperador. Eu tinha ganhado a guerra, e eles teriam de me recompensar. Sabe, Afonso, o que significa ganhar uma guerra? Uma guerra que matou tantos homens? Estar presente no momento da vitória, empunhando a arma diante dos paraguaios de cabeça baixa. Eles não eram brancos? Sim, brancos. Eu era negro e os tinha vencido. Os negros não tinham o respeito dos brancos, sei. Mas eu era negro e tinha respeito. Por que o Imperador não me receberia?

— Respeito não era suficiente, Tibúrcio. Você era negro antes da guerra e continuou negro depois.

Ele fez um aceno mudo de cabeça:

— Sim, foi isso.

Abriu-se numa risada de discernimento que se tornou cínica. Repetiu as palavras guerra e negro e me pediu um charuto com ar insolente. Acendeu-o sem pôr os olhos nele, como se a prática fosse um hábito de longa data, tão imperceptível que nem se desse mais conta.

Continuou debruçado na janela, sem acreditar que estava numa dessas enormes invenções mecânicas dos últimos tempos que corriam pelos campos movidas pelas próprias forças, mais rápidas que cavalos. Começou a identificar paisagens. Contava-me uma ou outra história que uma curva do rio, uma árvore num barranco, lhe trouxesse à mente. A vida retornava na sucessão de visões familiares. Pensei na sua partida para a corte. Decerto ele não acreditava que o Imperador o receberia. Deixara a fazenda por fatos que viu e outros que pressentiu. Que não queria presenciar. Que aconteceram depois que ele se foi. E esses fatos se relacionavam a mim.

Choveu. O céu foi tomado por nuvens pesadas que tombaram sobre a terra. Tibúrcio assustou-se com a força da chuva. Recuou, afastando-se da janela. Andou até a porta em pânico. Falei:

— Por que o medo? Teria medo se estivesse lá fora? Nunca foi surpreendido por uma tempestade?

— Lá fora saberia onde me abrigar. Aqui dentro, o que somos nós? Não sei se isto vai sair dos trilhos e rolar na encosta.

A chuva aumentou, uma cortina de névoa colocou-se entre o trem e a natureza, fundindo montanhas e árvores numa massa indistinta. De repente um raio comprido atravessou a janela de alto a baixo, partindo a noite em dois. Apontei para fora:

— Eis o que aconteceu com o seu dia, os seus anos, a sua vida: escuridão.

Em Vassouras, aluguei dois cavalos. À medida que nos aproximávamos da fazenda, as recordações se concentraram nos últimos acontecimentos que envolveram Enfrenta-onça e João Bento. Falei:

– Ele não passava de um idiota, muitos músculos, nenhum cérebro. Deixou-se apanhar tolamente. Enfrenta-onça era ardiloso, sim, e então? O que faria quando João Bento o tivesse na mira do fuzil? Estava acostumado a caçar feras. Por mais que negaceassem, no final as tinha diante da arma. E, diante da arma, o que valia uma fera?

– Chovia muito. O negro sabia se mover no mato sem ser pressentido. E... ele não era uma fera, era um homem.

– Sim, verdade. Eu mesmo quase fui surpreendido horas antes. Acordei de repente, um raio, e vi a criatura a uma distância de dez metros. Mas ainda havia dez metros entre nós.

À medida que nos aproximávamos do lugar, sentia-me presa de maior agitação:

– Fui atrás dele e o peguei com um punhal. Não foi? Não precisei de mais. Um punhal bastou para mandá-lo para o inferno.

Ele concordou em silêncio. Acenava com o rosto e respondia em monossílabos. Paramos ao pé de um outeiro e apontei uma clareira adiante:

– Vê? Ali Enfrenta-onça caiu sobre ele, a árvore ainda existe. Pensei que o Comendador tinha mandado queimá-la. Quem vê um dia tão claro como hoje não acreditaria se eu falasse na chuva daquela noite. Nunca tinha visto chuva tão forte. Parecia... coisa do diabo! João Bento tinha apeado do cavalo. Ali, está vendo? Olhe, até hoje tenho dúvidas do que aconteceu. Quem era Enfrenta-onça realmente? Um feiticeiro? Receio que nunca iremos descobrir.

– Ele era... – Tibúrcio hesitou antes de prosseguir – o diabo!

Parei o cavalo de repente, como se as lembranças se materializassem diante de mim:

– O diabo! Mas quem é o diabo?

Remoía obcecado acontecimentos remotos. Precisava arrancar de Tibúrcio aprovação. Ou admiração, que o fosse. Naquelas circunstâncias, ambas se equivaliam. No entanto, ele não parecia ouvir, mergulhado como estava em si mesmo. Quem o visse diria que nada do que lhe dizia ele havia presenciado. Parei um momento e olhei-o de frente. Seu rosto se assemelhava a uma superfície lisa e impenetrável. Acredito que possuísse as próprias recordações. Como falei ante-

riormente, não tinha certeza do que acontecera de verdade. Queria, como dizer, unir as minhas lembranças às dele. Não foi possível. O crepúsculo longínquo envolveu-nos nas primeiras sombras, e ele ergueu as costas de repente, puxando o chapéu para cima, como a seguir o sol até a noite nos cobrir. Perguntei:
— Não tem medo de almas do outro mundo? Não todas, quero dizer. Algumas almas que viessem em sua perseguição.

Ele riu e deu de ombros. Continuamos a galopar com maior velocidade, estávamos perto da casa-grande e queria chegar antes de anoitecer.

Ao chegarmos ao velho casarão, a escuridão já tinha caído. Desmontamos a distância para não sermos vistos. Entreguei-lhe um revólver.

A casa estava em silêncio. Na varanda dois homens sentavam-se na mesma posição de que me lembrava o Comendador e tia Inês no serão noturno. Interrompi os passos com medo de entrar naquela velha habitação de fantasmas. Os homens levantaram-se ao nos ver sair de entre as árvores. Mato crescia em toda à volta, nada mais restava dos jardins de minha tia. Reparei que a casa estava carregada de manchas cinza, mais próximo vi que as manchas cobriam todas as paredes. A tinta desaparecera, o casarão não passava de um pardieiro. Cheguei a acreditar que estávamos no lugar errado. Pedaços de reboco caídos expunham os tijolos, e os vidros das janelas da frente não existiam mais, substituídos por pedaços de pano e madeira. Se esperava que a casa surgisse de dentro da paisagem escura como um clarão de luz, o efeito produzido foi o oposto. Uma escuridão mais espessa do que a noite no campo ali nos esperava. Fantasmas rondavam a porta, mais velhos e mais fanados. Mesmo no escuro se notava que, cobrindo minhas recordações, nada havia além de um monte de entulhos, como se houvesse uma intenção deliberada de sepultá-las em tristeza e melancolia. Algo na lembrança, um fantasma mais atrevido, inflamou o meu peito e senti o coração despejar lavas na corrente sanguínea.

Toquei o chapéu num cumprimento aos dois homens. Pisei a soleira da porta como alguém perdido em terras desconhecidas. Falei:
— Fazenda Ferreirinha, não é?

Eles fizeram um movimento de cabeça, sem prestar atenção em nós. Tirei o chapéu, permaneci imóvel, absorvido na contemplação do passado. Esperei que minha tia surgisse, e a sala se iluminasse. Cheguei a ver um monte de negros entrando agitados na casa, carregados de mantimentos. Com os olhos fixos lá dentro, perguntei se o dono era o sr. Matias Furtado, e eles balbuciaram um sim, relaxados com a menção ao patrão.

Continuei em frente, atraído pela meia-luz amarelada do lampião que ardia no fundo. Os móveis estavam sujos e quebrados. No topo das janelas, ainda se viam pedaços esgarçados da sanefa. Acostumado com o refinamento dos móveis franceses, a mobília me pareceu grosseira. Mais graça senti ao distinguir uns poucos móveis franceses dispersos entre os armários pesados fabricados na própria fazenda. De um canto surgiu um armário grande coberto de lavores de talha, em carvalho, e lembrei o quanto tia Inês o admirava. Semioculta entre as sombras, avistei a marquesa do Comendador. As palhas gastas e arrancadas, só restava a estrutura. Provavelmente aguardando que necessitassem de lenha. Do lado da marquesa, observei uma forma familiar: o piano. Quanto tempo aquele instrumento foi tudo o que me fazia acreditar estar vivo? Contive a vontade de abri-lo, tive medo de que não passasse de uma carcaça velha e no lugar do teclado nada existisse além de insetos.

Ao atravessar o vão da porta, tocou-me a mão de um dos estranhos. Num movimento imperceptível, puxei o revólver da cintura e o encostei na barriga do desconhecido. Ele quis recuar, encontrou a arma de Tibúrcio apontada para a sua têmpora.

– O patrão nunca lhes disse quem é o dono das terras?

Permaneceram mudos. Olhei ao redor. Tão longe da corte, da rua do Ouvidor, nada via além de uma noite escura e confinada em um casarão arruinado, resto de uma opulência passada. Empurrei-os para a varanda, perguntei onde Matias Furtado estava. Eles apontaram para cima, para o quarto da minha tia. Ouvimos um gemido de mulher que flutuou no ar tenso da sala como um uivo. Tibúrcio me lançou um sorriso malicioso e caminhei para as escadas. Dei com a parede em que se dependuravam os quadros do casal. Vazia. Havia um quadro no chão. Ergui-o contra a meia-luz da sala, duvidei que a mulher retratada com o cabelo penteado em bandós, numa austeridade calculada para atravessar os anos, fosse de fato tia Inês. As lembranças que guardava dela eram de seus últimos dias, e o quadro retratava uma mulher altiva e orgulhosa de suas posses. Como tudo o mais ali dentro, estava sujo e descascado. Levantei-o, coloquei-o sobre a marquesa com os cuidados que teria com um doente. Os dois homens observavam-me. Ao vê-los seguir meu gesto com uma curiosidade bisbilhoteira, mal contive o ímpeto de lhes quebrar a cabeça.

Os gemidos continuaram monótonos. Os latidos dos cães, quando uma cadela entrava no cio, não soavam diferentes. Subi as escadas, entrei no corredor. Envolveu-me a mais completa escuridão e empurrei de leve a primeira porta, que cedeu sem resistência. Lá dentro distingui movimentos ritmados na cama da minha tia. Seria, pensei, o único móvel não deteriorado na casa. Projetados contra o céu baço que entrava no quarto pela janela aberta, dois corpos entrelaçados contorciam-se dentro do cortinado contra mosquitos. Apertavam-se e se esfregavam em movimentos compassados cujo ritmo aumentava de intensidade quando entrei no quarto. Palavras e gemidos se intercalavam, vozes feminina e masculina mescladas cujos ecos rodopiavam pelas paredes do quarto num bailado tétrico. De repente escutei um gemido mais longo que não seria diferente do grito de um corpo sepultado debatendo-se entre os vermes que o devoravam.

Entretidos nos movimentos, não perceberam a minha entrada e cheguei à cama sem ser notado. Permaneci em silêncio, fulminado pela contemplação daquele ato profano. Lembrou-me as cópulas de escravos que João Bento organizava perto do curral. "Dali vai sair um negrinho bom de enxada", comentava ele, divertido. Gargalhadas invadiram os meus ouvidos, vindas de todos os cantos do quarto. Puxei o punhal e coloquei-o de volta na cintura. O ato diante de mim, tosco como a reprodução das crias, fracassava até em transmitir o sentido de profanação à memória da minha tia. Logo se esgotariam e se separariam, enquanto isso permaneceriam grudados um ao outro, até que os instintos exacerbados se saciassem.

A mulher me viu quando me debruçava sobre o cortinado. Abriu a boca numa exclamação sufocada. Antes que fizesse um só movimento, agarrei o corpo masculino em cima dela. Apertei-o com força, perfurando-o em um ou dois pontos de onde escorreu um filete de sangue. Ergui-o sem dificuldade. Apesar de grande e forte, minhas mãos cravaram-se em volta de seus músculos como uma cobra gigantesca imobilizando um boi. Puxei-o da cama e joguei-o no chão com a mesma facilidade com que teria atirado um vaso na parede.

A mulher tentou sair da cama, segurei-a pelo pescoço e atirei-a ao lado do companheiro.

Ele se contorcia no chão, passando a mão sobre o ombro machucado. Gemia ainda quando ergueu o rosto e cravou sobre mim dois olhos congestionados. Levou pouco tempo para me reconhecer e fez um gesto rápido, procurando alguma coisa debaixo da cama. Antes que a alcançasse, pisei na mão com força, e ele soltou um grito que nada tinha a ver com os gritos anteriores. Abaixei-me e peguei um revólver que coloquei na cintura.

Suspendi-o pela axila, ele escapou e tentou me acertar um soco que aparei sem dificuldade. Chutei-o uma, duas vezes. Arrastei-o até a parede. Ele se debatia tentando em vão se libertar. Puxei um dos braços num arranco; torci. Ele rodopiou e gritou. Torci mais e ouvi um estalido. Suas forças esgotaram-se tão rápido que não conseguiu mais gritar.

– O que pensou, ia levar a fazenda para você?

– Me largue, ai, não sei do que fala.

Bati a cabeça dele contra a parede, a voz desapareceu num ronco sufocado. A mulher observava a luta apavorada, sem fazer um único movimento, sem ousar levantar-se e fugir. Avistei-a de relance, a nudez esbranquiçada semelhante à nudez de um animal que nunca tivesse colocado roupa no corpo. Faltava-lhe a forma humana que a destacasse dos outros objetos, lembrava mais um traste dos que se amontoavam dentro daquelas paredes arruinadas.

– Vai saber logo, logo do que estou falando, bandido, ladrão!

Empurrei-o até a janela e debrucei-o sobre o peitoril. Ele resistiu sem sucesso e o inclinei ainda mais. Debatia-se igual a uma galinha sem metade do pescoço. Apesar de não nos encontrarmos a uma altura grande, as pedras lá embaixo sobressaíam-se da terra como pequenas mandíbulas, e a posição de cabeça para baixo multiplicava o perigo.

– Por favor, eu devolvo, devolvo tudo.

– Vai morrer, desgraçado. Vou jogar você de cabeça lá embaixo e depois queimo o seu cadáver.

Seus inúteis gestos de resistência se transformaram em pavor absoluto. O meu ataque repentino associado à violência reduziram-no à total imobilidade. A mão apalpava o rebordo da janela, buscando apoio diante do furacão que o arrastava para o abismo. Não tinha dúvida de que a morte o esperava lá embaixo e tudo o que lhe saía da boca, bem como os gestos inúteis de resistência, não passavam de movimentos reflexos de um agonizante.

— Eu devolvo, devolvo tudo — repetia aos choramingos, exacerbando a sua impotência nua que o fazia uma presa indefesa do meu furor.

Num arranco, trouxe-o de volta e joguei-o ao chão.

— Vamos, suma daqui, vá embora agora. Leve essa mulher antes que jogue os dois lá embaixo.

Ele quis pegar as roupas, impedi-o. Empurrei-os escada abaixo nus, até colocá-los diante dos empregados imobilizados pelo revólver de Tibúrcio.

— Sumam todos daqui. Se os vir em qualquer lugar da fazenda, arranco-lhes a pele.

Eles afastaram-se atemorizados, sumiram nas sombras das árvores que cercavam a varanda. Tibúrcio colocou a arma de volta na cintura e voltamos para a sala.

A lamparina jogava mais sombras no cômodo do que luz. Caminhei pela sala, ouvindo o ranger da madeira velha ao arquear-se sob os meus passos. Vozes me chamaram entre as sombras. Quis interrogá-las, julguei virem do quadro de minha tia e parei diante dele, nada vi além de uma superfície vazia. As vozes se calaram e avistei o Comendador materializar-se das sombras e se deitar na marquesa. Perguntei-lhe de onde vinham as vozes. Ele riu e se esfumou na escuridão; restou apenas a estrutura rachada do móvel. Enraivecido, ergui a marquesa e atirei-a na parede.

Tibúrcio recolheu-se a um canto, num silêncio tão absoluto que não o distingui da mobília. Voltei a andar em torno, observando os detalhes que saltavam das sombras, ligando-os a uma época desaparecida da minha vida. Como Matias Furtado apalpando impotente a borda da janela, nada encontrei. De tudo o que me lembrava, nada restava além de quatro paredes desnudas. Não obstante, algo que não entendia, uma voz, uma voz que tentava escutar em vão, sussurrava uma história, uma tragédia antiga acontecida dentro daquelas paredes, ficando para sempre enterrada no esquecimento.

— Não entendo — falei para Tibúrcio sem me virar. — Desde que entrei nesta sala, ouço vozes repetindo palavras que não entendo. Ouve alguma coisa?

Ele fez um gesto negativo de cabeça. Continuei a andar pela sala, querendo inutilmente reconhecer os anos a me separarem de uma memória suprimida.

– Esses homens – balbuciei –, todos eles não passam de ladrões... Roubaram-me a fazenda e também as lembranças. Foram eles, claro que foram eles. Tudo o que existia aqui... veja, você também viveu aqui... tudo destruído. Agora não passam de vozes gritando do fundo de um buraco. Não entendo o que dizem, mesmo assim não posso ignorá-las, não me deixam em paz.

Pensei ver vultos lá fora a me esperarem, tirei a arma da cintura, caminhei até a porta. Tibúrcio me segurou:

– Descanse um pouco. Está esgotado. Amanhã não verá mais ninguém.

Voltei para dentro da sala e caí sobre uma rede. Adormeci.

5

Matias Furtado não desapareceu como esperava, pelo contrário. Voltou acompanhado de homens armados que se acovardaram quando fizemos fogo neles, e fugiram.

Espalhou pela região que eu era bruxo ou monstro, demônio, ser das trevas que atacava os incautos de noite e lhes sugava o sangue. (Alguém jurava ter me surpreendido falando dentro de casa com seres invisíveis.) Como evidência, citava a força sobrenatural de alguém com o meu físico, para tal exibindo as marcas de sangue na base do seu pescoço. Os homens começaram a abandonar a fazenda amedrontados, deixando as plantações de café vazias e o gado sozinho no pasto. Semiabandonadas as terras, cabeças de gado desapareciam, e ninguém colhia o café.

Para piorar a situação, uma vez surpreendi, junto aos antigos barracões de escravos, um culto que os negros faziam desde os tempos da escravidão. Vendo uma velha untar um homem com sangue, entrei enfurecido no terreiro e interrompi o ritual. Reconheço que usei mais força do que necessário, assustando os trabalhadores e contribuindo para a fama de bruxo ou monstro que me era atribuída.

Os acontecimentos que se seguiram me fizeram pensar no episódio bíblico das pragas do Egito.

No dia seguinte, as paredes do casarão amanheceram sujas de bosta. Excrementos de gente e de animais, de todas as formas, cores, texturas, apareceram impregnados às paredes. Tibúrcio, a quem não faltava o testemunho de experiências brutais, ficou aturdido ao ver o estado da casa. Montamos os cavalos e saímos em busca dos culpados. Encurralamos dez estranhos, pretos e brancos, todos maltrapilhos, forcei-os a nos acompanhar e limpar as paredes sem me importar se foram eles os autores. No final do trabalho, paguei-os e saíram satisfeitos.

Fazia o possível para evitar roubos com os poucos homens que permaneceram na fazenda, enquanto procurava outro arrendatário a quem entregar as terras. Ninguém ousava aceitar uma oferta minha, contaminados pelas palavras venenosas de Matias Furtado. Acreditavam que fazer um acordo comigo equivalia a assinar um pacto com o diabo. Passei a procurar alguém fora da região que gostasse o suficiente de dinheiro para não se impressionar com invenções idiotas.

De noite Tibúrcio e eu ficávamos a sós na sala, fundindo-nos às sombras espichadas da lamparina que ardia ao lado do quadro de tia Inês. Quando eu não passava a noite caminhando pelas terras, ficava ali andando de um lado para outro como um animal enjaulado, ou quedava-me numa cadeira e permanecia em profundo silêncio. Não ousava perturbar os fantasmas que ali viviam. Tibúrcio aprendeu a não se incomodar com o meu comportamento estranho e se recolhia cedo.

A mesa vazia, cadeiras vazias, a escuridão que transformava a sala num longo túnel sem fim, os olhos de minha tia a nos olhar do outro mundo, um corredor escuro e fundo que do lado oposto dava para o nada trouxeram espectros para ocupar os lugares vazios que aquele cenário fundia à minha memória. Mal escurecia, meus ouvidos eram invadidos por vozes indistintas que gritavam e gemiam, numa espécie de coro infernal, prosseguindo a algaravia pelo resto da noite. Teriam me infernizado o resto da estada na fazenda (e quiçá a vida), se não me lembrasse do piano.

Abri a tampa, descobri com alívio que as teclas encontravam-se no lugar. Por mais estranho que pareça, o instrumento estava intacto. A princípio me deixou intrigado, mais além, me encheu de suspeitas. Entendi depois que um piano seria mais do que um instrumento musical naquelas paragens, um símbolo de grandeza, uma entidade situada a meio caminho entre a terra e o céu. Não ousaram tocá-lo. Bati o dedo numa tecla e escutei um som quase puro. Passei a afiná-lo, custou-me um pouco de trabalho, tive sucesso. O mais importante, ao dedilhar as primeiras notas, as vozes calaram-se, a música lhes abrandava os tormentos. Queriam que eu tocasse, tocasse toda a noite, tocasse enquanto durassem as trevas, a música vinda dos meus dedos tinha o poder de lhes diminuir a dor. Passei assim as horas noturnas tocando tudo o que me acostumara a tocar nos dias mortos e nas noites sem fim na fazenda, quando ali vivi sozinho.

Certa noite uma malta, homens e mulheres, cercou a casa empunhando archotes que queimavam na escuridão. Assemelhavam-se a quadros de queima de infiéis pela Inquisição, quatrocentos anos antes.

O fogo nos cercava lá fora como uma enorme cortina brilhante. Pensei num incêndio. Ao perceber do que se tratava, parei sem ação.

Gritavam palavras confusas; invariavelmente terminavam com o refrão: Eu te esconjuro, Satanás.

As intenções logo ficaram claras (numa ironia ao absurdo da situação)! Alguém jogou uma tocha para dentro da janela, e o fogo não se alastrou porque Tibúrcio tinha uma lata cheia de água ao lado.

Observei-os. A maior parte era formada de idiotas impressionados, impelidos por uns poucos capangas de Matias Furtado que não tive dificuldade de identificar.

Subi para o sobrado no momento exato em que um deles fazia um gesto de jogar outra tocha. Atirei para o ar, advertindo-lhes que não pouparia ninguém. Trazia uma capa preta que usava na Europa, pensava utilizá-la para apagar o fogo. Ao levantar o braço para atirar, a capa se abriu, e a figura resultante assemelhou-se ao demônio na noite de lua cheia que habitava a imaginação deles. A mistura de fogo e noite, refletida em meu semblante, formou figuras do outro mundo que se contorciam lançando urros horripilantes (os urros, não sei de onde vieram), completando a corte do demônio. A turbamulta recuou gritando: "O diabo, ele é o diabo!" Permaneceram os comandados do antigo arrendatário.

Tibúrcio chegou nesse momento, carregando uma carabina, e mandei atirar. Não precisaram de mais demonstrações. Todos correram pelo mato, deixando as tochas para trás. É possível que tenham ouvido a gargalhada que soltei, e esta sim soou rouca e satânica para que nenhum dos que a ouviram ousasse colocar o pé a menos de dez léguas do casarão, nos próximos cinquenta anos.

Pensei estar terminado o episódio, não estava.

Às vezes conversávamos, Tibúrcio e eu. Fazia-lhe perguntas que ele não sabia responder.

— Quem lhe deu o nome, Tibúrcio?

Ele coçava a cabeça, embaraçado:

— Não sei não, Afonso. Lembro que existia um feitor com o nome Tibúrcio, e todo mundo me chamava com o nome dele. Diziam que era o meu pai, não sei. Ele era o Tibúrcio grande, e eu, o Tibúrcio pequeno. Quando fui vendido para o Comendador, fiquei com o Tibúrcio só para mim.

— Pai, mãe, não se lembra de nenhum?

Fez um gesto vago; falavam do tal feitor, nunca pensou de verdade que ele fosse o seu pai. Para ser franco, até cinco ou seis anos nem sabia que as crianças tinham pai e mãe.

– Comigo também não foi diferente.

Ao rir das lembranças, exibia na boca pedaços apodrecidos de dentes em gengivas murchas. Às vezes eu desviava o rosto por causa do odor podre que sua boca impregnava o ar. A impressão mais forte era que tudo dentro dele estava apodrecido. No entanto, em todo o nosso tempo de convivência, nunca ouvi de sua boca palavras de amargura, aceitava com uma fatalidade absurda os reveses da vida como expressou tão bem no hotel, e somente nos últimos meses... mas aí estou a adiantar em demasia acontecimentos que serão narrados no momento oportuno.

– Não me lembro de nenhum, não, Afonso. – E ele me olhou com uma gravidade que me trouxe recordações do seu retorno da Guerra do Paraguai. – Éramos todos negros, escravos. Os brancos nos vendiam como gado. Já pensou em perguntar a um boi se sabe de que vaca ele saiu? Não nascíamos, éramos paridos de um ventre negro.

Percebi um brilho diferente em seus olhos. Avistara-o outras vezes, sem lhe dar importância. Semelhante a uma fagulha de alucinação que marcasse nos olhos a experiência da dor, algo parecido com ferrar o gado, que se leva para sempre. Tibúrcio fora ferrado nos olhos e, independentemente de sua vontade, a marca surgia em horas inesperadas, visível ao lembrar o passado. Não soube dizer se traduzia os brilhos da insanidade que rondava um ex-escravo que combatera na Guerra do Paraguai, acabando por terminar os dias às custas das migalhas atiradas pelos outros na rua do Ouvidor, zombaria ou condescendência.

– Tudo ficou para trás, não sei por que tal assunto. O mais importante é a fazenda. Está reduzida a ruínas, não deixaram muito mais. Léguas e léguas de ruínas. Mas ela foi muito mais do que isso, Tibúrcio. Muito mais! Quantos anos passou aqui?

Ele se atrapalhava nos cálculos:

– Não sei, não sei quanto tempo passei em lugar nenhum. Toda a minha vida, o que me lembro dela, passei no inferno. No inferno, não faz diferença se você vê árvores à volta, se está na rua do Ouvidor, se existem vitrines bonitas. É tudo inferno da mesma maneira.

Andávamos por todos os lugares da fazenda. Antigos barracões ocupados pelas famílias escravas, depois reformados para libertos e imigrantes, não passavam de destroços. Um cheiro de miséria e desespero cercava a natureza suja e devastada; às vezes tinha a impressão de que um incêndio numa época remota reduzira tudo o que nos rodeava a cinzas. Invadiu-me o pressentimento de que os escravos continuavam ali, e se tivéssemos paciência os veríamos seguindo as longas trilhas de sombra que todos os dias os conduziam ao extermínio.

Dispersos no chão, não mais do que pedaços enferrujados de metal que serviam para as distrações de crianças magras e seminuas, identificávamos antigos instrumentos de suplício. Máscaras de flandres, algemas, gargalheiras, peias. Tibúrcio agachava-se e juntava tudo com cuidado. Guardava-as, para mais tarde pendurar na parede do seu quarto como obras de arte.

Não sabia se ria ou mantinha a gravidade compatível com as maneiras dele. Questão, diria, de apreensões; um balanço entre as minhas e as dele. Mas havia ali uma diferença. Claro que o absurdo, o absurdo propriamente dito que cercava a vida dele e a minha, não exigia expressão adequada para o seu entendimento, qualquer maneira seria adequada. O que descrevesse uma grande tragédia – como o Vinte-e-nove caindo sentado na calçada, incapaz de um gesto coordenado – serviria para despertar compaixão como, da mesma forma, arrancar gargalhadas dos passantes. Ao se referir a antecedentes escravos, suas histórias se embaralhavam e o que resultava não era menos do que total falta de senso. Devo dizer que ele começava a se lembrar delas. Quanto mais tempo passávamos na fazenda Ferreirinha, mais se referia aos tempos de escravo. Uma vez não resisti, uma suposta tragédia me arrancou uma gargalhada. Algo relacionado aos instrumentos de suplício que ele guardava. Um fato em relação ao qual qualquer um, dotado de senso comum, lhe emprestaria total solidariedade. Qualquer um, claro, que não tivesse por prática divertir-se com situações trágicas, arrancar volúpia das aflições, transtornar-lhes os sentidos até transformá-los em horror. Eu tinha experiência com o horror, fazia dele a minha busca. Ele sabia disso. Quis lhe explicar que prantos e gargalhadas não diferiam entre si na nossa compreensão universal do absurdo, tanto um como o outro era tudo a que se reduzia o nosso entendimento ao tentar expressá-lo.

Tibúrcio espantou-se com as minhas gargalhadas, seus olhos calmos expeliram tristeza e decepção. Não havia irritação, ressentimento; apenas consternação. É possível que me considerasse um enfermo – o que comprovei nos anos posteriores – e como a um enfermo me tratasse. Voltando a mim, a gargalhada vibrava dentro do meu peito como se viesse de um lugar desconhecido, fazendo-me pensar que não era eu quem ria, mas outro ser dentro de mim (como aconteceria tantas vezes nos anos seguintes). Um ser de quem eu tivesse medo.

– Não dê importância ao que faço, Tibúrcio – quis lhe dizer sem sucesso, porque os acessos de gargalhada continuaram me invadindo a garganta e, por mais que tentasse, só fazia rir e rir como se o mundo inteiro não passasse de uma piada grande e obscena.

Nessa noite aconteceu um fato estranho que voltaria a se repetir depois. Deitei-me na cama da minha tia ao deixar exausto o piano. Na parede em frente, observei o crucifixo de metal dela que Matias Furtado não ousara tocar. Ele se encontrava exatamente onde estava vinte anos antes e o contemplei da cama, pensando que tia Inês o veria como eu o via agora. Ela o pendurava ali porque acordava de noite com frequência e queria tê-lo diante dos olhos. Adormeci sem perceber, não desci o cortinado, despertei picado de mosquitos. A luz da lua entrava pela janela iluminando a parede. Havia certo mistério, algo sobrenatural, no metal que brilhava de noite, refletindo a luz tênue que recebia do céu nas horas mortas do sono.

Observei o crucifixo. Como se um brilho clandestino iluminasse fatos alheios à minha memória, senti uma tranquilidade que me fez adormecer. Faltavam poucos minutos para amanhecer, abri os olhos de repente. O crucifixo refletia uma cor avermelhada e reparei que Cristo fora substituído pelo demônio que me encarava com fúria. A minúscula boca retorceu-se numa risada ferina, vertendo para fora uma substância vermelha semelhante a sangue. Ante o meu espanto, abriu mais a boca, e uma gargalhada rouca soou dentro dos meus ouvidos.

De manhã pendurei-o no pescoço e saí com Tibúrcio para recrutar trabalhadores no caminho. Pensei, se Deus não está do meu lado, quem sabe o demônio? Passando perto de uma rocha, vi algo brilhar em seu cume, no mesmo instante um disparo atingiu o meu peito. Caí do cavalo e rolei em busca de abrigo. Um filete de sangue corria pela camisa. A bala atingira a cruz e se refletira. Sem lhe fazer a menor mossa. Durante muito tempo, perguntei-me se o tinha no pescoço por pura coincidência ou haveria outras possibilidades que não ousava admitir. Diria, com cinismo, que a cruz me salvou.

O episódio concorreu para aumentar a fama de poder sobrenatural de que desfrutava. Os pistoleiros de tocaia juraram que a bala me acertou o coração e eu nada sofri. Assim, acredito, se mostravam merecedores do pagamento, simultaneamente justificando a pressa em desaparecer dali. Seria vergonhoso fugir de um homem, de um ser sobrenatural nem tanto. A fama que me fazia equivalente a uma criatura maligna não precisou muitos testemunhos para propalar-se. Acrescentem-se meus hábitos notívagos a me fazerem andar pelas terras até altas horas da noite. Por vezes esbarrava com camponeses que fugiam ao me ver. Gritavam lobisomem ou algo semelhante.

Não conseguimos agarrar os pistoleiros. Quanto ao mandante, não tive dúvidas tratar-se de Matias Furtado e fui atrás dele. Passei dias em sua caça, inutilmente. Os camponeses escondiam-se ao me ver e não obtive indicações do seu paradeiro. Fiz uma queixa ao delegado e não deixei de lhe mostrar as notas que carregava. Dois dias depois, um desconhecido chegou a casa perto do anoitecer, indicou-me onde encontraríamos quem procurávamos, a grota do Brejão, cinco léguas dali. Chamei Tibúrcio e rumamos para lá. Como falei, orientava-me de noite tão bem como de dia e em poucas horas a localizamos. Chegamos na mais completa escuridão. Deixamos os cavalos afastados para não assustarem a presa. Nós nos aproximamos da grota e permanecemos de tocaia.

Passo agora a narrar o episódio, do ponto de vista da vítima.

Matias Furtado saiu da grota para esticar as pernas depois de um dia inteiro metido no confinamento daquelas rochas, e foi alertado de que algo estranho o rodeava. A coruja pousada na árvore diante da abertura não estava lá, nem os animais que corriam pelos vãos escuros das rochas ao ouvir os seus passos. Assustado, voltou para pegar a arma. Não tinha dado dois passos quando deu comigo. Em plena escuridão daquelas terras ermas, acossado pelas imagens sobrenaturais criadas por ele próprio e em que acabou acreditando, não viu em mim ninguém menos do que o diabo em pleno furor de sua cólera demoníaca.

— Valei-me, Nossa Senhora! — Foram as únicas palavras pronunciadas antes que o golpeasse, e ele caísse desmaiado.

Ao abrir os olhos, encontrou-se estendido numa cova. Amarrado e amordaçado. Viu-nos, eu e Tibúrcio, munidos de pá e enxada. Falei:

— Já pensou no que sente um homem enterrado vivo? Imagine o que passaria esse homem ao abrir os olhos e se ver enterrado como um cadáver! Sim, cadáver — repeti. — Você já é um cadáver.

Seus olhos abriram-se como teria feito a boca, se fosse capaz de pronunciar uma palavra. Continuei:

— Vou jogar terra sobre o seu corpo, deixarei apenas os olhos de fora, quero vê-los estilhaçados pela morte horrível que o espera. Verá a vida deixá-lo aos poucos, porém não será capaz de retê-la. Um a um os sentidos o abandonarão até não passar de um corpo sem alma, um corpo a apodrecer devorado pelos vermes. Mas até lá haverá tempo para pensar em tudo o que poderia ter e nunca mais terá. – Joguei-lhe a primeira pá de terra.

Ele quis me lançar uma súplica. Antes que algum som deixasse aquele buraco infecto, retirei-lhe a mordaça, peguei um torrão e lhe enchi a boca de terra. Quis se mover, inútil, o corpo pareceu inchar-se na cova. O rosto congestionado se tornou pálido. Peguei a pá com raiva e lhe joguei terra sobre o corpo, deixando apenas o rosto de fora. Ele se debatia como um afogado engolindo grandes volumes de água. A mistura de desespero e violência cega, num corpo em agonia, exerceu fascínio em mim e deixei de lado a pá para contemplá-lo. Agachei-me, segurei-lhe o rosto:

– Terá a honra de ser a primeira vítima do monstro que você próprio criou.

Seus olhos viravam-se de um lado para o outro, buscando em mim uma insignificante brecha de piedade que lhe salvasse, se não a vida, ao menos a angústia dos momentos finais.

Antes que o sepultasse numa cova que não seria encontrada nos próximos cem anos, um braço bloqueou meus movimentos. Puxei o punhal, pronto para cravá-lo no importuno. Deparei-me com Tibúrcio. Teria completado o golpe, se sua mão não segurasse o meu pulso e o torcesse, obrigando-me a largar o punhal. O rosto não era cordato ou atordoado, como de hábito se mostrava. Pelo contrário, uma fúria desconhecida, deparada apenas em Enfrenta-onça, afirmava que não me deixaria enterrá-lo. Que tinha ido longe demais. No segundo de impasse, chegamos a medir forças. Nossos olhares, no limite da fúria e do sangue, suavizaram-se como os de dois espadachins esgotados reconhecendo que nenhum vencerá o duelo.

Falou:

– Ele não passa de um pobre coitado.

Por que me impedia? Que angústia causaria a um homem, que havia presenciado tantos homens morrerem, ver mais um miserável desaparecer da face da Terra? Estaria ligada à morte de Enfrenta-onça, algo que presenciou e não pôde esquecer? Talvez porque enxergasse no pobre-diabo a si próprio nos últimos anos, estendesse a ele a mão que nunca lhe fora estendida. A cólera diminuiu e fiz um gesto de resignação. Abaixei-me, peguei o punhal e coloquei-o de volta na cintura. Montei o cavalo e fui embora. Adiante me virei, para ver o negro desamarrando o branco emasculado que certamente abusara de dezenas de negros na escravidão.

– Não importa – rosnei para mim próprio. Esporeei o cavalo e corri pelas brenhas escuras, ansioso para encontrar uma fera à tocaia no caminho.

Com o desaparecimento de Matias Furtado, terminou a minha fama de criatura do diabo, consegui recrutar trabalhadores. Comecei reparando o casarão e passei para a recuperação das plantações, do gado e das moradias dos trabalhadores. Os trabalhos progrediram com rapidez, trazendo de volta as antigas impressões que guardava do lugar. No entanto, este não era o único problema que me esperava naquelas terras. Nem sequer o mais difícil.

O convento a que pertencia a prima Felícia havia feito um requerimento alegando que ela, como herdeira universal do pai, lhe doara a fazenda Ferreirinha. Eu trazia comigo, desde Paris, o documento com a intimação de comparecer ao juiz de paz em Vassouras.

Cedo ou tarde me depararia com tal problema. Na última fase da vida do Comendador, quando ele mal passava algumas horas ao dia sóbrio, pensei na possibilidade de uma das mulheres que frequentavam a casa extorquir-lhe a fazenda. Não pensei em Finoca.

Redigi um documento de compra e venda. No estado de embriaguez em que se encontrava, não percebeu o que assinava. Estabeleci que o pagamento seria feito em parcelas anuais durante dez anos, obtive testemunhas que assinaram o documento e o registrei em cartório, pagando regiamente ao escrevente para que o autenticasse nos moldes da lei. Não queria que se abrisse inquérito com base no documento, fatalmente seria descoberto o engodo. Felizmente o escrivão morreu, o que me poupava de uma incômoda testemunha.

Fui ao convento. A custo Felícia concordou em me receber e não me reconheceu à primeira vista. Mais ainda, assustou-se diante de mim como se estivesse em presença do próprio demônio.

Nós nos olhamos em silêncio, imobilizados. Sorri embaraçado, numa tentativa inócua de trazer de volta as lembranças que nos fizeram próximos muitos anos atrás. Tive dificuldade de lhe reconhecer os traços, descobrir uma antiga familiaridade enterrada no hábito que a cobria. Quanto mais nos encarávamos, mais nos semelhávamos a dois estranhos que nada tivessem a se dizer. Permanecemos em silêncio, incapazes de qualquer gesto, sobretudo estranhos. Nenhum ousava ofender a imobilidade contrária. Do meu lado, a situação era ainda mais difícil. Teria, em primeiro lugar, de vencer a surpresa ao reconhecer na irmã Judite, diante de mim, a prima Finoca de vinte anos atrás. Seus olhos foram os agentes principais da familiaridade buscada, transmitindo-me os antigos sinais de pânico e neurastenia.

Estávamos ambos de pé. Falei, numa atitude formal:

— Irmã, finalmente obtive uma entrevista com a senhora. Não sei o que vocês têm contra mim. Esclareci a superiora de que era parente, e mesmo assim só permitiram depois que me recusei a deixar o convento sem vê-la.

Ela olhava para os lados e para cima, como a esperar ajuda do céu. Tinha de admitir que éramos dois desconhecidos e entre nós havia uma disputa. Não poderia esperar dela atitude mais familiar que, diria, facilitasse o meu objetivo. Percebi também a impossibilidade de qualquer recuo no tempo oferecer-me a familiaridade pretendida. Em outras palavras, poucas razões tinha para afirmar que possuía uma prima chamada Felícia que me despertasse emoções de parentesco. Pelas mesmas razões, não devia esperar dela qualquer acolhimento simpático.

— Senhor — ela respondeu empertigada, mais formal do que eu. — Há de compreender que a nossa vida, dentro do convento, é integralmente dedicada a Nosso Senhor Jesus Cristo. Laços de familiaridade no mundo secular não devem nos desviar da nossa missão.

— Compreendo, irmã, e tenho de externar a minha satisfação por vê-la integrada na vida monástica a ponto de ignorar o único parente que lhe restou. Quero lhe lembrar que lhe escrevi diversas vezes, não recebi resposta. Creio poder afirmar que não é a dedicação ao serviço do Senhor que a impediria de escrever algumas palavras a um parente num outro continente.

— Sr. Afonso, não havia razão para estabelecer comunicação com alguém dedicado a uma vida de dissipação, num caminho tão alheio aos nossos sagrados objetivos. Viver em Paris não é, de forma alguma, condizente com as aspirações de alguém que faz dos mandamentos de Deus o seu guia.

— Senhora, Paris é uma cidade como qualquer outra. Existem igrejas e monastérios, assim como o Moulin Rouge. No Rio de Janeiro também existe uma casa com esse nome e nem por isso...

Ela fazia que não com a cabeça, num movimento resoluto.

— Não, senhor, não me refiro aos maus costumes dos franceses. — Ela crispou as mãos e contraiu o rosto. Esperei que me expulsasse dali aos gritos. — Se quer mesmo saber, não me importa o que os homens fazem fora das paredes do nosso claustro. Gostaria com sinceridade que todos seguissem o caminho de Deus, mas sei que não é este o retrato do mundo. Faço referência à sua própria conduta.

As últimas palavras me causaram espanto. Não soube a que se referia e não estava certo de lhe ter ocultado a minha apreensão. Restringi-me a observar o movimento ofegante do seu peito como antes observara o de outras mulheres em situações de conflito comigo. Não era diferente das outras apesar do hábito que a cobria. Antes que perguntasse do que se tratava, ela continuou num tom mais irritado, mais cortante. A voz perdeu o pequeno resíduo de candura para se tornar distante e professoral:

— Senhor, não me foge à memória a maneira como tratava os animais na fazenda. Não preciso lembrar-lhe certos fatos. Um, presenciei pessoalmente, de outros ouvi falar, em nenhum tive razões para não acreditar. A sua conduta, junto do meu irmão João Bento, para com os escravos, e que o conduziu à morte, também não era segredo. Mais tarde, soube que nem o meu pai viveu seus últimos anos em paz na sua companhia. De nada disso fiz alarde, enterrei tudo no peito. No meu retiro espiritual, mantenho as mais tristes lembranças.

— Senhora, está se referindo a brincadeiras infantis. Não é difícil lhe mostrar que crianças costumam ser cruéis com frequência e que os mandamentos do Senhor não nascem com elas. Ao contrário, são ensinados. O caminho do conhecimento, irmã, é feito de crueldade. Quer se aprove num convento ou não. O homem come os animais, testa remédios neles, e assim é como as coisas acontecem fora das paredes do seu claustro. O convento não vive apenas de sua dedicação aos mandamentos do Senhor. Vocês também têm de comer e o seu hábito...

— Sr. Afonso, peço-lhe que não se estenda em pontos de vista heréticos.

— Conhecimento não é heresia, sra. Felícia.

— Aqui dentro sou conhecida por irmã Judite. Pediria que assim me chamasse. Conhecimentos, senhor, existem os inspirados em Deus e os conhecimentos opostos, tais como prega Satanás.

— Sofrimentos, senhora, estão ligados à vida. Não podemos fechar os olhos e fingir que não existem.

— Mas infligi-los em outrem por prazer, caro senhor, é mais do que heresia. É maldade. Não falamos mais de ideias ou crenças, não falamos de religião e sim de maldade concreta.

— Metida num convento, afastada do mundo e de todos, dificilmente saberá avaliar o que significa praticar maldades contra os homens. O que dizer dos animais?

— As maldades a que me refiro, senhor, não se restringem aos animais. Como falei, soube de vários fatos graves que o ligam à má conduta do meu irmão. Minha mãe, que Deus a tenha, ficou muito triste ao ver no que se transformara o órfão que ela tomou em sua guarda. E por fim o meu pai.

— Exatamente, seu pai. Enfim, chegamos ao ponto principal. Depois que a senhora sua mãe morreu, somente eu fiquei com ele. Eu tomava conta dele. Buscava-o e o olhava em suas desregradas bebedeiras, numa conduta pouco digna aos olhos deste convento. Aliás, deve saber tudo, uma vez que demonstra conhecimentos além do que se encerra aqui. Não julga também que fui eu quem o compeliu a tais desregramentos.

— Prefiro não falar do meu pai.

— Senhora, não vejo por que deva escolher onde buscar o tema de minha suposta má conduta. Não conhece os fatos e por isso não pode afirmar nada. Quanto à tia Inês, sinto pesar por nos últimos tempos não ter querido falar comigo, como se fosse eu o responsável pelos males que se abateram sobre a família. Não acho que tenha sido justa, mas ela está morta e deve ser deixada em paz.

— Como falei, não posso lhe dedicar muito tempo e assim deveria restringir-se aos objetivos imediatos da visita. Quanto às crueldades, não preciso recorrer a lembranças antigas. Existem testemunhas de suas condutas e não me refiro aos tempos idos, mas a fatos atuais.

— Bem vejo que a minha prima... se me permite chamá-la assim... prefere acreditar nas vozes da calúnia do que no meu testemunho pessoal. Olhe, o homem que espalhou aleivosias sobre mim... inverídicas, naturalmente... surpreendi-o na sagrada cama da sua mãe com uma prostituta. Esse homem, a quem ensinei todo o trabalho na fazenda e a quem arrendei as terras e lhe impus a condição de cuidar do casarão, esse homem, como falei, expulsei-o das terras ao perceber que me roubava e em que estado deixou a casa onde moraram seu pai e sua mãe. Agora, quando me proponho restaurá-la, recebo uma intimação do juiz de paz comunicando-me que a Ordem reivindica as terras alegando doação sua.

Volta e meia, ela esfregava as mãos no hábito, outras, as passava no rosto e apertava as contas do terço como se esperasse alguma coisa má e nada lhe restasse em que se apoiar. Os olhos atravessavam-me endurecidos, não trocavam com os meus senão rápidos e esquivos olhares, desviavam-se ágeis e saltavam para a janela como dois pássaros engaiolados. Lembrei-me da menina espigada e franzina que se escondia pelos cantos invisíveis da fazenda e me seguia com um olhar impertinente. Surpreendi-me imaginando-a com um vestido de cetim em vez do hábito religioso, cabelos longos e escuros ocultando-lhe parte do rosto como as mulheres elegantes em Paris. Uma vaga semelhança com a mãe, tia Inês, esteve a ponto de se materializar na filha; em vão tentei arrancar mãe e filha do claustro escuro imposto pelo hábito e descobri-las diante de mim, como as conheci no passado. Não me furtei a pensar que, se eu tivesse sido mais gentil com Felícia nos tempos idos, ela não teria se internado num convento. Não foi bem assim, como descobri mais tarde. Mas o que eu poderia fazer, como conheceria certas verdades das pessoas, e mais particularmente das mulheres, nada tendo em comum com todos os que me cercavam? Pela primeira vez pensei que poderia ter feito algo por alguém. E nem sequer essa lucidez me causou emoção.

– O meu primo há de compreender que é natural que eu passe uma propriedade minha para a Ordem a que professei os meus votos. Quanto ao senhor, o tempo que usufruiu das rendas das terras deixadas pelo meu pai já foi mais do que suficiente...

– Sinto ter de corrigi-la, irmã Judite, mas as terras são minhas, como pretendo deixar claro ao trazer à luz a documentação que possuo. Seu pai me vendeu-as e vou prová-lo. Quanto a usufruir, existe um engano nos termos empregados. De nada usufruí gratuitamente. Trabalhei nas terras os melhores anos de minha vida. Mais ainda, eu fiz aquela fazenda atingir a prosperidade de que gozava pouco tempo atrás.

A perturbação dela se tornou tão forte que evaporou num átimo o ar superior exibido. O rosto ficou pálido, e os olhos voltaram-se para baixo. Firmou a mão na parede e segurei-a nos braços para evitar que caísse. Ela se apoiou em mim e senti, numa lufada, o transcorrer dos anos na pouca distância que nos separava. Arfava e prestei atenção no movimento rápido do seu peito que parecia seguir as batidas do coração. Algo sólido, na cena inesperada, arrancou-me do torpor em que a conversa começava a me jogar. Não foi além de um momento. Presa de um tremor agudo, de uma repulsa que lhe trouxesse de volta

as forças, recuperou-se assustada, empurrando-me e se restabelecendo por conta própria. Falou enfurecida:
— Como ousa tocar-me?
— Irmã, estava a ponto de desmaiar. Bem, peço-lhe desculpas. Não tive intenção de contaminar hábito mantido em tão professada pureza.
Não sei se minhas palavras soaram sinceras ou sarcásticas. Acredito que houvesse ambos em dosagens moderadas. Distingui em seus olhos uma tristeza antiga, meiga, um medo súbito, uma súplica que me lançava todas as vezes em que lhe dava as costas. Estava tudo ali de volta, concluí desanimado, constatando que o passado se mantinha integral entre nós, tão vivo como nós próprios. Pensei no que teria sido a existência dessa mulher enterrada anos dentro das paredes de um claustro e sufocada em hábitos pesados que lhe sepultaram a juventude e a vida. Como teria passado cada hora, cada minuto dos longos anos de exílio e solidão escolhidos por ela própria ao deixar tudo por aquele lugar?
— Lastimo que me tenha em muito pouca estima — falei, e neste momento não pude deixar de lamentar o cinismo que revestia as minhas palavras.
Até então nossa conversa — ao menos do meu lado, mas com ela não parecia diferente — assemelhava-se a um teatro, encenação especial, diria melhor, uma vez que faltava entre nós o mínimo de sinceridade para reconhecermos algo em nossas palavras, além de mera constatação de sensações frágeis do passado. Bem verdade, eu ali estava para defender um patrimônio, apenas isso. Se não fosse a contestação pelo convento da propriedade da fazenda Ferreirinha, nem me lembraria de Finoca, digo, irmã Judite. Faria como nos anos passados, virar-lhe-ia as costas e a ignoraria. Além disso, se revelasse os fatos verdadeiros que me ligaram a João Bento, ou ao Comendador antes de sua morte, teria de reconhecer a verdade das palavras dela. E aí tudo faria sentido, o convento eliminaria uma influência maligna na região, e com um bom lucro. Porém, pelo contrário, meu comportamento era de um inocente limpando-se de calúnias com uma firmeza de palavras e conhecimento dos fatos que não deixavam margem à desconfiança. Eu a havia abalado, estava certo. E envolvido no clima de farsa em que decorria a conversa, uma tristeza por me ver diante da desgraça que semeara e reconhecer o ressentimento que Felícia teria nutrido por mim e não nutrira — exatamente, nenhum ressentimento aquela

mulher demonstrava ao homem que havia causado a desgraça da família –, como dizia, uma tristeza desconhecida ameaçou quebrar a minha determinação e lhe pedir perdão.

– Não quero – ela falou mantendo com esforço a circunspecção de uma religiosa; piscava os olhos em movimentos pesados. – Não gostaria, primo, que nos afastássemos com uma ideia errada do que fomos um para o outro. Em relação à fazenda, como falei, o caso está nas mãos do juiz de paz. Caberá à justiça terrena julgar os méritos de cada um. O resto, há muito depositei nas mãos de Deus. Ele sabe o que cada um é e o que merece.

– Curioso, prima; ao vê-la, depois de tantos anos, a impressão que tenho é de que alguma coisa aconteceu com vocês, pais e filhos, que eu não sei. Nunca soube. Alguma coisa que nunca me disseram e que, não obstante, me fizesse responsável. E desprezível a seus olhos.

Uma palidez súbita cobriu-a como um manto de gelo, crispou o rosto e pensei que ia gritar, quase me adiantei para apoiá-la. Segurou-se com força no espaldar da cadeira, e seus olhos arregalaram-se, revelando um terror súbito. Rápido se recuperou. Caminhei para a porta e falei para a figura pálida na sala:

– Devemos nos dizer adeus, irmã. Não creio que nos veremos mais, seja neste mundo ou no outro.

Ela acompanhou-me os passos com os olhos, nos quais já se notava uma ponta de zombaria e malícia. Antes que saísse, falou:

– Primo, tive dificuldades para reconhecê-lo. Alto, cabelos longos e negros, barba bem cuidada. A roupa lhe assenta muito bem no corpo. Acredito que tenha se casado.

– Sou viúvo. Meu casamento não durou muitos anos. Não pretendo me casar mais.

Peguei o chapéu e saí. No corredor, sentei num banco de madeira encostado à parede. Permaneci uns minutos sentindo o torpor daqueles claustros penetrar-me os pulmões. Não escutei um único movimento em todas as salas à volta e enxerguei o mundo inteiro substituído pelo vazio absoluto. De uma claraboia no alto, observei um cone iluminado de ar caindo oblíquo à sala. Um redemoinho de poeira recebia a luz, girando lentamente. Pensei: Onde está a luz aqui dentro? Nada havia ali além da noite eterna e não compreendi como pessoas seriam capazes de passar a vida sepultadas num lugar desses. Deus, falou a irmã Judite. Seria naquele lugar que Ele passava os dias? Não evitei uma risada perversa. Nas paredes diante de mim, o dia entrava apenas pelas frestas. O resto era noite, mas não uma noite estrelada como me lembrava da fazenda Ferreirinha, ao contrário, noites confinadas e impregnadas de mofo que habitam um porão úmido ou uma caverna congelada. Senti pena de Felícia, pena de todas as irmãs condenadas ao claustro daquela solidão absoluta, de todos os homens e mulheres do mundo que viviam em antros de solidão como aquele em que então me encontrava.

Mas a pena que eu sentia de Felícia não possuía a mesma natureza da que sentiam as pessoas normais. Não provinha de um sentido de compaixão, não vinha, como se diria, do coração, antes de uma caverna enterrada neste órgão, uma artéria torcida que não funcionasse como as demais. A piedade que eu sentia pelas pessoas, ao contrário de elevá-las e trazê-las para próximo de mim, abria uma cratera em meu peito, rebaixava-as a uma natureza de animal cuja única função na Terra fosse nos oferecer a carne, fazendo-me odiá-las pelo que elas não eram. Criava verdadeiras correntes de ódio dentro de minhas veias, e eu ia embora para não rir de sua miséria. Assim foi com Felícia e as outras irmãs que eu relanceava através de uma janela. Desejava expulsá-las dali, mostrar-lhes o ridículo a que se reduzia sua pobre vida de trancafiadas, fazê-las sobretudo compreender que a solidão e a crença, tudo o que as mantinha afastadas do mundo, da luz que era ali entrevista e imaginada, jamais contemplada, não passavam de um grande nada.

Uma mosca pousou em meu rosto e espantei-a com um piparote. Ela executou uma espiral na penumbra rala do corredor, reduzindo-se a um zumbido. Se no lugar das paredes houvesse túmulos, o silêncio à volta do inseto não seria maior. Acompanhei o seu caminho sinuoso ao longo da parede oposta; ao atravessar o cone de luz projetado da claraboia, transformou-se num ponto iluminado, continuou em frente e desapareceu.

Lá fora havia um pátio e vi irmãs sentadas em bancos ou andando pensativas. Não conversavam, observavam um rigoroso silêncio. A visão de minha prima coberta por um hábito negro, que se mantinha teimosa dentro dos meus olhos, me fazia acreditar que eu a expulsara do mundo, metendo-a dentro daqueles calabouços. Não sentia pesar por ela, por nenhuma das vidas que se esgotavam ali dentro como velas mortiças. Se houvesse um lugar em todo o universo onde as almas se extinguissem numa eternidade indiferente, não poderia ser distante daquilo. Ali me deparava com nada além de mortos de todas as épocas a caminhar em silêncio entre os claustros congelados do universo.

Não conseguia acreditar que estava em algum lugar do mundo, que pessoas vivessem ali dentro. Era possível que a minha confusão se originasse da repulsa por tudo o que representasse minha prima e todas as que a rodeavam naquela confraria de leprosos. Porque naquele momento estava claro que todas tinham sido expulsas do mundo por mim – sim, por mim – ao modo dos animais que eu torturava tentando, com observações inúteis, extrair as parcelas do mal e da dor que trituravam a vida e das quais eu teria de me apossar. Era como se as vozes que gritavam em meus ouvidos, nas noites na fazenda, estivessem todas ali dentro, e tal constatação me fizesse estremecer. Avistei nas paredes o tormento nos olhos dos animais quando os forçava a arrostar a morte, e senti um tremor excitado. Não durou muito tempo. O que antes me enchia de exaltação, agora nada trazia além de tédio.

Enxerguei-me cair no precipício do tempo e me senti enganado. Perguntei-me o que acontecera nos anos desde que Felícia saiu da fazenda com destino ao convento. Queria, na verdade, saber como eu chegara àquele lugar, o que ali me trouxera, quem era a mulher metida num hábito negro que me provocava tamanho tumulto. Como resposta, nada além de um amontoado de imagens difusas, e eu incapacitado de ordená-las neste tempo amorfo que ameaçava me atirar junto às almas que me perseguiam.

Pedi para falar com a superiora. Negaram-me o pedido três vezes, por fim concederam-me meia hora quando sugeri que um acordo poderia ser feito em relação às terras da fazenda Ferreirinha.

Entrei numa sala semelhante à que acabava de deixar. Nada ali se destacava de nada. Uniformidade tão absoluta como somente poderia ser a eternidade. Parei diante de uma mesa e diversas cadeiras de espaldar alto. Complementando a mobília, havia uma secretária escura com gavetas que não se parecia com nada que eu já tinha visto. E uma cruz solitária na parede. No meio da sala, diante da única janela, vi algo que não se diferia muito do móvel e das gavetas, à exceção de ser a madre superiora do convento. Mulher grande e gorda, mostrava-se incomodada no hábito e pensei que esperava apenas eu sair para se livrar dele.

Pareceu-me entrar num banco para pedir uma soma enorme ao gerente gordo e arrogante de cuja vontade dependesse o meu futuro. O sorriso calculado com que esperava me expulsar dali (ou reduzir-me a um verme), se não lhe oferecesse as garantias exigidas, exibia o poder por ele representado. Voltando ao convento, faltava apenas um charuto na boca da mulher diante de mim para que a metamorfose se completasse. Confesso que engoli em seco, mas me lembrei de que não me encontrava num banco e o assunto que ali me trazia não era muito difícil, no final das contas.

Sentei-me e lhe dirigi um rápido movimento de cabeça. Ela não esperou que me acomodasse, falou com ar de malícia:

— Acredito que o senhor aqui veio trazido por um sincero desejo de renunciar às pretensões à fazenda de propriedade do nosso convento.

A arrogância transformou-se em total impertinência e foi a minha vez de lhe dirigir um sorriso preparado:

— Pelo contrário, madre. Venho aqui lhe mostrar os documentos que me asseguram a propriedade das terras para que o convento não tenha o trabalho inútil de entrar numa ação sem a menor possibilidade de vencer.

O sorriso confiante no queixo quadrado encolheu-se, tornando o rosto ainda mais parecido com a carranca de um gerente de banco desprovido de motivo para nos dirigir qualquer aparência de simpatia.

— Sr. Afonso, a fazenda é uma herança da nossa irmã Judite, uma vez que é a única sucessora dos pais diante da morte dos irmãos. Não me consta existirem outros herdeiros. E posso assegurar ao senhor que tal patrimônio, sob a posse do convento, terá muito mais valia para os homens e para Deus do que nas mãos de alguém com a sua reputação.

— Não vou discutir a minha reputação, nem sequer o benefício que teriam os homens e Deus caso as terras passassem para o domínio do convento. Só quero lembrar-lhe, madre, que aqui na Terra ainda se discutem as posses em cima do direito secular e não segundo as pretensões de um convento. A irmã Judite não tem o direito de herdar uma propriedade que me pertence por venda voluntária do pai dela, o comendador Antônio Ferreira.

— O Comendador não venderia a fazenda sem prevenir sua única filha viva. Não acredito na veracidade das suas palavras.

— A irmã Judite foi prevenida por mim na época da transação, bem como sobre a forma de pagamento (o que não era verdade). Durante dez anos, mandei-lhe o valor das parcelas rigorosamente no prazo estipulado e acredito que ela tenha entregado o dinheiro ao convento (o que era verdade). Nunca teve a curiosidade de perguntar a origem do dinheiro? Devo lhe dizer, madre, que tenho todos os recibos registrados no cartório.

— Bem, teremos a oportunidade de comprovar as suas palavras.

— Antes que me retire, responda, por favor. Por que o convento não requereu a propriedade da fazenda Ferreirinha anos atrás? Por que só deixou para fazê-lo agora?

Ela olhou-me, pensativa. Seu rosto deixou de se assemelhar a uma máscara sem expressão para refletir uma cólera que lhe tingiu a superfície pálida de vermelho e teria igualmente manchado a touca se tal fosse possível pela vontade apenas. Se em seu lugar estivesse um gerente de banco, me negaria o empréstimo com palavras secas e frias. No caso dela, a questão comercial e a religião, misturadas diante da minha impertinência, a custo a dissuadiam de se livrar do hábito e se transformar num lutador de boxe, expulsando-me dali com os punhos.

— Só agora a irmã Judite nos denunciou a existência da propriedade.

— Ou seria porque os pagamentos tenham cessado um ano atrás? A coincidência é inegável e seria difícil convencer um juiz de que o convento achou-se no dever sagrado de recuperar uma propriedade no termo do pagamento do qual ele usufruiu integralmente. Bem, madre — levantei-me —, mando um portador trazer-lhe cópias dos documentos e comprovará com os próprios olhos a legalidade da compra e o pagamento do compromisso assumido.

Sua fúria não se conteve dentro do hábito negro, e ela levantou-se, fazendo menção de me empurrar para longe dos seus sagrados domínios:

— Bem vejo, senhor, que todos os que afirmaram ser uma criatura do diabo não estavam mentindo. Suas atitudes, bem como as palavras que deixam a sua boca, provêm do Senhor do Inferno. Quando se encontrar com o seu Amo...

Tirei da algibeira o crucifixo de minha tia. Queria mostrar-lhe que era tão bom cristão como ela, um ato valeria mais do que uma dúzia de palavras. Ela olhou-me cética e até um tanto cínica. De repente os olhos arregalaram-se e uma expressão de pavor dominou a máscara de arrogância que lhe cobria a face. Pela primeira vez na conversa, diria, a madre me obsequiou com uma atitude de irrestrita sinceridade.

Arrastando-se até a cadeira, gritou:

— Salvem-me, salvem-me, pelo amor de Deus!

Seus olhos fixaram-se no crucifixo na minha mão e olhei-o, vendo a figura do diabo no lugar do crucificado, exatamente como deparado na cama de minha tia. Ele abria a boca numa gargalhada ameaçadora, mas esta só eu ouvi. Guardei o crucifixo, embaraçado, e saí da sala, não sem dificuldades para me livrar do bando de irmãs que vinham correndo em auxílio da superiora.

Depois do infeliz episódio, o convento retirou suas pretensões à posse da fazenda e não tive dificuldades de conseguir novo arrendatário. Discuti as condições do arrendamento diante de Tibúrcio a quem nomeei procurador. Ele viria mensalmente à fazenda para inspecionar o estado da propriedade e de suas posses. Assim os problemas foram resolvidos e voltei para o Rio de Janeiro, sem intenção de retornar àquelas terras.

6

Voltamos ao Rio de Janeiro e aluguei um casarão na rua Paissandu, no Flamengo, que julguei afastada do movimento da cidade, arborizada e suficientemente isolada. Jabuticabeiras, sapotizeiros, jaqueiras, além das palmeiras lá fora, formavam uma muralha entre mim e a vizinhança. O que não adiantou muito, como explicarei à frente. Tibúrcio ficou encarregado da carruagem e dos cavalos e, enquanto não os adquirisse, permaneceria como homem de confiança que supervisionava os criados. Uma vez por mês, ele iria à fazenda Ferreirinha e me faria o relatório do que encontrava lá, prestando as contas mensais.

Eu passava as manhãs no meu quarto, revendo as notas que fazia para um ou outro jornal (com maior frequência o *Jornal do Commercio* e a *Revista da Semana*). No início, eles publicavam satisfeitos e até me pagavam de quando em vez. Escrevia sobre recordações de Paris em particular e a Europa em geral dos meus últimos dez anos. Eram engraçadas, curiosas, prendiam a atenção. Qualquer coisa que se escrevesse sobre Paris e a rua Vivienne que comparava à nossa do Ouvidor, sobretudo em relação aos nomes que em ambas eram franceses, e à língua falada nas duas (também francesa), deixava a nossa população elegante extremamente excitada.

Para deixar bem marcada a separação entre mim e os vizinhos, minha casa situava-se em centro de terreno. Na parte da frente havia uma varanda ajardinada e árvores, atrás um terreiro cheio de árvores de copas espessas em que passava as horas de isolamento. Uma decoração pesada e sombria vedava-me do exterior. Havia estampas nas paredes. Um São Sebastião amarrado numa árvore cheio de flechas perfurando-lhe o corpo, que ali já se encontrava, deixei-o ficar. Coloquei um piano de cauda na sala e passava horas do dia tocando. A música atraía os curiosos, crianças principalmente que corriam a comunicar aos adultos o que presenciavam trepadas nas árvores da frente. Quase não aparecia na vizinhança, o que suscitou a bisbilhotice local. Aumentando a excitação à volta, saía de noite com frequência. Viamme sair e ninguém me via voltar para casa, o que estimulou um sem-número de histórias a meu respeito. Alguns me tinham como príncipe exilado de um país distante na Europa ou na Ásia, possivelmente um ducado nos Bálcãs, outros como compositor famoso metido num trágico caso de amor e refugiado num continente distante; tais especulações eu chamava ingênuas e não me incomodavam.

Havia também versões mais duras. Estas últimas me tinham como doido, assassino, ou, numa versão mais amena, os chamados bolina, tira-camisa ou encarador. Moças românticas às janelas me viam passar e suspiravam, pensando que se encontravam diante de um personagem misterioso que uma noite as raptaria e as levaria para uma terra distante atulhada de paços imperiais e bailes da ilha Fiscal. Alguns meses decorridos, nenhuma novidade a meu respeito alimentou-lhes as fantasias cansadas e se desinteressaram de mim.

Muitos dias eu passava em estado catatônico, em nada me diferindo de um morto. Tibúrcio vigiava os cômodos que separara para mim, no segundo andar, impedindo os criados e eventuais visitantes de invadir os meus recintos. Não tinha noção do que ocorria comigo nesse tempo. Era tragado por uma atmosfera lúgubre que me transportava para algo parecido com um túmulo, e então tudo à volta desaparecia. Figuras disformes materializavam-se na escuridão, debatendo-se em inúteis tentativas de se libertar da atmosfera de asfixia que me sugava os pulmões. Impregnados de pústulas enormes, resultado das pestes que assolavam a cidade, desfilavam por meus delírios em procissões macabras, diluindo-se ao longo de túneis escuros entre cantos roucos e orações fúnebres.

Quando o sol declinava, eu saía para uma volta à beira do mar. Observava as gaivotas que cruzavam a imensa solidão do crepúsculo, circulando pelas águas roucas em voos de mergulho. A calçada era deserta e raramente encontrava alguma alma extraviada naquelas horas. Caminhava por toda a enseada, passava por pescadores que voltavam do mar e atracavam os barcos em volta da Aguada dos Marinheiros. Prosseguia até a encosta do morro da Viúva. O mar esverdeado debatia-se em vão para se libertar das correntes da noite – seus uivos, materializados em ondas brancas, emergiam dos abismos cobertos pelas águas – e se jogava contra as muradas das praias. Do lado contrário, o oceano mergulhava na noite, e os dois infinitos, céu e mar, fundiam-se numa massa única. Mais adiante, mal distinto dos vapores exalados das ondas, erguia-se o Pão de Açúcar como um distante soberano. Às vezes nuvens grossas desciam do céu como monstros alados e engoliam a montanha negra. Restos vermelhos do dia flutuavam no ar e ainda escutava os gritos das aves desaparecendo entre as bolsas de escuridão avolumadas ao longo do caminho.

Nas horas mais adiantadas, dirigia-me para a cidade. Um tílburi ou um bonde elétrico me conduzia pela Glória até o largo da Mãe do Bispo. Descia na rua do Passeio e percorria-a parando alguns minutos nos cafés e me misturando com meretrizes, desordeiros e boêmios. Mal eram acesos os bicos de gás, e eles apareciam de todas as pensões das vizinhanças. As mulheres, vestidas em roupas extravagantes e lantejoulas, exibiam rostos macilentos e uma expressão triste. Tomavam ópio, cheiravam éter e se picavam com morfina.

Não permanecia muito tempo. Deixando os bares, caminhava lentamente pela calçada, rodeando o largo do Passeio. Àquela hora, sob a luz dos combustores, o lugar me produzia certas impressões inesperadas. Sobrados cinza, encimados por balaustradas e enormes janelas abobadadas, me faziam lembrar certas áreas de Paris. Um bonde elétrico deslizava solenemente pela rua, entrando na Senador Dantas. Antes de desaparecer, às vezes cruzava com um bonde a burro semivazio que vinha da Gonçalves Dias ao chouto cansado das bestas. Os burros paravam e observavam o seu parente próspero passar arrancando faíscas dos trilhos, com um misterioso respeito, talvez temor, percebendo que naquelas claridades finas arrancadas da terra prenunciava-se a sua extinção. O movimento raro de pedestres me recordava os passeios noturnos nas terras da fazenda Ferreirinha, quando a noite produzia a impressão de que a Terra toda se recolhia, e eu era o único homem deixado em sua superfície.

Certa noite, do largo da Mãe do Bispo, segui a procissão das pestes que começava no convento da Ajuda e percorria a cidade durante a noite. Um padre empunhava um crucifixo de prata entre acólitos que seguravam varas prateadas e turíbulos com cheiro de incenso. Irmandades caminhavam atrás. Irmãos em grandes opas vermelhas, exibindo insígnias e padroeiros, carregando varas, tocheiros e cruzes metálicas em que se viam as figuras de Nossa Senhora, São José ou Santo Antônio, precediam o andor com a figura de Cristo. Homens, mulheres e crianças empunhavam círios e entoavam ladainhas, exibindo longos laços de crepe pendentes. Em lamentos que soavam como o cricrilar dos grilos, ofereciam rezas e promessas, suplicando por parentes e amigos que agonizavam vítimas das febres. A procissão entrou na 13 de Maio, comprimindo-se na via estreita. Interrompia o passo ao se deparar com um bonde pela frente ou para oferecer preces a um santo cujo oratório situava-se no caminho. De todas as janelas surgiam curiosos debruçados nos peitoris. Expressões graves, persignavam-se atemorizados. Na calçada, os homens tiravam o chapéu como fariam diante de um cortejo funerário.

Atravessando a confusão bulhenta do largo da Carioca, seguimos pelos becos à volta do largo do Rocio (praça Tiradentes). Na esquina com a rua do Sacramento, o padre parou a longa linha de devotos e fez uma oração, pedindo ao altíssimo que concedesse a cura às pobres vítimas de uma doença perversa que atacava indiscriminadamente os piedosos e os perversos. Na travessa do Senhor dos Passos, as prostitutas debruçaram-se nas janelas dos curtumes e saudaram a procissão com o sinal-da-cruz. Demos a volta e descemos a rua dos Ourives para chegar à igreja de Santa Rita. Nesta última, a procissão rodeou o chafariz e se quedou sobre centenas de joelhos. Olhos fechados, bocas trêmulas, olhavam para o céu impelidos pela crença numa salvação sobrenatural. O padre mergulhou a mão no chafariz e aspergiu água nos mais próximos. Um cachorro vadio, encolhido do lado da fonte como um caracol, levantou-se assustado com o movimento e se afastou.

Tochas eram empunhadas em todo o trajeto. Os poucos bicos de gás não eram suficientes para iluminar o labirinto de ruas e becos entre os morros de Santo Antônio e da Conceição. Bolor e podridão desprendiam-se dos porões ao longo do caminho. Cobriam a procissão com uma atmosfera vaporosa que, no reduzido espaço deixado por ruas estreitas, mais lembrava o inferno e não pressagiava qualquer mudança no humor da divindade que recebia as súplicas. Os cantos dos fiéis prosseguiam inabaláveis, vibravam nas gargantas retesadas, tornavam-se roucos e se erguiam ao céu. O padre destacou-se da multidão e se ajoelhou, pedindo entre choros e súplicas que os santos se apiedassem do sofrimento dos homens. Um ou outro vulto se adiantava do grupo estático, gritava perplexo nomes de vítimas da peste que se comportaram segundo os mandamentos da religião e não mereciam o fim trágico à sua espera. Mães pediam por filhos que dois dias antes exibiam a alegria e a saúde natural dos jovens. Uma esposa adiantou-se rogando pelo marido cuja ausência levaria a família à miséria; foi abraçada por velhos, por aleijados, por ricos e pobres a se consolarem mutuamente das desgraças que a todos ameaçavam sem distinções. Sacrifícios oferecidos e orações prometidas formavam uma teia infinita de desespero e esperança entrelaçados. No entanto, o céu metálico da cidade parecia anunciar que a cólera divina ainda não estava satisfeita e exigia mais sangue.

O desespero coletivo expandia-se como nuvens de tempestade, multiplicando-se em cada drama particular dos que eram alardeados ao longo do caminho. Empunhando círios com a firmeza dos desesperados, conduziam a agonia por espaços cada vez mais exíguos, como se buscassem, na escuridão final, o único lugar em que se veriam diante da paz eterna. Alguns círios apagavam-se, espalhando a suspeita de que a alma conduzida por sua luz acabava de se atirar na eternidade. Rezas e súplicas continuavam incontinentes seguindo o caminho da procissão, como se agora nem mais a morte importasse e somente a exibição de uma fé ilimitada fosse capaz de os trazer de volta ao caminho da vida. Eu cruzava a procissão de um lado para outro, examinando rostos deformados pelo medo, à maneira de alguém que procurasse um conhecido entre condenados para lhe trazer uma última palavra.

Uma velha, acompanhada de uma moça, saiu de um beco e se juntou à procissão pedindo a todos que orassem pelo filho, acometido de febre amarela no dia anterior. Os outros receberam suas súplicas com dureza, ressentidos pela intromissão de uma desesperada estranha a seus próprios flagelos. Concordavam impacientes com movimentos de cabeça e prosseguiam murmurando ladainhas, semelhante ao zumbido de insetos agonizando sob os efeitos entorpecentes de um veneno. Imperturbável, a velha acompanhou a procissão solicitando mais rezas, mais pedidos, o rosto virando-se ora para os homens, ora para o céu, e não acredito que visse maior compaixão tanto de um lado como de outro.

E então fui tocado no ombro e me deparei com o seu rosto pálido que parecia, ele próprio, consumido pela febre. A boca murcha moía palavras desordenadas:

– Por favor, por favor, peça pelo meu filho. Ele sempre foi um bom homem, cumpridor dos deveres...

Fiz um gesto de impaciência que lhe pareceu compaixão, pois abaixou o rosto resignada, sentindo encontrar alguém de cujas prédicas e palavras dependesse o destino do filho. A procissão interrompeu a marcha e me vi rodeado por todos os olhos que no momento anterior buscavam pelos ermos a inalcançável mensagem de salvação. Somente o padre manteve os olhos fechados, concentrado nas preces. Dois irmãos das almas que seguravam o andor me olharam com uma expressão de pasmo.

Imobilizei-me. Nunca esperara encontrar-me em tal situação. Não queria que me vissem entre eles, que me tivessem por alguém tomando notas de seus flagelos. Que descobrissem quem era eu de verdade. A velha manteve os olhos em mim numa expressão mais amena, quase doce, enxergando tão perto a resposta de suas súplicas. Permaneci estático, teria fugido, se não tivessem feito uma roda. Ali me encontrava para divertir-me com o sofrimento deles, e, numa inesperada reviravolta, suplicavam-me para abrandá-lo. Tudo por causa de uma velha estúpida surgida não sei de onde, e não sei por que ironia do diabo enxergou em mim um salvador. Por que ela não era devorada pelos próprios vermes e me deixava em paz? Não parecia brincadeira sem graça? Uma aparição destacada de outras aparições, todas voltadas para mim.

Então, uma voz sobressaiu no coro de ladainhas:

– Ele é o homem que entra nos quartos dos moribundos para levar-lhes a mensagem da fé.

Passei a mão pelo rosto, quase em pânico. Não queria ser notado e acabava de me tornar centro dos olhares e esperança de desenganados. Quis dizer-lhes quem era eu realmente, o que fazia entre eles. Ali estava para distrair-me com o seu sofrimento, mais ainda, alimentar-me dele. Estava certo de que abririam um espaço na roda e me deixariam ir embora.

Quanto às minhas atividades junto aos moribundos da peste, a voz anônima estava certa, embora pela razão oposta à que me atribuíam. Vinha me dedicando a esse tipo de trabalho e, em casos mais notáveis, mandava as observações para os jornais com o título de Anotações do Tempo da Peste. No entanto, elas não guardavam nenhuma semelhança com os episódios narrados logo adiante.

O padre me examinou com um ar alheio de velho sacerdote acostumado às misérias humanas e às infinitas nuanças de seu desespero. O que teria eu a ver com a imagem dos seus santos e profetas, capaz de trazer esperança e salvação a um lugar onde só o caos imperava?

A velha não se afastou, queria abraçar-me, assegurar-se de que eu não desapareceria, não a abandonaria em meio às suas aflições, não me reduziria a uma figura de sonho. Para não deixá-la encostar-se em mim, segurei-a pelos ombros. O corpo, magro e dócil, acomodou-se à pressão de minhas mãos e imobilizou-se. Falei:

— Volte para casa, os céus ouviram as suas preces, o doente está bom e precisa da sua presença.

Não sei por que fui dizer tais palavras. Mandá-la para casa foi a maneira mais rápida de me livrar dela. Percebendo o que fiz, pensei em voltar atrás. Tarde demais. Só desejei que eles se afastassem da minha frente e eu pudesse sair dali.

Os murmúrios cessaram, um silêncio pesado dominou o largo e o crepitar monótono das chamas substituiu as preces. A velha levantou o rosto e pareceu mais pálida, mais desfeita sob a luz das tochas. Momentaneamente abrandados os rigores da idade e do sofrimento, o rosto transpareceu uma pureza antiga, infantil, livre dos tormentos e das fadigas acumuladas no corpo combalido. A moça amparou-a pela cintura e lhe sussurrou palavras de conforto. As duas voltaram a me encarar apaziguadas e repeti que deveriam voltar para casa que o doente precisava delas. Movimentando os rostos num gesto comum de concordância, afastaram-se da procissão abraçadas.

Mal elas saíram, e antes que outros me dirigissem novas súplicas, tomei a direção contrária para internar-me nos becos em volta, desejando afundar na escuridão e desaparecer dali. Espantados pelas palavras trocadas entre mim e a velha, afastaram-se dóceis e me abriram o desejado caminho.

Frequentava os cortiços que se concentravam naquela região da cidade. Era conhecido em alguns por ser o único com coragem de entrar nos quartos dos moribundos da peste e supostamente levar-lhes conforto. Angariei a fama de piedoso que me acompanhou nos anos seguintes até que acontecimentos posteriores expusessem os meus verdadeiros motivos.

Havia um cortiço na rua do Resende em que uma moribunda contava o tempo que a separava do outro mundo. Ia muito lá. O médico não lhe dera mais do que poucas horas e por isso o carro da Saúde Pública não a levara embora. Como se a Sabedoria Divina fizesse pouco de nossa inteligência, essas horas já se arrastavam por dias sem que ela apresentasse melhoras. O marido, dois filhos e uma irmã foram mortos pela mesma doença. Última representante da família, seu aturdimento não provinha do sofrimento imposto pelas dores, mas da indiferença do Senhor ao permitir consumar-se tal tragédia. Teria por volta de quarenta anos, rosto marcado de varíola, jazia imóvel na cama, olhos fixos no teto, lábios movendo-se imperceptíveis em orações intercaladas a perguntas que fazia a si e a Deus.

Entrar num cortiço assemelhava-se a penetrar nas antigas catacumbas romanas no momento em que alguém lá atrás fechasse as entradas de ar. Um cheiro forte de madeira molhada e comida velha grudava-se nos pulmões, fazendo crer que nunca mais retornaríamos à superfície. Móveis e cadeiras velhos, mesas quebradas nos corredores, não diferiam dos restos de um acampamento improvisado; um monte de trastes que se juntam às pressas ao se atravessar uma terra que se quer deixar para nunca mais voltar. Dominou-me a sensação de um sonho mau que não teve forças para se transformar em pesadelo. O movimento das pessoas fazia tremer o piso e receei que ele desmoronasse, transformando tudo ali numa nuvem de poeira. Dez minutos depois, não haveria o menor vestígio de que alguém teria morado naquele lugar.

Pessoas com quem cruzava me lançavam olhares de roedor faminto, pronto a desaparecer nas rachaduras entre as paredes ao menor movimento inesperado. Subi as escadas para o segundo andar. Dali observei o pátio interno. Roupas penduradas em arames tomavam toda a sua extensão, criando a impressão de um deserto branco. Crianças corriam entre os varais, mulheres cansadas e envelhecidas, curvadas sobre tinas de água, conversavam em voz alta e trocavam risadas. Ao longo do corredor, portas e janelas, a demarcarem cada habitação, intercalavam-se numa sucessão monótona, transformando-se em traços indistinguíveis à frente. Vultos imóveis, debruçados nas janelas, seguiam os meus passos como máscaras desfiguradas; nada faziam na vida além de debruçar-se nas janelas e espreitar. Um português vestido em calças e camisa de zuarte, chinelas de couro cru, oferecia parati a dois vinténs a dose diante de um coro de papagaios e perus a lhe fazer eco. Pássaros, saltitando em gaiolas, pareciam tão mofinos como os donos; papagaios amarrados em poleiros curvavam os bicos como mendigos; galinhas presas em cercados espichavam os pescoços e me olhavam pedindo, numa súplica muda, um desmentido do seu próximo fim. Flores murchas e amareladas espalhavam-se por todo o corredor a exaltarem as cores da morte antes do que da vida. Nunca tinha visto tantas flores; a impressão era que queriam trazer para dentro das catacumbas as lembranças de uma vida que havia muito abandonaram.

O cortiço era dividido em cubículos minúsculos separados por paredes finas, quase tabiques, delimitando as acomodações das famílias. Não diferiam muito das antigas senzalas. Discussões num cômodo misturavam-se a risadas no outro, todos intercalados ao estridor de fora. Não poucas vezes alguém gritava numa casa e outro respondia na outra. Vapores de gordura provenientes das cozinhas comuns provocavam reclamações e zombarias; e os sons fundiam-se tão completamente que o ambiente mergulhava num silêncio irreal.

Bati na porta, não houve resposta. Abri e entrei esperando dar com um corpo na cama. Um movimento da moribunda denunciou que ainda respirava. Recebeu-me uma atmosfera quente e abafada e reconheci o odor que os porcos exalavam ao lhes enfiar uma faca no coração. A associação dos dois fatos me transmitiu familiaridade com o quarto enfermo. Sentei-me ao lado da cama e olhei o prato de comida que ela não tocara.

Debatia-se semiconsciente, agarrava os panos sujos que a cobriam, murmurava palavras incompreensíveis entremeadas de gemidos, parte humanos, parte grunhidos animalescos. Uma candeia ardia sobre um armário encostado à parede, fornecendo a escassa iluminação daquele cômodo nu. Não havia janela. O mais remoto vestígio do mundo de fora não penetrava ali dentro. Não passava de um calabouço, e a noção crua da total irrelevância do sofrimento humano ali se expunha em sua mensagem mais clara. Levantei a candeia e busquei nas paredes rachadas alguma marca da vida que ali existiu, um desenho, um crucifixo, uma palavra rabiscada.

Em cima da cômoda, havia um pequeno quadro do Inferno de Dante. Nele, homens abriam as bocas aterrorizados, prestes a serem transformados em serpentes. Um impasse entre as duas naturezas que se alternavam marcava o desenho, uma agarrando-se ao lado humano, a outra abraçada irreversivelmente à natureza animal, já irradiando a voluptuosidade faminta de uma cobra no momento de devorar um roedor. Ao lado do quadro, havia retratos velhos de familiares trajados em roupas sóbrias a exibirem barbas veneráveis; pareciam deslocados da atmosfera de degradação do cômodo, como a negarem testemunho da extinção ignóbil em que a família mergulhava.

Vi riscos na parede ao lado de um catre e pensei que um dos filhos, no estertor final, empunhara um lápis registrando, no código indecifrável da agonia, os últimos vestígios de sua existência. Os demais catres foram removidos e queimados para que, juntos, desaparecessem também os micróbios da doença que ali habitara.

Enquanto ela não despertava, passei o tempo fazendo um inventário dos objetos no quarto. Um espelho velho, pente, urinol, jarro de água do qual exalava um cheiro fétido, um livro rasgado que não tive curiosidade de abrir. Meus pensamentos voaram pelo quarto e tentei reconstituir a vida da mulher naquele estreito cubículo. Que arremedo de vida seria possível ali dentro que não se igualasse aos últimos momentos de um animal a caminho do abate? Ao mover a candeia, as sombras deslocaram-se lentamente rastejando pelo chão, como lagartos gigantescos que se esgueirassem pelo cômodo devorando cada objeto em sua passagem.

Ouvi palavras incoerentes e me inclinei sobre o leito, esperando que ela recobrasse a consciência.

– É o senhor? – falou ao perceber um vulto materializar-se dos delírios da morte.

– Sim, sou eu. Entrei uma hora atrás.

– Graças a Deus, o senhor está aqui. Quando abro os olhos e não o vejo, tenho tanto medo.

– Estou sempre aqui. Não a deixarei sozinha.

– Sozinha!

Ela tentou afastar a candeia da cabeceira cuja débil luminosidade era suficiente para lhe magoar a vista enfraquecida. Depositei a candeia no chão a alguns metros do seu rosto.

– O senhor esteve lá fora, não esteve? Como são as coisas lá fora? Estou em cima desta cama há tanto tempo que não me lembro de nada. Desde que o meu marido adoeceu... E depois meus filhos. Por que não chega mais perto? O senhor é a única pessoa que me restou... os outros têm medo de mim... e nem sei como é, vou morrer sem ter visto o seu rosto.

Estreitou os olhos baços e franziu a cara. Esforçou-se inutilmente para discernir meus traços. Ao final de infrutíferos esforços, desistiu e suspirou. Falei:

– O meu rosto não é diferente dos outros. O importante é não se esquecer do rosto dos seus filhos e marido para reconhecê-los ao entrar no paraíso.

– Filhos, paraíso! Não sei do que fala. Aqui só existe um quarto escuro, dores e fraqueza. Sim, filhos, eu tive; marido, também tive. Não sei como os perdi, foi tão rápido. Disseram que foi a doença. Sabe me explicar o que é a doença? Quem nos traz a doença?

Olhei à volta. Tudo fácil demais ali dentro, tão fácil morrer. Só viver parecia impossível dentro daquelas paredes. O rosto dela, marcado de bexigas, se tornou limpo, de uma brancura imaculada, tão puro como o rosto de uma criança. Como podia uma mulher às portas da morte, despojada de tudo o que fizera parte de sua miserável existência, tornar-se tão bela no momento do trespasse? Foi com sincera curiosidade que me perguntei de que maneira o sofrimento, aliado ao total esvaziamento das esperanças, afetava um rosto moribundo a ponto de fazê-lo espelhar tal beleza. Que espécie de exaltação às portas da morte a mantinha viva, a despeito da multidão de micróbios carnívoros que a roíam?

– Quem é o senhor? – perguntou esquecida que já fizera a mesma pergunta tantas vezes. – Não tem medo de se contaminar?

– Não. A vida não me importa.

– O senhor não gosta da vida?

– A vida e a morte estão muito próximas, vejo-as irmãs. Assim, não há motivo para temer a morte.

– Eu tenho medo da morte e não devia. Nada mais tenho a fazer aqui. Tudo o que tinha me levaram, apenas o senhor ficou. Responda: não é o anjo da morte que se diverte em me atormentar, mantendo-me nesta cama quando eu já podia... já podia...

Anjo da morte, pensei, tormentos!

Por que não a estrangulava e acabava logo com aquilo?

Veias e tendões em seu pescoço pulsavam com violência.

– Pois ouça, escute bem para entrar preparada no outro mundo e ser recebida pelos seus familiares. Por que acha que foi deixada sozinha quando todos os seus foram levados pelo anjo da morte? Você era o único laço deles com a vida, tinha de ficar até todos partirem. Eles levaram o seu rosto para o outro mundo. Mas logo irá ao encontro deles.

Observei um sorriso pálido desenhar-se nos lábios exangues. De repente ela crispou o rosto e se retorceu querendo sair dali. Falou, levada novamente pelos delírios:

– Não, não é verdade. Meus filhos não estão mortos, estão vivos. Por favor, se eu não estiver mais aqui quando chegarem, diga-lhes... diga-lhes que meus últimos pensamentos... – Os olhos abriram-se arregalados. Pensei que estava morta. Piscou e vi que ainda vivia. As mãos agarraram o colchão e tentaram torcê-lo. – Responda, senhor, o que fiz para merecer uma tragédia dessas?

Pensei no que ela veria sobreposto ao meu rosto. Uma forma, uma recordação que lhe saltasse da mente como um apelo final de existência. Anjo da morte, ela continuava a murmurar. Como seria o anjo da morte? Seria gente, seria ave? Sombras pairavam à volta do seu leito de moribunda como invisíveis urubus farejando a morte. Senti a aproximação desses entes sobrenaturais. Enxerguei dezenas de aves negras pousadas em suas coxas, a lhe lançarem um olhar faminto. Respondi com uma expressão dura:

— Não há tragédias. Para existir tragédia, deveria existir vida. Vida real! Que vida de verdade existiria num mundo de passagem? O que importa é o que está além. Quando colocar os pés do lado de lá, compreenderá que a sua dor era pequena. Vai rir de si própria.

Minha cabeça vibrava e pensei como faria para manter os pensamentos em ordem, ao respirar o ar contaminado que saía do peito da moribunda.

A voz dela me despertou das reflexões:

— O senhor deve ser um homem muito bom e muito sábio para conversar com uma moribunda, correndo o risco de se contaminar. Fala em vida de passagem, mas todos sabem que é tudo o que temos.

— Este pensamento só conduz ao desespero. Você continua tendo filhos e marido, e eles a esperam. Se parar de pensar nesta vida e se entregar à outra, ouvirá suas vozes chamando-a.

— Chamando! Chamando a mim? O senhor está me deixando confusa e não quero confundir-me agora.

— Estou lhe mostrando o verdadeiro lugar. Quer ficar neste quarto infecto mais trinta anos, quarenta anos? Prefere viver com a recordação deles a com eles?

— Não, não. Não deixe que os levem para longe de mim. Quero viver com eles toda a minha vida. Tudo o que Deus nos der.

— Breve estarão juntos.

— Se os meus filhos tinham o meu rosto para levar para o além, eu terei o seu. Por favor, aproxime-se, quero tocá-lo. Não, afaste-se, tenho medo de contaminá-lo. Meu Deus, nem sei dizer se estou viva ou morta. Não sei o que faço aqui e, no entanto, tenho tanto medo! Agora estou certa de que é o anjo da morte, e Deus o mandou para me trazer consolo nos momentos finais.

— Sou apenas um homem com uma ideia do sofrimento.

— Eles te disseram como gritei ao acordar e não o ver do lado? Falei que se não o trouxessem antes que eu fechasse os olhos me tornaria um fantasma e viria atormentá-los de noite. Sabe o que pensei, Deus que me ajude! No mesmo lugar onde os meus filhos acharam os micróbios da nossa danação, ali os buscaria e os espalharia pelo cortiço. Eles se assustaram. Meu Deus, morreram de medo. Mas não, nunca faria isso. Não sou má, nunca quis a desgraça de ninguém.

Não contive a risada:

— Conseguiu assustá-los sem ter forças para sair da cama!

— Morrem de medo de se contaminar. Se tivessem coragem de me colocar as mãos, me jogariam na rua! Sabe o que responderam? Você era o anjo da morte. Não entrava pela porta, vinha do céu. Onde o buscariam?

— Não sou anjo. Nem sequer homem bom eu sou. Conheço apenas o sofrimento, vim de um lugar em que as pessoas amaldiçoam Deus e o diabo com as mesmas palavras.

— Sofreu tanto assim?

A candeia bruxuleou e pensei que se apagaria. Se ela se apagasse, mergulharíamos na escuridão. Ali dentro nada separava o dia da noite a não ser uma luz exígua. Mexi-me impaciente. Poderia dizer-lhe que a minha presença ali se devia a razões mais simples. Anjo da morte, claro. Anjo da morte de porcos, bois e galinhas. Anjo da morte de escravos violentados e escravos fugitivos. Anjo da morte, sim, não para trazer consolo, para torturar. E era exatamente o que não fizera ali. Distraía-me com os seus sofrimentos, mas queria mais, queria vê-la sangrar, debater-se numa esperança torturada, voluptuosa e inútil. Esperança que eu lhe daria num momento e retiraria no próximo. Queria vê-la agarrar-se a uma força que se desfaria quando ela a sentisse. Que se desmancharia sob o meu olhar carregado de satisfação maligna. Ali estava apenas para deparar-me com os seus segundos finais, dizer-lhe quem eu era realmente, penetrá-la pelos olhos no caminho do vazio eterno. Nos próximos minutos, iria me apossar do seu sofrimento e trazer-lhe outros, muito maiores do que ela teria a sós. Mas não teria muito tempo, devia ser hábil. Tanto tempo na espera, percebi que a minha presença só contribuía para reanimá-la. À palidez de desenganada acrescentou-se um ligeiro tom rosa na pele como se ainda cintilassem, em seu coração, as últimas centelhas de esperança. Mal lhe distinguia o rosto, mas era fácil adivinhar a intensidade do olhar que atravessava as trevas para sorver-me com uma gula que só os condenados exibiam.

— Conheci o sofrimento mais do que todos. Sabe por quê? Porque apenas eu sou seu íntimo. Quanto à morte, estive próximo dela diversas vezes, como a vejo agora entre nós. Quando for a minha vez de passar para o outro lado, nada me custará além de um passo. Um passo insignificante. Como o que está para dar nos próximos minutos. Mas não se engane, nem todos os homens que conhecem o sofrimento são bons. Pelo contrário, somos extremamente maus.

– Não você.

Levantei e me afastei da cama, apenas para dar contra uma parede. Precisava de uma janela, não suportava mais o ambiente de confinamento infestado de micróbios e de abutres invisíveis. Queria respirar um ar que não fosse contaminado pela doença, precisava de algo que me livrasse daquele lugar imundo e diante de mim havia uma parede. Empurrei a parede com as duas mãos na estúpida presunção de que ela se afastaria.

– Pode ver a morte agora? – falou com uma risada lívida. – Como ela é? Feia como dizem ou todos mentem? Fale-me dela para eu não ter medo e desejá-la.

– Desejá-la!

A luz que brilhou nos seus olhos me trouxe total decepção. Viera àquele lugar em busca de um sofrimento que me escapava. Mais além, ali estava para reforçá-lo e ampliá-lo, enquanto o coração dela tivesse forças para bater. Todas as vezes que me fizera o agente da morte, não consegui enxergar a agonia buscada, apenas uma cortina cinza de ódio. A violência empregada e a situação de antagonismo entre mim e a vítima impediram-me a visão desejada. Agora, pelo contrário, me fazia solidário com o sofrimento da moribunda, alguém de quem ela não tivesse razão de ocultar a angústia numa camada opaca de ódio e medo. Esperava que me fizesse confidente e guardião de seus derradeiros momentos. No papel de sacerdote dotado da mais absoluta piedade, a acompanhar os moribundos em sua derradeira viagem, evitava a armadilha do ressentimento. Porém, ao contrário de tudo o que perseguia com tamanho empenho, minha presença ao lado dela provocou o esvaziamento da angústia. E fez de mim o seu anjo da morte. Pior, um anjo da morte piedoso. Um anjo bom, bonito, envolvido numa auréola de virtudes que, em vez do vazio eterno, lhe trouxesse a derradeira mensagem de esperança. Não parecia ironia? Opondo-se a tudo o que eu ali buscava, minha presença lhe trazia conforto. Imperdoável conforto! Em vez de lhe tornar insuportáveis as horas finais, oferecia-lhe o consolo que somente uma presença humana e uma total solidariedade na desgraça seriam capazes de proporcionar a alguém nos últimos momentos.

– Pode me dizer se é dia ou noite? – Tive vontade de rir. Ainda se lembraria do sol, encerrada em quatro paredes sem janela? Nem um túmulo lhe vedaria com mais perfeição o contato com a vida. Continuou: – O crepúsculo me entristece. Conto os minutos até o dia desaparecer. Tenho medo de que a luz do sol não volte a brilhar. Sofro por tolice, sei. Estranho; é onde estou agora, no crepúsculo. – Quis levantar, não conseguiu. Sua respiração rasgou o ar. – Não sei o que aconteceria comigo se o senhor não estivesse aqui.

– Esgoto – balbuciei. Ouvi a minha voz refletindo-se entre paredes vazias e voltar aos meus ouvidos. – A morte é esgoto. Tudo o que conheceu de sujeira e repugnância neste mundo, nada se compara com a morte. Porque ela não é sofrimento nem castigo, apenas sujeira e esgoto, e nos seus ermos as almas dos homens se divertem com as almas de insetos e ratos como crianças brincando de mãos dadas.

Não enxerguei o seu espanto, contentei-me em imaginá-lo. A voz, rodeada de escuridão e em meio a restos de consciência, soltou uma exclamação tão fraca que não ouvi.

Avistei uma barata deslizando perto do meu pé, agarrei-a. Aproximei o inseto do rosto da moribunda e deixei-a ver que se debatia. Ela fez um gesto de repulsa e não escondi a satisfação:

– Sabe por que ela move as pernas? Porque quer andar e não sabe que está de cabeça para baixo; não sabe que só poderá tocar o ar. Olhe agora o que acontecerá com ela. – Arranquei-lhe uma perna. – Uma perna a menos, e o que pensará que aconteceu? Bem, ela não é tão boa para pensar como nós. E então, o que acha você que ela pensaria? Se tivesse um resto de discernimento, ela se perguntaria o que fez para a perna lhe ser arrancada assim, de uma forma tão fortuita. Note que para ela eu sou Deus. A mim chegam as suas indagações. E lhe arranquei a perna por um motivo nobre, consolar uma moribunda. Infelizmente, a barata nunca compreenderá. Não há ligação entre você e ela. Ao menos para ela. Repetirá assim o resto do tempo que lhe restar, por que me arrancaram a perna? – Passei-lhe a barata nos lábios. Ela recuou a cabeça, fez uma careta, quis falar, não conseguiu. – Não se assuste, ela é a alma que a seguirá ao fim dos tempos, a sua eterna companheira. – Cortei-lhe a segunda perna e arranquei todas as outras. – Agora não se debate mais. Agora ela é como você.

Piscou os olhos e continuou olhando para mim com a expressão de imperturbável resignação que a cobria como uma máscara tênue de beleza.

– Por que está dizendo isso?

– Porque a vida é isso, repugnância, dor inútil, sofrimento sem fim. Pensa que a barata compreenderá por que as pernas lhe foram arrancadas? Não, nunca. Se existe uma mensagem na sua insignificante tragédia, esta é apenas da crueldade fortuita. Compreende o elo que nos mantém presos a esta vida sem sentido e nos impede de usufruir a existência verdadeira? Buscamos respostas que não existem. Palavras não aliviam dor.

– Por que então está aqui comigo? O que tem a me dar além de palavras?

– Talvez seja você que esteja dando algo a mim.

– Eu! Não tenho mais nada. Nem a própria vida. O que existe neste lugar além de doença? Se fosse alguns anos atrás... Acredita se lhe disser que fui uma mulher bonita? Sim, bonita... – completou com uma expressão distante, os olhos vítreos mergulhados num passado que sucumbia na atmosfera nebulosa infestada de febre.

– Sim, eu a vi, acabei de vê-la. – Passei de novo o inseto sobre os seus lábios ressecados. Desta vez, ela não fez movimento algum. Apenas a garganta estreitou-se. – Sabe o que quero com você? Sofrimento, doença; todos os momentos que a supliciarem até o suspiro final. Quero todos para mim.

Ela foi sacudida por uma crise de tosse e fechou os olhos, não soube se me escutou. Ao abrir as pálpebras, os olhos estavam vermelhos, sintoma de que a febre subia. A qualquer minuto, começaria a delirar.

O peito arquejava em movimentos sincopados. Engasgava-se e a respiração agora era pesada, asfixiada. Virava o rosto para os lados, tentando fugir da dor que lhe minava os restos de lucidez. "Quero respirar", dizia entre arfados. O ar se tornou viscoso, os micróbios expulsos dos seus pulmões doentes começavam a roer os meus pulmões.

Debrucei-me sobre ela e coloquei a barata entre os nossos lábios. Falei:

– Ouça bem, agora vou beijar você, e a superfície que sentirá entre os lábios sou eu.

Ela abriu os olhos num clarão lívido como um raio cruzando uma tempestade negra. Sorriu entreabrindo os lábios e vi o rosto limpo de dor e doença corar e exalar um brilho de vida. Coloquei a barata entre os seus lábios e empurrei-a com a língua para dentro. Tremeu, presa de momentânea volúpia, e encostei o meu peito no seu sentindo o coração dela bater desenfreado. Empurrei a barata mais fundo, queria afogar o inseto na saliva dela, a moribunda abriu os braços e me abraçou. Continuei a passar o corpo do inseto suavemente por sua boca, de repente lhe prendi os lábios com os dentes e fechei-os. Ela abriu os olhos, espantada. Quis virar a cabeça para libertar-se. Imobilizei-a com uma das mãos. Com a outra, tampei-lhe o nariz. Em pensamento, lhe pedi desculpas por este último ato.

Sufocada, passou a se debater. Mantive os olhos fixos nos dela, gozando de tão obscena proximidade com aquela mistura de agonia e lascívia. Suas forças, esgotadas pela doença, concentraram-se num último esforço de respiração. Quis lhe pedir para não se debater tanto, atrapalhava-me; ela me devia o favor. Larguei a cabeça e segurei-a pelos cabelos. A outra mão impedia-lhe a respiração. O rosto crispou-se numa careta horrenda. Os olhos emitiram um último clarão de vida. E a vida, em seu último sopro, reduziu-se a um brilho de súplica. Não havia surpresa nem ressentimento, apenas uma expressão insólita de perdão. Fui tomado pela embriaguez como se tudo à volta fosse coberto pelo odor de sangue. O ar, impregnado com o desespero dela, entrou nos meus pulmões, trazendo-me uma alegria e um prazer desconhecidos. E, pela primeira vez na vida, amei de verdade uma mulher.

Ela parou de se debater, e nossos olhos encontraram-se uma última vez. Acredito que, se ainda tivesse força, se houvesse um último instante de comunicação entre nós, teria apenas me perguntado por quê. Como perguntara por que a tragédia e a morte, e eu lhe responderia, quero os seus últimos momentos e não tenho paciência para esperar mais. Agora quero mais do que isso, quero que me ame no momento final. Ela se torceu numa convulsão e se imobilizou. E percebi que o seu último reflexo me fugiu. Tudo o que aguardava com tanta paciência e empenho me escapou como uma sombra fluida na penumbra baça da morte. Não contive a irritação:

— Sua charuteira — sussurrei ao corpo inerte na cama.

Levantei-me e fui embora. Não havia ninguém no corredor, deixei a porta aberta para verem que estava morta.

Dias depois, num outro cortiço pelos lados da rua São Diogo, deparei-me com um tumulto diante do cômodo de um moribundo. Um padre, rodeado por moradores irritados, dizia:

— Vocês têm de entender, meus filhos, tenho outras almas a salvar. Se entrar e for infectado, quem salvará as almas órfãs na Terra?

O tom do sacerdote era afetado, untuoso, calculadamente medido para soar definitivo, inquestionável. Como tudo oriundo da divindade. Os homens falavam ao mesmo tempo e não se entendia nada.

– Ele quer um padre de qualquer maneira. Nenhum padre permitiria que uma alma se fosse deste mundo sem os sacramentos finais. Perguntei o que acontecia. Responderam que o morto queria receber a extrema-unção e o padre recusava-se a entrar com medo da doença. Mandei o padre me seguir (na verdade, empurrei-o) e o fiz trocar as roupas comigo. Quis recusar, olhou à volta, os vizinhos do moribundo aprovavam o gesto, alguém ameaçou jogá-lo lá dentro se não consentisse, e suas resistências esgotaram-se. Concordou que eu passasse por padre desde que, do lado de fora, escutasse as palavras entre mim e o agonizante, sancionando a absolvição em nome da Igreja. Vestido com a batina, abri a porta e entrei. O doente ofegava, e o ruído da respiração cortava o ar.

Havia um banco de madeira ao seu lado e me sentei. O agonizante esboçou um sorriso lânguido ao ver a figura do sacerdote interposto entre ele e a morte. O rosto sem vida adquiriu uma coloração pálida.

Estendi-lhe a cruz. Com grande esforço, levantou a cabeça e a beijou. Antes que eu abrisse a boca, falou:

– Padre, obrigado por ter vindo.

Enxerguei um reconhecimento sincero brilhar nos seus olhos turvos. Contive um ar de troça. Imaginei os vizinhos amontoados do lado de fora, ao redor do padre. Esperavam que eu saísse e lhes comunicasse a morte para se livrarem do corpo e queimarem todos os objetos ali dentro.

Um movimento rápido me chamou a atenção. Das sombras dos móveis fundidas à escuridão, destacaram-se dois ratos. Antes que me desse conta, sumiram, e os ruídos cessaram. Imaginei que teriam subido pela parede e passado por um buraco no telhado.

Era um homem de cinquenta anos, gorducho, o rosto flácido coberto por uma barba rala e suja. Caixeiro. Não havia indício de outra pessoa no cômodo. Duvidei que em algum momento daquela vida miserável alguém, qualquer um, tivesse se interessado por ele. Não pensei em qualquer palavra a ele dirigida que não objetivasse arrancar-lhe uma moeda a mais, senão desviar-lhe a atenção para que poucos gramas de uma mercadoria ordinária fossem surrupiados de seus olhos vigilantes. Uma vida enterrada em contas infindáveis, na limpeza de balcões sujos atrás dos quais esgotou seus poucos anos, rezando e fazendo promessas para que uma moeda que faltasse no fim do dia não fosse percebida; ali estava o seu epitáfio. Uma moeda, pensei, sim, uma moeda a mais ou a menos e fechávamos o balanço de uma vida com o mesmo rigor utilizado numa transação comercial. Assim ele seria capaz de compreender o próprio desfecho, tal como lhe ditava a experiência. Era possível que fosse mais simples do que eu pensava. As concepções humanas de felicidade e sofrimento, da própria existência, não iam além da aridez de um dia a dia despojado das ideias mais elementares de esperança e convivência. Dinheiro para a comida, convite para um sarau. O que mais? Imaginei-o perambulando pelos becos entre o cortiço e o trabalho, provavelmente nos trapiches da Saúde ou da Prainha, explorado por um patrão tirânico que soube da doença do funcionário com o alívio de alguém ao se livrar de uma despesa obrigatória.

O olhar petrificado voltado para o teto me fez duvidar de que jamais tivesse visto algo além de um quarto roto e cinza.

Falei com forçada amabilidade:

– Não iria privá-lo dos santos sacramentos.

Suas pálpebras fecharam-se em expectativa. Eu era o seu último vínculo com a vida e esperei que me fizesse o repositório dos piores tormentos. Esperava-os com curiosidade. Na porta, estaria o padre de ouvido na conversa.

– Quer fazer agora as confissões?

Levei a mão à testa, ao peito e depois aos dois ombros.

Ele virou a cabeça para uma gravura de São José na parede, evitando o meu olhar. Esperava, de algum lugar distante da doença e da morte, a palavra que lhe abriria as portas da eternidade. Relutou. O peito acelerou-se.

– Padre, é verdade que Deus tem compaixão de todos?

Pensei no padre (o verdadeiro, o desprovido de batina) lá fora e me perguntei se teria coragem de encostar o ouvido na madeira ou o medo de um verme da peste desgarrado pegá-lo no gesto imprudente o manteria afastado e incapaz de nos ouvir.

– Deus tem compaixão de todos – falei num tom impessoal, distante, e percebi um brilho tênue em seus olhos.

Tossi impaciente. Sentia refazer um velho ciclo de piedade, cansaço e crueldade alternando-se às portas da morte. Em todas as agonias da peste testemunhadas, eu não passava de um espectador distante, passivo, incapacitado de apreender o sofrimento diante de mim porque me faltava participação ativa no ato final. O odor de sangue, que umedecia a atmosfera nos holocaustos suínos, era fraco ou inexistente naqueles quartos miseráveis. Agora tinha uma oportunidade nova que as vestes sacerdotais me traziam. Eu era o último elo colocado entre o moribundo e a vida, e no pouco tempo que lhe restava eu seria equivalente à própria ideia de Deus. Bem, explico-me.

    Incapaz de compreender o ato que estava para o vitimar, o porco me distinguia como a divindade de cuja vontade arbitrária dependeria a sua sorte. Sabia que nunca poderia esperar compaixão de tal divindade, o que não acontecia com seus correspondentes humanos. Para estes, eu era deslocado do centro de seus tormentos, ali chegado como uma voz secundária e benigna, intérprete de uma vontade superior e misericordiosa que os velava do alto. Claro que não era este o meu objetivo. Só me encontrava ao lado do moribundo para torturá-lo e transformar a tortura num espetáculo privado. Fracassava porque, com a falsa piedade oferecida, convencia-os de que os seus males estavam para findar-se e que as dores que lhes dilaceravam o corpo não passavam de prenúncio de uma felicidade infinita. A pobres-diabos que viveram toda a vida numa busca vã de piedade, nada atraindo além de desdenhosa atenção, eu trazia a certeza de que essa piedade lhes fora concedida. E por fim, numa aceitação integral do destino que acabava de lhes desfechar um golpe mortal, olhavam-me com uma expressão mais estúpida do que o porco e me perguntavam por que o céu esperara tanto para se compadecer deles. Mas ali, naquele momento, eu esperava usurpar mais do que a identidade do padre, nas vestes sacerdotais estava para me apoderar da identidade da própria divindade.

    – Você tem a chance de estar no paraíso antes que a noite termine. Ao entregar a alma ao criador, deverá estar livre de todos os pecados – complementei num tom discursivo e autoritário, aguilhoado pelo segredo que o fazia buscar tanto um padre. – Não sou um homem, estou aqui como enviado do Senhor. Revele o que o atormenta e salve a sua alma.

    Ele me olhou relutante e pensei que não seria capaz. Recuei na cadeira. O que teria a esperar de um pobre-diabo? Poderia muito bem passar sem as suas confissões e torturá-lo, para tal expondo os tormentos que o esperavam após o trespasse. Mas não seria capaz de torturá-lo o suficiente sem expor-lhe a matéria da sua angústia. Ele se manteve em silêncio e senti crescer uma disputa disfarçada entre nós dois; temi que, numa convulsão inesperada, a febre levasse embora o doente sem nada me deixar dos seus infortúnios.

    – Padre – começou e calou-se tão de repente que pensei tivesse expirado. – Eu... estive envolvido em pecado de sodomia.

Olhou-me fixo, e a sua expressão carregou-se de uma expectativa intensa. Imaginei que buscava na minha reação um adiantamento da atitude do criador.

– Uma vez só!

– Mais de uma vez, padre. Muitas, muitas vezes. Não queria, padre. Juro por Deus, não queria fazer mais. Mas continuei, não pude me impedir. Eu... não sei se o demônio. Claro, o demônio, ele entrava em mim, me incitava. Tentei resistir, inútil.

E nesse momento o seu rosto – olhos, nariz, boca – encarnou numa fusão total dos sentidos, como se pudesse arrancar de mim o gesto final de compadecimento do Senhor, a mais completa súplica que alguém poderia lançar a alguém.

– Diversas vezes, você falou. Diversas vezes! E por que não procurou um padre quando aconteceu a primeira vez? Se você ouvia a voz do demônio, por que não ouviria também a voz da Igreja? – Elevei o tom de voz e receei ser ouvido pelo padre lá fora. Pretendia manter o tom da conversa o mais baixo possível, aos sussurros, de modo que ele nada ouvisse e não se sentisse, como pensei certa hora, tentado a invadir o ambiente.

O resto veio num rojão. Fiquei espantado de ver um doente exibir tanta energia nos últimos momentos.

– Padre, tenho vergonha de dizer que nunca senti remorsos. Não procurei um padre porque sabia que ele me mandaria parar e não me sentia capaz. Podia parar por uns dias, semanas, não toda a vida. Eu era fraco e o demônio...

– Não culpe o demônio pelas suas ignomínias. Não entendeu que Deus vê tudo o que acontece na Terra? Acredita que, se me enganar, estará também enganando-O? Como pensa que Ele compreende a sua confissão? Arrependimento sincero?

Olhou para mim aterrado. O rosto pálido exibia tons arroxeados que mais pareciam crateras escavadas na carne. Piscou os olhos com força, engoliu em seco. Uma gosma esverdeada brotou dos lábios e escorreu lenta e viscosa para o queixo, como esgoto na vala. Ouvi um ruído confuso no telhado e pensei que os ratos estivessem de volta ao quarto.

– Padre, fiz escondido e ninguém soube. Pensei que, se não soubessem, não ofenderia ninguém.

Olhei-o com maior dureza, ele aquietou-se com um tremor. Tossi e falei ponderado:

— Filho, não estamos falando em ofender aos homens, falamos de ofender a Deus.

Ele concordou, submisso:

— Sim, padre. Sempre pensei que Deus não se ofenderia. Na própria Bíblia...

— Sabe me dizer o que aconteceu com os sodomitas quando ignoraram as advertências do Senhor?

Ele não ousou pronunciar palavra. Ao contrário, encolheu-se e lembrei os ratos correndo ocultos pelos cantos escuros. Olhou-me sucumbido e belisquei a mão para não rir de sua aflição. Deitado num catre sujo, ele não passava de um inseto sem existência real, simples mancha de uma doença mortal que se valia de sua insignificante desgraça para atrair o desdém que se dirige aos vermes. O tom corado que imprimira um brilho inesperado em sua pele cinzenta se desfez, e pareceu que o estupor acabaria o trabalho iniciado pelos micróbios da peste, eliminando-lhe todos os aspectos humanos para transformá-lo numa mancha.

Sua confissão me perturbou e eu já nem sabia se queria apenas torturá-lo. Não, precisava mais, precisava aniquilá-lo, esmagar o resto dos vestígios de sua humanidade para acreditar que tais palavras nunca tinham chegado aos meus ouvidos. Eu o transformaria num porco; e suas palavras não passariam de grunhidos que soltavam os porcos ao terem uma faca atravessada no coração. O que pode existir de ofensivo num grunhido suíno?

A tempestade me torceu por dentro como se a sua profanação fosse dirigida a mim, e o princípio do qual seu ato se escarnecia fizesse pouco das minhas razões. Na escala do mal e da perversidade humana, onde estaria localizado o meu desejo de sangue diante da confissão ingênua de um moribundo almejando alcançar o paraíso após a morte? O que ele revelaria com tais confissões? Simples passatempos de homens possuídos de desejos ambíguos ou um mal superior a tudo o que eu fizesse e desejasse para o sofrimento de outrem? Se lhe agarrasse o pescoço e o torcesse lentamente, exprobrando-lhe sílaba a sílaba todos os detalhes de sua indesculpável profanação, não conseguiria aniquilá-lo porque os seus feitos e a sua maldade pairavam além de toda a brutalidade de que eu era capaz. Senti-me paralisado, incapaz de lhe infligir dor. Por mais que o triturasse e o reduzisse a uma mancha naquele lugar contaminado, nunca seria capaz de desfazer, entre as dores que lhe causasse, a memória desse prazer distorcido. Meus pensamentos começaram a girar numa roda infernal.

Levantei-me e encostei o ouvido à porta. Nada escutei que denunciasse a presença atenta do padre. Abri a porta devagar, não havia ninguém. Voltei para a cabeceira do enfermo.

– Não temos muito tempo, meu filho, por isso é necessário que entenda bem as minhas palavras. Você está a um momento de conhecer a santidade do paraíso ou os tormentos do inferno. Estamos falando de arrependimento e o que quer arrancar do seu sacerdote é falsa aquiescência, cumplicidade nas sujeiras e iniquidades que praticou, afirmando que não passam de brincadeiras inocentes. Que se ninguém presenciar ou souber não haverá profanação às leis de Deus.

Ele arregalou os olhos. Distingui uma mistura de súplica e atordoamento naquela máscara cadavérica trespassada por sombras. Percebi uma gota de suor no seu lábio superior. Os olhos oscilaram entre mim e o teto. Já não distinguia o rosto que o encarava com dureza. O que lhe passaria na mente se ainda fosse capaz de pensar? No momento em que não podia mais se defender era despojado da sua humanidade exatamente por quem deveria exaltá-la! Rendendo-se à fúria que o condenava a uma irremissível danação, tentou apresentar um inócuo pedido de perdão. Falou:

– Padre, o que devo fazer? Não quero o inferno, tive o inferno a vida toda e não suporto mais, padre, não suporto mais. A única coisa que me deu força, que me fez suportar viver respirando este ar contaminado de pecados foi uma ofensa a Deus. Quer saber, padre, pecado e maldição andam em círculos. Eles vão e voltam, nunca desaparecem. – Os olhos se encheram de lágrimas e parecia um menino chorando diante da iminência de um castigo feroz. O rosto, por outro lado, tornou-se mais enrugado, mais repugnante, e a confusão de rugas com a barba crescida me provocou tamanho repúdio que esmagou qualquer desejo de perdão que se pudesse conceder a uma alma corrompida.

Recuei na cadeira. Suas palavras, afirmando que pecado e maldição se fechavam num círculo impenetrável, zumbiam como um enxame de abelhas em meus ouvidos. De onde viria tamanho discernimento? Aquela mistura de porco e homem, agonizando num antro de sujeira e doença, dizia que tudo o que eu lhe fizesse ou dissesse, as dores que lhe causasse, nunca perturbariam as lembranças que reservava a si somente. Gritei:

– Cale-se!

Esbofeteei-o. Tentei conter-me, não fui capaz. Minha mão deslocou-se no ar e bateu em sua face macilenta. Atingi uma superfície tão mole e disforme que não acreditei tratar-se de um rosto, antes uma massa que se desmancharia à pressão mais insignificante. Quando retirei a mão, ele tremia. Tive medo de alguém lá fora ter ouvido. Senti frio como se o agonizante acabasse de me abraçar e se grudasse a mim, tomando-me por companheiro em sua viagem à eternidade.

Escutei uma batida na porta e me assustei. Pensei que o padre percebera o que acontecia e abri a porta com precaução. Metido em roupas muito menores que o corpo, o padre abriu-se num sorriso parvo. Falou:

— Senhor, estou muito cansado e tenho outros doentes. Vou tirar um cochilo ali em frente. Deus ouvirá todas as palavras entre você e o moribundo.

— Muito bem — falei aparentando irritação, embora fosse tudo o que desejasse. — Vá e durma. Mas tome conta das minhas roupas antes que alguém as roube.

Voltei para o moribundo. Ele permanecia enrijecido na cama e pensei que tinha morrido. Os olhos, no entanto, emitiram um brilho intenso e vi lágrimas brotando de sua circunferência. Imaginei o seu corpo nu, flácido e disforme, esparramado naquele catre junto de outro corpo masculino, os dois abertos, escancarados como uma boca faminta, impregnando o ambiente com um odor fétido de sexo e esgoto. Aquela era a única recordação que o fortalecia, que lhe trazia alegria e conforto numa vida sepultada em misérias. Lembrei-me dos homens-mulheres de que se falava na Europa entre risadas e suspiros afetados. Ironia ou maldição da natureza ao colocar o espírito de uma mulher dentro de um corpo de homem? Que engano teria cometido o criador ao produzir semelhante híbrido? Como ter piedade de tal criatura? Não equivalia a se deixar levar pela compaixão a dois ratos copulando porque não ofendiam aos Sagrados Mandamentos em sua inocência cega ditada pelo instinto? Os ratos se sujeitavam à nossa compaixão? Por que ele sim e um rato não? Haveria diferença entre ele e os ratos que corriam sob o telhado praticando entre si atos não muito diferentes do que ele me confessava?

— Antes que sua alma suba para a eternidade, meu filho, responda para que eu seja capaz de lhe conceder o perdão. Com quem cometeu pecados tão vis? Eram homens deste cortiço, meninos, seriam negros?

Precisava forçá-lo a denunciar o companheiro, o que o tornaria inteiramente vil aos próprios olhos.

Ele virou o rosto, desviando-se de mim. Surpreendi um ar de perplexidade, de pudor e desafio. Reunindo uma última fagulha de discernimento e coragem, não escondeu a dignidade ofendida. As lágrimas secaram e falou:

– E para que precisa saber quem é?

Sua réplica me enfureceu e agarrei-o pela gola da camisa, puxando-o com violência. Nossos rostos chegaram a uma proximidade de quase se tocarem. Imaginei os vermes da doença saindo de seu corpo pela respiração, pelos olhos, por todos os poros; deixavam um banquete que chegava ao fim. Alguma coisa lá dentro estalou, e ele gemeu.

– Como posso saber que está sinceramente arrependido se recusa dizer com quem praticou atos tão repugnantes?

Ele abriu a boca sem pronunciar palavra. Gaguejava uma mistura de sons inarticulados – me deixe sozinho, quero morrer a sós – que jorraram para fora numa golfada de bílis e sangue. Larguei-o, nauseado. Peguei o crucifixo e abaixei a cabeça, fingindo que dizia uma oração:

– Repita comigo e supliquemos juntos a Deus para que Ele tenha piedade da sua miserável alma.

Murmurei o que me lembrava de uma reza e vi a sua boca torcendo-se na ânsia de repetir o que julgava ouvir de mim. No atordoamento em que se encontrava, estranhei que ainda reconhecesse uma oração.

– Agora vamos fazer a mesma súplica ao inferno – falei dirigindo-lhe uma risada cínica.

Incapaz de qualquer movimento, de mexer a boca e articular um som, apenas os seus olhos conseguiram cruzar a distância que nos separava para expressar incredulidade. Levantei-me e fui até a porta, certificando-me de que não havia ninguém do lado de lá. Falei:

– Antes que morra e mergulhe a alma no inferno, devo confessar que não sou um enviado do Senhor como pensou, sou um vassalo do demônio. O padre que viria lhe trazer a absolvição final não entrou, eu o impedi. Ele permaneceu lá fora agarrado à sua cruz imunda, apavorado de se contaminar com os vermes que se banqueteiam com a sua carcaça. Porque os seus sofrimentos, se lhe importa saber, foram o castigo que o Senhor do Universo lhe impôs pela hediondez dos seus pecados. Sua alma já foi entregue ao senhor dos infernos e agora cabe a ele levá-la consigo para que pague na eternidade dos malditos a lascívia a que se entregou em vida...

Ele não fez nenhum movimento, os olhos permaneceram grudados lá em cima onde ratos corriam enlouquecidos, copulando e defecando em sua profanada demência. Os olhos brilhavam como se lágrimas continuassem a vazar de sua intimidade mutilada, mas logo percebi que não havia lágrima alguma. O brilho restante era a fixidez da morte que acabava de levá-lo. Sem um ruído, sem um único gesto final de desespero. Como um inseto. Examinei-o e o sacudi, pensando ainda haver uma réstia de vida atormentada aprisionada na carcaça que começava a se desfazer. Inútil, não passava de um corpo.

Nos minutos seguintes, andei a esmo pelo cômodo infestado, presa de terrível inquietação. Pesava-me a sensação insuportável de não tê-lo atormentado tanto quanto queria. Ao contrário, fora eu o profanado por suas confissões. A custo me contive para não vomitar em cima do corpo. Intempestivamente levantei-o e sacudi-o como se ainda fosse capaz de arrancar dele um gemido que me abrandasse a inquietação. Não consegui. Atordoado, saí dali.

7

Encontrei o padre fechado num cômodo e devolvi-lhe a batina. Recebi de volta as vestes amarfanhadas, um casaco cinza no lugar da sobrecasaca roubada. Ao sair do cortiço, não me distinguia dos passantes daqueles lugares.

As ruas estavam desertas. Segui pela rua do Resende, entrei na rua do Lavradio e perambulei a esmo, até dar com as luzes do largo do Rocio. Soprava um vento frio e me encolhi. O São Pedro e o Moulin Rouge estavam fechados. Do lado oposto da praça, havia uma fila de tílburis e ouvi uma discussão entre os cocheiros, plantados à beira da Maison Desiré à espera da saída dos teatros.

Continuei em frente e entrei num frege-moscas na rua do Espírito Santo. O bar era o que eu buscava, caos e alvoroço no lugar do silêncio de onde vinha. Havia muita gente lá dentro, falavam alto e cantavam. Cheiros de suor, gordura e fritura me envolveram causando uma pontada no estômago.

Não passava de um covil sujo dentro do qual até um urso sentiria náuseas. Homens turbulentos e prostitutas decaídas ocupavam as mesas, dirigindo-se gritos e gargalhadas. Corpos suados estreitavam-se entre vapores densos de fritura diluídos no ar como uma nuvem. Cheiravam tão mal que não os achei capazes de sentir o próprio cheiro. Exibiam uma alegria falsa, embriagada, pronta a se transformar em furor e ódio; tudo ali se opunha às emanações de dor e desespero que eu acabava de deixar. Precisava sentir-me tonto e pedi uma bebida, emborquei tudo de um só gole.

O garçom apontou uma mesa e sentei-me. O vozerio de homens e mulheres zunia pela atmosfera viciada como um bando de moscas enlouquecidas. Senti-me dentro de uma caverna sem saída, cercado de animais que urravam famintos e se jogavam contra as rochas na sensação ilusória de que lograriam quebrá-las.

O garçom ofereceu-me iscas de fígado com elas ou sem elas (especialidade da casa), costela de padre, feijões e tripas. Acenei com a cabeça, apático. As mãos dele, embebidas numa gordura negra, esfregavam-se às roupas na ausência de toalha. Da cozinha sopravam golfadas de fumaça de lenha, tornando o ambiente mais confinado, mais sórdido. Garçons passavam de um lado e de outro, levavam panelas e caçarolas cobertas de ferrugem. Mãos e braços mal esperavam que as panelas chegassem às mesas, mergulhavam dentro delas em ferozes disputas pelos pedaços de comida que flutuavam em cima de líquidos viscosos. Não existiam talheres naquele lugar.

– Traga qualquer coisa – falei.

As vozes multiplicaram-se, transformaram-se numa gritaria infernal. Assemelhavam-se a um bando de demônios numa algazarra lúgubre. Dançavam em volta de candelabros que desciam do teto, mal distintos das sombras do inferno. Seus corpos escuros, materializando-se em torno de olhos vermelhos e línguas de fogo, tomavam proporções gigantescas que aterrorizavam as almas ali chegadas.

Não demorou muito para que a minha mesa se enchesse de pratos sujos. Havia uma caneca de vinho entre os pratos e peguei-a. Tomei tudo de uma vez, e o lugar pareceu banhado de luz.

Ouvi uma voz do lado. Um homem moreno, barba espessa, semi-embriagado, fazia perguntas a que respondi em movimentos de cabeça, sem me dar ao trabalho de escutá-lo. Apontou a comida e percebi que estava faminto. Fiz um gesto de consentimento, e ele balançou a cabeça, satisfeito. Seus olhos baços brilharam e o rosto descontraiu-se num sorriso de gula.

Sentou-se à mesa e mergulhou as mãos nos pratos como faziam os demais. Apontou para o copo de vinho e chamei o garçom. A confusão de ruídos, que da rua soava como panela fervendo, me forneceu distanciamento do claustro de morte de onde vinha.

– Dizem que o prefeito Pereira Passos vai quebrar tudo ao redor – falou querendo entabular um assunto.

– É verdade – concordei.

– Todas as casas deste lado da rua do Sacramento vão ser derrubadas – continuou, fisgando um pedaço de frango que boiava numa panela. Mastigou à maneira canina, sem sequer identificar o que colocava na boca. Depois de tomar um gole de vinho, familiarizou-se com o paladar. Continuou: – Vão derrubar tudo, a Larga e a Estreita de São Joaquim, a igreja, todo o lado de cá da Uruguaiana.

– Terá de ser feito um dia – completei.

– E a gente que mora lá dentro? Vão pagar para eles?

– Não sei.

— Pois eu sei, sabe o que vão pagar? — Alongou as últimas palavras de modo a aumentar a expectativa. — Isto — completou, descobrindo a palma vazia. — Se deixarem os moradores levar a roupa, já será muita generosidade.

Acenei em concordância. O movimento em volta da mesa aumentou. Ao perceberem o meu companheiro servindo-se sem restrições, os outros aproximaram-se e disputaram a comida com ele. Mandei o garçom trazer mais. Alguns faziam pedidos por conta própria, ao que ele acedia com imediata presteza. Um grandalhão empunhou uma travessa e mergulhou o rosto lá dentro.

Seguiu-se uma calma súbita, e as discussões em torno da comida foram substituídas por uma outra ordem de preocupação.

— Se quiserem derrubar a minha casa — ameaçou um deles com o dedo em riste —, estarei esperando-os com a espingarda na porta. Ninguém derruba um lugar que paguei com o meu sangue.

— Ora, melhor guardar suas palavras para a hora certa. Ou acha que eles não têm guardas armados?

O dono do lugar se meteu na conversa, expondo a preocupação:
— O distinto sabe me dizer se vão derrubar alguma casa neste quarteirão?

Fiz um gesto de indiferença:
— Está em todos os jornais.
— Dizem que vão alargar a rua do Sacramento. Ganho a vida aqui. Como é que pode ser? Um dia decidem que um lugar não serve mais e derrubam?

— Essas casas estão caindo aos pedaços. Têm mais de duzentos anos.
— O prefeito está certo. Estreita como é a rua do Sacramento, mal dá para passar uma carroça de burro. O que dizer dos bondes?
— Não vejo por que alargar tanto. O que querem? Grandes avenidas? Nunca ouvi ninguém reclamar de espaço aqui.

Olhei para fora. Os casarões do lado oposto pareciam grudados na porta. A impressão era de um labirinto de prédios velhos pedindo aos céus que os levassem embora deste mundo. Todas as janelas escuras, distingui um tênue clarão numa delas, que foi obstruído por uma sombra de mulher desenhada no vidro.

Diversos homens rodearam-me e fiz um gesto para o garçom não trazer mais nada.

— Na rua da Carioca — falou um homem alto com a voz rouca, de costas para mim —, vão quebrar todo o lado oposto ao morro do Santo Antônio. O que eles querem passar por lá, um trem?

— São os bondes que vêm da Tijuca — respondeu o companheiro.
— Um bonde atropelou uma mulher que não saiu do caminho.
— E daí? Se a rua fosse mais larga, ela escaparia?
— Dizem também que a peste vem da quantidade de ratos nos casarões velhos.
— Ratos! Desde que o mundo é mundo existem ratos e existem homens. Sempre nós os matamos, e eles fugiram de nós. Quer me convencer de que agora é o contrário? O que devo fazer quando vejo um rato, fugir?
— As coisas mudaram. Você viu nos jornais, rato está valendo dinheiro. Nenhum de nós vale o que vale um rato.
— Teremos de sair das nossas casas e oferecê-las aos ratos. — Risadas.
— Vão construir uma grande avenida — acrescentou um outro, emborcando um copo de parati. — Da Prainha até as bandas do Boqueirão. Vai passar em cima de tudo o que estiver no caminho. A largura vai ser de um rio, não se verá o outro lado.
— Não acredito. O prefeito é de muita prosápia. Não vão ter coragem de derrubar a igreja de São Joaquim. Nunca vi tal desrespeito. Uma avenida desse tamanho! Como passarão pelo morro do Castelo?

Quando afastaram-se, restou uma mulher na mesa mastigando alguma coisa devagar; receosa de que nada mais lhe restasse para comer prolongava a mastigação. Reparei nos seus braços cobertos de pulseiras e berloques que reluziram sob as luzes desmaiadas do lampião, trazendo um falso brilho ao corpo murcho que se apresentava diante de mim. Fez um gesto, abrangendo a mesa com os pratos, e não entendi o que significava. Permaneci em silêncio. Lambeu as mãos, sorvendo os restos grudados nos dedos. Perguntei se tinha fome e acenou com a mão, sem nada significar.

Era uma charuteira, prostituta que abundava naquelas vizinhanças. Parecia uma das armênias que moravam no lado da Larga. Expressão vazia e alheia, os olhos vagos eram incapazes de se fixar em qualquer objeto. Duvidei que a boca emitisse algum som além de guinchos. Roupas velhas caíam-lhe pelo corpo num esforço ridículo de transparecer elegância. Olhos lacrimosos e estriados olharam-me escondendo um lampejo de ódio. Trajava vestido com cintura de marimbondo e traseiro em tufo, certamente para suavizar as linhas deformadas. O cabelo enrodilhava-se no alto da cabeça sobre a qual caía um chapéu velho e torto. Nada nela parecia completo, pálpebras semifechadas, rosto mole e sem consistência, o corpo curvado sob um peso invisível e uma pele flácida que mais parecia colocada às pressas no corpo, à maneira das roupas.

— O que você acha que vão fazer? — perguntou com uma voz cava e arrastada. Os olhos refletiram cansaço e pensei num baú em que se guardavam coisas velhas e sem valor. — Acha certo jogar a cidade abaixo? Eu não deixava eles tocarem em nenhuma parede. Se quiserem tudo novo, vão para outro lugar. Construam outra cidade. Sempre vivi aqui. Nunca saí desses quarteirões. Não entendo por que não servem mais.

A voz soou aflautada e melancólica como se metade do ar que lhe chegava à boca se chocasse contra centenas de obstáculos entre os pulmões e os lábios. Imaginei o percurso de cada palavra ao extraviar-se do caminho normal e fazer uma volta pelo estômago antes de alcançar as cordas vocais, impregnando-se dos restos mais azedos deixados pela digestão. Senti na garganta o gosto áspero de febre que a peste exalava dos moribundos. Lembrei-me da agonizante morta no cortiço poucos dias antes. O que havia de semelhante nas duas mulheres? Sempre viveram em pardieiros velhos e apodrecidos. Tanto para uma como para a outra, o mundo não passava de paredes arruinadas ocultando, em suas estreitas vielas, baixezas e infâmias. Surpreendi-me examinando o rosto de minha companheira como se pudesse afastar as marcas da ruína em seus traços; na superfície áspera da pele, superpus um tecido macio e delicado e enxerguei o rosto belo que emergiu da condenada no momento final.

— Sabe — continuou emendando um assunto no outro —, tive medo que o roubassem. Esses homens são perigosos. Outro dia cercaram um senhor bem vestido, foi naquele bar da frente. Meia dúzia de valentões lhe arrancaram a carteira. Levaram casaca e chapéu, deixaram o homem quase nu. Pareciam uma matilha de animais ferozes.

— Agradeço o aviso.

— Você parece cheio de si.

— Apenas não tenho medo.

— E se o bando estiver à sua espera, aí fora?

Fiz um gesto de ombros.

Ela olhou à volta e se calou. Abaixou o rosto, mergulhando-o na sombra, e a impressão foi de que dois buracos negros lhe substituíram os olhos. Admirei-me por não ter ainda contraído a peste e se desfeito num cômodo tão vazio e ignóbil como os em que eu estivera.

Talvez ali estivesse a resposta dos meus tormentos, refleti enquanto ela mexia as mãos e a cabeça à maneira de uma cobra ao se preparar para desferir o bote. Tudo em semelhante criatura se assemelhava a um réptil, a baixos instintos, a pensamentos mesquinhos. Voltou a falar e agora suas palavras sibilavam pelo tumulto do ambiente, reduzidas a ruídos indistintos.

— De madrugada esses lugares se enchem de ladrões e assassinos. Andar aí fora é muita temeridade.

— Todos têm de ganhar a vida.

Saímos juntos e andamos pelas vizinhanças. Quis chamar um fiacre, ela me impediu. Não estávamos longe de sua casa e para lá nos dirigimos.

— Não tem medo de tocar em mim?

A pergunta parecia apropriada e me espantei. Pensei que tivesse lido meus pensamentos. Antes que respondesse, continuou:

— A peste, todos morrem de medo. — Examinou-me com admiração. — Olhe, você não parece um homem que goste desses lugares. Existe alguma coisa diferente em você. Lembro a conversa com Mãe Helena quando me disse que conheceria um homem superior.

— E ela disse também o que aconteceria?

— Acontecer! Não, não falou. O que pode acontecer nestes lugares? Sabe de quem fui amante? Do Imperador. Por isso tenho ódio dos generais, eles o expulsaram. Acha que um país pode existir sem um imperador e um trono?

Descemos a rua do Sacramento, em direção à Saúde. Casas velhas e desmoronadiças assemelhavam-se à mulher ao meu lado, como se só existissem na espreita dos momentos que antecediam a sua extinção. Viramos à direita pela Estreita de São Joaquim. Seguiu-se tal sucessão de curtumes de mulheres, casas de tavolagem e esconderijo de malandros que estranhei não sermos atacados. Talvez nos esperassem adiante, talvez reconhecessem a minha companheira. Imaginei criaturas doentes em toda a volta, prisioneiras de calabouços subterrâneos, seres deformados e isolados da sociedade. Formariam uma procissão de mortos-vivos que deixavam os porões ao anoitecer. Ocultariam nas trevas a miséria e a devastação de corpos arruinados pela doença, inundando os deuses da fraqueza e da impotência de falsas preces e promessas que nunca seriam cumpridas.

— Digo aos homens que fui amante do Imperador e eles riem. Já lá vão muitos anos. Frequentei o teatro Dom Pedro II, o Lírico. Ele

mandava que me reservassem uma frisa diante da família real, só para me ter à vista. – Imobilizou-se e me olhou de frente, medindo pela minha expressão quanto acreditaria em suas palavras. Completou: – Não desgrudava o olho de mim. Fazia-me sinais e, quando eu saía, ele me seguia.
– O próprio Imperador mandou-o construir, não foi?
Encobrindo um sorriso malicioso, insinuou que o teatro foi construído em sua homenagem. Tudo desapareceu numa expressão final de pesar por uma época enterrada. Senti um impulso de dizer-lhe uma palavra de conforto. Arrependi-me. Não é necessário confortar um rato que se pretende matar. Criaturas da morte não têm o direito de compartilhar do ar dos vivos; a cada vez que expulsam o ar dos pulmões contaminam mais a atmosfera.
Ela se tornou sonhadora:
– Tudo aconteceu há tanto tempo. Outro século, não foi? Pena não existir nenhuma fotografia do Imperador e de mim juntos. Claro, ele nunca permitiria. Se eu tivesse a foto, mostraria a todo mundo, cobraria de quem quisesse vê-la. Quer saber mais? Não precisaria estar aqui agora.
Atravessamos a rua dos Ourives e chegamos ao largo de Santa Rita. Dali, seguimos a rua Municipal, entrando no beco dos Cachorros. Continuamos pela rua da Prainha e subimos a ladeira da Conceição. Paramos diante do Palácio Episcopal, quando minha amiga encostou-se na parede da capelinha de Sant'Ana.
– Sempre que chego a casa, paro aqui. Odeio todos os padres, odeio soldados, odeio todo mundo. Todos conspiraram contra o Imperador! – Os olhos emitiram um brilho feroz. De repente me deixou e caminhou até a murada do Palácio Episcopal. Levantou a saia, agachou-se e vi uma poça de urina escorrer. Saciada a vontade, levantou-se e veio na minha direção. – Deixo aí o que acho deles. Devem pensar que um cachorro está fazendo pouco caso de sua santidade. – Riu.
Quando a risada desapareceu, deixou em seu lugar uma expressão lúgubre. Pensei que se entregaria a uma diatribe contra os membros do clero, mas achou que a urina dizia mais e com maior eloquência do que palavras saídas de uma boca endurecida. A urina amontoou-se em volta de uma saliência do piso, arredondando-se como uma poça de lama. Espuma branca fermentava nas bordas, formando bolhas que se desfaziam no ar.

Havia uma mistura de graça e repugnância em sua aparente satisfação. Não parecia mais graciosa do que uma cadela vadia que se atropela na rua, deixando o corpo para ser recolhido junto ao lixo. Refreei-me de estrangulá-la ali apenas porque não teria tempo de mirar-lhe os olhos.

– Bom, estamos perto de casa. – Calou-se, absorta numa espalhafatosa contemplação. – Este é o lugar mais perigoso da cidade. Sabia? – Conteve um início de risada, como a ocultar uma armadilha para onde me tivesse trazido. – Cheio de capoeiras e malandros, gente que mata para roubar uma moeda. Ouviu falar do Aljube? Ali se prendiam os piores elementos. Dali só saíam para a forca no largo da Prainha. Num porão do Aljube, ficou o maior assassino da época, Pedro Espanhol. Morreu lá dentro, ninguém sabe como. Ali também esteve o Manuel Leal que assou um escravo no forno. Não disseram se serviu a sua carne para os comensais, mas tenho em mim que sim. Vejo que posso falar à vontade com você, não se amedronta com nada. Gosto de homens assim, sem medo.

Chegamos a um casarão cinzento com sobrado. Recebeu-nos uma porta grande escancarada ao lado da qual dormitava um vagabundo embriagado. Ela apontou para o lugar com um gesto largo:

– Eis o antigo Aljube. Aqui eu moro!

Apontava para um cortiço parecido com os que se espalhavam ao redor do Rocio. O lugar aparentava certa dignidade visto de longe, algo que o distinguia das trevas e da poeira que cobria tudo ali. Com a proximidade, a dignidade desaparecia, resultando numa parede descascada cheia de rachaduras. Como todas as outras nas cercanias.

Perguntei:

– Como Pedro Espanhol matava as pessoas?

– Usava um punhal. Segurava-as pelo pescoço, perfurava-as. – Olhou-me com uma alegria cínica e maliciosa. – Ainda tem coragem de entrar comigo?

– Por que não? O fantasma do Pedro Espanhol ainda se encontra por aí, matando os incautos?

Ela riu igual ao crocitar de um corvo. Não duvidei de que um dia sonhara em atrair o Imperador para aqueles lados e entregá-lo à sanha de um descendente de Pedro Espanhol. Dei-lhe as costas e observei o lugar. A rua subia o morro entre pedras soltas e terra batida percorrida por sulcos deixados pela chuva. Tudo ali significava desolamento, um deserto não pareceria pior, porém ao menos no deserto não se distinguia a sordidez que cobria as paredes ali.

— Você é um homem rico, tem boa aparência, não combina com este lugar. — Olhou-me interrogativa e, pela primeira vez, hesitou em continuar. Decidindo-se, passou do lado do bêbado adormecido. Acompanhei-a. Lá dentro nada diferia de outros cortiços. Inúmeras portas entre varais de roupas estendidas, pisos de madeira podre e esburacada que cediam sob os nossos passos. Ratos cruzavam as sombras em movimentos invisíveis.

Mal atravessamos o vão da entrada, uma atmosfera abafada e quente envolveu-me com o odor familiar de mofo e doença. Ela parou indecisa do caminho a tomar. Falou e, ampliada pelo silêncio que cobria o cortiço como uma matéria sólida, sua voz soou num tom de ameaça:

— Vi quando contou o dinheiro no bar. Não se deve andar com muito dinheiro neste lugar.

— Talvez devesse me ter alertado antes. Agora é um pouco tarde. Não acha?

Ela não ouviu, permaneceu imóvel como as paredes, silenciosa como tudo ali dentro à exceção do ressonar do bêbado lá fora. Parecia esperar que surgisse, de dentro das sombras, algum vulto familiar. Então virou-se com agilidade e caminhou. Descobriu uns degraus invisíveis entre duas paredes e pensei nas passagens secretas dos castelos medievais. Desceu por eles, desaparecendo. Segui o ruído dos sapatos que batiam na madeira cortando a imobilidade da madrugada como um minúsculo martelo. Desci poucos degraus para cair na mais completa escuridão. Duvidaria mesmo que houvesse qualquer lugar ali dentro para onde ir, se não ouvisse um ranger de porta e uma pequena nesga de luz surgir a poucos metros de mim.

O rosto dela apareceu diante do risco esbranquiçado que cortou a escuridão, descobrindo uma porta. Fez um gesto para entrar. Dentro havia uma lamparina que fornecia a escassa luz. Entrei.

Havia uma cadeira de espaldar do seu lado, e ela fez um gesto, indicando-a para mim. Distingui uma mesa entre nós. Escutei um roçagar de vestido arrastando-se no chão, e ela se colocou diante de uma outra cadeira, do lado contrário da mesa. Havia uma porta aberta às suas costas que dava para outro cômodo. Falou numa voz rouca:

— Vou contar-lhe um segredo, meu amigo. Este lugar é a masmorra em que Pedro Espanhol morreu.

Olhei à volta, sem demonstrar preocupação:
— Deve ter sonhos maravilhosos aqui.
— Pois saiba que certas noites tenho pesadelos, vejo alguma coisa esgueirando-se nas sombras, sei que é ele que vem atrás de mim.
— E como é ele, teve oportunidade de observá-lo ou era tudo, como dizer, muito escuro?
Estava do lado da cadeira de espaldar e apoiei-me num braço à espera de um fantasma que saísse das trevas. Ou até algo mais sólido do que um espectro. Confesso que tudo ali dentro me fazia acreditar na eventualidade. Olhos vermelhos que nos espreitassem das trevas preparavam-se para saltar sobre mim. A possibilidade não parecia um conto de terror, ali onde estávamos. Pelo contrário, era muito real. Na verdade, era mais do que simples possibilidade.
Minha pergunta causou-lhe um estremecimento. Apesar da escuridão em volta do bico de gás, distinguia o seu rosto com facilidade e o susto, que ela disfarçou com uma risada nervosa, não me escapou:
— Você está gracejando. Então, não acredita que somos vigiados pelo espírito vingativo do assassino?
Recebi a sua pergunta com uma risada. Falei:
— Claro que acredito. Por isso quero saber se teve a oportunidade de vê-lo numa dessas incursões noturnas. Bem, damos graças a Deus por ele nunca ter se interessado pelo sangue de uma concubina do Imperador. Pode ser que guardasse respeito pelo nosso soberano. Do contrário, não estaríamos aqui agora, não é mesmo?
Ela repetiu, um riso mau aflorando entre os lábios:
— Sim, não estaríamos aqui agora!
Seu rosto retesou-se, transparecendo uma dureza feroz, vingativa, e não ignorei a hipótese de o espírito do velho assassino apossar-se dela.
— Vocês, homens de bem, ricos e despreocupados, pensam que nada de mal pode lhes acontecer desde que se comportem com honestidade e frequentem a Igreja, não é assim? Pois eu digo que muitos iguais a você entraram aqui, neste lugar, e nunca mais foram vistos.
Ri de sua fúria fingida e de seus inúteis esforços de me amedrontar:
— Não me parece um lugar apropriado para se esconder corpos. Ou é possível que Pedro Espanhol os recolha e os leve para o além? Ora, não faz diferença, não é assim? Pois vou lhe dizer por que perguntei se avistou o rosto do nosso amigo. Pode ser que ele se pareça comigo, não reconheceu nada de familiar em mim?

Desta vez, assustei-a de verdade. Não que tivesse a pretensão a qualquer semelhança física com um assassino antigo. Na verdade, pensei num outro tipo de semelhança, e era possível que, se o seu espectro rondasse aquele lugar em busca do sangue dos seus profanadores, essa busca estivesse próxima da conclusão. O pesadelo dela, em outras palavras, estaria a ponto de se materializar.

Qualquer coisa que tivesse visto ou pressentido, seus olhos arregalaram-se. Recuou e esbarrou na parede às costas. Olhou em torno, amedrontada que um possível socorro lhe faltasse e se visse frente a frente com um pesadelo. Sua voz saiu trêmula, e não sei onde buscou força para me lançar uma última ameaça:

– Escute bem, eu trago os homens aqui para oferecer a Pedro Espanhol. Ele bebe o seu sangue e recupera a vida e a força que teve no mundo dos homens. A força que lhe guiava o punho em busca de vítimas. Saiba que basta uma pequena estocada de seu punhal sangrento. Com muitos homens, não foi preciso nem isso, bastou vê-lo e caíram no chão mortos. Outros pediram piedade, ajoelharam-se e me prometeram toda a fortuna, se os poupasse. Não os poupei. Não poupei nenhum homem que entrou neste lugar. É a marca de nossa aliança, não há misericórdia entre estas paredes. Aqui todos entram para morrer e só saem mortos. E para que preciso do seu dinheiro? Pedro Espanhol me paga regiamente. Ah sim, ele me oferece todo o tesouro que em vida tirou de suas vítimas porque, como sabe, sou uma mulher da vida, quero dinheiro e joias por todos os préstimos que faço aos homens. Tudo de que preciso, esse matador de homens deposita aos meus pés. Este lugar, que parece uma peça de um cortiço, é na verdade um castelo encantado nas trevas. Quando escorre a primeira gota de sangue do homem que aqui entrou, as luzes brilham, e ele se transforma num palácio. Para o seu consolo da morte próxima, verá todos os esplendores que iluminam a minha majestade um segundo antes de ser devorado pela escuridão eterna.

Bati palmas:

– Grandes palavras. Pena terem sido ditas num lugar tão pequeno, para um homem apenas. Mas, tenho certeza, não lhe faltarão oportunidades, e Pedro Espanhol, um dia, a levará a conhecer os melhores lugares... do outro mundo!

Ela ouviu as minhas palavras com um riso de escárnio.

Devo dizer que não foi por zombaria que lhe aplaudi as palavras. Elas soaram familiares aos meus próprios propósitos e experimentei um momento de insegurança. Perguntei-me o que fazia ali, se não era de fato uma armadilha a que me deixara conduzir tolamente. E se aquela mulher não seria a encarnação dos espíritos que me perseguiam. Não durou muito e recuperei-me da confusão. Ao contrário do que ela dissera, quem ali estava para matar era eu e não iria embora sem fazer uma vítima.

Seus olhos emitiram um brilho de demência e pensei que talvez não tivesse valido a pena segui-la até este lugar, nada tinha nas mãos além de uma pobre louca cujo sofrimento e agonia não iriam muito além do cacarejar de uma galinha, mas os acontecimentos se precipitaram antes que eu tivesse a oportunidade de alongar as reflexões.

Ouvi um ruído de passos abafados no cômodo às costas dela e percebi o que já esperava, havia mais alguém ali além de nós. Falei:

– Acredito agora que você está certa e que Pedro Espanhol esteja rondando por aí.

Ela riu satisfeita, descobrindo entre os lábios duas gengivas escuras cobertas de dentes estragados. Um ar lívido transpareceu da risada, e seu rosto pálido, mal distinto da escuridão, acabou de trazer para o presente o retrato da masmorra que havia muitos anos abrigara um assassino.

Os sinais de demência desapareceram. Falou com a lucidez e o sorriso de satisfação de um negociante prestes a fechar um negócio lucrativo.

– Você tem coragem, mais do que devia. – Adquiriu um ar sombrio. – Os vizinhos passam o dia espiando a vida dos outros. Mas lá em cima nada se ouve do que acontece aqui. Compreende o que quero dizer?

– Sim, certamente. Ouso dizer que já me explicou com suficiente riqueza de detalhes.

Fez um gesto de pouco caso. Ao se inteirar da presença do companheiro naquele lugar, suas preocupações desapareceram e recuperou o domínio da situação. Caminhei até a parede oposta. Ela seguiu os meus passos com uma risada. Voltei-me de repente:

– E então, onde está ele? Ainda amolando o punhal? Diga-lhe para não demorar muito ou o pássaro pode voar.

– O que há? Está assustado? Ora, deve ser a imaginação. Desculpe, falei mais do que devia. Às vezes me sinto inspirada e falo muito, mas não se preocupe. Além de nós dois, só existem os ratos. Tem medo de ratos?

Mas, desta vez, os ratos nada tinham a ver com a situação. Passos surdos (humanos) cruzaram a escuridão. Fechei os olhos, entregando-me inteiramente às sombras. Ela encolheu-se, e o corpo, recuperando os contornos desfeitos na espessura da escuridão, pareceu mais sólido, como se acabasse de se materializar das paredes do antigo calabouço. O rosto transformou-se numa máscara branca, inexpressiva, destacada da escuridão como um bloco de gelo.

Continuei num tom sarcástico:

– Bem vejo que o Imperador tinha razão de não seguir o grande amor a lugares suspeitos.

Não houve tempo de responder. Uma figura masculina desenhou-se na porta atrás dela. Era alto e forte. Muito forte. Sua silhueta projetou-se no foco de luz à maneira de um grande animal rondando a presa. Ela falou:

– Senhor. Não precisamos mais nos contar histórias. Entregue a carteira, e ele nada lhe fará.

Sorri de suas palavras presunçosas:

– Digamos que não entregue. Para ser franco, estou decepcionado com o nosso Pedro Espanhol. Esperava alguém não tão forte, mas muito menos embrutecido. Acho que ele nem sabe manejar um punhal.

O homem veio em minha direção pulando por cima da mesa. Ergueu a faca que cintilou diante da lamparina. Feito tal gesto, imobilizou-se. Tirei o chapéu e o deixei cair no chão.

Ela falou com a absoluta calma de alguém que tem a situação inteiramente sob o seu controle:

– Se não entregar o dinheiro, ele lhe enfiará a faca, e seu corpo será jogado numa vala do morro da Conceição. Se não morrer, imagine o que os jornais dirão! Certamente tem uma reputação a zelar.

– Ao contrário, não tenho reputação alguma.

Ela riu junto do homem. Falei:

– Mande o seu amigo vir tomar a carteira ou ir embora.

– Aconselho-o a entregar o dinheiro. – Adquiriu um tom de complacência. – De que vale o dinheiro para o senhor? Neste lugar, veja onde vivemos, acha que alguma coisa vale um arranhão que sofrer? Um homem da sua classe! – A voz dificilmente misturava sarcasmo e fingida complacência. – Ele pertence aos capoeiras do Negro Ciríaco. Ninguém nesta cidade se mete com o Negro Ciríaco.

– Não vou repetir, não dou um centavo para charuteira e seu vagabundo.

Minhas últimas palavras tiveram efeito instantâneo. Ela fez um movimento de rosto, e o homem pulou sobre mim com uma agilidade selvagem. Não esperava salto tão ágil de um homem daquele porte. Girando a perna em pleno ar, acertou-me de raspão. Talvez só quisesse fazer uma demonstração, talvez eu estivesse com sorte, se o golpe tivesse me atingido, não precisaria se preocupar mais comigo. Pulando de volta para cima da mesa, posicionou-se para um segundo ataque e se lançou de novo sobre mim. Desta vez tive tempo de sobra para me desviar, arrancar o punhal da cintura e cravar em sua coxa. Ele soltou um grito e recuou, chocando-se contra uma parede.

Espantado, passou a mão na ferida e percebeu o sangue correndo. Não precisou mais para se decidir. Correu para a porta, cambaleando. Abriu-a e sumiu lá fora. Escutei o ruído compassado de seus pés pisando as tábuas soltas do corredor, até se arrefecerem.

A mulher observou a fuga do cúmplice com uma expressão aturdida, sem acreditar no que via e ao mesmo tempo escandalizada por se ver abandonada. Quis seguir o cúmplice, encontrou-me entre ela e a porta. Antes que algum som escapasse de sua boca, joguei-a contra a parede. Não foi preciso muita força. Ela desmaiou com o choque e ao acordar estava amarrada no chão. Falei:

— Quer saber por que a acompanhei até aqui? Claro que não pensa que a via com os mesmos olhos do Imperador.

Percebi que fazia esforço para compreender minhas palavras. Seus olhos embaciados a custo fixaram-se em mim. Ao suspirar, engasgou-se como se o ar fosse transformado numa superfície sólida. Uma corda rodeava-lhe o pescoço, ao modo de uma forca.

— O que é isso?

— Como dizia, acompanhei-a com uma intenção, matar. Fiquei ao lado de um homem morrendo da peste horas antes e não descobri o que buscava no moribundo. Talvez tenha sido surpreendido por suas revelações, pode ser. Mas a razão, bem, melhor esquecê-la, você nunca compreenderia.

— Me largue, desamarre a corda, vá embora daqui.

— Não se inquiete antes da hora. — Puxei a corda que lhe retesou o pescoço. — Espero que a faça sentir-se melhor, seu sacrifício destina-se a uma boa causa. Pense no sofrimento humano em sua hora mais dramática, quero dizer, no momento de entregar a alma ao criador...

— Solte a corda, por favor, eu não tenho nada, mas existem umas notas embaixo daquela peça... Ai! Pelo amor de Deus, não íamos machucá-lo, só queria o dinheiro...

— Não vê que, desde o momento em que coloquei os olhos em você no frege-moscas, morreria de qualquer maneira? Pense que a sua morte significará mais do que significou a sua vida. O que vai fazer socada neste pardieiro uns poucos meses mais, anos, sonhando com o fantasma de Pedro Espanhol, desejando a morte para se livrar da repugnância de si própria?

— Olhe, ele vai voltar, trará os outros. Sozinho não será capaz de resistir-lhes. Aí, esteja certo, terá uma morte miserável.

— Deveria agradecer-me por mandá-la para o outro mundo. Ou pensa que existirá um lugar no universo pior do que isto aqui? Bom, se prefere, reze para os seus amigos chegarem a tempo. Mas, se eu fosse você, não levaria a sério a possibilidade.

A expressão dela suavizou-se:

— Por favor, tenha pena de mim, sou uma pobre mulher, mas uma pessoa. Não pode fazer comigo o que faria com um rato...

— Engana-se. Um rato vale mais do que você. Um rato vale dinheiro, e você não vale um tostão. Acha que amanhã, ao encontrarem o seu cadáver, alguém sentirá um mínimo de compaixão, tristeza? Levarão embora o cadáver e desinfetarão o lugar. Dois dias e haverá outra gente morando aqui. Por que então a exaltação? Está se esforçando para conservar miséria apenas.

— Você está louco... — Puxei um pouco a corda, e a voz morreu num gorgolejar rouco.

Entrou em pânico. Contorceu-se buscando sem sucesso posição em que pudesse respirar. Desprovida da capacidade de falar e suplicar, suas reações assemelharam-se perfeitamente às de um porco seguro pelas patas ao ser perfurado por um punhal. Um tanto decepcionado, constatei que não havia diferença acentuada entre o animal e o homem (mulher) no momento mais dramático de sua existência.

Fui levado por um ímpeto de raiva e quase puxei a corda. Contive o ato precipitado a tempo. Se tivera tanta paciência e se no fim a oportunidade apresentou-se quase gratuita, não era possível acreditar que ali me encontrava por uma resposta que já possuía. Meu braço relaxou e quase deixei cair a pobre idiota. Porém, falei a mim mesmo que matá-la era um ato de caridade. O que faria ao perceber o pescoço livre e livre a respiração? Ela se reconheceria viva? Claro, seria enorme a alegria ao perceber que ainda habitava a mesma miséria que a cercara a vida toda. E quanto duraria a alegria? Um segundo, dois? Quanto tempo até compreender que não passava de mera circunstância sujeita aos caprichos alheios, continuando por mais dois ou três anos a trazer pobres-diabos para cá, apenas para descobrir um dia que nem mesmo eles se interessavam por ela?

Não, do que me interessava refletir sobre o ser que tinha diante de mim, que poderia ser um porco ou uma galinha da mesma maneira? Naquela situação, nada os diferenciava a meus olhos, e os meus olhos eram tudo o que o vulto diante de mim teria até o fim de sua existência infame.

Estava quase sufocada e examinei-a atento, querendo penetrar no terror que a assaltava, trazê-lo até mim. Fracassei porque o terror destroçou-lhe os restos de lucidez, o terror transformou-a numa galinha decapitada. E, destas, eu já tinha vasto conhecimento. Até o fim debateu-se como se a agonia se transformasse inteiramente em movimentos físicos, o pescoço comprimido pela corda, tentou falar e gritar, um último hausto de vida. Mas como um porco ou galinha, um boi em sua ruminante complacência, soltou apenas sons irracionais, gorgolejos que não se diferenciavam dos ruídos dos animais. Com um gesto de enfado, puxei a corda com força. Suspenso no ar, o corpo debateu-se em movimentos espasmódicos; num arranco final, imobilizou-se. E foi tudo.

8

O prefeito Pereira Passos começou a desferir os golpes de picareta na cidade para a modernização. Foi chamado o Bota-abaixo. Quiosques espalhados em todos os largos foram removidos. As vacas, que percorriam as ruas de manhã cedo atrás do leiteiro, também foram proibidas de circular. Cães vadios eram caçados e sacrificados, vendedores ambulantes e mendigos levados pela polícia. As demolições começaram na rua Senhor dos Passos para prolongá-la até a rua do Sacramento. A cidade foi dividida em distritos sanitários para a profilaxia da febre amarela. O jornal O País publicou a planta preliminar da Grande Avenida, para cuja construção seriam demolidos setecentos prédios. Esta chamada artéria, para que o transporte da cidade em direção ao novo porto não fosse estrangulado nos próximos anos, se iniciaria no cais, no largo da Prainha, e cortaria toda a cidade até o mar no lado oposto, no extremo da rua da Ajuda.

Chamavam a cidade de a enferma, que se restabeleceria após a cirurgia realizada pelas picaretas da prefeitura. "O Rio de Janeiro não pode continuar a ser uma estação de carvão enquanto Buenos Aires é uma verdadeira capital europeia" – denunciava espalhafatoso um matutino. Já iam adiantadas as obras do porto novo que permitiriam os navios atracarem em terra, e a arborização de avenidas sendo transformadas em bulevares. Nas ruas Senhor dos Passos, Alfândega, General Câmara e no largo de São Domingos, desenvolveu-se intensa atividade demolidora. Renques de casas tombavam a golpes de marreta. Prolongava-se e se alargava a rua do Sacramento, arrasando-se as casas no caminho. Das primeiras horas da manhã até de noite aglomerava-se gente diante do espetáculo de paredes desabando. Jorros de caliça subiam ao ar em contínuos novelos, criavam uma neblina densa que abraçava os escombros como uma insólita campa.

Carroças faziam filas diante dos pátios das obras, removendo o material demolido. Homens de paletó e gravata, plantados diante das obras, corriam salpicados de poeira ao desabar uma parede, tossiam com o rosto coberto de pó. Buscavam posições afastadas de onde assistiam ao resto das demolições em segurança.

O marco dos trabalhos na cidade foi a inauguração do prolongamento da rua do Sacramento, em direção à Larga de São Joaquim. Ali cheguei por volta das quatro horas e me deparei com a multidão à espera do evento. Clima de festa, o trecho da rua estava todo embandeirado. Em cima de um coreto improvisado, uma banda tocava músicas festivas. A festa começou com a chegada do presidente da República acompanhado do prefeito, que surgiram num landau seguido de carruagens de todos os ministros da administração. O Hino Nacional foi tocado, todos descobriram as cabeças e se empertigaram emocionados. Findo o Hino Nacional, um cortejo de senhoras jogou pétalas de rosas sobre o presidente, enquanto foguetes espocavam no ar.

Logo depois começaram os trabalhos de demolição para o alargamento da rua 13 de Maio. Derrubaram 22 prédios do largo da Mãe do Bispo sobre o qual erguer-se-ia o futuro teatro Municipal. Ao cair a última casa, o povo que observava os trabalhos cantou e dançou, como se acabassem de ver a cidade libertada da peste. A euforia foi espontânea e com tal ímpeto que me fez acreditar no milagre. Homens de cartola, mulheres de vestidos de seda depositaram os objetos no chão e se abraçaram como na entrada do novo século. Numa notícia secundária de jornal anunciava-se o embarque, para os Estados Unidos, do coronel Souza Aguiar, encarregado do pavilhão brasileiro na exposição de Saint Louis. Esse pavilhão, que ganharia o grande prêmio do concurso, seria desmontado e erguido no extremo da Grande Avenida com o nome de palácio São Luís, a que tanto me afeiçoei. Ao passar pelo antigo largo do Paço, não o reconheci. Famoso como logradouro de vagabundos cujo chão era coberto de detritos do mercado, tornou-se uma superfície ajardinada cercada de canteiros de flores entre os quais se erguia o velho chafariz de mármore.

"Cada parede que se abate", dizia uma manchete da *Gazeta de Notícias*, "cada frontaria de prédio que se derruba, põe à vista dos transeuntes o desolador espetáculo de habitações sem luz e sem ar. Ficou evidente", continuava a notícia, "que nas principais ruas da cidade, as mais frequentadas, as mais habitadas, há um grande número de cortiços onde faltam absolutamente todos os predicados constantes de uma moradia..."

"Ali", concluía a notícia, "fica patente o círculo vicioso da doença que há muito vem dizimando a população pobre. O pobre não tem saúde porque não tem dinheiro, não tem dinheiro porque não pode trabalhar, não pode trabalhar porque não tem saúde!"

As casas da rua da Prainha também não resistiram à ação da prefeitura. Eu andava por lá com frequência, quando chegavam as sacas de café da fazenda Ferreirinha, que eram armazenadas nos trapiches da rua de São Bento. Num exercício de despedida, desci pela última vez a rua torta, sinuosa e estreita, dando adeus às casas vazias e escuras que ali se erguiam desde os tempos coloniais. Das ruínas amontoadas entre os casebres condenados, ouvia os gritos surdos das paredes a implorar um último sorvo de vida. E, ao contrário dos seus correspondentes humanos que acompanhara em condições semelhantes, sentia pelos inanimados intensa piedade.

Exausto pelo calor, sentei-me num banco de pau embaixo de uma árvore. Tirei o chapéu e passei a mão pela testa. Para aumentar o desconforto, ouvi vozes provenientes das paredes derrubadas. Sem dar por mim, levantei-me e gritei enfurecido:

– Não compreendem que nada posso fazer? O que esperam de mim?

Um cachorro magro e triste levantou-se e olhou para mim. Parte doença, parte sensibilidade canina, levantou as orelhas e continuou a me fazer mira com um olhar embaraçado. Balançou de leve o rabo. Ao cabo desse tempo, com uma expressão de desapontamento e de nada mais surpreendê-lo na espécie humana, virou o corpo e prosseguiu cabisbaixo para uma outra sombra mais adiante.

O cão, ou o seu desapontamento, não foi o fator mais constrangedor. Nesse momento, as vozes calaram-se como se apenas tivessem zombado de mim. E onde elas deveriam estar, enxerguei virarem-se, na minha direção, os homens que esperavam o final da demolição para levar o material que a Prefeitura não quisesse.

Deixando de lado o interesse despertado por uma porta abandonada ou uma pilha de telhas quebradas, concentraram-se em mim. Examinaram-me com um discernimento mais crítico – e até zombeteiro – do que o cachorro. Buscaram o objeto de minha reprimenda. Nada encontrando, interrogaram-se uns aos outros com os olhos, como se lhes tivesse escapado um detalhe que outro explicasse. Sem obter a desejada explicação, desistiram de mim como o cachorro já o fizera, e desviaram o interesse de novo para o material demolido.

Nesse momento, sentou-se ao meu lado um homem grisalho num terno velho:

— Senhor, confesso que também a mim dói ver derrubadas paredes que estão aqui há mais de século. Esse prefeito não tem coração. Não vai descansar enquanto não derrubar a cidade inteira. Até poucas horas atrás, eram casas de família. Agora, veja só, não passam de ruínas disputadas por urubus ávidos de ganhar dinheiro com a desgraça dos outros.

Apressei-me a desmenti-lo:

— Engana-se ao falar comigo. Tive uma tonteira e me exaltei. Não me importo se quebrarem a cidade inteira. Podem arrasar os morros e, se depois aterrarem o oceano, também não vou me incomodar.

Ele me olhou boquiaberto e me levantei. Afastei-me.

Passava dias sem sair de casa, pouco ou nada falava. O único com quem conversava era Tibúrcio.

— Lembro — falou ele numa voz arrastada que se acentuava nos últimos meses — que vim para cá cuidar de cavalos e carruagens. Não foi assim?

Acenei a cabeça, abstraído em reflexões.

— Até agora não comprou nenhum cavalo.

Tibúrcio falava à maneira dos tempos de escravidão. Pronunciava as palavras num tom casual, como se lhe viessem à boca por puro acaso e fosse fácil desvencilhar-se delas, até negá-las, se necessário. Protegia-se das próprias palavras, tratava-as como instrumentos escorregadios e cortantes. Estava sempre preparado para engoli-las e esquecê-las. Falei:

— Tibúrcio, neste novo século, cavalos e carruagens vão desaparecer. Em poucos anos, as ruas estarão cheias de carros a motor e bondes elétricos. Por que, acha você, estão demolindo a cidade?

— Carros a motor! São poucos, mal se movem. Param e ninguém os tira do lugar. Não é como um burro empacado que umas pancadas resolvem. Quantos existem no mundo? Tenho dúvidas de que foram construídos por gente. Para mim, o diabo tem participação...

— Deixe o diabo em paz.

— Afonso, burro ou cavalo são coisas que a gente entende. Podem fabricar a carroça mais esquisita do mundo. Amarram um burro, dois burros, ela vai sair do lugar. Não esses carros. Fazem muito barulho, param, e aí é preciso chamar um burro para levá-los embora; do que adiantou? Como pensar que um dia os burros não existirão e só esse tipo de máquina percorrerá as ruas?

Uma ingenuidade ultrajada se apossava de suas feições. Falei:
– Ouça, os burros vão desaparecer de qualquer maneira. Na Europa, gente elegante só viaja em carros a motor. Esqueça os cavalos. Vou comprar um carro a motor, e você aprenderá a dirigi-lo.

Ele sacudiu a cabeça, sem conter as risadas que substituíram a estupefação. Nunca demonstrava incredulidade ou ceticismo, apenas ria. Perguntei-lhe, numa mudança de assunto:
– Nunca se casou?

Ele me olhou, surpreso:
– Casar quem, eu? Um preto!

Foi a minha vez de demonstrar surpresa. Nunca atribuíra à cor qualquer desgraça das que lhe marcaram a vida, exceto a escravidão. E mesmo esta não relacionava diretamente à cor, antes, um destino ancestral, uma tragédia dos deuses que o aprisionara em sua arbitrária iniquidade, de que nem valia a pena falar. Como mencionei anteriormente, o que me impressionava em Tibúrcio, o que o fazia o único homem a quem respeitei na vida, era o apego feroz à dignidade, como se todos os sofrimentos e humilhações de escravo, e posteriormente a guerra e a mendicância, tivessem como finalidade serem vencidos para que um dia se afirmasse um homem. Mesmo ao se exaltar e empregar termos inapropriados ou absurdos para a afirmação desta dignidade, ele sabia do que falava, sabia que a tinha dentro de si da mesma forma que os olhos, o corpo ou a alma. De modo que a admissão de uma humilhade escrava, numa época tão posterior às lutas travadas contra a escravidão, me surpreendeu.

– Os pretos também se casam.

– Pois ouça, Afonso – e o tom adquiriu firmeza incompatível com a humildade exibida segundos antes –, uma vez vivi com uma negra. Morávamos no morro da Favela, como já falei. Tivemos um filho. Um dia ela desapareceu e levou o menino. Nunca mais soube deles. Muitas vezes penso no meu filho. Hoje é um homem, e digo a ele que o pai está aqui, deve me procurar e aprender a me respeitar. Falo tudo o que me vem à cabeça; se hoje estou vivo, é por causa dele. Falo coisas que teria dito se ela não tivesse ido embora com ele para longe. Não sei se ele acreditaria. Bem, teria razão para não acreditar. Tudo o que lhes prometi nunca cumpri. Vivíamos na pobreza, eu andava perturbado, bebia, passava dias sem voltar para casa e, não sei, pode ser que tenha me visto bater na mãe. Nada disso importa mais porque agora os tempos são outros e o que aconteceu foi há muitos anos.

Nos dias que se seguiram, não deixei o quarto. Sentia-me febril, perseguido por seres infernais que rondavam a casa à minha procura. Vozes gementes entravam pela janela trazidas pelos ventos, perturbavam-me, ameaçavam. Por mais que repetisse não serem reais, obrigava-me a ouvi-las. Acabava por acreditar que elas atravessariam a janela e se materializariam nos seres que me assaltavam em pesadelos. A mais persistente de todas era a voz de tia Inês que esmurrava a janela gritando não encontrar paz no outro mundo, sendo eu o causador da sua aflição. Eu e os meus crimes.

– Crimes! De que crime me acusa? Matar porcos, galinhas.

– Você causou a morte de João Bento, matou o Comendador meu marido...

– Matei o Comendador! Sim, claro, confesso, matei. E mataria de novo; mataria mil vezes. Devia me agradecer tê-lo mandado para o outro mundo. Ele não merecia viver nem um minuto depois que a senhora se foi.

– Você se apossou da fazenda que pertencia à minha filha Felícia.

– Ora, cale-se, sua bruxa velha. Não deve ser a minha tia, ela não falaria assim, deve ser uma criatura do inferno. Vá embora, suma-se.

– Não, meu filho, não é a sua tia, sou eu, sua mãe.

– Mãe, nunca tive mãe!

Dei um salto da cama, abri as gavetas da cômoda e joguei tudo para fora até topar com o vestido de minha mãe. Levei-o para o espelho e coloquei-o sobre mim. Na semiobscuridade do quarto, vi meu corpo fundir-se ao vestido, e os meus traços adquirirem feições femininas.

Enxerguei no rosto um sorriso de satisfação, como uma criança descobrindo que a mãe era real e ali chegava para levá-la.

Vesti chapéu e com um véu cobri o rosto. Lambuzei-me com tinta branca, andei pelo cômodo, e o rosto de minha mãe e o meu confundiram-se na visão transparente que pairou diante de mim.

Foram os momentos mais felizes da minha vida e quis chamar Tibúrcio para lhe mostrar como era fácil recuperar as pessoas que perdíamos. Se quisesse reaver o filho, bastava obter uma roupa dele, colocar-se diante do espelho, o resto viria por si. Não fui adiante nos pensamentos, escutei sons de marreta lá fora, a casa estava sendo demolida. A porta, trancada por fora, impedia-me de sair. O quarto estava escuro, cheiro de mofo e doença, e a mistura de luz e sombras me trouxe a certeza de habitar um cortiço. Fora abandonado porque tinha a peste. As picaretas chegavam mais próximas, telhas e tijolos caindo, gritei para me tirarem dali. E, por mais estranho que pareça, continuei mudo.

Uma noite, acordei incapaz de mover os braços. Estava amarrado, uma corda deixava o meu pescoço e passava pela madeira do forro. Uma mulher sem cabeça fazia sinal para um homem puxar a corda. Quis gritar, a corda estrangulou-me, e só ouvi ruídos animalescos. Descobri que não era homem, apenas um porco içado para me arrancarem a pele. Por maiores que fossem os meus esforços, não conseguia lhes provar que era um ser humano e que me abatiam por engano.

Ao sair de casa, as pernas tremiam e Tibúrcio me amparava, ajudando-me a caminhar pelo jardim.

Um dia, perguntei-lhe à queima-roupa:

– Nunca sonhou que voltou a ser escravo?

Ele me mirou compadecido e acenou com o rosto:

– Afonso, sonho com tudo. Sonho que sou escravo, sonho que estamos em Curupaiti e o mundo está acabando. Mas quando acordo sei que tudo ficou para trás.

O que haveria na morte que causasse tamanha repulsa aos vivos? Por que um porco se desesperava tanto se passava a vida refocilando na lama? A mulher enforcada naquele calabouço sujo, o que ainda esperava para si? Vida e morte não se opunham, complementavam-se. Era o que tentava lhes explicar em vão. A morte era o nada e a vida uma sucessão de dias e noites. Em que se diferenciavam? Por isso não sentia piedade dos homens, como também não me importaria ao chegar a minha hora. Vivia como se cumprisse uma determinação antiga, fria, impessoal. Viveria até o momento em que tal determinação dispusesse e aguardava a morte com serenidade.

Próximo do anoitecer, antes de acenderem os bicos de gás, quando os contornos da cidade perdiam a materialidade nas sombras que cobriam o céu, eu caminhava pelas ruelas da Misericórdia. Via todos correndo para casa e a impressão era que o mundo terminava todas as noites. E aí não importava mais se de dia os homens trabalharam, se andaram pelas ruas, tiveram uma ideia brilhante ou sonharam possuir uma mulher. De noite só importava entrar em casa e fechar a porta. E desaparecer na própria insignificância.

Algumas vezes, da semiobscuridade, surgia um bonde elétrico rumando para a praça 11 de Junho. Rolava gemente pelos trilhos, as engrenagens metálicas rangendo como juntas enferrujadas. Eu arrepiava o caminho e parava para observar os poucos passageiros sentados nos bancos. Ele desaparecia no estreito labirinto de ruas e becos e então as ruas voltavam a mergulhar na solidão absoluta daqueles lugares ermos.

No beco dos Ferreiros, entrava na *fumerie* do Chim Tobias, à procura de ópio. Subia os degraus podres de uma escada lateral, atravessava um corredor encardido até uma porta iluminada por uma lanterna de papel azul. Às vezes, tinha de espantar um cão vadio deitado na porta.

Recebia-me um chinês com um rabicho nas costas, seco, espectral, o tronco curvo e excessivamente magro. A cova dos olhos parecia comida pela terra. Fazia uma referência formal, decorada, dirigindo-me um sorriso descarnado que aflorava nos lábios escuros. Às vezes, imaginava-o criança numa província chinesa. Junto a centenas de outros iguais, enfiava-se no porão de um navio fantasma, sujo e faminto. Alimentado a pão e água durante meses, aportava num lugar desconhecido no outro lado do mundo para viver o resto de sua vida miserável. Tanta privação para terminar os dias mergulhado num lugar tão imundo?

O chinês conduziu-me através de salas cheias de homens sem camisa estendidos em catres. Um cheiro horrível, que me lembrou das pocilgas da fazenda Ferreirinha, perfurou o meu nariz, mal disfarçado pelo odor de sândalo. Ao lado dos catres, havia pequenos vasos cheios de azeite, nos quais uma chama avermelhada fazia peripécias semelhantes aos movimentos de uma dança exótica.

Ajudou-me a tirar casaco e camisa. Ofereceu-me um cachimbo. Deitei-me e aspirei profundamente a fumaça, sentindo-me tomado de uma calma tão grande que desejei passar ali dentro o resto da vida. Nas paredes surgiram máscaras chinesas antigas que se tornavam mais distintas à medida que a fumaça se solidificava em meus pulmões.

Os vultos que passavam por mim pareciam arrancados de um sonho antigo. De vez em quando, um sentava ao meu lado, e eu o observava sem distinguir olhos na máscara rasa que lhe substituía o rosto. Permanecia imóvel, e eu tinha a impressão de que se unia a mim. Que éramos um único ser e que o mundo inteiro era um único ser. Não sabia se o vulto diante de mim era real ou se surgira das máscaras da parede que me contemplavam de um tempo e um lugar desaparecidos. Aos poucos me separava do corpo e flutuava no ar. A cidade se tornava uma espécie de *vaudeville* francês em que as pessoas cantavam e se diziam gracejos. Misturava-me aos vultos como se não me diferenciasse deles, um homem despojado de rosto, uma alma que já completara o ritual de vida e morte, de profanação e castigo, como se a esperasse a eternidade. Morte e vida, miséria e doença, nada significavam para alguém que fizesse parte da eternidade. Minha vida fundia-se a uma ideia de harmonia superior às nossas cotidianas mesquinharias, e eu pensava que nenhum ser humano poderia existir sem usufruir a sensação absoluta de paz que me possuía nessas horas.

Uma noite, percorrendo o largo do Rocio, ouvi gritos de cocheiros dos tílburis estacionados em frente ao teatro São Pedro. Discutiam porque alguém tomara um carro mais novo do que os outros a despeito de estar no fim da fila. Enquanto esperavam a saída dos teatros, passavam o tempo conversando alto, bebendo e discutindo. Chamavam-se entre si, Turquinho, Cartola, Trinca Espinhas. Muitos eram turbulentos e aconselhava-se a ter cuidado ao tomar um tílburi.

Dirigia-me para o café Criterium e passei ao largo do tumulto. Na altura do Moulin Rouge, um cocheiro me alcançou, perguntando numa voz rouca se não queria reservar um coche. Respondi que não e segui adiante. Ele me reteve:

— Escute, senhor, outro dia o senhor fez uma corrida comigo, Manuel Vai e Vem, e não pagou.

Deparei-me com um homem alto e forte, barba sem trato que imprimia ao rosto escavado um ar de sujeira. O paletó surrado mal lhe cobria os ombros largos, a camisa para fora cheia de manchas, coçava a barba como se um ninho de carrapatos ali tivesse se alojado. Olhou-me fixo e reconheci nele o olhar alucinado que se segue à embriaguez. O rosto abriu-se numa risada escarninha, falsamente familiar, e o corpo enrijeceu-se numa afirmação de que ali era ele o senhor e qualquer movimento nas imediações só seria realizado com o seu consentimento.

— No largo do Rocio – afirmou numa voz pastosa, tentando, sem sucesso, livrar-se dos sinais de bebida –, todos os cabriolés aí... está vendo?... só levam quem eu mando. E qualquer um, cavalheiro ou madama, só toma carro com a minha permissão. Repito que levei o cavalheiro e não fui pago. Se não me pagar agora, vai sair daqui machucado.

Escutei suas fanfarronadas com estranheza, nunca tomara carro ali. Falei:

– Deve estar me confundindo com outro. Nunca tomei carro aqui.

Ele insistiu:

– O cavalheiro não entendeu. Tenho certeza de que não me pagou e vai pagar agora.

Antes que o tumulto se degenerasse, os companheiros pegaram-no e o arrastaram. Um me apresentou desculpas:

– Não o leve a sério. Está bêbado. Outro dia um cavalheiro, assim como o distinto, fez uma corrida e não pagou.

– Bem, levem-no daqui, não quero vê-lo pela frente.

Coloquei o chapéu, preparava-me para seguir caminho, quando o tumulto se refez. Fui empurrado com violência e cambaleei, tentando apoiar-me num banco de praça. Antes que me firmasse, um golpe por trás me jogou de rosto no chão. Rolei.

O cocheiro havia se desvencilhado dos companheiros e pulou sobre mim, acertando-me um soco. Ao rolarmos no solo, enfiou a mão dentro do meu bolso. Puxava a carteira quando segurei o seu pulso, imobilizando-o. No mesmo momento, a carteira deixou de ser o interesse principal, ele a deixou de lado e apalpou a minha coxa. Não me lembro do que aconteceu depois, a não ser a confusão de corpos sobre o meu puxando o corpo que me amassava contra o solo. Não tive tempo de opor qualquer resistência, não passava de uma massa inerte em mãos deformadas que me manipulavam, seguindo caprichos desconhecidos.

Nunca fui tão incapaz de me defender. A avalanche se precipitou sobre mim, e a barba do Manuel Vai e Vem roçou-me o rosto antes que ele fosse levado embora. Ao me ver livre, apalpei o bolso e lá estava a carteira. Deveria ter-me dado por satisfeito, mas achar a carteira no bolso foi o estopim final para o mal-estar.

Levantei-me apoiando as mãos no banco. Dores finas perfuravam-me as pernas como se punhais microscópicos se cravassem em mim. O estado das roupas era desolador. Lama salpicara no casaco e na calça. A camisa rasgada, a cartola amassada e o borzeguim cheio de terra. Os companheiros imobilizaram o cocheiro que se inclinou em minha direção como um cachorro diante de um pedaço de carne sangrenta. O olhar vidrado de bebida foi substituído por uma avidez canina, e ele continuou encarando-me com uma expressão de volúpia animal.

Foi arrastado para longe. Desprovido da capacidade de emitir sons humanos, o cocheiro grunhia e roncava dando pequenos pinotes. Um amigo, baixo e gordo, com a mesma risada de descaramento, aproximou-se de mim e falou alto, de modo a ser ouvido por todo mundo:

– Por que não paga? Não te vai fazer falta. Conheço o Vai e Vem, não te deixará em paz.

Virei-lhe as costas e prossegui. Apanhando a bengala caída na luta, passei diante da Maison Moderne e atravessei a praça, na direção do Criterium. Ao me sentar, as visões do incidente voltaram aos meus olhos, permaneceram dançando diante de mim, e junto a elas o contato da mão calosa do cocheiro na minha coxa.

Suava quando o garçom me interrompeu colocando na mesa café e torradas. O ato de violência fora insignificante, as recordações suscitadas, por outro lado, criaram um redemoinho. Lembranças e imagens longínquas, alucinações arrancadas de becos escuros, apossaram-se de mim. Fui dominado por um ódio gelado, gosto de sangue havia muito esquecido. À volta vultos barulhentos misturavam palavras e risadas, metais e vidros, sapatos crepitavam no soalho; o tumulto dos bares à noite. Um magote de gente, saindo dos teatros, surgiu entre as mesas. Tratava-se da última leva humana da noite.

Avistei os dois rufiões, o cocheiro e o companheiro lá fora, cerca de dez metros da porta. Conversavam despreocupados. Não demorou muito, Vai e Vem virou o rosto na minha direção e me lançou um sorriso descarado. Havia no gesto clara intenção de provocação, mais além, ameaça. Esperavam-me e senti as têmporas pulsarem como tambores de um batalhão de infantaria. Chamei o garçom, paguei a conta. Não toquei em nada. Levantei-me, passei a mão pela sobrecasaca. Apanhei chapéu e bengala. Saí.

Desci a rua do Sacramento e virei a do Hospício. Andei ao redor sem rumo. Na rua da Alfândega, parei diante de um oratório de pedra. Tomei uma decisão e voltei, seguindo na direção da praça 15 de Novembro. Passei para a rua do Ouvidor e diminuí o passo, observando as lojas ao longo do trajeto. Na Primeiro de Março, antiga rua Direita, virei à direita, passei pela Bolsa do Comércio e parei em frente à Caixa de Amortização. Vi um cartaz com o anúncio de pasta de dente Odol. Ali fiquei, aparentemente distraído a observar a fachada de mármore. Na verdade, prestava atenção nos raros passantes que subiam o quarteirão.

Avistei duas sombras humanas atrás de um prédio do outro lado da rua. Seguiam-me até um lugar ermo, não tardaria a lhes satisfazer a vontade. Continuei subindo a rua, passei diante da igreja do Carmo, da catedral e da Nossa Senhora das Cabeças. Capitéis, ornatos e colunas, erguendo-se para o céu, formavam desenhos intrincados, trazendo a ideia de outra vida lá em cima, separada de nós pelas fachadas inertes das três igrejas irmãs. Nuvens grossas pareciam na iminência de desabar sobre as igrejas como se todas as esperanças não passassem de um sonho vão dos mortais, que logo seriam engolidos pela tempestade. Atravessei a rua, entrei na praça 15 de Novembro, rumei para o arco do Teles. Não levaria muito mais, pensei. Mais tarde concluí que eles não me seguiam de acordo com um plano estabelecido por eles, pelo contrário. Obedeciam hipnotizados a uma vontade oculta à sua compreensão, satânica diria, porque os conduzia à própria destruição.

Como falei, não eram donos da própria vontade, embora acreditassem que sim. Conversavam exultantes, expondo um ao outro o que fariam com o dinheiro que me arrancassem depois de se livrar do cadáver. Talvez nem fosse necessário esconder o corpo; o deixariam na rua. Todas as manhãs descobriam um, que diferença faria? Mais adiante percebi que, em vez de sussurros alucinatórios, eu escutava realmente a conversa entre eles, tão nítidas as impressões. Ouvi o maior, Vai e Vem, dizer que deveriam divertir-se comigo antes de me matarem. Mais uma vez o furor se apossou de mim, trazendo de volta um fato perdido no passado e materializando-o na busca de vingança. Tais conversas, tão cheias de satisfação e expectativa, teriam como consequência única condenar os dois a um fim atroz.

Era possível que fatos antigos se confundissem com fatos atuais, tornando-os indistintos. Claro que não haveria outra razão, ao escutar a conversa entre os dois cocheiros com tal clareza. Como se o tempo interposto ao fato original fosse eliminado. Outros fatos, misturados a esse mesmo tempo oculto, retornaram à mente de cambulhada, aumentando o meu ódio, acrescentando ao instinto assassino desejos mais fortes de violência e reparação. A certeza do que me envolvia concretizou-se quando parei diante do arco do Teles, deparando-me com uma dezena de vagabundos estendidos no chão. Tudo veio à tona. Ali estava eu e lá eles, só que eu não era mais um menino, não teria de fugir e pedir socorro. Não teria de buscar uma estranha que me livrasse dos perseguidores. Agora os tinha à mão; a lembrança dos vagabundos anos antes, a associação dos dois fatos, dos homens, a perseguição que me cobria de delírios e lembranças amargas. Diria que, sem saber o que pretendia, refazia o fato antigo à minha maneira.

Entrei no largo do Moura. Diante do velho quartel, novamente experimentei a sensação de os conduzir à morte e fui tomado de uma satisfação febril.

No beco dos Tambores, fui rodeado pelas paredes altas dos sobrados que multiplicavam a escuridão. Gritos dos escravos chicoteados ecoavam pelas rachaduras das paredes. No mais, cercou-me o mais completo silêncio. Possível mesmo duvidar que alguém tivesse colocado os pés ali nos últimos dez anos. Quanto a dois rufiões esperando entocar a vítima num beco sem saída, não havia melhor lugar. Ouvi passos na escuridão. Um vulto alto despontou numa curva adiante e tomou a minha direção. A sombra separou-se do homem e fugiu do único lampião das imediações, destacou-se das outras sombras, espalhou-se por todo o beco.

Apertei o punhal com força, mas não foi preciso puxá-lo. Reconheci no vulto um guarda que fazia a ronda ali. Parando diante de mim, preveniu-me dos perigos da hora. Um bando chamado Camisas Negras, ladrões e assassinos. Agradeci-lhe e afirmei que não teria problemas. Gostava de caminhar de madrugada, ele fez um gesto de ombros, olhou à volta certificando-se do isolamento, afastou-se.

Saí dali. Cheguei ao largo da Misericórdia, diante do Calabouço, que se estendia branco e vazio iluminado pelos poucos bicos de gás. Senti um impacto, ouvindo tudo à volta gemer diante do fim que pairava sob a poeira das demolições. Pensei nos vermes devorando ávidos os restos dos velhos becos eretos na imobilidade dos séculos mortos. Parei um momento, na busca de episódios centenários testemunhados por aquelas paredes e que agora, como ratos velhos, desapareciam para sempre dentro das rachaduras condenadas.

Diante de mim, o morro do Castelo. Tomei a sua direção. Atravessei a linha do bonde, umedecida pela chuva de poucas horas antes, subi a ladeira. Tropecei numa rocha do pavimento e prossegui com mais cuidado. As casas escuras e fechadas. Gatos esgueiravam-se ágeis entre os muros, desaparecendo sob os ressaltos de paredes e árvores mal visíveis nos terrenos vagos. Ouvi um ganido, dois gatos saltaram por cima de um portão e se refugiaram do outro lado. De uma vegetação próxima à encosta, um uivo varou a noite, calou-se, e o silêncio voltou a se fechar em volta. Latidos distantes subiam a encosta, produzindo um eco espalhafatoso.

Avistei a torre da igreja Santo Inácio sobressaindo-se da curva adiante e acelerei o passo. No largo do Hospital, parei. O relógio marcava uma hora. Virei, enxergando dois vultos rentes às paredes, próximos à lombada da curva. Eram seguidos por um cachorro magro cujo focinho grudava-se no calcanhar do mais baixo. Lá embaixo, atrás da curva do Cotovelo, estendia-se a praça 15 de Novembro. Casarões cinza e negros mergulhavam na noite com a avidez de leprosos escondendo-se da luz. Senti uma enorme tristeza.

Um marulhar de ondas na praia chegou aos meus ouvidos. Do lado contrário, ouvi o cricrilar de grilos alongando-se pelo mato que invadia o calçamento quebradiço da rua. Sapos, espalhados em toda a encosta, bebiam ávidos a escuridão, respondendo aos grilos em roncos repetidos como um chamado lúgubre a todas as criaturas da noite. Um cachorro passou por mim e sumiu num beco. Alcancei a travessa São Sebastião e parei encostado num dos pilares do portão da velha fortaleza. Não havia casas à volta e não precisei esperar muito. Um ruído denunciou dois vultos saindo da rua do Castelo e lá estavam os cocheiros diante de mim.

Caminharam na minha direção, exibindo na meia risada o propósito de violência. Vai e Vem destacou-se do companheiro, adiantando os passos. Perpassou a vista sobre mim formando uma risada má, os lábios contraíram-se num rosnado surdo, próprio do lobo que acabou de encurralar a ovelha. O companheiro ladeou-o e deslizou para o meu lado. Vai e Vem fez um gesto de braço na sua direção, e ele se imobilizou. Falou:

— Vosmecê devia ter passado o dinheiro no largo. Não estaria aqui agora.

"Vamos, aproxime-se", penso numa ordem de comando. "Seu amo manda-o caminhar para o abismo do inferno, e você não pode recusar."

Ele fixou-me o olhar insolente. Tirou o chapéu e depositou-o com cuidado no chão, como um cavalheiro, esperando resolver tudo em poucos segundos. Olhou à volta, certificou-se de que não havia mais ninguém. Sem pressa, saboreando cada movimento que o conduziria ao desfecho esperado, puxou uma faca da cintura e exibiu-a ao clarão da lua. Dando um passo avante, assemelhou-se à figura do guardião da morte materializado da noite misteriosa da montanha, e esperei que se desfizesse no ar frio e na claridade da lua que rasgava a escuridão. Atacou sem esperar resistência, certo de encontrar uma superfície tênue e passiva à espera da faca. Lembro-me de ver, a uns dez metros à direita entre os arcos da antiga cadeia, um gato correndo de um cachorro. O gato seguiu a muralha que vinha até o portão, não conseguiu pular. Acuado, crispou-se soltando um chiado. O cão recuou. Sem esperar o adversário recuperar-se, o gato pulou e escalou os tijolos da parede. Lá de cima, parecia rir da frustração do perseguidor.

Quando Vai e Vem avançou a faca, fiz um rápido movimento com o corpo, segurei-lhe o punho e torci. Ele mal teve tempo de expressar espanto. A faca caiu numa pedra do pavimento e deslizou com um ruído metálico. Torci-lhe o braço, ouvi um estalar de ossos, ele gritou, joguei-o de encontro à parede, bati sua cabeça contra a pedra. Ele desmaiou e deixei-o inerte no chão, para me voltar ao companheiro.

O outro quis recuar. Não lhe dei chance. Pulei sobre ele com a fúria de uma onça faminta. Deu um pinote tentando me jogar para o lado, mas eu o tinha bem preso. Enfiei a boca no pescoço gordo e mordi com força. Arranquei um naco de carne que mastiguei e cuspi. Ele não conseguiu sequer gritar. Eu tinha o seu pescoço preso nas mãos e torci, quebrando-o. Voltei a enfiar os dentes na carne e arranquei mais um pedaço. Sangue inundava-lhe o corpo, e um jorro atingiu o meu rosto espalhando-se na camisa. Parecia uma bica estourada jorrando sangue. Ao desabar no chão, não passava de uma pasta de carne.

Ouvi um gemido, Vai e Vem moveu os braços. Seus olhos fixaram-se em mim e então no companheiro. Compreendeu o que o esperava. O rosto retesou-se e parei maravilhado com a inesperada exibição de desespero. Enxerguei flutuando em suas pupilas dilatadas, como uma presença imaterial, um vulto tênue e esbranquiçado produzido da frágil materialização do pânico, a chegada da morte. Ali estava tudo o que eu buscava. Olhei-o estupefato, receoso de perder os detalhes que anunciavam o fim de um homem. A sensação foi idêntica à de um conquistador diante do Eldorado a cuja busca dedicara a vida. O fulgor do delírio em seus olhos agonizantes atordoou-me como os primeiros brilhos da aurora. A morte em seu total esplendor, pensei, lá estava ela. Se pudesse prolongar o momento pelo resto da vida! E por um nada, um acidente que poderia nunca ter ocorrido.

Ele deu um salto, mas segurei-o antes que escapasse. Quis gritar por socorro, engasgou-se. Agarrei-o pelo pescoço e apertei-o com lentidão, sentindo o prazer voluptuoso de uma cobra contraindo os músculos sobre o corpo da vítima. Ele abriu a boca. Em vez de grito, soltou um esguicho de sangue seguido de um estertor. Quando cessou de se debater, eu tinha os olhos fechados como a concluir um ritual religioso. Percebi que o grande engano cometido até ali fora apreender a morte apenas com os olhos, quando somente a união de todos os sentidos teria capacidade de materializá-la.

A sensação e o gosto de sangue espalharam-se pela minha boca, penetraram a garganta e se derramaram lá dentro. Extravasaram de mim como um jorro de luz, espalharam-se pelo ar, cobriram as ruas e pairaram pela noite com o brilho dos dias extintos.

Um estalido desviou-me do êxtase e virei o rosto, deparando-me com uma menina magra vestida em roupas velhas. Havia presenciado o episódio por trás de umas ruínas a poucos metros. Olhava-me com uma expressão de terror. Caminhei na sua direção, ela não se moveu. Permaneceu estática diante de mim, embrutecida pelos acontecimentos testemunhados.

Foi a minha vez de recuar. Algo, como se me enxergasse metamorfoseado num ser degenerado diante dos meus próprios olhos, algo me envolveu, e centenas de vozes gritaram simultaneamente em meus ouvidos. Quis explicar-lhe que estava enganada, em seu lugar enxerguei minha jovem prima Felícia olhando-me acusadora, e balbuciei um pedido de desculpas. Saí correndo, sentindo o medo dela apossar-se de mim. Fora denunciado no mais profundo das minhas vergonhas como se um ato íntimo, de inconfessável maldade, fosse presenciado pela mais inocente das criaturas. Alguém que eu não poderia profanar.

Desci o morro em desabalada carreira. Tropeçava nos ressaltos das pedras do pavimento, caí, levantei-me e prossegui a corrida até embaixo. Só na rua da Misericórdia percebi o meu estado. A camisa banhada em sangue, não saberia o que fazer se me deparasse com alguém. De resto, parecia um molambo dos que dormiam na calçada. Felizmente àquela hora a rua estava deserta.

    Encolhi-me dentro da sobrecasaca e caminhei na direção do Flamengo. Lavei-me na praia, esfregando as manchas de sangue que me cobriam. Em casa chamei Tibúrcio e mandei-o livrar-se das roupas. Ele não fez perguntas e caí na cama. Entrei num desses estados de catalepsia e só recuperei os sentidos cinco dias depois.

9

Ao contrário da morte da prostituta, os jornais noticiaram com alarde o assassinato dos dois cocheiros, cujos corpos foram encontrados próximos ao portão da fortaleza no morro do Castelo. Pescoços dilacerados, pareciam ter sido atacados por uma fera solta pelas ruas da cidade. A polícia, desorientada, procurava testemunhas, nada encontrando nas imediações, a não ser uma menina de dez anos que dormira na rua. Tomada de amnésia em consequência do choque, não prestou informação. Os pais perceberam que ela não estava em casa de manhã cedo e acharam a pobre sentada diante dos cadáveres. A polícia aguardava sua recuperação nos próximos dias.

As interrogações não demoraram a se multiplicar, sendo a maior parte disparatada. O jornal *O Malho* lançou a hipótese de estar entre nós o célebre assassino Jack o Estripador, que aterrorizara as ruas de Londres anos atrás e cuja identidade permanecia desconhecida. No final da matéria, aduzia a possibilidade de ter ele aqui chegado atraído pelas anunciadas reformas em realização na cidade que a Europa acompanhava com muito interesse. A *Revista da Semana* expunha na primeira página fotos das vítimas cobertas por um pedaço de pano. *O Paiz* deplorava a brutalidade dos crimes, afirmando ser tal atrocidade de autoria de um selvagem. A *Gazeta de Notícias* chamava a atenção das autoridades para o policiamento das ruas, insuficiente para proteger a integridade dos cidadãos obrigados a trafegar de noite por lugares escuros e desertos, entregues à sanha de vagabundos que dormiam nos becos. Acrescentava: "Enquanto na Europa as ruas são iluminadas por lâmpadas elétricas, nossa cidade ainda o é, em quase a totalidade, por bicos de gás ineficientes e insuficientes para as necessidades atuais." De resto, crimes como este demonstravam já não sermos um porto insignificante perdido no oceano, desconhecido na maior parte do mundo civilizado, que as pessoas evitavam devido à sujeira e às pestes. Tais crimes, praticados até aquela data somente em grandes metrópoles como Londres, Paris ou Nova York, demonstravam o grau de importância que havíamos atingido. Aproveitava para fazer uma ressalva à administração Pereira Passos, o "Bota-abaixo", cujos esforços enterravam a velha cidade dos tempos coloniais, transportando-nos para o novo século. Outros jornais faziam conjecturas diversas, das quais a mais comum era alguém conduzir de noite uma fera domesticada que atacava à ordem do dono. O Zoológico, adiantando-se às suspeitas lançadas pelos jornais, declarou que nenhum animal encontrava-se desaparecido de suas dependências. Concluíam com uma recomendação da polícia, pedindo a todos os cidadãos que denunciassem, caso observassem a presença de animais selvagens ocultos em casas das vizinhanças.

Também não faltaram alusões à presença de vampiros e zumbis na cidade, aconselhando-se à população não sair de casa de noite, a não ser em grupos.

Segurando as folhas do jornal com as duas mãos, sacudi-o tentando afugentar uma formiga. Não consegui e atirei-a para fora com um piparote. Não queria matá-la e desferi o golpe com cuidado. Não tive o cuidado suficiente e esmaguei-a sem querer. Permaneci imóvel, o olho fixo no minúsculo cadáver, experimentando em algum lugar do meu cérebro um pesar desconhecido por uma morte que não seria noticiada pelos jornais. E assim extinguiu-se uma vida. Vida sagrada como todas, mas morreu sem dor, sem mágoas, sem prantos ou rezas, sem declarações da polícia. Morreu como morreria uma folha seca no chão pisada inadvertidamente por um sapato anônimo. Dobrei as folhas, coloquei dentro a formiga, e joguei-as no lixo.

A polícia identificou os dois cadáveres. Pertenciam a cocheiros de tílburis com ponto na antiga praça do Rocio, agora Tiradentes. Os companheiros reconheceram Manuel Vai e Vem, concordando tratar-se de homem turbulento e arruaceiro, tendo na mesma noite agredido um cidadão que passava pela praça a caminho dos cafés. Interrogados sobre a identidade do agredido, não souberam oferecer indicação. Sabiam apenas ser um homem bem trajado, barba negra e bem-apessoado. A polícia fazia um apelo a quem quer que fosse o agredido pelo cocheiro que se apresentasse. Esperavam que detalhes em comum, comparados nos poucos testemunhos obtidos, produzissem o retrato do assassino. Não é preciso dizer que o tal cidadão nunca se apresentou.

A associação entre os crimes do morro do Castelo e as obras de modernização do prefeito, prejudicadas estas últimas pela resistência de moradores retrógrados (de uma forma geral, os atingidos pelas demolições), tornaram-se as evidências mais visíveis dos novos tempos.

Nessa época, eu frequentava a Bolsa do Comércio de Café no número 2 da rua General Câmara, onde vendia as sacas que vinham da fazenda Ferreirinha. Familiarizado com o comércio de café de maneira geral e com a Europa, em particular, falando inglês e francês, além de cuidar de minhas próprias vendas, servia de intermediário nas transações alheias, tornando-me conhecido no meio.

O lugar possuía um nome suntuoso, mas o ambiente, enfumaçado de poeira e fumaça de charuto, criava uma atmosfera triste e sonolenta que amortecia o vigor dos negócios ali tratados. As paredes eram nuas, a pintura descascada e enegrecida, os móveis velhos e quebrados. Mesas e cadeiras em total desordem obstruíam o caminho. Volta e meia alguém tropeçava num objeto fora do lugar, gritava e injuriava. Sacas de café amontoavam-se numa sala contígua. Havia um balcão que se alongava por uma das paredes, terminando embaixo de uma janela que dava para a rua. Em meio a esta paisagem morta, homens em trajes amarrotados moviam-se como sonâmbulos. Abancavam-se pelas mesas, esfregavam a testa de suor, tiravam papéis das algibeiras abarrotadas, espalhavam-nos pelas mesas entre pedaços de pão e xícaras de café. Vestiam cartolas de seda, sobrecasaca e camisa de linho. A aparência, no entanto, denunciava tudo o que se escondia por dentro de roupas suntuosas. Rostos macilentos, barba por fazer, cuspiam no chão com frequência, passavam a mão no nariz praguejando mais do que se ouvia no mercado da Candelária. Na porta alguém gritou que precisava de tantas sacas para embarcar no vapor de amanhã, e diversos vultos levantaram-se das mesas. Três ou quatro homens de cabelos brancos e ralos sentavam-se separados dos outros, acompanhando as ofertas com aparente desinteresse. O burburinho das conversas aumentava e às vezes se transformava em gritos. Empregados em mangas de camisa entravam pela porta da rua carregando sacas nos ombros. Andavam sem rumo, esbarravam nos outros, trocavam resmungos. Para o meio-dia, o calor tornava-se insuportável, formando círculos de suor na camisa de todos. De vez em quando o empregado de um bar em frente trazia pães e café, entregava-os e saía. Ninguém se dava conta da pesada atmosfera de mal-estar, só tinham olhos para os seus negócios e o seu dinheiro.

Entre os negociantes da Bolsa, distinguia-se um homem encorpado de cerca de 55 anos. Impecavelmente vestido e com uma maneira afável de conversar, possuía grandes suíças, bigode e cavanhaque grisalhos, mãos polpudas. Sentou-se ao meu lado:

– Observo que o amigo faz muitas vendas de café.

Expliquei-lhe que, além das minhas sacas, representava outros comerciantes devido à familiaridade adquirida com os estrangeiros nos anos vividos em Paris. Ele fez um gesto de aprovação e permaneceu pensativo recostado na cadeira, observando alheio vendedores e compradores acertarem preços. Apesar de não vir ali com frequência, não parecia estranho ao comércio de exportação. Exibia dignidade, risonho discernimento de um homem para quem nunca houvesse motivo de admiração ou espanto nos episódios presenciados.

– Morou em Paris – repetiu como se necessitasse da própria voz para uma afirmação alheia tomar foro de verdade.

Durante os minutos seguintes, continuou abstraído em reflexões, e já nem me lembrava termos trocado duas palavras, quando retomou a conversa:

– Estive em Paris... – Tossiu. – Diversas vezes. – Voz abafada como a partilhar comigo de um segredo que a ninguém mais caberia. – Que diferença entre uma grande metrópole e a nossa acanhada Sebastianópolis – concluiu com uma risada condescendente, deixando claro que éramos representantes de outra civilização, por um acaso deslocados para um canto perdido do planeta.

Concordei com tudo o que dizia, sem, no entanto, corresponder à sua loquacidade. Desde que chegara ao Rio de Janeiro, mantinha uma conduta discreta, diria reclusa, não cultivava amizades e restringia-me a conversas comerciais. Uma vez concluídos os negócios, ia embora e não encontrava nenhum dos parceiros da Bolsa fora de lá. Respondia ao que me perguntavam com cortesia, não passava daí.

– Meu nome é Aníbal de Barros, comerciante e exportador – falou com um brilho intenso dos olhos que transpareceu bondade, mas que parecia esconder um trunfo que apresentaria no momento certo ou quando usufruísse uma vantagem qualquer. Estendeu-me a mão e apertou a minha com força, demonstrando, num gesto involuntário, tratar-se de homem de determinação, formado em outra praça que não a nossa encolhida sociedade (como falou). Completou com uma risada familiar. – Formado nos tempos do Império. Sou conservador, guardo as lembranças com uma estima pessoal.

Preveni-o de que os preços do café estavam caindo, desde que as fazendas do oeste de São Paulo passaram a produzir. E deveriam cair mais no próximo ano. Ele não se importou. Preços subiam e desciam, era de se esperar. Se os preços não variassem, o lucro diminuiria. Falava com segurança, demonstrava domínio do assunto.

Tinha uma face irregular, cheia de ângulos, nariz curvo e grosso, sobrancelhas espessas que passavam o tempo a unir-se num único tufo com os constantes meneios de testa. A cabeça balançava de um lado para outro e a impressão era de que possuía vida independente do resto do corpo. O sorriso tímido expressava modéstia que as palavras pomposas desmentiam. Os olhos melancólicos olhavam para mim reticentes, volta e meia alheavam-se voltando para dentro de si. Possuía um título de visconde do Império. Os amigos chamavam-no Conselheiro e, como por acaso, revelou que possuía também uma comenda da Ordem de Cristo, dignitário da Ordem da Rosa, além de ser membro do Instituto Histórico e Geográfico na época do Imperador. Bem, nada disso significava mais nada, os tempos eram outros. Não dava importância a títulos de um regime extinto, considerava-se homem dos novos tempos, mas falava deles com orgulho.

Não levou muito tempo para se familiarizar com os outros negociantes. Chamava-se, a si próprio, homem de compras e de vendas. Exibia o sobretudo com o rigor de um *parvenu*. Conversava com cada um, interpondo entre as palavras uma ou outra exclamação em francês, pela qual se apressava em se desculpar. Se pretendia criar admiração no ambiente, teve pleno êxito. Ao falar demonstrava uma simpatia fraternal que se transformava em eloquência. Cativava as pessoas com facilidade. Misturava assuntos comerciais com lembranças engraçadas. Tornou-se conhecido.

Quando saí, me chamou. Puxou o seu Pateck Phillipe da algibeira e olhou-o sem dar a crer que manuseava uma preciosidade:

– Cavalheiro, sr. Afonso, também estou de saída. Que tal caminharmos juntos?

Assenti e saímos da Bolsa de Café. "Homem de compras e vendas", falou baixo, repetindo a alcunha para mim e para si próprio. Explicou o seu negócio. Possuía muito dinheiro, comprava mercadorias e as revendia fora do Brasil. Especulava com o câmbio. Completou em tom de gracejo, casava os pontos. Fazia negócios entre cavalheiros e deixou a afirmação vaga de propósito. Expliquei-lhe que gostava de negócios mais simples, plantava café na fazenda, trazia-o em sacas para o Rio de Janeiro, vendia-as. Em outros negócios, agia como intermediário, as regras eram claras:

— Vendo por mais do que pago. Esta é a matemática.

Ele me dirigiu uma risada presunçosa:

— Matemática, claro. Ninguém discute os princípios. Não falo em subtração, meu caro Afonso. Falo em multiplicação. Pega-se um valor, multiplica-se por um número, digamos dez, bem, chega-se a uma cifra assaz interessante. Não gosto de números modestos.

Era mais baixo do que eu, cabelos louros e encrespados que raleavam próximo à testa, deixando exposta uma calva brilhante quando retirava a cartola. Encorpado pela idade, não chegava a ser gordo, rosto flácido em que despontavam os primeiros sinais da velhice. Os olhos, ágeis e brilhantes, fixavam-se em alguém como se o vasculhassem em busca de segredos insignificantes. Por outro lado, retirando-se a arrogância exibida em gestos e sorrisos preparados, revelava um caráter paciente e bonachão.

— Sabe, sr. Afonso, quero dizer, Afonso, não penso que os amigos devam se tratar por termos cerimoniosos; há certa distinção nos modos de alguns homens que os distingue dos outros. Foi o que me chamou a atenção em você. — Olhou-me com um discreto sorriso de reconhecimento. — Não é à toa que serve de intermediário para outros. Quando o vi, pensei cá com os meus botões, eis um homem com quem se deve fazer negócio. Perdoe-me se lhe pareço presunçoso. Em minha experiência, aprendi a conhecer os homens.

— E nunca se enganou?

— Enganos se cometem, naturalmente. Digamos que nunca me enganei muito. Para ser franco, Afonso, os homens não são muito diferentes em qualquer lugar do mundo. Claro que Paris ou Londres são escolas superiores à nossa modesta Sebastianópolis. Mas, como dizia, aparência vem em primeiro lugar. Um cavalheiro... como nós dois, quero dizer... se identifica pelas roupas, pela maneira de usá-las. Hoje você vê os homens vestidos em calças e camisas fabricadas pela indústria, sem um mínimo de personalidade, sem qualquer requinte. O que pensa deles?

Fez uma pausa, esperando pela resposta. Falei:

— Para ser franco, Aníbal, nunca me interessei tanto pelos homens a ponto de prestar atenção no vestuário.

Ele riu como se acabasse de ouvir um dito de espírito. Continuou:
– Você morou em Paris, não pode estar tão alheio. Eu só uso calças confeccionadas no Almeida e... veja, sapatos no Incroyable. Sou conservador, por isso guardo o título de Conselheiro. – Lançou-me um olhar severo que logo se desfez. – Bem, não quero encher os seus ouvidos com fanfarronices. O que quero dizer, Afonso, é que as roupas revelam o que queremos, não o que somos. É o que vai diferenciar os homens de ambição da plebe nos próximos anos. A maior parte dos homens não vai passar de máquina.

Continuamos a caminhar e fomos parar na rua Uruguaiana, num trecho em demolição. Do lado direito, operários da Prefeitura quebravam paredes das casas, enquanto outras já não passavam de ruínas jazendo por terra. Todos os lugares da cidade, atingidos pelas demolições, apresentavam o mesmo cenário. Rodas de homens, mãos cruzadas às costas, assistindo entre risadas à lenta destruição; carroças enfileiradas à espera do material demolido, um ou outro proprietário de imóvel destruído maldizendo o prefeito. O ar denso de caliça espalhava-se pelos quarteirões como uma nuvem impregnada de resíduos amargos.

Interrompendo os passos diante de uma sequência de ruínas, falou fascinado:
– O que pensa disso?

Fez a pergunta pensativo, como numa reflexão, sem esperar resposta. Parecia mergulhado em pensamentos profundos, dos que não toleram interrupções. Continuou:
– Chamo de progresso. Não podemos nos sensibilizar por causa de pobres viúvas que perdem o teto. O progresso não é sentimental. Mesmo em nosso canto do mundo, tão acanhado e distante da Europa, não podemos nos furtar ao sopro da civilização.

A palavra sopro não foi empregada como metáfora ou demonstração de orgulho presunçoso. Sopro foi o que levamos na cara quando uma parede desmoronou em bloco, espalhando pó como uma onda do mar chocando-se contra as rochas. Provocou um coro de tosses transmitidas dos mais próximos às obras aos mais distantes, ao modo de uma corrente elétrica como ouvíamos falar tanto naqueles tempos repletos de novas descobertas. Aníbal tirou um lenço do bolso e protegeu boca e nariz. Não rápido o suficiente para que o rosto não recebesse detritos lançados pela parede destruída.

Abriu os braços, num gesto de comando idêntico a um maestro diante da orquestra:

— Melhor sairmos daqui. — Caminhamos pela transversal, em direção à Gonçalves Dias.

Paramos num balcão do café Papagaio, e ele pediu duas xícaras. Um papagaio passava o dia empoleirado, gritando vitupérios como no mercado da Glória. Curiosos amontoavam-se estimulando a ave a exibir o seu vocabulário sujo. Afugentava as senhoras a caminho da rua do Ouvidor.

— Os romanos diziam: ou você segue a marcha dos tempos ou eles o arrastam. As casas demolidas nem quartos de banho têm. Não sei se reparou nos baldes de excrementos entre os tijolos. Se não derrubarmos tudo, seremos uma enorme latrina. — Fixou os olhos em mim, observando de que maneira eu reagia à exibição plena de seu espírito.

— Sabe por que preferi o Rio a Paris? — perguntou-me em caráter confidencial. — Porque esta cidade está sendo transformada. Como Paris por Hausmann. Sabe o que era Paris poucas décadas atrás? Um punhado de vielas sujas atulhadas de vagabundos como a nossa cidade. — O papagaio interrompeu-o com uma obscenidade, provocando uma risada coletiva.

— Ouviu falar em Darwin?

Ele me olhou intrigado e irrompeu numa risada larga:

— Claro, sei o que quer dizer. Fortes engolindo fracos. Sim, tem razão, Afonso, tem toda a razão. O que acontece na natureza, acontece da mesma maneira em nossa civilização. Os fortes, claro, toda a razão. — Parou com uma expressão iluminada. — Somos os fortes, caro Afonso, somos o futuro desta cidade.

Ele não entendeu o significado de minhas palavras. Só citei o nome do cientista porque ele tinha passado pelo Rio de Janeiro e devia ter pensado no assunto ao caminhar por nossas ruas. Também associada à observação, senti um gosto agridoce de substâncias apodrecidas como acontecia ao sentir vontade de matar. Imaginei o seu cadáver estendido num caixão luxuoso ornamentado de desenhos prateados, e sorri. Eis como morrem os grandes homens, pensei mais uma vez lembrando Darwin. Por que Darwin? Poderia ser qualquer outro, foi o primeiro nome, só isso. E então a visão foi substituída por um cadáver retalhado atacado por um animal selvagem que lhe arrancasse nacos de carne, executando com eles um ritual de sangue. Observei seus olhos iluminados com o brilho inocente dos que têm as conquistas asseguradas e cobri-os com o fulgor febril dos moribundos da peste. O que sentiria ao se ver diante da morte, ao pensar que não veria as nossas ruas transformadas em exuberantes bulevares? Naturalmente ele não entendeu e me senti culpado como se, na repetição de um exercício autoimposto para conter os impulsos monstruosos, me tornasse prisioneiro da minha fraqueza. Voltei os olhos a mim próprio, pensei que não existe limite para o sofrimento que se pode causar a alguém. Teria ele a mais remota ideia do homem que o acompanhava? Certamente não. A monstruosidade é um abismo insondável. Acreditei que já atingira o fundo e mal passava da superfície.

Deixamos o café e caminhamos pela Gonçalves Dias. Não havia demolições nesta última e respiramos com alívio. Pouco mais à frente nos deparamos com um buraco no chão em que havia um coqueiro plantado para sinalizá-lo.

— Solução nova para problemas antigos — falou entre risadas.

Convidou-me para entrar na Colombo, para dois dedos de prosa. A porta se abriu e passamos pelo empadário, um balcão de ferro e cristal dentro do qual colocavam-se as iguarias que os garçons serviam aos clientes. Tabuleiros, vitrines de doces e confeitos coloridos, espelhos, lampadários, o requinte de uma sociedade elegante que se sobressaía com as demolições. Rodeou-nos um enorme salão em que se respirava um ar filtrado da caliça que cobria a cidade. Apontou uma roda de homens ocupando uma mesa a poucos metros da entrada. Dirigiu-se para lá e foi recebido por uma risada alegre. Um homem gordo e alto, rosto vermelho, bigode farto, levantou-se da mesa fazendo-nos um gesto largo. Tomou a nossa direção. Falou com um vozeirão de gigante prestes a cair numa gargalhada:

— Eis quem acabou de chegar, o conselheiro Aníbal de Barros!

Apertando a mão do recém-chegado com força, o estranho dirigiu-lhe uma risada infantil. Os olhos brilharam com intensidade, refletindo a profusão de espelhos e cristais que cobriam a confeitaria.

— Sr. Emílio de Menezes — apresentou-me ao estranho que se virou para mim e apertou a minha mão com uma força inesperada.

Emílio de Menezes apontou os companheiros na mesa e um deles afastou-se, abrindo um espaço na roda. Duas cadeiras foram trazidas de uma mesa vizinha pelo Lagosta, um garçom manco muito solícito. Antes de sentarmos, Aníbal apresentou-me aos demais componentes da roda. À medida que ouviam pronunciados os nomes, dirigiram-me acenos de cabeça:

— Sr. Olavo Bilac, sr. Guimarães Passos (Guima), sr. Bastos Tigre, sr. Pedro Rabelo, sr. Plácido Júnior, sr. Gonzaga Duque.

Sentamo-nos e Emílio retomou o assunto que a nossa entrada interrompera, com uma risada maliciosa:

— E para que é que eu preciso ir a Paris? Tenho toda a França a poucos quarteirões. — Referia-se à rua do Ouvidor. — Já falaram português lá? Arriscam-se a não ser compreendidos.

— Emílio, chama-se falsificação de Paris — retrucou Bastos Tigre entre as risadas que o comentário do companheiro provocou. — Falo de Paris de verdade, não um arremedo pobre para arrancar dinheiro dos tolos.

— Ora, não existe Paris de verdade — retrucou Emílio de Menezes com brusquidão, substituindo a expressão juvenil por um olhar sombrio, quase irritado. Concluiu: — Paris é um sonho onde Bilac procura inspiração para os seus versos. Paris começa com um soneto de Bilac e termina aí. O resto é uma cidade elegante. Como será a nossa própria quando o prefeito terminar as obras.

Olavo Bilac corou, emitindo uma risada muda. Alto, magro, vesgo, muito tímido, parecia a antítese de Emílio de Menezes. Diante da exuberância do amigo que agia na mesa como um superior hierárquico, ele encolhia-se, ocultava-se. Tornava-se invisível à medida que o outro se fazia mais presente.

— Ouviram falar de um círculo fechado? — falou Guimarães Passos, o Guima, com um riso malicioso. — Vou lhes dizer o que é. Começa aqui na Colombo, passa pelo café do Rio, duas horas depois está na *Gazeta de Notícias*, dá a volta pela Pascoal, às vezes passa pela rua Itapiru, se não está muito tonto. Ou a drogaria Janvrot na rua da Quitanda. Por fim, cá está o nosso Emílio de volta! — Risadas.

Emílio tinha uma garrafa de Chablis do lado que empunhava com frequência, enchendo o copo seguidas vezes. A bebida não lhe causava efeito aparente, à exceção do rosto que se tornava vermelho e os ossos que pareciam romper a pele e flutuar na superfície como resquícios de naufrágio. Os outros tomavam parati e cerveja, à exceção de Bilac, que experimentava uma profunda desolação ao observar os outros movimentando os copos sem o menor gesto de resguardo.

Aníbal interveio na conversa:

– Existe algo em Paris, Emílio, que você não encontrará em lugar nenhum – falou de maneira respeitosa, num tributo implícito prestado ao boêmio e poeta que reinava na confeitaria como um imperador. – Já teve oportunidade de experimentar os *eclairs*, *petits fours*, sonhos de creme... – Fazia uma alusão bem-intencionada à conhecida gula do amigo. – E não paro aí. Ouviu falar dos pães de centeio mal saídos dos fornos, com alho e manteiga? Queijos dinamarqueses...

– Pare, pare – interrompeu-o Emílio com um gesto imperioso. – O que pretende? Quer me torturar? Espere ao menos esvaziar o Chablis um pouco mais.

A observação, no início raivosa, terminou numa profusão de gargalhadas, envolvendo toda a roda.

Trocando um olhar rápido com o Conselheiro, chamou o garçom pedindo uma travessa de salgados e salame, muito salame. Aníbal acompanhava a conversa dos literatos com a vaidade muda de um mecenas contemplando a obra recém-acabada de um artista colocado sob a sua proteção.

– Não é só o nosso Bilac que sonha com Paris – replicou Plácido Júnior –, o Guima também não se importa de viver em Paris. O mais importante, no entanto, é morrer lá. Não é mesmo, Guima?

Guimarães Passos mexeu-se inquieto e emborcou o resto de parati. Estendeu a mão e fisgou uma empada da travessa que o Lagosta acabava de depositar na mesa.

– Não sou como o Emílio ou o Bilac. Faço versos apenas para me distrair. Sou como os outros homens, mortal – ressaltou o significado da última palavra, numa ênfase irônica aos dois citados. – Quando sonho com um lugar, quero conhecê-lo, tocar nas paredes, respirar o ar e dizer: estou em Paris. Pegar um tijolo, uma pedra, levar comigo. Se não, nada significa. Para mim é importante porque... bem, não estou vendendo saúde.

Suas palavras fizeram os outros recuarem nas cadeiras. Soube depois que, atacado de tísica, a esperança de viver muitos anos era bem reduzida.

– Creio que o Afonso pode falar de Paris – observou Aníbal, apontando-me com um sorriso de admiração. – Ele viveu mais de dez anos lá. Diria que é mais francês do que brasileiro. Ao menos no refinamento. Por isso fiz questão de trazê-lo à roda artística mais importante da nossa Sebastianópolis.

Todos acataram suas palavras com expressão obsequiosa. Exibiam uma deferência respeitosa pelas palavras de quem, tudo levava a crer, ajudava-os nas frequentes situações de apuro financeiro.

– Certamente – complementou-o Plácido Júnior –, qualquer um que cause admiração ao Conselheiro será acatado em nossa humilde roda.

– Outro dia encontrei o Braga sujo de lama e perguntei o que aconteceu – interpôs-se Pedro Rabelo. – Respondeu que tinha esbarrado na alma do Emílio.

A observação provocou uma gargalhada uníssona da roda, à exceção do próprio Emílio, que respondeu de má vontade:

– Ele me abordou completamente bêbado. Queria me arrancar dinheiro. Vocês sabem como fica nessas horas. Bem, dei-lhe um empurrão. Não foi com força, não pretendia, mas aquilo parece algodão. Qualquer piparote e ele voa. Escorregou e caiu numa poça de lama.

– Certamente ele fez parte das rodas de Émile Zola em Paris – falou Gonzaga Duque, referindo-se a mim.

Não comentei a observação.

– Pode-se dizer – complementou Bilac, pensativo – que o Émile francês amedrontava os compatriotas tanto como o nosso Emílio aqui.

Emílio sorriu e não soube se ele tomou a observação como cumprimento ou simples condescendência.

– Se querem saber – o boêmio interrompeu as risadas que salpicavam na mesa –, nada existe de comum entre mim e o Zola. A não ser, claro, o nome. Em primeiro lugar, não me interessa a imortalidade. Nunca vão me pescar para a Academia. Quero passar a minha vida aqui, entre bebidas, petiscos e conversas de amigos. De manhã em casa, cuidando das flores e dos cachorros. A vida só me interessa pelo que eu puder viver...

– Viver – interrompeu-o Guimarães Passos. – O poeta escreve mais sobre a morte do que sobre a vida. Quem não se lembra de "Poemas Fúnebres" ou "Olhos Funéreos"?

– Para ser franco – interpôs-se Plácido Júnior – ao ler "Poemas Fúnebres" tive a impressão de que o nosso poeta apaixonou-se por uma freira.

Emílio de Menezes fuzilou-o com um olhar de pedra, congelando nos lábios as risadas. Com uma calma fria pescou um salgado na mesa, enquanto enchia o copo com o Chablis. Chamou o garçom e pediu uísque. Falou como se voltasse de um longo caminho, mal saído das reflexões:

— O que é vida e o que é morte não importa. Importa que se fale o que se sente. Estou vivo, pode-se dizer, porque não curvo a cabeça para nenhuma obrigação que não esteja de acordo com a minha sensibilidade, porque falo da morte como se falasse de uma amante. Todas as vezes que começo um poema, lembro as palavras de Tolstói. Queria que fossem minhas. "Luz, eis o teu funeral!" Olhem — recuperou parte do bom humor —, os únicos tempos em que tive muito dinheiro foi no encilhamento. Ali sim, vendia-se papel velho por uma fortuna. Comprei landau, comprei roupas as mais caras. Passava dias inteiros nos bilhares. Todo mundo tem o direito de experimentar o gosto do dinheiro, ao menos uma vez na vida.

— Agora, pelo contrário — complementou Bastos Tigre —, restou-nos cavar a vida com os nossos humildes poemas. O que possui as suas vantagens. Se o Emílio não tivesse perdido tudo, nunca receberíamos os "Poemas Fúnebres".

— A quem querem enganar? — interrompeu-o o poeta. — Um bêbado com a língua ferina, pensam que não sei o que falam de mim? Moro com uma concubina na rua Itapiru, passo o dia na Colombo, meus poemas não têm emoção, são artesanais. Vivo numa cidade que está desaparecendo, quando a enterrarem, me enterrarão junto. Quanto a meus poemas, morrerão comigo. Quando não tiverem mais medo da minha língua, falarão a verdade sobre eles. Sabem o que sonhei? Tinha dois dentes de cascavel. Cada vez que dizia uma palavra esguichava veneno da boca.

Guima interrompeu-o:

— Toda vez que o Emílio bebe um pouco mais diz que vai envenenar os desafetos. Todo mundo sabe, metade desta cidade o odeia. O que fazer? Dois dentes de cascavel não bastam. Deveria comprar uma fábrica de veneno.

— Bobagem — interrompeu Plácido Júnior —, Emílio não precisa de veneno, ele faz epitáfios para pessoas vivas. Assim as enterra; vivas!

O boêmio tornou-se amargo, e a expressão dos companheiros da mesa refletiu a sua mudança. Exibiu uma gravidade que dominou a mesa.

— A cidade em que vivemos — interpôs Aníbal com cuidado — precisa de remodelação. Hoje não passa de um cercado de pardieiros e peste. Já tiveram a curiosidade de andar de noite pelos lados da Saúde ou da Misericórdia? Logradouro de vagabundos. Se não recorrermos à picareta, aí sim, desapareceremos nos becos.

— Vagabundos — contrapôs Plácido Júnior. — Não é o que somos também? Vivemos na pândega, para dinheiro sempre arranjamos alguém em quem enfiar a faca. Qual a diferença entre nós e eles? A nossa faca é metafórica e a deles não? Claro, temos o dom da inspiração, mas o que significa arte numa cidade de analfabetos?

— O tema do Emílio coincide com o tema da cidade — sugeriu Guimarães Passos. — Esta cidade está ficando muito sombria, triste, enfurnada. Teremos o suficiente de escuridão por toda a eternidade. Para que aqui também? Precisamos abrir a cidade para respirarmos, que outra maneira de acreditar que estamos vivos?

— Haverá a Grande Avenida — ponderou Plácido Júnior — com iluminação elétrica e largura de 33 metros. Já começaram as demolições no largo da Mãe do Bispo, na rua dos Ourives e na rua Chile. Será o que chamo salto no futuro. Quando pararmos de pensar que andamos pela Gonçalves Dias como a rua dos Latoeiros em que prenderam Tiradentes, direi que deixamos o passado para trás. Parece que de lá para cá nada aconteceu.

— Verdade, verdade — Olavo Bilac ponderou, experimentando um resto de empada que engolia com dificuldade —, concordo com tudo, salto no futuro. Sou contra nostalgia do passado, está na hora de nos livrarmos do excesso de coisas velhas e nos juntarmos à civilização. Tudo muito bem. Só acho que estão fazendo muita propaganda em torno da Grande Avenida. Nos mapas parece linda, no entanto o que vejo aqui são pardieiros encimados por compoteiras. Vivemos na cidade das compoteiras. O Rio de Janeiro será uma cidade maravilhosa. Nos sonhos dos cariocas, bem entendido. Aqui fora, continuamos mergulhados na imundície, nos corredores de um labirinto que nada tem de mitológico. O dia em que a Grande Avenida se concretizar, poderemos fazer como o Emílio, parar de sonhar com Paris e viver a nossa vida aqui.

— O que acha o nosso morador de Paris? — perguntou alguém, despertando-me de uma divagação suscitada pela observação de Olavo Bilac.

Fui pego de surpresa. De fato, uma cidade aberta e iluminada como queriam, em especial a abertura da Grande Avenida, não era o que me encantava os olhos. Pelo contrário, ali seria denunciado. Nada me ligava àqueles homens. Eles se ofereciam poesias e pilhérias para suportarem a vida. Eu lhes traria algo mais real, mais repugnante, eu lhes traria sangue. Alguém da roda suportaria o que eu tinha a apresentar? Falei:

— Pelo contrário, gosto dos becos, dos ambientes confinados. A avenida Hausmann, sinto dizer-lhes, não era o meu lugar preferido.

Emílio me olhou pensativo e contraiu os lábios num sorriso imperceptível. Os outros mal ouviram a minha resposta. Ele retomou a conversação:

— Quando acontecer o que estão prevendo, estaremos no outro mundo. — Emborcou o copo de uísque e fez um gesto para o Lagosta trazer um novo, com um olhar de esguelha ao Conselheiro. — Nós somos o passado, não compreendem? Quando jogarem tudo para baixo, seremos enterrados junto dos destroços.

Houve uma inquietação na mesa, denunciada pelos movimentos de braços e corpos ajustando-se nas cadeiras. Ninguém ousou contradizer a afirmação peremptória do boêmio e se contentaram em olhar uns para os outros à espera de uma instrução especial de alguém da roda.

— O que está acontecendo com você hoje? — interrogou Bilac. — De normal suas ideias mórbidas estão concentradas nos poemas, não na mesa da Colombo. Aqui se come e se bebe. Aqui não se fazem poemas, se graceja em rimas. Veja, até o Menelik assustou-se. — Apontou para o cão enorme deitado a uma pequena distância da mesa, que os olhava intrigado. Ouvindo o nome, o cão abanou a cauda sem alterar a expressão distante com que fitava o grupo.

Emílio tinha acabado com todas as empadas na travessa e fazia gestos impacientes ao Lagosta para renová-la. Pediu Bock-Ale para todos. Comia os salgados com sofreguidão, olhava-os com um brilho lascivo. Nunca se saciava. Tudo o que ouvisse dos outros seria engolido entre as empadas. Agitado, misturou uísque com água de coco e bebeu de um só gole.

Recostou-se na cadeira com um movimento brusco, abandonando o corpo às forças que o subjugavam. Circulou os olhos entre os companheiros, mantendo a mesma expressão interrogativa. Chamou o cão, passou-lhe a mão na cabeça com suavidade, sussurrou-lhe algo no ouvido, pegou uma empada da travessa e lhe deu. O contato com o animal livrou-o do ar macambúzio. Falou como se acordasse de repente:

— Ora, não deem importância aos meus excessos de neurastenia. Devo estar perto de alguma ideia nova. Já estiveram perto de mulher grávida, prestes a dar à luz? Bem... — Emborcou outro copo de uísque, fazendo novo gesto ao garçom. — Como falou o Bilac, vivemos num labirinto que nunca será mitológico. Deveriam isolar o quarteirão da Colombo e colocar uma placa, só para poetas. E não demolir nada. — Uma sombra perpassou-lhe o rosto. — Que lugar existiria para nós se não existissem homens como o conselheiro Aníbal? Talvez nos doassem um beco. Becos aqui não faltam.

— Tem toda a razão — aprovou Bastos Tigre —, deveriam isolar este quarteirão e chamá-lo a república da Colombo. Nós ditaríamos as leis aqui dentro. Emílio seria o presidente. Viveríamos para alimentar o espírito sem nos preocuparmos com as barrigas. Para estas haveria as empadas numa travessa mágica, nunca esvaziaria. Ao colocarmos o pé na rua não somos nada, não concordam? Quem aí fora leu os "Poemas Fúnebres"? O povo conhece Emílio pela língua ferina, os versos de motejo, observações irônicas, não é o que importa lá fora? O povo levanta da cama pensando onde buscar a comida hoje e dorme pensando em encher a barriga amanhã. Não podemos deixar de lado as nossas obras para nos preocuparmos com as barrigas.

— O que acha disso, Emílio? — interrompeu Guimarães Passos, provocador. — Acha que barrigas nada merecem dos nossos pensamentos?

Emílio não fez caso da observação. Novo gesto agitado ao Lagosta, pediu cerveja. O rosto avermelhado era devorado pelas sombras como se fosse aos poucos soterrado dentro de um pântano escuro.

— Ô Guima — a expressão voltou a se tornar carregada —, a minha barriga, eu cuido dela. Não penso que ninguém tenha de fazer reparos em mim. — Deu-se conta do que dizia. — Não liguem para mim. Fico assim sempre que tenho uma ideia para um poema e não consigo escrevê-lo. As demolições, devem ser elas, me deixam nervoso. — Olhou para o balcão, no fundo. — Lagosta, não pedi mais cerveja? Não sei como explicar. Acho que alguma coisa vai acontecer aqui dentro. — Apontou o indicador para a cabeça num gesto dúbio que significava uma ideia nova tão bem quanto um gesto suicida.

Aníbal movimentou-se agitado na cadeira como se o assunto ultrapassasse a sua compreensão e tolerância. Falou:

— Emílio, escute a palavra de um ignorante. Não sou poeta, nunca consegui juntar palavras e escrever uma frase bela. Considero a capacidade de vocês algo próximo dos deuses. Sim, deuses, mas não de Deus. Só se chega perto da Divindade através do desespero, mas não é o que queremos, somos humanos, todos nós, e o desespero nos amedronta. Às vezes vocês, poetas, têm de aproveitar o exemplo dos homens comuns para não tentar fazer o que só Deus é capaz porque só a Ele pertence a eternidade. Sabe o que me faz entrar em casa em paz? Realizar um bom negócio, saber que hoje fiz uma transação que aumentou o meu cabedal. Quando me sinto mal, penso em Ana Teodora. Você conhece o valor de uma mulher. Ela me faz sentir que sou o maior homem do mundo. E para isso não é preciso encomendar versos a ninguém. Não é onde tudo acaba, no final das contas? Neurastenias, desesperos; não termina tudo no amor de uma mulher a quem dedicamos o melhor que existe em nós?

A roda recebeu as palavras do Conselheiro com admiração. Viravam-se uns para os outros, comentando-as com acenos de cabeça e gestos de aprovação. As exceções eram Bilac, que exibia o mesmo alheamento mantido nas discussões, e Emílio, que batia com os dedos no tampo da mesa sem esconder a inquietação. Falou:

— Meu caro Aníbal — e a simples menção ao nome do Conselheiro produziu-lhe um efeito calmante, o rosto foi repuxado de um lado como se contraído por uma de suas gargalhadas estrepitosas. — Você fala muito bem para alguém que diz que um bom negócio é tudo o que podemos esperar da vida e que a poesia está lá em cima, nos domínios do criador. Não vou discutir o assunto, me parece pessoal. Esta mulher de quem falou, eu a vejo sempre quando embriagado. Se bebo demais, ela também se torna vermelha... como eu agora... e então se transforma num demônio. Sabe para onde ela vai? Para o cemitério. Aponta-me um túmulo e diz que, se me deitar com ela, me mostrará todos os prazeres a que os mortais aspiram em vão. Só existe algo no mundo que nos enche de paz, meu amigo, e não é o amor. É a morte. Você sonha com o amor, sonho impossível, eu sonho com a morte, e essa é real.

Outros falaram ao mesmo tempo, e o clima pesado da conversa amenizou-se. Alguém disse:

— Souberam da última do Emílio? Na festa de aniversário da esposa do Santana da prefeitura. Dizem que estava decotada. O marido apontou um quadro da Ceia do Senhor e lhe perguntou o que achava.

Calou-se, esperando que Emílio interviesse. Desistindo, concluiu:
— Ele falou que preferia o Seio da Madame à Ceia do Senhor!

A conclusão provocou uma gargalhada de toda a roda, da qual participou o próprio Emílio:
— Eu falei isso? Bom, bebi demais. Espero que o Santana tenha achado engraçado, do contrário não recebo mais convites para jantar. E, o caro Aníbal há de concordar, um excelente jantar vale por toda a poesia divina. — Concluiu com uma piscadela e um sorriso de malícia. Recostou-se na cadeira, exibindo a enorme barriga. — Com a vantagem de não pagarmos com o próprio pescoço nossa insensata intromissão nos assuntos divinos.

— Pois eu acho que o Emílio de dia se entrega à pureza das donzelas, e de noite só vê prostitutas e empestadas — interrompeu Guimarães Passos, ameaçando jogar o assunto de volta ao mal-estar anterior. — Ele se sente traído no amor-próprio, não é mesmo, Emílio?

Ao contrário do que a roda esperou com um silêncio súbito, Emílio recebeu a observação do companheiro com uma gargalhada:
— Tem razão, o nosso problema é não suportarmos ser traídos no amor-próprio. O nosso Machado tem um pensamento sobre o assunto, a teoria chama-se "Humanitas". Fala em batatas, muitas batatas. É possível que tenha tido a ideia ao me ver. Emílio de Menezes e suas batatas. Infelizmente, a sociedade não compreende os meus ditos com o mesmo espírito que eu os digo. Não que queira ofender alguém ao lhe dirigir um verso. Apenas pelo espírito em si. Como é mesmo que se diz em Paris? — Olhou na minha direção, sem me dar tempo de responder. — *Blague, blagueur*... O Machado graceja sem citar nomes, e eles o têm como o maior sábio do país. Eu digo algo semelhante e cito o nome. Resultado, não me perdoam. — Olhou para cima, de modo a invocar o testemunho dos céus. — De um lado a inveja, do outro a bajulação. Eis o que nos espera ao deixarmos o nosso santuário da Colombo. Só espero que, ao demolirem a cidade, enterrem junto o espírito mesquinho que a tornou assim.

Aníbal fez um gesto ao proprietário, Lebrão, que lhe sussurrou no ouvido. Retirando a carteira, contou as notas e entregou-as. Levantou-se e me levantei junto. Falou:

— Sinto deixar a roda do espírito, mas, como sabem, tenho esposa jovem e bonita. Não posso deixá-la esperando.

Ele cumprimentou a todos, seguido por mim. Um deles falou:
— Esperamos não ter perturbado as ideias do nosso novo amigo chegado de Paris.
— Pelo contrário – respondi. – Fiquei muito interessado na conversa e peço licença para voltar outras vezes.

Nunca mais voltei.

Apesar do tom formal das minhas palavras, eles a acolheram divertidos e se despediram como se, no final das contas, algo familiar nos ligasse.

Na porta da confeitaria, despedi-me de Aníbal e seguimos trajetos opostos, prometendo nos encontrar novamente.

10

Tibúrcio gastava todo o dinheiro comprando roupas na rua do Ouvidor, nas lojas mais caras da cidade. Sentia enorme prazer em andar como um homem elegante pelos mesmos lugares em que antes perambulava como pária. Nunca o vi caminhar por lá, mas imagino sua expressão sobranceira ao parar em cada esquina onde os apupos passados apontavam-lhe a ruína. Em casa, experimentava as roupas adquiridas seguindo um ritual. Ensaiava gestos e palavras praticados em sociedade. Uma vez, surpreendi-o ensaiando ademanes, numa espécie de cumprimento a uma dama de sociedade. Dava o braço à mulher imaginária e a levava para conhecer lugares distintos. Pensava em aconselhá-lo a investir o dinheiro em especulações com o café, desisti. O que restaria a um homem, que passara pelo que ele passou, a fazer com o dinheiro? Quantos anos teria à frente para recuperar o que lhe arrancaram toda a vida?

Uma vez num cupê houve uma confusão com o cocheiro de um carro que cruzou com o nosso. Os dois condutores pularam para a rua e se atracaram. Tibúrcio separou-os apelando para o bom senso, o que lhe valeram palavras raivosas do outro cocheiro. Levantando o chicote, ameaçou-o:

— Você, negro, poucos anos atrás era escravo. Nós os tratávamos como os cavalos, com isto aqui.

Tibúrcio não reagiu. Apenas dirigiu-lhe um sorriso seco e deu-lhe as costas. Voltou para o nosso carro. Sentou-se. De lá, advertiu-o:

— Melhor — apontou-lhe um dedo com uma expressão branda — seguir o seu caminho e se contentar em chicotear apenas cavalos. Como falou, os tempos são outros.

Interpelei-o:

— Para que ser bom com as pessoas? Não vê que acaba por levar uma facada ou chicotada? Eles só o respeitam se tiverem medo de você. Medo, compreendeu? Quando virem o seu rosto, têm de pensar que pode esmagá-los, se quiser.

Ele me devolveu um sorriso cansado:

— Facada, chicotada! Já levei muitas e ainda estou vivo. Escute, Afonso. Para alguém me enfiar uma faca ou me atingir com o chicote, terá de chegar perto de mim. Terei então tempo para saber o que fazer.

Em casa, perguntei-lhe para que tantas roupas e tantos maneirismos. Pensava ser convidado para algum lugar? Respondeu:

— Quero ser um senhor educado quando encontrar o meu filho.

Sim, esquecera-me, o filho. Suas palavras soaram com uma vivacidade desconhecida, e os olhos comandaram um sorriso que desceu pelo rosto. Não tive coragem de contradizê-lo. Não acreditava sequer que a criança tivesse sobrevivido esses anos, perseguido como teria sido pela pobreza e pela peste.

— Claro — falei encorajando-o. — Causará boa impressão. Ele terá orgulho do pai.

Mas não era apenas o filho.

Quintas ou sextas à noite, ele saía metido nas roupas novas, pegava um tílburi e andava pela cidade. Tarde da noite encontrava-o embriagado no Lamas, perto de casa. Participava de uma roda de bêbados, homens e mulheres, e pelo que observei as despesas eram pagas por ele. Não raro também se metia em brigas e voltava para casa rasgado e sujo. Não se importava. Procedia como um cavalheiro, segundo compreendia de nossas rodas mais altas, embrulhava tudo e dava para um criado da casa. Seu comportamento não era totalmente disparatado, como pareceria a um desavisado. Num só golpe, como dizer, matava dois coelhos. Comprando roupas nas lojas frequentadas pela nossa gente abastada, por lá caminhando como um *parvenu*, obrigava-os a engolir o orgulho e a oferecer os seus símbolos mais preciosos a um negro. Em confissões posteriores, soube que sempre se revelava antigo escravo e posterior Vinte-e-nove, sobrevivente dos esfarrapados Voluntários da Pátria.

Uma vez levou o vendedor até a porta e apontou a esquina em que eu o livrara do guarda:

— Vê aquele lugar? Ali eu estava, sujo, esfarrapado. E bêbado, graças a Deus. Ou não suportaria o meu próprio cheiro. Vamos, cheire, já não cheiro tão mal assim. Me chamavam Vinte-e-nove, sabe por que o número? Nunca me disseram. Meus companheiros na guerra (do Paraguai) nunca souberam contar até vinte e nove. Por que acha que compreenderiam tal dichote?

Observava divertido as expressões aturdidas, e até indignadas, dos lojistas ao saberem quem lhes comprava as roupas. Usando os trajes nos círculos mais baixos, rasgando-as ainda novas e dando os restos para os criados da casa, completava o círculo de vingança a uma sociedade que lhe negara a identidade humana. Não se importava com o amanhã, nunca pensou que poderia não ter o que comer. E para que pensar que haveria dia seguinte? A pergunta foi feita por ele. Nunca fechara os olhos de noite pensando que haveria de abri-los no próximo dia. Os espectros da fome e da miséria não o assustavam, faziam parte da sua vida. E não esquecia a guerra quando então nunca houve razões para pensar no amanhã.

– Afonso – ponderou com um ar divertido –, nem sequer a minha idade sei qual é. Mas olhe os meus cabelos. Já viu preto com cabelo branco? Não, não chegam a tê-los. Passei longe a idade em que um negro espera viver. O que me resta? Meu filho? Não sei se vai querer um pai que nunca conheceu. Mas claro que irá me querer ao me ver com as roupas compradas no Almeida. Terá então todas as razões do mundo para se orgulhar de mim.

Recebi um convite do conselheiro Aníbal de Barros para um sarau em sua residência em Botafogo. Levado pelo pressentimento de uma nova tragédia, rasguei-o e o esqueci. No dia seguinte, porém, o próprio Conselheiro me fez ver o quanto esperava pela minha presença. "Será apresentado a gente", falou, enfatizando as palavras com os gestos largos habituais, "a quem um cavalheiro não pode deixar de conhecer." Desde que matara os dois cocheiros, evitava sair de noite, receoso de novas tragédias. Uma consciência remota, primitiva, me fazia desejar evitá-las. Os jornais continuavam a especular sobre a identidade do assassino desconhecido, o monstro que aterrorizava as noites da nossa pacata cidade, descrevendo como suspeitos os tipos mais disparatados. Confesso que me divertia lendo os artigos porque nenhum dos suspeitos se assemelhava a mim. E o assunto acabou deixando as principais manchetes dos jornais por falta de continuidade.

Houve um artigo n'*O País*, denunciando à população que tais crimes, como os que abalaram a cidade recentemente, eram consequência da nossa disposição urbana, estendendo-se em labirintos de ruas estreitas e escuras que convidavam a atividades sanguinárias e verdadeiros sabás de bruxas. Concluindo, o artigo afirmava que as reformas do prefeito Pereira Passos, demolindo nossos pardieiros infestados de peste para dar lugar a largas avenidas e praças que convidavam ao lazer e às reflexões, eliminariam impulsos de tal natureza.

Talvez não fosse preciso tanto, queria dizer-lhes. Bastaria eu evitar o convívio das pessoas e não haveria novas tragédias. E a cidade que seguisse a disposição que lhe fosse propícia. A questão principal, porém, persistia; seria possível evitar novas tragédias? Se pensasse sobre a minha vida, a resposta não dava margem a otimismo. Em outras palavras, eu não provocava a tragédia, ela vivia em mim, eu era a sua materialidade; ela me possuía ao modo de um ente subterrâneo que tivesse de vir à tona para não me dilacerar por dentro; clamava por novas vítimas como se a minha existência necessitasse do sacrifício delas. De resto, era tido como um elemento piedoso que frequentava os cortiços levando consolo para os moribundos atacados pela peste. Uma espécie de excêntrico, doido ou misantropo dado a perseguições mórbidas, que fazia do risco repetido um jogo com a vida a que não pudesse se furtar.

Às vezes convencia-me de que não havia sido eu quem trouxera a tragédia a uma sociedade que aprendera a se resignar diante do fato repetido de morticínio coletivo provocado pela peste. Pelo contrário, meus feitos só tiveram repercussão porque complementavam uma velha prática. Davam-lhe, como dizer, nova roupagem. Como enfatizado por *O País*, tais morticínios não eram estranhos a uma cidade que assistia passiva a parte da população sendo aniquilada diariamente por um exército maligno de micróbios. Um assassino agindo na escuridão de nossas ruelas acrescentava apenas uma novidade à prática de morticínio, e a população não podia deixar de se interessar pelas novas demonstrações cujos rituais, de tão repetidos, já não despertavam a curiosidade de ninguém.

Aluguei uma caleche que me levou à casa do Conselheiro. Casarão enorme – palacete, na verdade – precedido por extenso jardim. Todos os detalhes arquitetônicos que faziam parte das grandes mansões ali se encontravam. Um homem, chegando a tal lugar, teria uma ideia bastante generosa a respeito da própria grandeza. O excesso de luzes lá dentro contrastava-se com a escuridão das ruas. Uma massa dourada ardia dentro das janelas como se um mundo novo, iluminado por um sol particular, vibrasse dentro da noite abafada da cidade. O portão de ferro estava aberto, a carruagem penetrou por uma ruela de cascalho que rodeou uma Vênus branca erguida no centro do jardim. Afastado a um canto, como se de propósito distanciado das turbulências que marcavam a sociedade que ali entrava, um caramanchão coberto de trepadeiras convidava o estranho a um lugar aprazível no qual as pessoas respirassem em paz.

Fui um dos primeiros a chegar e saltei entre cupês, faetontes e landaus. Palafreneiros corriam entre os carros, abrindo portas, amansando um animal mais fogoso. Um criado perguntou-me o nome para anunciá-lo à maneira de uma recepção parisiense. Entrei num salão enorme decorado por móveis em estilo Luís XV. Havia marfins orientais, estatuetas, baixelas de prata realçada por madrepérola e marfim, porcelanas da Índia, criando um mundo quase irreal, em total oposição à cidade. A impressão era que tanto móveis como ornamentos haviam sido retirados de algum museu de Paris e trazidos às pressas para a recepção do Conselheiro. Sobre a minha cabeça, pairava um teto de estuque abobadado que não estava muito abaixo do céu na imponência exibida. Enormes lustres de prata e cristal desciam do teto como se acabassem de chegar do firmamento numa oferta dos deuses ao nosso ilustre anfitrião. Cadeiras de espaldar de couro lavrado rodeavam mesas cobertas de toalhas de linho brancas, sobre as quais repousavam baldes de cristofle e centenas de velas em capuchons coloridos. *Bergères* forradas com pano de seda adamascada com bordados, mesas carregadas de adornos, lambrequins, arabescos revestindo janelas e portas, pernas de mesas e cadeiras entalhadas nos mais finos lavores e ornatos; tudo ali demonstrava que não havia limite para a imponência do homem. Criados italianos moviam-se entre as mesas, levando garrafas de champanhe para uma roda de cavalheiros dispostos em volta de uma enorme mesa de bacará. Mais próximas de mim, um grupo de mulheres ajaezadas de joias conversavam e riam em voz baixa, contrapondo-se a um conjunto formado de piano, rabeca e flauta. A quantidade de flores diluía a rigidez das paredes brancas, realçando a ilusão que ali nos trazia e multiplicando os brilhos do salão num desafio à própria noite, ao atravessarem as janelas e se prolongarem até os confins da escuridão.

Ao me ver na entrada, Aníbal destacou-se da mobília como a única figura móvel numa floresta petrificada. Aproximou-se de braços abertos numa saudação eloquente. Achei graça pensando que seus gestos não seriam diferentes dos que Tibúrcio praticava no isolamento da alcova.

Estendeu-me a mão, sem esconder a satisfação causada pela admiração que eu revelava diante de seu salão. Conduziu-me por outros salões conjugados ao primeiro, que pouco lhe deviam em exuberância.

Parecia ter encomendado todas as luminárias e cristais da cidade para o sarau. Chamaram-me a atenção as mesas do voltarete preparadas para cavalheiros, que a presença discreta de cinzeiros anunciava.

Apresentou-me aos casais sentados num salão menor que conversavam em voz baixa, como recém-chegado de Paris. A referência à capital francesa acendeu nos olhos um brilho comum de admiração.

Aproximei-me da dama que dominava o pequeno círculo, Nicola de Queiroz Palhares, tomei-lhe a mão e beijei:

– *Enchanté* – falei com afetação intencional.

O cumprimento dirigido às outras foi formal, impessoal. Se dirigisse a elas a mesma atenção dedicada à primeira dama do círculo, diminuiria a importância desta última.

As mulheres exibiam uma elegância ditada pelo espartilho, num contraste marcado entre cintura e ancas protegidas por três ou quatro saias de baixo, sapatos para passeio no lugar dos borzeguins, mitenes de impecável alvura. Além da toalete, observei os ademanes que criavam uma atmosfera especial de movimento em torno da roda.

– E por que voltou à nossa Sebastianópolis? – interrogou-me uma voz masculina.

O homem com suíças brancas descansou o monóculo na mesa e estreitou os olhos. O tom era falsamente brincalhão e o sarcasmo visível, pensei que queria medir o espírito de minha resposta. Seria, como dizer, um ritual de iniciação.

– Acredito que o Rio de Janeiro será uma metrópole internacional nos próximos anos.

Pelo sorriso nos rostos a me fazerem mira, a resposta foi apropriada. Aníbal afastou-se para receber os convidados que chegavam e acomodei-me num canapé que fazia frente às damas.

– Acredito que deva aprovar as reformas da Prefeitura para a modernização da cidade – comentou um homem enrugado de expressão grave.

– Inteiramente – respondi com firmeza. – Pereira Passos será para a nossa cidade o que Hausmann foi para Paris. Há alguns anos, Paris não passava de um emaranhado de ruelas como o Rio hoje.

Ao contrário do que pensei, minhas palavras arrancaram um protesto dos homens:

– *Oh, c'est ne pas du tout!*

– Paris sempre foi Paris – afirmou um velho dândi metido num redingote negro, dando às palavras uma entoação que não permitiria réplica. Complementou: – Tudo o que existe na humanidade hoje nasceu em Paris.

– Verdade – concordei. – No entanto, Paris passou por uma reforma grande alguns anos atrás. Como o Rio agora.

– Sem esquecer a peste que ronda a nossa cidade – interpôs a sra. Adelaide Sarmento. – Os estrangeiros têm medo de visitar o Rio de Janeiro por causa da peste. Tudo por causa da sujeira dessa gente que vive amontoada na Saúde e na Misericórdia. Não entendo por que Pereira Passos não arrasou tudo ali antes de começar as reformas.

– Para que falar em peste? – protestou o dândi. – Outro dia, vi a senhora Clarisse Índio do Brasil passeando em sua carruagem na Promenade des Anglais e digo a vocês que nada ficamos a dever aos franceses em matéria de elegância e bom gosto.

– Pretos, mulatos e portugueses ignorantes, a última ralé de Portugal – interveio Mirtes Peixoto em tom de desabafo. – Eis os únicos que se atreveram a pôr os pés aqui. E, naturalmente, o senhor da Mata. – Risadas. – Como é que podemos nos comparar a uma Europa civilizada com essa gente? O sr. Afonso, que viveu dentro da verdadeira civilização, há de concordar que o prefeito pode fazer todas as reformas do mundo. Se não melhorarmos a nossa raça, permaneceremos atrasados para sempre.

A sra. Nicola Palhares interveio:

– Minha cara Mirtes, não seja tão impulsiva. Em primeiro lugar, temos de dar um aspecto civilizado à cidade para atrairmos gente civilizada. Enquanto permanecermos entocados num labirinto de ruelas, quem ousará vir? Os americanos do norte também têm os seus pretos. Conheceu Nova York? Uma grande metrópole, sem febre amarela, sem varíola. Pois escute minhas palavras, em primeiro lugar, precisamos de um porto. Um porto de verdade. Já perguntou ao senhor da Mata como ele desceu do navio e chegou ao cais Pharoux?

Nervosa com o tom autoritário da amiga, Mirtes Peixoto puxou o leque e abanou-se com gestos rápidos e irritados.

– *Heureusement* o sr. Lauro Muller se encarregou do porto – interrompeu-a o homem de olhar carregado, empunhando um cálice de xerez. – Teremos o porto e a Grande Avenida rasgando a cidade da Prainha até o convento da Ajuda. Ingressaremos numa outra era. Um dia, daqui a muitos anos, se falará do que aconteceu. Sabe o que estamos vivendo? Chama-se História.

– História se faz com uns poucos cavalheiros – acrescentou outro homem sentado numa *bergère* vermelha. – Concordo com a Mirtes. Para a gentalha da Prainha, da Misericórdia, do morro do Castelo, a vida é igual à dos antepassados quinhentos anos atrás. Pergunte a qualquer um se está satisfeito com as obras do prefeito. Reclamarão de tudo, encherão os seus ouvidos de choramingos. Nasceram na sujeira, não entendem que um ser humano precisa de limpeza. Sempre achei... e pode lhes parecer extravagante... que o maior erro do Império não foi a lei Áurea. Foi não termos mandado os pretos de volta para a África antes de libertá-los.

– Realmente – falou a sra. Nicola Palhares com um olhar superior que sobressaía da expressão reflexiva. O tom de voz procurava dar arremate ao assunto. – E não pensem vocês que basta dar a um preto instrução como a um menino branco. Vejam o caso desse tal José do Patrocínio. Enquanto existia escravidão, o jornal *Cidade do Rio* era tido como um órgão combativo. Tiraram-lhe a escravidão e o que restou?

– José do Patrocínio – obtemperou uma senhora encolhida –, ele trouxe um desses novos modelos de carro a motor da Europa.

– E para quê? – a outra interrogou-a com um olhar feroz. – Quer saber? Exibição, pura vaidade. Queria mostrar-se superior a nós com as nossas caleches.

– É verdade que o prefeito Pereira Passos comparecerá ao nosso sarau? – interrompeu-os uma mulher mais jovem que acabava de se sentar.

Todos fizeram uma expressão vaga como se soubessem a resposta, porém a guardassem para si por um motivo que não poderia ser explicado aos outros.

– Pereira Passos, não sei – Adelaide Sarmento interrompeu o silêncio coletivo. – O que soube é que deve estar presente a Carmem Dolores para que as impressões saiam domingo na coluna d'*A Semana*.

– E quem é que lê essa coluna? – cortou-a Nicola Palhares com uma centelha de irritação, deixando claro a inoportuna afirmação da companheira. – Figueiredo Pimentel d'*O Binóculo*, muito bem, não afirmo que seja indiferente ao meu nome citado pela pena dele. E até mesmo aquele outro... Paulo Barreto, não é mesmo? Como é que chamam? Esqueço sempre.

– João do Rio – respondeu-lhe delicadamente um dos cavalheiros que esperava com um sorriso a continuação da censura da grande dama à insensata.

— Isso mesmo, Aderbal, é bom estar na companhia de alguém com a memória em bom estado. Não gosto das maneiras rebuscadas do Paulo Barreto, o excesso de maneirismos e momices como se tornou moda para certo tipo de homens. Dizem que vêm de Paris e fazem parte da elegância de um salão. Não sei, não quero discutir. Prefiro certos costumes que aprendi com os meus pais, como dizer, mais tradicionais.

— Aliás — complementou Adelaide numa tentativa inócua de reparar o erro —, dizem que o Paulo Barreto come nos antros mais sórdidos da cidade, na companhia da gentalha. *C'est très epatant!*

— O que acontece nessas ruelas que o prefeito está pondo abaixo — interrompeu-a novamente a outra, num tom cortante — não me interessa. Que ele se emporcalhe com os da sua laia, não tomo conhecimento. Para mim exijo que aqui se comporte à altura dos salões e aí, nada se pode falar do João do Rio.

— Acho — acrescentou corajosamente o homem de olhar grave — que certos cronistas deviam restringir-se a descrever os *five o'clock tea* e os *garden parties*. Como o *Binóculo*, da *Gazeta de Notícias*. Para que se meter a fazer reflexões do que não entendem?

— Ataulfo de Paiva, o juiz, fez a sua *rentrée* anteontem — afirmou uma outra que até então seguira a conversa com uma expressão circunspecta. — Concordo com ele quando diz que tudo de importante neste país é decidido em Petrópolis. O que existe no Rio de Janeiro, hoje em dia, são ruelas e poeira. E doença, claro! Alguém andou ontem na rua do Ouvidor?

— Minha cara — voltou a intervir Nicola Palhares, em tom de censura —, esqueça a rua do Ouvidor. Logo não vai passar de lembrança. Mais um ano e estaremos caminhando pela Grande Avenida.

— O cavalheiro — a dama de olhar superior dirigiu-se para mim — terá se encontrado com a Família Real em Paris?

Esperei que todos me encarassem, mantendo o ar introspectivo, como se não me desse conta da pergunta. Fixei os olhos na mulher. Falei:

— Conheci numa *soirée* o conde d'Eu e a princesa Isabel.

A mulher mais jovem exclamou, com visível entusiasmo:

— E o que eles dizem do Brasil?

A pergunta foi interrompida pela dama de olhar superior:

— Genoveva, não sei que interesse teríamos num francês que por anos foi dono daquele cortiço com uma cabeça de porco na entrada, que nos causou tantos problemas para demolir.

– É possível – observou o homem de olhar grave com visíveis intenções de *blagueur* – que os nossos aristocratas do Império não se sentissem rebaixados em sua nobreza na hora de cobrar os aluguéis da gentalha que amontoaram às nossas portas.

– Como dizia, tivemos, os três, uma conversa interessante – continuei, atraindo a atenção do grupo – que infelizmente não durou muito. Falávamos sobre André Rebouças. Devem saber quem foi. Um preto, mulato... não sei, engenheiro na época do Império. Gaston d'Orleans, quero dizer, o conde, lembrou-se de um grande sarau no Rio em que as damas recusaram-se a dançar com um negro. Ele então procurou o engenheiro e perguntou se não se incomodaria de dançar a próxima valsa com a princesa. E querem saber de um fato curioso? André Rebouças se antecipou ao pensamento do cavalheiro ali. Quando o Imperador foi banido, recusou-se a ficar mais tempo nesta terra. Foi embora junto. Bem, certamente teve razões.

Todos me olharam desconcertados como se eu acabasse de pronunciar, num tom de voz pomposo, um discurso de José do Patrocínio da época da abolição. Observei-os. Havia, nos olhares, mais confusão do que indignação. Por outro lado, pensei que razão teria eu de contar algo que os contrariasse. Certamente por provocação, e a razão era a minha própria natureza, chocar quem quer que se aproximasse de mim. Além do quê, ao contrário do que lhes afirmasse, eu não queria uma cidade de bulevares, antes uma profusão de labirintos e becos sórdidos. De modo que o assunto de reformas e futuro brilhante da cidade me causava engulhos. Mas a conversa com o conde fora verdadeira e teria de lhes passar um fato a respeito do homem a quem se referiram, que os ajudasse a conhecê-lo melhor. Por fim, queria lhes falar de Tibúrcio, que nasceu escravo sem pai ou mãe, não teve passado ou História que o situasse numa cidade em demolição. Que conquistou o direito a uma identidade humana pela guerra. Guerra que ninguém ali conheceu senão pelos jornais. Bem, era possível então que reconhecessem a injustiça que cometiam, ao negar parte da História que lhes cobria os trajes de caliça aos negros, e lhes concedessem um pedaço do país. Queria também lhes dizer que Tibúrcio, ou melhor, o Negro Búrcio, comprava seus trajes nas melhores lojas da cidade. E não se importava de rasgá-los dias depois em encontros com a ralé, nos lugares sórdidos que se empenhavam em demolir.

– *Si vous me permettez!*

Levantei-me, percebendo que o salão estava cheio de gente e os ruídos assemelhavam-se à bulha do largo do Paço na época do Imperador. Avistei, pouco adiante, o conselheiro Aníbal ao lado de uma mulher muito bonita. Desviei-me. Queria passar despercebido e me esconder num canto para ir embora. Minhas palavras para Nicola Palhares e os outros voltavam à mente. Receava que falassem de mim e não queria escutar-lhes o furor, não sabia como conter uma gargalhada, sentia comichões no fígado. De repente, cobriu-me um pressentimento mórbido que me imobilizou como se todas as luzes se extinguissem, e o salão mergulhasse nas mais profundas trevas. No momento seguinte, porém, o salão voltou a brilhar, e as luzes atravessaram minhas roupas. Não estava acostumado a ambientes tão iluminados, tão brilhantes, em que tudo o que se tocasse transformava-se em ouro. Se deixasse aquele lugar cheio de luzes, se perambulasse a sós pelas ruelas escuras que logo deixariam de existir, experimentaria algo que talvez chamasse paz. A claridade do salão, as roupas brilhantes das mulheres e dos homens, refletidas nos cristais distribuídos com tanta opulência pela casa, me causavam mal-estar.

Por onde andasse, ouvia o crepitar de punhos engomados e o estalar de juntas ressecadas. Imaginava o suor confinado em coletes de seda, escorrendo entre odores de perfumes adocicados. Formavam no ar um cheiro composto por todo o ódio que se ocultava naquele salão brilhante, pela repugnância e medo guardados nas risadas que voavam de um lado a outro do salão numa total promiscuidade dos sentidos.

Uma voz feminina sobressaiu-se das demais, seguida por outras vozes que riam a perder. Falou em tom de choramingo:

— Não seja mau, me passe a *brut*.

Antes que me esgueirasse por uma passagem aberta entre duas rodas de cavalheiros, ouvi o meu nome pronunciado pela voz de Aníbal. Com um gesto largo, um sorriso que expôs todas as rugas que de ordinário se encolhiam entre os desvãos da pele, aproximou-se conduzindo a mulher.

— Quero lhe apresentar a minha esposa. — Tentou parecer social e até formal, sem contudo superar a timidez infantil provocada pela presença da mulher. — Dona Ana Teodora.

A mulher, num gesto delicado, estendeu-me a mão que levei aos lábios. Vestia uma blusa de bordados articulados em arabescos, echarpe de seda azul-clara, vestido de organdi malva. Antes que a beijasse, nos entreolhamos e enxerguei toda a claridade do salão concentrada naqueles belos olhos. O rosto afogueado e a maneira como olhou para mim revelou uma vontade forte. Duas pérolas nos lóbulos das orelhas refletiam uma luz rosa que a envolvia como uma redoma. Os olhos do marido, devorando-a como a um prato requintado, irradiavam a alegria de um homem transformada em gula. Exibia-a como a sua obra de arte. A grande obra de sua vida que, ao contrário dos poetas da Colombo, guardava apenas para si. A tez morena, envolta em rendas perpassadas por filigranas douradas, transformava-a numa delicada escultura pagã.

As vozes e risadas que trouxera comigo ao deixar a roda de Nicola Palhares silenciaram-se. O lugar era ocupado agora por um silêncio morno, pacífico. Pensei ter saído para o jardim; andava sob o caramanchão da entrada, acompanhado daquela linda mulher.

— Encantado! — falei.

Ela manteve o olhar concentrado em mim, num sorriso discreto que mais parecia provindo da alma do que da boca, e tive dificuldade para controlar a perturbação. Enxerguei, naquele belo rosto, as chamas de uma impetuosa paixão que a custo eram contidas dentro do brilho dos olhos.

— Meu marido fala tanto no seu nome, sr. Afonso. Estava curiosa de conhecê-lo. Devo lhe fazer justiça. Parece-me um homem muito escorreito.

— Pois é preciso também confessar a minha surpresa. A senhora é muito mais bonita do que ousaria imaginar.

A ousadia de minhas palavras espantou-me. Leve-se em conta que eu era introvertido e avesso a palavras de admiração. Senti materializar-se novamente o pressentimento, a iminência de uma tragédia envolvendo a mim e ao casal, representada por figuras diabólicas trazidas dos becos pelos quais eu perambulava, que entrassem naquele grande palco de luzes e se ocultassem sob suas paredes brancas, acompanhando nossas palavras com uma avidez de assassinos. Se os componentes de uma tragédia já estivessem, como dizer, armados, tive certeza de que, antes de evitá-la, eu a precipitava. Não sei se um sentimento perturbador de piedade, pudor, talvez, paralisou-me naquele momento, naquele minúsculo segundo, como se pudesse, num impossível esforço, evitar que a fatalidade se concretizasse. Sim, porque o meu envolvimento em tragédias alheias, até então, ocultava sempre um elemento de ódio e repugnância às vítimas que não experimentava pela mulher diante de mim. Poderia até mesmo admitir o oposto.

Quis ir embora, desviar-me com uma palavra grosseira, rude; empurrá-los e desaparecer. Não fui, as pernas permaneceram imobilizadas, retidas pela expectativa da tragédia que me possuía como a um boneco inanimado. Não durou muito. Qualquer que fosse a veleidade de meus pensamentos, uma nobreza de propósito ditada pelos encantos de Ana Teodora, foi expulsa por uma sensação mais poderosa de ódio e repugnância. Tudo o que eu não sentira até aquele doloroso instante. Voltava assim ao impulso inicial dos meus crimes e da violência que me arrastava. As vozes e os brilhos de fogo retornaram com uma força multiplicada, criaram dentro de mim um estrépito de ruídos que me infligia uma cólera cega.

Percebi nela alguns detalhes singulares. Mantinha-se distanciada do interlocutor por uma serenidade contínua e risonha, alerta, quase zombeteira, oculta como era pela corpulência do marido. Não se deixava levar por impulsos e arrebatamentos súbitos. Em nenhum momento demonstrava impaciência ou irritação, e os olhos vivos deixavam sempre claro o que a boca se abstinha de revelar.

Contentava-se em secundar o marido nas conversas, nunca emitia opinião a não ser se solicitada. De resto, o pequeno sorriso formado no canto dos lábios expressava-se com perfeita clareza, adquirindo a expressão maliciosa e prudente de pensamentos que conservava para si. Talvez os fatos que nos ligaram posteriormente viessem a contradizer a fleuma inicial transmitida. De qualquer maneira, queria dizer que a admirei desde o primeiro momento.

Ela sorriu satisfeita e observei os seus olhos, que saltitavam inquietos pelo salão, fixarem-se em mim. Falou:

– Meu marido estava certo ao lhe gabar a extrema gentileza que trouxe da longa estada em Paris.

Seria possível que suas palavras também se precipitassem estimuladas pela iminência da tragédia, como num impulso de embriaguez? Seria possível que ela ainda pudesse evitá-la e a ignorasse, atordoada pelo fogo que lhe insensibilizava os sentidos? Como se hipnotizada por mim à maneira dos roedores diante de uma serpente? E, como todos os inocentes presos nos tentáculos da ameaça, seu sorriso era inocente na transparente luminosidade emitida, igual ao sorriso de uma criança.

– Não se trata de gentileza – obtemperei. – Em Paris, aprendi a falar com sinceridade. No caso da senhora, não podia ser de outra maneira.

Ela fez um movimento com a cabeça e virou o rosto, evitando o meu olhar. O marido apontou um casal que acabava de ser anunciado e pediram licença para recebê-lo.

Andei sem rumo e dei de frente com um homem alto cujos músculos começavam a ceder pela flacidez e a incipiente gordura acumulada nos anos. Um pouco mais velho do que eu, o cabelo escasseava-lhe na testa, rosto bem-feito e raspado, vestia-se impecável, fraque, colete de seda, gravata de plastron. Marcava-o um sorriso de bondade que refletia uma simpatia instantânea. Parecia do tipo sempre disposto a ajudar os outros, mais ainda, a fazer mais pelos outros do que o esperado. Olhou-me com um sinal de reconhecimento e parei esperando que me dirigisse palavra, o que fez sem hesitação:

– O Conselheiro afastou-se apressado e não teve tempo de nos apresentar. Vi-o atuando na Bolsa de Café.

– Lamento dizer que o seu rosto não me é familiar.

– Claro, claro – respondeu numa concordância imediata. O rosto arredondou-se ao redor de um sorriso bonachão que chegava a ser infantil. – Não sou negociante, antes um interessado. Meu nome é Sinval Bettencourt. Sou amigo do Aníbal (chamo-o pelo nome) de longa data. Ele falou o seu nome com admiração.

– O Conselheiro é um homem extremamente gentil. Não acho que corresponda aos elogios que faz de mim.

– Não é verdade. Como falei, conheço Aníbal há anos. Ele não é dado a elogios sem fortes motivos. Do senhor, faz referência à habilidade com que conduz os negócios. E à honestidade. Um homem com a experiência comercial como a dele não se deixa influenciar por impressões.

Fiz um gesto de cabeça e me apressava a continuar caminho quando percebi que fazíamos parte de uma roda de cavalheiros. Meus músculos retesaram-se e examinei-os, desconfiado. Recordei as palavras de Aníbal sobre vestuário e personalidade, enxerguei-os entrarem nas lojas do Raunier ou Lacurte. Em busca de uma marca pessoal, exibiam uniformes vistosos como os trajes envergados por militares. Diferenciavam-se entre si por uma suposta hierarquia de importância que, no lugar das dragonas, era exibida em gestos e risadas. Como os restos de uma época que se findava, apegavam-se a uma dignidade impotente que não resistia à exposição às luzes do salão, denunciando com incômoda clareza a pobreza oculta na falsa exuberância.

— Estou certo — falou um homem de cabelos brancos e longas suíças como Aníbal, chamado Antônio da Cruz — que, quando o Senado aprovar a lei da obrigatoriedade da vacina antivaríola, haverá motins.

Ao seu lado, um outro baixo de cabelos pretos portando pincenê, Nestor da Rocha, replicou:

— Está enganado, Antônio. O presidente Rodrigues Alves é extremamente cauteloso. O doutor Oswaldo Cruz, por sua vez, demonstra muita sobriedade ao atacar o problema da febre amarela.

— Ora, Nestor, nós sabemos o que é uma vacina. O que não significa que o povo também saiba. Qualquer demagogo que suba num balcão e diga que vacina vem do diabo vai criar um motim. Já ouviu falar dos socialistas? Também têm interesse numa baderna social.

Nestor da Rocha replicou:

— Não se lembra dos distúrbios na Saúde quando falaram em decretar os sapatos obrigatórios? Esse povo não coloca um sapato no pé, prefere viver como escravo. Mas acabará por compreender.

Garrafas de Porto eram servidas em bofetes espelhados. Um homem grisalho e baixo, barriga proeminente, encheu um copo e se juntou ao grupo. Chegou a tempo de ouvir a última frase. Falou:

— Com tumultos ou sem tumultos, a coisa tem de ser feita. Não se pode deixar a cidade refém da doença. Mando minha família para Petrópolis a maior parte do ano. Quero-os bem longe de ratos e mosquitos. Como impedir um mosquito de picar? Viver nesta cidade se tornou um risco.

— Quando derrubarem os casarões velhos, os ratos não terão aonde ir, vão sumir.

— Atualmente existem outras interpretações para o fenômeno — interferiu um outro que exibia, num pincenê dourado, um ar de dignidade ultrajada, Augusto Cavalcanti. — O doutor Darwin explica na Teoria das Espécies. A mais fraca, incapaz de levar avante as rotinas da conservação da vida, é dizimada. Chamo a peste de instrumento da natureza.

— Esse Darwin é um charlatão. Não foi quem disse que o filho gosta de dormir com a mãe?

— Receio que se trate de dois homens diferentes, meu caro. Este último é um vienense. Judeu. Os judeus pensam que todo mundo age como eles.

— Senhor — interrompeu-o Sinval, numa calma calculada. Não demonstrava dificuldades em eliminar discussões laterais —, existem outros instrumentos de morte atualmente, na cidade. Muito mais terríveis. Devem ter lido o noticiário dos jornais sobre o bárbaro assassinato de dois cocheiros.

Sua observação me causou um tremor, ele percebeu. A atenção da roda voltou-se para ele.

— O que demonstra que a nossa cidade está se tornando uma grande metrópole — completou o gordo, recém-incorporado na roda.

— Nunca tivemos grandes crimes. No máximo, um marido ciumento a dar tiros na esposa adúltera.

— Que tipo de homem cometeria um crime desses? — perguntei, precavido.

Sinval voltou-se para mim como se esperasse o aparte:

— Conversei com o doutor Sampaio Ferraz, o chefe da polícia. O assunto atraiu a minha curiosidade. Conhecem o livro de Robert Louis Stevenson? Um conhecido médico que de noite se transforma em monstro.

— O que quer dizer? — interpelou-o uma voz. — Devemos chamar todos os médicos da cidade na delegacia e interrogá-los? — Risadas.

— Livros, livros, Sinval — exclamou jovialmente Nestor da Rocha. — Vocês vivem enfurnados em bibliotecas e pensam que a vida real tem semelhança com histórias criadas pela imaginação. O que aconteceu não é difícil de entender. Basta ver onde foi o sinistro: morro do Castelo. Lugar de malandros e desordeiros. O que espera dessa gente?

Sinval Bettencourt não tomou conhecimento da observação:

— Como falei aos senhores, conversei com o doutor Sampaio Ferraz. Não existem antecedentes do que aconteceu semana passada. Não na nossa cidade. Segundo o delegado, não se trata, de forma alguma, de brigas entre desordeiros. Nos corpos existem marcas horríveis, os jornais ocultaram as piores monstruosidades. O assassino atacou os dois à maneira de um cachorro ou, sei lá, um vampiro.

— Ora, ora, Sinval — interrompeu-o Augusto Cavalcanti com um riso zombeteiro. — Agora você exagerou realmente. Uma hora nos fala em Stevenson, depois quer nos convencer que uma criatura surgida de crendices...

— Não se trata absolutamente do caso — atalhou Sinval. — Claro que os crimes foram cometidos por um homem. Um homem de carne e osso como nós...

— Como eu, nunca — repreendeu-o Teófilo Pereira, contrariado. — Não acredito que homens da nossa sociedade sejam capazes de tais atrocidades. Concordo com o Nestor quando diz que esses crimes são coisas da ralé. Nunca aconteceria aqui em Botafogo.

— Pelo contrário, meu caro — replicou Sinval Bettencourt com um sorriso confiante dos que sabem perfeitamente aonde a conversa os levará. — Sampaio Ferraz acredita que os crimes foram praticados por alguém da nossa classe. Havia, como dizer, requintes de crueldade que não se acham nas classes inferiores. E existem indícios de canibalismo.

A última afirmação arrancou uma exclamação geral. Percebi que quase todos os homens do salão haviam se integrado à roda original. Até mulheres. Sentindo-me alvo de uma velada acusação, comecei a suar e não ocultei a perturbação. Impressão ou não, surpreendi os olhos de Sinval pousados em mim com um discreto sorriso de complacência. Restou-me a dúvida. Teria sido despropositada a introdução de tal assunto ou ele examinava as minhas reações? Não parecia o tipo do homem que alimentasse uma conversa sem possuir um propósito determinado. Levava em conta que afirmava conhecer-me sem que eu tivesse qualquer ideia de quem se tratava. Era possível, pois, que me observasse, que tivesse alguma informação sobre mim. Por que me abordara? Teria, numa conversa qualquer, imaginado que os crimes foram cometidos por alguém recém-chegado na cidade? Bem, eu cá estava havia três anos, não era um estranho a não ser pelo isolamento. Podia, por outro lado, experimentar certos procedimentos usados na literatura, como, por exemplo, Sherlock Holmes. Certamente não era apenas Stevenson quem ele lia. Tirei um lenço do bolso e passei na testa. Sentia-me perturbado, e o tumulto aumentava com a expressão cândida de Sinval que não me perdia de vista. Não foi despropositada a citação ao livro de Stevenson. O que queria dizer? Um homem que exibe uma personalidade numa roda de conhecidos, em total contraste com a sua verdadeira identidade. Certamente sabia muito mais do que deixava transparecer.

— O criminoso — prosseguiu imperturbável, assumindo uma expressão reflexiva, absorvido pelos pensamentos — atacou-os ao modo de uma fera. Jogou-se nos pescoços das vítimas, abocanhou-os com um maxilar de uma força descomunal...

Ouvimos um grito abafado na roda, e uma mulher pálida, de meia-idade, apoiou-se nos braços do marido.

– Ai, meu Deus, ai, minha Nossa Senhora! – exclamava enquanto o marido a levava para uma poltrona.

O restante da roda continuou atento às palavras de Sinval, eletrizado por suas deduções.

– Abocanhou-os com um maxilar... – repetiu alguém às minhas costas, impaciente pelo silêncio que se seguiu ao protesto da mulher.
– E então, sr. Sinval, o que acha que aconteceu depois?

Ele observava os esforços do marido para acalmar a mulher. Surpreendeu-se com a pergunta e só então se deu conta da atenção provocada:

– Aconteceu? Sim, claro. Ele arrancou um naco do pescoço, provocando morte instantânea, e é possível que devorasse parte dos dois, se algo não o tivesse assustado.

– Assustado! – exclamei sem querer. – O que teria assustado um homem fera como ele? A impressão é de um monstro, metade homem, metade fera. Como um lobisomem.

Chamei a atenção para mim, numa exaltação incompatível com um observador distante como simulava. Percebi a satisfação discreta de Sinval e tive certeza de que observava as minhas reações. Falou:

– Bem, diversos motivos poderiam assustá-lo. Apesar do poder superior, não é imune ao medo, como qualquer ser vivo. Pelo estado dos corpos, quem quer que fosse o assassino, estava num transe. Como os negros em seus rituais. Alguma coisa que estimulasse um instinto perverso com um terrível poder destruidor. Por isso me referi ao livro de Stevenson. Não é um fenômeno desconhecido, afirmo-lhes. No entanto, algo o arrancou do transe, obrigando-o a confrontar-se consigo próprio. Imaginem a cena. De repente, ele se vê diante da atrocidade cometida e o que faz? Sim, o que faz? Foge, foge da cena do crime, foge de si próprio. Por isso acredito que o criminoso é um homem educado. Alguém – esperou que a expectativa se arrastasse para avolumá-la –, alguém que poderia estar aqui entre nós, conversando como qualquer um.

Suas últimas palavras causaram um choque geral anunciado por uma exclamação única como se todos acabassem de presenciar a cena descrita. Não evitei o incômodo pensamento de que suas palavras me tivessem como alvo. O salão silenciou-se, e todo mundo procurou nos olhos alheios um indício de que conversava com um assassino.

– Por que não pensar – falei – que haveria mais de um assassino? Falam muito nos Camisas Pretas. Por que pensar num único homem?

Sinval Bettencourt olhou-me com lentidão antes de responder. Havia em sua voz um tom de reprovação como a me censurar hipótese tão ingênua:

— Teriam chamado a atenção dos moradores. Alguém veria alguma coisa. Haveria marcas de diversos pés no local que não foram observadas. Além de quê, os Camisas Pretas nunca arrancaram pedaços de ninguém. Digo-lhes com segurança, estamos diante de um assassino novo. Acrescento mais, nem sequer foram dois homens. Um homem sozinho. Quero dizer, se pudermos chamá-lo homem.

— Pelo que soube — obtemperou uma mulher — não houve testemunha, apenas uma criança. O que o teria assustado? Infelizmente a criança não fala, não responde a nada. Não é assim?

— Sim, é verdade. Infelizmente. É possível que a criança, ela própria, tenha despertado um impulso humano do nosso homem fera e o levado ao pânico. Por quê? Não sei. Criança é, em princípio, inofensiva. Totalmente inofensiva. Percebem o aparente paradoxo? Um ser que não apresentava a menor ameaça ao assassino despertou nele alguma coisa parecida com sentimentos humanitários.

— Quer dizer sentimentos cristãos?

— Não iria a tanto. Não imagino um cristão de verdade procedendo assim. Mas não descarto a ideia. O assassino é uma espécie híbrida, um humanoide, parte humano, parte... — nova pausa antes de completar — só o diabo dirá...

Os olhares, refletindo uma mistura de curiosidade e medo, concentraram-se no expositor. Havia simultaneamente um forte desejo de fugir do assunto e uma curiosidade mórbida que mantinha todos ao redor de Sinval, esperando novas revelações que lhes aumentassem o pavor.

— Como terão lido nos jornais — concluiu a título de informação suplementar — os cocheiros não frequentavam o morro do Castelo. Ninguém os conhecia. E, o mais estranho, não encontraram os tílburis que conduziam. Pelo contrário, a polícia achou ambos abandonados no Rocio.

— Praça Tiradentes — corrigiu-o alguém.

— Sim, praça Tiradentes. Se um cocheiro se afasta, pede aos outros que olhem os seus animais. O que não aconteceu desta vez. Com nenhum dos dois!

— O que quer dizer?

— Digo que eles foram atraídos para o morro do Castelo de uma maneira que não sei explicar. Já ouviram falar em hipnose?

— Mas é totalmente incoerente – interrompeu-o um homem aparentando nervosismo. – Atrair cocheiros a pé para um lugar como aquele. Prometer-lhes o quê? O famoso tesouro dos jesuítas? E por que o teriam seguido esquecidos das cavalgaduras?

Sinval encarou o interlocutor, embaraçado:

— Não sei a resposta. Sinceramente... Não sei. A menina... Um médico tem conversado com ela. Pode ser que ela fale. Estão tentando.

— Mesmo que ela fale – acrescentou alguém – como reconhecer o assassino entre tanta gente?

— Um dos cocheiros – continuou Sinval, sombrio –, conhecido por Vai e Vem, era um desordeiro. Grande e forte, acostumado a pugilatos. Difícil imaginá-lo caindo tão fácil numa armadilha. Que não tenha sequer se defendido, gritado. Nada. – O olhar endurecido pousou bruscamente em mim. – O que o sr. Afonso da Mata, que morou tanto tempo em Paris, pensa desta história?

Não tive tempo de responder. Aníbal interveio na roda, arrastando Sinval para outro salão:

— Senhoras, senhores. No salão de recitais estão à espera a sra. Bebê de Lima e Castro e o sr. Domingos Braga, prontos para recitar os últimos versos dos poetas Olavo Bilac e Capistrano de Abreu. E teremos também o sr. Matos Fonseca ao piano. Sugiro deixarmos para mais tarde histórias de assombração.

A roda se desfez e percebi que todos continuaram a falar do crime, denominado o mistério do morro do Castelo. Esperei que se afastassem e peguei um copo com vermute. Engoli tudo de uma só vez e senti impulso de enchê-lo novamente. Contive-me, receoso de que minha perturbação atraísse a curiosidade de alguém. Espantava-me, em especial, a suspeita de que Sinval Bettencourt não falou do crime sem uma intenção oculta. E o desconhecimento dela criava dentro de mim incômodas interrogações.

Fui tocado pela mão da anfitriã, dona Ana Teodora.

— Sr. Da Mata, meu marido falou que o senhor também concorre para as nossas produções literárias.

Sorri embaraçado:

— Não é verdade. Sempre tive interesse em literatura. Mas, desde criança, vivi entre analfabetos.

— Talvez lhe faltasse a oportunidade.

— Escrevo impressões de viagem e reflexões sobre a natureza humana. As impressões de viagem mando para o *Jornal do Commercio*. As outras guardo num baú. Não são importantes e assim mantenho-as só para mim.

No salão, uma voz feminina declamava versos com um sentimento derramado e nos calamos. Notei a hesitação dela em cumprir os deveres de anfitriã e entrar. Estava claro que não queria me deixar a sós. Seus lábios tremeram, tentando capturar uma palavra perdida. Falou:

— Não sei por que Sinval foi falar desse crime horroroso no morro do Castelo. Quero que em minha casa as pessoas se sintam bem, não assustadas.

— Tenho certeza de que os versos ditos pela boca de dona Bebê de Lima os farão esquecer o medo. Ademais, é uma boa história de se ouvir. Existe, como dizer, atmosfera apropriada com as ruelas sendo destruídas.

— Não gosto de violência.

— A violência está longe daqui. E, como dizem os jornais, deverão ter um fim com as obras da prefeitura.

Ela dirigiu-me um sorriso satisfeito e enrubesceu, criando um contraste entre os olhos claros e a pele corada. Senti-me atraído pela beleza daquela mulher que exibia encantos nos menores gestos. Meus pensamentos refletiram-se nos olhos. Ela percebeu e virou o rosto para o salão. A voz da declamadora atingia um ápice, quebrando-se em ecos que se espalhavam pelo silêncio da plateia como os ruídos de uma cascata.

— Aníbal — falei — deve tê-la buscado no Olímpio. Em que outro lugar do mundo haveria uma mulher como a senhora?

Minhas palavras não a abalaram. Pelo contrário, não era estranha à lisonja dos homens. Um sorriso imperturbável, que aumentava a luminosidade do rosto, parecia originar-se do fundo da alma. Falou, demonstrando domínio de si:

— Importa-se de chegar um momento até outra sala? Seremos ouvidos daqui. — Acrescentou em tom de pilhéria. — Meu marido não se importará de cumprir os deveres de anfitrião a sós alguns minutos.

Assenti com um gesto e segui-a. Na parede oposta, um enorme espelho refletiu-nos no salão vazio, com o brilho de cristais formando uma aura em volta da ama. Atrás dela enxerguei um animal negro e peludo, um monstro materializado dos pesadelos, um lobisomem trancafiado nos porões condenados pelos novos tempos e posto em liberdade pelas picaretas da prefeitura. Sua presença apagou as luzes, e os cristais perderam o brilho. As flores murcharam com o sopro que vinha de suas mandíbulas, e das cores vermelhas, amarelas e brancas que atiravam ao ar a exuberância de uma beleza virginal sobrou apenas um verde violáceo dos cadáveres em decomposição. Na penumbra que envolveu o ar festivo do salão, os móveis não passavam de túmulos brancos, e a atmosfera impregnou-se de exalações cadavéricas. O que, no entanto, me assustou foi o rosto que sobressaiu da figura monstruosa. Rindo de meus transtornos, vi a figura de demônio sobreposta ao Cristo do crucifixo de minha tia. Ana Teodora virou-se para mim e em seu lugar surgiu uma mulher de rosto pálido desprovida de olhos, usando o vestido de minha mãe. Ela levantou a mão como fizera a mulher anos atrás no largo do Paço, ao me defender dos vagabundos. Mas desta vez foi inútil. A figura monstruosa do espelho se jogou sobre o seu pescoço e o estraçalhou. Saciado parcialmente em sua sede de sangue, olhou a vítima com uma expressão de tristeza. Suas feições se diluíram e enxerguei o meu rosto.

– O que aconteceu? – Ana Teodora me olhou espantada e temi que tivesse assistido à mesma cena. – O que houve, sentiu-se mal?

Fechei os olhos. Apoiei a mão num bufete de bebida e tive medo do que me esperava ao abri-los. Porém nada restava da visão e despejei um pouco de Porto numa taça que emborquei. Ela seguiu os meus gestos com um ar de velada aflição. As mãos rodearam-lhe o queixo, e o quadro me pareceu o desabrochar de uma rosa. Não soube como compreender o contraste de duas visões tão opostas, a dela e a minha. Ergui os ombros, demonstrando que estava recuperado:

– Não se assuste, foi uma vertigem. Às vezes acontece em lugares enclausurados, quando estou cercado de muita gente.

– Melhor então irmos para o jardim.

Conduziu-me a uma porta lateral, entramos numa sala menor e atravessamos um corredor. Saímos no jardim que cercava a mansão e nos dirigimos a um banco de balanço embaixo de uma árvore. Um odor de sal cobria a atmosfera. A noite salpicada de estrelas parecia um tecido de brocado negro coberto de joias. Canteiros floridos nos cercavam, e um pequeno regato dotava o lugar de uma atmosfera bucólica. Sentamo-nos.

– Meu marido mostrou grande admiração por suas qualidades na Bolsa. – Fiz uma mesura, ela continuou. – Falou que frequentou

os naturalistas na França. O senhor Émile Zola deve ter sido um homem fascinante. Pena ter morrido num acidente tão bobo.
— Também temos o nosso Emílio.
Ela deu uma risada:
— Emílio de Menezes! De naturalista só tem o dom de machucar os outros com versos venenosos.
— Dizem que é o maior poeta de alexandrinos.
— Dizem tudo para agradá-lo. Têm medo de sua língua. Ninguém quer ser alvo dos seus dichotes.
Voltei ao assunto anterior:
— Paris estava muito tumultuada. Vim para o Rio de Janeiro pensando em passar o resto dos meus dias em paz.
Ela riu de minhas palavras:
— Resto dos seus dias! Não me parece um homem velho.
— Na sociedade francesa, os dichotes de Emílio de Menezes não passam de epigramas divertidos. Eles sabem ser cruéis com um requinte muito maior do que ousamos no Brasil.
— O senhor deve ter tido experiências emocionantes.
— Para ser sincero, tive o suficiente do Velho Mundo. Não acho que as pessoas devam se afastar dos lugares de origem. O mundo pode se tornar amedrontador se não o vemos com olhos apropriados.
Ela acompanhou minhas palavras com interesse:
— Sr. Afonso, acredito que suas reflexões devem ser fascinantes. Se um dia vierem à luz, poderão significar muito para as nossas produções literárias.
— Não chegam a tanto, de forma alguma. Talvez eu fale com a eloquência aumentada pelo Porto. Neste jardim repousante, num lugar afastado das inquietações do dia, elas parecem mais sábias do que são na verdade.
Ela virou o rosto, observando os patos que cochilavam à beira do regato:
— Às vezes penso que fazemos tudo na vida para sermos iguais àqueles patos. Pensa que existe algo capaz de lhes perturbar a paz?
— Existem inúmeras ameaças, senhora. Eles não se dão conta delas porque têm na senhora a sua protetora.
Seu semblante tornou-se pensativo:
— Meu marido tem uma veia poética. Não é capaz de escrever um soneto, mas admira um belo poema. Estranho um homem admirar tanto o belo e não ser capaz de criá-lo. Contenta-se em fazer o

papel de mecenas. Paga as contas na confeitaria Colombo, empresta dinheiro, não cobra. Sente-se recompensado quando os poetas o recebem com festas.

– Ele tem em casa o objeto dos versos dos poetas. Eles imaginam o belo, acreditando que suas palavras o materializem a outros olhos. Seu marido pode exibi-lo para todos os olhos, sem precisar descrevê-lo com palavras lustrosas ou enfadonhas.

Ela contraiu os lábios numa risada tímida, abriu o leque para dissipar uma gota de suor que lhe deslizava pelo pescoço. Levantou-se, receosa que tivesse passado muito tempo e estivessem à sua procura lá dentro.

– Sr. Afonso, suas palavras são muito amáveis e me sinto lisonjeada. O senhor me faz parecer mais do que sou. Quem sabe aí está o verdadeiro talento? Espero com sinceridade que voltemos a nos encontrar.

Peguei sua mão e levei-a aos lábios com suavidade. Permaneci segurando-a, e ela não fez nenhum movimento para livrá-la. Se participasse de um romance entre pessoas normais, quero dizer, pessoas que oferecem amor umas às outras mesmo que este amor não passe de uma flor definhada acompanhando um cadáver em sua primeira noite sob a terra; romance entre seres humanos, como falei, não entre visões de orgias monstruosas, diria que vivíamos um momento mágico.

11

Saí da festa perturbado. Chamei a caleça e mandei-a rumar para o largo do Machado. A carruagem se pôs em movimento, jogando-me contra o encosto. Enquanto as patas dos cavalos batiam secas contra o solo endurecido das ruas, minha mente voltava a remoer as conversas do salão. Para onde me virasse, deparava com o rosto de Sinval, substituído pelo sorriso embaraçado de Ana Teodora. As palavras dos dois se misturavam em meus ouvidos e continuavam ressoando em ecos intermináveis.

Teria razão para supor que ele observava as minhas reações ao mencionar os crimes do morro do Castelo? Talvez acreditasse terem sido cometidos por estrangeiro. Ou alguém que tivesse vivido muitos anos na Europa. No dizer dos cavalheiros que compunham a roda, alguém movido pela audácia de um estrangeiro numa sociedade mal desperta dos séculos de colonização. Se tal pensamento ganhasse vulto, eu seria um forte suspeito. Reuniria em mim diversas possibilidades. Para culminar, apresentava uma conduta misantropa, oposta aos hábitos de uma efervescente sociedade que descobria o seu lugar na História.

Segundo Sinval Bettencourt, a polícia procurava entender o caráter do suposto monstro, cometendo, assim, o grande erro. Acreditavam que uma possível coerência de condutas acabasse por denunciar o homem que buscavam. Que tipo os cometeria? Invariavelmente deparavam-se com uma parede em branco. Um homem, um cristão, um bárbaro egresso de uma idade perdida da História da Civilização? Um louco? Bem, poderia não ser nenhum deles.

Do meu lado, não me importariam tanto os assassinatos. Eu lhes falaria, por exemplo, das pessoas que eram levadas pelas febres e das que morriam de fome. Por que achar que crimes praticados por um estranho, numa cidade repleta de vielas sórdidas, teriam caráter maligno enquanto crimes advindos de nossa indiferença eram atribuídos ao acaso? Se dois cocheiros e uma prostituta morriam de peste, ninguém pensaria que nós os entregamos, pela indiferença, aos micróbios que os devoraram. Não seria o que os esperava de uma maneira ou de outra? Para concluir, eu lhes diria que não podíamos condenar o lobo de caçar cordeiros, como não nos ocorre condenar o leão de atacar as corças. Fazem parte de um processo natural. Não nos metemos a refazer a natureza, antes cumpre aceitá-la.

Mas existe uma distância entre crueldade e homicídio, acrescentaria uma voz entre as tantas que sopravam em meus ouvidos. O que começou como observações em animais, sobre o comportamento da vida diante do extermínio, se transformou em assassinatos fortuitos de seres humanos. Acreditava que as duas estariam ligadas? De verdade!

Sacudiu-me um solavanco e despertei das reflexões. Uma fímbria de claridade atravessou os postigos da janela e se espalhou em meu rosto. Olhei lá fora, enxergando camadas de escuridão se depositarem sobre os muros que nos acompanhavam a marcha. Ainda escutava os ruídos da festa, declamações e música; o brilho dourado do salão continuava cintilando diante de mim. Porém o calor da festividade não passava agora de uma lembrança fria, incapaz de atravessar a distância que nos separava.

O cocheiro gritou com os cavalos, e a marcha voltou ao ritmo anterior. Senti frio e me encolhi, estreitando a sobrecasaca sobre o corpo. Vi-me um inseto preso numa teia de aranha. A aranha tinha um rosto humano; insetos e animais tinham rostos humanos, envergavam respeitáveis sobrecasacas, frequentavam saraus literários e se divertiam de noite caçando presas humanas. Não fazia parte da própria teoria de Darwin que nos salões se expunha ao modo de um poema cantado? Não compreendiam que não podiam condenar algo que poucas horas antes aplaudiam como um dos importantes princípios da vida?

O rosto de Ana Teodora surgiu diante de mim. Seu sorriso claro iluminou a escuridão do carro como uma chama, introduzindo uma pequena fresta de luz na caverna gelada que me confinava. Senti um baque no coração. Lá fora ouvi de novo a voz do cocheiro e fizemos uma curva suave. Atravessamos uma depressão no terreno que fez o carro sacudir. Pensei que, não importavam os nossos crimes, o mundo continuaria rodando alheio aos nossos tormentos e seguiria o seu curso dentro da mesma indiferença que orientou a Terra na sua primeira volta ao redor do Sol.

– O que quer de mim? – gritei sem me dar conta. – O que quer de mim? – continuou a voz enterrando-se em meu peito. Vi o meu braço direito cruzar a escuridão e notei que tremia. Enxerguei novamente o rosto de Ana Teodora ruborizar-se ao ouvir de mim uma observação lisonjeira e tive vontade de rir. Experimentei, ao conhecê-la, uma doçura nunca provada até então. Deste gosto nada restava além de ressaibos. Agora ela me parecia idiota; uma menina estúpida que se emociona com um elogio de um professor. Senti mais raiva dela do que de Sinval e esmurrei a porta do veículo sem querer.

A carruagem parou e olhei pela janela, estávamos no largo do Machado. Desci e paguei. O cocheiro contou as notas, desconfiado. Esboçou uma risada silenciosa, ao conferir a última. Fez um gesto de agradecimento e partiu. Esperei-o afastar-se e andei pelo largo. Vi uma vitória vinda da rua do Catete e fiz um gesto para o cocheiro que tomou a minha direção. Mandei-o seguir para o centro da cidade. Ele acenou com a cabeça.

Recapitulei as conversas das últimas horas. Minha mente girava num movimento louco, atordoante. Entre todos os vultos diante de mim, destacou-se o rosto de Sinval Bettencourt. Desejei atacá-lo numa rua escura. Minhas mãos tremeram, e agora eu sabia por quê. Um irrefreável desejo de morte.

Passávamos pela Glória, ao lado do mercado demolido. Não passava de um amontoado de destroços erguendo-se em súplicas inúteis ao criador, como animais doentes uivando para a lua. Velhas paredes demolidas para que novas paredes, mais imponentes, se erguessem sobre as suas cinzas. Talvez murmurassem, ao modo de uma reza desesperada, as recordações de homens que um dia vagaram pela paisagem deserta, e que também já não existiam.

Continuamos em frente pela avenida Beira-mar e viramos os restos da rua da Ajuda, cujo trecho desaparecia sob as obras da Grande Avenida. Ruínas de casarões desmoronados passaram a acompanhar o nosso trajeto. Prosseguimos por um descampado do qual só sobressaíam ruínas e peste. Mais à frente, cercado de blocos demolidos, ainda se erguia intacto o convento da Ajuda. À esquerda, avistei a massa sombria do morro de Santo Antônio atravessado numa encosta pela rua Senador Dantas. Silencioso, o morro espreitava-nos de sua invisibilidade noturna, exibindo os casebres pendurados em seu dorso como um espalhafatoso colar de miçangas no pescoço de uma antiga escrava. O cocheiro freou a carruagem e ouvi, oculto pelo estore que cobria a janela, o estrépito metálico de rodas sobre trilhos. Havíamos encostado a um canto da rua para que um bonde elétrico, transportando passageiros sonolentos, entrasse na rua do Passeio. Puxei o relógio da algibeira; quase duas horas. Ao lado a 13 de Maio, semidemolida, surgia das trevas como uma aparição incompleta, um ser metade gente metade animal que se examinasse sem compreender a que natureza pertencia.

Mandei que prosseguisse lentamente, queria ver as mulheres da vida na calçada. Um bar atulhado de gente, envolto numa atmosfera densa e esbranquiçada, expunha à superfície um mundo que durante o dia se decompunha nos porões de prédios condenados. Olhares cansados e peles macilentas esfregavam-se numa fricção estéril de engrenagens humanas, em inúteis esforços de trazer vida a seus corpos exauridos. Ao pé do morro, as prostitutas se moviam na calçada como formigas. A comparação não era despropositada e continuei repetindo aos sussurros, formigas. Quem, no salão do conselheiro Aníbal e de Ana Teodora, se lembraria de uma prostituta enforcada num cortiço da Saúde que cem anos atrás foi a prisão em que se trancafiavam notórios assassinos? Quem perceberia o desaparecimento de uma formiga no formigueiro?

Falei para parar diante de uma mulher isolada das outras e fiz um gesto de mão, chamando-a para o carro. Ela veio com passos rápidos, amedrontada que outra lhe tomasse a frente. Tive pena de semelhante criatura e quase a mandei embora. Jovem e magra, recurvada, trajava roupas pobres e surradas. Parou na porta, lançando-me um olhar baço em que nada se via além de exaustão. Não foi difícil enxergá-la nos próximos anos a sós, trancada num quarto escuro e dilacerada pela doença.

Sentou-se no banco em frente e pousou em mim um olhar triste mal visível no rosto encovado. Uma decrepitude precoce devorava-a com a avidez de cachorro faminto. Percebi os dentes estragados que tentava ocultar com a mão em concha. Entramos no largo da Carioca, passando pelo enorme chafariz diante do teatro Lírico. Um bêbado portando uma barba grisalha recostava-se numa parede do chafariz e observava a cidade como o velho Imperador trazido das cinzas da morte. Margeamos o hospital da Ordem Terceira de São Francisco, escuro e vazio, cujas paredes começavam a ser demolidas. Apontei-lhe as ruínas:

— Já esteve internada ali?

Ela seguiu o movimento do meu dedo com um interesse formal, burocrático:
— Estive sim, uma vez. Graças a Deus, pouco tempo.
— Ouvia os doentes gritando?
Seus olhos pareceram saltar do rosto:
— O dia inteiro. — Agora estava integralmente restituída à vida. — Gente gritando, feridos sangrando nos corredores, mortos. Virgem santa, nunca mais quero entrar naquele lugar. Que derrubem tudo rápido.

Passada a exaltação, voltou à contemplação apática de um velho pássaro findando os dias encerrado numa gaiola. Continuamos a rodar e mandei o cocheiro pegar a rua São José, na direção da Misericórdia. Ela desgrudou os olhos do chão e me observou com cautela. Enxerguei neles uma luz pálida cintilar como se experimentasse o gosto da vida, numa antecipação involuntária do dinheiro que lhe seria entregue ao final da aventura.

— Para onde vamos?
— Por aí. Gosto da cidade vazia, quando todo mundo está dormindo. Não se sente dona das ruas de madrugada?
— Não sou dona de nada, nem da minha vida. Vê o vestido? Emprestado de uma colega. E esta cidade... — Deixou as palavras morrerem no suave balanço da carruagem. Pensei num possível diálogo entre a aranha e a mosca debatendo-se emaranhada na teia. "Olhe aqui", diria a aranha, "não precisamos fazer dramas inúteis. Você faz a sua parte, eu a minha. A vida pode não ser justa, mas não temos nada melhor." — Não me importo com a cidade — ela continuou com um calor inesperado brotando no rosto. — Não nasci aqui nem gosto daqui.

Levantei o estore, atravessávamos o Portão do Trem para a ponta do Calabouço, em frente ao largo da Misericórdia. Mandei-o prosseguir e parar diante do Arsenal de Guerra, em frente ao mar. Ela escutou a palavra mar com prazer. As poucas imagens que guardava, ligadas a uma ideia espúria de alegria, vieram a seus olhos evocadas pelo mar.

— Sente-se aqui do meu lado. — Ela levantou-se com um riso infantil, exibindo uma alegria havia muito ausente daquele rosto fanado. Liberta das mesquinharias e baixezas que lhe reduziram a vida a um buraco malcheiroso, tornou-se bela.

Encostou o ombro no meu peito, o rosto dividido entre um sorriso simples trazido pela felicidade fugidia e o cálculo do dinheiro em jogo. Tudo misturado aos momentos futuros que se expuseram aos seus olhos como um capricho cruel do destino. Segurei-lhe o rosto, apalpei-a com suavidade, e ela fechou os olhos. Senti-me tateando um momento desaparecido no passado, um sonho perdido entre os tormentos de um pesadelo permanente que tornasse maldita qualquer ideia de felicidade. Aproximei os lábios do seu pescoço, senti os cavalos parando e o movimento morrer asfixiado diante dos uivos roucos das ondas do mar.

Abri a boca, encostei os dentes no pescoço dela, mordi com volúpia. Ela lançou um gemido tênue que se dissipou no marulhar das ondas. Debateu-se e fez um movimento brusco com os braços, livrando-se do meu abraço. Nossos olhos encontraram-se e julguei ver em seu olhar esmaecido um pedido de piedade. Parecia dizer: "Espere, espere, não sei por que faz isso, mas pense um momento, um momento só. Ainda sou jovem, posso ser o que sou, mas tenho a vida pela frente. São muitos anos, não se deve extingui-los assim, um dia terei filhos, por que me privar de tudo?"

Vi-me exibindo-lhe uma foto sua dali a dez anos. Ela viu uma mulher gorda, flácida, amargurada, uma matrona arruinada cujos restos de esperança e juventude jaziam trancados num riso de sarcasmo e numa expressão cruel. Ali estava tudo o que a esperava dali a poucos anos. Não vê que lhe presto um favor? Não sabe onde terminam esperanças como essas? No abismo. Para que passar por tudo isso? Pensa que a vida merece todos os sacrifícios? Anos revolvendo-se em tédio e angústia para se ver a si própria decompor-se como um cadáver é melhor do que fechar os olhos para sempre e nada presenciar? Não é menos digno? A eternidade não é um caminho de êxitos e fracassos que começa no nascimento e se prolonga pelo tempo e depois do tempo, acumulando alegrias que nunca lhe pertencerão. Ela começa em qualquer hora e em qualquer lugar, ela começa agora e toda a felicidade com que sonhou será sua no próximo segundo. Um segundo, não mais; a partir de então todos os momentos estarão contaminados pelo vício e pela doença. Se a poupar, eis o que terá da vida.

Um cavalo bufou e bateu com um pé no chão, impaciente. O cocheiro puxou os arreios e assoviou, murmurando palavras entremeadas a exclamações. Virei-a de frente para nada perder dos últimos instantes da agonia. Nada vi porque os olhos vidrados revelaram que a vida naquele corpo já se fora, e de sua expressão final julguei que nada nela merecia um suspiro mais forte. Era possível até que levasse consigo a satisfação de não devolver o vestido para a companheira. Então um jorro de sangue esguichou em meu rosto e nos enlaçou numa comunhão inseparável de amor e repulsa, no que de mais íntimo se pode experimentar pela ligação entre um homem vivo e uma mulher morta.

Dobrei-me sobre o corpo e beijei-lhe os lábios com um ardor que ela nunca conheceu. Pelo menos, esse ardor ela levaria para o descanso eterno.

– Sabe de uma coisa? Se eu soubesse que os seus lábios mortos eram tão doces, não teria esperado tanto!

Puxei-lhe a saia com rapidez e penetrei-a salpicando sangue quente entre suas coxas. Lambi o sangue que continuava a esguichar do pescoço dilacerado como de um chafariz. Lambuzei-me naquela mistura tenra de carne e sangue e gemi de prazer.

– Morta – disse-lhe cochichando ao pé do seu ouvido – você é deliciosa, exala algo de sublime de que nunca seria capaz em vida. Vê como fui generoso não a poupando? Nunca teríamos um momento como este.

Abri a porta e, sem sair, chamei o cocheiro para ajudar com a moça que se sentia mal. Ele desceu da boleia, prestativo. Inclinou-se para dentro até distinguir a morta banhada numa poça de sangue. Soltou uma praga, não foi muito além. Agarrei-o pelo pescoço e puxei-o, apertando-o como uma massa mole que não oferecesse resistência.

– Não a ouve? Ela o chama para passarem juntos a eternidade – balbuciei no seu ouvido.

Ele se debateu sufocado, como as galinhas ao estrebucharem na terra arrastando uma trilha de sangue atrás do pescoço cortado. Sentado no banco, continuei a lhe apertar o pescoço com mais força, e ele vomitou uma massa cinza e vermelha que quase atingiu as minhas calças. Quietou-se e soltei-o. Um odor fétido espalhou-se dentro do veículo. Coloquei-o junto da mulher. Nem o nome lhes soubera.

– Um nome – exclamei em voz alta –, um nome devem ter tido!

Tirei a capa do cocheiro e vesti-a, livrando-me da sobrecasaca. Limpei o sangue do rosto. Ajeitei os dois corpos no soalho e saltei para a boleia. Destravei o freio. Os cavalos sentiram o cheiro de sangue e mexeram os pescoços, bufando impacientes. Tive dificuldade de dominá-los; por fim acataram os meus comandos e nos levaram dali, transportando a lúgubre carga.

Passava pela rua Dom Manuel quando escutei uma voz a poucos metros chamando-me. Puxei os arreios. O homem veio apressado na minha direção, segurando a cartola na mão. Perguntou quanto queria para levá-lo até a Prainha. Era alto e espadaúdo, um tanto balofo, o que me lembrou Sinval Bettencourt. Um impulso perverso me fez responder:

– Se não se importar com o casal lá dentro.

Observei-o. Olhar liquefeito, rosto sério e macilento, parecia passar o dia conferindo contas alheias. Algo dentro dele fermentava, inchando-o. Olhou-me enviesado e completou com um sorriso malicioso:

– Leve-me em primeiro lugar ao meu destino que não me importo. Não serão mais do que – tirou o relógio da algibeira – dez minutos.

"Talvez um pouco mais", pensei num rasgo de ironia.

Pulei para baixo e abri a porta para ele entrar. Apalpando o lado de dentro piscou os olhos com força para enxergar o interior do veículo. Manteve o sorriso de malícia até deparar-se com os dois cadáveres ensanguentados, aí já não viu mais nada.

Levei a vitória até o mercado da Glória e saltei, prendendo os cavalos num dos blocos desmoronados. Afastei-me. Um dos animais olhou para trás com algo semelhante a um olhar humano de reprovação. Cheguei a pensar que uma das almas se apoderara dos olhos do animal numa tentativa inútil de me lançar a maldição provocada pelos meus crimes. Qual das três seria? Descartei a da prostituta. Talvez a do cocheiro, não lhe pagara a corrida. Ou a do passante madrugador por lhe ter estragado um bom negócio. Feitas as contas, não seria muito grave o castigo e prossegui despreocupado, carregando nas mãos a sobrecasaca manchada de sangue.

Olhei para o céu negro cravejado de estrelas. Distingui na linha longínqua do mar, onde as duas massas escuras encontravam-se, os primeiros clarões do sol. Senti-me alegre, em total oposição ao mau humor que me acompanhou ao sair da festa. Pensei em Aníbal deitado ao lado de Ana Teodora. Os corpos ligeiramente afastados, cobertos pela neblina do sono. Estariam se tocando? Não mais do que dois corpos, falei em voz alta.

Lavei-me no mar. Em casa, me vi frente a frente com Tibúrcio. Ele lançou um rápido olhar para o casaco do cocheiro, percebendo a sobrecasaca manchada de sangue no braço. Nem eu nem ele ousamos pronunciar uma palavra. Entreguei-lhe a sobrecasaca, falei:

— Livre-se disso. Queime.

Continuei em frente e parei no primeiro degrau da escada. Tibúrcio permaneceu imóvel. Falei sem me virar:

— Fui atacado por desordeiros. Dei-lhes uma lição de que não se esquecerão.

Não me preocupei com ele. Tivera muitas chances, na vida, de contemplar sangue. Devia ter se acostumado. Não se impressionaria nem seria levado por ideias extraviadas.

Subi para o quarto e me joguei na cama. Não preguei os olhos. O estado de excitação deu lugar a uma sensação de vazio, de total esterilidade; uma ardência no estômago subiu pelo peito até se concentrar na garganta. Observei o armário em frente e pensei no crucifixo da minha tia. Quis buscá-lo. Contive-me por medo do que aconteceria se o tocasse.

— Por quê? — balbuciei.

A pergunta perdeu-se no silêncio do quarto. Ergui-me assustado, levado pela sensação de estar sendo vigiado. Talvez Tibúrcio atrás da porta. Ele sabia de tudo o que eu fazia. Não, não havia ninguém. Uma palavra perdida da conversa na festa ecoou em meus ouvidos, humanoide. O que seria um humanoide? Uma mistura de humano com fera, homem na aparência e onça na sede de sangue? Talvez a palavra não fosse humanoide, porém monstro. Que tipo de ser vivo seria um monstro?

E então, entrei no estado de catalepsia.

No dia 7 de setembro, houve a inauguração das obras da avenida Central, até então chamada a Grande Avenida. Esta rasgaria a cidade da Prainha até a praia de Santa Luzia, cortando onze ruas centrais. Diversos casarões foram demolidos, e alguns poucos esperavam a vez de se transformar em poeira. O rebuliço em torno das desapropriações ocupou as manchetes dos jornais durante vários meses. Os andaimes dos primeiros estabelecimentos à margem da avenida já estavam de pé.

O formigar de gente no centro da cidade, principalmente nas ruas que desembocavam na avenida, proclamava com todas as pompas o grande acontecimento, o marco histórico de que "a nossa Sebastianópolis deixava para trás um passado obscuro e acanhado de colônia e ingressava no futuro como uma das grandes metrópoles do mundo". A despeito dos mosquitos que continuavam a zunir no resto da cidade, diziam as vozes debochadas.

Não é preciso descrever os magotes de povo que se concentravam nos lados do Boqueirão, no trecho onde passava a extinta rua da Ajuda. Esperavam inquietos a comitiva presidencial. Pobres, ricos e remediados; vestidos de chita e de seda, sobrecasacas, fraques, simples fatos cinzentos. As comemorações populares davam uma cor forte ao vasto trecho descampado, repleto de blocos demolidos. Pareciam feitas com o propósito de esconder, com um falso brilho, a aridez que seguia o avanço das demolições. Prédios antigos transformados em ruínas, a encosta do seminário do morro do Castelo cortada para se erguer a Escola de Belas-Artes e a Biblioteca Nacional, coberta de lama pelas chuvas, revelavam os restos de uma cidade que deixava de existir. Montes de pedras e terra, tijolos e telhas partidas, caibros, ripas, vigas se amontoavam às margens da avenida, oferecendo um espetáculo deslocado à sombra da grande festa. Por sua vez, bandeiras adejando, festões de folhagem, balcões engalanados de papéis coloridos, arranjos de flores nos postes, escudos com datas e nomes anunciavam a nova cidade que ali nascia.

Ao longo de todo o eixo da nova avenida, bandas uniformizadas concentravam-se em coretos, exibindo instrumentos brilhantes. Ao redor, homens e mulheres, trajados em roupas novas e luvas brancas, disputavam os melhores lugares.

Uma senhora num vestido claro e pesado apontou um lote de entulhos, onde tapumes envolviam uma nova construção cobertos de cartazes com o anúncio de água Salutaris. Perguntou ao marido se não era ali que morava o primo tal na antiga rua da Ajuda. O marido girou o rosto, incapaz de reconhecer os trechos.

Um homem falava, referindo-se à ladeira do seminário:

– Era ali o casarão do seminário de São José. Nem ele escapou. Foi demolido junto dos outros.

O outro o repreendeu:

– Sabe o que penso? O morro do Castelo era a nossa antiga pérola. Mas as pérolas se gastam. Hoje é um dente cariado. Precisamos extraí-lo.

O primeiro continuou a balançar a cabeça, sem modificar o gesto de pesar.

Escutei o meu nome e me virei para dar com o conselheiro Aníbal, vestido em terno de brim e chapéu de palheta. Do lado Ana Teodora trajava um vestido de anquinhas cuja barra erguia num gesto elegante, protegendo-a do chão. Acompanhava-os três casais que reconheci da festa.

– Não é o amigo Afonso que parece nos ter desertado? – falou com um movimento largo de mãos, teatral, semelhante aos gestos dos políticos que ocupavam os palanques distribuídos ao longo da avenida. – Desde a festa não nos temos visto – continuou a título de explicação que devesse aos acompanhantes. – Ana Teodora perguntou mais de uma vez sobre o amigo misterioso que nos deixa na festa sem se despedir e não retorna...

Olhei a mulher de relance, notando que desviava o rosto disfarçando o rubor. Os outros casais rodeavam o Conselheiro e Ana Teodora como se fossem eles o presidente e senhora. Olharam-me curiosos, perguntavam-se que estranho era esse que despertava palavras tão amistosas de um homem da importância do Conselheiro. O mais curioso era que eu esperava o encontro. Para isto ali viera. Em algum lugar da avenida, qualquer lugar que eu examinava confuso fazendo força para me misturar com os homens à volta, daria com eles. Seria, como dizer, inevitável.

Evitava-os desde a festa, como Aníbal dissera. Deixara de ir à Bolsa do Café transtornado por um novo pressentimento de tragédia. No entanto, reconheci que no fundo não queria evitá-la, pelo contrário, buscava-a. Praticava com ela, com a sua materialização, uma espécie de dança, algo relativo a passos que recuam e avançam. E com uma mistura de impotência e satisfação, via-os rodearem-me impregnados da euforia das grandes comemorações.

– Olhe ali. – Ana Teodora apontou uma landau negra acompanhada de várias carruagens, estacionando a uns vinte metros. – O presidente chegando.

Todos se calaram, voltando os rostos para o lugar em que o séquito presidencial posicionava-se. Num gesto simultâneo, os homens tiraram o chapéu. Uma onda de silêncio atravessou a multidão e era possível que uma emoção nova, inchada pela solenidade dos momentos históricos, cobrisse todo mundo com uma noção aumentada da própria importância. Relanceei o rosto de Ana Teodora, percebendo que ocultava forte perturbação. A chegada do presidente ofereceu-lhe a oportunidade de disfarçá-la.

– Vamos, vamos lá. – Apontou-o Aníbal quase aos berros, empurrando-me de leve com um gesto amistoso de mão.

Acompanhei o povo na espontânea corrida em direção ao presidente. A carruagem negra imobilizada e os cavalos garbosos e engalanados transformavam-se no primeiro monumento a fixar o marco do grandioso espetáculo. Os homens disputavam a primazia de cumprimentar o presidente que distribuía tímidos apertos de mão e reconheceu Aníbal quando este chegou perto.

O Conselheiro cumprimentou o presidente, fazendo um gesto para a mulher se aproximar e lhe estender a mão. Rodrigues Alves segurou-a com o cuidado que teria se manuseasse um raro objeto de louça e levou-a aos lábios com um sorriso de admiração. O ruído da multidão se tornou estridente, suplantando os uivos finos do vento que varria a avenida. O presidente trocou um rápido sussurro com o Conselheiro. Foram afastados pelo senhor Paulo de Frontin que apontava o primeiro andar do prédio em construção adiante. Lá dentro plantas e maquetes das obras encontravam-se expostas. Rodrigues Alves seguiu-o e entrou no prédio.

A polícia empurrou a multidão para o lado, abrindo espaço para que um comboio formado de bondes elétricos parasse diante da improvisada exposição. Iniciando neste trecho, os trilhos metálicos prosseguiam ao longo dos dois quilômetros da avenida cujas obras o presidente inspecionaria do comboio, acompanhado da comitiva.

Não se passou meia hora para que o chefe de Estado e a comitiva voltassem e entrassem no luxuoso comboio. Neste momento, o fortim do Boqueirão começou uma salva de 21 tiros de canhão. Todos se imobilizaram, e um silêncio solene cobriu a avenida, cortado apenas pelos disparos compassados dos canhões que se perdiam lá em cima, no céu carregado de nuvens. Cessadas as salvas, os seis carros acoplados passaram a deslizar sobre os trilhos. À medida que desciam a avenida, magotes de povo, postados ao longo do caminho, saudavam o presidente com gritos e acenos. Foguetes se transformavam em luzes coloridas e uma banda a poucos metros de onde estávamos tentava tocar inutilmente o Hino Nacional.

Proprietários das novas construções que ponteavam as margens da avenida improvisaram palanques enfeitados, recebendo ruidosamente a passagem do presidente ao longo do trajeto. Disputavam as preferências dos olhos presidenciais, rivalizando-se na exuberância das cores e dos símbolos que lhes cobriam as fachadas. Senhoras enchiam as mãos de pétalas de rosas e jogavam sobre a composição que lentamente vencia a distância entre os dois extremos.

Ana Teodora puxou o marido e lhe apontou o Pão de Açúcar, do lado oposto, destacando-se da neblina rala que banhava a baía.

– Veja, meu marido, a impressão que se tem daqui é que a avenida vai atravessar a baía até o lado de lá.

Ele bateu com a palma da mão nas mãos dela, num gesto paternal:

– Não vai demorar muito, minha querida, não vai demorar.

– Sr. Afonso – falou-me a sra. Adelaide Sarmento. – O senhor tem ideias bastante originais para a nossa época. Imagino que não deva considerar esse evento um espetáculo que mereça destaque entre os que já assistiu no Velho Continente.

– Ao contrário, minha senhora. – Tirei o chapéu da cabeça num gesto de respeito e depositei-o sobre a bengala. – Não tive oportunidade de assistir, na Europa, a nenhum espetáculo que se comparasse a este.

Minha observação causou visível satisfação na senhora que fez uma observação ao marido:

– Olhe só o sr. Rodrigues Alves, Edmundo. Estamos conhecendo uma nova geração de políticos brasileiros. O que se chama estadista, se não me engano. Em breve, estaremos nos comparando com Paris ou Londres. Uma avenida como esta não nasce em todas as gerações.

– Vamos por ali – apontou o Conselheiro para o lado do convento da Ajuda. – Nossas caleças lá estão. Esperaremos a comissão presidencial na Prainha.

– Meu Deus, nunca vi tanta poeira – queixou-se a sra. Adelaide Sarmento, olhando com uma espécie de dignidade ultrajada a encosta cortada do morro do Castelo. – O prefeito não é homem de meias medidas. Até agora ouvi falar em demolir pardieiros, mas o morro do Castelo! – Acenou a cabeça, ressaltando as próximas palavras. – Não pensei que a audácia dele chegasse a tanto. Conselheiro, onde vão jogar toda essa terra?

– No mar, minha senhora, no mar. Não é onde, de uma forma ou de outra, tudo aqui vai parar?

Andamos até dois carros à nossa espera. No caminho, Edmundo pisou nos dejetos de um burro e não conteve uma injúria. Teve de esfregar o pé numa rocha. Os cocheiros, vestidos como lacaios parisienses, abriram as portas no fiel cumprimento de um ritual de nobreza. Entramos e tomamos a direção da rua Senador Dantas, saindo no largo da Carioca. Grupos de populares em trajes festivos passavam por nós fazendo caretas semelhantes ao Carnaval. O marido da sra. Adelaide dizia à mulher:

— Pode me chamar de antigo ou conservador, não gosto disso. Esta avenida engoliu a rua Chile, da Ajuda, rua dos Ourives. Onde vão parar todas?

Aníbal virou-se para o amigo:

— Vão para o céu esperar por nós, Edmundo. Mas quer saber qual a maior vítima da avenida? A rua do Ouvidor. Todo mundo que puder correrá para cá, as lojas mais elegantes. Só vai sobrar loja chinfrim. Será uma rua como as outras.

— Não fale assim — advertiu-o Ana Teodora, reprovadora.

— Pois eu não gosto disso — continuou a resmungar o outro. — Não gosto nada disso. Excesso de progresso não é comigo.

Notei o embaraço de Ana Teodora que evitava a minha proximidade. Não me dirigia palavra e estava sempre a desviar a atenção para longe do grupo. Falei algo a respeito de todos os grandes monumentos lembrarem a figura de uma mulher célebre. Provoquei uma réplica dela, bem-humorada:

— E então, sr. Afonso? Com que mulher acha que a Grande Avenida se parecerá?

— Com a senhora, naturalmente.

Ela enrubesceu e virou o rosto.

— Souberam que mais três vítimas apareceram barbaramente assassinadas? — perguntou a sra. Mirtes, sorvendo o assunto no ar.

— Soubemos, senhora — respondeu o Conselheiro, ríspido. — A notícia saiu em todos os jornais. Demolições e assassinatos são as notícias mais frequentes atualmente. Obrigam-nos a pagar o preço do progresso com sangue.

— É inevitável, meu amigo — falou com um brilho leitoso nos olhos Edmundo Sarmento, sem muito propósito além de transformar uma exclamação em palavras.

— Sim, claro. — Aníbal remexeu-se inquieto e voltou os olhos para fora. — Mas não é por isso que devemos estragar os nossos momentos de celebração. O rebotalho é atraído pelo crime como as baratas pelo lixo. Não só aqui no Rio de Janeiro; em todo o mundo. Pensam que Paris está isenta? Para cada avenida Central que se abra, haverá sempre uma centena de becos do Trem com suas perversões. Mas hoje é um dia especial, Edmundo, a atmosfera está repleta de patriotismo, de confiança do povo nos seus dirigentes. Nossas mazelas, melhor deixá-las para uma ocasião mais apropriada.

— Sim, tem razão, não quero assustar as senhoras. Infelizmente, crueldade e sangue são temas que não se esgotam nunca. O que acha, sr. Afonso?

Antes que respondesse, Aníbal interveio:

— Edmundo, estou certo de que o nosso Afonso não gosta de semelhantes temas. Não falei que foi a insistência do Sinval em prolongar o assunto no meu salão que provocou a sua retirada precipitada? Se não quiser que nos abandone novamente, aconselho a deixar essas conversas de lado.

O outro se encolheu, espantado com a veemência do Conselheiro:

— Oh, desculpe-me...

Tive dificuldade de conter meu próprio espanto. Teriam, marido e mulher, se dado ao trabalho de discutir as razões que me fizeram abandonar mais cedo o sarau? A ironia gerada pelo equívoco quase me arrancou uma risada. Olhei Ana Teodora de lado e surpreendi-a observando-me. Dirigindo-me um sorriso forçado, falou:

— O sr. Afonso viveu na Europa muito tempo. Nas grandes cidades, notícias de crimes são relegadas às últimas páginas dos jornais. Pode-se viver toda a vida sem sequer saber que eles aconteceram.

— Verdade — precipitei-me —, esse tipo de tragédia me atinge diretamente. Como sabem, sou viúvo. Casei-me em Paris e minha mulher foi encontrada morta numa rua como os infelizes que acabaram de mencionar.

A revelação arrancou uma exclamação uníssona de espanto. Olharam-me com uma expressão comum de piedade, como se descobrissem que a pessoa, para a qual dirigissem gracejos sobre a peste, já a tivesse contraído.

— Queira nos desculpar — murmurou Aníbal numa voz indistinta.

Cometera uma terrível indiscrição contra mim mesmo. Uma exclamação involuntária estabelecia uma ligação entre mim e os crimes, relacionando-os pela natureza comum. Observei inquieto cada par de olhos pousados em mim. Desviei os meus para fora, gente corria na nossa direção, abriam os braços e nos saudavam. Outras carruagens passaram por nós, competiam pelos melhores lugares na Prainha, para ali estarem quando a comissão presidencial terminasse a inspeção. Deixei-me absorver pelos ruídos das patas dos cavalos sobre o calçamento, não adiantou. Por mais que quisesse abstrair-me lá fora, voltava os olhos para dentro e me descobria uma criança desnuda diante de adultos rancorosos. Voltei a me sentir apalpado por um vagabundo do largo do Paço, cercado por uma turma de bêbados lascivos. Onde estaria a mulher generosa que me livraria daquela corja? Toquei a maçaneta da porta, pronto para abri-la e fugir. No entanto, os olhos pousados em mim expressavam apenas complacência, não avistei desconfiança em nenhum, nada que relacionasse fatos antigos a fatos atuais.

— Vejam que o sr. Afonso tem muito mais razões do que nós para não falar de tais assuntos de forma leviana — concluiu Ana Teodora com a satisfação expressa num sorriso que lhe morria rente aos lábios.

"Pobre Afonso", escutei-a ou imaginei-a dizendo a si própria.

"Pobre Afonso!", pensei.

Chegamos ao largo da Prainha e descemos no momento exato em que o comboio presidencial parava. O presidente desceu e a seguir o restante da comitiva. A caliça das obras acumulava-se nos trajes de todos, e alguém passou um lenço nos ombros do visitante ilustre, sendo repelido. Diante de nós, erguia-se um palácio, na esquina da rua da Prainha. Uma mesa enorme estendia-se na rua, repleta de champanhas. O presidente recusou uma taça, preferindo café, o que provocou embaraço geral. Aníbal observou o espanto da comitiva com um sorriso discreto:

— Entendeu o drama diante de nós, Afonso? Não podem abri-las porque o presidente não participaria dos brindes. Mas como proceder a uma inauguração desta monta sem champanha? — Dirigiu-me uma piscadela maliciosa. — O que pensa você? Abrirão a champanha ou não se atreverão?

Duas meninas correram a entregar buquês de flores ao presidente. Ele recebeu-as com um gesto paternal e uma risada satisfeita. Duas alas de populares esmeravam-se em gritar vivas aos seus menores movimentos. Passando as flores a um auxiliar, subiu em um mirante erigido sobre a casa Hasenclever, do qual veria toda a avenida, culminando com o Pão de Açúcar na extremidade oposta. O mirante era cercado de palmas de coqueiros e grinaldas de flores que se estendiam por todo o quarteirão. Aníbal nos chamou e subimos juntos à comissão presidencial. Permaneci na entrada. Cercando o presidente dos dois lados, Paulo de Frontin e Lauro Muller apontavam-lhe o percurso da avenida. Chamaram Aníbal e houve troca de risadas. Ofereceram champanha ao presidente que desta vez não recusou.

Ao descermos do mirante improvisado, chovia e milhares de guarda-chuvas se abriram. Lá em cima, o céu transformou-se numa superfície de chumbo que ameaçou fundir-se sobre as nossas cabeças.

— Reparou, sr. Afonso — Ana Teodora falou em voz baixa —, tanta comemoração, flores e festas, e o que nos cerca? A avenida passa entre os morros do Castelo e de Santo Antônio, ambos cheios de casebres. Antigamente eles vinham até nós, na rua do Ouvidor. Agora somos nós que nos metemos nas moradas deles.

A perspicácia da observação me arrancou uma risada de aprovação:

— Tem razão, senhora.

Ela sorriu como ao sermos apresentados, refazendo uma antiga familiaridade interrompida pela ausência. A expressão melancólica esvaziou-se no brilho infantil que lhe encheu os olhos de calor.

— Tenho a impressão, sr. Afonso, que o senhor tem me evitado. Por acaso tem medo das mulheres?

— De algumas, senhora. Tenho medo da língua delas.

— Estranho, pensava que destas o senhor não tivesse o menor receio.

Ri e ela riu junto.

— Penso que não precisamos usar termos formais ao nos dirigirmos um ao outro — falou com uma expressão *cocotte*.

— Concordo — dirigi-lhe um sorriso e completei —, Ana Teodora.

— Sabe, Afonso — espremeu os lábios, tingindo-os de um vermelho forte —, numa cidade com tão poucas atrações como a nossa, as pessoas deveriam se encontrar mais vezes. Agradeço ao presidente e ao prefeito a oportunidade de nos termos reunido novamente.

Fomos interrompidos pela chegada intempestiva de Aníbal que repousou as mãos nos ombros de ambos:

— Eis os dois conspirando. — Olhou para nós com uma expressão alegre. — Espero que não estejam entediados. Minha mulher, Afonso, é uma tímida. Se pudesse se afastaria da sociedade e viveria exclusivamente para os livros. Tive de arrancá-la de casa para trazê-la aqui. Graças a Deus, nos encontramos ou teria de enfrentar sua cara amuada o dia inteiro.

— Estou à disposição — falei — para não deixar amuado um rosto tão formoso.

As mãos do Conselheiro apertaram os nossos ombros com uma força inesperada. O fotógrafo da prefeitura passava por ali, arrastando a pesada máquina. Ele chamou-o:

— Ei, Malta, nós três aqui! — Uma garrafa de champanha estourou, e os respingos atingiram o seu rosto. Enquanto se limpava com um lenço, a mulher voltou a falar:

— Deus fez o mundo em seis dias, meu marido, e não ouvi falar de nenhuma comemoração no sétimo. Estou certa de que aproveitou para descansar. Por que não sugere o Seu exemplo ao Pereira Passos?

12

Sentava-me no café Paris no largo da Carioca, de onde assistia aos trabalhos de demolição do Hospital da Ordem Terceira de São Francisco da Penitência. Sala pequena, pouca gente ali entrava. Comparado à confeitaria Colombo, não passava de um ambiente pobre atulhado de mesinhas de pé de galo e cadeiras com assentos de palha afundados.

Observava paciente o desmoronar das paredes do hospital sob os ruídos metálicos das picaretas. Homens caminhavam em cima dos restos da estrutura, jogando para baixo os pedaços restantes, como cupins devorando uma tábua de madeira apodrecida. Blocos inteiros despencavam no chão; formavam uma nuvem amarela que cobria a praça ao modo de uma maldição bíblica.

Não muito afastados das ruínas, observadores contorciam-se dentro de pesados casacos escuros. Suavam, passavam lenços encharcados em rostos e cabelos mal acomodados em cartolas e chapéus. O café Paris, abrigado do sol pelo toldo que descia de tarde, assemelhava-se a um oásis. Separava-me da turbulência de fora, abrigando-me numa atmosfera de calma encerrada numa penumbra morna, e eu pensava que nunca havia deixado a fazenda Ferreirinha.

Os frequentadores habituais dirigiam-se gestos familiares. Trocavam cumprimentos, um ou outro gracejo, voltavam às reflexões. Naquelas horas, a maioria ali dentro mal tinha no bolso cem réis para pagar uma xícara de café, não demoravam. Assim eu mantinha o isolamento.

Relanceei o jornal cuja principal matéria discutia as construções que surgiam ao longo da avenida Central. Citava quarteirões inteiros de casarões demolidos por toda a cidade. Lembrei o entusiasmo da multidão aclamando o presidente e dei com a sua foto na folha. Peça a peça, retirei a roupa de Rodrigues Alves, deixando-o na página de frente como um rei nu exibindo uma pompa falsa perante um povo estupefato.

— O rei está nu — gritava uma voz dentro de mim, e os gritos do povo na avenida foram engolidos pelas risadas do vento.

A porta foi aberta, e uma mulher entrou no café. Reconheci Ana Teodora que bateu os olhos em mim, não disfarçando o espanto. Confusa, desviou o rosto e segurou a maçaneta com força. Esperei que a abrisse de volta e fosse embora. Ao contrário, largou-a e tomou a minha direção. Ao chegar perto, o espanto abandonou-a e sorriu-me, exibindo a satisfação de um encontro esperado. Parou diante da mesa, e o sorriso concentrou-se nos olhos. Levantei-me, tomei a sua mão enluvada, beijei-a. Desfazendo a confusão num gesto familiar, falou:

— Afonso! Estranho pensar... Tinha certeza de encontrá-lo aqui dentro.

— Devo dizer que o mesmo ocorreu a mim, Ana Teodora. Só me resta confessar o enorme prazer deste encontro, como dizer, inesperado.

Ela desviou os olhos, abafando uma risada. Evitando olhar-me de frente, manteve-se de pé como se ainda pudesse tomar uma resolução e ir embora:

— Apesar de tudo, não pude deixar de me surpreender. Não foi semelhante ao nosso encontro na avenida, na inauguração?

Fiz um gesto de ombros:

— Por favor, sente-se. Não quero pensar que exista razão para você ter receio de me encontrar em qualquer situação.

Ela corou, mas a alegria impressa nos olhos não se anuviou. Puxei uma cadeira e sentou-se. Olhou à volta, tentando reconhecer alguém:

— Não vejo mulheres aqui. Receio não ser um estabelecimento apropriado para uma senhora.

— De modo algum, Ana Teodora. Apenas a hora não é habitual. Os homens sentam-se e folheiam as gazetas. As mulheres preferem passar a tarde na rua do Ouvidor. Mas costumes se mudam, sua presença aqui é a prova mais evidente.

— De qualquer maneira — ela falou com uma expressão de incredulidade —, você também achou estranho ao me ver entrar.

— Eu pensava como seria bom se a visse aqui. Espantei-me, claro, não é sempre que se veem desejos materializarem-se. Não acredita que nossos pensamentos tenham se encontrado num desejo comum?

— Desejo comum! — Riu com ceticismo. — Quer dizer, nos encontrarmos duas vezes numa semana por encontro de pensamentos? —

Voltou a me olhar sem ocultar o espanto. – Nunca saí de casa essa hora e hoje, no entanto...
– Talvez procure por explicações desnecessárias – interrompi-a. – Não é o suficiente estarmos aqui os dois?
Voltou a desviar os olhos de mim num gesto de pudor, concentrando-se à volta com uma expressão preocupada:
– Então é assim que os homens passam as tardes?
– Os que não têm uma bela mulher em quem pensar.
Sorriu e continuou a examinar o lugar como se buscasse, entre mesas e cadeiras dispostas sem muita ordem, o segredo que ali nos trazia.
– Passei aqui diversas vezes e nunca saltei do carro. Que experiência interessante; a primeira vez que entro me deparo com um amigo querido.
Ajeitou o chapéu e tirou-o com cuidado, depositando-o na mesa do lado do meu.
O garçom aproximou-se e pedi chá com torradas para a senhora. Ela aprovou o pedido, e ele se afastou. Falou com uma meia expressão de galhofa:
– Quer dizer, Afonso, que acredita em mensagens ocultas trocadas entre dois corações que possuem um afeto comum? – A mão enluvada adiantou-se em direção à minha e toquei-a. Ela sentiu o contato com uma emoção súbita e retirou a sua.
– Acredito em qualquer coisa – respondi olhando-a nos olhos –, quando estou junto de você.
Desta vez, ela recebeu as minhas palavras com serenidade. Evitando o meu olhar inquiridor, falou com o rosto voltado para baixo:
– Não sei como explicar. Desde que o vi pela primeira vez, senti algo... dentro de mim, que nunca antes... Sabe como me sinto ao vê-lo? Uma boba, menina que nada soubesse dos próprios sentimentos.
– Não precisa confessar o embaraço. Também me senti assim. Bem, talvez não tão tolo!
Ela levantou o rosto. O peito ofegava numa respiração irregular. Havia um pudor mal disfarçado em seus traços delicados que ameaçava formar uma trinca na expressão de doçura do rosto. Pareceu tão frágil, tão confusa, que bastaria estender a mão e apertar a sua para tê-la toda para mim.
– Sabe de uma coisa? Quando saí mais cedo de sua casa na festa, a verdade é que fugia de você. Não queria vê-la de novo.

– Mas por quê?
– Por causa disso – falei abrupto, sem esconder a irritação inesperada. Algo pareceu turvar-me os olhos. – Por causa de sensações fortes como esta. Não é algo que se possa controlar. Tenho medo que provoquem tragédias.

Ela arregalou os olhos. O susto foi substituído por um riso de malícia:

– O que está dizendo? Tem passado por situações semelhantes com outras mulheres? Algum poder de atraí-las ou existe uma tragédia de que não queira falar?

– É possível que sim. Mas nada do que imagina. Às vezes penso que as tragédias me frequentam com demasiada insistência. Talvez um dia lhe conte a minha história. A verdade é que nunca conheci uma mulher como... como você. Não sei se tenho o direito de falar assim. Para ser franco, meu coração bate de uma forma fria.

– Talvez o seu coração goste de lhe pregar peças.

– Sim, peças, claro.

Olhei para os lados, à espera do garçom. Senti-me inquieto e fui tomado pelo mesmo pânico dela ao entrar no café e dar comigo ali.

– Você me parece uma mulher extremamente delicada. Sinto que poderia, como dizer, feri-la. E existe Aníbal. Ele me convidou à sua casa.

– Suas palavras são estranhas, Afonso. Tudo em você é estranho, misterioso. Meu marido, que não se impressiona com pessoa alguma, confessou que você o intriga. Pode ser que eu goste de mistério. Pode ser que valha a pena correr riscos na vida para se conhecer algo que não se conheceria de outra forma.

– É como sente? Correndo risco?

Ela riu.

– Não risco de morte, se é o que quis dizer. Deveria sentir-me assim?

– Claro que não.

– Não sou como as outras mulheres, Afonso. Não vivo a vida escondida dentro de casa.

– Seu marido falou que é difícil arrancá-la... Bem, admiro a sua coragem.

– Não sei se mereço a admiração. Às vezes, a vida amedronta.

– Por que fala assim? É uma mulher rica, formosa, admirada na sociedade. Seu marido é um homem importante.

— Nem sempre fui rica e admirada na sociedade. Quanto a Aníbal, ele é o meu professor. Para acumular fortuna, expôs-se a dezenas de riscos. Ele diz, Ana, quem se intimida com a vida não merece viver.

— Talvez ele não tenha se machucado o suficiente. Mas admiro o pensamento de ambos.

— Por que fala em machucar? Não vivemos numa selva. Já machucou alguém?

— Sim.

Ela riu embaraçada:

— Lembra-me o louva-a-deus. Sabe como faz o casal? A fêmea sacrifica o macho. Mas não somos louva-a-deus, não pensamos em sacrifício. Olhe, não me iludo com a ideia de amor. As pessoas se fazem bem ou mal em nome de qualquer ideia, mas não é possível se isolar. A vida nos dá tudo... palavras de Aníbal... por que não levantar a mão e agarrá-la? Além do mais, sinto que o que existe entre nós não poderá mais ser evitado. Coincidências em demasia, não pensa assim?

O garçom chegou carregando uma travessa grande ocupada por um *tête-à-tête* de porcelana. Apressava-se a me servir porque eu era um dos raros clientes que o gratificava. Ana Teodora empunhou a chávena de chá com um olhar tão doce que me causou tremor. Lá fora, na entrada do convento de Santo Antônio, um frade empunhava uma moringa benzendo os passantes que o procuravam. Falei:

— Este é um lugar muito calmo, apesar de tanta gente que entra e sai. Não ficam muito tempo, tomam um café e fumam um charuto. Passo horas aqui e não sou notado.

— Você é um homem discreto, Afonso. O contrário dos fanfarrões que nos enchem os salões e adoram passar por espirituosos!

Virou-se para a porta envidraçada e observou o movimento lá fora:

— Aníbal gosta muito de confeitarias e cafés. Sempre me conta quando se senta num lugar novo. Nunca falou daqui.

— Certamente nunca entrou aqui. Deve gostar de mais movimento. Existe um restaurante lá atrás que funciona de noite. E uma charutaria do lado. Sim, claro, temos o nome, Paris, mas faltam os poetas.

— Poetas! Estes, ele encontra na Colombo. Ou na Pascoal. Conhece o Lebrão, o dono da Colombo? Os poetas da roda do meu marido pegam as empadas às escondidas. Depois o Lebrão cobra de Aníbal.

— Seu marido ama os poetas. Certamente a inspiração vem de você.

Ela sorveu o chá com lentidão. Parecia experimentar, entre os lábios, todo o sabor que uma xícara de chá pudesse lhe oferecer. Com uma maneira extremamente feminina, retirou a luva, pegou uma torrada com a ponta dos dedos e levou-a aos lábios.

– O meu marido é muito independente nos gostos. Em tudo o que faz. Se me escutasse, diria para afastar-se do Emílio de Menezes.

– O que tem contra ele?

– Não gosto de quem lhe dirige um sorriso e lhe aponta uma faca mais embaixo com a mão. Não me refiro às poesias. Estas não são más. Falo do homem, muito vaidoso. Com toda a exuberante simpatia, ai de você se lhe recusa um favor. Deve conhecer os perfis rimados que faz nos jornais, dos homens que lhe recusaram pedidos. É o que digo a Aníbal, um dia verá o seu retrato na folha de frente de um jornal, com dois chifres na cabeça e um tridente na mão.

– Dizem que Emílio é um homem de princípios.

– Sim, mas vive no morro da Graça, lambendo a mão de Pinheiro Machado. Conhece o senador gaúcho? – Fez um bico com a boca, ensaiando uma voz rouca. – "Vosmecê vai ficar para jantar?" Se um dia quiser ver o mestre e o lacaio lado a lado, vá até a Graça.

– O senador Pinheiro Machado, vejo-o vez ou outra atravessando a ponte do Salema. Ele frequenta o hotel dos Estrangeiros. Mas não pensava que alguém arrancaria de sua boca uma palavra tão áspera.

– Ó desculpe, Afonso, me excedi. Peço mil vezes perdão. Como diz Aníbal, tenho de aprender a controlar a língua. Não gosto de estar entre eles. Parecem olhar-me por dentro. Já se sentiu assim, examinado no fundo como se revistassem o seu corpo em busca de alguma coisa... como dizer?

– A sua beleza... Não pode evitar os olhares.

– Se se restringissem à beleza, parariam no rosto. Mas não fazem isso.

– Vosmecê... – falei gracejando e ela riu divertida – possui opiniões muito firmes para as mulheres.

Ela pegou mais uma torrada e mastigou reflexiva:

– Aníbal diz o mesmo. Talvez eu tenha nascido no lugar errado ou na época errada. – Riu das próprias palavras. – Tentei convencê-lo a nos mudarmos para Paris. Frequentaríamos as grandes famílias que ostentam nomes desde a Restauração. Já esteve no salão de Anatole France? Sairíamos de um salão da antiga nobreza com a sensação de ter vivido de verdade. Não um ano, não dez anos, séculos. Aníbal promete pensar no assunto, mas não sente como eu. Prefere se enterrar na Colombo e pagar as contas de um bando de poetas gulosos e beberrões. Digo a ele que isso não é ser mecenas. O que faz é passar as horas entre desocupados que recitam versos no espelho.

— Por que você não faz os próprios versos?

Riu como se eu estivesse fazendo pouco caso dela:

— Não tenho o gênio. Admiro os grandes artistas, os homens de gênio. Veja o sr. Machado de Assis. Ele não passa o tempo nos bares se enchendo de bebida e fazendo versos maldosos sobre os outros. Quando não está trabalhando, a gente o vê na Garnier... Escute a minha ideia. Podíamos ir até lá. Ele conhece Aníbal.

O brilho desafiador nos seus olhos me lembrou alguns animais que eu matara com as mãos. Continuou:

— Machado é um verdadeiro observador da natureza humana.

— É o que me amedronta nele. Eu me sentiria olhado... como você falou, por dentro.

Ela riu curiosa. Continuei:

— Como leitora dele, deve estar familiarizada com a sua ambiguidade. Fala na miséria humana e, no entanto, nos faz rir. Tudo o que escreve começa do nada, eleva todo mundo às alturas e então os enterra com a mesma facilidade com que os ergueu. Termina no nada. O que é isso?

— Não é a própria vida? Mas não pense que o homem é igual ao escritor. Pelo contrário, é muito simples, prestativo. A gente conversa com ele e tem a impressão de que falou com alguém igual a nós.

— Não seria o oposto dos salões de Paris? Antes de lhe dirigir a palavra, querem conhecer todas as suas gerações até determinarem o seu grau de nobreza. Em Paris, encontrará muita afetação e pouca sabedoria.

Não disse a ela que não seria capaz de enganar o sr. Machado de Assis. Nunca sentaria do lado de um homem que possuía um dom que ninguém entre nós entendia.

Fomos interrompidos por um cavalheiro que se inclinou ao lado da mesa:

— Dona Ana Teodora!

Baixo, moreno, volumoso, lábios grossos, dirigiu-lhe uma reverência respeitosa. Usava monóculo de cristal colado no rosto, camisa malva de seda lustrosa sob impecável sobrecasaca. Bem visível no peito, havia uma enorme rosa vermelha. Apesar do calor, não se via nele marcas de transpiração. Um odor forte de essência espalhou-se à volta. Lançava a Ana Teodora um sorriso forçado e exibicionista. O olho

descoberto mergulhava numa névoa branca, leitosa, tal como uma mulher ocultando um grande sofrimento.
Ela remexeu-se na cadeira e lhe estendeu a mão. Percebi um sorriso embaraçado em seu rosto:
– Oh... olá, Paulo.
O recém-chegado esmerou-se em demonstrar uma gentileza natural, só conseguindo acentuar a ensaiada formalidade. Exagerava os trejeitos de forma a chamar a atenção sobre si. Percebi que me examinava à sorrelfa:
– Uma honra para este lugar humilde receber a figura mais ilustre da nossa sociedade.
– O sr. Paulo exagera na gentileza.
Os frequentadores voltaram-se curiosos para a figura singular. Não pouparam sorrisos de ironia e cochichos. Tratava-se do cronista mais famoso da cidade, conhecido por João do Rio.
– Que exagero que nada, dona Ana Teodora. E, por favor, não me chame de sr. Paulo. Uma ama não chama o servo de senhor. Ora, vejo que a acompanha o nosso amável cronista de Paris, Afonso da Mata. – O sorriso afetado transformou-se numa expressão grave. – O que está acontecendo, não me diga que estão de mudança para a Europa? – Risada. – Só espero, senhora, que o nosso estimado Conselheiro não esteja pensando em me trocar no ilustre círculo.
– Ora, Paulo, não vejo motivo de preocupação. Afonso não escreve sobre a nossa sociedade. É apenas um amigo que gosta de falar de suas viagens.
Ele puxou um lenço e passou na testa, num gesto teatral:
– O problema, minha cara, é que, depois da inauguração da avenida Central, será impossível distinguir Paris do Rio.
Sua própria observação arrancou-lhe um esgar de mofa, transformado numa risada que ele teve trabalho de desfazer.
– De qualquer maneira – aparteei –, não escrevo sobre os salões. Apenas recordações. Que já lá vão se tornando raras.
– Ora, sr. Afonso, não fale dessa maneira. Todos os que leram as suas crônicas sabem que a sua memória é um tesouro de observações.
Avistou alguém numa mesa ao fundo que lhe fez um aceno. Com uma mesura exagerada, despediu-se de nós, exibindo ao outro a mesma coreografia de gestos que nos prodigalizara. Ana Teodora não disfarçou a perturbação ao vê-lo afastar-se. Agarrando a xícara, tomou tudo de uma vez:

— Não sei por que todo esse exagero. Não percebe que todo mundo ri? Tipo... não sei, untuoso! — Riu da própria expressão. — De um lado se mostra tão respeitoso. Do outro, não esconde o desprezo que nos dedica. Arvora-se ares de deus e não passa de um *coquette* insaciável. Dizem que o seu talento é verdadeiro.

— Existem maneiras de ser que fazem parte da natureza — falei pensando em mim próprio. Ao contrário de João do Rio, que anunciava a sua natureza torcida por uma conduta estapafúrdia, deformando o que lhe pertencia realmente, eu ocultava o que existia de verdade em mim. Escondíamos dois monstros de naturezas opostas. Ele não tinha medo do seu, eu não ousava encarar o meu.

— Se não julgar indiscrição de minha parte, Afonso, o que fazia na Europa?

— A maior parte do tempo, passava nos cassinos, jogava. Quando não estava nos cassinos, negociava preços de café. Depois perdi o interesse. Era mais hábil do que os outros. Acabei por negligenciar a vida. Agora ela é um desafio.

— Desafio! O que pode desafiá-lo na vida, Afonso?

Observei-a antes de responder e senti os lábios secos contraírem-se num esboço de sorriso:

— A morte, Ana Teodora, a morte.

Propus sairmos dali com a certeza de que o abismo se escancarava sob nós e só nos restava cair em suas voragens. Se ela tivesse olhado em minha direção, no momento de nos levantarmos, não poderia deixar de ver a tristeza espelhada em meus olhos.

O chão da praça não passava de terra batida sobre a qual espalhavam-se restos de demolição, paralelepípedos, trilhos arrancados, lixo. Caminhamos e Ana Teodora enfiou o sapato branco numa poça de lama. Paramos diante dos trabalhos de demolição do hospital. Ela falou:

— Hoje o hospital está desaparecendo. Esta parte aqui — indicou o lugar de onde saímos — também não levará muito tempo. Construirão uma galeria ou um hotel, não sei. Não vai sobrar muita coisa neste lugar. Imagine, andar nas ruas em um ano ou dois e nada reconhecer. Será que vão derrubar o teatro Lírico também?

— Já lançaram o concurso para a construção do novo teatro Municipal, no largo da Mãe do Bispo.

— Na nova avenida quem chegar à janela verá o morro do Castelo. Sabe o que penso? Enquanto um lado da cidade avança no novo século, o outro caminha para o passado.

— Não haverá passado, minha amiga. O morro do Castelo também está condenado. Vou lhe fazer uma confidência, não gosto da avenida Central. Prefiro os velhos becos.

— Talvez pense como eu, uma parte de si será levada embora.

— A impressão é de que estão me expulsando.

Lá na frente, um bonde elétrico chegava de Botafogo e entrou na oficina ao pé do morro de Santo Antônio. Uma vitória passou perto das obras da 13 de Maio e acenei. O cocheiro me viu e puxou os arreios dos cavalos. Foi envolvido por uma golfada de poeira e tossiu. Parou ao nosso lado, pulou da boleia espanando os ombros com as mãos, abriu a porta. Antes que entrássemos, falou:

— Importa, senhor, de dizer o nome e o local da moradia?

Ana Teodora tinha entrado e se voltou. Perguntei-lhe a razão da pergunta. Respondeu sem constrangimento:

— Perguntamos por causa do assassino. Dois cocheiros foram assassinados e encontraram três corpos dentro de um carro. O cocheiro entre eles. Ele deve ter algo contra os cocheiros. Não sei por que escolheu a nossa cidade.

Dei-lhe as informações solicitadas e entrei. Ana Teodora percebeu a minha perturbação. Comentou:

— Eles chamam de progresso. O nome que dou é loucura. Daqui a pouco, para sair de casa precisaremos de um batalhão a nos proteger.

— Acredita que os assassinatos estão relacionados às obras da prefeitura?

— Para mim é um louco perturbado. Pode ser que lhe tenham demolido a casa, quem sabe? Estamos atravessando uma época estranha, Afonso. Muitas transformações, quem entende o que acontece de verdade? Coisas que as pessoas não estão preparadas para fazer ou presenciar, sabe o que quero dizer. Hoje andamos em carruagens, mas os carros a motor já surgiram. Um cavalo hoje é um bem sem preço, do que valerá um cavalo daqui a uns anos? Lembra-se dos escravos, não faz muitos anos? Imagine fechar os olhos agora e abri-los daqui a cinquenta anos. Acreditará ainda estar na Terra?

Ouvi uma exclamação do cocheiro lá fora e um arranco nos colocou em movimento. Mandei-o seguir na direção da Tijuca, para a Cascatinha. Um balanço inesperado encostou o seio dela no meu braço e estremeci. Ela me olhou compreendendo o que se passava. Abaixei os estores e a tomei nos braços, trouxe-a até o meu peito, beijei-a.

Ela fez um gesto de surpresa, quis resistir, acabou por se entregar. A princípio com docilidade, depois com fúria, uma energia e um desespero que se pareciam com os meus. Suguei sua boca e penetrei a minha língua entre os seus dentes, ouvi um gemido que se assemelhava ao de um animal doente. Enxerguei uma onça atirando-se sobre um bezerro, o bezerro contorcendo-se sem esperança de escapar. A outra imagem que me ocorreu foi uma ave de rapina agarrando um mamífero recém-nascido e subindo ao céu; as garras afiadas triturando o animal mal acordado para a vida. Seria injusto e indecoroso, por parte da natureza, oferecer recém-nascidos à voracidade de feras que viviam apenas para satisfazer o insaciável apetite?

Um solavanco da carruagem despertou-me dos devaneios. Estávamos os dois enlaçados e beijei-lhe o pescoço, sentindo na carne tenra os eflúvios de um desejo que rugia dentro de mim. Tirei-lhe as luvas e lhe beijei as mãos, reparando no rosa vivo de suas palmas a emanação de algo novo, infantil, uma mensagem oculta de desejo e alucinação, a eterna juventude anunciada no sorriso sem marcas de uma criança.

Ela se afastou, e os lábios trêmulos, mal libertos de minha boca, esboçaram uma exclamação:

– ... Beijada num carro...

Falou como se nenhuma força lhe restasse para resistir-me. Rendia-se, como uma fêmea no cio, ao desejo furioso que emergia de sua pele arrepiada. Enxerguei-nos levados pelo arroubo do desejo a um ato insensato, sob as vistas da cidade. Em vez de amedrontar, tal visão me divertiu. Qualquer movimento inesperado nos deixaria à mercê da multidão lá fora.

O cocheiro instigava os cavalos. O calor da tarde diminuiu, mas no pequeno ambiente confinado, cuja penumbra morna nos separava do mundo, uma onda furiosa de calor incendiou-nos os corpos.

Trouxe-a de novo para mim e agora já não opôs resistência. Os olhos, fechando-se, entregaram-na totalmente às minhas carícias. Apertei-a com suavidade, embora os meus músculos se contraíssem sobre o seu tronco frágil, ao modo de uma cobra gigantesca triturando seus ossos finos. Imaginei-lhe as vértebras esmigalhadas pela minha fome de destruição e fui dominado por uma vibração indescritível de prazer.

Apalpei suas coxas firmes sob o vestido e escorreguei a mão até sentir o arredondado das nádegas na ponta dos dedos. Continuei o movimento como se as duas carnes se fundissem. Ela suspirava, e os olhos

fechados indicavam que entrava num mundo caótico que lhe reduziu a cacos a compreensão do que lhe acontecia. Segurei os seios e mantive-os nas palmas da mão sentindo, na fricção de nossas peles, a vibração do seu coração transmitir-se ao meu. Abrindo os olhos repentinamente, me observou assustada. Balbuciou:
— Não podemos... aqui!
Ignorei a sua súplica. Atingimos um trecho acidentado, e os solavancos tornaram-se constantes, nossos corpos batiam contra as paredes estreitas do carro. De repente, uma claridade brilhante se chocou contra a penumbra, e ela abriu a boca em pânico. Um dos estores se abriu, devassando o interior do carro. Aproximei o rosto da janela, tínhamos deixado a cidade para trás. Estávamos no caminho da Tijuca, e a estrada quase deserta, cercada de campos e pequenas chácaras, não nos descobriu a olhos curiosos como seria lá atrás.

Ela recostou-se ofegante no assento e afastei-me passando para o assento dianteiro. Examinou o vestido alisando-o à mão, tentando lhe dar alguma ordem. Permanecemos em silêncio na impossibilidade de exprimir o que acontecia conosco. O carro continuava em frente, balançando com suavidade. Por uma fresta no estore, vi operários de tamancos e mulheres com roupas de chita diante de uma casa de cômodos. De um lado da estrada, morros arredondados sucediam-se num descampado batido pelo sol. Do outro, montanhas verdes e negras superpunham-se formando patamares numa ascendência majestosa em direção ao céu.

Sua boca abriu-se ligeiramente, tentando transmitir-me uma interrogação que permaneceu emaranhada na teia invisível do seu pasmo. Desviei-me do seu olhar, não sei se esperava palavras de mim. O total desajuste da situação seria claro, se os olhos meigos de minha companheira não insistissem em se fixar em mim, submersos em duas lágrimas.

Senti uma aflição terrível. Uma sensação antiga de clausura envolveu-me, tornando tudo muito estreito, confinado; e cercando o nosso pequeno claustro nada além de morros amarelados a se sobreporem naquela planície sem fim. Um soluço despertou-me a atenção. Ela chorava baixinho, ocultando o rosto nas mãos espalmadas.

Sentei-me ao seu lado e segurei-lhe os ombros, trazendo-a para perto de mim. A reação dela me surpreendeu. Abraçando-me com voracidade, procurou os meus lábios e me beijou como se me fosse sugar inteiro. Enlacei-a e apalpei o seu corpo espremido contra o meu.

Ela tremia. Levantei o vestido tocando o púbis. Estremecendo, tentou retirar a minha mão. De repente, a mão dela grudou-se aos meus dedos como se tivesse medo que os tirasse dali. Acariciei os seus pelos genitais. Ela atingiu o limite de sua resistência e não contive a satisfação de lhe impor um sacrifício inaceitável para cada gota de prazer experimentado. Ela imobilizou-se. Minha mão se manteve sobre o seu ventre sentindo, em sua descontrolada vibração, o palpitar de um corpo ao libertar-se das últimas réstias de pudor. Meus dedos penetraram a massa densa de pelos e adentraram em sua cavidade mais profunda. Sem mais se conter, ela suspirou profundamente como se arrancasse das entranhas, de todas as partes do corpo a vibrarem sob uma emoção selvagem, uma memória perdida de prazer.

O resto aconteceu como se todas as suas resistências fossem batidas de um só golpe, e a dignidade altiva da mulher que presidia elegantes recepções se transformasse nos movimentos de uma prostituta vulgar. Suas palavras delicadas transformaram-se em gemidos que lhe enchiam a boca como os uivos de uma cadela possuída por um lobo feroz. As palavras perderam o senso e deitei-a no assento, subi-lhe o vestido e todo o complexo de roupas que se colocavam entre nós, penetrando-a.

Divertia-me a sua luta íntima. Cada gemido que lhe atravessava os lábios denunciava o caldeirão em que todos os sentidos, dilacerando as réstias de recato e vergonha agora indistintos do prazer, se misturavam. E ao experimentar o gosto dela dentro de minha boca, alguma coisa em mim esvaziou-se, senti-me nada além de um cavalo cobrindo uma fêmea como vira tantas vezes na fazenda Ferreirinha; nenhuma emoção que me fizesse estreitar em mim aqueles ombros frágeis afundados na mistura de panos. Nos movimentos espasmódicos dos corpos torcendo-se um contra o outro, buscando na fusão de sentidos a expressão mais íntima de amor, nada experimentei além de impaciência, um vazio que preenchia o espaço de solidão posicionado entre as contorções de minha companheira e minha distante aspiração a um prazer inalcançável.

O momento mais perigoso ocorreu quando lhe virei o pescoço e mordi-lhe os ombros. Sua mão suave acariciou-me o rosto, e uma luz intensa quase me cegou. Enxerguei-me transportado para uma luta entre uma fera e uma gazela. Impelido por uma fome insaciável, abri a boca para estraçalhar o frágil pescoço entre as minhas presas. Meus dentes lhe tocaram e se fecharam, e então o transe passou, e cá estava eu de volta à carruagem e à mulher sob mim.

– Ui – ela gemeu. – Pensei que ia me arrancar um pedaço.

Deparou-se com o estado das roupas. Assustou-se, depois achou engraçado. Olhou para mim, olhou para si e caiu numa risada. A angústia criada por meu ato precipitado dissipou-se. Como se algo penoso lhe tivesse sido arrancado, alisava as roupas entre risadas. Voltava os olhos para mim e caía numa nova risada:

– Juro por Deus – exclamou olhando por uma fresta da janela –, foi tudo tão inesperado. Tão... inacreditável. Nunca pensei que alguma coisa assim pudesse acontecer.

Encostei-me na janela oposta e puxei o estore. Andávamos num ritmo mais lento, subindo uma montanha. Morros escalavrados descobriam uma vegetação rala e amarelada. Pequenas hortas surgiam cercadas de carrascais. Lá adiante, o pico do Andaraí apareceu por trás das montanhas como alguém muito alto, oculto por uma cortina, a expor a cabeça involuntariamente. Ruínas de uma fazenda de café brotaram às margens da estrada. A cidade foi deixada para trás e penetramos num bosque em que as árvores, como habitantes de uma ilha desconhecida, aproximavam-se do veículo com precaução. A voz do cocheiro era o único ruído nas vastidões de silêncio, que nos chegava aos ouvidos. Soltava abundantes exclamações para que os cavalos mantivessem a marcha, e a segurança das palavras demonstrava perfeito conhecimento dos lugares atravessados.

Ela deslizou pelo assento, colocando-se diante de mim. O rosto corado brilhou sob o efeito de uma luz nova que lhe ardesse por dentro. Volta e meia soltava uma risada alegre. Fixava o rosto no meu querendo tocar-me, apertar-me, prolongar de alguma maneira o enlace que nos abrira uma intimidade inimaginável poucas horas antes.

– Você está silencioso.

– Prestava atenção no seu rosto.

Ela sorriu embaraçada:

– Como lhe parece?

– Mais bonito. Mas não pode estar mais bonito do que antes. – Inclinei-me e lhe beijei o rosto. – Devo então pensar que é mais meu.

Ela riu como se recebesse um gracejo habitual sobre a sua formosura.

Todas as vezes que possuí uma mulher, no final queria afastar-me. Mal dominava os impulsos de ódio despertados como se acabasse de passar por uma experiência de fraqueza que devesse suprimir a todo custo. Era um cavalheiro, sim, verdade; mas cavalheiro não tem obrigações de amabilidade com uma mulher que acabou de possuir. Restava uma ideia vaga de procedimento guardada de prostitutas. Mas a mulher diante de mim estava mais relacionada a uma deusa do que a baixeza e corrupção. Talvez então não passasse de brincadeira, jogo de gato e rato em que se dá pouco e depois se tira tudo. Apenas para ver como a presa se comporta. Dentro de mim, existiam também impulsos de generosidade que Ana Teodora estimulava, mais além, arrancava-me à força de uma admiração velada.

— Neste momento sou toda sua — falou num esforço final, tocando-me o joelho com a ponta do dedo. Tornou-se pensativa e encostou-se na janela, olhando para fora. — Você é que deve estar desapontado.

— Desapontado!

Virou-se e pousou os olhos em mim com um brilho de melancolia:

— Bem, não é o que se espera de uma senhora. Numa carruagem! Uma mulher honesta... E... — relutou em expor a última questão que permanecia nas sombras. — Sou a esposa de um amigo seu.

Foi a minha vez de lhe dirigir um sorriso familiar. Senti-me como algumas vezes ao encontrar-me só com tia Inês na fazenda Ferreirinha nos últimos anos. Seria fácil feri-la, mas nunca cedi aos impulsos maus. Voltava assim, por meio de um artifício, a sentir a velha familiaridade que uma vez me ligou a uma família. Antes que tudo se voltasse contra mim e a tragédia que regia minha vida nos devorasse, lhe daria alguns momentos de paz. Era até possível que eles chegassem até mim.

— A relação entre você e o seu marido não me diz respeito. Quanto à honestidade de uma mulher, não sei do que fala, não se pensa assim nas sociedades mais ilustres de Paris. Não passamos de um homem e uma mulher. Deixe as questões mais difíceis para a hora certa.

Fiz força para não rir, não pelas razões estúpidas que lhe apresentava. Apenas porque me custava ver alguém em paz à custa de minhas palavras. Algo nelas soava invariavelmente amargo, rancoroso. Uma tristeza infinita estrangulava em mim qualquer manifestação de alegria ou amor pelo simples fato de não ser capaz de retribuir os sorrisos mais simples, como o que me era oferecido, com algo que não fosse ressentimentos, acusações, desespero.

Ela cobriu o rosto com as mãos:

— Oh, não queria por nada que me considerasse uma leviana que trai o marido para se divertir com um amigo bem-apessoado...

Peguei suas mãos, encostei o rosto dela no meu. Permanecemos assim, num silêncio de intimidade, de confissão, que se tornava maior do que qualquer palavra que disséssemos. Ela voltou a falar:
— Não sei o que aconteceu comigo. Fiquei cega, não resisti. Não sei explicar nem a mim mesma. Achei que deveria ser sua desde que fomos apresentados. Mas não acreditei que iria até... E, a despeito de tudo o que esperava de mim numa situação dessas, não me sinto perturbada, pelo contrário, estou feliz. Em toda a vida, nunca passei por algo similar. Isso me assusta mais.

Quis interrompê-la, mas as palavras já estavam todas lá, amontoadas na boca, talvez atiradas direto do coração para que se emudecessem com um beijo do amante ou uma palavra de confiança. Continuou:
— Agora tudo parece certo porque estamos juntos. Mas o que vai restar do nosso calor daqui a umas horas? Não queria que fizesse ideia errada a meu respeito depois de nos afastarmos.
— E pensa que vai me certificar de tudo numa palavra, numa confissão, se eu não estiver inclinado a acreditar em você? Já se perguntou de onde vem nossa confiança mútua? Não pode ser apenas da lógica das palavras ou da conformação ao nosso comportamento incomum; ela vem do desejo.

Ela me olhou com uma camada de lágrimas imobilizada no canto dos olhos. O rubor se tornou mais forte, impregnado – como pensei – da alma aflorada à pele. Encostando-se em mim, repousou a cabeça no meu peito. Nossos olhos voltaram a se encontrar, e a apreensão cedeu lugar a um brilho alegre:
— Meu Deus, esqueci que você morou muitos anos em Paris. Não pode pensar como um homem daqui.

A conversa foi interrompida por um solavanco anunciando a parada do carro. Inclinei-me à janela. Reconheci a paisagem. Ouvimos o ruído da água que batia na pedra, proveniente de uma pequena queda-d'água poucos metros acima. O cocheiro pulou da boleia:
— Não dá para passar daqui – anunciou com solenidade, um olhar de esguelha à janela na qual se debruçava Ana Teodora.

Fiz um gesto de concordância. Estendi a mão para a porta, ajudando minha amiga a descer.

Acima de nós, cinquenta metros à frente, vimos uma grande rocha arredondada que recebia o jorro de água. Árvores nos circundavam, e um sopro de vento transformou o calor da cidade em carícia. Caminhamos na direção da água, e Ana Teodora andou com inesperada agilidade. Tirou os borzeguins, pisando a relva com os pés nus. O vozerio da mata se tornou atordoante.

— Ouça, Afonso, quantos animais estão gritando e não conhecemos nenhum deles.

— Acaso se esqueceu que me criei no campo? O zunzum estridente é das cigarras. Os bocejos roucos perto da água são dos sapos. Também ouço um bando de maritacas. Se tivermos sorte, um coro de canários nos saudará de uma árvore.

— Canários! Só os conheço dentro de gaiolas. E está me dizendo que os roncos são de sapos? Lembro que tinha tanto medo de sapo. Acha que existem aqui outros bichos além de sapos e cigarras?

Os gritos tornaram-se mais fortes, insistentes, pareciam seguir nossos passos. Um coro invisível nos inundava de mensagens incompreensíveis, lançadas por seres que viviam longe dos homens e que nunca experimentariam suas loucuras.

— Está assustada?

— Assustada, aqui! Como poderia. Tudo é tão lindo, tão magnífico!

Abraçou-me e me beijou com um ardor que não seria possível na cidade. Andamos mais uns poucos metros e chegamos diante da cachoeira que jorrava sobre a pedra ao mesmo tempo furiosa e terna. Os respingos da água, misturados ao ar frio que circulava dentro da mata, nos banhavam o rosto como se uma atmosfera de sonho, ampliando num repente nossas estreitas emoções, nos arrancasse da terra atirando-nos no espaço vazio.

— Ó meu Deus! — ela exclamou.

Estávamos os dois molhados e nada importava além de nos molharmos mais e mergulharmos no regato transparente que girava aos nossos pés como uma dança oriental.

— Parece que tudo vai desabar sobre nós — ela gritou numa voz abafada pelo urrar estridente da água batendo na rocha.

O sol se punha, e sua luz baça coava pela mata densa. O céu rosa se enchia de tons negros, e um punhado de estrelas cintilava em seu seio escuro. A impressão de passado que se desfazia numa expectativa de renascimento resplandecia no corpo da mulher semidespida diante de mim. Tomei-a nos braços, deitei-a ali e lhe exibi o membro rígido. Além dos poucos reflexos de melancolia a sobressair de minhas sombras ofuscadas pela alegria dela, era a única coisa que lhe podia exibir. Ela olhou-me novamente tomada de desejo. Penetrei-a como via os animais fazerem, e ela se contorceu sob o meu tronco aos gritos e gemidos que a algaravia da floresta abafou.

    Terminado o ato, deixei-a do lado da cachoeira e entrei no mato úmido, embrenhando-me na floresta banhada pelas últimas luzes da tarde. Caminhei guiado por um instinto animal, como caminhara tantas vezes pelos campos da fazenda Ferreirinha. Ouvia os sapos junto a cigarras e grilos, aves soltavam gritos agudos, urros roucos misturados a gemidos soavam como homens e animais copulando numa fúria insana. As árvores me cercaram semelhante a uma parede erguida à volta, e os gritos agora se tornaram humanos. Não consegui distingui-los, mas tive certeza de tê-los escutado antes. Lamentos e injúrias se multiplicaram pelas brenhas da mata, lançando-me maldições; mãos invisíveis ergueram-se da terra e me agarraram pelos pés, querendo sepultar-me junto delas. Chutei-as sem as afugentar. Em algum lugar da mata refaziam-se e voltavam a agarrar-me com maior fúria. Ouvi um farfalhar entre as folhas e me virei. Um vulto atirou-se sobre mim e caímos os dois na terra. Garras rodearam-me o pescoço, apertando-o com uma força descomunal. Por mais que me debatesse, fui incapaz de repeli-lo. Ele gargalhava, zombando dos meus esforços. Algo em seus olhos assustou-me como se... Quando fui capaz de esboçar um gesto de defesa, ele se desfez. Não sem antes me deixar impressa uma máscara de ódio e loucura que, em sua expressão sem face, me fez lembrar rostos que já não eram deste mundo. Onde o rosnar rouco de fúria retesara-lhe as mandíbulas, restou o silêncio e o nada.

    – Eis-me aqui! – gritei. E então os sons da mata cessaram.

    Voltamos para a cidade em silêncio. Ruelas cobertas de mofo substituíram as árvores da floresta. O rosto pálido de Ana Teodora avultava no escuro, refletindo as preocupações à sua espera. De vez em quando se virava para mim e emitia um sorriso tênue, assegurando-me de que estava tudo bem. Suas mãos alisavam o vestido tentando ocultar das vestes as marcas do nosso encontro.

    – O que aconteceu? Parece que viu um fantasma quando saiu a passear na mata.

    Ri como se ouvisse um gracejo. Respondi:

    – Não apenas um, querida. Uma porção, uma porção deles.

Ao chegarmos à sua casa, a carruagem entrou com lentidão no caminho de saibros. Ela me pediu que a acompanhasse lá dentro.

– Se Aníbal souber que você me acompanhava, tenho certeza de que vai se sentir tranquilo. Nunca cheguei sozinha a essa hora.

Um criado abriu a porta e entramos. Ela pediu que esperasse no salão enquanto desaparecia numa das salas laterais. Escutei o eco de seus pés mal tocando as extensões de soalho polido. Seu vulto transformou-se numa sombra impressa nas paredes lisas cujas alturas indefinidas perdiam-se na noite. Na meia escuridão trespassada pela luz de um lampião, as salas vazias não passavam de contornos sombrios. Palavras e risadas, trocadas por dezenas de convidados semanas antes, soaram amortecidas como sussurros de fantasmas. Passos desceram as escadas, e um andar hesitante caminhou na minha direção. Uma sombra enorme atravessou o corredor lateral afastando-se do lampião. Chegou até mim.

Lá na frente surgiu o vulto de Aníbal. Caminhou apressado na minha direção e me senti embaraçado com o estado das minhas roupas. Dei graças a Deus não haver luz suficiente para os detalhes saltarem à vista.

Estendeu-me a mão. O rosto retesado exprimia preocupação mal contida por um insólito sorriso:

– Quero agradecer a companhia que fez a Ana Teodora – falou completamente despojado da habitual exuberância. Sobressaía um ar de fraqueza, de humildade. O cabelo estava despenteado, e tufos brancos saltavam da meia calva acima da testa. As suíças distribuíam-se desalinhadas pelas bochechas, assim como o longo bigode. A visão daquele homem, despojado dos bem cuidados traços de imponência, revelou uma figura alquebrada à beira da velhice.

Respondi:

– Se contribuí para que sua esposa desfrutasse de algumas horas de distração, me sinto deveras honrado.

Não sabia como disfarçar a confusão. O que ela lhe teria dito que fizéramos? Bem, certamente eu não teria sido o único homem a acompanhar Ana Teodora em seus passeios pela cidade. Ele continuava a me sorrir obsequioso, como se eu acabasse de acompanhar a esposa num passeio longo e fastidioso.

Por fim, sacudiu a cabeça num movimento cansado. Voltei-me para sair, e ele me acompanhou num passo trôpego. Ao lado da porta, falou:

– O Paulo Barreto veio me perguntar se eu estava passando a você observações que de hábito passo a ele. Falei que não, você só escrevia sobre Paris. Trocava com Ana Teodora observações para escrever uma próxima crônica.

Fiz um gesto de cabeça e me dirigi ao carro. O cocheiro sacudiu os arreios, e os cavalos se puseram em movimento. Passamos pela porta e me recostei no assento aliviado. O que acontecia comigo nas últimas horas? Ali estava uma pergunta a que não sabia responder.

13

Sentando-me na sala de casa, fiz o seguinte teste. Pensei em Tibúrcio ali entrando, com toda a concentração de que fui capaz. Achei que ele surgiria dizendo que não sabia por que abriu a porta. Nada aconteceu. Por mais que me concentrasse no pensamento, ele não entrou ali. E Tibúrcio estava na casa, a poucos metros de mim. O que teria acontecido com Ana Teodora ou com os cocheiros mortos que, num esforço de concentração voluntário, não era capaz de reproduzir num homem a poucos metros?

Interroguei-o. Nada me fez pensar que um possível engano o impedisse de seguir as minhas determinações. Concluí que ao haver uma ordem misteriosa, fazendo a pessoa vir ao meu encontro sem se dar conta, o processo seguia um caminho independentemente da minha vontade. Ao menos o que denominava vontade.

Era possível que, para tal fenômeno se concretizar, houvesse fúria ou desejo envolvidos. Com respeito aos cocheiros mortos no morro do Castelo, havia violência e impulso de aniquilação além do que a razão humana aceitasse como situações normais de ação e reação. Admitia que entidades superiores se encarnariam em mim, torceriam a minha natureza de homem para me transformar em algo além do que suportaria uma estrutura humana.

Algo, talvez, que tivesse origem na fazenda Ferreirinha, nos rituais dos negros. Ao desafiar Enfrenta-onça!

A primeira tragédia, no morro do Castelo, possuía uma obscura razão. Digamos que exercesse, através dela, uma vingança tardia. A morte da prostituta enforcada também não foi inteiramente arbitrária. Não as três vítimas encontradas dentro da caleça. Essas não passaram de consequência de uma fúria cega que eliminara todo o meu senso. Na verdade, também estas tinham ligação com outros fatos que eu só descobriria tempos depois. De qualquer maneira, mesmo para estas últimas havia uma sequência conduzindo ao desfecho sangrento, sequência esta iniciada nas conversas em casa de Ana Teodora. E o que dizer então de Ana Teodora? O que me levaria a ela? Nada via nela além de uma mulher solitária cujo amor me embaraçava. Sem experimentar qualquer orgulho pela posição desfrutada na sociedade ou pela enaltecida beleza, sentia-se isolada num mundo ao qual não pertencia de verdade. Em relação a mim, comportava-se com humildade. Não havia nada que não fizesse a um pedido meu. Um amor que tudo me oferecia sem nada pedir em troca, sequer retribuição.

As razões que faziam as pessoas quererem umas às outras, pensei. Era onde residia a vida?

Um dia perguntei a Tibúrcio se ainda se lembrava da mulher e do filho.

– Vejo-os todas as noites. Ouço o meu nome, abro os olhos e lá estão eles me chamando.

Cuidei que se referia às noites em que deitava embriagado. Falei:

– Ela foi embora e levou o pequeno. O menino cresceu e não sabe que tem um pai. Por que pensa que há de querê-lo tanto tempo depois?

– Não me importo se vai me querer ou não. Basta eu querer o meu filho. Afonso, tudo o que passei na vida não foi nada porque tive uma mulher que gostou do negro aqui e um filho que coloquei dentro dela. Se eu não passasse de um escravo a vida inteira, um mendigo que fizesse os outros rir para ganhar uma moeda, só a lembrança de que eles existiram seria suficiente para me fazer querer viver.

Tibúrcio era um homem silencioso, ensimesmado, incapaz de manter uma conversa prolongada. Mal escutava o que lhe era dito. Nunca se exaltava, tal como ao se referir a uma mulher e a um menino que nenhuma ligação teriam com ele a não ser em recordações estimuladas por alucinações alcoólicas. No entanto, ao falar deles, tinha-se a impressão de que estiveram juntos uma hora antes. Ou a vida inteira. Como entender que um episódio terminado em abandono vinte anos antes, que nada ilustrava além do fracasso de sua humanidade, adquirisse tamanha importância?

– Acredita que ainda vá encontrar o seu filho?

– Se não acreditasse, o que faria aqui?

Para os encontros com Ana Teodora, aluguei uma casa no Andaraí, num lugar isolado. Também aluguei uma caleça que entregava para Tibúrcio nos conduzir. Ana Teodora se afeiçoou ao meu empregado. A afeição foi mútua, e ela se tornou a única pessoa com quem ele se entretinha em longas conversas.

– Tão bom ouvir as histórias de Tibúrcio! – ela confessou com uma alegria nos olhos que nunca dirigiu a mim. – Sabe o que pensei?

Escrever tudo o que ele conta, transformar num livro. Quem sabe você, com tantos talentos empregados nas crônicas, não aproveita a oportunidade para um grande romance?

– Não sou escritor, querida. Não me confunda com Machado de Assis ou Anatole France. Nada mais faço do que escrever pequenas crônicas ou reflexões mundanas. Aí está todo o meu talento.

Tibúrcio experimentava uma alegria desconhecida por se ver objeto da atenção de uma mulher como Ana Teodora. Alongava as conversas, os monossílabos que povoavam suas falas transformavam-se em frases longas e musicais. Fazia tudo para prolongar o tempo dela ao seu lado, e sua boca desdentada abria-se nas risadas mais alegres que jamais surpreendi nele.

– Também tenho a origem humilde – ela confessou explicando o interesse despertado pelas narrativas de Tibúrcio. Nunca se cansava de ouvi-lo. Às vezes tinha a impressão de que, mais do que origem humilde, ela havia experimentado a escravidão em sua infância.

Talvez isso explicasse também a sua conduta comigo. A grande senhora festejada na sociedade pela beleza e pelos *mots d'esprit* tornava-se vassala diante do senhor. Imaginei-a numa chácara distante do Rio de Janeiro, levantando-se todos os dias de madrugada embotada pela pobreza. Nunca sonharia desfrutar do brilho de uma corte distante. Um dia, Aníbal a toma em sua proteção e transforma-a numa dama de quem todos gabam os encantos.

– Devo muito a Aníbal e nada faria que lhe causasse sofrimento – concluía com uma expressão grave, numa das raras referências ao marido.

Ela se assemelharia a uma senhora de Balzac, se não fosse a situação de adultério. Suas personagens nunca cairiam na tentação de trair o marido. Mas, claro, Balzac viveu um século antes. Além do mais, nossa cidade, assim como seus moradores, passavam por uma reforma, como se dizia em referência às setecentas moradias demolidas para a passagem da avenida Central. E reformas provocavam confusão, todo mundo sabia. Não perguntei se adultério não estaria incluído nas possibilidades de sofrimento de Aníbal. De resto, ela se comportava como uma senhora de antigos romances, capaz de tudo sacrificar a um marido com o qual, longe de dever o amor, contraíra uma dívida de gratidão.

Havia, pois, uma ligação entre Tibúrcio e Ana Teodora que estreitava os insólitos laços entre a grande dama e o criado. Como se, a rigor, não houvesse diferença entre eles. Sem me alongar no assunto, escutava parte das conversas entre os dois e as risadas que revelavam uma lembrança comum. Ana Teodora podia assim, sem correr o risco de uma denúncia inoportuna, escorregar de volta a um mundo banido das lembranças e que retornava misturado à risada alegre e meio parva de um preto dedicado.

Quanto a mim, impulsos de ódio intercalavam-se ao desejo de amar Ana Teodora. Nas primeiras semanas, foi fácil separá-los, depois se confundiram. Encontrava minha amiga, com desejo intenso, apenas para vê-lo transformado em repugnância no momento seguinte. Do seu lado, ela se submetia dócil aos meus desmandos. Mostrava-se ansiosa para me agradar, insegura das minhas reações, triste ao perceber os conflitos dentro de mim. Tentava confortá-la.

– Não sou como os outros homens. – Acariciei-lhe o rosto suado que me olhava numa estupefação infantil. – Às vezes penso que não sou completamente humano. Existem vozes dentro de mim. Algumas vezes elas se calam e me deixam em paz. Outras, gritam dentro dos meus ouvidos, tenho medo que me levem à loucura.

Ela me dirigiu um sorriso tranquilizador.

– Afonso, querido, não quero confundi-lo. Queria apenas vê-lo em paz. Não sei pelo que passou, deve ter sofrido muito. Mas estão surgindo novos tratamentos, o que parecia incurável anos antes já não parece tão difícil. Por que não ter esperança?

– Porque não tenho certeza se o que acontece em mim faz sentido para a própria medicina.

Ela me olhou confusa, mas um novo sorriso pôs fim à confusão.

– Ah, meu querido, nunca senti nada assim. Queria tanto ver os seus olhos brilharem felizes! – Levantou-se da cama, exibindo o corpo nu. Ao se ver observada, embrulhou-se num lençol amarrotado. Abraçou-me num enlace tão firme que não poderia deixar de admirar as forças que criavam aquela estranha atração. – Olhe, existe uma coisa surpreendente conosco. Nunca um homem e uma mulher falaram, um para o outro, do que sentem nessas horas.

Puxei o lençol, exibindo-lhe a nudez. Ela se encolheu num gesto de pudor, e algo em mim se transformou. Experimentei um desejo intenso de forçá-la ao que não quisesse de forma alguma. Os meus impulsos de ternura desapareceram, deixando-me entregue aos outros. Minha mente se turvou e vi os seus olhos se desmancharem em sofrimento, torci o seu sorriso alegre e transformei-o num grito de dor. Para dominar tais impulsos, valia-me dos seus olhares meigos que sempre me encontravam nos momentos mais difíceis. Repetia-me que nunca a magoaria, e não obstante sabia que não seria assim. A própria maneira com que a fúria mal disfarçada desfazia desejos de amor ou de simples volúpia me levava a acreditar que não resistiria muito tempo num papel que nunca soube representar.

Enfrentava verdadeiras batalhas íntimas porque Ana Teodora me estimulava sentimentos de compaixão e bondade. Quando a fúria superava os outros sentimentos, fechava-me no quarto e mandava Tibúrcio dizer-lhe que não nos encontraríamos. Ela vinha até a minha casa, ignorando a possibilidade de ser vista. Sentava-se com o meu criado na sala, passava horas ali. Eu ouvia quando os seus passos aproximavam-se do meu quarto e imaginava sua hesitação em bater na porta e se deparar comigo, percebendo a inutilidade do seu propósito com uma tristeza de fêmea rejeitada. Quantas vezes impedi-me de abrir a porta e torturá-la. Por mais aturdido que me encontrasse, claro estava que todos os vestígios de racionalidade que ainda ardessem em meu cérebro humano desapareciam nesses momentos. Olhava-me no espelho e via um ser deformado, uma figura de pesadelo, um monstro destituído da mais remota capacidade de compaixão. Talvez se ela enxergasse o que eu era de verdade, fugisse assustada e me deixasse.

Tibúrcio convencia-a de que não valia a pena encontrar-me nessas horas. Ela acatava suas palavras com um zeloso respeito e ia embora.

Mas naquele momento estávamos a sós, e ela acabava de confessar a sua satisfação por trocarmos confidências que nunca esperaria trocar com um homem.

– Sim, fale, querida – respondi-lhe com uma alegria fingida –, fale tudo o que tiver vontade que eu também direi o que acontece comigo.

Ela sorriu satisfeita, estimulada pelo aparente encorajamento. Não era muito, ambos sabíamos. Era o que podia lhe oferecer por ora, por toda a vida. Ela se apegava a uma possibilidade insignificante como uma mendiga agarra um pedaço de pão deteriorado. E com não menos alegria.

Às vezes, suspeitava de alguém rondando a porta da casa lá fora. Desconfiava de Tibúrcio receando que eu ferisse a sinhazinha branca, como ele a tratava num rasgo de carinho. Só Tibúrcio seria capaz de me espreitar sem ser descoberto. Eu via sombras fundindo-se embaixo do vão da porta e nunca sabia se eram reais ou vestígios dos pesadelos noturnos. De Aníbal, nunca falávamos. Como se tudo o que acontecesse conosco não tivesse ligação com ele. Ou sua presença não se interpusesse entre nós.

Abraçávamo-nos na cama e eu lhe beijava o pescoço com gula. Sentia sua pele aveludada acariciar-me o rosto e continha o impulso de estraçalhar a mulher que se entrelaçava a mim inundando-me com seus sucos e odores, gemendo e falando coisas sem nexo. Numa voz macia, ela me assegurava que um momento de suavidade poderia se transformar na própria vida. Nunca me senti tão confuso. A violência crescia dentro de mim à medida que a presença dela se materializava nos meus desejos, e na mesma medida em que me surpreendia desejando-a quando estávamos distantes.

E então, de repente, num impulso de ódio, desgrudei-me de súbito e apertei-lhe o pescoço, quase a estrangulei. Seus olhos arregalaram-se e imaginei-a transformada numa posta de carne sangrenta como a prostituta dentro da carruagem.

Não tive dúvida de que o monstro, qualquer que fosse ele, mesmo que lhe negasse o meu nome, tomara conta de mim.

Ela crispou o rosto assustada e permanecemos um segundo nos olhando. Nos olhos dela havia amor e coragem. Nos meus, fúria assassina cuja insânia ela via sem se intimidar. Não se intimidava por amor a mim, por uma compaixão infinita de mulher despojada que recebera o mundo como uma homenagem dos deuses à sua beleza. O homem que a possuía com um amor ambíguo e um ódio desesperado era incapaz de recompensá-la com qualquer gesto de carinho pelos perigos e vexames a que sua temeridade a expunha.

– Não a quero mais aqui – falei em seu ouvido. – Não quero mais, nunca mais, escutar sua voz melosa nem sentir suas mãos viscosas em mim. Ouça bem, sua cadela, vou libertá-la, quero que coloque as roupas e suma daqui, ouviu bem, suma daqui.

Larguei-a. Ela tremia. A custo contive a descarga de ódio que transformava minhas mãos em tenazes de aço:

– E não vá chorar aqui. Se quiser chorar, chore lá fora. Chame o criado que é o único que ainda acredita que você é uma mulher nobre e não uma charuteira.

Observei a marca de minhas mãos em seu pescoço. Seria tão simples, tão fácil. Torcia o seu pescoço, estraçalhava sua carne macia e cheirosa; não levaria mais do que poucos segundos.

— Vá embora. Não quero vê-la mais, não compreende?
Ela sacudiu o rosto sem acreditar na metamorfose ocorrida:
— O que aconteceu, meu Deus? Este não é você.
— Pelo contrário. Este sou eu. Não queria saber quem era eu realmente?
— Está fora de si. Acalme-se, deite na cama...
— Cale a boca e vá embora logo. — Andei de um lado para o outro, bati com os punhos na parede. Ela acompanhou os meus movimentos sem se mexer do lugar. Falou:
— Afonso, sei que pode me entender. Ouça, por favor. Não quero deixá-lo sozinho...
Suas últimas palavras quase me transformaram no assassino que havia matado tanta gente. Fechei os olhos e permaneci de costas para ela.
— Vá embora logo, me deixe sozinho, não posso ver mais o seu rosto, não quero você perto de mim.
Percebi movimento às costas e imaginei que ela se preparava para ir embora. Virei-me e ela ainda me olhava pálida. Apressou-se a me acalmar:
— Não se inquiete mais. Sim, vou embora, vou agora. — Não ousava tirar os olhos de mim. — Deixo-o a sós. Mas espero, meu Deus, que se restabeleça rápido.
Enxerguei sofrimento em seus olhos e tal me trouxe júbilo. Ao mesmo tempo, uma voz longínqua, que poucos minutos antes era a minha própria voz, dizia em algum lugar dentro de mim, não é assim, não pode ser assim.
Ana Teodora vestiu as roupas, engolindo a tristeza. Se a espremesse contra a parede, não seria diferente de esmagar um mosquito. Não passaria de uma mancha sangrenta. O pior era que em seus olhos, no lugar de mágoa, distingui um brilho de compaixão. Compaixão que se dirige aos enfermos da peste, àqueles por quem nada se pode fazer e, no entanto, é tudo o que nos resta na vida.
Ela saiu, bati a porta e esperei que Tibúrcio a levasse embora. Ouvi os cavalos aproximarem-se da casa, seguidos do ruído rangente das rodas. Imaginei-o pular da boleia, e ela sem conter o choro. Talvez ela lhe perguntasse o que acontecia comigo. Tibúrcio lhe diria para esperar uns dias. Ou, pelo contrário, a aconselharia que se afastasse de mim. Teria ele coragem de ampará-la, caso ela se sentisse tonta? Ou não ousaria tanto? Ela tão linda, tão limpa, tão branca! E o que era

ele? Meu Deus, não pensava que algo nesta vida, um pensamento, me trouxesse tamanha satisfação.

Quando o carro se afastou, pensei nas explicações que ela daria ao marido pelas marcas no pescoço. O que me arrancou novas risadas. Aumentadas, naturalmente, porque o sofrimento seria o dobro. Dela e dele. Falei em voz alta: "Se até hoje não percebeu marcas na esposa, pode ser que não seja mais possível ignorar." As vozes que me rodeavam berraram como dezenas de sinos repicando. Revi a expressão de aturdimento de Ana Teodora, sua compreensão do que existia de verdade entre nós, por fim a humilhação que lhe cobria o olhar cândido ao me deixar. Impossível divertir-me mais. Talvez, minha querida, deva lhe dizer que desta vez me deu um prazer de verdade. Por que então o rosto triste? Não era o que desejava? Desfrutava do episódio como se acontecesse diante de mim. Estendia a mão, apalpava o seu rosto, apertava-o; continuava a apertá-lo até transformá-lo numa pasta sangrenta. Tinha vontade de chamá-la apenas para verificar que a sua tristeza permanecia intacta, para que a monotonia dos próximos dias não empanasse o brilho que me aquecia o coração.

Nos dias seguintes, ao contrário da euforia inicial, entrei num estado de completa apatia. As vozes dentro de mim mandavam-me sair às ruas para fazer novas vítimas. O sangue que escapara de minhas mãos, por um ridículo olhar de mulher, exigia reparação para que novamente encontrasse a paz. "Sangue", diziam todas elas. Levantava-me, envolvia-me numa capa negra, pegava o punhal e perdia a coragem. Sim, a coragem. Uma noite, enxerguei um grande vulto encapuzado que me ordenava sair para cumprir a missão. Suas palavras eram ditas num tom firme, sagrado. Não admitia réplica. É preciso sangue, concluiu, para limpar o mundo de sua sujeira profana. Seus grandes olhos estriados, que brilhavam ardentes como cristais hipnotizando-me, grudaram-se nos meus e compreendi que não tinha escolha. Saí do quarto, desci as escadas. Dei com Tibúrcio sentado na sala. Escutando os passos, abriu os olhos vermelhos e fui invadido por uma sensação de pudor, de vergonha. Ele sabia o que me fazia sair de casa àquela hora. Levantou-se e dirigiu-se para a porta. Não sei se pretendia impedir-me de sair ou apenas seguir-me. Seu olhar entristecido misturou-se ao meu, em oposição ao olhar ardente do vulto. E, ao contrário do outro, enregelou-me. Os olhos transformaram-se nos olhos humilhados de Ana Teodora. Mas desta vez só me trouxeram tristeza. Que diabo de tristeza seria aquela? O mesmo episódio me trouxera tanta satisfação dias antes. O que acontecia comigo? Por que não a esfolei e acabei com tudo ali? Não passaria pela tempestade que agora suportava.

Não fui em frente. Sentei-me na escada, apontei para cima e gaguejei: "alguém". Tibúrcio subiu as escadas e não demorou para voltar fazendo um gesto negativo com a cabeça. Levantei-me e subi as escadas. Caí na cama e chorei. Não sei como, por quê. Só me lembro de chorar na morte de tia Inês, depois nem uma única lágrima voltara a descer dos meus olhos.

Nos dias seguintes, percebi estranhos movimentos na casa. Uma vez chamei Tibúrcio, e um criado avisou-me que ele havia saído. Descobri que Ana Teodora mandava um criado saber do meu estado todos os dias. Outros, Tibúrcio ia a Botafogo levar-lhe notícias e ela o retinha, obrigando-o a fazer, palavra por palavra, uma descrição completa do meu dia. Perguntei-lhe como ela estava, e ele acenou com a cabeça, num gesto positivo.

– As marcas no pescoço – continuei – estão visíveis?
Ele abanou a cabeça:
– Não existem marcas no pescoço.
Senti-me grato a ele pela afirmação. Falei:
– Diga a ela que não pense mais em mim. Não sou capaz de lhe fazer bem. – E completei com uma ênfase um tanto teatral. – A ninguém.
– Não sei se ela sente assim – replicou parte para mim, o restante para si próprio, como se precisasse das próprias palavras para se convencer. Percebi o seu desânimo. – Pediu-me que a chamasse assim que você estivesse em condições de recebê-la.
– Mas isso é impensável. Ela não se lembra do que aconteceu?
Tibúrcio fez um gesto silencioso de cabeça.
– Para que ela haveria de querer me encontrar de novo?
Ele fez um gesto de ombros, tentando se libertar da própria incredulidade:
– Ela diz que não pode esquecê-lo. – E então seus olhos brilharam como nunca antes. – Ouça o que pensei. Vamos embora desta cidade, retornamos à fazenda. Deve ver como está bonita. Não sei por que gosta tanto deste lugar!

Como explicar-lhe, se eu próprio não entendia? Gostar tanto deste lugar. Seriam essas as palavras certas? Por mais despropositadas que me soassem, nunca as esqueci. Ditas como foram, no único momento de entusiasmo que Tibúrcio dirigiu a mim.

Voltamos assim a nos encontrar, e a crise parecia ultrapassada. Houve até demonstrações mútuas de saudades e me perguntei se, no final das contas, os pressentimentos não passavam de engano.

Na Bolsa de Café, evitava encontrar-me com Aníbal. Conversávamos como antes, porém nos restringíamos a assuntos de compra e venda de café. Vez ou outra lhe apontava a possibilidade de um bom negócio, e ele me agradecia. A exuberância de gestos e palavras transformou-se numa contemplação reflexiva que o mantinha em silêncio por minutos e às vezes horas. Não me convidou mais para acompanhá-lo à Colombo. De resto, exibia um estilo diferente dos outros negociantes. Nunca negaceava com preços e não buscava as fraquezas dos outros para golpeá-los. Parecia conhecer de antemão o desfecho de cada negócio e esperava com frieza que se confirmasse. Exibia honestidade de propósitos, firmeza, não demonstrava ganância e não levava vantagem sobre a fraqueza alheia. Isso fez com que granjeasse enorme reputação.

Aprendi a respeitá-lo. Imaginei que escondia algo dentro de si, um segredo possivelmente, conhecido pela esposa que o prodigalizava de bondades que passei a ambicionar para mim. Por seu lado, ele continuava a me tratar com deferência. Nunca demonstrou desconfiança de algo entre mim e a esposa, nem sequer de minha agressão. De alguma maneira, Ana Teodora ocultou-lhe a contento o que acontecia entre nós, e as marcas de minhas mãos em seu pescoço nunca chegaram aos olhos do marido.

Acompanhei Ana Teodora a uma cigana, no largo da Batalha. Segundo ela, tinha poder além do que compreendíamos e sabia de coisas que nunca saberíamos. Suas palavras me deixaram precavido, tinha medo de ser espreitado por olhos mais profundos que os humanos normais. Escondi a minha preocupação diante de sua expressão sonhadora. Ela confundiu-a com ceticismo:

– Afonso, por favor, não me considere tola. Tantos fatos incompreensíveis perturbam as nossas vidas. Existem muitas forças... ela as chama... forças do mal. O que, para um olho despreparado, não passa de infortúnio, ela vê o que há por trás. Forças malignas, entidades provocando a nossa desgraça. Ela saberá enfrentá-las.

— Provocar a nossa desgraça — repeti suas palavras como se levado para longe dali.

A cigana nos recebeu numa sala forrada de cetim preto, sem qualquer decoração. Os raros bicos de gás eram insuficientes para abrandar a escuridão do lugar, quando não a intensificavam pelos contrastes de sombras criados. Caminhamos sobre tábuas velhas que rangiam aos nossos pés e esperei que um alçapão se abrisse adiante para nos engolir. Sombras dançavam nas paredes e podia-se pensar que as almas presas naquele antro tentavam inutilmente nos prevenir do que ali nos esperava.

Mal nos sentamos, a cigana espalhou cartas na mesa. Olhou fixo para a minha amiga e depois para mim. Seus olhos destacados daquele rosto taciturno, mal distinto das trevas, pareceram penetrar dentro de nós. Minha companheira teve um sobressalto. Quando olhei a feiticeira, seu rosto bexiguento tornou-se mais duro, quase uma carapaça. A mão de Ana Teodora buscou a minha e se fechou sobre os meus dedos. Não passou despercebido aos olhos da cigana que viam qualquer movimento à volta.

Deixando Ana Teodora de lado, fixou-se em mim, e agora eram seus olhos que se torciam numa tentativa inútil de se desgrudar dos meus. Nós nos assemelhamos a dois oponentes empurrando-se um ao outro à beira do abismo. Então ela falou, como se recebesse um empurrão:

— Uma grande tragédia — as palavras saíram quase num sopro —, vejo uma grande tragédia.

Calou-se. Logo depois, presa de uma alucinação, gritou e se debateu na cadeira. Dois negros troncudos entraram na sala e correram para a mulher que parecia atacada de congestão cerebral. Ana Teodora assistiu a tudo hipnotizada, trêmula. Saí dali e arrastei-a pelo corredor. Só a larguei ao nos vermos na rua.

De volta à carruagem, ela repetia num gemido choroso:

— Uma tragédia, meu Deus, estamos perdidos.

— Não seja tola — interrompi-a impaciente —, não é difícil para ela cheirar a tragédia. Uma mulher bonita, um homem bem-apessoado, um marido mais velho e rico. Se estivesse no lugar dela o que veria nas cartas?

Ela passou a soluçar e chorar. As palavras foram substituídas por risadas desconexas e no final parecia atacada por uma febre que lhe levasse a lucidez. Tudo o que fiz para trazê-la ao normal resultou inútil e mandei o coche seguir para Botafogo.

Vários dias permaneceu de cama, atacada de febre cerebral. Eu mandava pedir notícias dela a Aníbal que não saiu de casa enquanto o estado da esposa não melhorou. Ao cabo de dez dias, a febre cedeu, ela foi declarada fora de perigo e recebi um bilhete pedindo que comparecesse ao palacete de Botafogo.

Aníbal estava sentado na antessala do quarto, nunca o vira tão abatido. Parecia dez anos mais velho e me lançou um olhar súplice, ao me ver entrar. Nunca o achara tão frágil, tão flácido ou tão pequeno dentro de si próprio. Submetido ao sofrimento, exibia total desarmonia dos traços físicos.

– Ela pediu para falar com você – disse acompanhando-me com olhos lacrimosos, procurando num gesto fingido demonstrar uma réstia do vigor de poucos dias antes.

Entrei e encontrei Ana Teodora prostrada numa enorme cama, o rosto macilento de um flagelado da peste. Ao me ver, levou um susto e encolheu-se sob o cobertor. Sentei-me e ela me agarrou as mãos. Falou olhando para a parede, evitando os meus olhos:

– Pensei que ia morrer. Todas as vezes que fechava os olhos me via diante de Deus. Ele me mandava de volta para o meu marido, e eu não obedecia. – Uma risada lívida perpassou o rosto sem cor. – Deus perdeu a paciência comigo. Ele me mandava para o meu marido e, no lugar de Aníbal, eu procurava você. Aí está a resposta da minha desobediência; não podia fazer o que fiz.

Levantou a cabeça com esforço e encostou-se em mim. Segurei-lhe os ombros com cuidado e deitei-a de volta. Falei:

– Acalme-se, você não vai morrer. Apenas ficou chocada pelas palavras da cigana.

Ela arregalou os olhos e não soube se me via ou a um espectro, se falava comigo ou imaginava uma figura materializada dos delírios. O rosto excessivamente pálido parecia transparente e tive a impressão de que se desfaria se eu permanecesse mais tempo ali.

– Aníbal ficou todo o tempo ao meu lado – continuou olhando para o teto. – Eu queria que ele saísse, fosse à Colombo encontrar os amigos. Senti-me tão mal de lhe causar tristeza. Ele é o homem mais bondoso do mundo, Afonso. Pode parecer arrogante certas vezes, mas só por questões comerciais. Não merece que alguém lhe dê tristeza.

— Estou certo de que o pior passou.
— Sabe o mais estranho? Todas as vezes que abria os olhos Aníbal estava do meu lado, ao fechá-los era Deus quem me recebia. Nenhuma vez vi você. Onde estava você esse tempo todo?
— Se não estava do seu lado, pode ser que Deus ou Aníbal, nenhum dos dois, me quisesse por perto.
— Não, não fale assim; eu o queria do meu lado. Não ousava chamá-lo perto do meu marido, por isso pedi a Deus que o trouxesse para mim.
— Mas Deus não a atendeu. Certamente não faria bem a você a minha presença. Nós podemos nos enganar, não Ele.
— Não é verdade. — Levou as mãos aos ouvidos como se eliminasse, com este gesto pueril, as palavras que não queria ouvir. — Havia um padre e esperei que me desse a extrema-unção. Então percebi que o padre era você e fiquei tão feliz. Você inclinou-se e me beijou e então me senti sufocada, não podia respirar, pensei que estava morrendo. Debati-me; sim, debati-me querendo engolir o ar. Você ria e tentei gritar. Em vez de morrer, abri os olhos e estava sem febre. Entendeu o que aconteceu? Foi você quem me curou.

Havia um engano, ela não percebia? Não havia sido eu quem a curara, pelo contrário.

Abriu-se num sorriso pálido que, em meio às exalações da doença, transmitiu um brilho longínquo de alegria.

O mais notável é que eu tivera um sonho similar. Eu entrava vestido de padre no quarto de uma agonizante e a sufocava com um beijo. Em momento algum, pensei ser Ana Teodora.

Seus olhos emitiam um brilho febril e, ao se voltarem para mim, refletiram tristeza. Falou num tom ponderado, em total oposição à exaltação empregada ao descrever os seus delírios:

— A cigana... Ela está certa. Se não nos afastarmos, só a ruína e o sofrimento nos esperam.

Tentou se levantar de novo e me tocar os ombros com os dedos. Faltando-lhe forças, deixou-se cair outra vez na cama. Os olhos giravam inquietos, querendo deixar a cela sombria em que estavam encarcerados. Uma luz pálida reluziu dentro de suas pupilas.

— E Aníbal está sofrendo, ele não merece isso.

Prontifiquei-me em deixá-la. Ela segurou as minhas mãos e impediu-me. Chorava. Sussurrei-lhe palavras bondosas, empurrei-a gentilmente e deitei-a. Levantei-me em silêncio e fui embora. Passei por Aníbal sem me virar.

Algumas semanas se passaram. Embora uma atmosfera de tristeza me acompanhasse depois dos incidentes com Ana Teodora, não fui perturbado pelas vozes que me perseguiam nos momentos de extrema agitação. Deixei de frequentar a Bolsa, só saía de casa para entregar uma ou outra crônica no *Jornal do Commercio*. Passava o tempo ocupado com o jardim na frente da casa. Experimentei sincero orgulho em ver os resultados de minha dedicação. Pessoas na rua vinham admirá-lo e fui afastado das reflexões amargas. Tibúrcio ajudava-me com uma agilidade incompatível com um homem da sua idade. Senti um dos raros momentos de paz na vida. No entanto, sabia que a paz não duraria muito tempo, e a tragédia prevista pela cigana seguiria o seu curso.

Ana Teodora voltou a me procurar, e seu rosto nada mais transparecia da doença. Chegou numa caleça nova e com um cocheiro empertigado. Admirando o jardim, não me poupou elogios. Estava corada, recuperada e, da mesma maneira, esquecida das razões que nos afastaram. Apenas Tibúrcio criou-lhe embaraço. Evitava olhá-lo como se lhe faltasse a uma promessa. Mas ele afastou-se, e o sorriso voltou a lhe dominar o rosto. Perguntou por que deixara passar tanto tempo sem lhe dar notícias minhas. Sorria muito, empregando uma maneira *coquette* que não podia ser verdadeira. A sós, tornou-se triste:

— Desculpe-me voltar a procurá-lo, Afonso querido, não consegui me manter distante. Hoje saí de casa sem pensar em vê-lo, acredita? — O rosto refletiu a palidez doentia de que me lembrava. — De repente vi o seu rosto diante de mim e não resisti. Você está corado, Afonso, mais bonito. Esse trabalho lhe fez bem. Olhe, não queria mais do que uma palavra. Saber que você estava bem. E, ao mesmo tempo, esperava que não. Eu... eu contei tudo a Aníbal, prometi não procurá-lo mais. No entanto, não resisti muito tempo sem estar com você. Sabia disso; sabia que mentia ao meu marido. Meu Deus, pedi tanto que a doença me levasse, não seria melhor para nós? — Olhou-me de uma maneira tão triste que compreendi que me esperava negar as suas palavras com energia. — Você não sentiria a minha falta, Afonso, tenho certeza. Mas Aníbal... O que seria dele se eu desaparecesse? Não sei, não sei. O que devo fazer? Eu... eu amo você.

— Ora, não existe isso que chama amor.

— O que existe, então?
— Engano!

Engano, ela não via claro? O que era o nosso amor além de um salto à destruição? Não via que tudo em nós era falso, a alegria de nos encontrarmos, as saudades que a distância nos trazia, o amor! Não percebia que um dia tudo faria parte de mais uma história das loucuras humanas e das tragédias gratuitas provocadas por nossa insensatez mascarada de felicidade?

A presença dela me trouxe de volta os tormentos de que me afastara esse tempo. Perguntei-me se não poderia prolongar tal situação e por que ela voltou a me procurar. Mas, da mesma forma que ela não resistira ao convite à tragédia, eu também era arrastado no seu rumo. Seria preciso cumprir a fatalidade, não estava claro? Impossível realizá-la sem a presença de nós dois, eu e ela, dois polos de um magnetismo fatal.

Poucos dias depois, encontrei-a ao entardecer. Chamei um coche, entramos. Mandei-o seguir pela Senador Dantas e parar diante de um bando de prostitutas. Chamei uma delas. Divertiu-me o espanto das duas mulheres ao se verem tão próximas. Mandei-o seguir em frente, até o hotel Aliança na rua do Lavradio. Enlacei as duas. A meretriz achava tudo divertido como se não passássemos de artistas excêntricos empenhados numa experiência extravagante. Sufocava as risadas — o rosto oculto entre o pescoço e o cavado do ombro — ao ser solicitada a participar de algo de que ouvira falar, mas não praticava.

Ana Teodora, pelo contrário, passou do espanto à indignação. Amuou-se e retesou-se muda no assento. Parecia buscar qualquer lugar para se esconder. Viu-me abraçar e beijar a estranha, contendo o grito que lhe arranhava a garganta. Não sei como não se desesperou. Um resto de dignidade, creio, uma noção deteriorada da própria importância e do seu papel numa situação de tamanha baixeza.

Gritos lá fora interromperam a nossa marcha e abri o estore. Um magote de homens marchava pelo largo da Carioca, dois policiais observavam-nos empunhando cassetetes.

— O que está acontecendo? — perguntou Ana Teodora.
— As desordens por causa da vacina obrigatória.
— Não seria melhor irmos por outro caminho? Tenho medo.
— Não se preocupe, não nos farão nada. No máximo um repórter indiscreto perguntando o que fazemos juntos de companhia tão ilustre! — Apontei a prostituta com um ar de desplante.

Os gritos lá fora aumentaram, homens vindos de todas as ruas concentraram-se em grupos turbulentos. Faziam gestos de ameaça a todos os que não participavam da manifestação, brandiam pedras e paus que buscavam nas demolições. A impressão era de que, de um momento para outro, eclodiria a revolta e invadiriam todos os lugares, promovendo uma carnificina.

Ana Teodora olhava para fora, voltava os olhos para dentro e se defrontava comigo e a prostituta, sem descobrir que situação lhe causava maior horror.

– Vagabundos! – exclamou.

Não soube se ela se referia ao que acontecia lá fora ou aqui dentro. Respondi:

– Um bando como este, uns cem anos atrás, derrubou a monarquia na França e levou toda a nobreza para a guilhotina.

– O que está dizendo? Teremos uma Revolução Francesa aqui?

– Por que não? Veja o que está acontecendo aqui; insensibilidade, corrupção dos costumes, ricos e pobres. Não é sempre que temos a oportunidade de organizar uma reunião fraternal como esta nossa, ignorando as diferenças de classe. Não concordam comigo?

Pensei que ela não resistiria mais, mandaria parar o carro e desceria no meio da confusão. Seu rosto pálido considerou a oportunidade, mas permaneceu imóvel, querendo saber até onde iríamos.

A carruagem continuou em frente, e a multidão ficou para trás. Paramos diante de um pardieiro, aparência de mofo e destruição que a custo ainda resistia à passagem do tempo. As paredes rachadas não passavam de covis de ratos e insetos que as atravessavam com a altivez dos seus mais antigos moradores. Ajudei a prostituta a descer. Chamei Ana Teodora. Ela recusou-se a sair do carro. Não insisti. Fiz um sinal ao cocheiro que examinava os cavalos:

– Queira, por favor, levar a senhora para a sua casa em Botafogo.

Não foi preciso tal. Vendo-me entrar no prédio acompanhado da mulher, ela desceu do carro e correu até nos alcançar. Quis segurar-me pelo braço, fazendo menção de reter-me:

– Vai me deixar sozinha?

Respondi-lhe com uma risada:

– Se não quiser nos acompanhar. Ora, não se preocupe – apontei para a multidão afastada de nós por três ou quatro quarteirões –, não ficará a sós, prometo.

A prostituta soltou uma risada. Ana Teodora retesou-se, olhando-me com uma súplica final. Desviei o rosto e fiz um gesto para a prostituta na direção da porta.

— Estou certo de que conhece bem este lugar – falei. – Não quero que a senhora se perca nesses corredores sujos.

Com um gesto de resignação, Ana Teodora correu a nos acompanhar, agarrou-me a mão e apertou-a ao atravessar os corredores sórdidos que surgiam diante de nós. Obrigava-nos a parar com frequência porque movimentos furtivos nos cantos arrancavam-lhe gritos e gestos de pânico. Não foi difícil perceber que sua resistência estava no fim. Quis mandá-la embora, apenas para vê-la caminhar a sós naqueles corredores entulhados de lixo, tateando as paredes com o desespero das crianças abandonadas, gritando de horror diante de cada vulto que a espreitasse das trevas. Um homem encurvado, saindo de uma volta do corredor, quase se chocou conosco. Sua figura deformada pela doença e miséria, visíveis numa face enrugada semelhante a uma horrenda máscara de feiticeiro medieval, arrancou um grito de Ana Teodora. As duas mulheres imobilizaram-se assustadas e procuraram proteção sob os meus ombros. O homem olhou com estranheza os dois rostos de mulher que o encaravam com repugnância e medo. Começou a rir, e o riso contagiou a prostituta. Acabei eu por rir junto aos dois. Só Ana Teodora se manteve num altivo silêncio que não foi suficiente para conter as lágrimas que rolaram dos seus olhos.

A prostituta apontou-nos uma porta e entramos num quarto. Camadas de poeira amontoavam-se em cima de móveis velhos e rachados. A imagem cabal do desespero. Parecia que tudo ali nos esperava apenas para desmoronar sobre nós e nos enterrar. Ana Teodora hesitou ao entrar, exclamou:

— Meu Deus, não pensava que você fosse capaz de me trazer a lugar tão baixo!

Espalhando a poeira no ar, numa tentativa inútil de clarear o ambiente, falei em falso tom de gracejo:

— Com tanta demolição na cidade, impossível entrar em qualquer lugar sem poeira.

Ela me fitava muda e julguei-a a ponto de desabar como as paredes de um prédio demolido. Passou-me um desejo de levá-la daquele lugar. De confortá-la, pedir-lhe perdão. Algo me reteve, uma fúria acima de mim próprio, uma vontade superior aos meus desejos de amor e compaixão, que me fazia uma criatura movida por uma ideia única de ódio e vingança. Acabava por culpá-la daquela situação. Por que viera à minha procura, sabendo que nossos encontros só conduziriam a dor e sofrimento? Não ficara tudo claro nas palavras da cigana? Minha mente confusa não se deixou sensibilizar com a sua angústia. Pelo contrário, seu sofrimento me propiciou novos motivos de júbilo. Uma outra parte de mim, que nessas horas me dominava, enxergou apenas o prazer que experimentava ao ampliar a tristeza de minha amiga, transformando-a em desespero.

– O que você pretende? – Segurou-me os ombros e vi que, pela primeira vez, havia ressentimento em seu rosto. – Quer enlouquecer-me de vez? Não vê que não posso mais?

Não dando importância às suas lágrimas, derrubei a prostituta na cama e caí sobre ela. Beijei-a e acariciei-a como fazia com minha amiga, com maior ardor ainda por sabê-la observando-nos. A mulher recebeu as minhas carícias sem se importar com a presença da outra no quarto.

– Você, que fala em se mudar para a Europa – virei-me para Ana Teodora –, deveria saber que um homem e duas mulheres na cama é muito praticado lá. É algo... como diria... chique!

Ela sentou-se na cama e acariciou o meu pescoço num gesto tímido. Conseguia engolir a substância do seu horror por um amor, por uma renúncia em que eu nunca acreditaria. O que só aumentou a minha fúria. Enlacei-a e beijei-a, deixando a outra de lado. Ela fechou os olhos e se entregou como se tudo continuasse igual aos melhores tempos, como se o que acontecesse entre nós fosse o que ela esperava e não uma distorção de amor cujos propósitos não poderiam situar-se entre os dignos de um cavalheiro.

A prostituta buscou os meus lábios, me puxando da concorrente. Nessa disputa insana, despi as duas e a mim, e logo lá estavam os três corpos entrelaçados num ato que não sabia se chamava amor, danação ou simples promiscuidade. De qualquer maneira, ele se tornou excitante porque sabia que infligia a um dos componentes sofrimento e humilhação que não poderiam estar distantes de sua precoce destruição.

O que aconteceu daí para frente não merece descrição. Coloquei as duas juntas e obriguei-as a copularem entre si. Ana Teodora relutou, porém, como das vezes anteriores, acabou por aceitar. O que mais me excitou foi perceber que os desvios sexuais, a que obriguei minha companheira a se submeter, não lhe foram de todo desagradáveis. Perguntei-me se, no final das contas, ela não me procurara exatamente por causa deles.

Na volta, dentro do carro, sentamos distanciados um do outro. Ela abraçava-se encolhida, como a sentir repulsa por si própria. Os olhos liquefeitos pareciam saltar do rosto. Os lábios tremiam e tive medo de que desmaiasse.

– Por que me obrigou a isso?

Olhei-a com uma expressão cínica:

– Obrigá-la! Não a obriguei a nada. Pelo contrário, lhe dei liberdade de voltar para casa.

– Você sabia que eu não seria capaz de deixá-lo.

– Quer saber o que acho? No momento não lhe pareceu tão repugnante como agora.

Ela sofreu um baque:

– Não... Não posso acreditar no que ouvi.

– Então pensa o quê? Foi levada a uma sessão de tortura? Se foi assim, não vejo as marcas. Olhe, não precisamos mais ocultar um do outro o que somos. Eu sou esse que você viu com a prostituta. Você é a que aceitou a minha proposta.

Ela balançou a cabeça, tentando dar vazão à perplexidade:

– Meu Deus, não posso ser tão desprezível assim. Você não tem nenhum respeito por mim? Quer me encontrar apenas para me encher de lama?

Abri a boca, enfurecido. Contive-me, porém. Ana Teodora forçava-me a ser com ela cada vez mais cruel. Mergulhávamos no inferno, levava-a comigo sem nenhuma certeza de voltar à superfície. No entanto, queria voltar atrás se ainda fosse possível.

– Deixo a cargo do seu marido o trabalho limpo. Ele lhe beija a mão, joga o casaco no chão para que o seu sapato não suje? Antes de despi-la, pede licença? Ou se desculpa no fim por medo de ter ferido os seus brios? Não foi neste mundo que vivi. Quando ouvem que morei em Paris, abrem os olhos deste tamanho como se eu não saísse dos grandes salões. Mas Paris não se restringe aos salões...

Ela imobilizou-se à maneira de um pássaro que localiza uma borboleta a poucos metros e se dispõe a abocanhá-la. O rosto retesado descontraiu-se, e a expressão de angústia foi substituída por uma risada divertida:

– Não posso acreditar. Tudo isso por ciúmes de Aníbal? – Voltou o rosto para fora, amparou a testa com a mão e acenou a cabeça, livrando-se da sequência de fatos absurdos e desesperadores por meio de explicação tão simples. Completou como se pensasse alto. – Ele é meu marido, não tem nada a ver com nós dois.

Tive de conter uma risada:

– Não tenho ciúmes de Aníbal, não tenho ciúmes de ninguém. – Minha agitação ameaçava levar-me num novo torvelinho. – Citei o seu marido por causa das situações paralelas.

Ela sorriu e abraçou-me, sem acreditar em minhas palavras. O coche parou num arranco súbito. Ouvimos berros lá fora, e o cocheiro gritou que seria arriscado prosseguirmos. Abri a porta e saí. Uma multidão se concentrava entre a rua do Sacramento e o largo do Rocio. Um vulto sob uma árvore fazia um discurso, e todos o aplaudiram exaltados. Um bonde elétrico tinha sido imobilizado e os passageiros obrigados a descer. Falei para o cocheiro dar a volta e pegar a rua do Hospício. Passaríamos pela avenida Central. Ele relutou por causa das obras e do estado da pista, eu lhe ofereci uma soma maior.

– De novo as confusões por causa da vacina? – Ana Teodora perguntou sabendo a resposta de antemão.

Assenti com a cabeça:

– Está ficando fora de controle.

– A polícia vai dispersá-los.

Fiz um gesto de incredulidade:

– Na Revolução Francesa pensaram o mesmo. Sabe o que aconteceu.

Ela me lançou um sorriso de pouco caso. Percebi o seu esforço para demonstrar controle.

– Revolução por causa de uma vacina?

– A Revolução Francesa começou por causa de uns pedaços de pão.

O carro continuou em frente, deixando para trás os ruídos da agitação. O rosto dela desanuviou-se e pareceu esquecida da confusão lá fora.

– Ora, bobinho. Não tem razões para ciúmes. Meu marido é apenas meu marido.

– Se quer saber o que penso – falei perverso –, não a acho diferente de uma prostituta. Por isso a trouxe aqui. Não pense que me passou despercebido que tudo lhe deu prazer. É como penso, cedo ou tarde descobrimos o que somos de verdade. A natureza, sabe do que falo, ela acaba por prevalecer sobre os escrúpulos. Por isso não venha me falar de lama e de coisas desprezíveis. Pode ser que aquela casa venha a ser a sua moradia amanhã.

Minhas palavras causaram-lhe um choque. Afastou-se. Permanecemos em silêncio e apenas as patas dos cavalos, batendo compassadas no solo, cortaram o silêncio entre nós. Olhei pela janela, percorríamos a avenida Central. Os prédios que se erguiam da terra assemelhavam-se a esqueletos decapitados dançando sobre os túmulos dos casarões demolidos. Começou a chover, e ela fechou a janela. Uma lufada mais forte de vento sacudiu o carro e ouvi o cocheiro acalmar os cavalos.

Num movimento rápido, ela encarou-me, os olhos transformados em fogo. A suavidade de expressão foi substituída por uma intenção resoluta, e suas palavras soaram com aspereza:

— Afonso, gostaria que me falasse com franqueza. Você não se importa comigo, não estou certa? Talvez tenha sentido alguma coisa um dia... curiosidade, quem sabe... que já não é importante. Gosta de estar comigo apenas para fazer experiências, como dizer, dessas chamadas psíquicas. Não é para isso que se vale das pessoas? Experiências! Acredito que sinta mais prazer em me torturar do que seria capaz com um cachorro. Ou um porco... Deve ter-se enjoado de animais!

Sua lucidez me causou uma impressão profunda. Todos os motivos que me levavam a maltratá-la cessaram e senti uma estranha fascinação por ela. Antes que tivesse chance de responder, ela acrescentou:

— Posso lhe fazer uma pergunta? O que aconteceu com a sua mulher? Responda, Afonso, por favor. Como foi que ela morreu?

Observei-a, aturdido. O que a teria feito perguntar pela minha mulher? Nossos rostos destacaram-se da escuridão úmida como duas massas geladas. Um solavanco indicou-nos que a carruagem parara, certamente por causa da chuva que batia mais forte.

— Por que faz tal pergunta?

— Não sei, não sei, ocorreu-me. Você a matou? Foi você?

— Que pergunta idiota! Por que me força a responder a uma pergunta monstruosa?

— Porque tenho a impressão de que está me matando. Não da maneira brutal como os assassinatos na cidade, não. Você é muito refinado para se entregar à brutalidade crua. Mas a sua atitude comigo é mais cruel e dolorosa do que a do assassino com as suas vítimas. Juro que preferia estar nas mãos dele. Ao menos, seria rápido. Você me faz sentir a mulher mais amada do mundo, apenas para me reduzir à condição mais abjeta no momento seguinte. O que me resta? Diga, responda, o que me resta? Deve existir algum lugar no mundo em que as pessoas se sintam em paz. Se continuo com você, enlouqueço aos poucos; se estou longe, me desespero.

Enquanto lhe ouvia as palavras, concentrei-me num único pensamento: vá embora, vá embora para sempre. Por que ela suportava tudo o que eu lhe impunha? Não poderia ser apenas porque gostava de mim. Ana Teodora não era o tipo. Claro que havia mais; uma espécie de feitiço, fascínio exercido por uma monstruosidade oculta num rosto belo. Exato, as pessoas tinham os monstros como seres deformados, repugnantes. Não cuidavam que a monstruosidade, a verdadeira monstruosidade, fosse exatamente o contrário, um rosto belo, irresistível; em vez de causar-nos repugnância, nos atrairia com uma mensagem hipnótica de destruição. Como diziam os jornais, hipnose que despojava a vítima da própria vontade. Por que eu não conseguia cortar tal feitiço? Um impulso contraditório me fez agarrar-lhe a mão e enchê-la de beijos. Ajoelhei-me a seus pés naquele espaço exíguo no qual a chuva já penetrava formando pequenas poças d'água:

– Por favor, por favor. Não quero maltratá-la, não quero que enlouqueça por minha causa. Só não sei resistir aos impulsos – tentei engolir a palavra seguinte, sem sucesso – satânicos. Você é a coisa mais preciosa que já aconteceu na minha vida. E, no entanto, nem é minha.

– Não sei se as últimas palavras foram sinceras ou calculadas pelo efeito que fariam em Ana Teodora. Repeti: – Nem sequer é minha.

Ela me interrompeu, encostando o dedo nos meus lábios. Levantei-me e abracei-a, ela estreitou-se contra o meu peito, fundiu-se em mim, desapareceu dentro dos meus braços. Imaginei que, no meio da escuridão gelada a que estava reduzido o mundo, nos tornamos a única forma de vida deixada.

– Escute, meu amor, eu sou sua, sou toda sua...

– Você estava certa, uma grande tragédia nos espera. Não quero maltratá-la. Não vê que continuar comigo é partilhar de um inferno que não lhe pertence? Não pode afundar no abismo junto de mim.

Ela arregalou os olhos impregnados de melancolia e ainda mais plenos de amor. Amor, terei pensado? Seria a palavra amor que descreveria a claridade tão quente que brilhou nos seus olhos naquele momento de total escuridão?

– O dia em que você cair no abismo, quero cair junto.

Deixei-a em casa e mandei o cocheiro seguir para a minha. Estava perturbado, mais perturbado do que me sentira até então. Por que Ana Teodora fizera referência à minha mulher? As vozes que me infestavam a mente mandaram-me sair para matar. Quis resistir, em vão. Saí de casa disposto a perfazer mais um massacre, sem saber sequer para onde me dirigir. Uma ideia vaga me orientou, aproveitaria os distúrbios da vacina obrigatória que começavam a agitar a cidade. Tinha certeza de que as agitações dariam cobertura conveniente aos meus crimes.

14

Voltei ao largo do Rocio, encontrando-o ainda mais agitado. A chuva tinha se reduzido a salpicos esparsos. O lugar regurgitava de gente; aos gritos faziam demonstrações contra a vacina obrigatória. Tomavam toda a praça, acumulavam-se na entrada do teatro São Pedro, espalhavam-se pela rua do Sacramento e pela travessa Princesa Leopoldina. Uma névoa densa planava no ar. Andei precavido, esperando a qualquer momento o desencadear do tumulto. Nunca vira homens tão enfurecidos. Passei pelo café Criterium, quis entrar, não pude. Dois empregados cerravam as portas, acompanhados por apupos e vaias de um grupo que se amontoava na entrada. Segui em frente, segurando a bengala com força e apalpando o punhal guardado na cintura.

No lugar dos tílburis, no lado oposto da praça, policiais observavam o desenvolvimento das agitações. Pedras eram jogadas na sua direção e uma delas me atingiu. Segurei a bengala com força e empunhei-a, preparado para me defender.

Quis atravessar a praça para o outro lado. Meu coração batia descompassado como se pudesse afogar, nas desordens que se prenunciavam, a mistura de tormentos e perplexidade que o devoravam.

Na rua da Carioca, surgiu mais um batalhão de policiais. O oficial dividiu o grupo em dois e apontou para onde deveriam ir. Andaram entre a população, contendo o nervosismo. Passaram perto de mim e prosseguiram entre bandos de homens que os olhavam furiosos fazendo gestos ameaçadores. Uma linha de manifestantes abriu-se à sua passagem e se fechou sobre eles como uma teia de aranha envolvendo uma mosca. Porém, ao contrário da mosca, não foram importunados. O movimento na praça se tornou mais caótico, e bandos diferentes misturavam-se como ondas opostas de um mar convulsionado.

– Lacaios do governo! – gritou uma voz na multidão.

Um policial parou e virou-se desafiador. Pensei que a multidão, gritando obscenidades e fazendo gestos de braço enfurecidos, avançaria contra ele. O choque parecia iminente e apalpei o punhal. Seria fácil estrangular alguém quando os tumultos começassem, e a agitação popular me oferecia uma oportunidade nova.

Policiais montados em cavalos concentravam-se nas saídas do largo, como se planejassem sufocar os amotinados numa investida fulminante. Ao avançarem, provocariam novos tumultos e seria a oportunidade esperada. Caminhei entre a multidão, de olho nos policiais.

– O povo não pode permanecer em silêncio – gritou um homem alto e gordo, vestido em mangas de camisa ao modo de um trabalhador.

– Não somos negros, nem somos escravos – complementava outro ainda mais furioso.

– Escutem – um terceiro quis acalmá-los –, assim não vamos chegar a lugar nenhum. Isso vira pancadaria. Vão se machucar à toa. Por que não vão para casa e acalmam as ideias?

O primeiro olhou-o com um esgar de raiva:

– Quem é você? Agente da polícia?

O segundo compartilhou da indignação do companheiro e rodeou o interlocutor com uma expressão feroz:

– Se está com medo da polícia, suma daqui. Este não é lugar para covardes.

O outro se exaltou:

– Não estou com medo. Só quero colocar um pouco de bom senso.

– Pois pegue o seu bom senso e desapareça. Sei quem é você. Aposto que ofereceu o braço para os vacinadores.

– Pois escutem, então. Tive um filho que morreu de varíola. Quem é o culpado da morte dele? Quem é, me digam? A única coisa que vejo nesta cidade é pobreza e doença.

– Quero ver o que fará quando entrarem em sua casa e arrancarem a roupa da sua mulher para lhe aplicarem a vacina. Aposto que sairá de casa para acalmar as ideias! – Risadas.

– Estão misturando as coisas...

– Quem está misturando é você. Esse governo pensa que resolve tudo com a polícia. Sabe o que querem? Nos humilhar.

Continuei adiante, deixando a discussão para trás. Do lado do monumento a Pedro I, um homem gesticulava aflito, pedindo silêncio para ouvirem suas palavras. Tomei a sua direção e passei por policiais caminhando entre o povo.

– Vocês sabem do que eles são capazes – gritou o orador sem obter o silêncio pretendido. – Começaram demolindo nossas casas.

Nos deixaram sem teto. Agora nos obrigam a lhes estender o braço para nos envenenarem.

– Envenenarem – gritaram as vozes mais próximas.

A palavra envenenar percorreu o povo num estridor de tempestade. Logo todo mundo gritava: Envenenar, envenenar! Os gritos excitavam ainda mais a multidão em polvorosa, os mais exaltados queriam invadir a Inspetoria de Saúde e gritavam morras a Oswaldo Cruz. Dois policiais seguraram o orador e o empurraram. Foram detidos por um bando furioso que lhes arrancou o rapaz. Um deles puxou um apito e soprou-o. Grupos de populares gritavam e faziam gestos desafiadores. Compreendendo a precariedade da situação, os policiais recuaram para se reunir a outros na praça. Pessoas corriam em todas as direções. Houve um momento em que um recuo coletivo jogou a massa humana da praça contra a periferia, e fui empurrado por diversos corpos movendo-se numa onda gigantesca. Incapaz de resistir ao influxo da multidão, esgueirei-me entre corpos suados até atingir um ângulo protegido.

– Estão mandando a cavalaria!

Um homem atravessava o largo, gritando que a cavalaria estava para carregar sobre o povo. Fazia gestos largos, atraindo a atenção de todos. Apontava na direção da rua da Constituição de onde outra multidão penetrava a praça. Escutei o alarido de patas de cavalo chocando-se contra os paralelepípedos da rua.

Rodeei a praça para alcançar o outro lado, na esquina da rua do Sacramento. Neste trecho, casas demolidas abriam um claro na muralha de prédios que cercavam os homens. Tudo à volta exibia indiferença à rebelião, como se se valesse de experiências centenárias para assistir à manifestação de revolta com o mesmo desdém que dedicara às gerações anteriores que por ali passaram e morreram.

A cavalaria entrou no largo pela rua da Constituição, vinda da praça da República. Os primeiros cavalos pararam à entrada e se afastaram para os lados, dando lugar aos seguintes. Cercaram o quarteirão. Frente a frente, policiais e povo se miraram em silêncio. O comandante adiantou-se e fez gestos para a multidão, mandando-a se dispersar. Sua iniciativa foi recebida com vaias e apupos. Impassível, certificou-se da posição dos comandados e levantou um braço. Os grupos mais próximos de amotinados recuaram.

Alguém atirou uma pedra num soldado. Foi o rastilho das desordens. Entre gritos e um início de pânico, outras pedras tomaram a mesma direção. Ao meu lado, dois homens arrancavam paralelepípedos do chão para jogá-los. A cavalaria investiu contra a multidão, começando o tumulto.

Fugindo ao ataque, muitos entraram na rua do Espírito Santo, desaparecendo entre os teatros Lucinda e Recreio. A maioria correu para o meu lado, procurando abrigo nas ruínas dos prédios demolidos.

– Vão embora – gritava o comandante.

A onda humana que recuara voltou a ocupar o espaço vazio, iniciando-se uma guerra campal diante de mim. Quis me esgueirar, sair do centro da tempestade, tarde demais. A confusão de corpos humanos envolvidos na batalha provocou um torvelinho e fui arrastado pela correnteza criada.

Pensei em estrangular o primeiro em quem esbarrasse naquela corrida precipitada. Antes que o fizesse, me vi diante de cinco ou seis policiais. O primeiro acertou-me o ombro com o cassetete. Os outros não tiveram a mesma oportunidade. Agarrei um deles e o teria estrangulado, se não fosse empurrado. Outros dois cercaram-me, quiseram me espancar, também não resistiram à minha fúria. Percebendo o que acontecia, o restante veio ajudar os companheiros. Formou-se novo vazio ao meu redor, em que eu enfrentava a sós um pelotão de policiais. Pensei mais tarde que, naquele ato fortuito, teriam descoberto o Assassino do Morro do Castelo, pois eu estava na iminência de saltar sobre um deles e quebrar-lhe o pescoço com as mandíbulas. Não aconteceu, um grupo de amotinados veio em minha ajuda, formando uma barreira entre mim e eles. Do que me vali para escapar dali.

Diante do teatro São Pedro, policiais espancavam um rapaz que pedia clemência pelo amor de Deus. O espetáculo na praça transformou-se numa cena do inferno; sob o sol do crepúsculo, silhuetas de demônios montados em dragões jogavam as montarias sobre as almas aglomeradas rente ao fogo. Cassetetes caíam nas costas dos homens que cambaleavam entre as patas dos animais. Um bando correu para a travessa Princesa Leopoldina, buscando refúgio na Escola de Belas-Artes ou fugindo pela Gonçalves Ledo. Um paralelepípedo atravessou o ar, atingiu o peito de um policial da cavalaria que ergueu os braços suplicando ajuda. Um companheiro jogou o cavalo na sua direção, amparando-o antes que caísse. Nervoso, o animal dava pequenos pulos com as patas da frente e bufava mordendo os estribos. Alguns homens correram na direção dos policiais. Empunhavam pedras que jogaram ao mesmo tempo. Nenhuma atingiu o alvo. Os cavalos empinaram assustados, e um atravessou a praça sem o cavaleiro. A linha de frente da cavalaria recuou e voltou a carregar sobre a multidão que correu gritando para os lados da rua da Carioca.

Àquela altura, o largo do Rocio esvaziou-se, e apenas vultos dispersos andavam rente às paredes, fazendo gestos desajeitados aos policiais. Bares e teatros, todos fechados. As poucas luzes dos estabelecimentos apagaram-se, e uma escuridão sólida pairou sobre os bicos de gás como uma abóbada. O chão exibia um estranho espólio de guerra; pedras e roupas jaziam lado a lado de sapatos, chapéus e cassetetes, restos dos primeiros combates travados. Escutei um ruído metálico e deparei-me com um quadro singular. Um bonde elétrico veio deslizando pela rua da Carioca, protegido por policiais nos estribos. Cumpria o itinerário de todos os dias e nada via à frente que o impedisse de trafegar como de habitual.

Afastei-me apressado, descendo a rua do Sacramento. Muita gente passava por mim, correndo para as igrejas da Lampadosa e do Santíssimo Sacramento. Poucos metros adiante, distingui homens levantando trincheiras no meio da rua. Entravam nos imóveis demolidos e voltavam carregados de tijolos, ripas e pedaços de parede que amontoavam na rua, erguendo uma barricada contra o avanço da polícia.

– Por aqui, por aqui – gritavam, chamando os fugitivos a se juntarem a eles.

Tomei a direção das trincheiras e me admirei ao ver um homem segurando um fuzil. Postando-se por trás de um bloco mais alto, encostou-se numa parede, fazendo mira com calma.

– Não atire ainda – gritou um barbudo vestido em mangas de camisa e suspensórios. Falava com firmeza, voz rouca e grossa demonstrando liderança. – Vai atrair a polícia para cá. Espere chegar mais gente.

O outro lhe acatou as palavras, descansando a arma. Os recém-chegados ocultaram-se por trás das ruínas das demolições e dali passaram a insultar os policiais. A cavalaria se concentrou na esquina e avançou contra a trincheira. Sem esperar a sua carga, o povo correu ao longo da rua, e os primeiros cavalos desviaram-se dos destroços, em sua perseguição. Acompanhei o barbudo e o homem armado que se esgueiraram pela rua do Sacramento, ocultando-se nas sombras.

– Ei, quem é esse aí? – falou o último, percebendo que eu os seguia.

O barbudo considerou-me por um instante e fez um gesto de pouco caso:

— Se está aqui é dos nossos — falou autoritário. Lançou-me um sorriso cínico. — O que veio fazer aqui, quer vir conosco?

Assenti e eles continuaram pela Luís de Camões, enveredaram pela rua dos Andradas até a do Hospício, embrenhando-se na escuridão. Eram mais baixos do que eu, o barbudo mais corpulento e andava como se o corpo lhe pesasse. Juntos, cercados de trevas, davam a impressão de solidez, como uma patrulha vigiando as ruas desertas de uma cidade sitiada. Eu tinha a ideia de matá-los. Segurei o punhal e acariciei-o, imaginando os pescoços quebrados dentro de uma poça de sangue. Atacaria os dois juntos, arrancando-lhes o fuzil. No entanto, minha sede de sangue tinha-se abrandado com a luta contra os soldados e considerei os dois como aliados numa batalha em que acabava de escolher o lado. Paramos diante de uma porta semi-iluminada. O barbudo recuou vigiando as duas extremidades da rua, enquanto o outro batia. A porta foi aberta e entramos.

Lá dentro, sob a luz tênue de uma lâmpada de querosene, esperavam-nos diversos homens, todos de pé, alguns vestidos em mangas de camisa como operários, outros em paletós surrados. A aparência deles me fez pensar que entrava numa fábrica. Eu próprio não me reconheceria naquele momento, sem chapéu, casaco rasgado, camisa suja e rota. Imaginei que exibiria, da mesma forma, marcas das pancadas recebidas pelos soldados, mas estas não procurei verificar. Experimentei um espírito de solidariedade unindo os homens ali dentro, como se fizéssemos parte de uma irmandade. Um rapaz franzino e curvado, óculos grossos que ocupavam metade do rosto, aproximou-se do barbudo empunhando papel e lápis. Envergava um casaco puído e exibia marcas de uma doença que o roía aos poucos.

— Deram tiro? — perguntou um gordo, sentado num canto sem luz.

O barbudo sacudiu a cabeça:

— Não deu tempo. Eles carregaram muito rápido. Se tivéssemos atirado, haveria um massacre.

— Bem, não importa — concluiu o gordo com um gesto de resignação e continuou aos murmúrios. — Nos próximos dias, as mazorcas vão aumentar. Não gosto de armas e munição sem uso.

— Falei que não deu tempo. Não conseguimos montar a trincheira.

— Sei, sei. — Balançou os braços, deixando claro que não prosseguiria no assunto. — Suponho que teremos de arranjar mais homens e mais armas.

— Claro — respondeu o barbudo. — Apenas um homem com um fuzil não será capaz de enfrentar a cavalaria.

O gordo acenou com a cabeça, pensativo. Parecia alheio aos outros. Girou o rosto pela sala. Apontou o dedo na minha direção.

— Quem é?

— Foi atacado por agentes, deu uma lição neles. Sabe brigar — concluiu o barbudo, olhando para mim com um sorriso de admiração.

O gordo fez um gesto vago com as mãos. Falou, apontando para o rapaz franzino:

— Silveira, você leva as notas para a redação. Escute bem para não esquecer. Escreverá sobre a violência da polícia. Tapajós lhe dirá o que viu lá fora. O Lauro Sodré e o Barbosa Lima estão do nosso lado. Se resistirmos três dias... três dias, escutem bem... podemos contar com o Exército. Eles verão — apontou um dedo para fora — que o povo não aceita desmandos.

— Está bem — complementou o barbudo, lacônico. — Precisamos dos jornais, do contrário não adianta nada. Nos chamam de desordeiros e jogam a cavalaria contra nós. Com a imprensa do nosso lado, as coisas serão mais difíceis. Estive lá fora, vi o que aconteceu. Estão dispostos a enfrentar a polícia.

— A polícia! — exclamou o gordo, mergulhado nos próprios pensamentos.

Empunhando papel e lápis, Silveira interveio:

— Já está fundada a Liga Contra a Vacina Obrigatória, e o povo todo está aderindo. Amanhã vai haver um comício no largo de São Francisco. Se hoje houve luta nas ruas, amanhã vai ser pior. Vocês não viram nada. Não se trata de mais um protesto popular. Todo mundo na rua está furioso com o decreto de vacina obrigatória.

Suas palavras exaltadas não arrancaram o gordo das reflexões. O barbudo ouviu-as com um sorriso de mofa, e os outros se mexeram como se escutassem um discurso preparado. O gordo interrompeu-o:

— Sei, sei disso. Fui um dos fundadores da Liga. O Paula Argolo e o Cardoso de Castro quiseram fechá-la. Estão no comando do Exército e da polícia. Querem resolver tudo com armas. Bem, é então do que precisamos também, não? Vamos ver. – Sentou-se à borda de uma mesa velha e tamborilou no tampo com os dedos, abstraído da conversa.

O barbudo saiu e me chamou para acompanhá-lo, junto do outro. Apresentou-se:

– Sou o Tapajós, e esse é o Raul. – Raul fez um aceno com a cabeça e se manteve alheio, preocupado com a possibilidade de encontrarmos policiais. Deixara o fuzil na casa para pegá-lo no dia seguinte.

– Não sei o que você faz no meio da mazorca – continuou ele, olhando-me com mais atenção. – Não parece dos nossos.

– O que pareço?

Ele me olhou sério:

– Parece ter conforto suficiente para não se preocupar com pestes e vacinas.

– Vi muita gente morrer de peste.

– A peste não tem nada com isso – falou exaltado, levantando a mão. Chegamos a uma esquina, e Raul fez um movimento de braço para nos calarmos. Atravessamos a rua rápido e continuamos do lado contrário.

– O povo morre de muitas maneiras – falei.

Ele acenou a cabeça:

– O povo só morre por uma razão. – Parou para me olhar de frente, certamente medindo a minha reação. – O povo morre de pobreza.

Fiz um gesto de consentimento. Continuamos em frente. Tapajós caminhava absorto na conversa comigo. Raul observava o caminho à frente. Paramos numa esquina que não reconheci. Fizeram menção de tomar caminho diferente do meu.

– Olhe – falou com uma expressão de gravidade –, o que viu aqui está acontecendo no mundo todo. O mundo inteiro. Sabe o que digo? O mundo está virando um barril de pólvora. E escute mais. Não é só o povo que vai morrer, não. Muita gente de bem vai morrer. Gente que nunca pensou em peste ou vacina.

Novo gesto de consentimento. Falei:

– Estou do lado de vocês.

Ele acenou a cabeça, aceitando o oferecimento. Raul nos olhava apreensivo. Tinha medo de que a conversa se prolongasse. Queria chamar a atenção do companheiro e me apressei a deixá-los, fazendo um gesto de despedida.

– O que aconteceu hoje não foi nada – falou Tapajós às minhas costas. – Precisávamos fazer o reconhecimento da luta. Amanhã vamos mostrar o que valemos.

No dia seguinte de manhã, no largo de São Francisco, localizei Tapajós e Raul ao lado da estátua de José Bonifácio. A multidão movimentava-se sobressaltada como um formigueiro. Pareciam apenas esperar o início da violência. Os oradores da Liga Contra a Vacina Obrigatória não chegavam, e Tapajós subiu ao pedestal fazendo gestos para alguém do outro lado. Junto a ele subiu um estranho que passou a discursar, lançando injúrias ao governo. A polícia, postada em volta do largo, não esperou mais. Entrou em meio à multidão e avançou contra o orador. Alertado, ele pulou para o lado oposto. Uma barreira de populares colocou-se no caminho dos policiais, impedindo-os de o alcançarem. Uma assuada recebeu a ação da polícia, e a cavalaria penetrou na praça, vinda das Pedras Negras. Lojas e cafés apressaram-se a recolher mesas e cadeiras aos primeiros sinais de violência. Um bando de revoltosos, perseguidos por policiais armados, atravessou a frente da Politécnica às carreiras, entrando na confeitaria São Francisco antes que uma porta de ferro a separasse do largo. Corri na direção de Tapajós e ouvi um tiro. À frente, distingui Raul deitado numa platibanda de sobrado poucos metros adiante, na esquina da rua dos Andradas, empunhando uma arma que mirava com uma calma sombria.

A polícia respondeu aos tiros, e uma praça de guerra estabeleceu-se. Tiros, pedras e pedaços de madeira voaram de lado a lado, obrigando a força policial a recuar da primeira investida. Uma nova fuzilaria provocou um corre-corre pela praça e pelas ruas laterais, espalhando o pânico.

Dois estranhos munidos de armas de fogo, postados mais adiante no beco do Rosário, atiravam nos policiais. A cavalaria tomou a nossa direção, e um cavalo rodopiou, lançando o cavaleiro no chão. Homens gritavam e jogavam pedras. Os soldados atiraram a esmo. O pânico aumentou, e a confusão generalizou-se. Vi um homem cair e ser pisado por outros que corriam na mesma direção. O ar se impregnou de pólvora. Ouvi meu nome, Tapajós fazia um sinal com a mão, chamando-me. Tomei a sua direção e nos juntamos a Raul que trazia o fuzil.

– Eles estão atirando pra valer – falou Tapajós com um sorriso congelado. Apontou três homens estendidos na calçada, que se contorciam apalpando feridas sangrentas.

Um policial a cavalo corria atrás de um civil, empunhando uma lança. O fugitivo correu para as lojas e bateu na porta pedindo que a abrissem. O policial fechou-lhe a saída como um gato acossando um camundongo. Avançou devagar, vendo a presa encurralada. Raul apontou o fuzil com calma. Esperou que o cavalo se detivesse e atirou. Não acertou, mas foi o suficiente para assustar o soldado que esporeou a montaria, saindo da mira do atirador. Na calçada oposta, um grupo formava uma roda. Gesticulavam nervosos e gritavam. Um menino jazia no centro, banhado numa poça de sangue. Vozes roucas gritavam, num sinal de recrudescimento da revolta:

— Assassinos, assassinos!

Pela janela de um sobrado, um preto atirou na tropa. Uma fuzilaria respondeu ao fogo, atingindo-o. Escorando-se na janela, tentou firmar-se contra a parede, não conseguiu. O corpo escorregou pelo parapeito e caiu do alto, chocando-se contra o solo num ruído seco.

Tapajós gritava e gesticulava, mandando que saíssemos do largo e nos reuníssemos em ruas mais estreitas, difíceis para penetração da cavalaria. Pouca gente o seguiu, a maior parte buscou refúgio nos becos e nos prédios demolidos das imediações. O largo esvaziou-se, ficando sob domínio de uns poucos soldados e vários agentes. A cavalaria corria à volta em busca de revoltosos, aventurando-se pouco nas travessas. Homens em trajes civis foram feitos prisioneiros e levados para o centro do largo, sob a guarda dos policiais.

Ao entrar no beco do Teatro, vimos um bonde vindo do Mangue. Numa reação simultânea, os homens correram até ele e expulsaram os passageiros. Tombaram o veículo, obstruindo a rua. O estrondo da queda chamou a atenção de uma tropa de policiais que veio correndo ao nosso encontro. Raul escorou-se na trincheira improvisada e atirou. Outro homem surgiu ao seu lado, empunhou uma pistola e atirou nos policiais, obrigando-os a recuar. A resistência inesperada nesse lado atraiu mais revoltosos.

— Canalhas — gritavam todos.

— O menino fazia uma entrega quando levou um tiro. Pediu que alguém levasse a encomenda ou o patrão zangaria com ele.

A tragédia do menino baleado provocou novos gritos de revolta e um sorriso sombrio de Tapajós. Sentado num bloco deslocado de uma demolição, parecia um diretor de ópera que ainda não decidira que cena modificar. A cavalaria retirava-se, e os prisioneiros eram embarcados num bonde. Um aspecto de falsa normalidade pairava sobre a praça depredada. As lojas começavam a abrir as portas. Um prisioneiro escorregou e foi chutado por policiais.

– Vamos voltar para o Rocio – gritou Tapajós, levantando-se num gesto decidido.

Por onde passávamos, combustores de luz eram apedrejados e esmigalhados. As portas das lojas arrombadas e os estabelecimentos, saqueados. O gordo da noite anterior apareceu no cruzamento com a Alexandre Herculano e esbravejou com Tapajós, mandando-o deter a turba ocupada com os saques:

– Daqui a pouco, vamos virar um bando de ladrões – falou exaltado.

Tapajós fez um gesto de impotência:

– Eles não vão me ouvir.

– Estamos aqui para protestar, não para roubar.

Tapajós não conteve o sorriso cínico:

– Sim, nós. Eles estão aqui para roubar.

O gordo fez um gesto de incredulidade, permanecendo em silêncio. Tomou o seu caminho, sem dizer uma palavra.

Continuamos em frente, deixando para trás os saqueadores. No Rocio, quatro bondes foram tombados pela turba exaltada e usados para obstruir as entradas da praça. Um deles foi queimado numa chama ritual que se ergueu de repente, atraindo os olhares atormentados dos homens. Tapajós exercia uma atividade intensa de organizador, dispondo os combatentes pelos cantos estratégicos, mandando alguns subirem nos sobrados, dirigindo-se a cada grupo e estimulando os homens.

– Quebrem todas as luzes – gritou. – De noite, isto estará numa escuridão total.

O caos na cidade estendeu-se por todos os quarteirões. A atmosfera assemelhava-se a uma revolução. Incapaz de controlar os distúrbios na região, a polícia permaneceu no largo de São Francisco, deixando aos amotinados os quarteirões ocupados. No Rocio, pareciam organizando um governo provisório, incumbido das primeiras providências administrativas. Mais gente concentrava-se na praça e já se podia estimar o número em milhares.

Tapajós não escondeu a satisfação:

– Hoje é um grande dia, Afonso. – Mal conteve uma gargalhada.
– Durante muito tempo, vão falar da gente.

– Poderá ser ainda maior.

O objetivo de Tapajós e os seus não tinha a menor importância para mim. Ali estava por causa do caos e da violência que crescia nas ruas, e acreditava que eles seriam aniquilados pelos eventos. Na atmosfera de guerra e revolta que empurrava os homens a atos desesperados, eu sentia, pela primeira vez na vida, que estava a ponto de saciar inteiramente os meus desejos mais exaltados de violência.

– O importante – complementei – é que o motim continue. A polícia não pode nos expulsar deste lugar.

Seus olhos pousaram em mim com um brilho de desconfiança. De repente, adquiriu uma expressão severa. Examinou-me com curiosidade:

– Sabe, Afonso, até agora tenho me perguntado o que você faz entre nós.

Devolvi-lhe o ar de desconfiança:

– Não acha que terá tempo de sobra depois, para se fazer perguntas sem sentido?

– Talvez para os outros, não para você. – E repetiu: – Não para você.

Percebi que ele sabia do que falava.

– Depois de expulsar a polícia, concordo em lhe dar todas as explicações.

Ele deixou escapar uma risada:

– Sim, claro. Por enquanto o que importa é instalar o inferno na cidade. Não é isso? Já ouviu falar de greve, Afonso? Não me parece do tipo que se importa com uma. A greve é feita por operários que estão exaustos de trabalhar e ver os patrões acumularem o fruto do seu trabalho.

Tentei atenuar suas apreensões:

– Escute aqui, Tapajós, está enganado a meu respeito. Se pensa que estou levando parte dos lucros dos patrões, está errado. Quanto aos operários, uma hora vão esfolar os patrões, e esta é uma boa oportunidade.

– Sabe o que conversam entre eles? A morte do menino. Não sabem o que querem, mas estão revoltados. Querem sangue, muito sangue.

– Muito sangue! – balbuciei.

– Nem se lembram mais da vacina. O que importa agora é tombar bondes, quebrar postes, apedrejar vidros. Não se engane com a

polícia, ela ainda está brincando conosco. O pior está à frente. Espero que não seja destes que, ao verem sangue de verdade, vomitam tudo o que têm no estômago. Quanto a eles – desviou os olhos de mim –, é possível que, ao acordar amanhã, já não se sintam tão encorajados.
– Então não devemos deixar muito trabalho para amanhã.
Ele riu:
– Sim, é o que precisamos.
Antes que anoitecesse, a polícia tinha cercado os quarteirões. Brigadas policiais entraram na praça e quiseram convencer os amotinados a se dispersar. Foram recebidos com uma estrondosa vaia. A agitação aumentava com a incerteza dos próximos acontecimentos. Oradores improvisados sucediam-se, embora pouco se ouvisse do que diziam. Três vultos ergueram-se do lado do monumento de Floriano Peixoto, e a multidão acalmou-se.

O deputado Lauro Sodré tomou a palavra e falou em fome do povo, desrespeito ao cidadão, escravidão. Exauriu-se em gestos enérgicos mais eloquentes do que as palavras. Ao seu lado, o médico Vicente de Sousa combateu a vacina obrigatória chamando-a inútil; apesar dos seus esforços, poucas palavras conseguiam vencer o zumbido feroz da multidão.

Novos tiroteios dispersaram os amotinados, provocando corridas na direção da rua do Sacramento e estendendo-as até a Senhor dos Passos e a rua do Regente. Muitos correram para a igreja, tentando pular as grades sem sucesso. Balas sibilavam surdas no ar, e os homens fugiam pulando as trincheiras erguidas com restos de demolições, bondes queimados e trilhos de metal arrancados da rua. Muitos correram para o teatro São Pedro, contornando-o para escapar pela rua dos Teatros. Outros tropeçavam no pavimento e eram pisoteados pelos próprios companheiros. Dois atiradores, protegidos pelas trincheiras, atiraram nos policiais que procuraram abrigo.

Anoitecia. Na praça, num lúgubre espetáculo exibido entre as sombras projetadas pela lua, policiais montados jogavam os cavalos sobre os retardatários. Os prédios pareciam abandonados, portas e janelas fechadas, e uma escuridão espessa abraçou os quarteirões sublevados.

Um bando de saqueadores forçou a porta de um casarão velho. Entraram num cômodo escuro e os acompanhei. Não havia ninguém. Penetrei entre móveis amontoados na escuridão que surgiam no caminho como vultos esbranquiçados. Na frente havia um corredor mal iluminado que terminava em escadas. Sentei-me numa poltrona. Era macia e cochilei. Acordei de repente. Ouvi gracejos e risadas roucas, e entre eles um choramingo quase imperceptível. Apenas meus sentidos sobre-excitados distinguiriam o choramingo entre as gargalhadas embriagadas que ressoavam dos cômodos lá em cima.

Subi as escadas na direção das vozes. Sombras enormes rodeavam um pequeno foco de luz no segundo andar, movendo-se na parede como numa dança demoníaca. Prossegui, os ruídos provinham de um quarto no meio do corredor. De dentro uma luz tênue lançava reflexos para fora que mal se distinguiam da escuridão. Cinco homens embriagados rodeavam uma moça encolhida numa cama. Ela os olhava assustada e suplicava numa voz fina e chorosa. Partes da blusa encontravam-se rasgadas e pensei que tentavam arrancar-lhe as roupas.

Empunhando uma garrafa de parati, o mais próximo curvou-se sobre a moça, beijando-a. Ela desviou-se e se protegeu com as mãos, implorando num lamento monótono: por favor, por favor...

Seus gestos inúteis de defesa apenas excitavam os saqueadores que gargalhavam, dando-lhe beliscões.

– Não vai dar nem um beijinho no titio?
– Por favor, por favor!

O segundo:

– Arranque a roupa dela. A polícia já invadiu a rua.
– Deixem ela comigo – replicou o primeiro exibindo a garrafa.
– Quer a mulher e a garrafa? Um ou outro. – Novas gargalhadas.

Quanto mais ela se desesperava, mais fortes eram as risadas. Súbito, ela tentou passar entre eles, foi agarrada e jogada de volta na cama. O último, na entrada do quarto, baixou as calças e exibiu o membro retesado:

– Olhem para mim. Não aguento esperar mais.

A moça encolheu-se em pânico, e o primeiro agarrou-lhe a coxa, puxando a saia para cima. A cena despertou em mim uma lembrança furiosa. Segurei o pescoço do mais próximo na porta e apertei-o. Seu urro imobilizou os outros. Empurrei-o, caiu inerte no chão.

– É um agente! – gritou um deles.
– Não, é dos nossos.
– Deixem a moça em paz. Desapareçam.

O mais forte devolveu-me um sorriso mau que se misturou à embriaguez numa inadequada combinação. Buscou os companheiros com os olhos, certificando-se do apoio. Falou, sem desfazer a risada:

— Saia você daqui ou experimentará parte do que preparamos para ela.

Não valia a pena prosseguir o diálogo. Acertei um soco no primeiro e bati com uma cadeira no segundo. Ambos caíram no chão sem a menor resistência. Os outros se assustaram e se encostaram na parede.

— Ei, espere um pouco, estamos do mesmo lado. Só queríamos nos divertir...

Não esperaram resposta. Esgueirando-se para a porta correram dali, deixaram para trás os companheiros caídos. A moça olhou para mim sem saber o que acontecia, o rosto crispado pelo choque. Nossos olhos se encontraram e senti um tremor como se descobrisse algo familiar nela. A impressão foi ofuscada pela situação e deixei-a de lado. Ela continuou a me olhar ao modo de uma criança aterrorizada, incapaz de se mover. O aspecto desolador do lugar, a insurreição lá fora e a escuridão, junto aos clarões de fogo que rasgavam a noite, assemelhavam-se a um pesadelo.

— Levante-se. Vamos embora.

Ela obedeceu, dócil. Viu os rasgos na camisa e abraçou-se, envergonhada. Percebi-lhe o rubor e caminhei até a janela, permanecendo de costas.

— Ponha qualquer coisa, rápido.

Lá embaixo, a polícia atravessava os destroços que serviam de trincheira. Uma tocha foi atirada no bonde tombado que ardeu instantaneamente. Uma língua de fogo ergueu-se comprida na noite, iluminando a rua com uma luz intensa. Seguiu-a uma onda de calor que arrancou um gemido abafado da moça. Uma segunda língua de fogo ergueu-se do bonde incendiado. Logo todo ele ardia numa única labareda brilhante cujas fagulhas saltitavam para fora, numa exibição grotesca de pirotecnia. Lá fora, todos se imobilizaram atraídos pelo inesperado espetáculo. Acompanhada de vaias e apupos, a polícia recuou na direção do largo. Ouviram-se novos disparos, e um homem, na calçada oposta, soltou um grito e tombou com a mão na barriga. Os disparos continuaram, espantando a turba concentrada que correu em direção à rua do Hospício, internando-se na escuridão.

Voltei-me. A moça estava na porta à minha espera e vi-a com nitidez, ajudada pela iluminação de fora. Novamente percorreu-me um calafrio. Rosto pálido, o sangue parecia imobilizado em suas veias. Não sei se havia tristeza nela, se mera impressão causada pela aridez do ambiente decrépito, algo em seu rosto saltava para dentro de mim. Imaginei a sua expressão verdadeira, despreocupada e alegre, que entrevi num sorriso comprimido nos lábios. Vestia um casaco deixado pelos agressores sobre a blusa rasgada e cruzava os braços sobre o peito, como se o ambiente ali dentro a enregelasse. Pensei em perguntar-lhe o que fazia ali. Deixei para outro momento, passei por ela e descemos as escadas.

Quando chegamos lá embaixo, uma brigada de polícia tinha contornado o fogo e perseguia um grupo dos revoltosos. Um cavalariano veio galopando em direção a um bando que lhe jogava pedras, e sua montaria deslizou sobre os seixos no pavimento, colocados para derrubar os cavalos. O homem conseguiu saltar antes que o animal caísse e se levantou com rapidez, correndo antes de ser atacado por populares. Afastou-se sob apupos e gargalhadas que se sucediam ao longo da rua. Uma batalha de pedras e tiros desenvolvia-se diante da porta. Alguém jogou um pedregulho num policial que atirou em represália. Outro tiro, vindo do nosso lado, atingiu o policial provocando uma fuzilaria ao lado da porta. Puxei a moça até uma parede demolida. Seguimos junto de um bando que corria para a rua de São Pedro. Lá estaríamos fora do alcance dos tiros. Mal atravessamos a esquina, encontrei Tapajós à frente de um grupo de operários. Ao me ver, fez um gesto de mão. Perguntou quem era a moça. Contei-lhe o sucedido.

— Deixamos ela em qualquer lugar perto daqui — falei.

Ele fez um gesto negativo de cabeça, seguido do sorriso cínico que desta vez revelou exaustão:

— Mantenha-a perto de nós. Cercaram os quarteirões e estão prendendo todo mundo. Se ela não for presa pela polícia, cai nas mãos dos saqueadores.

Ela olhou-o como uma cachorrinha ao escutar um monte de homens grandes e sombrios conversarem à volta. Seus olhos graves e escuros desviaram-se de nós para enxergar vultos correndo entre as sombras, com uma expressão de consternação. Não revelou medo.

Viramos a rua do Hospício e prosseguimos até a do Regente. Caímos na de São Pedro, na direção da praça 11 de Junho onde os amotinados se concentravam. Éramos cerca de vinte homens e uma mulher andando armados de pedras e pedaços de madeira. Dois homens portavam fuzis. Tapajós caminhava do lado de um preto baixo e descarnado, vestido em fardas militares esfarrapadas. Os dois conversavam e, de vez em quando, o branco caía numa risada estrepitosa.

Um quarteirão à frente, fomos surpreendidos por novos combates. Homens alucinados atiravam pedras em postes de iluminação, tombavam bondes, tílburis, carroças. Se existisse, em algum lugar do mundo, uma imagem oficial do inferno, não seria diferente do que acontecia diante de nós. Os homens esgueiravam-se pelos lugares mais escuros, atiravam pedras e paus sobre qualquer um que surpreendessem adiante. Já não se distinguia amigo de inimigo. Passamos por feridos que gemiam ao longo do caminho. Sacos de areia e veículos atravessados sucediam-se como barricadas populares abandonadas pelo avanço das tropas policiais. Soldados empunhando lanças e cassetetes espalhavam-se pelos quarteirões. Havia sangue no chão e nos deparamos com um cadáver abandonado na calçada. Lá em cima, nos sobrados arruinados da rua do Resende, vultos debruçavam-se nos parapeitos das janelas assistindo aos combates. Gritavam e faziam algazarras. Estrépitos de patas de cavalo denunciavam os movimentos da cavalaria em volta dos quarteirões.

Os dois homens armados avançaram até as extremidades do quarteirão e apontaram os fuzis para a transversal. Um deles atirou e soltou uma risada satisfeita:

– Peguei um!

Tapajós assistia ao desenvolvimento dos acontecimentos, preocupado. Falou:

– Este lugar está ficando perigoso. Está na hora de mandarmos ela embora.

A moça ouviu suas palavras assustada e se colocou do meu lado como um cachorro aos pés do dono.

– Não sei para onde ir – balbuciou.

O preto vestido em farrapos de farda aproximou-se e olhou-a com um sorriso insano:

– Ô moça bonita, não podemos entregá-la ao inimigo.

Tapajós ouviu-o sem dar importância. Fez um gesto de mãos e seguiu em frente, alcançando os homens armados. O preto continuou a falar, dirigindo uma expressão alegre ora para mim, ora para a moça:

– Não se preocupem, sou o Siqueira, major do Exército. Lutei na Guerra do Paraguai, fui o soldado mais condecorado das nossas tropas. – Olhou precavido para os lados, como se acabasse de dizer algo perigoso. – Para a minha infelicidade, quando o Imperador foi para o exílio, levou junto os meus feitos e condecorações.

Tive vontade de rir porque o seu aspecto, em certas circunstâncias, assemelhar-se-ia perfeitamente a Tibúrcio.

Saímos da Senador Eusébio e entramos na praça 11 de Junho. Um coro estridente reunia as vozes espalhadas ao longo da praça, abafando todos os outros ruídos:

— Abaixo a vacina obrigatória, abaixo a vacina obrigatória!

— Eles verão que o povo não se submeterá. Nunca mais! — gritou Tapajós num rasgo de entusiasmo.

Uma saraivada de tiros respondeu aos gritos de protesto, e a multidão compacta se transformou em bandos dispersos, espalhando-se em busca de abrigo. Muitos entraram numa escola e foram cercados lá dentro. Corremos para nos abrigar e nos enfiamos por um corredor ao lado de um restaurante fechado.

— Atirem para matar — Tapajós instruiu os atiradores enquanto espreitávamos pelos muros o movimento lá fora.

A moça sentou-se do meu lado e falei:

— Ouça, não sei quem é, não sei nada de você. Não pode ficar mais entre nós. Está vendo o que acontece aqui.

Olhou para mim, surpreendida:

— Vou ficar junto do senhor.

— De mim! Escute aqui, o que pretende nesta confusão? Quer se matar? Se soubesse disso não teria me dado ao trabalho de livrá-la daqueles malfeitores.

Ela fechou os olhos e não respondeu.

— Bem, faça o que lhe agradar. É muito nova para estar aqui e deve haver alguém procurando por você.

— Não... Não existe ninguém procurando por mim.

— Não minta. Sei quem não vale nada e quem vale. Você não está entre os primeiros.

Tiros atravessavam a noite como fachos intensos de luz, e a impressão era de que a batalha não era travada por gente de verdade, mas por sombras. Vultos corriam pela praça, atacando os policiais com pedras e marretas. Foram rechaçados por nova fuzilaria. Vozes amplificadas por aparelhos intimavam o povo a deixar as ruas e renovavam as ameaças, se os distúrbios não cessassem. Vaias e assuadas respondiam aos apelos policiais, e as corridas desnorteadas, naquela dança de sombras, continuavam sem qualquer resultado concreto.

Siqueira bateu na porta dos fundos do restaurante:

— Abram, abram, é o major Siqueira do Exército Imperial que ordena.

Tentaram arrombar a porta, mas, antes que entrássemos, Tapajós concluiu que seria melhor sairmos dali ou a polícia cercaria o lugar e nos prenderia lá dentro. Aproveitando um tiroteio do outro lado da praça, atravessamos o portão e corremos em busca de outro local.

Tapajós queria posicionar os dois atiradores, mas o grupo se dispersou entre as correrias da rua, e os atiradores se perderam. Não nos restava mais do que seis ou sete homens do grupo inicial, e ele perdeu o interesse em ficar mais tempo ali. Em conversas com conhecidos deparados em meio aos distúrbios, soube que o centro da ação estava se deslocando daquelas bandas.

— Vamos embora daqui. Isto não vai durar muito tempo, e os homens estão se organizando em Porto Artur.

Insisti com a moça para ir embora, a situação tornava-se perigosa. Ela recusou-se e continuou a me seguir. Eu a teria mandado embora de qualquer maneira, porém o major Siqueira afeiçoou-se dela e passou a caminhar ao seu lado como um guardião. Ele lhe contava histórias que ela ouvia divertida, e o interesse do esfarrapado não passou despercebido aos olhos de Tapajós que os observava com um ar aprovador. Se a mandasse embora, esbarraria com a oposição dos dois e resguardei-me.

Andamos toda a noite, evitávamos postos de inspeção descansando poucas vezes e nos deslocando rapidamente à aproximação de uma patrulha militar. De vez em quando, gritos e tiros denunciavam a proximidade de combates. Não duravam muito, e o lugar retornava ao silêncio. Afastávamo-nos precavidos e continuávamos a caminhar em direção à Saúde. Em todos os quarteirões, havia patrulhas da polícia e do Exército, a cidade encontrava-se em total convulsão. De um lado e de outro, povo e polícia, as reações tornavam-se mais furiosas e o que antes não passava de protestos da população transformou-se em combates campais.

O major Siqueira continuava em conversa animada com a moça, pontilhando-a de risadas; não perdia oportunidade de lhe oferecer biscoitos ou chocolate. Ela lhe retribuía com sorrisos que transformavam suas risadas insanas em plena alegria.

Ao amanhecer, atravessamos o bairro da Saúde em que se concentravam as fortificações dos amotinados. No morro do Livramento, trincheiras abarrotadas de facas, enxadas e pedregulhos demonstravam a determinação dos rebelados em defender os seus redutos. Os homens entravam nas casas comerciais como se o bairro lhes tivesse caído nas mãos. Pegavam o que queriam diante dos olhos embasbacados dos proprietários. Fanfarronavam como se pertencessem a um exército vitorioso em franca ocupação da cidade. Retiravam-se carregados de mercadorias. Reuniam-se nas calçadas distribuindo os despojos. Riam e gritavam palavras obscenas. Divertiam-se como nunca e não esperavam que algo nos próximos anos os impedisse de gozar os privilégios do poder recém-conquistado.

Do largo da Harmonia até a loja Varanda, na esquina da rua da Gamboa, atravessamos trincheiras de mais de um metro de altura. Toques de corneta simulavam disciplina militar entre os revoltosos. O calçamento das ruas estava revolvido a picareta, encanamentos haviam sido arrancados, árvores derrubadas. No chão, jaziam postes, sacos de areia, trilhos torcidos. Todas as vidraças estavam destruídas, as ruas cobertas de latas, garrafas, colchões e móveis incendiados. Nada havia nas vizinhanças, nenhum objeto ou parede, que escapasse da atmosfera de devastação que cobria a cidade depois de uma noite de combates e mortes.

Os homens com quem cruzávamos eram operários, vendedores humildes ou desocupados, descalços, expressão ébria de despojados que viam o mundo lhes ser oferecido por um ato superior impensável poucas horas antes. Ao contrário dos amotinados que protestavam no largo do Rocio, trajados com paletó e gravata, estes nada possuíam além de camisas rotas, calças velhas e imundas. Nada havia neles que os distinguisse das ruas enlameadas em que caminhávamos. Carregavam armas de fogo e navalhas que exibiam como um distintivo hierárquico. Lançavam à moça um olhar lascivo e cheguei a ouvir gracejos. Nenhum ousou chegar perto dela.

A impressão era de que a guerra alastrara-se pela cidade, engolfando a população inteira no seu sorvedouro de morte. Uma atmosfera de combate final prestes a ser travado acelerava os preparativos de todos para a chegada da polícia.

— Veja onde viemos parar — falei à moça, mostrando os homens que a olhavam com avidez mal disfarçada. — Reconhece-os? Não são diferentes dos que tentaram violentá-la.

— Eles não parecem maus.

— Não parecem? O que conhece você da maldade? Sabe o que fariam com você se a deixássemos aqui?

– Você não vai me deixar sozinha.
– Pensa que não seria capaz? Olhe, quer saber quem é o único aqui que vai protegê-la em qualquer circunstância? O major do Exército. Acha que é capaz de lhe oferecer segurança?
Ela se assustou, e o seu susto me divertiu. Pensei em entregá-la a um bando daqueles. Certamente me ofereceriam por ela todos os saques que exibiam com o orgulho de conquistadores. Ofereceriam mais; sim, todo o reconhecimento e gratidão de que suas mentes embotadas ainda os tornassem capazes. E, do meu lado, sentiria que, se concretizasse tal ideia, estaria vingado do meu ato de estúpida generosidade na noite anterior. Mas não fui capaz. Meu Deus, o próprio pensamento de fazer mal a criatura tão destituída me causou um estremecimento.
– Muito bem – falei, contendo o impulso mau. – Não sei o que espera de mim, quero alertá-la para o que vai acontecer nas próximas horas. Viu as ruas por onde passamos. A polícia vai invadir este lugar. Vai haver muitos tiros e mortes. Balas não distinguem quem é desordeiro de quem é vítima.
Ela me olhava sem entender aonde eu queria chegar. Concluí:
– Terá de sair daqui antes que a polícia chegue, entendeu?
Abanou a cabeça e não soube dizer se havia entendido.
– Eu vou com o senhor.
– Comigo! Suponha que eu fique aqui e resolva enfrentar a polícia. Tem alguma ideia do que vim fazer neste lugar? Suponha que queira me matar, e então, o que fará ao ver o meu corpo na calçada mergulhado numa poça de sangue? É sangue o que quer? Haverá de sobra nas próximas horas; uma verdadeira orgia.
No quartel-general dos revoltosos, reduto chamado Porto Artur, as fortificações apresentavam-se ainda mais sólidas. Sacos de areia sobrepunham-se a troncos de árvores, blocos de cimento e tijolos. Homens armados tornaram-se mais numerosos. Distribuíam-se em telhados de casas, nas trincheiras, atrás de janelas, demonstravam uma disposição militar de defender o local a qualquer preço.
Passamos ao lado do cadáver de um jovem, morto poucas horas antes. Estava estendido na rua, olhos fechados, mais parecia adormecido. Ela soltou um grito e encostou-se em mim. Havia uma expressão solene no morto como a nos pedir desculpas por nos causar transtornos. De resto, não havia sangue, feridas, nenhuma marca de contusão ou mutilação exposta. Nem sequer sofrimento. Exibia, como se diria, saúde perfeita, e apenas a imobilidade absoluta confirmava a morte.

— Ele está morto? — Ela ergueu o rosto como se dirigisse a pergunta ao céu.

Respondi que sim. Aturdida, repetiu:

— Morto!

— Veja. — Coloquei-a diante do corpo. Tentou se virar, forcei-a a contemplá-lo. — Muito jovem, não é? Poderia se tornar um homem bom, encontrá-la no futuro; casariam e seriam felizes. Bem, não acontecerá nada disso, ele não passa de um cadáver, e cadáveres não têm futuro. Passe a mão no rosto dele, está frio como gelo. É o que acontecerá com muita gente aqui. Frio como gelo. Vê onde se meteu?

Ela não respondeu e continuamos em frente. De repente, quebrou de novo o silêncio:

— Por que ele morreu?

Fiz um gesto de pouco caso:

— Aqui se morre como barata. Ninguém pergunta por que uma barata morre.

O major foi o único a manifestar preocupação com a angústia da moça. Falou para ela, expressão que reunia complacência e insanidade, acompanhadas de um sorriso de compaixão:

— Moça, não fique triste, ele está lá em cima, junto de Nosso Senhor. Está melhor do que nós.

Ela acenou com os olhos rasos de lágrimas e um sorriso luminoso:

— Obrigada, seu major. Queria que todos fossem bons como o senhor.

Distinguindo o olhar agradecido dela, mal coube em si de satisfação. Quis acrescentar algo, atrapalhou-se.

— Ninguém terá coragem de lhe fazer mal — completou. — Você é uma moça nova e bonita, não tem nada com a guerra dos homens.

— Talvez o major se prontifique a levá-la embora — acrescentei.

Ela olhou para mim e para ele. O major virou-se para Tapajós que fez um gesto de pouco caso. Falou apressado:

— Deixe-a. Ela chegou aqui porque quis. Vamos escondê-la em algum lugar até a situação acalmar.

Entramos numa casa com todas as portas e janelas escancaradas. Lá dentro, os homens discutiam posições de defesa. Reconheci Raul e outros que encontrei na primeira noite ao seguir Raul e Tapajós. O gordo da reunião anterior levantou-se espantado e abriu os braços na direção de Tapajós, mal o viu entrar.

— Estamos aqui há horas! — falou espalmando as mãos. Levantou-se e levou o outro para fora, orgulhoso da preparação militar que supervisionava. Com movimentos ágeis dos braços, apontou detalhes da disposição dos homens e das armas. Ao voltarem para a sala, dizia:
— O Piragibe ameaçou nos atacar com tropas do Exército. Este lugar vai arder de verdade. O inferno parecerá um jardim florido quando eles chegarem.

Concluiu com uma risada:
— Sabe que recado mandei? Desafiei-o a vir pessoalmente.
— Mas e então? — interrompeu-o Tapajós, impaciente. — Quem vai se levantar na Câmara, a nosso favor?

O gordo ouviu a pergunta com um sorriso pacífico:
— Levantar por nós? Ora, nós mesmos. Ontem de noite os cadetes da praia Vermelha se rebelaram. Foram batidos na rua da Passagem em Botafogo. Não resistiram uma hora. Aqui nós vamos mostrar a eles. O que temos, armas, organização militar, disciplina? Nada disso, temos determinação, é o que nos basta.

Tapajós não levou suas palavras a sério. Desviou o rosto, dando conosco. Fez uma careta como se algo o incomodasse. Falou seco:
— Veremos o que vai sobrar da determinação dessa gente, quando o Piragibe e seus soldados chegarem armados.

Reuniu-se ao comando e discutiram durante uma hora. Depois chamou-nos e nos mandou segui-lo, junto com o major Siqueira. Entramos numa sala de fundos em que havia mesa, um catre, uma poltrona rasgada e cadeiras. Em cima da mesa, vi xícaras de café no qual flutuavam moscas mortas. Ele caminhou pela sala e se debruçou numa janela:
— Podemos descansar umas horas. — Lançou um olhar sombrio para a moça, que se transformou num esgar. — Ouça, este lugar não é para ela. Dentro de algumas horas teremos aqui um monte de soldados doidos para nos estripar. E você viu os homens que temos!

Olhei para ela:
— Você não terá segurança aqui. Melhor ir embora logo.

Ela me olhou com os mesmos olhos assustados. Falou com uma firmeza inesperada:
— Não estarei em pior situação do que estava quando o senhor me encontrou.

Tapajós ouviu suas palavras com um gesto irritado:

— Bem, se é o que ela quer! Siqueira — falou, lançando ao esfarrapado um olhar cansado —, veja se consegue café. Precisamos de muito café se não quisermos dormir no meio dos combates.

O preto perfilou-se e deixou a sala, numa disposição militar. Tapajós esperou que saísse, falou:

— Está meio doido. Diz que lutou no Paraguai e voltou major. Ganhava uma pensão do Exército. Um dia veio uma denúncia de que nunca esteve lá, houve uma confusão de nomes. Perdeu a pensão e passou a viver de esmolas. Se não fôssemos nós, teria morrido de fome. Quer mostrar as habilidades de veterano.

O major voltou trazendo duas canecas de café e pedaços de pão dormido. Revelava uma alegria juvenil em se mostrar útil. Tapajós pegou uma caneca e partiu um pedaço de pão. Ofereceu-nos o resto. Fiz um sinal para a moça pegá-los. Ele mastigou sem vontade, andando de um lado para outro, falava baixo como se empenhado em se convencer de algo difícil. Ouvimos tiros lá fora e saiu da sala, recomendando ao major que tomasse conta de nós.

— Estão sob os seus cuidados — falou ao sair.

O major perfilou-se, respondeu sim, senhor. Postou-se na porta numa posição de sentinela. Não demorou muito, cansou. Andou até a janela, debruçou-se. Toques de corneta soavam entre tiroteios, entremeados de gritos que preenchiam os rápidos silêncios com ameaças e insultos.

— Vamos ganhar a guerra — falou com um brilho insano nos olhos. — Conheço as fraquezas do inimigo. — Aproximou-se a título de revelar um segredo importante. — São todos covardes, não têm força. Tapajós vai lhes mostrar, ele é general. Sabem, caminhei do lado de Caxias quando atravessamos o Itororó, bombardeados pela artilharia paraguaia.

Senti-me exausto. Minha sede de violência fora exaurida. Queria ir embora e me obrigava a permanecer ali. Breve testemunharia uma batalha ridícula, uma carnificina. Seria esta a morte que me esperava? Lembrei-me da fazenda Ferreirinha. E, ao pensar na fazenda, dei com os olhos na moça:

— Você ouviu-o. Isto vai ficar perigoso para uma moça. Não falo só de tiros.

Ela manteve os olhos pousados em mim, com uma suavidade incômoda:

— Eu confio no senhor. Estarei bem com o senhor.

Suas palavras me espantaram:
— Está dizendo insanidade. Nunca nos vimos.
Ela fez um gesto negativo de cabeça e deixou aflorar um sorriso tímido:
— Está enganado. Numa procissão para os doentes da peste anos atrás, falou para a minha avó voltar para casa que o meu tio estaria bem.
Olhei-a aturdido. Suas palavras me trouxeram de volta o episódio e revi os rostos da avó e da neta. Sobrepus o rosto passado de uma menina à moça que me contemplava, e a superposição me arrancou um tremor, como se algo que não compreendesse voltasse a me escapar.
— Quando voltamos para casa, conforme suas palavras, ele tinha melhorado e chamava a mãe. Falou que estava tão feliz de termos voltado.
— Ele viveu?
Ela me olhou com o mesmo sorriso luminoso dirigido ao major Siqueira. Alegria, melancolia e compaixão se reuniam num conjunto tão homogêneo que era impossível separá-las.
— Viveu três anos mais. Morreu num acidente, meses atrás...
— Acidente!
— Foi encontrado morto numa carruagem, junto do cocheiro e uma mulher... Mas quando nos juntamos à procissão, anos antes, nos sentíamos tão perdidas. Suas palavras nos deram a resposta que pedíamos a Deus. Deus nos falou com as suas palavras! Daí, pensei que não podia ser coincidência o senhor me salvar daqueles homens.
Não sei como ocultei a perturbação. Seria Deus – quem quer que fosse – capaz de tamanha perversidade com um ser tão inocente? Afinal não era ela uma de suas criaturas? De resto, como poderia confessar-lhe ter sido eu quem lhe matara o tio? Por insanidade, sede de sangue, movido por instintos bestiais. No mínimo, teríamos de nos atentar para a ironia revestida nesses dois fatos, como se diria, ligados por um véu tênue de capricho ou maldição. De que outra maneira explicaria tamanha disparidade em dois acontecimentos que deveriam se complementar? Sem qualquer autoridade sobre as minhas reações, caí numa gargalhada. Ela me olhou espantada e caminhei até a janela, voltando-lhe as costas.
Ao virar-me para dentro, exibia uma expressão que deveria assemelhar-se a pesar. O rosto inocente que me encarava, que depositara uma confiança incondicional em mim por causa de um equívoco, e

que certamente não a dirigiria ao próprio criador, me encarava com brandura.

— Acho que o magoei sem querer.

Suas últimas palavras me enfureceram:

— Cale-se. Por que acha que pode me magoar?

Olhei-a como o fizera a outras mulheres e homens antes de matá-los. Um estranho ar de solenidade no ódio deixava os meus olhos. A vontade de matar, que me impeliu a aderir aos protestos de rua, estava de volta. Minha boca tremeu como se os dentes penetrassem aquela pele alva perdida na mais completa insanidade dos homens, encharcando-me com o sangue quente que circulava dentro de suas veias tão puras.

Meu Deus! Não pude acreditar que o encontro com aquela estúpida jovem tivesse se realizado como um fruto do acaso. Não podia ser, de forma alguma. Existia um desígnio perverso que se valia de uma jovem de olhos brilhantes e sorriso de criança, encurralada numa estúpida tragédia coletiva, para me fazer enxergar, entre as trevas que me rodeavam, a extensão dos crimes por mim cometidos. Se houvesse, em todo o universo, um depositário da memória dos males por nós praticados a serem reparados num distante futuro, ali estava o que me esperava. Por que não a matava de vez e acabava com aquilo? Estava claro que, se o fizesse, destruiria junto a matéria dos meus temores. Seria justo que me torturasse com a ironia absurda ditada pela sua gratidão a um episódio que não podia passar de armadilha? Não seria nosso dever, dos malditos que pisassem neste mundo, desfazer todos os vestígios terrestres da luz que se aproximasse de nós? Ali, diante de mim, essa luz denunciava em cores vivas a miséria que eu espalhava. Essa mesma luz abria-se num sorriso que não podia significar nada menos do que o perdão. E o calor emitido por dois olhos inocentes chegou, por um momento, a me aquecer o coração com a afirmação extravagante de que havia qualquer dosagem de bem em todos os males praticados por mim.

Ela me olhou, tímida. Não ousou abrir a boca. A única voz que percorreu aquele corredor de silêncio foi a do major:

— Não chore, minha pequena. — Estava muito enternecido pela melancolia dela. — Na guerra, acontecem muitas coisas ruins aos homens. Mas com você, tão clarinha, tão bonitinha, tão menina, nada pode acontecer. Deus nunca deixaria ferir os seus anjos!

Siqueira jamais soube quão longe da verdade suas palavras se encontravam. Eu vira muitos anjos agonizarem e morrerem. Eu próprio me encarregara de alguns. E havia a peste, a fome, o sofrimento. De nenhum os anjos foram poupados. Na agonia e na morte, não pareceram tão puros. Por que seria diferente com ela?

Tapajós entrou acompanhado de cinco homens e o gordo. Olhei-os de esguelha. À exceção do gordo, os outros eram mal-encarados, desordeiros recrutados nas vizinhanças. Espalharam-se pela sala apoiando pés e mãos nas cadeiras. Estavam todos armados de pistola.

— Devíamos sair daqui — falou Tapajós. — Estamos cercados, e a polícia vai invadir o lugar. Será um massacre inútil.

— Não há massacre inútil — respondeu o gordo, ríspido. — O que acontece aqui não é diferente da Revolução Francesa. Lá havia fome e privilégios. Houve massacres e, no final, o rei foi guilhotinado.

Tapajós dirigiu-lhe um sorriso de ironia:

— Aqui, eles vão passar um esfregão no sangue das ruas. E o rei, este já foi embora há muito tempo.

O gordo se manteve inflexível:

— Não chegamos até aqui para fugir como galinhas assustadas.

— Eles retiraram a obrigatoriedade da vacina, e os homens estão murmurando entre si. O que vamos dizer-lhes? Lutamos contra o privilégio dos nobres?

— Aqui ninguém tem o que perder. Na cidade, tínhamos um monte de burgueses entediados, berrando contra uma vacina idiota. Aqui temos quem precisamos. Os homens destas ruas lutam de verdade, não se encolhem quando um lacaio de farda lhes aponta uma arma.
— Voltou-se para os homens. — Rapazes, o que pensam? Somos os donos dessas ruas. Pegamos o que quisermos nas lojas. Vamos deixar a polícia nos expulsar?

Os homens mexeram-se, às gargalhadas.

— Ninguém vai nos tirar daqui — falou um. Os outros fizeram gestos de aprovação e soltaram grunhidos em sinal de concordância.

— Quando perceberem que não nos amedrontam, darão meia-volta e fugirão. E nós lhes diremos quem entra e quem não entra aqui.

O gordo saiu, e os outros silenciaram-se. Examinaram a moça com um olhar obsceno. Trocaram sussurros, apontando-a com sorrisos perversos. Tapajós deixou-se cair no sofá e permaneceu abstraído, o queixo apoiado na mão, sem dar importância ao movimento dos homens. Falou para mim:

— A polícia atacou dos lados da Harmonia e invadiu as trincheiras. Sabe o que aconteceu lá? Fugiram. Quase todos fugiram. Os que não fugiram, recuaram para cá... – Olhou de esguelha os homens na sala. – Bem, logo estarão aqui. Quando começarem os tiros, vai haver mais fugas. Compreende o que estou dizendo, Afonso? Infelizmente, estamos do lado contrário da História, estamos do lado dos que vão desaparecer. – Deu uma risadinha. – E então, o que diz?

Balancei a cabeça, sem resposta. Olhei para os homens. Por que não saíram junto com o gordo?

– Cedo ou tarde todos vamos desaparecer.

Continuou:

– O que vai haver quando a polícia chegar aqui? Quer saber? Eu digo o que acontecerá. Vão matar quantos puderem, o resto levarão para os presídios. Daqui a uma semana, duas, ninguém se lembrará de nada. – Olhou para os homens e fez um muxoxo que se transformou numa risada. Falou a esmo, como perdido no meio de pensamentos desordenados. – O que acha que eles estão fazendo aqui? – Franziu o cenho, pousou os olhos nas minhas mãos. – Estive observando as suas mãos, Afonso. Muito bem tratadas para estarem aqui entre nós. Pode ser que os soldados também vejam. Pode ser que pensem... bom, quem sabe o que pensa um soldado de arma na mão? – Apontou para a moça. – Quanto a ela, preveni-a de que deveria ir embora antes que fosse tarde.

– O que quer dizer? É tarde demais?

Seus olhos refletiram um brilho mau, e os lábios formaram um sorriso:

– Olhe aí. O que acha?

Voltei a encarar os estranhos e tateei a cintura em busca do punhal. Ele falou como se concluísse um pensamento:

– Cedo ou tarde seria tarde demais.

Não respondi. Ele continuou, estava quase chegando aonde queria:

– Veja agora a nossa situação. O que temos a perder? Todo mundo sabe o que espera os prisioneiros. Os que resistirem serão embarcados para o Acre. Já ouviu falar da Sibéria do czar da Rússia? Pois eu lhe digo, o Acre é a nossa Sibéria. Não tão frio, reconheço. Mas um inferno da mesma maneira. Faz você desejar nunca ter nascido.

Tiros espocaram ao longe, e ele se calou. Ninguém abriu a boca. Os tiros cessaram e outros tiros, disparados de outro lugar, responderam aos primeiros. Ouvimos gritos que foram seguidos de aclamações e injúrias. Esperei que concluísse:

— Vamos então colocar as coisas mais claras. Estes homens — fixou os olhos em um por um — vieram aqui por causa dela. Disseram que nunca viram coisa tão linda. Queriam vê-la de perto antes de entregarem a alma ao demônio. Eles e outros da têmpera deles. Ou, melhor dizendo, da laia! — Nova risada. — Todos querem lutar, concordo. Mas querem lutar por uma causa, não é, rapazes? — Os outros acolheram suas palavras com risadas e gestos de aprovação. — O que eu diria a eles? São, como diria, os líderes de nossas tropas. Vão se bater até o fim. Falei a ela que deveria ir embora, esta se tornou uma guerra degenerada. Todas as guerras são degeneradas. Sabe o que penso? — A voz adquiriu um tom de pesar. — Estamos perdidos. Isto aqui não é reduto de defesa. É uma ratoeira.

Imperceptivelmente voltei a procurar o punhal dentro da bainha. Não o encontrei. Bem, não acreditava que fizesse muita diferença, de qualquer maneira. Talvez uma garganta a mais cortada. Mas um deles sobraria e teria uma arma de fogo na mão.

— Se quiser um conselho — falei —, diga a eles para saírem e se defenderem da polícia lá fora. Precisarão de todas as forças. Não valeria a pena desperdiçá-las aqui.

— Ora, do que importa? Não vê que morreremos todos? Não fui eu quem os chamou para cá, foi ela que teimou em ficar. Não faltou conselho para desaparecer enquanto era tempo.

— Quem sabe o que pensam essas moças estúpidas. Seguem a gente pensando que somos uma coisa e tarde demais descobrem que não somos nada disso. De qualquer maneira, diga a eles, antes de tocarem nela, terão de me tirar da frente.

Por que a defenderia? Foi a pergunta que soou em minha mente como um sino. Como diversos sinos. Não pensava em matá-la poucos minutos antes? E ali estavam cinco desconhecidos me oferecendo exatamente o que não estava certo de ser capaz, eu próprio. Ou achava que certos procedimentos teriam de seguir um caminho apropriado?

— Vocês ouviram, rapazes — Tapajós falou, inclinando o rosto de forma a ter a mim e a eles ao alcance da vista. — Já o vi em ação, é muito mais forte do que parece. Mais sólido. Deve ter um segredo. Se o observarem, os músculos dele são bem constituídos. Não os aconselho a usarem as mãos. Podem não ser suficientes. — Os homens caíram numa risada. — Todos têm armas. Mas advirto-os de que não são muitas as balas e haverá soldados de sobra lá fora esperando por elas.

Não terminou porque, da porta, o major apontava uma arma do tamanho de um canhão na direção dos cinco homens. Nunca soube como tal arma foi parar nas mãos dele.

— Ninguém toca na moça. Não é ele o protetor dela, sou eu. E fiquem quietos porque sei atirar. Já matei antes.

Os homens o olharam com uma risada de pouco caso. Um fez um gesto para outro que acenou a cabeça, dando um passo para o lado.

Não completou. O revólver do major cuspiu uma língua de fogo e um estrondo. O mais próximo levou a mão ao peito num tranco e se dobrou com um gemido.

— Quem vai ser o próximo?

Os outros fizeram um gesto para as armas, foram dissuadidos por Tapajós:

— Não façam isso, não terão tempo. Cuidem do companheiro e vamos embora. Já perdemos muito tempo e não quero perder mais. Se o major Siqueira se encarregou da defesa da moça, não os aconselho a insistirem. Não têm nenhuma chance. — Levantou-se sem se virar para nós e caminhou até a porta. — Estão ouvindo como eu? Os soldados estão chegando. Depois que eles forem expulsos, haverá tempo de sobra. — Eles resmungaram, e Tapajós encarou-os com dureza. — Então, deixem que lhes diga mais. Quando Siqueira toma um lado, eu tomo o mesmo lado. Por isso é melhor virem comigo. O número de inimigos que terão de enfrentar está aumentando muito rápido.

Olhou para mim com a mesma risada cínica. Esperou na porta os outros passarem. Indicou um canto onde poderíamos falar.

— Não completamos a nossa conversa — disparou, mal nos viu a sós. Ante o meu olhar interrogativo, continuou: — O que faz aqui entre nós, Afonso? Não tive tempo de fazer a pergunta. Sei, agora é um pouco tarde. Mas ainda pode ter importância, não para nós, estamos perdidos de qualquer maneira. Talvez para ela. — Apontou a moça. — O que pensei, Afonso, é que você está aqui pela violência. Violência total, gratuita. Já vi casos iguais, homens respeitáveis, íntegros, chefes de família. Todos ocupavam posições na sociedade. Sabe do que falo? Não esqueci a facilidade com que dominou os policiais. Você sabe como bater num homem, até mais...

— Mais!

Ele me olhou, desistindo de completar. Falou com uma risada forçada:

— O que pensa, fiz bem em não deixar os homens atacarem a moça? Bom, nunca vamos saber. — Fez um gesto para a cintura e puxou algo que percebi ser o meu punhal. Entregou-me. — Aconselho-o a limpá-lo melhor. Veja essas manchas; parece sangue.

Virou-se e alcançou os homens que o esperavam na porta. Fez um gesto ao major Siqueira:

— Major, já que se encarregou da proteção dela, ordeno que agora leve a ela e ao sr. Afonso para fora daqui. Estão sob a sua responsabilidade.

O major acenou com a cabeça. Saíram.

15

Não me lembro bem o que aconteceu depois. Tiros espocavam sem parar, e eu corria segurando a mão da moça. Muitos homens se juntavam a nós, à medida que o tiroteio às nossas costas se intensificava. Houve uma confusão mais à frente, soltei a mão dela e não a vi outra vez. O tumulto aumentara, gritavam que a polícia vinha em nosso encalço atirando, e o pânico transformou as pessoas num bando de formigas atropelando-se numa corrida insana. Não passou de alarme falso, a polícia estava ocupada demais combatendo em Porto Artur para vir atrás de um bando de fugitivos aterrorizados.

Perambulei a esmo por ruas cada vez mais vazias. Lojas e casas fechadas, vultos escondendo-se em qualquer abrigo, a cidade transformara-se num deserto infinito. Às vezes julgava surpreender olhares amedrontados por trás das portas, perguntando-se se já podiam sair às ruas. Queria chamá-los para fora, mostrar-lhes as consequências daquela aventura insensata. Faríamos um ritual de sangue, havia com fartura naquelas ruas despovoadas. O mais provável era que os ratos deixassem os esgotos e chegassem à superfície, então a cidade seria povoada pelos seus verdadeiros habitantes. Senti sede, a boca secara, a garganta secara, a impressão era de que o corpo inteiro secaria naquele deserto e me transformaria num monte de cinzas sob o calor infernal. Dominou-me o desejo de matar alguém. Minha mente estava confusa e, quando tal acontecia, só o fulgor do sangue era capaz de me restituir a razão.

Não sei quanto tempo vagueei pelas ruas até sentar-me num banco, exausto. A sede de sangue extinguiu-se de repente e me vi só, cercado de sombras que ocultaram o sol.

Quando entrei em casa Tibúrcio me olhou espantado. Diante do espelho, vi o que o abalava. Eu estava sujo e rasgado, arranhões e ferimentos pontoavam todo o corpo. Afastei-me para me recompor; mandei-o esperar.

– As manifestações contra a vacina obrigatória – murmurei.

Ele mal esperou que eu me calasse:

– Dona Ana Teodora perguntou diversas vezes...

Fiz um gesto de impaciência. O nome dela acrescentava novo transtorno a meus já tumultuados pensamentos. Os últimos dias, passara-os como se vivesse num novo mundo – o único que era capaz de suportar – e agora era arrastado de volta a uma vida de que me sentia livre. E era ela, Ana Teodora, quem me chamava de volta.

Com dificuldade, falei:

– Estive em Porto Artur. – Já não me dava conta do que falava realmente. – Estavam todos armados, eu não tinha arma. O lugar se transformou numa fuzilaria. Nuvens de fumaça em vez de ar. Muita fumaça, pouco ar. Foi o que me possibilitou escapar. Levei a moça e mandei-a para casa. Não, não, ela se desprendeu de mim. Foi melhor assim. O que aconteceu com os outros não sei. O major ficou para trás. Deve estar nos jornais.

Tibúrcio continuava a me dirigir um olhar no qual não vi censura nem compreensão, apenas distanciamento de algo que lhe parecesse estranho e ao mesmo tempo monstruoso.

– Quiseram me prender, eu lhes mostrei – continuei, sentindo uma excitação apoderar-se de mim. – Houve tiros também, gente morta. Tinha o meu punhal, mas o que é um punhal no meio da tempestade?

– Talvez devesse mandar um mensageiro a Botafogo – ele me interrompeu.

– Claro, claro, Ana Teodora. Sim, mande alguém. Diga que voltei com arranhões, porém sem ferimento sério. – Não sei de onde me veio a vontade de rir. Talvez da solenidade com que ele ouvia o relato. Alguma ideia do que nos envolvia, quero dizer, envolvia a todos os que se aproximassem de mim, ele deveria ter.

Chamando um dos criados, mandou-o preparar-se. Voltou trazendo uma folha de papel, pena e tinta.

– Talvez você devesse lhe escrever umas linhas.

Olhei-o espantado e desta vez não contive a fúria:

– Talvez você queira ditar o que deveria constar na mensagem! – Ele me ouviu impassível. – Acaso não sabe que ela tem um marido? Nunca pensou que uma mensagem contendo palavras, como direi, pessoais pode chegar aos olhos dele? Acha que a lerá com o mesmo espírito que, você gostaria, fizesse parte da mensagem?

Ele respondeu, no mesmo tom distante e frio:

— Tenho certeza de que umas poucas linhas, apenas para comunicar que está bem. Ela ficou muito abalada.

Disfarçada na aparente frieza, distingui súplica nas suas palavras. Levantei-me, peguei papel e pena, sentei-me à mesa. Antes que escrevesse a primeira palavra, pensei se o fazia para não desagradar Tibúrcio. Não me importava o sofrimento dela. Pelo contrário, ele me deleitava. Uma ideia me ocorreu, oferecer-lhe Ana Teodora. Sim, a Tibúrcio! Ele a amava, e ela via nele algum tipo de sabedoria exótica. Ali estava, pois, uma combinação adequada a nós três. Talvez devêssemos, eu e o antigo combatente, partilhá-la da maneira como ela me compartilhou com a prostituta. Teria naturalmente de contar com os preconceitos de uma grande dama em relação a um preto, escravo antigo. Quanto a Tibúrcio, não seria difícil convencê-lo. Se ela gostava de conversar com ele, seria também capaz de amá-lo, independentemente de ela ser branca e ele preto, ela rica e ele pobre, ela poderosa e ele, e ele... Não se preocupasse com ela, eu me encarregava de convencê-la. Já não a convencera de outras coisas? Tudo se ajeitava e o que nos pareceria insanidade num minuto não passaria de despojamento quando envolvesse o amor. Alguém acreditaria nos próprios olhos se me visse entrar com Ana Teodora e a prostituta naquele pardieiro? Mesmo os maus, os deformados, os monstros de todas as espécies se transformavam em pessoas boas e compassivas quando o seu comportamento estivesse, de alguma maneira, ligado às extravagâncias do coração.

"Senhora Ana Teodora...", comecei com lentidão e então minha mão continuou em frente como se se apossasse dela uma vontade independente da minha. "Infelizmente permanecemos sem contato um com o outro. Não sei o que aconteceu comigo; sim, sei, fui impelido pelas lembranças infelizes de nossos últimos encontros. Fiquei feliz sabendo, pelo meu capataz, de sua preocupação por mim. A senhora deve ter sabido das mazorcas da cidade e, por questões das quais a sua pessoa não está de todo ausente, estive envolvido nelas a ponto de temer pela própria vida. Felizmente (ou infelizmente, sinto com maior frequência) nada aconteceu comigo e aqui estou de volta. Fui ao encontro do perigo por causa da senhora e dele voltei vivo, também por causa da senhora. Favor transmitir ao caro comendador Aníbal, seu marido, as considerações que lhe devo por tê-la apresentado a mim. Com todo o afeto etc. etc..."

– Afonso Resende da Mata – arrematei em voz alta. – Não vou assinar.
Quando o mensageiro saiu, mandei chamar um fiacre. Entramos e disse para seguir para a chefatura de polícia na rua do Lavradio. Falei lacônico:
– Pode ser um velho conhecido seu. Queria que o visse.
Fechei os olhos. Adormeci e mergulhei no estranho mundo dos pesadelos no qual todos são inocentes e todos culpados porque não passamos de sombras, e sombras não sofrem. Fui despertado por um movimento de Tibúrcio.
– Acorde, chegamos.
Estávamos na delegacia. Muitas mulheres amontoavam-se no portão diante de soldados sonolentos. Descemos e fomos direto para a entrada. Os soldados nos impediram de prosseguir, identifiquei-me, e um deles fez um gesto de cabeça. Abriu o portão e nos deixou passar.
Falei que procurava dois prisioneiros, conhecidos por Tapajós e Siqueira. Este último, vestido em fardas militares esfarrapadas. Depois de uma hora de conversa e suborno, nos levaram a um salão embaixo. Diversos cadáveres jaziam seminus, um do lado do outro, entre os quais identifiquei os corpos dos dois.
– Eles entraram na delegacia vivos – murmurei.
O policial fez um gesto vago com os braços:
– Houve casos de insolação.
– Insolação!
Fui até uma claraboia perto do teto. Lá fora nuvens escuras amontoavam-se no céu:
– Insolação – repeti.
Ele acenou a cabeça. Contusões no pescoço, na cabeça e no peito denunciavam espancamento. Ambos os corpos apresentavam sinais de decomposição. O major Siqueira tinha o rosto repuxado numa expressão de sofrimento. Não obstante, estava perfilado em posição militar, rígido, altivo como se acabasse de cumprir a última ordem de sua vida, diria até orgulhoso da sua coragem e dos companheiros. Tentei em vão localizar qualquer vestígio do sorriso alegre que lhe iluminava o rosto todas as vezes que falava com a moça.
– Este aí – apontei-o – era um pobre doido. Por que ele?
O policial não demonstrou perturbação:
– Estava junto dos outros, não podia ser diferente. – E com uma suavidade inesperada num rosto endurecido: – Não estão em pior

situação do que os embarcados para o Acre. Estes não durarão muito. E vão sofrer mais.

 Apontei o corpo do major a Tibúrcio. Ele examinou-o com atenção. Ao cabo, virou-se para mim com um gesto negativo. E eu me perguntei o que me fizera interessar-me pela sorte dos dois. Talvez nada além de curiosidade, admiti, curiosidade mórbida, naturalmente. Queria comprovar se a história do major Siqueira teria fundamento. Talvez também porque desejasse encontrar Tapajós para lhe dizer que tinha razão quanto aos meus propósitos. Queria revelar-lhe quem eu era realmente e não teria mais chance. Ao falar comigo, demonstrava saber mais de mim do que saberia um homem normal. Pensei na possibilidade de ser ele semelhante a mim, mas nunca mais poderia comprovar.

 Continuei a caminhar entre os mortos, examinando cada máscara que horas antes, dias, fora um rosto. Procurei o gordo, não o vi. Certamente deixara o lugar a tempo.

 Ao voltarmos para casa, havia um bilhete de Ana Teodora para encontrá-la na casa do Andaraí. Mal esperou que eu apeasse, correu para mim e me abraçou. Apertou-me como se tivesse medo de que algo me arrancasse dos seus braços. Suspirou trêmula e seus lábios buscaram os meus, quase os esmagando num movimento de intensa emoção.

– Tive tanto medo, tive tanto medo – repetia.

 Tremia tanto que receei tivesse uma convulsão. Quando nos desgrudamos, percebi que Tibúrcio havia-se afastado, deixando-nos a sós. Ela sentou-se pedindo que lhe contasse tudo. Não suportava ouvir nada, interrompia o que lhe dissesse com as palavras, foi horrível, foi horrível. Desabou numa crise de choro, ao se referir ao marido:

– Aníbal ficou tão transtornado quando lhe contaram o que acontecia nas ruas. E você se meteu nisso por minha causa. Ó meu querido, o que estamos fazendo conosco, o que estamos?

 Senti uma tristeza inesperada por aquela mulher, e meus ressentimentos se evaporaram, se pudesse chamar assim. O tremor dela, os olhos estriados numa exaltação de dor, irradiava um clamor de vida. Que eu envenenava com o meu hálito.

 Abracei-a forte, dominado pelas imagens da morte que trazia na memória. Ou talvez apenas porque a sua emoção me enlevava. Vivíamos nossos últimos momentos antes de mergulharmos nas profundezas do inferno e por isso quis absorvê-los de uma forma completa.

Afastei-a. Parecia envelhecida, embora as marcas do tempo não se concentrassem no rosto, antes um envelhecimento que partisse de dentro dela. Estava pálida, ombros pendendo para frente sem forma, como se a curvasse o peso dos anos que a esperavam adiante. Visíveis nos menores detalhes do rosto, enxerguei o pânico amoroso que lhe sulcava a face com linhas escuras de apreensão, como uma máscara das que via ao ingerir ópio e me transformar numa alma a perambular a sós pela eternidade.

Ela reparou no meu aturdimento:

– O que foi, alguma coisa errada?

Voltei a abraçá-la, pensando nas palavras que lhe deveria.

– Não, nada, não a reconheci. Deve ter sido o tempo ausente, os perigos que passei. Parece-me vê-la numa outra era, num tempo de que já nem me lembro.

Ela tentou sorrir, o rosto foi incapaz de desfazer a rigidez contraída nos últimos dias. Sem nenhuma resposta agarrou-me, colou-se em mim, e a umidade em meu peito denunciou-lhe o pranto.

Mas o ódio, os tormentos, a crueldade não ficariam passivos a uma incursão tão imprudente do amor nas galerias inundadas de trevas. Não conseguia mais me desembaraçar dos impulsos de furor que sua presença me causava, ao me expor, com sua tola ingenuidade, à tempestade. Depois de nos despedirmos, passei horas no banho esfregando-me até me livrar das marcas invisíveis que o corpo dela deixava no meu. Às vezes tinha de me atordoar com ópio. Imaginava-me estrangulando-a para que um vestígio de paz pousasse em minha mente. Se um dia alimentei, nesse arremedo de amor, o sucedâneo buscado dos meus desejos de morte e destruição, não tinha sucesso. Em vez de abrandar a minha sede de sangue, sua presença tão íntima a exasperava. O resultado só poderia ser o desastre. Ana Teodora recusou-se a ver o que estava tão claro. Por quê? Seria possível que a paixão obscurecesse o próprio desejo de vida? Não teria ela percebido que as tempestades provocadas em mim, pela sua presença, já não dependiam do fato de eu querê-la ou não? Porém, até então tudo era suportável. Havia um preço em tudo o que me perturbava e eu pagava.

No encontro seguinte, ela parecia aturdida, insegura das próprias palavras. Como se estivesse, ela própria, à espera do furacão, quedando-se submissa à fatalidade. E pensei se um poder oculto emanado de mim, de meus olhos, a destituía dos restos de lucidez, fazendo-a servir-me e esperar a morte quando lhe fosse ordenado.

Ou não seria assim?

No nosso último dia, ficamos deitados na cama nus. Ela passava a mão de leve sobre o meu peito. Ofegava e as narinas tremiam como acontecia ao exasperar-se o seu desejo, o rosto crispava-se num sorriso distante que parecia colocado de propósito na boca com a finalidade de esconder algo. Nua sob a penumbra morna do quarto, exibia a exuberância de uma beleza mal contida na carnadura rija e rosada que exalava um aroma de sexo. Perguntei-lhe sobre Aníbal. Passara por ele outro dia e evitou cumprimentar-me. Temia que houvesse problemas entre marido e mulher por minha causa. Ela riu:

– Ele sabe tudo de nós. Ele aprova.

Não ocultei a incredulidade:

– Não é comum um marido aprovar os encontros clandestinos da esposa com outro homem.

Ela acenou a cabeça, numa risada satisfeita:

– Ora, ele próprio o escolheu.

– Escolheu!

– Não foi quem nos apresentou? Está escrito no seu bilhete, ao voltar dos motins da vacina, eu lhe mostrei. Ele falou que as mesmas considerações que você tem por ele, ele deve a você!

Ora, as tais considerações escritas no bilhete, como se referia a elas com uma risada ingênua que excluía todas as dificuldades entre nós, não passaram de sarcasmo. Impossível ela não perceber. A não ser que, revelada na indulgência do seu sorriso amoroso, uma possibilidade nova entre nós me fosse revelada. Ou seja, se eu pensava que existiria uma situação de adultério, digamos assim, vivida por mim, ela e Aníbal, e que dava o sentido de sarcasmo ao meu bilhete, tal premissa não seria real, ou inteiramente real, a ponto de fazer Ana Teodora compreender as palavras do bilhete no seu sentido literal. Mais além, mostrar o bilhete ao marido. Como compreendê-la transmitindo minhas mais sinceras considerações ao marido traído por ter sido ele próprio quem nos apresentara?

– Ele se sente agradecido a mim pelo caso entre mim e você?

– Você não entendeu até hoje?

Olhei-a sem pronunciar palavra. Havia algo em seu sorriso que dizia claro: se você tem segredos para mim, eis agora o que tenho para você. Continuou, no mesmo tom casual:

– Meu marido é impotente. Nunca tivemos uma vida conjugal como a que tenho com você. Por isso ele o apresentou a mim.

Não foi difícil completar o quadro. Por isso ele se mostrara tão solícito antes. O que já não era mais necessário. Um desconhecido da sociedade, um homem que morou muitos anos fora do país e vivia em voluntária reclusão, não revelaria segredos de alcova de um respeitável casal que gozasse de prestígio em nossa cidade. Enfim, eu tinha tudo o que a discrição requerida pela nossa situação exigia, evitando tornar-nos alvo de uma sociedade alimentada por bisbilhotice. O fato de Ana Teodora sentir-se atraída por mim solidificava o quadro de felicidade conjugal desfrutada na medida justa das possibilidades de cada um. Em outras palavras, eu contribuía com o corpo e com a virilidade. Não seria um arranjo adequado ao novo pensamento que emergia com o século? Aliás, fazia sentido também ela ter aceitado os absurdos que lhe impusera, como a prostituta em nossa cama, sem demonstrar indignação. Quero dizer, indignação de verdade.

— E ele nunca teve ciúme? Nunca pensou que um dia podia ser abandonado?

Ela ouviu a pergunta com um sorriso complacente. Não percebeu a palidez que cobria a minha pele como o anúncio da tempestade em formação. É possível que tenha enxergado ciúme em mim e tal a tenha deleitado. Respondeu:

— Eu nunca o deixaria, ele sabe. Não sou leviana, Afonso, não sacrificaria um marido, casa, uma posição na sociedade por um caso! Ora, bobinho, não me entenda mal, eu o amo, claro. E sinto que o meu amor é correspondido. Mas eu o conheço; sei o que você quer realmente.

— E o que eu quero?

— Você é um homem do mundo. Viúvo, nunca pensei que quisesse uma mulher só para si. Não o imagino cuidando de casa, mulher, filhos. — Terminou com uma risada que de forma alguma se encaixava nela. Antes a risada da prostituta que eu enforquei no Aljube.

É possível que percebesse alguma coisa errada em mim, pois a risada foi desfeita num retesar dos lábios.

— Quando você entrou em casa com a marca de minhas mãos na garganta, quando ficou na cama entre a vida e a morte, ele ainda pensou que eu seria o amante ideal para a esposa? O homem discreto e delicado com quem se encontraria de quando em vez, e o resto da sociedade alheia ao que acontecia entre nós?

Ela respondeu precavida, em busca de um sinal do que se passava dentro de mim:

– Ele ficou assustado. Quanto à marca no pescoço mantive-a oculta. Não é difícil para uma esposa nas minhas condições. O resto, ele sabia de tudo.

– Tudo!

– Nunca deixei de contar a ele tudo o que acontecia entre nós. Você deve entender. Coloque-se no lugar dele. É a maneira de sentir-se um pouco homem, de expulsar o pensamento de não passar de um aleijado, decepado de um órgão do corpo.

– Revelações – falei, pensando no Apocalipse, o último livro da Bíblia.

Imaginei a esposa contando os detalhes de seus contatos comigo aos olhos ávidos do marido. O que era eu afinal, um macho copulando com a fêmea com a finalidade de produzir as futuras crias? Suas revelações me fizeram enxergar os anos de juventude na fazenda Ferreirinha, quando João Bento reunia escravos num pátio perto do curral e os obrigava a copular diante de nós. Meu Deus, seria possível que certos episódios retornassem assim, de uma maneira tão disparatada aos nossos olhos? Seria possível que eu não escaparia dos reflexos da violência passada utilizada para vitimar seres anônimos e sem rostos, despojados até de uma lembrança diante da qual um dia alguém os pranteasse ou apenas os recordasse? O que me garantia que tais seres existiram, que possuíram um corpo e uma alma? Por que me via agora partilhando com eles dos tormentos que os aniquilaram? Se um dia tivesse duvidado que tais atos foram cometidos com gente e não com animais, agora eu os experimentava na própria pele.

Cobri o rosto com as mãos, senti vergonha de mim. Dizia:

– Você não compreende, não compreende.

Minha reação assustou-a. Ela quis me abraçar:

– Ó meu querido, não se sinta assim, não pense que eu teria coragem de magoá-lo.

Do que se tratava realmente, ela nunca saberia. O que impedia, da mesma maneira, que as palavras verdadeiras entre nós fossem ditas, nem sequer entendidas. Tirei as mãos do rosto:

– E como permitiu que você continuasse a me ver?

– Para ser franca, quando o procurei de novo, ele não sabia. Não tive coragem de contar-lhe que eu... não podia ficar sem você. Ele dizia que não podia mais permitir, você podia ser um dos malucos que aterrorizavam a cidade...

– Malucos?
– Não lê os jornais? Ah, me esqueci que você vive no seu claustro. A cidade está abarrotada de doidos. Um matou dois cocheiros no morro do Castelo, não se lembra da conversa no meu sarau? Outro enforcou uma prostituta. E ainda houve três corpos num carro de aluguel. Estão se multiplicando. Antes só existiam os Camisas Pretas. Agora deve haver um bando. – Risadas. – Não sei o que está acontecendo nesta cidade; todos estão com medo de sair à noite. Aníbal achava que violência fazia parte do desenvolvimento natural. Quando pensou que podia acontecer comigo, ele... não sei. Falou em ir embora do país. No fundo, tem medo de você.
– De mim!
– Pode ser que pense que você tenha passado dos limites. Que lhe tenha confiado a esposa e você não me tenha tratado à altura. Pelo menos o convenci de que você nada tem a ver com esses tarados. Tem, como se chama, excentricidades. Os homens superiores são esquisitos. Não podemos esperar que todo mundo se comporte como desejamos, quero dizer, na intimidade. Ele deixou se levar pela imaginação.
– É natural que um marido se preocupe com a esposa. Principalmente sabendo-a na cama de outro homem.
– Claro, mas ele não o conhece como eu. Ele só sabe de você pelo que eu conto, não pelo que eu sinto. O que sinto fica trancado no coração.
– Eu, se fosse você, não teria tanta certeza.
O que queria dizer? Queria dizer que se a matasse ali ou em qualquer outro lugar, e o corpo surgisse com as marcas dos tais malucos, o marido saberia de quem se tratava. Porém, caso tal acontecesse, eu teria outro homem com quem me preocupar antes, Tibúrcio.
Compreendendo o que acontecia comigo, Ana Teodora crispou o rosto, olhando-me como se toda a dor do mundo coubesse num único olhar. Hesitei; pensei se me deixaria comover por um olhar e não daria importância a indiscrições idiotas. Realmente, do que me interessava a conversa dela com o marido? Ela estava com a razão, meu desejo por ela não possuía a natureza comum dos laços que unem um homem e uma mulher. Havia desejo, sim, mas acima de tudo havia a vontade de usar o amor dela para infligir-lhe sofrimentos. Se a lava que se revolvia dentro de mim e me ofuscava a razão encontrava-se contida, suas indiscrições forneceram o pretexto para nova erupção.

— Tenho certeza de que ninguém nesta cidade, no mundo inteiro, pensaria que tais segredos fossem trocados entre marido e mulher. Para ser franca, eu mesma não acredito certas vezes. — Tentei desviar-me do seu olhar. Não pude, ela grudou os olhos em fogo nos meus, ofuscou-me. — Nunca pensaria em fazer algo que o machucasse se tivesse qualquer ideia... Acredite-me, por favor. Vejo você tão duro, tão imperturbável aos fatos do mundo. Como se somente o seu mundo importasse. Desculpe-me se cometi uma inconfidência. Preferiria morrer dez vezes a ferir você ou Aníbal. Jura que me perdoa?

Perdoar! Haveria algo realmente a ser perdoado? Perdoar uma mulher de fazer confidências ao marido? O mais curioso, na expressão da mulher que me encarava com um misto de dor e incredulidade, era o fato de a palavra perdão ser dirigida a mim. Sentia a compunção religiosa que a acompanhava e não podia deixar de perceber o absurdo que se intercalava em nossas palavras. Claro que não se tratava de perdoá-la. Pelo contrário, chegava a sentir tédio pelos seus esforços em contornar o mal provocado por uma revelação idiota, incapaz em si de provocar uma discussão banal. O que aconteceu foi que o pretexto final a um ato de violência acabava de me ser entregue. Já não via Ana Teodora como uma mulher que me entregou tudo o que uma mulher entregaria a um homem com a resignação só justificada pela ideia de amor. Orgulho, dignidade, paz, o que ainda restava a ela que lhe garantisse um mínimo de bem-estar na sua atribulada convivência comigo?

Se ainda me restasse algum vestígio de comoção humana, de uma piedade piegas que os seres se dirigem nos episódios mofinos criados entre eles, seria eu quem lhe pediria perdão. Eu quem teria de voltar os olhos para dentro e balbuciar a única palavra que nunca teve significado para mim. Perdão, enfim, pelo que lhe faria levado por um desejo de sangue.

O que aconteceu a partir das Revelações, como pensei denominar o episódio num paralelo disparatado com a Bíblia (e prosseguindo a trilha de ironias sangrentas que pontilhou a minha vida), descrevo-o um tanto alheio, já que parte dos fatos evaporaram-se de minha memória confundidos com acontecimentos posteriores.

Deitei-a na cama e cobri-a exatamente como enxergava os negros fazendo com as negras nas orgias de João Bento, intimidados por nossas ameaças. Por trás. Guiavam-me os meus gritos e de meu primo em épocas remotas, que se tornaram estridentes na espúria realidade que me ofereci. O mais ridículo era que, do lado dela, entrega e amor interagiram perfeitamente com as visões bestiais que me impeliram. Acredito que cada um só enxergasse o seu lado de um ato comum. Até hoje não tenho certeza se tal episódio (ou coisa) realmente aconteceu. Ou não passa tudo de um jogo de sombras e delírios que volta e meia se confunde com minha vida. Ou, melhor ainda, e hoje acredito que tenha acontecido, uma luta entre mim e meu próprio eu, entre o monstro que vivia em mim e o aleijado que empunhava as réstias de minhas virtudes humanas. Uma luta entre uma vontade sem limites e uma resistência fraca, entre todo o mal de que me sentia capaz e os meus obscuros vestígios de humanidade. Se algum mérito pode me ser atribuído, diria que não a matei como teria feito se nenhum sentimento acumulasse por ela em nossa convivência. O que nada significa diante do desfecho provocado.

Ela desconfiou que alguma coisa brutal estaria para acontecer quando sussurrei em seus ouvidos: porca, suja, meu desejo é estrangulá-la, cortar o seu miserável pescoço como fiz com dezenas de galinhas, vê-la estrebuchar na cama e sujar o lençol com a lama que corre em suas veias...

A princípio, apenas imobilizou-se pensando que havia uma confusão de palavras, tentou me interrogar e, por fim, quis afastar-se. Mas eu a tinha presa nos braços e foi fácil detê-la. Ela debateu-se e bati-lhe no rosto. Gritei:

– Fique quieta, sua charuteira nojenta, ou passo uma corda no seu pescoço e a enforco.

Que mulher eu via colada no meu corpo que me provocava tamanha violência? Que rosto enxergava transitar do enlevo amoroso ao aturdimento emaciado dos agonizantes da peste? No entanto, não tinha mais controle sobre os impulsos.

– O que aconteceu com você, pelo amor de Deus!

Imaginei sua carne dilacerada derramando sangue por centenas de feridas que eu rasgaria em sua pele com o requinte de um açougueiro limpando as carnes de um boi abatido. Meu estômago revolvia-se, e uma secura incontrolável revestiu-me a garganta. Todo o sangue do mundo não seria suficiente para aplacar a minha sede. Encheria as minhas veias com o sangue que fluía nas veias do corpo que me cabia exterminar. Um incontrolável desejo de morte me torceu por dentro. Uma luta intestina, entre duas entidades que sobraçavam o corpo inerte de minha companheira, disputavam a presa preciosa.

O próximo ato de que me lembro foi eu batendo-lhe e ameaçando-a de morte, e ela implorando que a matasse de vez. De repente, gritei o nome de Tibúrcio. Até hoje não sei se o chamei por saber que somente ele a salvaria ou para que o ato de profanação e ruína levasse ao seu testemunho a degradação a que eu sujeitava a sua bem-amada, e que até então existira apenas enclausurada em meus delírios mórbidos.

Seguiu-se um estrondo na porta e lá estava Tibúrcio diante de mim, olhando-me emudecido desferir pancadas e injuriar uma mulher quase desmaiada.

Fui atingido por um golpe que me atirou ao chão. Ele gritou:

– Não pode suportar que alguém lhe dedique amor? – Pobre Tibúrcio, pensava que se dirigia a um homem de carne e osso que possuía uma alma dentro dos nervos. Não pensou que fitava um corpo vazio e que, dentro do corpo, em vez de alma, preenchia-o algo próximo ao que chamamos monstruosidade ou apenas o puro e intraduzível instinto de morte.

Enquanto passava a mão no rosto, avaliando a contusão produzida pelo seu golpe, vi Tibúrcio ajoelhado ao lado do corpo inchado e deformado pelas pancadas, confortando-a com palavras pacíficas como se falasse a uma criança. Distingui nele uma expressão de compaixão que nunca surpreendera num ser humano. Algo que só poderia ser reconhecido pela palavra amor. Guiado por um ódio cego – ou talvez ciúme fosse o termo mais exato –, joguei-me sobre ele, agarrando-lhe o pescoço que quase quebrei. Alguma coisa refreou a minha mão e afastei-me, dizendo que gostaria muito de deixar dois corpos estendidos naquela alcova.

– É o sonho desse pobre negro – falei à mulher que me dirigia dois olhos esbugalhados, entorpecida demais pela violência para compreender o que acontecia. – Todas as noites o pobre negro sonha com a mulher branca e linda em seus desejos disparatados. Olhe agora a mulher que você terá de graça, aproveite a minha generosidade e possua-a você. Possua-a diante de mim ou não terei piedade de nenhum dos dois.

Houve um minuto de total silêncio, prossegui:

– Tire a sua roupa e se sacie nesse arremedo de mulher. Ou acha que ela não merece mais nem um negro velho...

Não terminei porque Tibúrcio atirou-se sobre mim com uma ferocidade que transformou o seu corpo velho e maltratado num jovem guerreiro empenhado numa luta mortal. Não me defendi. Ao invés, continuei falando e rindo como se as palavras jorrassem de um subterrâneo que vazasse continuamente por minha boca.

— Depois que deixei minhas marcas nela, não serve nem para um negro. Viu em que transformei a sua formosura, minha senhora?

Eu havia perdido todos os vestígios de sanidade. Lembro que berrava obscenidades nu em cima da cama, enquanto Tibúrcio colocava a roupa na mulher que lançava à volta olhares que não se afastariam muito dos primeiros sinais de demência. Gente da vizinhança amontoou-se na entrada, e Tibúrcio expulsou-os, fechando a porta e acabando de vestir a senhora. Ergueu-a com suprema delicadeza e levou-a embora. Antes de sair do quarto, voltou-se para mim. Falou (pensando na certa que falava a mim):

— De hoje em diante, senhor, me tenha como inimigo.

Respondi, entre risadas:

— Ótimo, sei lidar melhor com inimigos do que com amigos.

Caí num total entorpecimento do qual voltei horas depois sem a menor lembrança do ocorrido. Perguntei-me por que estava nu com tantas marcas no corpo. Levantei-me e pus a roupa. Nem sequer o lugar, reconheci. Saí e chamei um tílburi, internando-me num dos antros de ópio da Misericórdia. Passei um dia inteiro ingerindo ópio, para conhecer o mundo em que criminosos vivessem sem suportar as vozes que me recriminavam.

Encontrei vultos que se transformaram em gente. O comendador Ferreirinha queixava-se de minha ingratidão ao jogá-lo pela janela para apossar-me da fazenda. Quis expulsá-lo dos delírios, ele riu desafiador:

— Veja só — falou entre risadas —, todo o mal que fez às pessoas foi inútil. Quis se livrar de mim e cá estou de volta. Chegou a minha vez de chamá-lo para o mundo das sombras.

— Você era um bêbado que se vangloriava de uma fazenda em que não plantou uma única árvore. Nunca valeu o ar que respirava e fiz um favor ao mundo, mandando-o para o inferno.

Ele se dobrava de rir:

— Acredito que a sua presença no mundo o tenha contaminado com uma doença mais grave do que a minha. Sabe como a denominamos aqui? Podridão.

— Mato as pessoas que me lembram você — falei pensando que ele se desfaria. Não tive sucesso.

— Você não passa de uma encarnação pobre do mal. Até para as grandes crueldades é incapaz. Todas as vítimas que morreram em suas garras aqui estão. Carregam a infâmia de terem sido mortas por um verme. Mas não tem importância, eu digo a elas, quanto mais minúsculos os homens, mais malignos eles são.

O abismo escancarava sua mandíbula sangrenta diante de mim e me atirei com a paz dos que descobrem, uma a uma, as pequenas verdades que destruíram suas vidas. Só me perguntava o que faria no momento em que a eternidade me fosse retirada e estivesse de novo sozinho e incapaz de expulsar de mim os vultos que o ópio mantinha afastados.

Havia uma mulher com o rosto coberto por um véu, vestida com a roupa de minha mãe. Mantinha-se em silêncio e tive medo dela. Talvez a palavra não fosse medo, vergonha seria mais exato. Não sei por que razão, não queria que chegasse aos seus ouvidos o que diziam de mim e gritava, mal ela despontava entre as nuvens de ópio. "É mentira, tudo o que dizem é mentira." Voltei a ser criança, ela me segurou no colo e me levou entre corredores escuros que se abriam à nossa passagem. Escorregou, caiu e suplicou a alguém que não fizesse mal à criança. Mas eu já não era criança, não precisava da súplica de ninguém. Nosso perseguidor puxou uma faca; estava bêbado e delirava. Reconheci Vai e Vem, o cocheiro assassinado no morro do Castelo. Corri em busca da mulher com o véu. Quando a encontrei, ela descobriu-se, o rosto era de Ana Teodora.

Soltei um uivo de animal doente ao reconhecer Ana Teodora habitando os subterrâneos do inferno em que jaziam as minhas vítimas. Gritei como um insano, ela não, não ela, não ela!

Ao voltar para casa, encontrei Tibúrcio sentado numa poltrona da sala, o rosto voltado para cima numa contemplação estática de alguém que suportasse uma grande dor. Vestia-se num traje comprado na rua do Ouvidor e vi uma mala ao lado da poltrona. Ele não percebeu a minha entrada. Só depois que coloquei o chapéu no aparador, se deu conta de que havia alguém mais ali. Fez um gesto de reconhecimento sem se mover, e não tive certeza de que estivesse no juízo perfeito.

— Estou indo embora — falou num sussurro, sem virar o rosto para mim.

— Ir embora! — exclamei sem a menor ideia do que acontecia. — Por quê?

Deixei-me cair na poltrona. Permaneci como ele, os olhos voltados à parede adiante.

– Como está ela?

Continuou em silêncio e pensei que não me havia escutado. E assim mais um minuto se passou. Dos acontecimentos dos últimos dias, só guardava lembranças confusas. As nuvens de ópio ofuscavam os fatos de que não tinha coragem de me lembrar.

– Está morta – falou num sussurro.

Perguntei espantado:

– Quem está morta?

Pela primeira vez, ele colocou os olhos em mim. Não havia sinal de ódio ou recriminação, apenas uma gelada consternação ao reconhecer os sinais de perturbação num rosto que sempre se mantinha impassível diante de fatos dramáticos.

– A sra. Ana Teodora está morta – falou formal. Suas palavras voltaram a atravessar o espaço de silêncio que nos separava, e a boca contorceu-se num tremor que lhe tornava indistintas as palavras.

– Ana Teodora... morta! Eu é que deveria ter morrido.

No momento seguinte, não soube do que falava. Pensei, apenas: Quem é Ana Teodora, o que tenho a ver com a sua morte? E por que ele se mostrava tão abatido pela morte de uma mulher que nem sequer conhecíamos?

E então tudo desabou. As últimas nuvens do ópio dissiparam-se, e a lembrança crua da tragédia brilhou como se o sol rasgasse as minhas pálpebras. Sem o impulso do ódio e a vontade de morte que provocaram a tragédia, fui invadido pelo horror. A cegueira produzida pela demência, que manteve minhas pálpebras cerradas para as cenas mais pungentes, desfez-se num sopro, exibindo o horror em toda a sua devastadora realidade.

Levantei-me e andei de um lado para outro. Balbuciava: Mas o que aconteceu com ela?

Tibúrcio manteve-se em silêncio. Em nenhum momento, afastou-se da imobilidade da qual me espreitava.

– Como foi?

– Ela se matou. – Os olhos dele encontraram-se com os meus pela primeira vez e é possível que visse a ponta de aflição me incendiando o peito. Hesitou e pensou me dever o resto da informação. – Pegou uma faca...

Não ouvi até o fim. Subi as escadas e troquei de roupa. Não levou mais do que dez minutos. Desci e chamei um tílburi, mandando-o seguir para Botafogo. Chegamos ao palacete e o mandei entrar pelo pátio. Distingui vários homens na entrada exibindo a solenidade da morte. A porta da frente, escancarada, anunciava que os ritos fúnebres estavam em andamento lá dentro.

Ao cruzar a porta, um criado me deteve:

— Desculpe, senhor, o senhor é solicitado a não entrar.

Senti um choque e inundou-me uma correnteza de suor gelado. Os homens na porta voltaram-se na minha direção e não reconheci nenhum. Quis lhes explicar que havia um engano. Na certa me tomavam por outro. Falei ao criado, tentando sem sucesso manter o tom de voz firme:

— É um engano. Você me conhece, sou amigo do casal. Como poderia deixar de levar ao conselheiro Aníbal os meus mais sinceros respeitos!

O criado não se deixou abalar. Possuía ordens claras:

— Sim, conheço-o, sr. Da Mata — falou alto e com um riso de sarcasmo para todos saberem com quem falava.

Fiz um aceno de concordância e me virei. Entrei de volta no tílburi e mandei-o retornar para casa.

— Eles não me deixaram entrar — falei gaguejando a Tibúrcio, que encontrei em casa na mesma posição.

Ele não respondeu, apenas virou os olhos para mim sem dar mostra de me enxergar. Engoliu o que tinha na boca e fez um aceno de cabeça, como se participasse da minha incredulidade. Sentei-me ao seu lado, não soube como lhe falar ou de que maneira começar. Sabia apenas que uma sensação amarga pairava no meu estômago. Por fim, as palavras saíram:

— Escute, queria que acreditasse, estou mortificado. Fui até a casa dela, não me deixaram entrar. Na hora não entendi, mas agora compreendo. Preciso dar as condolências a alguém e o homem mais próximo dela que conheço é você. Por favor, não me recuse as palavras como fez o marido.

Desta vez percebi seus lábios se movimentarem num esgar de sarcasmo, mas que poderia ser incredulidade da mesma maneira. Continuei:

— Sei o que deve sentir. Sim, está certo, tem todas as razões do mundo para me querer mal. Sou o responsável pela morte de Ana Teodora.

Não peço perdão porque não existe perdão para mim. Só peço que espere um dia ou dois antes de ir embora.
Levantei-me e me dirigi às escadas. Antes que subisse, encarei-o mais uma vez:
— Existe uma pistola no baú lá em cima. Fará um grande favor à humanidade se apontá-la para mim e atirar.
Revirava-me na cama; tão fácil o amor dela, tão despojado, tão generoso. Por que não o dirigiu a um homem de verdade? Mas o drama estava lá em todas as suas terríveis dimensões, reproduzido pelas recordações em exasperante fidelidade aos laços que me ligavam à morta. Não poderia ser desfeito por mais que repassasse a nossa última conversa e buscasse o estopim de minha insanidade. Por que ela manteve aquela insensata ligação? Ao cabo de certo tempo, os episódios invertiam-se e passava a culpá-la. Seu rosto surgia diante de mim e o esbofeteava. Amor não era sentimento que me causava impressões reais, a não ser as que estimulavam crueldade. Por que não sentia o infortúnio exibido nas expressões de pesar na casa do Conselheiro? Porque o que se chamava sentimento não passava, em mim, de ridícula pantomima. Eu não era humano, a não ser por ser construído de carne e ossos como os demais. Mas, claro, nada se compreendia alegando-se apenas carne e ossos. Um animal também é feito de carne e ossos. A palavra humano continha alguma coisa mais que me escapava. Se não sentia compaixão por uma mulher imolada nos mais profundos tormentos, despojada por mim da própria identidade, que sentimento esperava trazer à tona? Porque alguma coisa eu sentia, impossível negar que a tragédia de Ana Teodora não me tinha causado uma impressão forte.
Então, o quê?
Escurecia, e acendi a candeia. Em cima da cômoda, havia um envelope endereçado a mim. Abri-o. Era um bilhete de Ana Teodora. Pedia desculpas pelos transtornos que me causara. Reconhecia-se culpada por ter forçado a sua presença em minha vida, de me ter procurado novamente estando clara a impossibilidade de mantermos uma ligação. Compreendia o sofrimento que me havia infligido e pedia desculpas por não poder remediar mais nada. Não se considerava digna de mim nem de Aníbal e percebia que a sua presença, neste mundo, apenas fazia sofrer os homens a quem queria melhor. Continuava nesses termos, falando de paraíso, leis de Deus, vida eterna e mais que não procurei entender. Amassei o bilhete e joguei no chão. Na confusão

que me aturdia, as palavras dela, antes de me provocarem remorsos, trouxeram-me pensamentos sarcásticos.

— Se não foi a melhor maneira, ao menos resolveu um incômodo.

Escutei uma batida na porta. Abri, deparando-me com Tibúrcio. Falou que dois senhores encontravam-se lá embaixo, à minha espera. Desci e encontrei dois homens vestidos de sobrecasaca negra e cartola. Estenderam-me um bilhete que levei para perto da candeia. Identifiquei a assinatura de Aníbal. Desafiava-me para um duelo. Afirmava que, como cavalheiro, não lhe negaria satisfação.

Voltei para a porta e falei que aceitava o duelo.

— O cavalheiro tem o direito de escolher as armas.

— Não tenho nada apropriado. Deixo ao critério do Conselheiro levar ambas as armas.

— E quando poderá ser realizado?

Observei-os com atenção e tive vontade de rir da gravidade impressa nos dois rostos.

— Que tal daqui a duas horas?

Combinamos encontrar-nos num areal atrás de um matagal espesso no bairro de Ipanema, lugar deserto e adequado a fatos não muito legais.

Deveria dispor de dois padrinhos. Ponderei que, nas atuais circunstâncias, dispunha apenas de um. O importante era não nos deixarmos atrapalhar por formalidades. Eles concordaram e foram embora.

Falei a Tibúrcio que se vestisse com sobrecasaca e cartola.

— Pegue a que comprou no Raunier. — Ele acenou que sim e subi. Passei a hora seguinte ocupado num legado de testamento.

Ao descer, encontrei Tibúrcio vestido conforme recomendado. No largo do Machado chamei um coche, cuidando que deveria ter tamanho suficiente para trazer de volta um corpo. Entramos e mandei o cocheiro seguir.

— Pode ser que o duelo termine com a minha morte — falei. — Se tal ocorrer, existe um documento de legação no qual deixo tudo o que tenho a você.

Tibúrcio continuou rígido, como se teimasse em manter pela morta o rigoroso respeito que lhe dedicava em vida:

— A senhora... dona Ana Teodora — falou como se pensasse alto — estava me ajudando a encontrar o meu filho. — Calou-se. Retesou-se numa profunda mostra de reverência que se presta aos mortos ilustres.

Suas mãos encontraram-se e se torceram, os braços rígidos. Continuou a olhar em frente e observei uma umidade rala cobrindo seus olhos secos, como névoa.

Fizemos o resto do percurso em silêncio. Mandei o cocheiro parar 100 metros antes do lugar. Descemos e passamos por velhos cajueiros, fazendo o final do caminho a pé. Não havia lua, a noite muito escura, chegamos a enfiar os pés na lama uma ou duas vezes. Ouvimos vozes concentradas numa abertura do mato e fomos para lá. Surpreendemos o Conselheiro cercado dos dois padrinhos. Três lampiões formavam um círculo de luz de 5 metros de diâmetro. Mais adiante, os contornos de um coche. Prosseguimos e eles nos viram. Os dois padrinhos adiantaram-se, resguardando o Conselheiro de qualquer proximidade comigo.

A presença de Tibúrcio os fez lançarem-me um olhar interrogativo. Mas não foi preciso explicar nada. Um deles nos chamou para o centro do círculo. Relanceei o Conselheiro. Pálido, descomposto, rugas grossas e escuras contorciam-se entre os reflexos das luzes sobre o seu rosto, como serpentes moribundas. Os braços caídos denunciavam o homem vencido, sucumbido às provações, suplicando a qualquer um que lhe desse o golpe de misericórdia.

Mais próximo, enxerguei seus olhos rasos e foscos cobertos por uma nuvem escura a ponto de bani-lo da vida. O que um homem em tal situação faria ali, na expectativa de um duelo de morte? Não havia ódio em seus olhos, apenas indiferença provocada pela exaustão de um homem ali trazido pelo instinto do dever. Quis perguntar-lhe o que fazia ali. Ainda lhe restaria uma chama de vigor que o fizesse mandar para o inferno quem causara a desgraça da sua mulher? Pelo contrário, mais parecia um velho sentado à beira da calçada, à espera da morte. Não acreditei que ainda houvesse dentro dele algum material que fervesse ou borbulhasse, que o forçasse a erguer uma arma e apontar para alguém.

Um padrinho abriu um estojo e apresentou-o a Tibúrcio. Ele examinou as armas sem interesse real. Passou o estojo para mim. O outro fez um gesto para que escolhesse. Apontei uma arma. Ele pegou ambas as pistolas, abriu-as demonstrando que estavam descarregadas. Pegou duas cápsulas no bolso, colocou uma na minha e me entregou. Peguei-a e a mantive voltada para baixo. Enquanto o outro padrinho entregava ao Conselheiro a outra pistola, o primeiro mandou que nos aproximássemos e ficamos frente a frente. Aníbal segurava a arma rente ao peito enquanto eu mantinha a minha junto ao quadril.

– Creio não ser preciso dizer que um pedido de desculpas...

O Conselheiro acenou com a cabeça, indicando a inutilidade do formalismo. O padrinho acatou o aceno e engoliu o resto das palavras. Continuou, agora para nos instruir quanto aos procedimentos:

– Ficarão de costas um para o outro. Ao meu sinal, afastar-se-ão três passos em direção contrária. Outro sinal, viram-se e atiram.

Calou-se, inquiriu Tibúrcio com os olhos. Este fez um aceno de cabeça. Ouvi o trinado rouco de um pássaro e tentei localizar em que árvore estaria. Seguiu-se um assovio fino, transformando-se num ronco descontínuo que varou a noite como uma sucessão de lamentos. Avistei o rosto de Ana Teodora em qualquer lugar da escuridão, assistindo ao duelo com a solenidade triste que enxergava nela em nossas horas mais difíceis. Tudo o que significara o seu mundo estava ali, diante do seu cadáver, pronto para se destruir.

Ao dar por mim, escutei uma voz contando o segundo passo e não tinha me mexido do lugar. Dei quase um pulo na tentativa de alcançá-la e parei logo adiante.

– Virem-se e atirem.

Desejei apenas não assustar os pássaros que emitiam um canto tão melancólico naquelas terras desoladas, participando com a sua própria tristeza no drama desfechado. Se removêssemos a escuridão à volta só restaria solidão, pensei. Nada além de solidão. E era eu quem criava para todos os homens a solidão em que encarceravam suas vidas.

Virei-me. O Conselheiro segurava a arma, à espera de que eu completasse o movimento. Dirigi-lhe um sorriso familiar, que naquelas circunstâncias pareceu cinismo. Queria lhe dar um estímulo para atirar. Nada me ocorreu além de uma familiaridade repelida. Provavelmente ele nunca estivera num duelo antes. Impossível prever como um homem se comportará diante de outro a lhe apontar um revólver. Esperei que desabasse antes de erguer a arma, que não tivesse força para apontá-la e atirar desejando deparar-se com um cadáver ao se desfazerem as nuvens do disparo.

Ao contrário do que esperava, ele apontou a arma com calma, enquanto eu ainda segurava a minha na altura dos quadris. No lugar do velho alquebrado, sobressaiu-se o homem determinado. A ironia que iluminou o meu sorriso foi a lembrança de que o grande homem, o homem dos negócios e das recepções em sociedade, não passava de um impotente que fazia das narrações da esposa infiel a única vivência experimentada da vida conjugal.

— Não fui eu quem lhe aniquilou a esposa — falei diante da boca do seu revólver apontada para os meus olhos. — Foi você quem a entregou ao diabo.

Avistei um brilho intenso nos seus olhos que traduziu a extensão do ódio por mim. Tantos anos observando ódio e agonia em homens e animais, percebi a intensidade da fúria brilhar como um sol maligno nos olhos daquele homem. Era até possível que o meu caso com Ana Teodora fizesse sentido agora. Se nunca entendi por que me deixara arrastar para uma aventura amorosa em total oposição aos meus sentidos, o desfecho do episódio naquela centelha de ódio fulminante, num homem à beira da ruína, recuperou o velho senso de minha vida, repudiado na convivência com a sua mulher, e que tantos tormentos me criou. Continuava assim empenhado em explorar a dor nos meandros mais tortuosos de suas insondáveis profundezas. A alegria que se apossou de mim, naquele segundo tão insignificante e que se ampliou por toda a minha vida, equivalia ao bem-estar de um homem realizado, um homem diante de sua obra. Homem que nada mais devia à vida.

Ouvi um estampido e um baque no ombro me empurrou de lado sem me desequilibrar. "Errou", pensei decepcionado. Tanto cuidado ao apontar a arma, tanta frieza ao apertar o gatilho, não se tratava de um homem que fazia um trabalho sem método. Homens como ele, ou como me pareciam, nada deixavam ao acaso. Nem sequer a possibilidade de errar a pontaria. E ali estava tudo. O tiro desperdiçado, em mim nada além de uma ferida, um filete de sangue que não deixaria marca. E eu tinha a minha arma intacta e ele diante de mim a pouco mais de 3 metros.

Girei os olhos e vi Tibúrcio junto dos dois padrinhos do Conselheiro. Imóveis, estáticos, como se lhes faltasse discernimento para perceber o que acontecia, que uma determinada situação acabava de sofrer um dano irreparável. Um dos padrinhos levantou a cabeça num arranco. O outro se manteve impassível. Tibúrcio não disfarçou o tédio, talvez por ver dois homens brancos, empenhados num ato de aniquilação mútua, exibirem os requintes de uma apregoada civilização que o reduzira a mendigo da rua do Ouvidor. Era possível que o episódio lhe vindicasse secretamente as agruras de escravo. Eis onde terminam os senhores brancos, pensaria. Sua memória lhe apontava com a clareza do presente as lembranças de combates enfurecidos de uma guerra já sepultada, em que não se diferenciavam homens de bestas sanguinárias. E em tudo sobrepunha a escravidão. O que valia para ele um duelo de morte entre dois brancos de respeito, dois cavalheiros, quando ele não passava de um preto, mesmo trajado com as roupas mais caras exibidas nas vitrines da rua do Ouvidor? Do que lhe interessava o desfecho do extravagante drama quando a sua memória e os seus instintos retiravam a camada de polidez que o cobria, apontando-lhe na direção do mendigo o desfechar do drama humano em sua mais completa penúria?

Fiz então o único gesto que ninguém esperava. Apontei a arma para o meu próprio peito e atirei. Concordo que uma sequência indesejável de fatos inesperados atordoa os homens, dificultando-lhes a sua compreensão. De qualquer maneira, não haveria nenhuma modificação fundamental na expectativa de todos eles, ou seja, que o meu corpo ali tombasse coberto com uma poça de sangue. Todos esperavam por tal desenlace como o único possível nas circunstâncias. O que não aconteceu.

Confesso que o maior surpreendido fui eu próprio. No meu peito, em vez de um buraco sangrento, nada havia além de manchas de pólvora e lascas de madeira. Não foi difícil compreender. Eles tinham substituído o projétil original por algo que não poderia causar dano ao Conselheiro. Claro, na suposição – totalmente plausível – de que tal bala fosse dirigida ao corpo dele. Nunca imaginariam que a arma pudesse voltar-se exatamente para o peito de quem queriam mandar para o outro mundo. E que o ato de proteger um homem acabasse por salvar o seu algoz. Não foi possível conter uma risada diante da face estupefata dos padrinhos. E do próprio Conselheiro. Em outras palavras, o ato ilícito de um deles, de dois (recusei-me a admitir que Aníbal fizesse parte da trama), foi exatamente o que impediu que o objetivo de nosso encontro, naquele lugar ermo, fosse concretizado.

Não lhes guardei rancor, uma vez que o objetivo deles coincidia com o meu próprio. Diria mais, compartilhávamos de um desejo comum que não se realizou por causa de um episódio que ninguém poderia prever. Por causa de um mal-entendido, como preferia chamar.

É preciso também mencionar que tal episódio, num futuro próximo, acabaria por se voltar contra mim, a vítima nesse caso particular. Sim, porque com o desencadear de fatos misteriosos e sangrentos associados ao meu nome, nos anos seguintes, acabei por ser considerado uma espécie de vampiro ou feiticeiro, sendo o duelo com o Conselheiro apresentado como evidência concreta dos meus poderes diabólicos. Mas trata-se de um episódio ainda distante dos atuais acontecimentos e é preciso que se apresentem outros fatos mais próximos antes de mencioná-lo.

Joguei a arma no chão diante do espanto de todos. Nenhum outro som perturbou o silêncio que tombou sobre os dois estampidos isolados. Até o pássaro rouco calou-se e voou, levando consigo o testemunho do estranho fato que perturbou a imobilidade da madrugada insone. Caminhei para o carro seguido de Tibúrcio. Pensei que o episódio estaria sepultado pelas próprias condições de infâmia envolvidas. Estava enganado.

16

Uma tempestade de tormentos assaltou-me. Começou com a morte de Aníbal que meteu uma bala (de verdade) na cabeça, poucas horas depois de voltar do frustrado duelo. Devo dizer que esperava por tal desfecho, assim terminavam todos que se aproximavam de mim. Por que pensar que agora seria diferente? Por causa da beleza de Ana Teodora? Não se tratava de amor ou dos seus infortúnios, antes uma experiência, várias experiências cujos resultados já se conhece de antemão e apenas o seu desencadear possui importância. O que sustentaria Aníbal, percebendo-se aniquilado por uma força superior àquela de que se valia ao se apoiar num poder erigido sobre um símbolo de falsa virilidade? Revendo, nos minutos derradeiros, as lembranças que me ligavam a ele e à esposa, reconheceria a voluntária participação nos episódios que culminaram com a sua aniquilação. Nem sequer o desfecho transformado numa farsa ridícula, que lhe devorou os restos de dignidade, o pouparia.

Talvez, pelo contrário, me incomodasse a tristeza secreta de Tibúrcio que concordou em permanecer mais tempo a meu serviço, embora se fechasse num mutismo obstinado que eu não sabia o que encobria. Supus que a esperança de encontrar o filho, ligada à memória de Ana Teodora, o mantinha ali. Mas acreditaria que ela fosse realmente capaz de localizar um filho, partindo das imagens difusas arrancadas da memória de um velho sobre uma criança no morro da Favela havia tantos anos ausente e sem qualquer informação posterior que lhe localizasse o paradeiro?

Não chegava ao extremo de admitir que sofria de remorsos. Não sabia o que eram remorsos. Havia cometido na vida mais de uma dezena de crimes execráveis. Nenhum me causou pesar, pelo contrário. A cada vez que infligia sofrimento ao próximo, era invadido de uma alegria que me fazia mais forte e nunca deixei de confrontar a vítima no momento do trespasse. O que não aconteceu com Ana Teodora e me perguntava agora, por quê? Por que havia chamado Tibúrcio para levá-la antes de consumar mais um crime, sabendo que ela já não teria salvação? Por... por fraqueza, por covardia? Por que não tinha coragem de confrontar a minha monstruosidade com o rosto de Ana Teodora? Não me lembrava dos requintes de crueldade usados em criança para matar o cachorro aos poucos, de modo a aumentar o seu sofrimento? Fazendo da sua morte um espetáculo sangrento? De que maneira o primeiro crime se relacionava com a covardia demonstrada diante da última vítima? Exato, mais do que uma vítima... Ana Teodora era o quê para mim?

Era de se supor que havia, entre mim e ela, algo acima do meu entendimento. Que, de uma forma incompreensível para mim, inibira a minha sede de sangue, impedindo-a de consumar-se. Por outro lado, começava a desconfiar de que a conheci não por um ato fortuito. Havia uma fatalidade que nos unia como me uniu a cada vítima ao longo da minha vida. No entanto, a tragédia que a aniquilou fez também de mim uma vítima e como tal passava a sofrer as dores impostas aos outros. Das lembranças que me torturavam, sobressaía o brilho dos seus grandes olhos que continuavam atravessando as cortinas da morte, assegurando-me de que o seu amor por mim permanecia intacto e que as dores sofridas ajudariam a restabelecer-me como um homem digno do seu amor.

Digno do seu amor?

Ou seria mais verossímil Ana Teodora ter posto fim aos seus dias por saber que sua vida tornara-se uma ameaça à minha sanidade? Não era possível supor que os meus tormentos de amor a fizessem buscar a faca que a conduziria à morte? Admiti então que o meu mal-estar fosse provocado pela suspeita de lhe ter causado a morte sem o sofrimento que a precedia, em vez de remorso provocado por um sentimento tardio de amor. Faltou, pois, o brilho de ódio, a compreensão de que o seu fim residia na minha vontade, a mistura final de súplica e arrebatamento que não arranquei dela em sua resignação e na grandeza do sacrifício; tudo o que buscara nos crimes anteriores. Com Ana Teodora, consumou-se a noção mais crua do fracasso e a percepção de que, em vez de rebaixá-la por um ato final de extermínio, eu a havia engrandecido. A possibilidade de ela ter morrido por um ato de amor me era intolerável, e isso sim me levava ao desespero.

Vivia nas casas de ópio, mantendo-me sob os seus efeitos por horas que se transformavam em dias, atordoado pelas névoas de insanidade entre as quais passei a viver. Ao sair de uma sessão de ópio, vagava atordoado por ruas vazias e sujas, dormia dentro das obras que cobriam a cidade substituindo os prédios demolidos. Vivia entre vagabundos e desocupados. Escravos libertos pela lei Áurea, brancos emigrados de fazendas abandonadas, todos transformados em esquadrões de parasitas a mancharem com os seus micróbios a cidade que saudava o século nascente. A barba cresceu disforme e cobriu-me uma crosta de sujeira. Meninos em roupas puídas, despojados das feições infantis, sentavam-se na calçada observando em nós o destino que os esperava. Cães deitavam-se ao meu lado e se encolhiam, refugiando-se dentro de sua escuridão irracional. Gritos lançados de bocas exaustas multiplicavam-se em ecos, amortecidos pelo silêncio noturno que cobria a nossa aflição. Havia um velho de cabelos compridos e venerável barba branca que lhe dava o aspecto de um santo e daí o nome como era conhecido, Santo Antônio. Correspondendo à aparência bíblica, passava horas balbuciando trechos de reza, só se interrompendo quando um vagabundo com maior autoridade o mandava rezar em outro lugar. Não raro eu adormecia entre os vagabundos do arco do Teles, na ânsia impossível de refazer um caminho extraviado em qualquer lugar do passado, que me levaria para longe dali. Acordava confuso entre visões e delírios, e uma vez terminei numa delegacia. Ouvi sem muito discernimento as exortações do delegado, esquecendo-as logo a seguir.

A aparência que surpreendi, no reflexo de um espelho, denunciou o meu estado. Uma barba espessa e suja cobria quase todo o rosto, expandindo-se na pele como mato em terreno baldio. A pele crestada e os pelos cobertos de fuligem expressavam o total absurdo de um corpo abandonado pela alma. Impossível distinguir, na dureza e embotamento do rosto diante de mim, o menor vestígio de humanidade deixado entre as marcas da mais absoluta miséria. Retrato integral, aquela figura mórbida, da besta-fera em que eu me transformava nos momentos de furor, transparecia uma ferocidade desvairada de animal ferido, desespero irracional e embrutecido dos seres despojados de toda a sensibilidade, incapazes de distinguir qualquer sensação dentro de si além de ódio e fome.

Ao voltar para casa, fui impedido de entrar por um criado que não me reconheceu. Tibúrcio surgiu e levou-me para dentro, despiu-me e me banhou. Permaneci horas trancado no quarto, dias. Invadido por um pavor inexplicável, não tirava o olho do teto. Caí no estado de catalepsia, e dessas incursões ao reino da morte só trouxe uma visão distorcida de riscos e saliências que mais tarde reconheci como o teto do quarto. Passava assim dias seguidos, e uma vez chamaram o médico, julgando-me morto. Qual não foi o espanto de todos quando voltei da morte e perguntei o que acontecia (o que, da mesma maneira que a tentativa de suicídio após o duelo, seria utilizado no futuro para evidenciar minha natureza sobrenatural).

Deixei de lado os velhos becos condenados e passei a me distrair caminhando pela avenida Central, a nova imagem da cidade que correspondia à frase mais popular da época, "O Rio civiliza-se". Sentava-me num caixote, num monte de entulhos, num banco improvisado e observava as construções erguendo-se às margens da avenida. Surgiu o edifício de Januzzi, a magazine Colombo na esquina da Ouvidor, a Torre Eiffel. A avenida se enchia de palácios a erguerem minaretes e cúpulas sobre três e quatro andares; trazendo Paris para os trópicos nas palavras do colunista d'*O Binóculo*. Diante da casa Colombo, instalou-se o primeiro poste de iluminação a gás da avenida; uma coluna de base larga com ornatos de folhas de seringueira, palmeira e flores de fumo. Quatro braços, ornamentados com folhas e grãos de café, formavam uma cornucópia. As primeiras árvores, mudas de pau-brasil, foram plantadas no centro da avenida. Também no centro foram instalados postes enfeitados em toda a extensão, prevendo-se lâmpadas elétricas para eles, e na esquina da rua do Ouvidor já iam avançados os serviços de calçamento.

Realmente, a impressão deixada pelo esqueleto da avenida era de que Paris se instalava no Rio de Janeiro. As novas construções formavam a ideia fantástica de uma nova Europa rejuvenescida e revigorada a brotar deste lado do mundo. Fachadas grandiosas, colunas e balaustradas que se misturavam fundindo-se adiante com o mar, multiplicavam os prédios e a percepção de sua grandeza, formando a ideia maior de uma extensão sem fim, uma majestade nova, ilusória, que subisse aos céus e nos levasse junto a ela, subjugando pelo absoluto o senso mesquinho de uma vida sem grandes emoções. Janelas em arcos imprimiam um senso estético desconhecido, ressaltado pela harmonia e pompa exibidas pelo conjunto de palácios, misturando sua exuberância a um rigor arquitetônico somente conhecido nas grandes cidades europeias.

Grupos de curiosos postavam-se diante dos prédios em construção, sem disfarçar o orgulho. Permaneciam, como eu, examinando cada ornamento diante de si e se convencendo da transposição do Velho Mundo para as nossas alquebradas calçadas. Diria que a nova feição da cidade, erguida à sombra da avenida, trazia consigo a certeza de que o sonho da civilização, representada pelo velho continente, acabava de se materializar. Um ou outro passante não continha o orgulho que a nova paisagem representava e me perguntava se estava convencido de que nossa cidade se igualava aos grandes centros europeus.

Sentado num banco na calçada, travei conhecimento com um estranho. Anoitecia, a iluminação escassa, trabalhadores largavam o trabalho e iam embora. Uma luz cintilava desmaiada na casa Colombo onde se ultimavam os remates na calçada. Um cachorro magro e triste deitava-se em caracol sobre um monte de entulhos.

O homem sentou-se pouco adiante num bloco de cimento. Cobria-o uma capa escura, um chapéu grande lhe vedava o rosto tornando-o um vulto. Pensei que contraíra varíola e, ao anoitecer, caminhava pela avenida encapuzado, atraído pelas obras. Examinou-me com interesse. Bem verdade, eu era uma espécie de curiosidade local pelo longo tempo que ali permanecia. Operários cutucavam-se aos risos como a se deparar com um louco inebriado pela nova arquitetura da avenida Central.

– Esplêndida arquitetura – falou ele.

Assenti.

– Sei que tem passado por grandes transtornos, sr. Da Mata.

Não demonstrei surpresa por ouvir o meu nome na boca de um desconhecido. Prosseguiu:

– Sei tudo o que lhe aconteceu e queria lhe testemunhar a minha solidariedade.

– O que me aconteceu!

– Não se impressione. Sei mais das pessoas do que elas pensam que um estranho deveria saber.

Sua afirmação me despertou:

– Não gosto – comentei num tom de voz arrastado, como se arrancado do silêncio à força – de ouvir um estranho falar sobre mim. Não preciso de solidariedade de ninguém.

Ele riu. Sua risada soou cavernosa abafada pela capa, como se apenas ecos deixassem a sua boca. Pensei num agente da polícia colocado em minha perseguição por um parente ou amigo de Aníbal. Acautelei-me.

– Crimes brutais, antropofagia, assassinatos nunca descobertos, sabe do que falo. – Esperou a minha reação sem qualquer demonstração de impaciência. Mantive-me impassível, ele não desistiu. Tive a

impressão de que nada seria capaz de surpreendê-lo. Continuou: — Não o procurei para prejudicá-lo. Como falei, minha intenção é solidariedade. Permite-me tratá-lo com familiaridade? Claro, pode-se dizer que somos conhecidos de longa data.
— E como pretende demonstrar solidariedade na minha difícil situação, como acabou de afirmar?
Nessa altura, a minha curiosidade fora despertada, num misto de respeito e receio de alguém que falava de mim com uma segurança impossível. Quis saber quem era e curvei-me na sua direção. Por mais que buscasse um ângulo favorável, nada distingui. Se não fosse a impressão sólida do seu porte, diria tratar-se de um empestado.
— Falando com franqueza, você atingiu o limite do que um homem pode atingir e manter a sanidade. Alimenta dúvidas sobre a própria identidade. Não aconteceria de habitual. Certas fraquezas nos surpreendem e precisamos da ajuda de outros para nos soerguer.
— Não preciso de ajuda de ninguém.
— Talvez esteja enganado. Sabe há quanto tempo tem perambulado pelas ruas mais ordinárias da cidade como um vagabundo? Não vê que os tormentos (posso chamá-los assim?) dobraram uma vontade que antes era inquebrantável?
— Não sei do que fala.
— Ora, claro que sabe, Afonso. Não precisamos fingir um para o outro. Não quero que desconfie de mim, sou seu amigo. Sim, amigo! Você não tem amigo. Não o procurei antes porque estava no caminho certo. Demonstrava todas as qualidades que um homem do seu poder precisa para levar avante uma grande obra.
Agora ele falava com firmeza absoluta, até eloquência. Demonstrava total convicção nas próprias palavras e se decepcionou com o desinteresse de quem deveria acatá-las cegamente. O tom falsamente zombeteiro e senhor de si cedeu lugar a ligeira irritação. Imaginei que me testava. Falei:
— E sabe dizer qual é a obra da minha vida?
Ele se virou e pensei que ficaríamos frente a frente. Ao contrário, voltou à posição inicial, e o movimento restringiu-se a uma contração do tórax que poderia significar uma risada. Refez o tom ponderado:
— Sua obra é o tributo que legará ao mundo.
Não contive uma risada:
— Tributo! Tributo de quê?

— De sangue — respondeu antes que eu tivesse tempo de completar. Agora suas palavras me espantaram de verdade. Esperou que me refizesse. — Afonso, se me deixar orientá-lo, será capaz de alcançar o objeto que almejou desde criança. A morte, o sofrimento absoluto. Desenvolverá os seus poderes e se tornará invencível. Compreenda, um homem da sua estirpe não surge do nada. Você tem uma grande obra e não deve fraquejar.

Contemplei-o em silêncio. Diante de mim, um vulto e uma voz que nada seriam além do produto de uma imaginação saturada de ópio. Para que continuar uma conversa que não demonstrava possibilidade de ser real? Ele adivinhou meus pensamentos:

— Sei que duvida das minhas palavras e também da minha existência. Mas não terá razões para duvidar quando acreditar que sou seu amigo, não agente dos seus inimigos. Não farei nada para dissuadi-lo. Você próprio se convencerá. Não foi por acaso que conheceu a sra. Ana Teodora. Como, também, não é por acaso que uma mosca cai numa teia de aranha. A aranha está lá, e também a teia. Por fim, a mosca. O resto pode completar por sua conta.

— Não planejei a morte de Ana Teodora. Nem sequer a desejei.

Ao afirmar que a morte de Ana Teodora nunca fora desejada, e que os fatos que a causaram não passaram de um lamentável engano, não queria provocá-lo. Ao contrário, fazia uma revelação que não teria coragem de fazer a ninguém e achei apropriado fazer a ele.

— Muitas respostas, amigo Afonso, não temos no momento em que precisamos delas. Ana Teodora era uma mulher bonita, possuía um apelo especial de bondade, e você é um homem. Não pode deixar de agir como homem. O que o diferencia dos outros é a fraqueza deles. Você nunca fraquejou. E eu estou aqui para impedir que fatos sem importância lhe causem danos irreparáveis.

— Admito que sabe mais do que deveria e...

Ele se curvou numa risada:

— ... E continuo vivo! Bravo, Afonso, agora estou ouvindo palavras que realmente esperava de você.

— Quem é você?

Ele fez uma pausa como se uma palavra inesperada o desviasse dos pensamentos:

— Afonso, certas perguntas serão respondidas no momento apropriado. Não levará muito tempo. Eu sou aquele que esteve junto de você em todos os grandes momentos. Por enquanto, basta.

Levantou-se, exibindo a dignidade de um cavalheiro. Fez uma ligeira reverência e afastou-se. Permaneci imóvel, sem vontade de ir atrás dele, de desmascará-lo. Virou uma esquina e acreditei não passar de alucinação. Seu caráter insólito ficou marcado pelo fato de não distinguir homem algum dentro das vestes. Idêntico ao vulto que surgiu no meu quarto e me mandou sair para matar. Tive certeza de que retornaria. Teria de enfrentá-lo, se fosse adequado entender o diálogo como um confronto.

Como falei, tratou-se da época mais isolada de uma vida que conheceu no isolamento a sua única realidade. Desde o retorno da Europa, além das observações que passava para o papel com experiências e reflexões sobre o velho tema da minha vida, escrevia periodicamente uma crônica no *Jornal do Commercio*, com impressões e recordações dos meus anos de Paris. A crônica era bem recebida por leitores ávidos de notícias da Europa. Entre todas, as comparações entre os bulevares de Paris e a avenida Central eram o objeto de maior interesse dos leitores.

Nos últimos dois meses, deixara de escrevê-las em casa para escrever na redação. Chegava de noite, permanecendo até concluir a crônica. Não era muito regular. Passavam-se semanas e até meses sem nada apresentar. Eles não se importavam. Era considerado um colaborador e assim recebiam de boa vontade o que lhes apresentava. Nos últimos meses, boatos de minha suposta participação na tragédia dos Barros justificaram o meu desaparecimento. Com o passar do tempo, a tragédia foi esquecida, e Paris continuava irradiando sedução.

Apesar de as horas entrarem pela noite, o tumulto dentro da redação não diminuía. No centro do salão, revisores liam em voz alta as matérias. Às vezes um lia para o outro do lado oposto do salão. Quando alguém reclamava, diminuíam a voz, não por muito tempo. O entra e sai de gente não parava um só minuto. Mesas fora do lugar, alternando-se com cadeiras e banquetas, provocavam constantes tropeções. Um colunista consultava vários cadernos numa mesa do canto, procurando aniversários ilustres. Outro cotejava notas de pé, passava as instruções a uma secretária que o seguia entre as mesas atravancadas.

O chão se enchia de detritos que um contínuo, de vez em quando, se lembrava de varrer. Um repórter pegava porções de comida de um prato, mordiscava distraído enquanto lia uma matéria. O odor de comida se espalhava, provocando tosses por todo o ambiente. Ao terminar de comer, afastava o prato com as sobras. Em cima do prato jogava cinzas de cigarro misturadas a maços de papéis, e dessa mistura subia uma fumaça para o teto, disputando com os restos de comida que cheiro causava maior repulsa ali dentro.

Pouco ou nada conversava com o pessoal da redação. Esquivava-me, a não ser do José Carlos Rodrigues, o diretor. No entanto, acabei por me tornar conhecido, a figura excêntrica de um homem ocultando uma infelicidade em Paris que trocara pelo Rio de Janeiro. Não raro, alguém aproximava-se de mim com observações sobre a Europa. Vinham sempre acompanhadas de insinuações sobre os motivos que fariam alguém voltar a um país tão acanhado depois de respirar por mais de dez anos o ar da verdadeira civilização. A resposta para tais insinuações estava lá fora, e eu não fazia mais do que lhes mostrar as obras da avenida Central. Quanto à importância desta última, todos concordavam, e o assunto terminava aí. Não sem mais umas tantas palavras sobre o futuro brilhante da nossa cidade despontado na administração do Bota-abaixo. Minhas poucas palavras não saciavam a curiosidade dos repórteres. Assim boatos e especulações acompanhavam-me desde que, pela primeira vez, pus os pés no velho sobrado da rua do Ouvidor. Para diminuí-los, aludia às galerias subterrâneas descobertas na encosta arrasada do morro do Castelo, tidas como abarrotadas de tesouros e que, no entanto, ao serem abertas, nada continham.

– O fato – eu insistia – é que repórter gosta de procurar tesouros. Mas todos os tesouros que existiam já foram descobertos.

– Só existe um homem que ficou mais tempo na Europa que o Afonso da Mata e voltou para a nossa terra humilde. Mas esse veio forçado pelo Rodrigues Alves. Quem vai dizer não para o presidente do Brasil?

O homem era o barão do Rio Branco, que também frequentava a redação do *Jornal do Commercio*. Tinha uma coluna em que escrevia, sob pseudônimo, artigos defendendo pontos de vista e atitudes tomadas por ele à frente do palácio do Itamaraty.

Alto, gordo, calvo, exibe o ar solene das grandes personalidades que concentram em si as expectativas do povo. Ao chegar ao Rio, no final de 1902, encontrou uma multidão à sua espera cujo objetivo era comprovar que ele realmente existia. O tratado de Petrópolis, anexando o Acre a nossas fronteiras, tornou-o uma espécie de monumento vivo. Dizia-se que o presidente não tomava decisão importante sem consultar o seu ministro do Exterior.

Ao entrar na redação, o Barão causa um verdadeiro redemoinho. Não chega antes das dez da noite, e sua entrada, abafando os demais ruídos, prenuncia um sarau noturno que deverá se estender até de madrugada. A bengala, batendo rítmica no chão, anuncia os seus passos lentos, cautelosos, uma falsa despreocupação de alguém que conhece a sua importância e as expectativas que a sua presença provoca. Embora se vista impecavelmente, ao chegar à redação, o chapéu-coco está inclinado na cabeça, o fraque desabotoado não esconde a quantidade de vincos surgidos durante o dia. Na calça branca, se percebem pequenas manchas de suor, e as marcas do cansaço se mostram visíveis no tecido que já abandonou a rigidez de uma imponência cultivada nas cortes europeias.

Afável e atencioso, cumprimenta todo o mundo da redação, perambulando de mesa em mesa diante das quais estende a mão diplomática (segundo as vozes irreverentes) para o redator de cabeça baixa. A expressão controlada não transparece emoção além de um sorriso familiar. Não se deixa surpreender por palavra alguma. Trinta anos de carreira diplomática o ensinaram a ter sempre uma palavra certa para tudo o que ouve. Além do mais, é um homem bonachão que busca na descontração dos ambientes tumultuados de jornal a distância dos formalismos diplomáticos em que vive.

O redator chefe, Baldomero, português, gordo, vermelho, abraça o Barão efusivamente. O ministro o afasta com uma expressão de constrangimento e um comentário sobre suor e mal cheiro. O outro desaba numa gargalhada ruidosa que enrubesce o diplomata.

– O nosso Barão aqui – diz o agitado português – até hoje sonha com uma baronesa que conheceu em Berlim.

Uma gargalhada geral irrompe na redação. Rio Branco não se perturba:

– Quero deixar claro que meus flertes com a aristocracia terminaram em 1889. Dali para frente, meus olhos estão em outros lugares. – Calou-se como se o assunto estivesse acabado. Remoeu uma recordação distante e se tornou melancólico. Voltou a falar: – Mulheres, quem liga para elas? Enquanto estão à sua disposição, não têm importância. Mas basta que desapareçam, e você corre a procurá-las como se nada mais importasse.

Félix Pacheco, repórter policial, passa por mim e fala num gracejo disfarçado:

— O caso é que o nosso Barão, hoje em dia, está mais interessado num quarto de carneiro do que numa coxa feminina!

Apesar da intenção de passar despercebida, a observação atinge todos os ouvidos na redação que se comunicam com as bocas provocando novas gargalhadas. Rio Branco inclina a cabeça como faz de hábito numa situação inesperada, os olhos brilham, e a pele se tinge de um tom rosado; ninguém sabe se irá despejar sobre o incauto o furor de sua indignação ou apenas um sorriso embaraçado. O rosto, no entanto, se mantém impassível sem revelar a mais remota perturbação.

— Sr. Félix — responde o Barão, novamente com uma expressão afável —, das minhas intenções públicas, não faço segredo. Na alcova, dessas, prefiro não fazer comentários.

Logo o Barão apoia a mão em uma mesa e conversa animado com a roda formada ao seu redor. José Carlos sai do gabinete para cumprimentá-lo. Apesar das demonstrações de amizade, critica com frequência o ministro pelo estilo autoritário de lidar com os assuntos de política. Uma vez comentou que o Barão se esquece que vivemos numa República e continua a agir como um monarca. Se tais palavras chegaram aos ouvidos de Rio Branco, nunca se soube, ele nunca manifestou desagrado.

De repente vejo-o diante da minha mesa, estendendo-me a mão. Os olhos fixam-se em mim, transparecendo uma bondade inata não esgotada pela experiência diplomática. Trocamos um cumprimento, e ele continua em frente.

Depois de se sentar à mesa, os gracejos cessam, e ele mergulha nos próprios pensamentos. Suas mãos ágeis revistam os bolsos e retiram um monte de papéis. Examina cada um, separando os mais importantes. Atrapalha-se e custa a achar o documento buscado. Reclama do desaparecimento de um papel deixado na mesa na noite anterior. José Carlos, o único com poder de repreender Rio Branco, desvia-se do caminho e se inclina sobre a sua mesa:

— Sr. Barão, como pode achar alguma coisa se não deixa a mesa com um mínimo de ordem? Ouvi dizer que pior do que a mesa desta redação só no palácio do Itamaraty. Falam numa desordem tão grande nos seus documentos que tem 11 mesas e não são suficientes para tantos papéis.

O Barão o ouve em silêncio e não replica. Apenas baixa a cabeça e continua a revistar a papelada que se espalha no tampo da mesa, tentando debalde imprimir um método na busca.

A redação mergulha num silêncio respeitoso. O que era dito em altas vozes agora é sussurrado para não perturbar o ministro. Até José Carlos Rodrigues demonstra cuidado ao entrar e sair da sala. O único a quebrar o silêncio é o Alcides, subindo ruidoso os degraus e entrando na redação com passos arrastados. Aproxima-se do Grande Homem sem cerimônia e deposita uma xícara de café num espaço cavado entre os papéis.

– Sr. Alcides – o Barão levanta a cabeça, fixando-o com um olhar severo –, o senhor está atrasado dez minutos. Há dez minutos não escrevo nada, pensando onde o senhor terá se metido com o meu café. – E, no silêncio em que a redação volta a mergulhar, os minutos correm sem qualquer preocupação com a madrugada que penetra na sala pelo silêncio de fora.

Um arrastar de cadeiras e a exclamação de alguém que espreguiça interrompem o longo tempo de imobilidade. Os passos lentos e compassados do Barão voltam a ressoar no piso de madeira da redação já rareada de gente. Olha em volta, estranhando o vazio:

– O que aconteceu com esta redação? Para onde foram todos?

Félix Pacheco levanta o rosto e acompanha o olhar de incredulidade do ministro. Retirando o relógio da algibeira, exibe-o num gesto largo:

– Barão, já passou de meia-noite. Nem todo mundo aqui é descendente de coruja.

Rio Branco ouve suas palavras sem compreender o significado:

– O que têm as corujas a ver com uma redação de jornal? – Procura o próprio relógio e não constata nele a evidência que o outro lhe jogava com tamanho triunfo. – Meia-noite e meia, acha tarde?

– Sr. Barão – responde-lhe Júlio Barbosa, outro redator, saindo da sala de José Carlos –, todos aqui são gente como eu. Para ganhar o seu parco dinheiro, têm de roer osso o dia inteiro. Nem todo mundo é ministro neste país...

Rio Branco não dá mostra de entender o sentido da observação. Aproxima-se de mim:

– Sr. Da Mata, vejo que não tem receio das altas horas da noite. Sabe do que acabo de me lembrar? Não jantei ainda. Esta barriga, vejam só, não é à toa que é grande. Ela não precisa medir as palavras como eu. Quando lhe falta a necessária refeição, faz um inferno aqui dentro.

— Olhe que concordo com o Barão — interrompe-o Félix Pacheco, magro e esguio, um pouco curvado, com ar de pouco caso. — Mas prefiro o escândalo feito por uma barriga do que por uma mulher.

O Barão responde com o mesmo senso de humor:

— É porque o senhor ainda não tem uma barriga do tamanho da minha, sr. Félix. Quando elas crescem, acham que são as donas e aí não têm mais escrúpulos em reclamar.

Saímos da redação eu, Júlio Barbosa e Félix Pacheco, para acompanhar o ministro em suas andanças noturnas pelas ruas vazias e os poucos restaurantes abertos. Antes que saíssemos, um repórter anunciou como um arauto: "Atenção, baronesas, acautelem-se que o Barão está saindo para a ronda!" Caminhamos para a avenida Central e, diante das obras de *O País*, vimos um carro a motor parado. Um *chauffeur* cochilava ao volante. O Barão apressou o passo, desfazendo o caminhar solene que de hábito emprestava às pernas. Um brilho alegre lhe despontou nos olhos.

— Eis ali, o que acham? Apesar de radicado na aristocracia, não fecho os olhos para o progresso da República.

Abriu-se numa ruidosa gargalhada que chamou a atenção dos vultos a nos espreitarem. Estendendo-se inerte entre paredes novas e paredes demolidas, a avenida Central assemelhava-se a um grande rio congelado. Sua superfície imóvel separava as duas margens como um corte no meio da cidade. Corte principalmente no tempo, dois tempos distintos opondo-se diante de uma rachadura linear que avançava pelo mar, deixando o passado soterrado nos casarões demolidos. Larga como nenhuma outra via, o seu estender pacífico exibia um futuro que se projetava como uma janela brilhante nas extensões negras de céu e mar a nos envolverem.

O Barão parou diante do carro e virou-se na direção da baía. As mãos agarraram as lapelas do fraque quando peito e barriga avolumaram-se num movimento suave, expressando bem-estar. Abriu a boca num sorriso alegre, infantil, retesando as bochechas e erguendo no movimento o longo bigode grisalho. Falou, apontando lá adiante:

— Aquela montanha mais alta não é o Pão de Açúcar? Claro, onde estou com a cabeça? Sabe sr. Júlio, nunca vi o Pão de Açúcar daqui. — Deixou de lado o sorriso e se fechou na habitual expressão distante. — Quando fui chamado de volta à pátria, confesso que relutei. Depois de tantos anos de Europa, voltar para um lugar que mais parecia uma excrescência do século XVIII. Hoje me felicito por ter tomado a decisão certa, tenho certeza de que o futuro está aqui.

Fez um gesto de mão, convidando-nos a entrar no carro. O motorista acionou a alavanca, o movimento assustou um gato abrigado embaixo do veículo que se esgueirou como um fantasma. O Barão não conteve um tremor:

– Alguém aqui é supersticioso? – Ante uma negativa comum, fez um gesto de pouco caso e se sentou no banco de trás. Félix sentou-se no banco da frente, eu e Júlio acomodamo-nos como pudemos, do lado do corpo volumoso do nosso anfitrião.

O gato subiu num monturo de obra e acompanhou o nosso movimento transformado em dois olhos brilhantes, rompendo hostil as sombras em que se refugiou. Permaneceu imóvel, gelado como um monumento destruído junto às paredes que jaziam a seus pés. Senti aquelas duas brasas vivas nos vigiarem das trevas. A maldade que se apoderava de mim tantas vezes parecia concentrada no felino a seguir os meus passos.

O Barão fez um gesto para o *chauffeur*, indicando a direção e partimos desviando-nos dos entulhos de obras jogados no caminho. Cruzamos uma linha de bonde, e o carro trepidou, ameaçou parar, o motorista acelerou e retomou a marcha anterior. Fachadas incompletas sucediam-se a terrenos baldios, postes empilhados no pavimento esperavam a vez de serem fixados. Dos dois lados, trechos prontos de calçamento ornamentado em pedras portuguesas alternavam-se com espaços cheios de barro e pilhas de pedras. Um tílburi parou ao nos ver passar, o cocheiro espantado firmou as rédeas contendo o cavalo. Junto ao passageiro acompanhou o nosso movimento como se presenciassem a chegada de seres de um outro mundo. Fomos devagar, de modo que o Barão apreciasse os trabalhos ao longo da avenida.

– Sempre que posso, senhores, passeio na avenida. Pensar que cheguei aqui de lancha porque os navios não podem atracar no cais Pharoux. A pátria, senhores, não é um mapa inerte de nossas fronteiras continentais, nada disso me faz sentir o Brasil. A pátria é feita de pequenos trabalhos. Milhões de cidadãos insignificantes acrescentam os seus grãos, e um dia nos deparamos com tamanha grandeza.

As palavras enlevadas do Barão não estimularam comentário. Continuamos em silêncio até o convento da Ajuda na praça Marechal Floriano. Passamos diante das obras do teatro Municipal e dos andaimes da Biblioteca Nacional cuja parte de trás fazia face com a encosta do seminário do morro do Castelo, cortada para a construção da avenida. Ele mandou o *chauffeur* parar. Apontou para as obras do teatro Municipal:

— No meu tempo, aquele pedaço se chamava largo da Mãe do Bispo, e eu era o Juca Paranhos. Lugar sórdido, cheio de mulheres da vida, pardieiros escuros, ruas que mais pareciam becos e uma atmosfera de fantasmas arruinados. Ah, sim, e quiosques, quiosques em todo lugar. A gente bebia e parecia o melhor lugar do mundo. Olhe para isso agora.

— Ainda era o largo da Mãe do Bispo poucos meses atrás – emendou Félix. – Mas uma coisa digo ao senhor, Barão. Não era mais sórdido, na sua época, do que agora.

O Barão inclinou o rosto como se captasse um ângulo desconhecido na expressão do interlocutor.

— Não entendo. Refere-se à resenha policial que faz?

— Não soube dos crimes cometidos por aquele monstro assassino? O senhor Barão parece viver na corte até hoje. Deve saber mais do que fazem no Acre do que aqui no Rio.

Fez uma expressão de discernimento ao falar a palavra Acre. O Barão acenou com a cabeça e o carro avançou para parar logo adiante, na praia de Santa Luzia, em frente às obras do palácio das Exposições Permanentes. O ministro permaneceu pensativo diante dos andaimes cercando as paredes inacabadas. Perpassou os olhos sobre o telhado e admirou as formas redondas de madeira envolvendo uma cúpula. Postes de iluminação, com lampiões em grupos de cinco, espalhavam-se na entrada, e uma grande praça era aplainada diante do palácio.

— Senhores. – Levantou-se, tirando o chapéu que encostou no peito. Todos nos levantamos e tiramos o chapéu. Falou de maneira solene. – Não sei se os senhores sabem. Este palácio ganhou a exposição de Saint Louis, nos Estados Unidos. Foi um grande prêmio e agora está sendo reconstruído aqui, para a Terceira Conferência Pan-Americana. Com isto – virou-se com um gesto abarcando a avenida Central – e mais isso, quero mostrar aos estrangeiros a grandeza do nosso país.

Sentou-se e nos sentamos junto. O passeio continuou, e em sua extática contemplação das obras que pontilhavam a cidade esqueceu-se das exigências da barriga. Demos meia-volta e entramos pela São José, na direção do cais Pharoux. O Barão queria ver atracados os vasos de guerra em cuja compra se empenhara pessoalmente. No caminho, lembrou-se da conversa interrompida com Félix Pacheco:

— O que você disse, Félix, a respeito de assassinatos?

O repórter policial estava preparado para que o assunto voltasse e falou como a completar as palavras de Rio Branco:

— Então o senhor Barão não soube dos crimes bárbaros cometidos contra uns cocheiros no morro do Castelo? Meses depois outro coche foi encontrado pelos lados da Misericórdia, aqui perto, com três vítimas ensanguentadas. Não sei como se atreve a andar de noite por esses lugares.

O Barão ouviu suas palavras com uma gargalhada divertida:

— Félix, sou um homem velho. Não tenho muito préstimo para monstros assassinos. Mas já que se referiu ao assunto, o que aconteceu, nada sabem do assassino?

Félix fez um gesto de desapontamento:

— Infelizmente, Barão, não sabem nada. Pode ser qualquer um que ande por essas ruas. O senhor, que gosta de andar por aí de noite...

— Ora Félix, assassinos não andam à caça de homens velhos e carecas. Em Paris e Berlim também existem assassinos e não deixamos de sair às ruas de noite por causa deles. Adianto que nunca algum se interessou por mim.

Félix Pacheco deu uma guinada ágil com o corpo e encarou o Barão:

— Acontece que os assassinos europeus são gente de boas maneiras, senhor Barão, respeitam velhos e ministros, não os daqui. Garanto ao senhor que o nosso assassino não terá condescendência pelo nosso ministro do Exterior, só porque ele incorporou o Acre ao nosso território e nos assegurou o Amapá e as Missões.

O Barão ouvia o seu jovem interlocutor com um ar divertido, os olhos seguiam suas palavras com vitalidade inesperada, o rosto flácido descontraiu-se num sorriso quase feminino, revelando uma pompa velada das antigas cortes europeias:

— Bem, os assassinatos pararam, não foi? Podemos até supor que o assassino se cansou e foi embora. Quem sabe foi pego pela peste? Você falou, deve provir de camada baixa.

— É possível que ele esteja morto — concordou Félix, reflexivo. — Não pela peste, doença não mata essa gente. Mosquitos não gostam de sangue assassino. — Riu da pilhéria. — A polícia suspeita que ele foi morto nos distúrbios do ano passado contra a vacina obrigatória.

O Barão ouvia-o interessado e compeliu-o a continuar.

— Já ouviu falar de um tal de Tapajós, antigo operário do moinho Fluminense? Tipo robusto e com pensamentos anarquistas. Esteve envolvido com o Partido Operário Independente do Pausílipo da Fonseca do *Correio da Manhã*. Tinha também um alferes do Exército, Raul de Oliveira, e outros doidos para dar tiros nas autoridades. Bom. Foram apurados fatos, como dizer, de violência na vida dele, digo, do Tapajós. Não falo apenas de confusões na rua. Espancamentos, brigas em bares, ameaças. Morreu junto de um preto que se dizia major dos Voluntários da Pátria. Ora, o que estou dizendo? O Barão conhece a fundo a Guerra do Paraguai, deve saber o nome de todos os soldados brasileiros. Pode até um dia ser chamado – completou com outra risada – para confirmar fatos ligados a esse suposto major!

Rio Branco ouvia-o com acenos de cabeça, não o interrompeu e nada observou. Contentava-se em repetir, interessante, interessante.

— Acredito que estão na pista errada – interrompi-os, e os três voltaram-se para mim, surpreendidos. Continuei, hesitando nas palavras seguintes: – Conheci Tapajós pessoalmente. Não o acho capaz de cometer crime. Turbulento, bem verdade, e um tanto cínico. Mas restringia a violência às palavras. Nunca o vi ameaçar fisicamente alguém.

— Palavras, palavras, caro Afonso – complementou Félix Pacheco com um ar zombeteiro e uma palmada amigável. – Assassinos não ameaçam, agem na calada da noite como esse nosso. Para os outros parecem gente pacata, ciosa dos deveres. O que cumpre saber é o que fazem a sós.

— Sob esse ponto de vista, qualquer cidadão respeitável poderia ser o assassino. Não vejo por que suspeitam de Tapajós.

— Acho que ele demonstrou aptidões especiais nos distúrbios. Se não me engano, estrangulou um soldado em Porto Artur. Deve estar tudo documentado na polícia. Hoje em dia, estão estudando com muito interesse as mentes criminosas. Talvez nos próximos anos eles não consigam mais dissimular.

— Tapajós livrou-me de uma situação difícil. Pode ter salvado a minha vida. E de mais gente. O que observei no comportamento dele é que gosta de proteger as pessoas e está sempre disposto ao sacrifício.

Félix me ouviu com uma expressão circunspeta. Por fim, transformou-a num sorriso cansado. Concluiu, em tom professoral:

— Eu não conheci o tipo, só repito o que ouvi. Pessoalmente, acredito que os assassinos mais cruéis são os mais dissimulados. Capazes até de demonstrar compaixão. Mas é claro que não se pode fingir o tempo todo, uma hora há de mostrar quem se é de verdade. Você não conhece o lado negro dos homens, Afonso. Interessa-se pelo espírito da época, conceitos de civilização. Ideias, sobretudo. O que falo é de fatos. No meu trabalho, não posso ignorá-los por causa de uma ideia mais elevada dos homens. Sei que, quando os comparamos com conceitos, acabamos sempre por nos decepcionar. O que pensamos, o que concebemos, está restrito a um círculo de cavalheiros muito pequeno. Mas ouça bem, este século fará revelações surpreendentes a respeito da nossa verdadeira natureza. Honestos pais de família que cometem atrocidades de noite. Coisas que hoje só se veem em romances sórdidos.

– Tem certeza de que disseram a verdade sobre Tapajós? Talvez valha a pena certificar-se do que aconteceu de verdade antes de enveredar-se numa pista enganosa.

Félix Pacheco fez um gesto de ombros:

– A polícia tem os seus métodos, Afonso. Ademais, Tapajós era o tipo de chamar a atenção por onde passava. Cedo ou tarde, alguém reparava num ato estranho dele. Some pequenos atos, você tem um grande assassino!

O Barão lembrou que a barriga continuava faminta e urrando, apressando-nos a encontrar um lugar aberto. Félix cutucou Júlio que fez um movimento de braços ao olhar o relógio, lançando-nos uma expressão de desânimo:

– Essa hora está tudo fechado.

– Não para o barão do Rio Branco – falei –, não para o Barão!

Percorremos o Java, o Stadt Munchen. Paramos no Criterium; um empregado, fechando as portas, olhou o automóvel parar com ar assombrado, igual ao que dirigiria a um anjo que descesse do céu no meio de uma chuva torrencial. Félix e Júlio saltaram do carro e entraram antes que alguém tivesse tempo de impedi-los. Seguiu-se uma confabulação lá dentro que o Barão acompanhou com um sorriso travesso, antecipando o resultado.

– Sr. Da Mata – falou enquanto aguardávamos a volta dos dois repórteres. – Observei que ficou pálido ao ouvir a conversa dos crimes. Não gosto de perturbar os outros, principalmente de madrugada quando os fantasmas estão soltos. Mas Félix tem razão, todos temos uma natureza satânica que escondemos nos salões.

Sua natureza perversa se evidenciou quando os lampiões voltaram a acender no café e descemos do carro. Enquanto esperávamos que trouxessem à mesa algo adequado a um ministro de Estado, uma barata correu pelo tampo e o Barão agarrou-a junto a uma vela. Segurando o inseto entre dois dedos, lançou um pedaço derretido da vela sobre ele, imobilizando-o. Qual não foi o sorriso de satisfação ao observar a agonia da barata no movimento desordenado das pernas. Daí para frente, com uma minúcia somente comparável ao rigor com que examinava documentos, despejou cera derretida sobre ela até cobri-la completamente. Terminou o trabalho com uma expressão comparável à de um artista diante da obra concluída, que deveria também se assemelhar à de uma aranha ao imobilizar a vítima.

Puxou do bolso da casaca um cigarro de palha que acendeu com a vela. Aspirou um longo trago cuja fumaça soltou com um suspiro de prazer. Comia com voracidade. Os olhos brilhavam ao trazer à boca uma boa porção. Estimulado por um copo de vinho que tomava relutante (não conhecia a marca), tornou-se mais loquaz:

– Estou montando a nossa primeira embaixada, Washington. Não podemos mais ignorar que os Estados Unidos serão a maior potência neste século. E estão no nosso continente. Ouça as minhas palavras, Júlio. Para conhecermos um país, observamos a sua política externa. Porque tudo pode mudar, uma revolução instalar um novo regime, mas a política externa, essa, será sempre a mesma.

Interrompeu-se e respirou pausadamente, observando em nós os efeitos de suas palavras. O rosto, corado pelo efeito do vinho, parecia revigorado do cansaço das longas horas de trabalho. Afeito a uma disciplina rígida, o ministro mantinha uma reserva inexpugnável e momentos de expansão como aquele eram raros. Acredito que o passeio de madrugada, a barriga satisfeita, aliados ao copo de vinho, contribuíram para a exposição que nos fazia.

Lá fora dois vultos cambaleantes entraram no café. Foram impedidos por um empregado e apontaram um dedo em nossa direção. O empregado fez um gesto mostrando o Barão, cuja figura imponente pairava como um soberano local. Ao perceberem de quem se tratava, tiraram o chapéu da cabeça e afastaram-se respeitosos.

O Barão continuou:

– Política externa, como dizia. O que acontece no nosso continente? Temos os Estados Unidos como a grande potência surgida de uma guerra mais de um século atrás. Desde então, têm-se expandido sem freios. O México, por exemplo, foi cortado pela metade.

— O que quer dizer, Barão? — perguntou Júlio Barbosa, perturbado pela veemência do ministro que adquiria uma eloquência discursiva. — Estamos no caminho deles?

Rio Branco fez para mim um gesto com o copo vazio e entornei mais vinho. Tomou-o de uma maneira especial, dando tempo à língua para que o paladar absorvesse integralmente o sabor do líquido antes de engoli-lo. Enxugou os lábios com um guardanapo, depois de se certificar da sua limpeza. Voltou a mergulhar garfo e faca na comida. Os olhos dançavam entre nós três, incertos, erradios, concentrados num brilho de bondade que se desfazia num cisma trazido por suas reflexões. Falou:

— No século passado, chegaram a exigir a livre navegação pelo rio Amazonas. Vejamos então o que acontece agora. A América está dividida entre dois países gigantescos organizados e um monte de pequenos países hispânicos, todos convulsionados. Cedo ou tarde, nos veremos frente a frente. Temos de fazer a escolha agora, nos tratamos de igual para igual ou nos submetemos à vassalagem. Por isso faço empenho na compra de novos couraçados. Diplomacia sem força não é respeitada. E não quero uma nova questão Christie com os Estados Unidos.

Continuou a comer pacificado, como se um assunto que o perturbava lhe desse uma trégua inesperada. Voltou a falar:

— Enquanto os Estados Unidos conquistaram meio continente, o que aconteceu conosco? Conseguimos a duras penas reconhecimento de vizinhos para territórios que já nos pertenciam. Ganhamos o Acre, claro, mas a Amazônia continua despovoada. O que nos assegurará a posse de todo esse território? O fato é que continuamos imobilizados diante da expansão constante do nosso vizinho.

— Por enquanto ainda não somos vizinhos — interrompeu-o Félix Pacheco com um ar ausente em que se confundiam gracejo e constatação.

O Barão sorriu com malícia, como se apenas esperasse a observação:

— Mas foi por pouco, senhores, acreditem, por pouco. Ouviram falar do "Bolivian Syndicate", eles tinham comprado o Acre dos bolivianos. Daí, a nossa reivindicação se tornou legítima. Se eu não interviesse, estariam aí, à nossa porta.

— De qualquer maneira — interveio Júlio Barbosa —, o Barão foi o grande vencedor na questão do Acre.

— Mas não teremos o Barão entre nós nos próximos cinquenta anos para frear os irmãos do Norte — interpôs Félix Pacheco com um ar de admiração.

— Não, meu caro Félix. — O Barão nos olhava, aos três, com condescendência, uma bondade paternal que dedicava a todos os homens que o cercavam, aos jovens em especial. — Teremos outros homens, certamente. O Acre foi uma amostra da nossa firmeza. O povo... infelizmente não conheço o povo, vivi muitos anos na Europa como o nosso amigo, Da Mata. — Fez um gesto na minha direção. — Me falta instinto das massas. — Afastou os pratos como se expusesse um tabuleiro de xadrez improvisado.

Seus olhos fixaram-se em nós, avaliando a reação de cada um. Refestelou-se na cadeira com um suspiro. A mão tateou o copo de vinho, desistindo de trazê-lo à boca.

— Barão — interpôs Júlio, com cuidado —, talvez a solução não esteja tão longe; ouço por aí o seu nome como nosso futuro presidente.

O Barão debruçou-se na mesa, numa risada ruidosa:

— Júlio, não seja ingênuo! Onde já se viu um barão presidente de uma República recém-criada? — A risada desmanchou-se sob o olhar grave que deu lugar a uma solenidade pesada. — Por que não pensa no Ruy? Ele tem ideias mais firmes de si e do povo, não se deixa envolver por estratégias sem estar no centro delas.

— Somos uma República dos Conselheiros — objetei. — Um barão não causará mudança abrupta.

Ele fez um gesto vago, descartando a minha observação. Coçou a ponta do bigode depois de acarinhá-lo com o polegar.

Continuou pensativo, incapaz de se mover ou passar para outro assunto. Relanceou o cozinheiro e todos os empregados do café a poucos metros e se deu conta do tardio da hora. Falou que talvez fosse hora de sairmos. Júlio fez um gesto cansado para o garçom, e Félix puxou a carteira. Foi interrompido pelo ministro:

— Deixem, rapazes, o velho Barão ainda serve para alguma coisa além de discutir política externa. — Tirou a carteira e contou as notas sem atenção. Virou-se para Félix Pacheco como se acabasse de capturar uma ideia. — Escute aqui, Félix, ouça o que penso do assassino de que falamos. Estive refletindo no assunto.

Chamou o garçom e lhe estendeu as notas. Acrescentou que seria o suficiente para lhes compensar os transtornos de seus hábitos notívagos. O garçom não ocultou a satisfação, desfez-se em mil agradecimentos. Segurou o dinheiro e saiu na direção dos companheiros. O Barão esperou que se afastasse:

— Não deve ser operário, nem gente desclassificada. Esqueça esse tal de Tapajós. O assassino é alguém com uma posição de respeito. Os dois cocheiros não o acompanhariam até o morro do Castelo se não pensassem que teriam algo a ganhar. Lembro-me agora de que um era fanfarrão, tipo forte. Olhe, o nosso amigo não transparece força em demasia ou eles teriam o cuidado de levar uma arma. Para que os matou? Algo o provoca, alguma coisa o torna um animal selvagem. Não se lembra que havia vestígios de canibalismo? Ele não partiu com os dentes ombro e pescoço das vítimas?

Félix tentou descartar as observações do ministro com uma risada de pouco caso:

— Barão, leu romances demais no Velho Mundo.

— Claro, eu os li, certamente — replicou Rio Branco, abrupto. — O que não quer dizer que não possa acontecer algo semelhante na vida. Deve ter lido o conhecido romance de Stevenson, sobre o Dr. Jeckyll e Mr. Hide. Médico respeitável de dia e criminoso de noite. Acha que não aconteceria aqui? Pois ouça então. Nosso homem desfruta de uma boa colocação. Alguma coisa o transtorna. Note que houve um grande espaço de tempo decorrido entre o morro do Castelo e a Misericórdia. Acredito também que não deva ser da nossa cidade, do contrário teríamos antecedentes e alguém em quem lançar suspeitas. Deve ser de fora, por isso a polícia nada encontrou ao investigar os antecedentes.

O Barão falava com excitação crescente num velho diplomata acostumado a demonstrar serenidade, qualquer que fosse a situação. Afeito a uma prática antiga, mantinha os olhos presos em nós três, acorrentando-nos ao fluxo de suas ideias. De quando em vez olhava à volta, certificando-se do que acontecia às costas. O olhar de condescendência adquiriu um peso de suspeita que distribuiu igualmente entre os três interlocutores. Suas palavras tiveram efeito instantâneo em mim, chamando a atenção dos seus olhos argutos:

— Vejam. O sr. Afonso está pálido. Sente-se mal? Bem, talvez me tenha excedido. De novo. — Abriu-se num sorriso embaraçado. — Olhe, não faça caso das palavras, gosto de assustar os outros com as minhas extravagâncias. Não pense que está num lugar sem lei e sem ordem.

– Não, senhor, por favor, continue. Acho as suas palavras pertinentes. Só lamento que a polícia não o tenha consultado antes. Como falou, é preciso imaginação não apenas para se escrever romances, mas também para solucionar crimes difíceis.

Ele sorriu, satisfeito.

– Os franceses dizem *"trompe d'oeil"*. Bem, como dizia, e veja se não tenho razão, Félix, o assassino buscou o Rio de Janeiro justamente por ser o lugar em que cometeria os crimes sem ser notado. Por quê? Não sei responder. Suspeito apenas de que não temos tantos recursos de investigação como uma cidade europeia, e não somos tão pequenos para que ele chamasse a atenção. Olhe, tudo o que digo não passa de conjectura. Se existir algo improvável, tenho certeza de que o Félix dirá.

Félix Pacheco interrompeu-o:

– Muito bem, senhor Barão, admito que pode ter razão. O que não sei é se o seu raciocínio nos fará agarrar o culpado. Quantos estrangeiros existem nesta cidade? Quantos brasileiros vieram de outros estados? Esta cidade é a capital do país. O senhor próprio esteve longe 26 anos. Digamos então um barão ministro que quisesse colocar à prova alguns instintos perversos...

O gracejo afetou Rio Branco que se calou pensativo, refletindo na possibilidade sugerida.

– Talvez esteja certo – admitiu sem modificar a expressão. – Um velho barão do Império que resolveu se vingar da República... Não está mal, não. Porém pode ser que eu tenha coisa melhor. – Lançou um olhar superior a nós três que não ocultamos a surpresa.

Há de se ressaltar que havia muito o uso da violência estava ausente de mim. Se classificarmos o infeliz desfecho do meu caso com Ana Teodora como algo inesperado, uma tragédia involuntária, digamos, havia mais de um ano o impulso que Félix Pacheco denominou perverso não me era familiar. Continuando então, certos fatos estavam obliterados da minha memória, jaziam esquecidos desde a morte dela e do marido, e do meu consequente naufrágio nos abismos de tormentos. O que quero esclarecer é que parte da surpresa demonstrada eu a sentia de fato. A palidez não foi provocada por um receio suscitado pela argúcia de Rio Branco. A palidez foi um sinal claro de que tudo o que acontecera antes, e que no momento julgava enterrado, voltaria a acontecer. Não me esquecia da conversa com o vulto na avenida Central. Estava tudo diante de mim, seria fácil cometer um assassínio ao deixar os meus companheiros nos próximos minutos. O Barão tinha razão em seu malicioso discernimento. Alguma coisa provocava em mim o desencadeamento de forças que eu não controlava.

— O senhor disse que tinha algo melhor — lembrou-o Júlio Barbosa, percebendo que Rio Branco se deixava levar por uma digressão e se alheava do ambiente.

— Ah, sim, claro. Estava apenas relacionando certos fatos. Pois ouçam agora. Se não me falha a memória, no crime dos cocheiros no morro do Castelo houve antes um tumulto entre eles e um passante, a respeito de dinheiro.

— Sim, mas a polícia não localizou o passante.

— Se a minha teoria for correta, aí está a causa do primeiro crime. Achem o homem e terão a solução de tudo. Por que ele ignorou os pedidos que a polícia fez pelos jornais e não se apresentou? Certamente sabia de algo que não queria falar. Ou então... Bem, não é tudo. Existe também a menina que parou de falar, não é mesmo, Félix?

Nos seus momentos de bonomia, Rio Branco deixava de interpor o pronome senhor antes do nome, como se nos concedesse uma intimidade impossível sem a ação do vinho e da emoção causada pelo assunto.

— Barão, estou espantado com a sua memória. Para ser franco, nem me lembrava dela. De fato, havia uma menina que presenciou o crime do morro do Castelo. A polícia confrontou-a com muitos indivíduos. Eles achavam que haveria uma reação, ela fugiria ou gritaria ao se ver diante do criminoso. Nada aconteceu.

— Claro que não. Colocaram a criança apenas diante de operários, de desclassificados, de desordeiros. Erraram o cerne da questão, como se diria em linguagem diplomática. Por isso digo que precisamos conhecer um pouco a psicologia do crime antes de buscarmos os criminosos. Como sugerem autores que escreveram sobre o assunto. Não se trata apenas de literatura, meus jovens rapazes.

Afastou o corpo e olhou para mim, inclinando o rosto como fazia quando queria deixar algo subentendido. Tive dificuldade para dominar o estremecimento causado pelo seu olhar.

— Esse homem voltará a matar, guardem o que digo. Não sei se nesta semana ou no mês seguinte, mas não tenho dúvida. Ele deve ter passado por um período apertado. Não levará muito tempo até voltarmos a ouvir falar dos seus feitos.

— Mas pode ser — acrescentei, provocador — que o nosso assassino não esteja inativo como supõe o senhor, Barão. É possível que nesse tempo ele tenha praticado crimes sem deixar vestígios de canibalismo, não concordam? Suponhamos que tenha controlado, ao menos disfarçado, os instintos bestiais. Ou, se não, escondeu os corpos, enterrou-os. Nem saberíamos que foram assassinados.

— *C'est possible* — murmurou o Barão, mergulhado em pensamentos.

Lembrou-se de que não demoraria muito para o sol se levantar e que um dia de trabalho intenso o esperava no palácio do Itamaraty. Relanceou o relógio, confirmando uma hipótese desagradável, e se levantou. Permaneceu numa posição rígida, quase marcial.

— Senhores — recuperou a pompa formal que usava ao falar com as pessoas —, foi uma satisfação tê-los por companhia nesta ceia tardia. Espero não os ter importunado com conversas de velho diplomata e que os estômagos tenham compensado com as iguarias minhas palavras impróprias.

Pegou o chapéu, fazendo sinal para pegarmos os nossos. Caminhamos para o automóvel, seguindo-o como um bando de discípulos atrás do mestre. Levava comigo a certeza de que as previsões do Barão se concretizariam. Algo me dizia que a conversa com o ministro não fora despropositada. Alguma coisa nela afirmava que existia um abismo em frente e me seria impossível recuar.

17

Não sei quanto tempo carreguei os olhos inquiridores de Rio Branco pousados nos meus. "O assassino voltará a matar." Ele não veio à redação nos meses seguintes, ocupado com a questão do cruzador alemão *Panther* e com os preparativos para a Terceira Conferência Pan-Americana. Nesse meio-tempo, sobrevindo uma discórdia entre ele e José Carlos Rodrigues, o ministro se afastou do *Jornal do Commercio* e passou a escrever os seus artigos na *Notícia*.

Para culminar, meus artigos perderam o interesse do *Jornal*. Não eram publicados. Diziam-me que o antigo fascínio exercido por Paris já não causava impressões fortes no público que começava a se virar na direção de Nova York. Não estivera em Nova York, em minhas andanças pelo mundo? Não era verdade. O que acontecia era que amigos do falecido conselheiro Aníbal, conhecedores dos fatos ligados à tragédia abatida sobre o casal, convenceram alguém na redação da inconveniência do meu nome participar de suas páginas. Afastei-me, pois, e nunca voltei a pôr os pés ali.

O vestido de minha mãe exercia um poder irresistível em mim. Para que a sua figura ocupasse o meu corpo, raspei a barba. Colocava o vestido, enchia o meu rosto com uma pasta branca, de modo que somente os olhos continuassem visíveis. Sentava-me e invocava o seu espírito, oferecendo o meu corpo para que ele voltasse à Terra.

A metamorfose se produziu. Não conheci a minha mãe, nunca tive nas mãos nada que reproduzisse as suas feições. A única ideia que dela fazia eram as palavras de tia Inês comparando o meu rosto ao dela, olhos, nariz, queixo. Nos momentos de alegria, dizia que sua irmã estava de volta à Terra, vestida nos meus traços. Provavelmente, nunca soube quem realmente vestia os traços da irmã.

Minha mãe surgiu no ar, reunindo seus órgãos dispersos e os materializando. O rosto, esse, era uma reprodução exata do meu. Vi-me transformado num corpo feminino, tão semelhante a mim se revelava.

Durante alguns minutos, nos contemplamos em absoluto silêncio; depois, com a mesma suavidade com que surgiu no ar, entrou em mim e então eu já não era eu, era ela. O vestido ofereceu o último elemento para a metamorfose se completar e agora estava certo de que minha mãe voltava do outro mundo e se incorporava em mim.

– O seu sagrado dever, meu filho – ela falou, movendo com dificuldade os lábios secos sobrepostos aos meus –, é vingar-se de todos os que causaram a minha morte. Todos!

– O que fizeram, mãe?

– Espíritos malignos encarnados em seu pai. Provocaram a sua insanidade. Tenho mandado a você as mensagens do que aconteceu conosco, desde o seu nascimento. Seu pai enlouqueceu, acusava-me de enganá-lo, chamava você de bastardo. Quis nos exterminar, consegui salvá-lo.

– Sim, vejo agora; gritos, súplicas, você me carrega por corredores escuros. Tantas vezes sonhei e acordei desesperado. Vingar-me, claro. Chegou a hora de me libertar. Só a vingança liberta. Meu pai é o monstro que causou a nossa perdição. O monstro de quem a cidade tem medo.

– Não, não pense no seu pai. Ele é apenas uma vítima. Como eu fui e você será, se revelar fraqueza. Nossos inimigos são numerosos e estão espalhados por toda a cidade.

– Onde estão?

– Terá de procurá-los e exterminá-los. Mal começou a sua missão. Quando o sangue do último escorrer pelas calçadas, estaremos em paz outra vez. E você terá uma vida de grandes alegrias. Mas ouça com atenção, deve ter cuidado com as armadilhas, eles são espertos e prepararam uma armadilha fatal. Precisará reconhecê-la e evitá-la. Do contrário, nossa luta terá sido em vão. E você será esmagado.

– E qual é ela?

– Escute. – E diante de mim, na meia-luz do quarto iluminado por uma candeia sobre o armário, não estava mais a imagem indistinta da minha mãe, mas o vulto com quem tinha conversado na avenida Central. A voz feminina que soava macia transformou-se num grunhido rouco, rascante, adquiriu um tom autoritário e ríspido. – Está lembrado da missão que lhe revelei em nossa conversa? O tributo de sangue. Significa a dívida contraída pelo sacrifício de sua mãe. Ela morreu para que você vivesse. Morreu para se cumprir o seu destino.

Despertava de repente, madrugada, olhava no espelho, lá dentro um rosto feminino, intensamente feminino, não um espectro reunido de escassas lembranças, de alucinações desfeitas com a luz do sol. Não. Um rosto jovem, claro, material de mulher. Levei um susto ao enxergar nele os traços de Ana Teodora. Os olhos tristes e meigos me olhavam como se o mal que eu lhe fizera tivesse sido esquecido e apenas o amor e a doçura experimentados nos nossos encontros mais ternos sobrevivessem ao seu sacrifício. Viva, repetia ela com uma expressão cansada, porém disposta a tudo perdoar.

Mas não poderia confundir o sacrifício de minha mãe com a autoflagelação de Ana Teodora. Minha mãe representava a vida, e Ana Teodora, os nossos inimigos. Por isso expulsei-a dos meus olhos e afastei-me do espelho. Não permitiria que nada me separasse da mulher que eu carregava dentro de mim.

Saía de casa com o vestido e o rosto pintado de branco. Um chapéu curvado ocultava o meu rosto. Caminhava pelos cantos ermos da cidade, protegido pela madrugada. Não sabia por onde ia. Seguia uma mistura de vozes que me impeliam a prosseguir. Lá na frente, não muito longe, estaria o destino a mim prometido, o tributo de sangue que o mundo me devia depois do sacrifício da minha mãe.

Nunca tive certeza de quem realmente perambulava pelas calçadas naquelas horas proibidas. Fora absorvido por uma personalidade estranha, irreal, que se utilizava dos meus pensamentos para se orientar no mundo. Nunca me lembrava do que fazia, a não ser lembranças fragmentadas. De resto, a metamorfose se completava. Transplantava-me integralmente a um corpo de mulher e não era possível a nenhum passante distinguir quem se escondia dentro da forma feminina que defrontava.

Uma vez me vi dentro de uma vitória com um homem. Ele me fazia propostas e acabamos dentro de um quarto, num hotel de prostitutas. Ao abraçar-me, agarrei-lhe o pescoço. Quis desprender-se, não conseguiu. Nenhuma resistência apresentou além de um movimento rápido de olhos. Nem sequer surpresa. Apertei sua garganta rente ao diafragma e escutei-a estalar como osso de galinha. Ele ainda tentou se livrar do meu aperto com gestos provocados antes por reflexos dos nervos do que pelo discernimento. Suspiros e risadas no cômodo ao lado preencheram o nosso silêncio de morte, de azeda agonia, como mensagens irreverentes que violassem a falsa pompa daquele sacrifício ritual.

Seus olhos estilhaçaram-se como os dos animais que eu estrangulava aos poucos, integrando-me em sua irracional agonia. Sob o transe da morte, transformavam-se todos num feixe de nervos lançando pelo corpo mensagens desarticuladas de alarma e rebelião.

Tombou a cabeça sobre o meu braço. Depositei-o na cama com cuidado. Senti um impulso de lhe enterrar os dentes na carne e lhe arrancar pedaços. Mal controlava a fome de carne humana, sangue principalmente, sangue humano que havia tanto tempo não experimentava. O ambiente inteiro impregnou-se com o odor daquele corpo em decomposição. Rodopiei tonto pela intensidade do cheiro em contraste com o vazio que se ampliava dentro de mim. A fome se tornou incontrolável. Uma vibração no peito despojava-me do resto de lucidez. Cheiro de sangue, gosto de sangue, a carne vermelha abrindo-se sob as presas ocultas em minha boca, um banquete que havia muito não experimentava. Cheirei e lambi o corpo inerte, não ousei retalhá-lo. Tive medo de ressuscitar o vampiro, o monstro, ainda impressionado pelas lembranças da conversa travada no Criterium. E naquele momento, tenho de confessar, apesar do vestido da minha mãe e do corpo de mulher, era eu e apenas eu quem perambulava dentro daquele quarto. Havia muito tempo não me via tão sólido e tão presente em mim, apesar de o espelho denunciar a figura de uma mulher. Recuperava, assim, a plenitude da vida que Ana Teodora me havia roubado e que outra mulher, minha mãe, ajudava-me a reaver.

De repente, escutei uma batida na porta. Uma voz masculina falou que esperava por ele, a vítima, que não se demorasse. Corri para a parede, rente à porta, e esperei que o outro forçasse a fechadura. Ele bateu de novo, insistindo numa resposta, e imitei o morto, num quase sussurro:

— Espere na entrada lá embaixo, já vou.

O estranho deu uma última batida anunciando a sua partida, os passos soaram abafados no piso de madeira lá fora, ouvi ruídos de sapatos descendo escadas e então o silêncio. Do quarto ao lado, escutei suspiros que se arrefeciam embalados pelo calor morno da madrugada, cochichos e risadas, um rumor de corpos despregando-se, e então novamente o silêncio.

Abri a porta, olhei o corredor, vazio. Ajeitei o chapéu e o véu, caminhei para as escadas. No piso de baixo, quase esbarrei num homem que caminhava apressado na minha direção. Ao passar por ele, fui seguro por uma grossa mão que se fechou sobre o meu pulso. Torci o braço e puxei. Não consegui movê-lo. Puxei de novo e pensei estar preso em algemas. Avancei o outro braço querendo empurrá-lo, fui imobilizado. Antes que tivesse tempo para saber o que acontecia, me vi diante do vulto. Cobertos por um chapéu escuro, dois olhos brilhantes caíram sobre os meus; o calor emitido foi tão intenso que desviei o rosto. Ele abriu a mão e apontou uma direção. Fez um gesto de silêncio e entrou num quarto cuja porta estava aberta. Segui-o. Fechou a porta com rapidez e escutamos passos no corredor. Diversos passos, diversos homens. Policiais subiram as escadas, fizeram enorme estrépito. Teriam esbarrado em mim, se ele não tivesse surgido. Mal desapareceram lá em cima, abriu a porta e saímos. Andamos rápido, viramos o quarteirão, havia uma caleça parada a poucos metros e entrei. Esperei por ele; quando voltei a olhar lá fora, não havia ninguém. Mandei o cocheiro seguir e fui embora dali.

Os jornais, no dia seguinte, anunciaram novo crime de morte com sinais de grande violência. A polícia estava confusa. Apesar da semelhança com os crimes do morro do Castelo e da rua Dom Manuel, hesitava em imputá-lo ao assassino anterior. Não havia vestígios de canibalismo ou mutilação. Além do mais, desta vez o assassinato fora cometido por uma mulher. Tudo levava a crer! Haveria mulher com tanta força? O mais desconcertante é que a polícia chegou perto do assassino (assassina). Quase esbarrou nele, podia-se dizer. Um amigo da vítima chamou os policiais ao perceber algo estranho em sua voz. Depois de bater na porta, correu para fora em busca da polícia, encontrando um destacamento na entrada. Segundo ele, do momento em que correu para baixo do prédio ao retorno acompanhado dos policiais não se passou mais do que um minuto e, no entanto, o assassino (assassina) já não estava lá. Como se soubesse o que o esperava. Parecia ter evaporado. O que teria acontecido?, indagavam todos os jornais. Que habilidade sobrenatural (a palavra não era usada sem intenção proposital) teria alguém para escapar num tempo tão reduzido? E por onde? A polícia procedia a um inquérito rigoroso e esperava para breve uma explicação para tantos fatos estranhos.

Sem as novas descobertas prometidas, admitiram que poderia não existir ligação entre o último crime e os anteriores. Constatavam apenas que a cidade experimentava um aumento desenfreado da criminalidade e violência, talvez por inspiração do primeiro criminoso, e lamentavam não poder impedi-lo. Alguns jornalistas voltaram a atribuir a violência às reformas do Bota-abaixo. Os mais ousados conjecturavam que a mulher seria cúmplice do assassino anterior, e a rapidez da polícia impediu que se banqueteassem com a carne da vítima. "Na monstruosa orgia de sangue de que fizeram a nossa cidade uma natural depositária", comentava a *Revista da Semana*, exibindo a foto da vítima na primeira página. Dezenas de mulheres das vizinhanças foram detidas para averiguações. Nenhuma esclareceu de quem se tratava.

Quem continuava ativo era o Bota-abaixo, o prefeito. Nos dias que se seguiram, foram realizadas dezenas de inaugurações. As mais importantes situadas na avenida Central, em que prédios recém-inaugurados, reproduzindo as fachadas matrizes da prefeitura, perfilavam-se dos dois lados da "majestosa artéria", como era chamada em alusão a uma reprodução tardia das sete maravilhas da humanidade. Eu costumava caminhar pela avenida desde a Prainha, num extremo, até a Ajuda, no extremo oposto. Prédios e gente ali se reuniam, à espera da nova época anunciada pelo século nascente. Paredes brancas e paredes revestidas com pedras de cantaria sucediam-se ao longo de um caminho encantado, como velhas lembranças descreviam a rua do Ouvidor décadas antes. Exibiam cada qual, com maior sobranceria, os encantos de um sonho antigo. As fachadas eram revestidas de ornatos, balcões largos sustentados por colunas em seus extremos, portas monumentais. Uma profusão de torres, cúpulas, pináculos e minaretes encimavam os telhados, transformando a avenida Central num palco reluzente a anunciar a Belle Époque como uma dádiva divina finalmente alcançada. Casais elegantes subiam a avenida. Homens de cartola, mulheres de sombrinha e chapéus floridos, vestidos de organdi ou seda, exibiam olhares espantados ao se descobrirem rodeados por um mundo havia pouco brotado da terra, impelidos pela sensação sólida de não estarem mais no Rio de Janeiro dos becos escuros, mas numa Europa de sonhos e delírios na qual passeavam sem atravessar o oceano.

De vez em quando, eu esbarrava com algum conhecido, e se ele nada soubesse da minha participação na tragédia do conselheiro Aníbal e senhora e não me evitasse, perguntava-me satisfeito se a avenida não era exatamente uma reprodução do *boulevard* Hausmann ou da *avenue* des Champs Elisées. Eu anuía, e ele continuava em frente empertigado pela sensação avultada da própria importância. Pessoas pareciam vir de todos os lugares do mundo especialmente para conhecer a avenida Central. Bandas trajadas em uniformes dourados tocavam na inauguração de cada novo magazine, seguidas de discursos e até batalhas de flores.

Na verdade, bem ao contrário das recordações de Paris, o que maior impressão me causava, em toda a mostra de exuberância, era exatamente a sensação oposta; do passado, de algo condenado no instante do nascimento. Talvez ainda tivesse em mente a inauguração das obras da avenida num dia chuvoso em que, na companhia do infeliz casal, pisamos uma mistura de barro e blocos de paredes demolidas, ao acompanhar o cortejo do presidente. Fazia as contas, mais de dois anos se passaram, seria pouco tempo ou muito tempo? Por mais que evitasse envolvimento com uma mulher, tal aconteceu enquanto aquelas paredes eram levantadas. Agora a mulher estava morta, mas as paredes ali estavam transformadas em palácios. Diria que, se o Brasil fosse descoberto uma segunda vez, tal evento se realizava ali, naqueles dias em que as visões grandiosas de uma Europa inalcançável brotaram sólidas, ao alcance de todos.

Como dizia, na impressão de que um mundo findava-se no nascedouro, havia algo de mim próprio projetado ao longo das exuberantes fachadas, como um micróbio da peste que sobrevivesse ao esforço de profilaxia empreendido na cidade e se entocasse naqueles palácios. Enquanto ele existisse, não se extinguiria a sombra de doença e morte trazida dos becos que não estavam extintos, conforme todos acreditavam, e nos quais a bubônica e a varíola ainda imperavam. Tratava-se, enfim, de um mundo de luzes que me empurrava para os becos em que eu havia existido, e aos quais me mantinha agarrado, sabendo que, se os largasse, cairia no abismo.

E a determinação de morte, que tanto me atormentava, afastou-se dos meus pensamentos, deixando em seu lugar uma sensação crescente de fraqueza. Como pensava com insistência, era possível que a falta de sangue, de que vinha me abstendo desde a morte de Ana Teodora, estiolasse as minhas forças. No último crime, não abri as artérias da vítima. Evitei acovardado o êxtase desejado por cada partícula do meu corpo, com medo de que a polícia o relacionasse aos crimes anteriores. Escapara por pouco de uma busca policial, pela intervenção de um ser que se tornava o meu guia e de quem eu nada sabia. O mundo das sombras reduzia-se a um calabouço. E trancafiado eu passaria o restante dos meus dias a observar, por trás de grades enferrujadas, os novos palácios da avenida Central brotarem da terra como de um jardim florido.

A maior parte do tempo, passava diante do novo palácio São Luís, o Pavilhão de Exposições Permanentes de Rio Branco, cujas paredes já haviam saltado dos andaimes e erguiam-se sob o céu brilhante da baía como o mais novo filho nascido das reformas da cidade. O que tanto me atraía ao novo palácio? Pensei na harmonia de suas linhas, as colunas coríntias, o zimbório exuberante vinte metros acima do solo, formando uma derradeira aparição de Paris. Mas tal explicação não me satisfazia porque não tinha saudades de lá, nada que pertencia à época em que ali vivi tinha importância para mim.

Todas as novidades arquitetônicas distribuídas ao longo da avenida Central, concebidas para marcar a época, tinham seu ponto máximo no palácio São Luís, com suas torres redondas, cimeiras e balaustradas, abóbadas laterais, a aparência de um tesouro enterrado recém-trazido à superfície. O zimbório erguia-se no centro do prédio, seguindo o propósito de isolar o seu traço mais belo cobrindo-o apenas pelo céu. As linhas que o circundavam assemelhavam-se a um colar de pérolas que envolvesse o tesouro, acrescentando ao brilho original dezenas de novos brilhos. Os andaimes começavam a ser desarmados e apenas o zimbório permanecia escorado, embora seus contornos já fossem visíveis. Uma praça coberta de postes ornamentados e árvores estendia-se até o mar, onde uma murada de balaustradas brancas separava-a das águas.

Mas o que me mantinha imobilizado naquele lugar era o pressentimento do meu próximo desaparecimento entre os outros espectros que a revolução urbana enterrava. Passava horas numa contemplação muda de cada parede, contrapondo, à beleza que ali se exibia, a minha insignificância. Estava tudo claro, a afirmação de que, na grande obra do homem, o passado, o meu passado, o que fazia parte de mim, perdia-se num pequeno detalhe de miséria e de doença que desapareceria da superfície da Terra tão logo as obras da nova cidade fossem concluídas.

Uma vez diversos homens, formando uma comitiva, vieram do largo do Passeio caminhando apressados para o palácio. Os visitantes diários, admirando o andamento das obras, imobilizaram-se e espicharam o pescoço para o grupo. Carroças transportando materiais de construção pararam, e uma delas foi empurrada por se encontrar no seu caminho.

Alguém tirou o chapéu, e esse foi o sinal para que todos se descobrissem. Formou-se um ajuntamento e, no meio do grupo apressado, avistei sobressair-se a cabeça calva do barão do Rio Branco. À medida que a comitiva avançava, os homens no caminho tiravam o chapéu e batiam palmas, e o Barão agradecia com gestos tímidos. Na entrada, parou para admirar as obras. Curvando-se para trás, tirou o chapéu como se ele próprio prestasse o seu respeito à majestade que ali o recebia.

Um dia, cansado de andar pela avenida, entrei na igreja de Santa Rita em que tantas procissões terminavam na época da peste. Figuras de santos olhavam para os fiéis prostrados como se tentassem, num desafio ao tempo e à sua própria memória levada pelos séculos, transmitir a experiência de sofrimento que os havia elevado acima da categoria dos homens comuns. Misturava assim, ao passado tormentoso da civilização, a minha própria memória de tormentos.

O ambiente escuro devorava as imagens, lançando-as num tempo imemorial em que nossos transtornos ainda não existissem. A mistura de realidade e crença fundia-se à penumbra da igreja, separando a vida lá fora da espiritualidade material do claustro. Como numa ironia à perversão que eu representava, igrejas exerciam em mim uma fascinação incompreensível. Nelas ficava em paz.

Ao sair, me senti observado. Olhei para os lados, precavido. Vi duas mulheres olhando-me, uma jovem e a outra mais velha, e concluí ser objeto de curiosidade entre as duas. Saí dali quase correndo.

Vivia sobressaltado. A menor curiosidade de alguém por mim criava uma avalanche de suspeitas. Comprava todos os jornais em busca de notícias de crimes. Graças a Deus, nenhum fazia menção ao vampiro do morro do Castelo; mas olhando bem um deles fazia. Sempre havia um jornal que aludia a crimes não solucionados e à rapidez da mão, forte e ágil, capaz de eliminar a resistência da vítima e esganar sua garganta sem deixar escapar um grito.

Voltei à igreja outras vezes. Na última, ao sair, vi a mulher jovem a sós. Observava-me tímida e percebi um sorriso familiar escapar dos seus lábios. Virei-me para prosseguir, e ela veio atrás. Parei e me voltei.

Lá estava ela, mãos entrecruzadas diante do regaço. Algo que parecia um sorriso mal perceptível nos lábios trêmulos espalhou-se por todo o rosto. Os olhos refletiram a tranquilidade de alguém que está certa do que faz. Junto à tranquilidade, distingui nela um desencanto velho, longínquo, e me perguntei o que estaria acontecendo.

– Não é o sr. Afonso? – Ao pronunciar o meu nome seus olhos emitiram um calor súbito. Tentei reconhecê-la pela maneira familiar com que me falava. Apesar da risada inocente e alegre que moldava o rosto abaixo do nariz, percebi uma linha de tristeza desenhada em torno da boca. Acreditei que buscaria alguém a quem contar um segredo penoso, algo que nenhum outro ouvido neste mundo escutasse sem sofrer um choque irreparável. Para completar o meu transtorno, enxerguei Ana Teodora num rasgo de alucinação e quis recuar. As duas se assemelhavam no brilho da beleza. A imagem desapareceu e acenei com a cabeça sem tirar os olhos dela.

Permanecemos imóveis, observando-nos em silêncio. Ela voltou a sorrir. Não sei se foi a segurança do sorriso ou a calma medida dos gestos a afirmarem algo de que eu não soubesse, irritou-me. O esgar não lhe passou despercebido, desfez o sorriso num rápido movimento dos lábios e transformou a familiaridade demonstrada numa expressão formal:

— O senhor não se lembra de mim?

Fiz um gesto negativo de cabeça, não pronunciei nenhuma palavra, não escondi a suspeita que a sua presença me trazia. Ela continuou, agora incerta das palavras:

— Eu também quase não o reconheci, o senhor raspou a barba. Bem, tem razão de não me reconhecer, já se vão quase três anos. Eu estava do seu lado nos distúrbios da vacina obrigatória. Era então uma menina grande...

Tentei retribuir-lhe o sorriso:

— Sim, agora me lembro. Estimo que me tenha reconhecido. — Permanecemos mais um segundo nos olhando como se procurássemos no silêncio mútuo o laço que nos unia. Fiz menção de seguir adiante. Ela voltou a falar, receosa de que a deixasse:

— Acho que sou um estorvo para o senhor sempre que nos encontramos.

Neguei com um gesto confuso de cabeça, que apenas contribuiu para confirmar a sua afirmação:

— Não, claro que não. Pelo contrário, estou contente de lhe ter ajudado.

Ela balançou as mãos enlaçadas:

— Tenho uma dívida de gratidão com o senhor e acho que nunca lhe agradeci. O senhor fez muito por mim...

— Senhorita, não me deve nenhum agradecimento. Estava em situação difícil e qualquer um teria feito o mesmo.

Minhas palavras só tiveram o efeito de aumentar-lhe a exaltação. Falou:

— Não é verdade, senhor. O cavalheirismo e a abnegação por alguém que nem mesmo conhecia não é tão comum como diz. Poucos fariam o que o senhor fez. Colocou em risco a própria vida. Não uma vez...

Interrompi-a, fixando-lhe um olhar duro. Algo me incomodava como um mau pressentimento trazido por aquele encontro inesperado. Queria afastar-me, senti-me incapaz. Uma força maior do que a minha, algo que esperava apenas um gesto de fraqueza para precipitar uma nova tragédia, fez o meu peito gelar.

– Senhorita, nada fiz por cavalheirismo ou por abnegação. A minha vida não estava em risco. Não passa de um lamentável engano. De qualquer maneira, folgo em saber que a senhorita se encontra em perfeita saúde. Agora, se me permite...

Ela estendeu-me a mão:

– Não se importaria de ficar mais um instante? Eu... desculpe-me, pensei no senhor tantas vezes e outro dia o vi saindo da igreja, quis falar-lhe. Tive medo de que não fosse o senhor, a barba raspada, e não me atrevi. Agora que o vejo de novo, pensei se não foi Deus que me proporcionou uma segunda oportunidade.

Deus!

Ouvir de sua boca a palavra Deus, voltada em minha intenção, quase me arrancou uma gargalhada. Talvez, se o tivesse feito, o encanto se desfaria, e ela teria ido embora. Teria sido assim tão fácil? Bem, certos fatos eram inevitáveis, e eu devia ter entendido desde o começo. Além do mais, estávamos numa igreja, sendo apropriado pensar que Deus lhe guiava os passos, o que fazia da situação um total despropósito. O que aumentou a minha perplexidade foi compreender que ela não estava enganada. Não como ela entendia o nosso encontro. Não havia coincidência, embora o responsável por ele possuísse uma natureza bem diversa da que ela invocava.

Por que não lhe virava as costas e ia embora? Algo além de uma conversa casual com uma mulher jovem provida de encantos, vestida em roupas caras e elegantes, a me demonstrar inequívoca admiração, prendia-me ali. Vaidade? Poderia ser. Não era isento das fraquezas mundanas, apesar de minha natureza deformada. Bem, não estava longe de descobrir a verdade que nos ligava. O que teria de fazer naquele momento era evitar que o tumulto provocado pela presença inesperada de uma mulher a me lançar palavras tolas e inconsequentes se transformasse em nova ameaça. Como fazê-la entender que, por um ato fortuito de admiração ou agradecimento, poderia provocar um dano irreparável a si e aos seus?

Por fim, destranquei os lábios:

– Deus, tenho certeza, não se ocuparia com caprichos infantis.

Ela engoliu em seco as minhas palavras. O rosto afogueado se tornou pálido e voltou a falar:

— Desculpe-me, senhor, não queria ofendê-lo com palavras impróprias. Esqueci-me de que acaba de deixar a igreja e eu... Bem, não o vou reter mais, deve estar com pressa. — E nesse momento o rosto inteiro se abriu num sorriso tão radiante que absorveu todo o brilho das manhãs ensolaradas.

— Sim, claro — balbuciei, e já não disfarçava a perturbação. Afastei-me e apressei o passo, incapaz de tirar dos meus olhos sua expressão de desapontamento quando lhe virei as costas.

Saí dali tonto. Repetia não passar tudo de impressão. Aturdia-me o excesso de pensamentos mórbidos que me assolavam desde a tragédia dos Barros. Três anos passados, continuava preso às impressões mais fortes da tragédia. De que outra maneira uma ridícula mulher, numa absurda pretensão a uma familiaridade que não existiu, exibindo nos olhos brilhantes e no sorriso bondoso a ingenuidade de uma criança, me traria ameaça?

Em casa, me deparei com Tibúrcio silencioso, sorumbático. Quis confidenciar-lhe as minhas apreensões, mas não confiava mais em seu silêncio. O encontro com a moça, transformada numa mulher atraente, me causou tamanha perturbação que voltei a me trancar no quarto dias seguidos.

Solidão? Chamava a minha solidão, a solidão do tigre. Nada detém o tigre, da mesma maneira que nada me detinha antes. Nada me detinha, exato, até certos fatos revelarem que o tigre estava fraco e doente.

Perto de casa, esbarrei num estranho. Sua voz bloqueou-me os passos:

— Lembre-se do seu legado de sangue, Afonso. Não pode renunciar a ele agora, tão perto de concluí-lo. Os fatos estão diante dos seus olhos, não pode evitá-los trancando-se em casa. Não é o momento de fraqueza. Essa mulher é a ovelha no caminho do tigre. Sabe o que a espera, não sabe?

Não me voltei, ao contrário, encolhi-me. Quando a voz sumiu, continuei em frente, esperando que ele não viesse atrás, não me segurasse. Os próximos passos foram pesados, difíceis, como se o destino, ou as incertezas que me atulhavam a mente, se tornasse um bloco de pedra grudado em minhas pernas.

Subia a avenida Central. Passava diante do prédio de *O País* quando a percebi na calçada oposta. Virou-se para cá, atravessou a avenida e caminhou na minha direção. Levantou o rosto, e os nossos olhos se encontraram. Percebi nela um sorriso, não propriamente de alegria por me ver, antes satisfação de perceber que eu também a vira sem desviar os olhos. Parei à espera. Aproximou-se descobrindo as elegantes formas que culminavam no belo rosto, expondo num retrato integral a formosura e o verdor dos seus poucos anos. O sorriso dela alargou-se e ao subir na calçada, com leveza e cuidado bem femininos, encontrou-se diante de mim e senti em todo o corpo o calor que a sua proximidade trazia.

– Ó sr. Afonso. – Abriu os braços ligeiramente, liberando toda a exuberância do seu jovem corpo. Vestia um longo vestido cinza de cetim, mantelete, blusa de bordados articulados em arabescos, echarpe de seda amarela; luvas brancas cobriam-lhe os braços até a altura do cotovelo, um longo chapéu ornado de flores e um véu curto protegiam-lhe o rosto. Segurava uma sombrinha colorida que apoiou sobre os ombros, ali a esquecendo. – Eu estava do outro lado, no Bastidor de Bordar, e atravessei a avenida por causa do sol. Não acha uma coincidência formidável?

– Coincidência!

Ela virou-se para a acompanhante e lhe disse qualquer coisa, provocando um sorriso de aprovação na outra.

Seus olhos voltaram a encontrar os meus, e ela ruborizou-se:

– Bem, talvez não seja coincidência de verdade. Confesso que o vi passar. Estava tão sozinho que não resisti à tentação de atravessar a avenida para dois dedos de prosa, importa-se?

– Não... claro que não.

– Sabe o que pensei? Por que o sr. Afonso anda sempre sozinho?

Não sei se ela enxergou fraqueza no meu rosto ou confusão. Olhei-a petrificado. Havia pensado na possibilidade de encontrá-la, e o pensamento não me desgostou. Continuou:

– O senhor também gosta de "fazer a avenida"? – Referia-se ao hábito mais novo na cidade de andar pela avenida Central admirando os prédios e palácios que compunham a atmosfera parisiense da cidade. – Lembro-me de que antes eu comprava tudo na rua do Ouvidor. É tão estranho andar nela agora. Parece tudo atravancado, estreita demais, as pessoas se empurrando... Lembra-se?... Olhe só como são lindos os postes. Os do centro são elétricos, sabia? E o pavimento é de asfalto, a última novidade trazida da Europa. Meu tio me repreende, diz que me tornei uma gastadeira depois que passei a "fazer a avenida".

— Tem razão, nem parece a mesma cidade...

— Para onde o senhor andava? Ora, não importa, aqui é tudo tão lindo que podemos caminhar em qualquer direção. — Passou o braço pelo meu e tomamos a direção da Prainha, seguidos pela acompanhante. — Olhe o magazine A Torre Eiffel. Ainda se lembra dela na rua do Ouvidor? Sabe como me sinto, andando aqui? Como se pela primeira vez caminhasse pela cidade. Se morresse sem ver a avenida, nunca teria conhecido o Rio de Janeiro.

— Não é o que eu sinto, senhorita. — E ao falar surpreendi-me, pela primeira vez na vida, fazendo confissões a alguém. — O que me atrai aqui é pensar que nada do que vemos vai durar muito tempo. Mais um pouco, senhorita, nada do que tanto admira estará de pé. Estarão tão velhos e rotos que dirão que o Rio de Janeiro precisa de uma nova tintura de civilização. E se fará como hoje, demolir o velho para se construir o novo.

Ela riu das minhas palavras:

— Ouvindo-o, sr. Afonso, chego a pensar que não gosta de civilização.

— Aqui o que se chama civilização é derrubar um prédio e construir outro por cima. Sabe quem representa a civilização aqui? Um punhado de gente ociosa tagarelando sobre algo de que não faz a menor ideia.

— Essas pessoas, sr. Afonso, estão em todos os lugares. Mas acho que outras pessoas virão para cá quando a nossa cidade se tornar uma metrópole.

Assenti, sem nada acrescentar. Ela continuou:

— Os pensamentos modernos falam muito em vida transitória. Quando penso nisso, sinto uma tristeza tão grande! Onde está Deus, onde está tudo o que aprendemos a respeitar? Pensar que as coisas vão desaparecer, as pessoas somem depois de mortas como uma barata. O senhor pensa assim?

Parei e voltei-me, apontei a encosta arrasada do morro do Castelo, conhecida como ladeira do Seminário, que mais se parecia a uma silhueta suja e separada da paisagem jovem da cidade. Sendo a encosta mais suave e mais bonita do morro, estava, como dizer, mutilada pelas obras da avenida Central e dos palácios que deveriam ladeá-la pelo lado da Ajuda. Metade da encosta fora cortada e no lugar do antigo caminho do seminário de São José havia agora um barranco lamacento cheio de reentrâncias e rochas. No alto do barranco, uma cabra pastava indiferente aos sinais de sua próxima extinção. Imaginei a encosta transformada num braço humano amputado, substituído por uma ferida pustulenta na qual se distinguiam artérias e músculos dilacerados sobre a carne manchada de sangue.

– Alguma vez na vida subiu a ladeira do Seminário, senhorita? Muita gente ia ali consultar videntes ou assistir à missa dos Barbadinhos na sexta. No lugar da encosta, haverá a Biblioteca Nacional e o palácio de Belas-Artes. Lindos, verdade. Mas do que me importa a sua beleza? Para mim é como se me cortassem uma parte do corpo.

Ela riu divertida:

– Sr. Afonso, o senhor tem de pensar no que ganhou, não no que perdeu.

– Não, senhorita, nada tenho a ganhar; a senhorita, pelo contrário, nada tem a perder. Ontem li na *Revista da Semana* que não se pode cantar o Parsifal diante de cabras numa encosta quinze metros à frente. Ele se refere ao fato de o teatro Municipal ser construído em frente ao morro do Castelo. Sabe por que não? Cabras não devem ouvir óperas! Sim, concordo, cabras nada entendem de Putini. Quer saber por que lhe falo assim? Porque querem arrasar o resto do morro. Ele se opõe ao progresso; deve ser removido. Talvez haja um pequeno empecilho, foi no morro do Castelo que o Rio de Janeiro nasceu. Veja então o que acontece. O berço da cidade se tornou um obstáculo ao seu desenvolvimento.

O olhar alegre dela foi substituído por um lampejo triste:

– Talvez esteja certo quanto ao berço. Existem mistérios no nosso nascimento que não valem a pena escavar, não é assim?

– Talvez o contrário, senhorita; o desconhecimento sempre acaba por nos devorar.

Ela deu as costas ao morro:

– O senhor sabe... Eu queria contar, mas da vez passada o senhor estava com tanta pressa. – Voltou a passar o braço pelo meu. Quem nos visse na calçada pensaria tratar-se de pai e filha ligados por anos de convivência familiar.

– Contar o quê?

— Quis correr naquele dia e alcançá-lo para apresentá-lo ao meu tio. Chegamos à chefatura de polícia, na Marquês de Lavradio, quando o senhor se retirava. Fomos lá ajudar o Tapajós e o major Siqueira. Queria tanto fazer alguma coisa pelo major Siqueira! Não chegamos a tempo, o senhor sabe. — Uma lágrima comprida deslizou dos olhos dela.

Calou-se. Continuamos a caminhar pela calçada em silêncio, isolados dos ruídos da avenida. Passamos diante das obras do Clube de Engenharia, a casa Arthur Napoleão e a Associação dos Empregados do Comércio. Famílias passavam por nós às risadas, usavam chapéus de plumas, echarpes de seda, mantôs. Uma mulher passou empertigada, exibindo cintura de vespa e mangas bufantes. Olhei minha companheira de esguelha, reconhecendo no seu rosto uma antiga solenidade que me fazia pensar em acontecimentos esquecidos. Ela parou, e a suave pressão do seu braço me interrompeu os passos, como se me fizesse participante da sua velada tristeza.

— Sabe, sr. Afonso, a gente faz de conta que vive numa época especial. Mas em volta da avenida vejo tanta pobreza. — O resto de lágrimas refletiu o brilho da tarde cuja luminosidade cobria a avenida com uma atmosfera quente e alegre. A lembrança triste diluiu-se na luz do sol que rompeu um bloco de nuvens, concentrando-se na sua pele. O rosto voltou a se colorir com um sorriso alegre, afastando as nódoas de tristeza. — O major Siqueira foi muito bom para mim. O senhor e ele impediram os homens que entraram na sala... O que nunca esquecerei é o sorriso dele quando falava comigo. Nunca vi sorriso igual em ninguém. A não ser no meu tio que me criou, mas essa é outra história.

Demos alguns passos, e ela concluiu:

— Quando vimos o senhor na delegacia, quis lhe perguntar como os deixara. Bem, não importa, não se podia reparar mais nada. O que senti foi uma forte solidariedade entre nós, como se fôssemos os únicos sobreviventes de uma experiência de morte!

— Por que fala de morte? É muito jovem.

— Deve se lembrar do corpo do rapaz estendido na calçada. Ele também era jovem. Nunca o esqueci. Sonho com ele e nos meus sonhos ele não está morto. Pelo contrário, fala e ri, diz que a morte não é diferente da vida.

Virou-se para mim e seus lábios enrijeceram-se, denunciando uma aflição clandestina que desfez as vibrações alegres acumuladas num passeio à tarde na avenida.

– O que o senhor sabe da minha idade? – A interrogação foi dura, em total contraste com a expressão anterior de humildade e submissão. Ao perceber o próprio tom, engoliu as palavras restantes.
– Oh, me desculpe, às vezes acho que todo mundo deve saber...
– Escute. – Desta vez fui eu que a imobilizei. – Sei tudo da sua idade. Tudo o que pensar que o tempo lhe trará eu já experimentei. Todos os enganos que a esperam, já os cometi. Tudo o que me contar já vivi e presenciei. Vi gente nascer e gente morrer. Sei distinguir vivos e mortos.

Ela me escutou espantada e me arrependi da exaltação. Completou, no mesmo tom acabrunhado:
– Ninguém pode saber tudo.

Nesse momento, passou por nós um grupo agitado que caminhava na rua rente à calçada. Uns poucos homens vestidos em roupas surradas formavam o núcleo. Outros, apresentando condições superiores, dirigiam sorrisos de zombaria aos primeiros. No centro de todos, um beato vestido numa túnica branca empunhava um bastão como um santo.

O beato dizia:
– Não se deixem levar pelo luxo ostentado nesta avenida, nada aqui é obra do Senhor, tudo pertence a Satanás!

Pararam e se afastaram para os lados, descobrindo o beato que se virou para mim. Reconheci Santo Antônio, o mendigo desvairado que dizia preces o dia inteiro quando perambulei perturbado pela cidade, depois da morte de Ana Teodora.

Ele cravou os olhos em mim. Parecia um anacoreta sombrio e escaveirado recém-chegado do deserto, cabelos e barba revoltos e selvagens. Olhos em chamas, apontou-me o dedo e falou com uma voz rouca e firme:
– Você, representante de Satanás, senhor da maldição que paira na cidade. Causador dos flagelos que caíram sobre os nossos ombros pecadores. Você, que trouxe o sofrimento e a morte a almas inocentes e as entregou ao maligno. – Levantou as mãos, convocando todas as tempestades do mundo para desabarem sobre a avenida, atraídas pelo fervor de sua exaltação mística como um para-raios espiritual. Esperei o anúncio da terrível condenação que veio logo a seguir, de sua boca enfurecida. – A você dirijo a ira e a maldição da eternidade. Vejo o seu próximo fim, torturado pelas criaturas expulsas do paraíso, companheiras do maligno...

Senti a cor me deixar. Nunca pensei ser denunciado na rua por voz tão viva. Virei os olhos em pânico, fixei-os nos olhos dele e o confundi. Ele tossiu e não teve forças para continuar. Fosse qual fosse a situação, o que acontecia era claro para mim. Felizmente os transeuntes zombeteiros, que escutavam as palavras do pregador maltrapilho como extravagâncias de um insano, transformaram sua diatribe em motivo de bazófia. Mais espantados mostraram-se os discípulos com as palavras violentas do mestre.

Um recém-chegado interveio:

— Vamos, levem-no daqui. Não veem que está incomodando o cidadão?

— Levem ele para o hospício.

— Não é para esse tipo que construímos a avenida.

Santo Antônio continuou a me olhar já com o ar de alheamento de nossas andanças maltrapilhas pela cidade. Voltou a abrir a boca, nada pronunciou além de balbucios desconexos. Perguntei-me se teria me reconhecido vestido em trajes elegantes ou não passara de... coincidência!

— Vamos, vamos, vão embora da avenida. Vão para o seu lugar ou a polícia logo estará aqui.

Alguém me perguntou se estava passando bem. As palavras do velho doido deixaram-me pálido e foi difícil ocultar a perturbação. Santo Antônio foi embora acompanhado dos discípulos. Permaneci imobilizado, os outros homens afastaram-se, do meu lado só permaneceram a moça e a acompanhante.

Uma lufada forte de vento varreu o lugar e pensei que se transformaria numa tempestade soterrando os palácios à margem da avenida. Assim, por um nada, pelas palavras insanas de um velho mendigo, as fachadas de que todos se orgulhavam deixariam de existir. O sol seria coberto por nuvens escuras, e a tarde morna e brilhante mergulharia num reino de trevas, de gritos e de condenações. As árvores de pau-brasil no centro da avenida inclinaram-se, os galhos lançados na nossa direção como mãos esqueléticas a nos lançarem súplicas mudas. Dois tílburis passaram pelo lado oposto. Os cavalos trotavam exibindo o garbo exigido pelo lugar, demonstravam a mais absoluta confiança de que a avenida ali estaria para sempre oferecendo-se às suas patas possantes. Atrás vinha uma carroça puxada por um burro, levando material para uma das construções inacabadas. Na calçada caminhava uma família, pai, mãe, um filho e duas filhas, todos vestidos em roupas

velhas, porém limpas e bem cuidadas; exibiam a mesma expressão encantada que passava de um para o outro diante da sucessão de magnificências deparadas.
— Sr. Afonso, sr. Afonso, o que aconteceu com o senhor?
O rosto dela revelava preocupação.
— Não... não houve nada, senhorita. As palavras do velho doido... Continuemos em frente. — Apontei a calçada adiante. — A senhorita ia falar de um desgosto, não é mesmo?
No entanto, o assunto entre nós parecia terminado. Ela trancou-se em seus pensamentos, e o rosto exibia agora uma expressão dura, amarga, como se a minúscula linha de tristeza entrevista em seus lábios tivesse se apoderado do rosto inteiro. Seu braço já não se enlaçava ao meu, pendia flácido do ombro indiferente ao movimento da avenida que, minutos antes, concentrava todas as expectativas e sonhos de uma mulher recém-desperta para a vida.
Voltei a falar:
— A senhorita disse que não vê alegria nos rostos que a rodeiam? Não parece verdade. É muito bonita e possui uma personalidade encantadora. O major Siqueira não foi diferente dos outros atraídos pelo brilho dos seus olhos. Infelizmente, ele não passava de um pobre coitado. Os pobres coitados não duram muito.
A expressão trancada e sombria continuou velando o seu rosto, como as sombras que pairavam nos quartos dos agonizantes da peste.
— Não sou alegre como o senhor diz. A alegria para mim é uma visitante esporádica. Como aconteceu nas vezes em que o vi. Somente a sua presença... Ora, não sei se o senhor teria paciência para escutar as minhas tolices. — Interrompeu-se e soltou uma risada que restituiu aos olhos o brilho anterior. — Visitante esporádica, foi o que disse? Ora, exagerei um pouco. — O braço dela voltou a se entrelaçar ao meu. — No entanto, as palavras daquele homem, daquele velho...
— Outro pobre coitado. Não se importe com ele. Conheço-o. Não é a primeira vez que as diz a alguém. — Na verdade, era a primeira vez que eu as ouvia dele. Apesar de meio enlouquecido e submetido à brutalidade do meio, o velho possuía uma conversa mansa e suas pregações nunca se transformavam nas acusações exaltadas de que fui objeto. — Essa gente é sujeita a rompantes. Acham que tudo o que existe na Terra aqui está por um acordo direto entre Deus e eles. Não se deve levá-los a sério.
Ela pareceu apaziguada:

— Não foram as palavras dele. Havia algo mais, talvez no olhar, ferocidade que... não sei, não sei. Tive medo de que o atacasse, tive medo de que ele fosse aquele monstro assassino que matava as pessoas três anos atrás.

Não houve tempo para completar. Um estrondo na direção da rua Sete de Setembro abalou os prédios como se um terremoto acabasse de engolir a avenida. Pareceu-me que as palavras de Santo Antônio voltaram a soar enfurecidas, desta vez acompanhadas de toda a força da maldição expelida por seus olhos em fogo.

Seguiu-se uma correria de gente acostumada a ter na avenida apenas um lugar de prazer e recreação. Na calçada oposta, a família que admirava os palácios fazia gestos de desespero como se estivessem na iminência de serem atacados por um monstro saído do mar. Uma das meninas tampava o rosto e chorava, a outra abraçava-se à mãe, o rapaz agarrava-se a um poste. Bandos de populares se atropelaram na avenida, uns correndo na direção do estrondo, outros de lá fugindo. Uma nuvem de pó ergueu-se no ar com a fúria de um vulcão e varreu o lugar lançando-nos detritos. O sol desapareceu atrás da nuvem. A moça estremeceu e me abraçou com força, enquanto a acompanhante soltava exclamações misturadas a apelos à Divindade.

— Eu sabia – falou a moça, tiritando –, eu sabia que alguma coisa ia acontecer. Aquele homem...

— Cale-se, era apenas um doido.

— Ó meu Jesus, ó meu Jesus.

— Foram as obras do Clube de Engenharia que desabaram! – gritou alguém, correndo na direção do estrondo.

— Não se aproximem – uma voz adiante gritou entre os redemoinhos de poeira que percorriam o ar.

— O que foi, o que foi? – ela repetiu coberta de uma palidez que lhe sorvia o resto de vida ainda lhe tingindo o rosto.

Cem metros à frente, distingui os escombros espalhados em torno das obras de construção do Clube de Engenharia. Andaimes partidos a custo se mantinham entre blocos de pedras desabados, tijolos quebrados e ferros torcidos mal visíveis dentro da nuvem amarela. Quatro ou cinco pilares, sustentando o primeiro andar, permaneciam de pé entre uma confusão de madeiras partidas que formavam um círculo torto em volta das obras, numa demonstração impressionante de destruição. Pareciam confirmar as ameaças proferidas minutos antes pelo insano visionário. Novelos de pó deixavam os locais atingidos e invadiam a tarde clara, como fumaça deixando um corpo em chamas. Um escorregamento num andar superior anunciou a iminência de novo desabamento. Passantes e operários correram, abrindo um vazio em volta da construção. No terceiro andar, um andaime de madeira vergou sob o peso do entulho acumulado, partiu-se despejando sobre a calçada uma cascata de materiais demolidos, e a impressão era de que o prédio vomitava entre os estertores de um terrível sofrimento.

Empurrei as duas para frente, afastando-nos do sinistro. Para minha surpresa, ela relutava em prosseguir:

– Deve ter feridos, homens soterrados, temos de ajudá-los.

Continuei forçando-a em frente, auxiliado pela acompanhante que lhe enchia os ouvidos de súplicas e sussurros. Resistindo, ela empurrou a outra e virou-se na direção do acidente, fazendo menção de caminhar para lá.

– Senhorita – segurei-a, sacudindo-a quase com brutalidade –, sossegue e não faça nada idiota. Em vez de ajudar, terá de ser removida junto aos feridos. Já existe muita gente lá.

Ela resignou-se e se deixou levar. Paramos na Casa Simpatia, na esquina da rua do Rosário, e entrei com as duas. Pedi café bem forte. Policiais vinham da rua do Ouvidor. A agitação aumentava, e novos bandos passavam pela porta, completando o quadro de confusão e horror em que mergulhava a avenida. Dois homens sujos de poeira entraram no café e passaram as notícias para a atendente que cobria o rosto com as mãos e gemia, pelo amor de Deus, pelo amor de Deus!

– O que estão dizendo? – ela perguntou com um olhar estilhaçado que vomitava sobre mim os gritos dos operários soterrados.

Começava a escurecer. Procurei uma caleça que levasse as duas embora. Nada havia à volta além do espetáculo já repetido de correrias, gritos e choros. Bombeiros, policiais e agentes de saúde abriam um espaço na aglomeração de populares. Um cordão de isolamento foi passado à volta dos escombros. De resto, a avenida retomava o ritmo habitual de passantes que se despejavam das transversais e perambulavam por suas calçadas. Procuravam lojas recém-abertas e cafés, concentrando-se em frente aos prédios mais imponentes.

Ela levantou-se. Diante de um pequenino espelho aberto pela acompanhante, observou-se e passou a mão na pele, alisando-a com firmeza. Ao se virar para mim, estava refeita. Caminhou até a porta, olhou para fora sem revelar comoção. Parecia alheia aos acontecimentos recentes.

– Está tudo bem – falei. Estendi a mão e me prontifiquei a acompanhá-las até um coche.

Observei as correrias na avenida como se não passassem de uma metáfora perversa culminando as obras de demolição que mudaram a face da cidade. Os homens atropelavam-se como formigas, transgredindo pelo pânico a ordem solene que ali imperava. Os feridos eram retirados dos escombros enquanto os passantes habituais, concentrados em torno do sinistro, contemplavam os prédios suntuosos sem relacionar a imponência deparada com a tragédia acontecida diante deles.

Saímos. Escurecera, o movimento ao redor do prédio desmoronado continuava intenso, e o quarteirão estava fechado. Caminhamos no sentido contrário. Um cupê parou e coloquei-as lá dentro. Lembrei-me de lhe perguntar o nome. A resposta produziu-me um novo abalo.

– Felícia – falou com o sorriso restaurado, sem qualquer vestígio das linhas de tristeza que cobriam os seus beiços com uma teia invisível. Pelo contrário, distingui nela um sorriso estranho e longínquo, uma familiaridade abandonada que me contemplava por trás de um tempo esquecido com um brilho de ameaça.

O carro afastou-se e entrou numa transversal. Permaneci ali ereto, imóvel, gelado. Ouvia as palavras de Santo Antônio despejarem-se raivosas em mim com maior violência que os blocos que desabaram do Clube de Engenharia.

18

Uma noite acordei de madrugada com mãos e roupas sujas de sangue. Não compreendi como tanto sangue chegara até mim, não me tendo afastado de casa por três dias seguidos. Sem atentar para explicações, lavei-me e queimei as roupas. Interroguei Tibúrcio se me viu sair de casa. Respondeu que não. O que não significava muito. Significava apenas que eu não tinha saído pela porta da frente. Além do que, Tibúrcio agora era extremamente reservado comigo. Não respondia às perguntas sem saber que finalidade eu teria em mente. A pergunta, é preciso confessar, soava estranha e, na ausência de um sentido definido para a questão, ele nada respondia.

A resposta a meus pressentimentos surgiu em todos os jornais três dias depois. O corpo do velho Santo Antônio jazia num canto da rua do Jogo da Bola, no morro da Conceição, banhado numa poça de sangue. Assassinato brutal, o pobre velho fora espancado até a morte. Não houve testemunhas. Segundo depoimento de companheiros, ele dormia no beco do Teles e levantou-se de noite dizendo que tinha recebido um chamado do Enviado. Ninguém se interessou em acompanhá-lo. Estranharam não vê-lo na manhã seguinte, quando sempre arrebanhava prosélitos para a oração matinal num dos oratórios da região. Não conheciam ninguém que tivesse motivo para matar o velho. Roubo estava descartado, ele nada possuía. Nenhuma explicação além de violência gratuita. Do tipo que se tornara frequente desde que avultaram as reformas na cidade. Em relação ao crime em si, não despertaria curiosidade em razão das condições da vítima. Os próprios jornais concordavam serem comuns disputas entre vagabundos, quase sempre acompanhadas de ferimentos graves e mortes. O que chamou a atenção para o crime foi a violência desmedida empregada no espancamento de um homem inofensivo. Tal aberração relacionava-se com outras mortes praticadas nos últimos anos. A polícia considerava que uma série de crimes insolúveis, tais como este último, apresentavam tão grandes semelhanças que atribuía todos à mesma natureza ou tara. Em outras palavras, o criminoso seria o mesmo homem ou o mesmo bando.

Na ausência de um criminoso a apresentar ao público, os jornais lançavam-se a toda ordem de especulações quanto à sua possível natureza. Mais do que a um homem de carne e osso, atribuíam os crimes às circunstâncias. Seria realmente isso o que nos esperava ao entrarmos com tanto ímpeto no século nascedouro?, interrogava-se a *Gazeta de Notícias* com enormes letras na primeira página. Ou seria o caso, complementava, de procedermos a um balanço dos resultados obtidos com os progressos perseguidos nos últimos anos?

Outro jornal exibia no editorial a questão: progresso ou insânia? Seria a violência o preço a pagar pelas conquistas de toda grande civilização?

Por mais que voltasse a me enxergar sujo de sangue de madrugada, minha memória não registrava qualquer lembrança desse último crime. Ao vê-lo estampado nas manchetes dos jornais, espantei-me de verdade. Nada havia que me relacionasse com ele. Nenhuma razão, lembrança. Exceto, claro, o incidente na avenida Central. Incidente este, é preciso ressaltar, presenciado por testemunhas. Das quais não poderia me furtar num possível inquérito.

O que não se fez esperar.

No dia seguinte, dois guardas bateram na porta. Pediram desculpas e solicitaram a minha presença na chefatura de polícia. Estavam abrindo um inquérito da morte de Santo Antônio. O motivo de estarem ali (não precisavam dizer) era o incidente ocorrido dias antes na avenida Central. Quando desmoronou o Clube de Engenharia, completou um deles.

Concordei em acompanhá-los e ficaram satisfeitos pela minha pronta aquiescência. Chegamos à rua do Lavradio e me conduziram até o delegado Sampaio Ferraz. Fui tratado com as deferências que merecia um homem da minha posição. Infelizmente certas formalidades deveriam ser cumpridas, assegurou-me, principalmente por causa da imprensa.

Tranquilizei-o:

— Tudo o que precisar de mim estou pronto a fazer. Não penso que tais aberrações devam continuar.

Ele me lançou um sorriso cansado e abaixou o rosto, mergulhando os olhos no papel. Bateu com o dedo no tampo da mesa sem nenhuma ação. Repetiu o que os guardas disseram do incidente da avenida Central. Fiz um gesto de cabeça e perguntou se conhecia o morto, se havia razão para ele me lançar palavras injuriosas.

Repliquei espantado:

— Razões! Que razões impelem um velho insano a jogar maldições sobre alguém na rua?

Fez um aceno de cabeça, em concordância. Desta vez bateu com os dedos no tampo da mesa diversas vezes. Parecia não saber por onde prosseguir. Quem presenciasse a sua inquietação pensaria que imaginava uma desculpa para me mandar embora. O que me causou o primeiro alerta. Eu não estava ali por simples formalidade. Havia algo mais e ele esperava pelo momento certo. De qualquer maneira, não se tratava de desconfiança normal. Uma voz concreta, que já me lançara advertências reais, voltou a soar dentro dos meus ouvidos.

Colocando o cotovelo direito na mesa, inclinou a cabeça e apoiou o queixo na mão, numa mudança de atitude. Desta vez me olhou com mais atenção, com suspeita.

— Nunca viu o velho antes? Acha que alguém teria razão para matá-lo?

Fiz um gesto negativo de cabeça:

— Não estou mais bem informado que a polícia. Se o conheci, de fato já o vi antes. Não me lembro onde, em qualquer rua da cidade. Ele atrai a atenção das pessoas.

O policial fez um aceno de concordância. Calou-se, ensimesmado. Não fiz referência à minha convivência com o grupo do velho insano. Não queria que a tragédia de Ana Teodora viesse à baila. De qualquer maneira, como descobri depois, ele já estava de tudo inteirado.

— O senhor sabe o que os jornais estão falando. Aumento de violência, crimes insolúveis, atravessamos tempos difíceis, sr. Afonso. Deve se lembrar dos distúrbios da vacina. Não acreditava que chegaríamos aonde chegamos; tantas mortes por causa de uma vacina que, no final das contas, beneficiaria o próprio povo. O que penso é que os distúrbios da vacina foram o sinal do que viria a seguir. Aonde chegaremos? Até este século, tivemos uma vida pacata, muito pacata. Mas com tanta gente chegando à cidade depois das reformas, vinda de todos os lugares do mundo! Se contasse tudo o que vi para os jornais, tenho certeza, todo mundo teria medo de sair de casa.

Ergueu o rosto e sorriu para alguém que entrava na sala.

— Sr. Afonso — falou uma voz de homem às minhas costas.

A voz me arrancou uma gota de suor. Enquanto me levantava, tentei recordar-me de onde a ouvira. Virei-me. Dei com um homem alto, muito alto; cabelos ralos, rosto redondo e flácido já submetido à ação da gordura. De onde estava, estendeu-me a mão como se a distância entre nós não fosse obstáculo para ele. Lançou-me um sorriso juvenil, dominador, marcado por uma pequena cova na bochecha que o fazia remoçar mais de uma década.

— Sinval Bettencourt, da recepção do conselheiro Aníbal, lembra-se de mim?

O discernimento da situação chegou-me de chofre. O rosto, o sorriso e agora as palavras voltaram-me à memória. Não podia ser formalidade. Não obstante, mantive a calma. Percebi que não me confrontava mais com uma ameaça apenas. Algo que nem eu nem eles compreendíamos pairava por trás da morte de um maltrapilho sem importância. Meus pressentimentos transformaram-se em fatos. Suspeitavam de mim, tinham razões para tal; precisava de cuidado para que detalhes invisíveis não me denunciassem. Respondi:

— Sim, lembro. Tivemos uma palestra interessante sobre o assunto que me trouxe aqui, não foi mesmo?

O que me esperava nos meses seguintes? O pensamento brotou naquele momento inoportuno, enquanto estendíamos as mãos um ao outro. Já não tivera oportunidades suficientes de pensar no assunto? Talvez porque sentisse materializar-se um verdadeiro perigo. Já não se tratava, portanto, de pressentimentos. Se eu desaparecesse ali ou tivesse desaparecido três anos antes nos distúrbios contra a vacina obrigatória; se viesse a desaparecer nos próximos dois meses, as pessoas respirariam em paz? Ou sempre haveria um degenerado pronto a assassinar pessoas inocentes naquela cidade? Mas, não podia esquecer-me, havia o legado de sangue. Não me foi dito por um vulto, porém pela minha própria mãe. A mãe que me salvou a vida, que deu a vida pela minha. Uma missão. A missão me distinguia dos outros assassinos. Chegara ao Rio de Janeiro como um desconhecido, tentando manter-me no anonimato. Não fui capaz. Por quê? Algo, alguma coisa, me arrancou do meu retiro. Assassinei pessoas e provoquei a morte trágica de um casal que hoje estaria vivendo em paz. Seria possível concordar que estava no caminho de um feito? O que me parecia mais evidente é que a minha presença ali encerrava o único propósito que eu não admitira até então: o meu fim.

— Apesar de não ser funcionário da polícia — Sinval prosseguiu —, tenho conhecimentos na área criminal e de vez em quando sou chamado. Veja o senhor, um mendigo, um pregador insano. Ninguém está livre de ser vítima dessas ondas de violência.

– Ninguém – repeti pensativo.

Ele buscou uma cadeira que trouxe para junto da mesa do delegado e se sentou, demonstrando total familiaridade com o lugar. O corpo volumoso levou algum tempo até ajustar-se ao assento. Comandava as ações naquela sala, reduzindo o delegado a mera testemunha do nosso diálogo.

– Existe algo novo nesses crimes que não se ajusta aos padrões habituais, sr. Afonso. O que tem confundido a polícia. Se não fosse assim, tenho certeza, o criminoso já estaria preso.

– Novo!

– Uma crueldade, diria, insana. Um poder acima do que vemos num homem comum. Alguma coisa que ainda não compreendemos. Ainda, quero dizer.

– Mas por que falar em um criminoso apenas? Existe um lapso de tempo entre eles. É possível que o primeiro tenha despertado outros criminosos. E aí, sim, o problema se torna muito mais difícil para a polícia.

Ele franziu a testa sem emitir opinião. Completou:

– Bem, talvez não estejamos tão longe de agarrá-lo.

Suas palavras me causaram má impressão e examinei ambos os rostos com cuidado. Mantendo o tom vivo de curiosidade, demonstrei animação:

– Essa notícia me traz satisfação. Espero que a minha presença contribua para o feliz desenlace.

Sinval manteve os olhos fixos em mim e o sorriso que lhe moldava o rosto fechou-se numa expressão grave:

– A polícia atribui a autoria dos crimes a um maníaco. Pode ser. Certamente possui algo de maníaco, mas não como todos entendem. Acredito que o nosso homem está além de um maníaco; eu o chamaria maligno. Tem uma tara desconhecida do nosso senso, é dotado de poderes superiores aos nossos, usados inteiramente para causar morte e destruição. Não, louco não é porque sabe o que faz e é possível que tenha um propósito em vista.

– Que propósito faria um homem cometer tantos assassinatos brutais?

– Diversos, sr. Afonso, acredite. O principal, certamente, sede de sangue. Sampaio Ferraz está familiarizado com o tipo, embora nunca tenha visto nada tão brutal.

Lançou-me um sorriso cansado e antes que a conversa prosseguisse ouvi novo movimento às costas, e passos leves caminharam apressados para a nossa mesa.

– Oi, como está você? – Sinval virou-se para o recém-chegado. Seu rosto abriu-se num sorriso que agora me pareceu inteiramente limpo, jovial, despojado das suspeitas que cobriam a nossa conversa ambígua.

Virei-me e dei com os olhos numa menina. Por sua vez, ela me olhou desconfiada e senti o coração disparar. Lançou o olhar para Sinval, dirigindo-lhe um sorriso tímido. Abraçaram-se. Ele lhe fez diversas perguntas a que ela respondeu acenando o rosto. Sampaio Ferraz continuou imóvel. Seguia a cena como um espectador alheio. Afastando a menina para o lado, Sinval voltou a atenção para mim:

– Lembra-se do crime do morro do Castelo? Ela o presenciou. Ficou tão chocada que nunca mais voltou a falar.

Fiz um gesto de assentimento. Ele continuou discorrendo sobre o crime, a expectativa de alguém na iminência de alcançar algo há muito perseguido:

– Sim, o crime do morro do Castelo. Já lá se vão alguns anos. Mas, quando se fala no assunto, as pessoas arrepiam-se como se tivesse acabado de acontecer. Certos fatos não se esquecem, não concorda comigo, sr. Afonso? Até hoje os jornais falam dele. Bem, ela viu o que aconteceu. Viu o assassino quase decapitar dois cocheiros... Uma simples criança. – Deu-se conta da presença da menina. – Oh, me desculpe, meu amor. Às vezes me exalto sem perceber. Sabe, sr. Afonso, tenho assistido essa criança nos últimos anos. Tinha medo que acabasse demente por causa... bem, pelo que presenciou... Mas, graças a Deus, o perigo não existe mais, não é mesmo, Joaninha? – A menina riu. – A fala, infelizmente, não recuperou até hoje.

O rosto dele se fechou numa expressão quase acusatória:

– Claro, pode acontecer de novo, quem sabe? O assassino não foi preso. Quem nos garante que um dia ela não se depare com ele e então quem sabe o que acontecerá?

Girou os olhos entre mim e ela.

Mantendo completo domínio de mim, olhei a menina de frente e lhe sorri. Falei:

– Imagino o que pode ser para uma menina testemunhar crimes tão terríveis. – Ela me encarava com um ar duro. Engoliu num movimento abrupto o sorriso tênue que as palavras de Sinval lhe arrancaram.

— Você parece uma menina inteligente. — Aproximei o rosto dela. Pensei no que aconteceria se ela desse um grito e se escondesse. No entanto, nossos olhos já tinham se encontrado e tive certeza de que, qualquer que fosse a sua reação, nada faria em oposição às minhas determinações.

Os dois homens se concentraram na menina. Observaram-na atentos, sem saber que eu a tinha sob o meu domínio. Nunca precisei tanto desse poder. Mas não foi difícil, não com uma menina. Ademais, na época eu usava barba e agora tinha o rosto raspado. Levantei uma das mãos e toquei seu rosto, desci-a devagar sentindo a onda de frio que o meu toque trazia ao calor natural de sua pele.

— Sempre tive interesse em crianças com problemas... Talvez por não ter tido filhos. — Voltei-me para o delegado, desinteressado de prosseguir a acareação involuntária. — Ainda não disseram para que me chamaram aqui.

Olharam-se, embaraçados com o desfecho inesperado do encontro. Sampaio Ferraz apressou-se a responder:

— O maltrapilho, como falei. Tinha ideia que o senhor poderia ter observado alguma coisa que nos ajudasse. Houve a tal cena na avenida. Às vezes um detalhe insignificante...

Fiz um gesto de mãos, expressando consternação:

— Infelizmente, não sei como lhes ser útil. Não passou de coincidência ele se dirigir a mim. Um velho perturbado passando na avenida. Onde se vê progresso, ele enxerga pecado.

O chefe de polícia balançou a cabeça, em concordância. Acrescentei:

— Suponho então que a minha presença se tornou desnecessária.

Os dois exclamaram ao mesmo tempo, claro, o senhor pode ir quando quiser.

Levantei-me e hesitei antes de ir embora. Falei:

— Tudo o que precisarem de mim, estou pronto. Quanto à menina, gostaria de fazer algo por ela. Bem, acho que o sr. Sinval Bettencourt já fez tudo.

Coloquei o chapéu, saí. Vi a menina se jogar no peito do protetor, e ele a abraçar. Da delegacia, fui para a rua da Carioca. O lado direito, oposto ao morro do Santo Antônio, estava demolido. O chão estava coberto de lama, e as pessoas andavam a passos medidos. Carroças alinhavam-se diante das ruínas das casas. Homens em mangas de camisa, sem chapéu, entravam e saíam carregando materiais. Sentia crescer em mim uma fúria incontrolável. Parei num café e observei o movimento da rua. Um bonde elétrico, vindo da Tijuca, passou seguido por um bando de moleques que gritavam e apupavam.

Ao sair do café, fui abordado por um homem em andrajos. Estendeu-me a mão num pedido de esmola. Neguei e segui em frente. Ele veio atrás. A voz soava rouca e nada tinha da súplica dos mendigos. Falava e tossia, engasgava-se, voltava a falar e se engasgava de novo. Pouco a pouco, as palavras passaram a fazer sentido:

— Foi assim, o velho Santo Antônio, o pescoço sujo e encardido, percorrido por aranhas, dezenas de aranhas de todas as cores. Já percebeu, Afonso, como as aranhas têm cores? Como brilham os seus fios? Ele gostava de rezar, eu não queria que ele rezasse mais, falei, não me ouviu. Por que pensa que o Senhor ouve preces de maltrapilhos? Acha que são santos, que vão salvar a alma de alguém?

Parei para ouvi-lo. Ele fez gestos de mão, compelindo-me a caminhar. Continuou:

— E aí a hora chegou. Levantei a mão, ele pensou que seguia o Enviado do Senhor. — Caiu numa risada fina e abafada. Se um rato fosse capaz de rir ao ver um semelhante esvaindo-se em sangue, a risada não seria diferente. — Mandei-o ajoelhar-se, sua hora tinha chegado. Ele ajoelhou-se e o acertei com este punho aqui — espichou a mão, exibindo o punho inchado e roxo. — Ele me olhou extasiado, quis gritar, eu o impedi e lhe dei mais pancadas. A cada uma ele gritava, louvado seja Nosso Senhor Jesus Cristo! — Caiu numa gargalhada tão estridente que as pessoas pararam, pensando que ele sofria uma convulsão.

Segurei-o. Contendo a risada, me olhou de lado. A expressão de mendigo e louco se desfez. Permaneceram dois olhos em brasa que brilharam como se enfiados dentro de um buraco negro.

— E então, não gostou do meu trabalho? — A voz agora soou rascante. — Acabei com o velho idiota. Pensa que não ouvi as injúrias que lhe dirigiu? Poupei-o de novos incômodos, Afonso. Certamente ele o perseguiria. Todas as vezes que o encontrasse cuspiria maldições. Mas com esse não terá mais de se preocupar. E a mocinha, ela, tenho certeza, ficará satisfeita quando souber que estão livres dele. Claro, para ela direi que fiz tudo sozinho. Ela vai admirá-lo e terá o seu amor. E então? Quanto acha que valeu o meu trabalho?

— Vá-se. Vá embora daqui.

Senti a mão de alguém tocar-me o ombro e dei com um rosto gordo e bochechudo, olhos arregalados olharam-me num misto de bondade e compaixão:

– Está passando mal? Quer que o leve a algum lugar?

– Não!

Não sei se gritei. Estava a ponto de triturar-lhe o pescoço gordo e garanto que não me daria trabalho. Não sei como me contive, não era dono de minhas ações. Gritei para ele se meter com a sua vida e meus gritos soaram furiosos, ele recuou assustado. O mendigo sentou-se num galho de árvore e riu dos meus transtornos.

Passou um tílburi, fiz sinal. Subi como se pulasse num cavalo. Mandei-o seguir para o Flamengo. O cocheiro virou-se e enxerguei Vai e Vem cuja lembrança não passava de um corpo mutilado dentro de uma poça de sangue.

Pulei do coche em movimento e corri quarteirão abaixo. Parei lá adiante. Fechei os olhos e desejei não passar tudo de alucinação. Se Vai e Vem não passava de um corpo debaixo da terra, e quanto a isso todos os jornais eram unânimes em concordar, um corpo, repetia; só podia ser confusão de uma mente abalada. Ele vai embora, assegurava-me, ele vai embora. Agora!

Cheguei a casa, entrei correndo e me joguei na cama. Cobri a cabeça com a coberta. Entrei num tempo indeterminado e assim fiquei. Entre os espíritos, eu não passava de uma sombra; sombras não se torturam, não se angustiam. No meio da noite, não sei que noite das que se seguiram perseguido pelas lembranças das minhas vítimas, levantei com a palavra morte na boca. Se sabia tudo sobre ela, não lhe conhecia o gosto. E lá estava ele em minha boca, não o gosto de uma morte qualquer, porque só se sente o gosto da própria morte.

Levantei-me e caminhei pelo quarto, confundindo-me com as sombras que rodeavam a candeia. Parei diante do espelho, e nenhuma imagem se me deparou. O homem despojado de sua imagem, sem sombras, sem visões. O homem só com a morte. Claro, só a morte não possui reflexo. No fundo do espelho, distingui um rosto de mulher, Felícia, minha prima! Aproximei a candeia do espelho e observei-a. Ela caminhava lá adiante, um caminho que se estendia pelo tempo. Vi a menina anêmica procurar-me com os grandes olhos sombrios e eu rechaçá-la. Ela se cobriu com um pano e se benzeu. Colocando um crucifixo entre nós dois, falou: "Afaste-se, maldito. Minha família foi destruída por você." Ergui um pouco a candeia, e seu rosto se tornou mais visível. Falei. "Por que diz que a maldição em sua família foi trazida por mim? Apenas herdei-a. Vocês são os verdadeiros malditos." Ela foi tomada de fúria. "Eu abracei o caminho de Deus, e você, o do demônio." "Mas não fui eu quem trouxe o demônio para a fazenda Ferreirinha." E então o rosto não era de minha prima. No lugar via uma jovem, muito jovem, linda; e apenas os olhos permaneceram os mesmos. Era a jovem que estivera em minha companhia dias atrás. Felícia! Ela se virou para mim e não a deixei ver-me, afastei a candeia. Tudo voltou a mergulhar nas sombras. No entanto, agora sabia o que acontecera. Sabia o que tinha a fazer.

Quando saí na rua, deparei-me com o vulto. Na verdade, esperava por ele. Falou:

— Agora você sabe o que está à sua espera. Encontre a moça, mate-a. Quando ela morrer, sua missão estará completa.

Estávamos frente a frente. Não obstante, onde deveria existir um rosto nada havia além de dois olhos em brasa. Falei:

— Ninguém me diz o que fazer. O que me cumpre fazer farei.

Não soube se a gargalhada que me lançou encerrava desprezo ou ódio:

— Escute aqui, seu idiota. Estou farto de hesitações. Não teve coragem de matar o velho doido e fiz o serviço. Mas essa mulher não é um velho doido. Se não matá-la, será você quem morrerá.

Fiz um gesto de ombros:

— Depois de trazer a morte a tantos, acabei por experimentar o gosto da minha própria. Não me causou repugnância.

Um suspiro asfixiado saiu de dentro da capa:

— É pena o que sente por ela? Não vê que é o seu maior inimigo, o seu verdadeiro inimigo! Olhe para ela. Se não matá-la, não passará de um escravo dos desejos dela. E não se engane, toda a crueldade de que é capaz, ela será muito mais. O rosto bonito não passa de armadilha.

— Não me importa. Talvez tenha chegado a minha hora.

Os olhos em brasa se transformaram numa faísca de cólera:

— Pensa que é o dono do seu destino? Está enganado, ele me pertence; o seu destino pertence a mim! Sabe bem o que posso fazer se me desobedecer. Santo Antônio não passou de advertência. Agora escute para não se confundir. Eu sou o amo, e você o servo. — Fez um gesto na minha direção e pensei que queria agarrar-me o pescoço.

Desviei-me. Uma nova gargalhada jorrou da capa negra como vômitos. De repente puxou a capa para trás, descobrindo o rosto. Espantado, vi o rosto de minha mãe, o meu próprio rosto que me olhava numa mistura de fúria e desapontamento. – Ouça, meu filho – falou ela –, não se esqueça de que é o seu dever vingar-nos dos nossos inimigos. Esta é a armadilha fatal. Se for aprisionado, estaremos todos perdidos. Antes que me recuperasse, ele saiu dali. Quis segui-lo, não consegui me mover. Falei para mim:
– Ele tem razão. Estou fraquejando.
O sentido de fraqueza agora era total, absoluto. Não seria simples torcer o pescoço da moça? Não havia torcido tantos pescoços? Mais um; por que hesitava? Não possuía conhecimentos para saber o que me esperava? Não se tratava apenas de fatos fortuitos provocados por uma sede de sangue irreparável, não estava claro? A sucessão de assassinatos que abalaram a cidade possuía um propósito que estava próximo de mim. Teria coragem de ir até o fim?

Entrei na igreja de Santa Rita. Havia um padre na porta conversando com uma mulher. Ele dizia: "... obra muitas maravilhas a favor de todos os que padecem de dores de cabeça..." Levantou o rosto curioso, observou-me e voltou à conversa. Tirei o chapéu, prossegui e me sentei num banco perto do altar. Figuras humanas mal se delineavam no claro-escuro formado pela nuvem de incenso que cobria a nave. Coloquei chapéu e bengala sobre as coxas e permaneci imóvel. Expulsei da mente qualquer pensamento. Um ou outro vulto ajoelhava-se diante do altar sem me atrair a atenção. O silêncio foi quebrado por uma voz familiar que soou num sussurro:
– Sr. Afonso. Tinha certeza de encontrá-lo aqui.
Felícia. Também eu estava à sua espera. Não terminei o pensamento, escutei um roçagar de saia deixando o banco de trás e arrastando-se na minha direção. Esperei que se sentasse ao lado para me virar, estava sozinha.

O padre saiu da sacristia e surgiu no altar mestre, fez um gesto de mãos e nos levantamos. O rosto retesou-se e mergulhou num profundo silêncio. Iniciou os primeiros versos de um *Te Deum Laudamus*, e as vozes nos bancos ecoaram-no. A atmosfera tornava-se densa à medida que as palavras se sucediam. Uma cor diluída de crepúsculo envolveu o interior da igreja, os retábulos absorveram o brilho do dia, e a penumbra da nave ganhou espessura. As palavras pronunciadas por um punhado de fiéis atingiram a solenidade de algo que pairasse acima da terra, que se erguesse ao céu como o profeta Elias, e para lá levasse dores e fraquezas. O padre fez um movimento de braços, as vozes elevaram-se até culminarem na palavra amém. E então o silêncio tombou sobre a igreja. Olhei Felícia de soslaio e me pareceu partilhar das minhas apreensões. O padre chamou os que quisessem comungar. Havia pouca gente na igreja, todos se levantaram, menos eu e ela. O sacerdote nos lançou um olhar de estranhamento. Desviando o rosto, pronunciou uma bênção.

Ao sairmos, ela falou:

– Não pensa, sr. Afonso, que existe alguma coisa mais forte nos ligando do que a admiração de menina pelo benfeitor?

Não respondi. Continuamos em frente, descemos as escadas. Pela primeira vez na vida, não soube para onde ir. Ela fez um gesto vago e continuamos em frente. Falei:

– Não sou seu benfeitor. Por que falou isso?

– Tão estranho o que tenho sentido! Lembra quando nos encontramos na avenida? Eu sabia que iria encontrá-lo. Nunca senti nada assim. Ontem à noite, diante do espelho, tive uma alucinação, vi-o do outro lado. Como se me olhasse de um outro lugar, um lugar que fosse meu e, ao mesmo tempo, nada soubesse dele.

– Também já aconteceu comigo.

Caminhamos em silêncio. Passamos pela igreja de São Joaquim, as torres quebradas pelos trabalhos de demolição para o alargamento da estreita de São Joaquim. Viramos. Continuamos em frente até pararmos diante do cortiço em que enforcara a prostituta. Fiz um gesto para ela parar. Havia um banco e nos sentamos.

– Falei ao meu tio o que acontecia comigo, e ele se assustou. Sabe o que penso? Existe alguma coisa muito ruim em mim, dentro de mim, como falei. Lembra-se de quando me salvou daqueles homens, nos distúrbios da vacina? Nunca falei o que fazia ali.

Continuei a olhar em frente. Avistava, dentro do cortiço, uma mulher enforcada num cômodo no porão. O cadáver balançava sob os estrépitos dos passos no pavimento de cima, e ratos lambiam os pés do corpo frio, embriagando-se com o odor de morte. O rosto do cadáver, em começo de decomposição, perdera a forma, os olhos saltados das órbitas não passavam de dois globos brancos, o abismo da morte sugava-os como um vácuo que os levasse para o nada absoluto. O ar, impregnado dos gases da decomposição, transformara-se numa nuvem cinza; nesgas de claridade filtravam-se pelas frestas da porta atravessando o ambiente. Pensei que os anos passariam, o tempo consumiria as paredes, e a morta continuaria ali para sempre pendurada na corda.

Concluiu, o rosto voltado para o cortiço como se algo nele também lhe atraísse o olhar:

— Eu fugi... fui embora de casa. Havia uma pessoa que queria me conhecer, meu tio me preveniu que seria um encontro importante para mim. Falei que não queria. — Olhou-me com uma expressão gelada e vazia. Fiz um gesto de recuo no banco. De repente, a boca distendeu-se numa risada muda. — Não pense que era um homem que queria me desposar, nada disso. Era uma religiosa, uma irmã. Senti medo de conhecê-la, não sei explicar. Pensei que ela queria me arrastar para um convento horrível. Meu tio disse que eu teria de recebê-la e saí de casa apavorada. Nunca tinha feito isso antes. Nada tenho contra as religiosas, nem sequer conhecia esta. Por que não quis encontrá-la? Andei pelas ruas fora de mim. Não percebi o que acontecia na cidade. Parei naquele lugar, subi as escadas, paguei por um quarto a um homem mal-encarado que me lançou um sorriso horrendo. Foi ele quem chamou os outros. Entrei num cômodo escuro, havia um catre lá dentro e me joguei sobre ele. Adormeci. Tive um pesadelo. Quando abri os olhos, lá estava aquele homem horrível junto aos outros. Então o senhor chegou.

Interrompeu o relato, virou o rosto para mim e voltou a fixá-lo no cortiço. Continuei vendo a prostituta pendurada na corda e cheguei a pensar que Felícia enxergaria o mesmo quadro de morte e desolação.

— Reconheci-o no mesmo momento. Ao vê-lo entrar no quarto, soube que estava livre dos dois pesadelos, dos homens e do que me prendeu ao sono. Sabe como foi? Eu era uma enforcada dentro de um cômodo tão horrível como aquele em que me encontrava, ratos me lambiam os pés. E sabia, tinha certeza, que nunca mais deixaria aquele lugar. Ao vê-lo, soube que nada me aconteceria. Graças a Deus, me deixou acompanhá-lo. Compreende o que acontecia comigo naquele momento? Eu não tinha medo dos homens, dos tiros e da guerra. Tinha medo de mim própria.

A voz dela tornou-se um sussurro e sumiu. Falei:

— Você acredita num ser supremo, Felícia?

Ela se espantou com a pergunta. Moveu a cabeça hesitante, num aceno positivo.

— Você acredita no diabo que se opõe a esse Ser Supremo?
Novo olhar de incredulidade. Desta vez o aceno foi lento, cauteloso, quase diluído no ar. Concluí:
— Não pensa que pode ter renegado Deus ao fugir do encontro com a religiosa, para se entregar ao diabo? O diabo nos lança armadilhas o tempo todo. Ele nos conhece bem... talvez melhor do que Deus, pois conhece nossas fraquezas. Suas armadilhas, não podemos evitar. Sabe por quê? O mal está diante de você, mas aos seus olhos ele parece a salvação. Não confie no que os seus olhos mostram. Eles a enganam. Confie no coração. O coração está lá no fundo, e deste aí só Deus tem conhecimento.
— Não acredito que a religiosa me traria a palavra de Deus.
— Por que pensa assim?
Ela girou o rosto, inquieta. Evitava encarar-me. Amedrontava-a alguma coisa que viesse de dentro de suas recordações.
— Nunca conheci os meus pais. Eles morreram pouco depois do meu nascimento. Nunca fui ao túmulo deles. Minha avó e depois meu tio me criaram. Quanto à religiosa, não quis vê-la porque ela me falaria de coisas que eu não queria saber. De um passado que não é o meu. Nada quero saber de minha vida antes de vir morar com o meu tio. Só ele me importa. Por que devemos conhecer pessoas que nos machucarão?
— Pois ouça bem. Eu posso machucá-la mais do que qualquer outro. Se existe um lugar para mim em sua vida, esse lugar está na época do seu nascimento. Entre os fatos que irão causar-lhe grande mal. Não sou um enviado de Deus, não a salvei do pesadelo; pelo contrário, minha presença só irá mergulhá-la no pior dos pesadelos, no próprio inferno. Não falou numa mulher enforcada? Havia uma naquele casarão. E ratos. Sim, ratos. Insetos também, milhares de insetos que saíram das frestas das paredes para contemplar o espetáculo da morte humana. O seu pesadelo está bem em frente. Poucos metros a separam dele. Se quiser, levo-a lá. Reconhecerá tudo, tenho certeza.
Ela não se assustou. Parecia resignada ao irremediável, esperando apenas pelas minhas palavras. Como antes esperara pela minha presença, certa de que eu lá estaria.
Havia mais do que histórias que eu lhe contaria de um passado que ela repudiava, o meu próprio nascimento cujos fatos só conheci por meio dos pesadelos. Além de uma memória comum, agora nos ligavam também os pesadelos. E não se tratava de uma união que nos

salvasse de nós próprios, pelo contrário, era algo que eu não compreendia e que acabaria por nos matar. De resto, senti que ela me seguiria mesmo que a esperasse a mesma tragédia que encontraram as minhas vítimas.

— Meu pesadelo está lá — falou como a despertar de um sono pesado e sem sonhos —, mas eu não estou lá. Estou aqui com o senhor.
— Tocou o meu ombro, obrigando-me a olhá-la de frente. Senti um arrepio. Os olhos dela se assemelharam aos olhos de Ana Teodora, presa da mais profunda dor. A dor que eu lhe trouxera. — Por que acha que causará a minha perdição? Já não estou perdida de qualquer maneira? O que pensa que a vida tem a me oferecer? Marido, filhos que irão me trazer todos os dias os frutos do seu amor? Poderia ter tudo isso e não quis. Pior, magoei o meu tio, o homem que fez tudo por mim. Sim, eu o fiz sofrer. E não sei como lhe pagar o amor e os cuidados que me proporcionou.

— Marido, filhos! Pensa que essa imagem encerra tudo o que o amor tem a oferecer? Amor é muito mais. Amor é bondade. Você precisa de bondade. Eu não tenho bondade a oferecer. A ninguém.

— Se consegue ver o sofrimento, não pode ser cruel.

— Essa é uma ideia simples e tola. Posso ver o sofrimento porque sou capaz de infligi-lo. E em grandes proporções.

— E o que então não é simples e tolo na vida, pode me dizer? Não acho que queira me convencer de que é um homem ruim.

— Não sabe nada da minha vida, senhorita. Existem muitas histórias que não lhe causariam admiração.

— Ora, sr. Afonso. Não sou tão menina assim. Todo mundo tem histórias desagradáveis. Pois afirmo ao senhor, são essas pessoas que me interessam. O que são os outros? Um bacharel, um médico, um engenheiro; são esses os nomes que me despertariam interesse?

— Existe um outro lado de mim.

— Claro que sim, estou certa. O que viveu, certamente ninguém viveu. Eu o segui durante os motins da vacina obrigatória. Vi-o junto do Tapajós e do major Siqueira. Eles morreram, mas o senhor não. Não pensa que significa alguma coisa? Que pensamentos, acha o senhor, uma moça de 18 anos, caída nas mãos de homens perversos, teria ao viver em dois dias o que nunca sonhou existir? Acha que ela voltaria para casa e recomeçaria a vida? Que o mundo seria o mesmo? Alguma vez imaginou-me debruçada na janela, observando os rapazes passarem nas ruas? O que me sobra, é capaz de dizer?

— Não sei o que deve buscar, Felícia. Por outro lado, posso lhe dizer o que deve evitar. Não quero me estender nas palavras. O seu tio deve ter informações a meu respeito. Aconselho-a que o ouça.

— Meu tio não pode saber o que acontece dentro de mim. Não tem a menor ideia das minhas tristezas. Dos meus pensamentos. Deus me acuda se descobrir. Teria horror de mim.

— Pensa que eu seria o único homem que não me assustaria se a conhecesse?

— O senhor é o único homem na Terra capaz de saber o que acontece comigo.

— A senhora religiosa também a escutaria sem se admirar. E, no entanto, fugiu dela.

— Sr. Afonso, já pensou que a vida pode se transformar numa monstruosidade? Já se sentiu assim, como se tudo o que fizesse ou dissesse machucasse as pessoas, lhes causasse dano?

— É a minha vida. Por isso aconselho-a a me evitar. Não posso amenizar o seu sofrimento.

Ela esfregou a testa, agitada.

— O senhor pensa que nada significou para mim. E afirma que busco um sofrimento que não terei forças para suportar. No entanto, minha vida esteve em suas mãos duas vezes, e em ambas não sei o que teria acontecido comigo, se não estivesse lá.

— Ora, senhorita, não percebe que foi você própria quem provocou ambas as situações?

— Não... não compreendo.

— Que vida teria ao meu lado, já pensou nisso? Acredita que se pode partilhar infortúnios? Acha possível viver numa atmosfera de infelicidade como se viveria partilhando o amor? Não posso lhe oferecer nada a não ser a ruína. É o que lhe acontecerá se continuar a me procurar.

— Mas esta aí eu já tenho.

Levantei-me:

— O que tem não é a ruína, mas a ideia de persegui-la. Bem, nada mais temos a nos dizer. Não sou o homem a quem deve confiar suas confidências. Não sei como ajudá-la.

Coloquei o chapéu, segurei a bengala pelo castão. Ela olhou para mim sem esboçar qualquer gesto. O rosto estava coberto por uma membrana gelada. Afastei-me, imaginando se palavras seriam capazes de nos manter afastados ou seria tarde demais. Tarde demais, repeti.

Fui mais duro do que pretendia. Ao deixá-la, tinha certeza de não passarmos de estranhos, que o homem a povoar os seus sonhos tortuosos não era eu; eu não passava de um sucedâneo pobre de uma alucinação de amor.

Andei a esmo pela cidade. Minha mente vagava entre pensamentos desconexos. O que uma tola pretensiosa, mal saída dos cueiros, queria saber a meu respeito? Por que se julgava com direito a uma vida? E o que teriam pedido da vida as criaturas que eu assistira no leito de morte?

Anoitecia ao chegar a casa, Tibúrcio fez um gesto estranho. Havia alguém à espera. Passei pelo pórtico e avistei uma sombra cercando o lampião da sala. Um vulto alto e corpulento dominava todo o ambiente e recuei temeroso. Reconheci Sinval Bettencourt empunhando um livro. Parei na entrada. Ele percebeu a minha presença e virou-se:

— Sr. Afonso, sinto incomodá-lo fora das horas normais. Precisava conversar com o senhor sobre um assunto importante.

Tibúrcio permaneceu do lado da escada e fiz um sinal para acender todas as velas da sala antes de sair. Sinval esperou que ele se afastasse, colocou o livro de volta na estante com cuidado, certificou-se de deixá-lo no mesmo lugar de onde o retirara. Sentou-se na poltrona mais próxima; sentei-me diante dele. Hesitou antes de dizer o que o trazia ali. Não lhe demonstrei que a sua presença era bem-vinda.

— Joaninha, a menina que conheceu hoje...

— Senhor — falei seco —, não acredito que tenha vindo aqui por causa dessa menina. Sinto muito pelo que aconteceu a ela. Graças a Deus, ele... quero dizer, o monstro... não a molestou. Podemos, pois, imaginar que ao menos as crianças ele respeita.

Ele acenou com a cabeça, em silenciosa concordância. Voltei a ver, no seu rosto, o sorriso confiante ao me encontrar na delegacia.

— Soubemos do incidente com o senhor ao sair da delegacia. Infelizmente, o assunto tratado o transtornou.

— O que quer dizer?

— Disseram-me que um mendigo lhe estendeu a mão e o senhor agarrou-o, gritando que não o matava porque o pescoço dele valia menos do que o trabalho que teria para limpar os dedos. — Repuxou os lábios. Olhou para mim, mantendo um meio sorriso no rosto. — Imaginei que o episódio com o outro mendigo... Não houve nada sério, não se preocupe. Estava transtornado, compreendo. Bem, não vale a pena falar disso. Nada aconteceu.

Permaneci em silêncio, e ele tossiu. Falou:

— O assunto que aqui me traz é Felícia. Ela saiu cedo de casa e não voltou. Pensei que o senhor saberia dela.

Então, ali estava a peça que faltava no nosso tabuleiro. Sinval Bettencourt, o tio que criou Felícia. O que dava ao drama um novo aspecto. Em outras palavras, aproximava entre si as peças do jogo, colocando todas em posição de perigo. Ele se mexeu na poltrona, acomodou-se em outra posição, e nos imaginei dois adversários buscando a melhor vantagem sobre o outro. O sorriso que volta e meia flutuava nos lábios dele desapareceu. No lugar, restava uma expressão sombria, quase sorumbática num rosto que exibia simpatia como um dom natural.

— Não sei o que sabe dela. Felícia fala muito no senhor e confesso que não me senti capaz de conversar com ela sobre... sobre certos assuntos delicados. É uma moça muito meiga, mas voluntariosa. Temo que uma palavra errada cause dano irreparável. Ela sofreu muito desde o nascimento.

— Quem são os pais?

Ele ergueu o rosto, posicionando-o solidamente sobre o pescoço. A imagem que conservei foi de um galo de briga preparando-se para atacar o adversário. No momento seguinte, porém, a impressão se desfez. Os olhos foram cercados de um círculo cinzento, transparecendo uma tristeza que nunca pensei existir num rosto cujo sorriso fazia parte da expressão.

— Já deve saber.

— A mãe sim, minha prima que se fez irmã num convento.

Ele voltou a girar a cabeça, inquieto. Evitava encarar-me. As mãos desceram pelo casaco, procurando algibeiras por onde desaparecessem. Seus olhos voltaram a se fixar nos meus:

— O pai não se sabe. Felícia, quero dizer a mãe, não revelou.

— Pois acredito que ela tenha dito e o senhor — realcei o emprego do pronome — não se sinta autorizado a revelar. Eu também não revelaria. Vamos supor que o pai seja o pai da minha prima, o Comendador, que seria também avô de Felícia. Incesto, não é como se chama? Há muitos anos, acordei de madrugada para testemunhar uma cena familiar. Meses depois minha prima foi embora da fazenda, para se internar num convento. Creio que entre um e outro a criança nasceu. Bem, o significado de tal infâmia não precisa ser comentado.

— Está tudo enterrado. O importante é que Felícia, a filha, é inocente dos atos repugnantes que a geraram. Não é necessário que saiba e sofra.

— Senhor — interrompi-o. Levantei-me e me encostei na janela que dava para a varanda. Havia algo de pacífico, de sólido, na noite. Pensei que se olhasse bem para a escuridão nada teria importância. Todas as revelações que se fizesse sobre a infâmia cometida por um ser humano deveriam ser feitas em plena luz, para que não ficasse dúvida sobre a extensão de sua torpeza. — Não precisa defendê-la. Nada fiz para atingir a sua honra.

— Minha mãe cuidou da menina. Para Felícia, ela era a avó, e os pais haviam sido mortos num acidente. Depois que minha mãe morreu, eu a tomei sob a minha guarda.

— Sr. Sinval — falei ainda debruçado na janela, sem tirar o olho de fora. — Cresci na fazenda Ferreirinha, não é preciso repetir velhos fatos. Também ali cheguei criança para ser criado por minha tia, que Deus a tenha. Sabe o que Felícia procura em mim? Uma resposta à tragédia ligada ao seu nascimento. Por maiores que tenham sido os esforços de lhe esconder a origem, alguma coisa escapou e a perturba. De uma maneira misteriosa, ela sentiu a proximidade entre nós pela semelhança dos fatos que nos trouxeram ao mundo. Talvez buscasse compaixão, bondade para os seus tormentos. Não fui capaz de lhe oferecer nem uma nem outra. À exceção de minha tia, onde vivi e me criei não se praticava piedade.

Ele franziu a testa, levantou-se num arranco e foi até a estante:

— Piedade, ora, não se preocupe. Não vim aqui com esse intuito.

— O senhor foi à delegacia levando a testemunha de um crime que a todos causou horror. Não pensei que tal ato fosse coincidência. Pelo contrário, esperava que ela me identificasse. O que não aconteceu. Lamento pela sua decepção. Diante das suspeitas que alimenta a meu respeito, do juízo que faz de mim, o que o traz aqui? Não posso livrar a sua sobrinha dos tormentos que a oprimem, infelizmente.

— Vim pedir que se afaste dela. Felícia o tem como uma pessoa generosa. Não procurei demovê-la. Não seria aconselhável diante de sua delicada emoção. Quanto às minhas suspeitas, vamos deixá-las de lado, elas não vêm ao caso. O senhor não foi identificado, como acabou de dizer. O que existe no passado dela e no seu não tem importância diante do que vivemos agora. Da vida que ela teve com a minha família. Pessoalmente, não penso que possuam ligação. O que não quero é que ela venha a sofrer uma grande decepção.

Senti-me como se tudo dentro de mim fosse transformado em cinzas. E no centro da tempestade colocava-se uma mulher jovem e estúpida, sem qualquer consciência da tragédia que representava. Seria fácil revelar a Sinval que eu lhe dissera para não me procurar mais. Porém sabia que o mal, qualquer que fosse, não seria evitado com uma simples proibição. Aquele homem representava um perigo para mim que não afastaria com uma falsa aquiescência. Estava claro que, mais do que simples suspeita, ele sabia do meu envolvimento nos crimes. Encontrava-se encurralado nesse momento, por causa da sobrinha. Mas voltaria a me acossar. Algo dentro de mim começava a se agitar, sabia qual o resultado.

— Decepção por quê, sr. Sinval? Saberá que os homens não são tão generosos como aprendeu a compreendê-los? Acredito que ela tenha no senhor o maior exemplo de generosidade de que é capaz um homem. Não precisa buscá-la num estranho contra quem o senhor mantém suspeitas atrozes.

Ele refez o porte elegante e a firmeza que ostentava ao falar com as pessoas. Estava seguro de si e do que nos diríamos.

— Não quero que ela descubra qualquer fato ligado ao seu nascimento. Isto lhe causaria um mal irreparável.

— E foi contando com a minha improvável generosidade que veio até a minha casa? Diga-me então, está convencido de que nada tenho a ver com os crimes pelos quais fui chamado à delegacia?

Ele hesitou antes de responder. Falou:

— Apenas testei possibilidades. O senhor não foi o primeiro a ser colocado diante da menina. Também tenho me interessado por ela. Reconheço tal fraqueza, interessar-me por crianças desprotegidas.

Olhei em seus olhos, tentando penetrar a cortina opaca que a sua expressão amigável interpunha às reais suspeitas. Claro que ele não pensava que eu acreditava em suas palavras. Diversos homens, falou, diante daquela menina? Pensava que eu acreditaria em tal conversa? Mais do que Felícia, o homem diante de mim significava a verdadeira ameaça.

Falei:

– Estive com Felícia hoje. Não creio que ela me procure mais. O que poderia querer de um homem eu não tinha a oferecer. Passar bem, sr. Sinval. O meu capataz irá conduzi-lo à saída.

Fiz um gesto com o rosto e subi as escadas. Ele ficou lá embaixo e avistei um sorriso fluido, invisível, perpassar por seu rosto. Não era um sorriso de reconhecimento, nem de alívio por se ver livre da carga que ali o trazia. Pelo contrário, era um sorriso de desafio e, principalmente, de triunfo.

19

Se acreditava ser capaz de afastar Felícia dos meus pensamentos, logo ficou clara a dificuldade. Não sei o que aconteceu, não conseguia esquecê-la. Dia e noite, minuto a minuto. Era como se saísse de mim próprio, fosse transformado num ente insignificante observando, sem compreender, o sofrimento torturando um homem. Por mais que procurasse ocupar-me, lá estava ela dominando-me os pensamentos, causando-me tremores, seguindo-me com a face corada e os olhos decepcionados que trouxera comigo ao deixá-la na última vez. E nesse momento ela não era apenas ela, dividia-se em duas; duas Felícias. Mãe e filha fundiam-se diante de mim, chamando-me ao encontro de um mistério enterrado no passado.

Seria possível que ela me tivesse atraído da mesma maneira que eu atraía minhas vítimas? Meu Deus, eu que sempre repeli a luz, que fiz da alegria das pessoas matéria de ódio e desprezo, fiquei preso a essa nova manifestação com a mesma estupefação de uma mosca enroscada numa teia de aranha invisível. Sem a menor esperança de escapar. Invadiu-me uma ânsia sem fim, inexplicável. Ao abrir os olhos, minhas mãos tateavam o leito na esperança tosca de encontrá-la. Pensava nela, desejava-a, sentia o contato com o seu corpo encher-me de calor. Escravizava-me a um desejo inalcançável. Arrebatavam-me ímpetos, desalentos, esperanças impossíveis, como um náufrago à mercê da tempestade oscilando entre a felicidade provocada pela lembrança de um sorriso dela à total insanidade diante da possibilidade de não vê-la mais. Nunca havia experimentado nada semelhante até aquele dia. Nos momentos de lucidez, julgava tudo uma armadilha do destino ou do sangue, e que o fascínio não podia ser outro além do espectro de uma grande desgraça.

Recuando no tempo até o momento em que, pela primeira vez, vi a menina ao lado da avó na procissão contra a peste, e recordando os fatos posteriores que nos colocaram em contato, percebi a impossibilidade de evitar os tormentos atuais. Os fatos estavam todos dispostos desde o primeiro momento. Antes ainda. Antes que eu soubesse que moraria nesta cidade, na noite em que fui despertado pelos gritos de minha tia e espreitei do corredor a revelação do acontecido entre pai e filha. Ali estava a verdadeira maldade oculta na fazenda Ferreirinha. A cada vez que repassava os fatos, reconhecia a determinação diabólica que os regia. Tudo feito de forma a tornar impossível qualquer desenlace que não fosse o que nos esperava. Seria possível acreditar em tal possibilidade? Como acreditar que a maldição e os crimes que pesavam sobre mim não tivessem se originado da minha vontade, mas de um desígnio superior à minha razão? E que, nisso tudo, eu não tenha passado de um meio, um instrumento de tal vontade, sendo o vulto e as vozes que me atordoavam a sua expressão. Tudo o que julgava provir de mim originava-se de desígnios alheios aos meus. E estes desígnios, antes de se submeterem a mim, controlavam-me.

A confusão aumentava devido a um sentimento nunca experimentado e até repelido. Referia-me ao fato de estar querendo bem a um ser humano, uma mulher; Felícia.

Por que não experimentara transtornos semelhantes com Ana Teodora? Também com ela compartilhara momentos de enlevo, ternura. Mas nada semelhante à tempestade que me devorava. E por quem? Por uma mulher que, em muitos aspectos, não se diferenciava de uma menina. Amarga ironia! Sabia agora o seu nome: sofrimento. Seria isso o que os amantes sentiam ao se verem repelidos pelo objeto de seus sentimentos?

E a solidão. Se antes a chamava a solidão do tigre, agora ela se assemelhava à solidão do agonizante; de dezenas de agonizantes que se findaram entre os tormentos da peste, e que viam em mim, em vez de o embaixador do inferno ali chegado para se divertir com os suplícios da morte, o enviado de Deus para abrandar seus sofrimentos. E agora, numa inesperada reviravolta de situações, enxergava essa perversidade divertindo-se com os meus próprios tormentos.

O que os homens esperam das mulheres a quem amam com uma paixão sem esperança? Um sorriso, um brilho nos olhos que não dirigiria a ninguém mais, uma esperança infundada. Mergulhando em sonhos febris, buscariam no esquecimento a única recompensa capaz de abrandar seu infindável sofrimento. Sem obter o esquecimento, eu retornava ao quadro de amor e sofrimento, debatia-me em vão e só conseguia tornar mais inexpugnável o sentido de inutilidade de que era presa.

Por meio das lembranças que guardava de Felícia, penetrava em seus olhos, mas em que se transformavam eles? Todos os olhos de que me lembrava, e que em desespero buscava para recuperar o fluido misterioso da vida que me fugia, estavam vidrados, estilhaçados por um transe que transformava vida em morte. Tais olhos espreitavam-me das cavernas que se sucediam no longo abismo que os levava à escuridão eterna. Ali se depositava a esperança de algo que eu ousava chamar felicidade, e que restara da tempestade de emoções que me introduziram o sentido do amor.

Estava claro que, por trás do único sentimento de amor que eu podia experimentar, existia o sentido maior de maldição. Desde que colocara os olhos em Felícia, naquele quarto decrépito durante as mazorcas da vacina obrigatória, tentei sem sucesso ignorar o que os meus sentidos denunciavam. Agora estava claro, Felícia significava o último elo da cadeia que me fez cometer tantos crimes. Só o amor me conduziria ao desfecho dos meus impulsos de morte, e ali estava a explicação do que acontecia comigo. Por isso não adiantava pensar que os fatos poderiam ser diferentes.

Teria de matá-la, mas, se a matasse, o que me restaria?

Meus tormentos exigiram mais sangue. As vozes gritavam tão alto que me enlouqueciam, despojavam-me da lucidez. Só se calavam ao lhes oferecer uma nova vítima, ao modo dos antigos rituais de sacrifício. Quanto mais matava mais sangue me era exigido. Dentro em breve, gritava uma voz rouca destacando-se das demais; dentro em breve, repetia, nos oferecerá a virgem consagrada aos deuses da vingança. Só assim sua vida conhecerá a plenitude do seu significado. O vento frio, soprando do mar, acariciava-me a pele produzindo gotas frias de suor. Expulsava-as da mente, fracassava. Gritava, Felícia não, não quero vê-la mais, nunca chegarei perto dela. As vozes gargalhavam. Terá de fazê-lo, terá de sacrificá-la. O sangue dela deverá manchar as terras da fazenda Ferreirinha.

Fiz algumas vítimas cujos corpos mutilados deixava caídos numa poça de sangue, mostra da fúria sem clemência abatida sobre elas. E os jornais voltaram a exibir manchetes dos crimes horripilantes, clamando contra o flagelo com o mesmo alarde com que antes se referiam aos surtos de peste. A peste foi afastada, anunciava uma grande manchete de jornal, para que outro flagelo tão nocivo e mais horripilante lhe tomasse o lugar.

Uma vez cruzei com um casal jovem cujos largos sorrisos irradiavam felicidade. Eram jovens, caminhavam despreocupados pela avenida. Lançavam a todos os prédios uma admiração especial impregnada da emoção das pessoas felizes. Alguma coisa revirou-se dentro de mim, uma raiva surda que não pude sufocar, segui-os. Moravam em Botafogo, numa casa imponente embora não chegasse a ser um palacete.

De noite voltei ao lugar. Pulei o portão e entrei no jardim. Os cachorros, percebendo a presença estranha, latiram correndo na minha direção. Não tive dificuldade de dominá-los, bastou um olhar e eles se calaram. Prossegui, abri a porta da frente, entrei. Escutei arfados no quarto de cima, sinais do amor nos casais jovens. Seus ruídos enfureceram-me mais, criaram um redemoinho na minha mente e experimentei um ódio que havia muito não sentia.

Subi as escadas, abri a porta do quarto, entrei sem que me notassem. Esperei que a mulher me visse e arregalasse os olhos, não sei se de medo ou vergonha. Esmaguei o pescoço do marido, ela deixei viver alguns minutos mais para saborear o desespero que substituiria a alegria entrevista de manhã. Queria que enxergasse, em toda a sua terrível dimensão, a felicidade roubada, que lhe fora arrancada para sempre por mim, por minhas mãos, pela minha vontade.

Evito os pormenores do que aconteceu. Admito que, se esperava sair dali com algo parecido com alegria ou satisfação pela nova miséria causada, nada senti do que antecipava. Apenas uma sensação de náusea, repugnância de que não conseguia me livrar. Repugnância de mim próprio, deveria dizer, por tudo o que passava por minha mente. Uma sensação amarga se avolumava a cada novo crime cometido e, não obstante, não me continha.

Sem entrar em novos detalhes acerca da repercussão dos crimes na imprensa, o próprio hábito do carioca foi modificado diante das sinistras ocorrências. As pessoas andavam em grupos e evitavam lugares isolados a conselho da própria polícia, que continuava imobilizada sem qualquer ação nova. Uma noite, acabava de fazer mais uma vítima num beco isolado e contemplava o corpo esvair-se em sangue como um magarefe diante da perfeição do trabalho, quando ouvi passos entrando dos dois lados da travessa. Tratava-se de um contingente policial que em poucos segundos me cercaria. Busquei uma saída e nada encontrei. Estava encurralado.

Pulei em cima de um pórtico da casa em frente, um salto de três ou quatro metros impossível a um homem normal. Apoiei os pés numa saliência e passei para o telhado no momento em que os dois lados da travessa foram ocupados pelos guardas armados. Rolei, afastando-me da borda. Uma telha deslocada no meu trajeto partiu-se, e um deles gritou:

— Ali, atrás da platibanda, atire!

Uma saraivada de tiros ecoou, e balas passaram rente a mim, chocando-se contra a platibanda do telhado.

— Ele está no telhado.

Os tiros afugentaram um bando de ratos que saíram de sob as telhas. Espalharam-se pelo telhado e desceram pela parede da frente. Um guarda falou que eram ratos e não gente, outro respondeu que o assassino estava no telhado. Janelas e portas foram abertas, pessoas apareceram na rua vestidas em toucas e roupões, e o tumulto estava instalado.

Arrastei-me para o lado de trás de onde saltaria no terreiro contíguo. Atingi a extremidade oposta antes que um guarda galgasse uma escada que por lá surgiu. Permaneci imóvel, certo de que ele iria embora, não foi. O desgraçado passou para o telhado e caminhou na minha direção. Saltei para o muro e dali para o terreno atrás. Ele me viu, atirou, veio caminhando pelo telhado. Pulou sobre o muro e prosseguiu pisando o terreno em que eu me ocultava atrás de uns arbustos. Parecia farejando-me, estava a ponto de me localizar. Segurava o fuzil com as duas mãos, olhava para os lados precavido, não parecia assustado. Os outros chamaram-no, e suas silhuetas surgiram no telhado. As sombras alongaram-se convergindo para onde eu estava.

Saí da moita e o primeiro me viu, chamou os companheiros, correu em meu encalço. Deixei-o aproximar-se. Antes que tivesse tempo de me apontar a arma, joguei-me sobre ele partindo-lhe o pescoço sem dificuldade. Não me esqueci do seu olhar espantado. Nunca esperara que um assassino sanguinário fosse tão ágil ou, quem sabe, tivesse a minha aparência. Ou então, não pensou que estivesse morrendo, que o pequeno estalido no pescoço seria o último som que escutaria. Para quê? Nunca o teria atacado a não ser para me defender. Qual a razão de tamanha audácia? O que ganhou com o ato impulsivo?

Seu sangue não abrandou os meus tormentos, pelo contrário, aumentou o mal-estar por tê-lo vertido em vão. Por não tê-lo desejado. No entanto, a razão de lembrar a expressão do moribundo está ligada a fatos posteriores que precipitaram a minha perdição. No momento, porém, tomei a arma de sua mão e atirei no outro guarda que saltava do telhado. Acertei-o, e ele caiu no terreno. Os outros recuaram e fugi.

Esse foi o fato que colocou a polícia mais próxima de mim. Pensei que o sangue derramado nesses dias, por minhas mãos, acalmaria os tormentos infligidos por Felícia. Seria ao menos suficiente para esquecê-la. Tal não aconteceu.

Passei a "fazer a avenida" com um desejo intenso de encontrá-la. Caminhava pelas calçadas ornamentadas, admirava as opulentas fachadas rivalizando-se entre si em exuberância. Às vezes sentava-me no café Simpatia que colocava mesas na calçada. Na esquina da rua de São José, admirava o prédio em que funcionaria a casa Carvalho de comestíveis. Atravessava o que sobrara da rua da Ajuda, passava diante da ladeira do Seminário amputada, com suas artérias abertas a verterem lama em plena avenida. Chegava até o palácio São Luís e me sentava num banco da praça. Sua fachada suntuosa me lançava o desafio do tempo. Sentava-me diante dele e me entregava a um diálogo mudo com as paredes, afastando, por alguns minutos, os pensamentos de Felícia.

Eu dizia:

— Formosas paredes, capitéis, torres, janelas, belezas reunidas com a finalidade de recompensar o desejo vão de nossa vaidade de alcançar a perfeição. Ouçam as minhas palavras.

E no silêncio da avenida, nas horas mortas da noite, as paredes me retribuíam a saudação:

— Não existem palavras que possam nos causar impressão, insignificante mortal. A paixão concentrada de suas curtas vidas, os atos insensatos, suas loucuras, nada significam para o que se destina a permanecer erguido pelos séculos.

— Séculos, dias, segundos; que diferença faz qualquer uma de nossas limitadas medidas diante da eternidade? Supõem que o fato de permanecerem de pé quinhentos anos as distinguirá de quem viveu quarenta?

— A eternidade não é para nenhum de nós. Assim, são as medidas temporais que nos importam. O agora, que lhe causa dor e incerteza, para nós não existe.

— Para vocês nada existe a não ser a beleza que ostentam. Uma beleza muda porque distante de nós. Podemos apenas contemplá-la e nos sensibilizarmos com a harmonia de suas formas. Fazem-nos pensar num tesouro. Mas o que nos oferece um tesouro além de riquezas? Vocês não sofrem, não se apiedam da nossa miséria, vivem no mundo dos deuses. E o que temos do mundo dos deuses além de promessas que nunca se realizarão?

— Não matamos os homens e não nos atormentamos com os sofrimentos criados pela ideia da paixão. Estamos aqui apenas para contemplar o mundo e o tempo. Para nós só importa o céu lá em cima e a paisagem que nos circunda. Não temos passado nem futuro. Por isso o nosso presente se estende à própria eternidade. Os homens nos criaram, mas agora são nossos vassalos.

Nenhum sinal de Felícia. Se ela passasse por aquelas calçadas, qualquer que fosse a hora, seria inevitável nos encontrarmos. Pelo contrário, ela não vinha ali hora alguma. Hora nenhuma do dia! O lugar mais belo da cidade, de que tanto se orgulhava, estava afastado de seus planos.

Por que não a expulsava dos pensamentos? Não sabia o que resultaria do nosso encontro? As vozes riam de mim. Às vezes me enlouqueciam, e eu tampava os ouvidos na suposição idiota de que seria capaz de emudecê-las. Sangue, continuavam a bradar! Sangue, gritava a voz de minha mãe entre as outras, mas eu não sabia se era minha mãe realmente ou o vulto se passando por ela. E completando o quadro de total insanidade, os jornais continuavam a exibir toda a sorte de notícias sobre o retorno do assassino, transformando palavras inertes em clarins apocalípticos.

Passando diante do teatro Lírico de noite, parei gelado ao identificar, saindo de uma representação, Felícia acompanhada do tio Sinval Bettencourt. Na verdade, não passava ali por coincidência. Sabia que ela estava lá dentro. Rondava o lugar sem forças para me afastar e, perto da hora de terminar a representação, entrei no teatro. Fui envolvido pela multidão que deixava a sala, e o foco dos lampiões me ofuscou. Andei às tontas por corredores e escadas e me precipitei para a saída, deixando o lugar como um cachorro escorraçado. Chovia uma chuva rala, e Sinval abriu um guarda-chuva. Ela achegou-se, e ele passou os braços pela sua cintura, firmando junto a si o jovem corpo de mulher. Estavam encostados numa parede, esperando a chuva diminuir. Ela estendeu a mão. Ao sentir a umidade fria da água, recolheu-a com um gritinho. Ele riu, e ela também. Não pude deixar de pensar que o tio era tudo para ela, tudo em sua vida. E eu não passava de uma mancha. Um coche parou, e os dois entraram. Fiquei de tal maneira aturdido que me afastei da saliência atrás do chafariz. Os olhos dela varreram o espaço à volta, estavam distantes, perdidos nos pensamentos e nos sonhos, não me viram.

Voltava a me mortificar. O que seria a vida daquela mulher no dia a dia? Como passaria o tempo, os minutos e as horas, o que ocuparia os seus pensamentos, o que lhe arrebataria o coração? Talvez Sinval compreendesse o perigo que rondava a sobrinha e se apressasse em casá-la. Um rapaz com boa renda, um nome respeitado, mandava-os para a Europa, ficassem lá meses, anos, tempo suficiente para a polícia pegar o monstro que assassinava as pessoas, que matou um guarda quebrando-lhe o pescoço. Que havia assassinado o irmão de Sinval junto a um cocheiro e uma prostituta. Quando voltassem, as reformas na cidade estariam concluídas, mal reconheceriam a metrópole e suas novas edificações que se rivalizariam aos grandes centros mundiais. Mas talvez Sinval não pensasse em entregá-la a um rapaz de bom nome e futuro promissor, talvez a reservasse para si, e tal pensamento me paralisou enquanto a água percorria-me o corpo e as pessoas corriam pelas ruas protegendo-se da chuva.

Inútil. O sangue derramado para poupar o dela não fora suficiente. Não me saciou. De resto, não adiantava me iludir quanto ao que nos esperava. Achava que haveria algo de comum entre mim e Felícia que justificasse uma possível união?

Caminhava pelo largo da Carioca uma noite, duas semanas depois, quando vi os dois de braços dados saindo do restaurante Brama. Não houve tempo de recuar e me encontrei frente a frente com eles. Sinval recuou um braço apoiando-o à cintura, pensei que sacaria um revólver. No lugar, exibiu o velho sorriso de bonomia que lhe moldava o rosto. Felícia riu alegre e me estendeu a mão:

— Sr. Afonso, que bom encontrá-lo. Pensei que só andasse pela avenida.

Ali estava a confirmação das minhas suspeitas. Se ela evitava a avenida, era para não me encontrar. Respondi:

— Tenho andado por lá algumas vezes. Mas com a ausência da senhorita, ela perdeu metade dos encantos.

Sinval me lançou uma risada forçada. Sua mão direita continuava apoiada na cintura:

— O sr. Afonso é muito gentil. Felícia tem estado ocupada e não tem tempo para passeios como antes.

Fiz um gesto de mão na direção do caminho deles:

— Estão indo para lá? Acompanho-os. Passo muito tempo só. Tenho apenas os pensamentos. Às vezes é bom conversar com gente de verdade e esquecer as próprias palavras.

Claro que o verdadeiro significado do termo gente de verdade, minhas próprias palavras, eles nunca seriam capazes de entender. Não tinham ideia das vozes que me acompanhavam, ameaçavam e zombavam de mim. Nem sequer sabiam do vulto que me rondava, que passava por minha mãe e me compelia ao sacrifício de Felícia.

Sinval estremeceu quando falei em acompanhá-los. Seu rosto fixou-se num ponto distante, à espera de um carro que os levasse dali. Nada vendo e percebendo que a sobrinha não se abalou, resignou-se e seguiu na direção indicada.

— Além do mais — continuei sem saber se o fazia por provocação —, conhecemos os perigos de andar à noite nesta cidade. Existe um assassino à solta nas ruas. Ele não demonstra respeito sequer pelas nossas damas.

O efeito de minhas palavras foi oposto nos dois rostos. Felícia sorriu como se ouvisse uma pilhéria. Observei atento o seu sorriso franco sem qualquer resíduo da decepção ao deixá-la da última vez. Nada guardava da nossa conversa. Parecia mesmo que nunca tivéramos qualquer conversa. Seria possível que suas confissões na saída da igreja não passassem de capricho de menina? Havia também algo de mulher, de cortesã, que se regozijava com os sofrimentos que causava. Por seu lado, Sinval recebeu minhas palavras com um sobressalto. Seus olhos escureceram e pensei que observava com precaução a ameaça que pairava sobre a sobrinha.

— Nada sabemos desses horrores além do que lemos nos jornais — falou ela. — E todo mundo sabe que os jornais aumentam o fato. Sinceramente, sr. Afonso, estamos numa época em que se tornou impossível distinguir a verdade do exagero. A própria avenida, como o senhor falou...

Sinval interrompeu-a, brusco:

— Não esse monstro, minha querida, este é terrivelmente real. Não se engane a respeito dele. E não existe exagero por parte da imprensa, pelo contrário. Os jornais colaboram com a polícia e evitam mencionar as cenas sangrentas. Não querem espalhar o pânico. – De repente caiu em si e virou o rosto para mim, refazendo as palavras calmas e ponderadas das conversas habituais. – O senhor não tem medo de se defrontar com uma criatura dessas, sr. Afonso?

Fiz um aceno de concordância, acatando a sua observação maliciosa com uma risada:

– Acredito no destino, sr. Sinval. Além do mais, tenho enfrentado perigos na vida e não me saí mal.

– Pelo contrário, ouso dizer, o senhor se saiu bem demais. Anos atrás, na fazenda Ferreirinha, o antigo rendeiro tentou expulsá-lo. Acabou fugindo e, se não me engano, enlouqueceu. Perambulava pelos campos falando coisas sem sentido, como, por exemplo, o senhor querer enterrá-lo vivo. Anos antes, quero crer muitos anos antes, houve um outro fato estranho com um escravo conhecido por Enfrenta-onça. Ele matou um primo seu em condições semelhantes às vítimas encontradas aqui na cidade. Fiz um levantamento de acontecimentos antigos. Como sabe, quase sempre estão relacionados a acontecimentos atuais. Bem, evito descrever o estado em que deixou esse seu parente para não repugnar Felícia. Pelo que soubemos, o senhor deu cabo do escravo.

– Infelizmente não a tempo de salvar o meu primo. Quanto ao outro, o rendeiro, certamente não era eu a quem ele se referia. – E encarei o sorriso franco de Sinval com um olhar sombrio. – Porque, se fosse eu, não me teria apiedado dele. Estou certo de que uma alma boa intercedeu pelo rendeiro, evitando a tragédia.

Sinval levantou os braços, num gesto de espanto:

– Não queria perturbá-lo, sr. Afonso. – E o sorriso formado em seu rosto se tornou provocador, quase descarado. – O que falei ao delegado foi que talvez pudéssemos contar com a sua experiência, já que passou por casos parecidos anos atrás. Não é lícito supor uma ligação entre a maneira pela qual o escravo matou o seu primo e os assassinatos atuais? Crimes como esses são muito raros. Diria mais, são um caso único. Deve haver uma ligação entre eles.

– Só se o senhor acreditar em fantasmas. Note que todos os envolvidos na tragédia estão mortos.

– Não todos.

– O que quer dizer?

— O senhor. O senhor assistiu aos fatos referidos. Não acha que pode haver detalhes no passado que nos guiem agora? Tenho certeza de que a resposta do que acontece atualmente está enterrada em fatos passados de que o senhor participou.

— Há de considerar o tempo que os separam. Mais de vinte anos. E o senhor pede que me lembre de detalhes! Além do mais, não acredito que a polícia da cidade se deixe levar por coincidências com uma antiga tragédia, quando tantas outras semelhantes têm acontecido nos últimos vinte anos. Com igual ou maior brutalidade. Para ser franco, sr. Bettencourt, o senhor se restringiu apenas à fazenda Ferreirinha em suas buscas de tragédias passadas. Deveria estender-se numa área um pouco maior nas próximas investigações.

Felícia interrompeu-nos com uma risonha serenidade:

— Pelo que vejo, a presença do sr. Afonso junto a nós é um bom motivo para nos trazer tranquilidade, meu tio.

Sinval engasgou-se e não respondeu. Seu rosto continuava girando inquieto, em busca de uma sege que os levasse dali.

— O mais certo, Felícia querida, é cada um olhar para si próprio. Com um assassino astucioso como este, nunca temos certeza do que nos espera. Por isso reafirmo que ninguém deve sair de casa a sós, por nenhuma razão.

Ela fez um gesto de pouco caso:

— Tio Sinval adora acompanhar investigações policiais. É amigo do chefe Sampaio Ferraz e passa horas discutindo assuntos de polícia. Deixa-se levar por eles com muito ardor. Às vezes a polícia desiste de um caso, e o meu tio continua a investigá-lo por conta própria. Sabia, sr. Afonso, que ele escreve artigos sobre assassinatos não solucionados?

Percebi o gesto de mão dele, impondo-lhe silêncio:

— Este assassino, minha querida, vitimou o meu irmão, não se esqueça. Não faço por diletantismo nem para ajudar a polícia. O caso é pessoal. Seja quem for, não estarei em paz enquanto não o vir atrás das grades. Ou no inferno, de preferência.

Nunca o tinha visto exaltar-se. Acautelei-me e fiz um gesto de concordância:

— Espero que não demorem a agarrá-lo, sr. Sinval. Ele semeou desgraças demais e já é tempo de as pessoas passearem nessas ruas lindas, que o prefeito abriu na cidade, sem temerem pela própria vida.

— Certamente não tem muito tempo pela frente. Não demorará para o cercarmos. Está se expondo em demasia, quase foi pego na última vez. Alguma coisa o está provocando e já não é senhor de si. Quando tal acontece, sr. Afonso, os assassinos sempre acabam por cometer um erro grave.

— O seu tio, senhorita, deve empregar métodos modernos como se aplicam na Europa. Todos os assassinos, principalmente os dementes, possuem uma maneira própria de cometer um crime. Uma vez compreendida a maneira, desaparecem as dificuldades em identificá-los.

Sinval escutou as minhas palavras com uma expressão pensativa. Ao falar, parecia pensando alto:

— Esse assassino cometeu um erro estúpido ao matar o guarda. O contingente policial inteiro da cidade está unido para agarrá-lo. Até folgas recusam para passar mais tempo no serviço. Não demorará muito, ouçam as minhas palavras. Como falei, está fora de si. Já não passa muito tempo sem cometer novo homicídio. Tornou-se prisioneiro de sua insânia. E, não se enganem, não se trata de um bando, como dizem, porém de um único homem. Nós o pegaremos.

Fiz um gesto de braços para um cupê. Ele parou ao nosso lado e abri a porta.

— O senhor tem razão — falei quando já estavam lá dentro. — Estou certo de que o assassino tem os dias contados.

Verdade, pensei, o que ele dissera quanto a me tornar prisioneiro da insânia. Cada vez precisava fazer novas vítimas, expunha-me, e o sangue derramado não me pacificava. Meu cérebro continuava a girar confuso, e a lembrança de Felícia me despojava do discernimento. Como receberia a notícia se soubesse que a sobrinha era a responsável pelo recrudescimento dos crimes?

O carro afastava-se quando o meu pulso foi preso por uma garra de metal. Um homem vestido em negro sussurrou:

— Ela estava tão próxima de você. Perdeu a melhor chance de terminar com tudo. Tinha o pescoço dela e do protetor ao seu alcance. Não viu como o lugar estava deserto?

— Largue-me, vá embora daqui.

Ele me puxou com mais força:

— Teria tudo resolvido. E eles dois fora do seu caminho. Não vê que se perderá? Pensa que Sinval Bettencourt só falou o que sabe como

desabafo? Provocou-o. Está de olho em você, conhece a história da família, conhece a sua história. Cerca-o. Se não matá-lo, cairá em suas mãos. Ele é muito mais astuto do que transparece.
— Vá embora. Você quer me destruir.
— Chame-os. Ainda há tempo, pegue o punhal, não terá dificuldade. Primeiro corte o pescoço dele...
Ele puxava a minha mão, e eu tentava me desprender de seu punho. Ao mesmo tempo, ele fazia sinais para o coche que se afastava descendo a rua Uruguaiana.
— Saia daqui!
Ele puxou um punhal com a outra mão:
— Chame-os ou será o seu pescoço que irá sangrar.
Sua mão segurou um punhal que refletiu o brilho frio da morte, transformando-me numa das minhas vítimas. Ofeguei, de dentro do meu peito ressoaram roncos, e eu não passava de um porco imobilizado no chão por um punhal em chamas que descia das nuvens. Dezenas de imagens recortadas de uma memória em polvorosa espalharam-se pela noite. Ali estava tudo, a minha vida, os crimes, o sofrimento causado. Senti-me arrancando de dentro de mim a fúria que me impelira à violência, separando-me da minha natureza maligna e reduzindo-a a uma alucinação. O sofrimento que tanto buscava nos olhos das vítimas, ali estava ele, tinha-o completo diante de mim. Não diante de mim, porque ele agora era meu, estava dentro de mim.

A morte surgiu na forma de um raio vermelho que reluziu nos olhos alucinados do estranho. E nem pesar senti. Nada além de um cansaço infinito. O cansaço que reduz todas as manifestações de vida à absoluta indiferença. Talvez tenha sido este o instante revelador. Então as ideias que inundavam a minha mente febril se esgotaram e me vi apenas envolvido numa briga de rua. O punhal rasgou o ar e entre ele e o mundo enxerguei os olhos ferozes do assassino.

Segurei o seu punho, sentindo a ponta do punhal tocar-me a pele. Ele era mais forte do que eu, não seria capaz de lhe opor resistência. E então não sei o que aconteceu, cercou-nos um tumulto de cavalos e rodas. Uma porta abriu-se e vozes, muitas vozes, vozes masculinas e uma voz feminina, todas gritavam. As vozes desabaram sobre o atacante, ele se virou e empurrei-o contra a parede.

O que se sucedeu deixou-me aturdido. Seu corpo não tinha matéria. Foi empurrado como se o contato dos meus punhos o desfizesse no ar, sem qualquer resistência. Como... como se ele nem existisse. Escutei um grito abafado, e o tumulto intensificou-se. Alguém pulou de algum lugar lá em cima e caiu no chão rente a mim, as vozes se multiplicaram, e o chão pareceu abrir-se. Tudo terminou num disparo. Seco, isolado. A luz emitida pela arma perfurou a escuridão da travessa adiante denunciando um vulto em fuga. Eu estava caído no chão, o corpo esfolado, feridas sangrando em toda a base do pescoço e nos braços.

Um roçagar de saia aproximou-se de mim. Felícia se abaixou, erguendo o meu rosto em suas mãos delicadas. Os olhos escuros se movimentavam ágeis e nervosos entre as feridas do meu corpo. Dizia aos gemidos:

— Ó sr. Afonso, o que aconteceu, o que aconteceu?

Do lado dela, Sinval colocava a arma de volta na cintura, voltando ao pequeno círculo de luz à volta do poste:

— Não sei o que fez a minha sobrinha virar para trás. Ela viu o vulto atacá-lo. Se não fosse esse feliz acaso, o senhor seria mais uma vítima desse miserável assassino.

Balbuciei para mim:

— Sua sobrinha quem viu!

Levantei-me e passei a mão pela pele, estava manchada de sangue. Ainda sentia o punhal roçar-me o pescoço e, no entanto, nada parecia além de um pesadelo.

Caminhei para o carro ajudado por Felícia. O cocheiro surgiu dizendo que o assassino havia escapado. Entrei e pedi que me deixassem em qualquer lugar onde tomasse um tílburi.

— Não seria melhor levá-lo a um hospital? — Felícia examinou-me com um olhar empedrado em que se misturavam medo e preocupação.

— As feridas não foram profundas — falei. — Aparei o golpe antes que o punhal penetrasse. Em casa, estarei bem.

Sinval permaneceu em silêncio. O cocheiro soltou um grito, e os cavalos moveram-se. Dois ou três passantes afastaram-se. Numa lentidão insuportável, o carro se deslocou pela rua escura. Felícia examinava-me o pescoço, avaliando a gravidade dos ferimentos. De vez em quando suspirava, ó meu Deus, o que aconteceu?

Seus olhos lacrimosos, pousados em minhas feridas, refletiram uma gravidade que me causou emoção. Quis sorrir-lhe, demonstrar-lhe gratidão, não soube como fazer e pode ser que tenha revelado irritação. Ela não se importou, eu estava ferido e precisava de cuidados.

— Bem — falou Sinval num tom reflexivo. As batidas das patas dos cavalos no calçamento superpôs-se à sua voz, dando-lhe um ritmo solene, como um sacerdote falando de um morto ilustre. — Agora temos um novo fato sobre o assassino. O sr. Afonso foi o único a vê-lo e permanecer vivo. Como falei, ele está armando a própria armadilha. — A voz dele adquiriu uma animação inesperada, e não sei se havia ironia na pergunta que me dirigiu. — Acha que o reconheceria?

A resposta soou com uma firmeza que ele não esperava:

— Claro que o reconheceria. Estejam certos, esta não foi a última vez que nos vimos.

Felícia assustou-se:

— O que está dizendo, sr. Afonso? Que Deus nos ajude, espero que nunca mais veja o rosto dele de novo.

Sinval escutou as palavras da sobrinha com uma risada:

— Não tenha medo, minha querida. — Sua mão buscou o ombro da moça e trouxe-a de encontro a si num gesto de proteção. — O sr. Afonso não se deixa assustar com facilidade. Pelo contrário, teve a determinação revigorada.

Perguntei-me se o fato recente desfez-lhe as suspeitas sobre mim.

— Como o senhor falou — ponderei —, ele está se expondo. Não demora a ser preso.

Ao me ver entrar em casa, Tibúrcio assustou-se. Falei ter sido atacado pelo assassino, e ele fez um gesto de assentimento. Sua expressão nada deu a perceber. Guardava as desconfianças. Olhou-me em silêncio e examinou as feridas no pescoço. Aproveitei para interrogá-lo:

— O que pensa do assassino?

Ele passou um pano molhado nos ferimentos.

— Um louco.

— Lembra-se de Enfrenta-onça?

— Foi há muitos anos.

— Queria apenas saber se ainda se lembrava dele.

Tibúrcio fez um gesto de cabeça e permaneceu silencioso. Desde a morte de Ana Teodora, trancava-se nos próprios pensamentos. Diante de mim mantinha-se taciturno e reflexivo. Estava claro que nunca me perdoaria. Volta e meia vigiava-me como se não estivesse certo dos meus passos nos próximos segundos. Tais maneiras passaram a me perturbar. Mormente depois que meus encontros com Felícia me jogaram de novo no caminho do crime.

— Minha sorte — continuei — é que fui socorrido antes que o punhal me penetrasse.

Tibúrcio olhou-me com desconfiança e deixou escapar uma pequena risada:

— Teve mais sorte do que os outros!

— Realmente — repeti — mais sorte. E o seu filho, descobriu alguma coisa?

Desta vez, ele não conteve um sorriso de satisfação:

— Não está longe o momento de nos encontrarmos. Vive no Rio, sei disso.

— Espero que tenha mulher e um monte de filhos que lhe ofereçam uma velhice pacífica.

Ele me olhou como se não compreendesse. Murmurou:

— Paz!

Talvez estranhasse a frase por ter sido dita por mim. Se as mesmas palavras viessem de Ana Teodora, lhe teriam causado uma satisfação real. Quis falar sobre ela, anos tinham se passado, via o seu vulto tão presente que pensei devêssemos recordá-la. Não abri a boca, certo de que ele emudeceria.

Poucos dias depois, recebi a visita de agentes policiais, fazendo-me perguntas a respeito do assassino. Dei-lhes respostas evasivas e descrevi uma aparência que não os ajudou a fazer uma imagem real do criminoso. Fui à delegacia com o objetivo de identificar os suspeitos, não reconhecendo nenhum. Depois do meu testemunho, a captura do criminoso continuou tão distante quanto antes. Não fui de muita ajuda.

Quanto a Felícia, mandou saber de mim por um criado, nada além, para a minha decepção. Embora esperasse que, depois do incidente, ela desaparecesse dos meus pensamentos, tal não aconteceu. Minha mente desnorteada continuava girando em volta de sua figura, embora evitasse responder à pergunta natural oriunda das especulações. O que poderia haver entre nós? Para que a queria? Pensava que estava afastada a possibilidade de sacrificá-la? Queria dizer, com isso, quebrar-lhe o pescoço num impulso homicida e depois me rejubilar com o sangue do cadáver. O vulto rondava-me, sentia-o, assim como continuava ouvindo as vozes. E era claro que a presença de Felícia levaria os meus sentimentos contraditórios a um paroxismo imprevisível.

433

Nada disso me importava. Precisava que ela ali viesse e se mostrasse abalada com o meu estado. Queria ver os seus olhos emitirem por mim a luz que nunca tinha visto em outra mulher, nem sequer em Ana Teodora. Não pude evitar inveja a Sinval Bettencourt, vendo voltadas a ele todas as esperanças da moça que dominava os meus pensamentos. Enxerguei-o enlaçá-la pela cintura num gesto protetor e não contive a fúria. Não seria difícil matá-lo. Não, não seria. Ele era o intrometido entre nós dois, não eu. Eu me colocaria de alcateia em qualquer rua, não levaria mais do que poucos segundos. Inúteis os esforços. Por mais que desviasse dela os pensamentos, não era dono deles e, a despeito de renegá-los, como o próprio diabo, esculpiam a sua imagem diante dos meus olhos.

Quanto sangue mais derramaria para conservar o meu sangue correndo dentro das minhas veias? Não via que não resistiria muito tempo mais?

Não sabia o que fazer para encontrá-la. Perambulava pelos lugares em que ela passava. Inútil. Não a via em lugar nenhum. Dividia-me, bem verdade, num esforço contraditório entre querer e fugir. Se, de um lado, desejava arrastá-la para mim pela força dos pensamentos, por outro esperava que a própria exaustão enfraquecesse o desejo que ela me inspirava. Sem nenhum sucesso nas buscas, comecei a suspeitar que Sinval a colocara num vapor para longe do Rio de Janeiro.

Mudando um pouco a rota habitual, surpreendi-a ao lado da dama de companhia na rua do Ouvidor. A princípio quis evitá-la, passaria ao largo sem me fazer visto. Não tive forças, caminhei em sua direção, e o nosso encontro foi inevitável.

– Sr. Afonso, que bom ver o senhor recuperado!

Um sorriso amável e mais nada. Nenhum gesto que lhe denunciasse emoção pelo encontro. Olhei em seus olhos, não me evitou. Também não demonstrou medo ou irritação. Apenas a amabilidade convencional que faz uma mulher de sociedade abrir-se num sorriso artificial diante de uma presença inesperada. Receei revelar os sinais de medo e insegurança que tempos antes ela me dirigia. Contive-me para não lhe perguntar o que sentia agora em relação aos fatos que nos ligaram, se havia mudança nos seus sentimentos, o que aconteceu. Por que agora, que quase me vira sucumbir nas mãos de um assassino, não demonstrava por mim nada além de um interesse vago e convencional?

– Não tive oportunidade de agradecer-lhe a ajuda. Se não se voltasse e me visse, não sei o que seria.

– Ora, sr. Afonso, eu que lhe sou devedora, esqueceu? Por mais que fizesse pelo senhor, nunca seria capaz de pagar o que fez por mim.

– Se é o que sente de verdade, por que me tem evitado?

A pergunta desconcertou-a. Num movimento desajeitado, quase esbarrou num homem de sobrecasaca e cartola que passava apressado. Ele olhou-nos irritado como se nunca esperasse encontrar alguém interposto em seu caminho, distraído numa conversa sem nenhuma gravidade. Apesar do esplendor da avenida Central, a rua do Ouvidor ainda conservava o brilho dos anos. No entanto, a diferença entre as duas era clara, e não havia dúvida de qual desapareceria e qual haveria de ficar. Numa loja fechada, havia um cartaz pendurado na porta comunicando a sua mudança para a avenida Central, com o novo endereço.

– Lembra-se de que falou no que ia desaparecer? – ela disse com um reforço no sorriso, evitando responder à pergunta. – É como tenho me sentido em relação à rua do Ouvidor. O próprio imperador caminhava por aqui e, no entanto, olhe só, lojas fechadas, prédios demolidos. É como se quiséssemos nos livrar de algo que fez parte de nós.

– Receio que esteja falando em fantasmas, senhorita.

Atingimos a casa Colombo (nova) na esquina da avenida Central. Felícia virou-se para a rua do Ouvidor, com um olhar melancólico. Depois voltou os olhos para a avenida que se estendia larga e convidativa em sua exuberante elegância, pareceu revigorada. Havia um carro a motor estacionado a poucos metros de nós e na frente dele um tílburi. Pensei em chamar um coche e então atentei para o carro a motor. Eles vinham se tornando populares na cidade e trafegavam sobretudo na avenida. No contraste entre ele e o tílburi, via-se bem destacada a distância entre os dois séculos.

Viramos a avenida e passamos a descê-la na direção da Prainha, como se o fizéssemos por uma questão de hábito de que nem nos déssemos conta. A acompanhante seguia-nos a uma distância reservada.

Felícia sorriu da minha observação com uma expressão cansada, preparando-se para me atirar um sem-número de explicações. Senti-me enrubescer.

– Talvez o senhor esteja certo, Afonso. – Em vez de sr. Afonso. – Os fantasmas me fizeram velha cedo demais.

— Não parecia da última vez que conversamos.
— Talvez não esteja lembrado. Afastei-me de você — no lugar de "o senhor" — a seu próprio pedido. Não queria importuná-lo. Confesso que me inspira um ar de respeito, de distância do dia a dia. Tenho medo de irritá-lo.

Certamente não era verdade. Ou não abrangia toda a verdade. Suas palavras pareciam preparadas para a situação. Julgava que eu acreditaria?

Paramos diante da casa Simpatia, logo depois da esquina da rua do Rosário. Havia mesa e cadeiras, sentamo-nos e pedimos sorvetes e refrescos. A acompanhante sentou um pouco recuada, de modo a não ficar entre nós. Pensei que ela transmitiria a conversa a Sinval. Às vezes uma das vozes alertava-me da verdadeira natureza daquele encontro. Nesses momentos, os meus poros extravasavam uma enxurrada de suor.

Lembrei-me da nossa conversa anterior. Sim, claro. Se pudesse me arrepender e dizer que nada era verdade, que as palavras erradas que me saíram da boca não passavam de confusão. E que me escutasse agora porque as palavras verdadeiras são as que escorrem do sofrimento. Mas não, nunca. Se ela aceitasse que todas as palavras anteriores não existiram e se sentasse ali, diante de mim, com o mesmo frescor oferecido em outros encontros, o que ainda nos ligaria? Não se podia partilhar maldição, dissera-lhe. Essa verdade não fora alterada. Ela precisava de bondade, o que eliminava a minha presença em sua vida.

— Escute um pouco o que tenho a dizer agora, Felícia. — Em lugar de senhorita. — Talvez nada disso seja verdade, apenas sonhos de um homem um tanto esgotado pela vida; pela vida que tive. Teria de dizer a alguém e você parece a pessoa certa. — Ela fixou os olhos nos meus e pareceu envelhecida na expressão doída que me lançou. A pele avermelhou-se e pensei que outra pessoa, que fizesse parte da memória comum que nos ligasse, se incorporava em seus traços. — O que quero dizer, Felícia, é que os homens pensam certas vezes em ser o que não são, o que gostariam de ser. Não por eles próprios, o pensamento não tem sentido quando pensamos em nós próprios, mas por outra pessoa. Uma pessoa por quem pudéssemos fazer o que nunca faríamos por qualquer outra. Não sei o que faz os homens sentirem dessa maneira, sobretudo por que se mortificam tanto. Talvez seja o suficiente para compreender que, no final das contas, sou um homem como os outros.

Seus olhos cristalizaram-se em duas lágrimas brilhantes. Se alguma vez na vida me comovi com o sentimento de alguém, e até me solidarizei com ele, aconteceu na avenida que rasgou a cidade lançando-a no novo século. Tudo o que se poderia desejar de uma vida se colocava diante de mim. E, no entanto, pensei com a tristeza que resultava dos meus embotados sentimentos, nada do que sentia era verdade. Nada do que dominou meu coração faria sentido quando a deixasse e me visse a sós. Era possível que somente fizesse uma rápida incursão nos limites da bondade, de que a via tão necessitada, para me divertir um pouco, para tê-la de volta quando a sentia escapando-me irreversivelmente.

– O que quer dizer, Afonso, acha que não é bom o suficiente para mim? Não se preocupe, não me iludo pensando que as pessoas são o que espero delas. – Sua boca alargou-se num sorriso amargo. – Mas acho que falou com sensatez. Não poderíamos nos fazer bem, por mais que nos quiséssemos. Existem certos fatos superiores a nós próprios. Não é o que tem me dito desde que nos conhecemos?

Seria?

– Você e o seu tio conversaram sobre mim?

Ela me olhou pensativa, meditava na resposta. Não poderia mentir-me e percebeu. Não havia naquela mulher, quase menina, experiência suficiente na perversidade e na dissimulação humanas, na capacidade de pensar no mal e praticá-lo para dizer algo que não fosse a verdade.

– Sim, falamos de você, falamos muito. E, ao mesmo tempo, não o suficiente.

As duas tomavam taças de sorvete enquanto eu segurava o copo de refresco na mesma posição que me fora entregue. Suava e não fui capaz de esconder o fato. Ela ocultava as verdadeiras palavras, oferecendo-me respostas deliberadamente ambíguas.

– Existem – falei – uma porção de ideias erradas entre mim e seu tio. Não nos conhecemos de fato, nunca tivemos a oportunidade. No entanto, ele não me olha com bons olhos e acredito que a tenha prevenido.

Ela balançou a cabeça, numa risonha negativa:

– Não, está enganado. Tio Sinval não me passa opinião pessoal sem ter certeza. Além do mais, ele sabe que você não me é estranho, quero dizer, um homem sobre quem eu não tenha um sentimento particular.

– No entanto – interrompi-a –, convenceu-a a aceitar uma viagem para longe do Rio de Janeiro, não foi? – Percebi o rubor que dominou o seu rosto. – Pude ver algumas coisas do que traz nas mãos. Certamente se destinam a uma viagem. Quer saber o que penso? – E desta vez minha voz soou gelada, como se todo o discernimento que buscava estivesse bem dentro dos meus olhos. – Acho que devia ir embora. Concordo com o seu tio. Uma moça pode se enganar nos tempos atuais. – Levantei-me, fazendo menção de sair. Ela me segurou, a mão envolveu-me o braço com uma suavidade que me fez tremer, os olhos se encaixaram nos meus e pela primeira vez reconheci a profundidade da dor encerrada numa súplica.

– Por favor, não vá.

Sentei-me e examinei a acompanhante. O que ouviria e o que contaria mais tarde a Sinval? Preocupou-me tal possibilidade, o relato da conversa causaria alarme no tio que apressaria a viagem. Um odor de sangue fresco exalou daquele rosto branco e liso, da face pálida e dos ombros finos que se quebrariam tão fácil num golpe rápido; o odor de sangue, como falei, me causou vertigem. E não tinha certeza do que aconteceria então.

– Sabe – ela falou, recuperando a expressão risonha –, quando falamos tenho vontade de que a conversa se prolongue para sempre. Mas tenho medo; medo de mim própria.

– E de mim, tem medo também?

Seus olhos abriram-se como se engolissem toda a avenida. Apressei-me a explicar:

– Existem muitas histórias sobre mim capazes de amedrontá-la.

Ela emendou as suas palavras nas minhas:

– O que causou mágoa no meu tio... – Seu rosto contraiu-se em torno de músculos e ossos de tal modo a criar uma impressão de força. – O que ele nunca esqueceu foi a morte do conselheiro Aníbal e de Ana Teodora. Afirma que você esteve envolvido na tragédia.

– Seu tio nunca escondeu de mim as suas suspeitas em relação aos crimes...

Ela me lançou uma risada divertida:

– Ora, não leve a sério as suas palavras. Ele fala com todo mundo como se todos fossem o assassino. É a maneira dele. Pensa que o verdadeiro assassino se revelará ao descobrir-se suspeito.

Ao se referir à tragédia de Ana Teodora, as palavras foram frias, quase acusatórias. Esperei por um complemento, uma explicação,

mas ela se calou. Ajeitou a taça de sorvete diante de si e experimentou uma colherada.
Falei:
— A tragédia, é verdade. Ele tem razão, fui o responsável por ela.
— Mas por quê?
Segurei o copo com força e o levei à boca. O gosto me foi insuportável.
— Porque eu era amante de Ana Teodora.
Ela não se impressionou:
— E foi tudo?
— Não, não foi tudo. Existem outras coisas ruins. Sórdidas, talvez. Prefiro não recordá-las.
Ela virou o rosto, à procura da acompanhante, como se precisasse sentir alguém ao seu lado. Ao se voltar para mim, mostrava-se resignada:
— Claro, compreendo. Certas coisas na vida não podem ser diferentes e, no entanto... — Olhou para a calçada demonstrando uma preocupação nova, como se só agora percebesse que estava comigo num lugar da avenida Central e houvesse pessoas à sua espera em outro lugar.
Falei, retomando a atitude formal:
— Senhorita, passamos mais tempo falando do que seria desejável. Sinto muito se não ouviu de mim o que esperava. Quanto às preocupações do seu tio, não deve menosprezá-las. A convivência comigo pode lhe trazer mais motivos de dor do que de alegria.
Ela não respondeu. Nossos olhos se encontraram num relance. Estava pálida e tremia. Pensei que deveria pegá-la pelos ombros e abraçá-la. Tive certeza de que, se o fizesse, ela se agarraria a mim. Não me mexi. Apenas chamei o garçom e pedi a conta. Nós nos despedimos sem mais trocar palavra.

20

Três dias depois, recebi uma visita inesperada. Anoitecia e alguém entrou em casa agitado, assemelhando-se a um pé de vento que penetrasse por janelas e portas, afastando com ímpeto tudo o que se lhe opusesse. Eu estava lá em cima e escutei os ruídos na sala. Instantes depois, Tibúrcio surgiu no quarto com uma expressão grave. Não falou quem era, apenas que eu deveria descer. Segui-o.

Sinval Bettencourt encontrava-se no centro da sala. O corpo alto e robusto plantado no chão, que em outras circunstâncias dominaria o ambiente, oscilava como uma grande árvore cujas raízes apodreciam. Estava pálido, descomposto; os olhos fundos, rodeados por manchas escuras, denunciavam longas horas de insônia. Nada restava da firme resolução de propósitos que transmitia na expressão risonha incorporada ao semblante. Lançou-me um olhar sombrio. De perto percebi-o macilento, abatido; a aparência de bem-estar desmoronava e do porte elegante nada restava além de uma figura curva e quebradiça.

Olhou-me como se fosse me agredir e relanceei a cintura, procurando uma protuberância que denunciasse a arma.

Senti satisfação por ver que o meu adversário sofrera um golpe pessoal. Apesar de erradicada a peste, a impressão dos últimos dias era que eu vivia os tormentos de uma doença sem cura. A exibição de fraqueza do meu lado diante da firmeza demonstrada pelo homem diante de mim, no nosso último encontro, ficara-me dolorosamente impressa. Agora a aparência dele, abalada em toda a antiga exuberância, assegurava-me que não era imune aos tormentos.

– Onde está ela? Onde está ela?

Respondi:

– Refere-se a Felícia? Não sei de nada.

Ele permaneceu imobilizado, mal contendo a estupefação. Apenas os olhos moviam-se, girando ágeis pela sala. Falou:

– Como não sabe? Sei que se encontraram e do que conversaram.

Sentei-me no sofá, sem dar importância aos seus transtornos. Ele não se mexeu do lugar. Fiz um gesto para se sentar. Dirigiu-me um sorriso enfarado e cínico. Falei:

– Não vai achá-la se não se controlar. Se pensa que está aqui em casa, olhe à vontade.

Observei a janela filtrar a luz mortiça de fora, como se uma cortina cinza nos envolvesse antes que o dia fosse afastado, e a noite se instalasse.

– Ela desapareceu ontem de manhã – falou ao modo de um desabafo. – Hoje sairia no paquete para a Argentina. Fez as malas, cinco malas, seis. Não sabia por que tantas malas até hoje de manhã quando mandei abri-las; estavam cheias de pano velho.

– Se está a par das palavras trocadas entre mim e ela, sabe o que falei. Antes de alegria, eu lhe seria apenas motivo de dor.

– Mas que diabo foi fazer atrás dela? Não me assegurou que a dissuadiu de qualquer propósito? Depois que ela parou de procurá-lo, o senhor se meteu em seu caminho. O que pretende? Destruí-la?

Apoiei as costas no encosto do sofá. Lá fora apenas uma superfície cinza baço restava do dia. Ouvi vozes na calçada e logo depois o silêncio. Teria de tomar muito cuidado. Não era apenas o propósito de se informar a respeito do paradeiro da sobrinha que traria Sinval em casa. Havia algo mais e a percepção do que acontecia cobriu as minhas apreensões com a frieza que me dominava nos momentos de perigo.

– Senhor. – Minhas palavras saíram hesitantes. Senti os lábios ressecados como na casa Simpatia ao lado de Felícia. – Tivemos uma conversa, sim, para nos dizer adeus. Não saí à cata da sua sobrinha. Houve um encontro, como falei, devido ao acaso de nos vermos na rua do Ouvidor.

O rosto dele abriu-se num sorriso de sarcasmo. Devo dizer que sarcasmo não se adaptava à bondade que de hábito transparecia do mesmo rosto. Era como se descobrisse alguma coisa apodrecida no último lugar do mundo onde esperasse encontrá-la.

– Não lhe perguntou por que o evitava? Imagino que estaria à sua procura. Ou estou enganado?

A acompanhante teria um papel mais ativo nos passeios da sobrinha que a sua presença quase invisível indicava. Bem, contava com ela e não me causava embaraço de fato.

– Muitas vezes as palavras contradizem nossos atos. Não posso negar que Felícia me causou impressão forte. Conheci-a em circunstâncias especiais, como ela deve lhe ter contado. Não passava de uma menina. Não pensava vê-la um dia transformada numa mulher. Para ser franco, estou tão surpreendido quanto você. Principalmente por

saber quem é a mãe. As mulheres nunca me causaram impressão forte. Bem verdade, têm entrado e saído da minha vida...
— De uma maneira, devo dizer, não muito adequada a um cavalheiro que preservasse a honra e um certo sentimento de pudor.
— O que quer dizer?
— Ana Teodora.
— Não sei o que ouviu falar de nós. Foi uma infelicidade, é só o que tenho a dizer.
— Foi mais do que uma infelicidade. Foi uma monstruosidade. Pensar que a conheceu na casa dela, apresentada pelo marido. Era uma mulher doce que merecia alguém à altura de seus elevados dotes. E, no entanto, foi se entregar a um homem metade monstro.
— Por que a palavra monstro?
— Eu a vi depois que o deixou. Seria preciso chamar a polícia. Infelizmente não poderíamos causar maiores humilhações ao Conselheiro. Meu Deus, nunca vi Aníbal tão arrasado. Sabia que estava diante de um mal irreparável, que ele próprio trouxe o mal para casa. Não sei por que não foi embora com Ana Teodora enquanto era tempo. — Os olhos avolumaram-se nas órbitas, e um esgar contraiu o rosto num riso que mais pareceu um gemido. — Pensar que o mesmo homem alimenta intenções com Felícia. Mas não julgue que deixarei a situação caminhar para o irremediável.
— Você nada conhece de minha ligação com Ana Teodora.
— Eu sei mais. Sei o que o liga a Felícia.
Os olhos refletiram um brilho selvagem e tive certeza de que aquele homem seria capaz de violência se o provocasse. A modificação em sua face me chamou a atenção. O que faria uma expressão tão controlada, tão pacífica, tão distante da violência de um homem contra outro, atingir tal paroxismo? Falei numa lucidez súbita:
— Ou talvez seja o contrário. Direi mesmo que sabe bem o que me ligou a Ana Teodora, não estou certo?
Ele recuou na poltrona. A fúria congestionada do rosto se transformou em surpresa. O brilho selvagem que cintilava nos olhos deu lugar à incredulidade. Ao recompor-se, a cor de sangue no rosto não passava de um amarelo embaçado.
Continuei com maior ímpeto:
— Você alimentava propósitos em relação a Ana Teodora, não é o que queria dizer? Assim, não viu com bons olhos ter sido substituído por outro. O que pensa agora? Estarei, da mesma forma, tirando Felí-

cia de você? De qualquer maneira, não posso acreditar que ainda tenha em Ana Teodora um modelo de virtudes...

– Ora, cale-se. O que entende você dos sentimentos humanos para julgar a conduta de alguém? O que conhece do amor para entender os seus arrebatamentos?

– Embora tenha dúvida, sou um homem como os outros.

– Se fosse quem diz, seria de esperar de sua parte um comportamento mais adequado a um homem. Mas o que vimos mais se pareceu a uma fera sanguinária.

Suspeitei que ele me mantinha de propósito no desconhecimento do fato principal para me tornar mais abjeto.

– Revelei a Felícia que era amante de Ana Teodora – completei. – E a fiz notar que existiam fatos sórdidos nessa ligação. Não os conhecia todos, bem verdade. Agora estou certo de que você é o mais indicado para contar o resto da tragédia. Ela gostará de saber que o tio tem um papel importante na história de horrores de que participo.

Ele apoiou o queixo sobre o punho. A voz soou controlada:

– Vamos deixar Felícia de lado. Não falei a ela quem é você realmente. De uma coisa esteja certo, repito. Ela não será uma outra Ana Teodora.

Não contive a risada:

– E como pretende impedir? Nem o paradeiro da sobrinha conhece. Já pensou que pode precisar de mim para encontrá-la?

Ele se persignou:

– Deus que me perdoe. Você foi o responsável pela desgraça abatida sobre a família dela. Nunca o deixarei aproximar-se de Felícia.

– Não fui o responsável pela tragédia da família dela, pelo contrário. A atração entre mim e sua sobrinha vem de que ambos fomos vítimas de violência no nascimento. De algo que vai além do que concebemos como loucura. Não acredita que sofri minha própria tragédia? O que acha que sou?

Ele soltou uma risadinha. Seus olhos captaram os últimos vestígios de luz do dia. Algo que veio de dentro brilhou em sua pele. Falou, retomando a solenidade abandonada:

– Não sei o que é você. Ser humano? Não estou certo. Ana Teodora contou certas passagens quando ficou na cama recuperando-se... Tanto roguei a ela que fosse embora, viajasse. Não implorei a ela por amor, falei por piedade. Piedade! Não podia compreender que fascínio ela encontrava num homem que não podia ser diferente de um urso. Um anormal. – A exaltação abandonou-o e pareceu tranquilizado pelas próprias palavras. – O fascínio que exercia nela não podia ser humano. Penso que a hipnotizava. Com certeza conhece o fenômeno. Por mais que ela lutasse para se afastar, uma ordem superior, uma voz que ela não soubesse explicar; você deve saber do que falo.

Ouvi suas palavras numa imobilidade fria. Talvez soubesse o que ouviria. Talvez pensasse que alguém teria de dizê-lo um dia. Só não admitia que ele acreditasse piamente em tudo o que dissera. Concedia-me um poder que eu não tinha. Havia o lado pessoal envolvido e me era forçoso reconhecê-lo, até aceitá-lo. Era verdade que eu tinha a capacidade de envolver pessoas e fazê-las obedecer-me em determinadas circunstâncias. Segundos, minutos. Meses, como foi a convivência com Ana Teodora, impossível. A verdade ultrapassava a nossa compreensão do assunto. Imaginei-o rodeando um fato que não ousava admitir, impedido pela razão que o mantinha no século XX, embora tentado a buscar motivos entre bruxas e zumbis de quinhentos anos atrás. Falei quando ele se calou:

– Hipnose, ordem superior! Do que quer me convencer? Não, não sei do que fala, sr. Bettencourt. Não houve nada disso. Tudo o que ouço de sua boca soa disparatado porque se recusa a admitir o fato mais óbvio: Ana Teodora me amava. Um amor extremo que acabou por conduzi-la à desgraça. Sim, que seja. Porém, apesar da deformidade que me atribui, eu dei a ela o que você ou o marido não foram capazes. Muitas vezes, sr. Sinval, as razões podem ser encontradas dentro de nossa humana compreensão. Não precisamos apelar para o que não concebemos.

Ele se levantou e buscou um livro na estante. Puxou um que me mostrou:

– *Drácula*, Bram Stoker. Admiro o seu interesse por assuntos dessa natureza. Bem, seria de esperar. Muitas vítimas do nosso assassino apresentavam o pescoço e os ombros dilacerados por contusões como se um maxilar, digamos, de um cachorro descomunal que poderia também ser um demônio tivesse aí enfiado a mandíbula. Muitos foram mortos da mesma maneira que um leão mata um cervo na África. Claro que não esperaríamos do nosso assassino algo do requinte de um... vampiro!

– Sr. Sinval, agora o senhor está me fazendo rir de verdade. Começou por me chamar de anormal, agora me acusa de ser um vampiro?

A noite caiu, e a sala estava escura. Levantei-me e acendi um lampião em cima da mesa. Tibúrcio, que parecia escutar a conversa do corredor, entrou na sala em silêncio e acendeu diversas velas, criando uma superfície iluminada entre nós, cercada pela cortina da noite. Não sei se surpreendi um olhar trocado entre ele e Sinval ou foi apenas minha mente excitada alertando-me para o mais insignificante movimento e imaginando outros. Quando Tibúrcio saiu, ele continuou:

– A irmã Felícia (do convento) me contou sobre o escravo Enfrenta-onça. Segundo o que diziam, houve episódios semelhantes ligados a ele.

Uma vela do seu lado bruxuleou e encolheu-se, formando uma região sombria no seu rosto. Impressionado por suas palavras, enxerguei Enfrenta-onça no lugar dele e recuei assustado, batendo com as costas na cadeira. Meu sobressalto não lhe passou despercebido.

– O que foi, sr. Afonso, algo o assustou? Bem, continuando. Enfrenta-onça matou o seu primo, João Bento, como uma fera que lhe dilacerasse o pescoço. Você foi atrás dele e se enfrentaram em condições semelhantes. Só que desta vez ele não se saiu bem e foi você que o matou. Não seria difícil deduzir o que aconteceu. Infelizmente ele morreu queimado e nunca saberemos.

Calou-se por lhe faltar fôlego. Ou por ter ido tão fundo dentro da especulação que, da mesma forma que eu, se viu diante de fantasmas. Não me mexi. Pensava como teria sabido do que houve quando Enfrenta-onça me atacou. A única testemunha foi Tibúrcio, e não acreditei que tivera a audácia de fazer perguntas a quem era mais do que meu empregado, tratava-se do meu homem de confiança.

– Sei que Enfrenta-onça participava de rituais que envolviam sangue. – E com uma risada de escárnio: – Sangue de animais, naturalmente. Ouvi pessoas afirmarem que você frequentou esses rituais depois que o matou. E de sangue de animais para sangue humano não é um caminho muito grande, quero crer. E então, sr. Afonso? É possível que a minha teoria já não pareça tão disparatada, não é mesmo?

– Para ser franco, sr. Sinval, parece-me tão disparatada quanto a suposição de eu ter algo a ver com vampiros por ter encontrado um livro em minha casa. Um clássico da literatura, previno-o. Adquiri-o em Londres e não me lembro de assassinatos causados pela publicação da obra. Caso não saiba, sou um leitor inveterado, é a maneira como vivo a vida. Se investigar todos os meus livros, encontrará diversos assuntos. Vampiros, zumbis, sim, também haverá alguns.

— Vamos então deixar de lado os livros que são, como afirma, um campo demasiado hipotético. Sabe o que me pergunto? O que aconteceu com a sua esposa em Paris. Advirto-o de que foi Ana Teodora quem me falou no assunto e convenci a polícia a pedir informações aos franceses.

A menção à antiga tragédia caiu em mim como um choque e não sei como reuni forças para continuar o diálogo:

— Agora você abusou da minha paciência. Acha que tem o direito de se meter no assunto privado da minha vida com a minha finada esposa? Se espera encontrar um corpo de mulher mutilado numa rua de Paris, perde o seu tempo. Agora peço que vá embora. Não temos mais o que conversar.

Ele permaneceu imperturbável, diante da minha exaltação. Como se nada tivesse o poder de distraí-lo das reflexões, concluiu:

— Um corpo de mulher mutilado nas ruas de Paris nos ofereceria uma ligação preciosa com o que acontece aqui, não concorda?

Não conteve um sorriso de triunfo ao perceber a minha perturbação. Levantou-se, mas não fez menção de sair. Ao invés, parou no meio da sala e falou à maneira de um delegado me dirigindo acusações:

— Não sei explicar todos os fatos. Não é simples, admito. Por exemplo, você foi atacado pelo assassino na minha frente e de minha sobrinha, mas tenho dúvidas. Você se safou, ninguém mais foi capaz. E por que esse assassino não esperou uns poucos segundos mais, para que virássemos a esquina e não pudéssemos voltar? Por que o atacou quando não nos tínhamos afastado mais do que uns poucos metros? Tenho-o como o grande mago da ilusão, sr. Afonso. Hipnose, como falei. Capaz de atrair as vítimas para o lugar do sacrifício. Não sei como fez, talvez um cúmplice, talvez nunca se saiba. Sei, no entanto, explicar alguns fatos, os ligados a Felícia e a Ana Teodora. — Persignou-se mais uma vez, ao citar o nome da antiga amada.

— Interessante, sabe explicar apenas fatos comuns, ligados antes à infelicidade das pessoas do que a crimes monstruosos. O resto não passa de conjecturas, da imaginação de alguém devotado a casos sensacionais. O que pretende, me acusar com base no livro que encontrou em minha biblioteca? Por acontecimentos de vinte anos atrás? Minha finada esposa? Previno-o de que se o meu nome surgir nos jornais, ligado a denúncias de crimes, ouvirá falar de mim.

– Meu irmão também morreu, vítima do monstro. Tantas vezes me perguntei. Coincidência, má sorte? Quem sabe o que se passa na mente de um insano? Sabe o que acredito agora? Não pode ser mera infelicidade as pessoas morrerem nas mãos de tal monstro. O meu irmão, por exemplo, se parecia comigo. E no mesmo dia tivemos, eu e você, uma conversa desagradável sobre assassinatos. Vê então, sr. Afonso, existe a sua família e existe a minha; e em todos os fatos que nos ligaram só vejo uma sequência sem fim de assassinatos e aniquilações. Como se um gênio homicida decretasse a condenação de todos os que têm alguma relação com você. Meu irmão morreu dentro de uma carruagem, junto de uma prostituta e um cocheiro, na noite da festa de Ana Teodora. Três estranhos, quero crer, três pessoas sem qualquer ligação entre si (meu irmão era um pai de família honesto que não se metia com prostitutas, afianço-lhe), e que, no entanto, morreram juntos como se fizessem parte de uma conjuração. Pode imaginar tamanho disparate? Se alguém tentar ligar os três para chegar ao assassino, aonde pensa que chegará? E... quer outra interessante coincidência?... Você saiu da festa mais cedo nesta noite. Lembro bem. Ana Teodora falou que se recusou a jogar o voltarete. Sabe o que pensei? Será que o nosso amigo, sr. Afonso, foi embora por ter se incomodado com a conversa sobre os assassinatos? Teria ficado amedrontado? Observe a extensão do nosso engano. Julguei que preferiu sair dali cedo, receoso da possibilidade de encontrar o assassino. Parecia tão encolhido, tão estranho às outras pessoas na festa. Seria o caso de se perguntar o que fazia ali. Quando soube da tragédia, minha primeira lembrança foi a sua pessoa. Hoje já não me parece tão estranho. Para concluir, pensei que no final era quem estava certo. Do contrário, poderia, você próprio, estar na carruagem naquela hora. Diante de uma fera assassina. Não me passou pela cabeça, uma só vez, que você certamente estava lá.

– Depois que, pela própria iniciativa, me nomeou o assassino a despeito do fato que presenciou junto de sua sobrinha, a recapitulação dos nossos encontros se torna apenas uma sequência de insinuações maliciosas.

– Sei que tem poderes acima do normal, não vou desafiá-lo. Mas não se engane. Existe gente disposta a testemunhar, gente que assistiu a episódios na fazenda Ferreirinha. Que o viu fazer coisas que só o demônio... E temos também algo mais próximo aqui, na cidade. Gente que o viu atirar em si próprio e sair incólume.

– Atirar em mim próprio! Meu Deus! Seria verdade o que ouvia? Até que ponto aquele homem ali estaria para proteger a pupila, prender um assassino perigoso ou para incitar a malta em cima de mim? Havia um limite entre a verdade, a imaginação excitada e a grosseira manipulação dos fatos. Ele ameaçava utilizar-se dos três indiscriminadamente. Até mesmo a minha frustrada tentativa de suicídio, provocada pelo desespero do conselheiro Aníbal e o fantasma de Ana Teodora – podia-se dizer o meu único ato de piedade – se tornaria mais um fato apontado contra mim. Não pude me manter impassível diante da última ameaça. Vi tudo misturado em seus olhos. Havia o amoroso despeitado em busca de vingança, o pai aturdido com a ameaça pairando sobre a filha, o homem mundano determinado a descobrir um mistério. E havia, claro, eu.

Sim, eu! Com todo o excesso de imaginação, à exceção de um ou outro fato, ali estava a verdade. Forçoso reconhecer. Não pretendo explicar o que me levou a assassiná-los. O principal era que não havia motivos para matá-los, nenhum deles – motivos reais –, a não ser satisfação de um ódio furioso e de uma sede de sangue insaciável. Nada havia de particular em relação a qualquer um deles. Morreram por uma grosseira associação entre as vítimas e episódios da minha vida, ou apenas má sorte que Sinval negava. Ou, ainda melhor, morreram sob a regência do gênio do mal, tal como aludido, que se valia de mim como instrumento de seu ódio. Mas tal hipótese seria levar ao extremo exagero o próprio absurdo.

É possível que se me contivesse um segundo antes de cada crime e enxergasse a loucura, a sede de sangue se extinguisse. Bem, em tudo isso, o único de quem tinha uma razão de verdade para matar era o homem diante de mim. Ele, e somente ele, apresentava uma ameaça real. Se desaparecesse, estava certo de que suas ideias e suspeitas seriam esquecidas. Mas se continuasse participando do comando das investigações, a polícia não levaria muito tempo para levantar fatos que me incriminariam. Ele fora muito longe, mais do que qualquer outro seria capaz.

– Os que me viram atirar em mim mesmo não explicaram que removeram a cápsula do cartucho para proteger o Conselheiro. Não importa, não é mesmo? A ironia é que estariam livres de mim se tivessem procedido com honestidade. Com honestidade, sr. Sinval.

Por pior que me julgue, sempre me conduzi com extrema honestidade com os outros. Não faltei à honestidade com Ana Teodora ao preveni-la de que não poderíamos continuar nos encontrando. Mas não, ela voltou a me procurar, foi ela a insensata. Ou, como você diria, foi atraída por ordens superiores a despeito de mim próprio que queria nos manter afastados um do outro. E também faltam com a honestidade suas testemunhas da fazenda Ferreirinha, como concluirá se fizer um levantamento rigoroso dos fatos passados. Ali também fui considerado o próprio diabo, embora se esqueçam todos que apenas me defendia contra uma trama sórdida que me queria privar dos meus direitos.

— Direitos! Eis aí uma questão interessante. Com certeza se refere aos direitos sobre a propriedade da fazenda Ferreirinha. Quer então me convencer que a você cabia a posse do patrimônio.

— O convento retirou a questão quando lhes mostrei os documentos de compra da propriedade. No entanto, até que me demonstre o contrário, nos episódios a que se refere eu estava defendendo os meus direitos legais contra um usurpador que me comparava ao demônio para excitar a malta. Mas que não teve sucesso. Aí está, meu caro Sinval, um resumo dos episódios em virtude dos quais me atribui a desgraça alheia. Quanto a Ana Teodora, não fui tão indiferente à minha responsabilidade em sua tragédia. E foi a desonestidade dos seus companheiros que me impediu de seguir o caminho do infeliz casal.

— Sim, infeliz casal, como todos os infelizes que cruzaram o caminho do assassino. Vê, por onde passamos chegamos ao mesmo lugar.

Não havia ninguém lá fora. Seria fácil terminar com ele sem qualquer som sair pela janela. Ele próprio convidava-me a atacá-lo. Não estávamos a mais de três metros um do outro, três metros! Mesmo que estivesse armado. Por que hesitava? Achava que ele teria algo mais que eu não sabia? A arma? Não teria tempo, por mais rápidos que fossem os seus reflexos.

Puxei o punhal de dentro do casaco. Ele viu e não se assustou. Falou:

— Então, vai me atacar?

Não sei o que acontecia com meus olhos nos instantes que antecediam um ataque. Imaginei-os estriarem-se em riscos vermelhos, misturando ao medo anteparado o gosto de sangue que norteava os meus sentidos. Quem se colocava diante do homem na minha frente?

Como a seguir uma ordem misteriosa, as velas apagaram-se, e a sala mergulhou na mais completa escuridão. Estendi-lhe o punhal:
— Pegue. Poderá lhe salvar a vida. Não sabemos quem está escondido nas sombras nessas horas. As ruas estão desertas e não há luz.

Ele me ouviu espantado e acabou por refletir a expressão de bondade que sempre acabava por prevalecer em seu rosto. Pensei ler em seus olhos a dúvida. A possibilidade foi descartada no momento seguinte quando o rosto se descontraiu numa risada após relancear o punhal:

— Não, obrigado. Esse punhal necessita de mãos extremamente hábeis. Não tenho prática, de nada adiantaria.

Virou-se e andou até a porta. Novamente a vontade de sangue, a certeza de que ali estava a minha perdição. E novamente a fraqueza, a indecisão, o medo. Pensava o quê? Que ele teria colocado gente à nossa espreita? A polícia!

Atravessou a porta, precavido. Claro que não entraria ali dentro sem nada, com tantas suspeitas na mente. Esperava que o atacasse de um momento para o outro, na verdade desejava. Seria a minha denúncia e era tudo o que buscava. Para tal expunha a própria vida. Levantei o punho, porém senti-o fraco, incapaz de erguer o punhal e cravá-lo no homem que acabava de sair. Cheguei à janela, ele fechava o portão e parou na calçada, virando-se em franco desafio. Senti um calor na mão e uma dor fina, apertara a lâmina e me havia cortado. Em pânico, avistei Tibúrcio parado no corredor, mal destacado da escuridão.

— Vá lá. Vá lá e mate-o! — Joguei-lhe o punhal; ele pegou-o, surpreso. Não se mexeu, olhou-me aturdido e pareceu tão velho que esperei que as sombras avançassem sobre ele e o levassem dali. Voltei a gritar: — Vá lá fora, mate-o! — Ele não se mexeu.

Uma vela surgiu das sombras e lançou uma última chama para cima, mergulhando novamente nas trevas. Tibúrcio continuou estático, impassível, coberto por uma palidez doentia que o sepultava dentro da noite.

Fiz menção de atacá-lo:

— Mate aquele homem, estou mandando. Você tem o punhal. Covarde!

Fiz um gesto de mão na direção do seu pescoço. Não percebi o movimento dos seus braços. Ouvi um ruído surdo, e o punhal rasgou

o ar, cravando-se no batente da porta junto ao meu ouvido. Teria penetrado o meu coração se fosse sua intenção. Nunca o julguei tão exímio com uma faca e recuei certo de que o homem diante de mim não era quem eu pensava. Agarrei o punhal pelo cabo e arranquei-o da madeira. Apontei para ele:
— Escute aqui, seu preto imundo. Eu o tirei da lama e nada me custa jogá-lo de volta na sujeira.
Ele não respondeu. Apenas as mãos agarraram-se ao paletó. A esquerda subiu pelo peito e segurou a gola de leve, com um cuidado tão grande que mais pareceu uma carícia. Ali permaneceu. Pensei que estivesse se precavendo contra um ataque. Depois me dei conta de que ele apenas ajeitava a camisa e o casaco preparando-se para sair. Senti vergonha de tudo. Havia anos aquele homem vivia perto de mim. Havia anos cuidava dos meus negócios na fazenda Ferreirinha com tanto cuidado que nunca precisei verificar as contas duas vezes. Havia anos observava em silêncio embrenhar-me na escuridão da noite e voltar cada vez mais aturdido, mais enlouquecido e irreconhecível. Certamente sofria. Agora sofria num silêncio asfixiado, observando o mundo que o cercava — espaços rarefeitos que mal o mantinham ligado à vida depois de uma vivência de misérias — desfazer-se nas palavras de um insano. Pensaria que a vida que não conhecera e o desprezara não passava de insanidade e sede de sangue; algo que nunca compreendeu, mesmo mergulhado nos pântanos do Paraguai, cercado de doenças, tiros e morte, ao lado de companheiros brancos que o chamavam de negro, de escravo, de cachorro.

Caminhou segurando o paletó pelas lapelas, num gesto de dignidade. Passou rente a mim, atravessou a porta. Ouvi o ranger do portão pela segunda vez, e passos se afastaram de casa. Continuei imobilizado; os passos foram abafados pelo calor morno da noite. Voltei à janela. Queria ver se Sinval o esperava. Tibúrcio não passava de um traço indistinto entre paredes cinzentas. Desapareceu.

Caí na poltrona, uma claridade branca cobriu a janela, e a lua cheia surgiu entre as nuvens. Ainda segurava o punhal e coloquei-o na bainha. Invadiu-me um vazio absoluto, tive medo de pensar, medo do que me cercava naquela sala. Levantei num impulso, caminhei pela casa esbarrando nas paredes, quis chamar os criados, lembrei que não havia mais criados. Subi as escadas, entrei no meu quarto, abri uma gaveta da estante e puxei o vestido de minha mãe. Coloquei-o diante de mim. Esperava que um corpo se materializasse dentro dele, nada aconteceu. Queria ouvir uma voz, mesmo as que me atormentavam. No lugar, apenas o silêncio lançando zumbidos semelhantes aos grilos e cigarras das antigas noites da fazenda Ferreirinha. Joguei o vestido no chão, desci as escadas, saí da casa. Caminhei até o largo do Machado, fiz sinal para um tílburi, mandei-o seguir para a cidade. Desci na altura da rua do Passeio, perambulei por ali. Entrei num bar, saí, fui até a 13 de Maio. Casebres, casarões centenários, prédios demolidos, ruas sujas cobertas por mofo e excrementos. O céu avermelhou-se como se um sol moribundo apressasse suas despedidas da terra. Lá na frente, na avenida Central, encontrei-me diante da silhueta do pavilhão São Luís. Voltei. Atravessei a avenida, passei pelas obras do teatro Municipal. Ali se encontrava o futuro da cidade, mas deste futuro eu não participaria. Virei à esquerda e entrei no largo da Carioca. Parei diante do teatro Lírico. Falei:

— Mas a você também o futuro nada oferece. À medida que o novo teatro se levanta, o seu fim se aproxima.

Continuei em frente. Pela altura da Gonçalves Dias, tocaram-me o ombro. Virei-me. Dei com um homem alto e gordo, bigode basto, sorriso diluído por sinais de embriaguez. Falou:

— Não o conheço de algum lugar?

Minha memória confusa trouxe à superfície dezenas de rostos. Todos eles crisparam-se e percebi que estavam mortos; assassinados por mim. Recuei e teria me afastado se não enxergasse o sorriso alargar-se e se tornar familiar no rosto do estranho. O homem passou a mão pela testa suada. Tirou o chapéu, examinando com pesar o seu estado. Falou:

— Não é o sr. Afonso da Mata?

O sorriso se expandiu por todo o rosto, emitindo um brilho semelhante à lua no céu. Agia como se nos tivéssemos visto dias antes e apenas uma confusão sem importância impedisse de nos reconhecermos imediatamente. Naquele pequeno gesto, reconheci o poeta Emílio de Menezes, com quem havia estado na confeitaria Colombo. Mas, pensei comigo, já lá iam três anos. E alguns meses.

— Sim, sou eu, Afonso da Mata. E você é o poeta Emílio de Menezes.

Ele se abriu numa risada bonachona, satisfeito com meu reconhecimento:

— Sim, o poeta — falou com ar melancólico.

Examinei-o. O fato surrado caía no corpo como se não passasse dos restos deixados por uma tempestade desabada havia poucos minutos. Os olhos, porém, apresentavam-se claros dos tormentos impressos nas roupas. Mesmo os vestígios de embriaguez não os empanavam, parecendo mais fazer parte de uma alegria secreta. Ao olhar para mim, a claridade que lhe cobria o rosto foi ofuscada por um lampejo de tristeza. Não havia raiva nem amargura na expressão que me dirigia um sorriso sem vida, apenas resignação a todos os males que rondassem a terra à espera dos mortais. E que pudessem ser reunidos numa coletânea de poesias negras.

Falei sem pausa:

– Permite que lhe pague uma bebida?

O rosto avermelhado arredondou-se num aceno satisfeito. Uma das mãos segurou o bigode e alisou-o pelas extremidades. Fez um gesto na direção do café da Ordem. Entramos.

– A vida de um poeta – dizia ao nos sentarmos – tem altos e baixos. Infelizmente, mais baixos do que altos. Ora temos mais dinheiro do que precisamos e o que fazemos? Convidamos os amigos, pagamos as despesas. E veja então o que acontece. O dinheiro some...

– E com ele os amigos – falei gracejando.

Ele concordou com uma gargalhada:

– Sim, infelizmente.

Olhou para os lados, fazendo um gesto ao garçom que o atendeu com um sorriso de familiaridade. Pediu um Chablis e olhou para mim. Fiz que sim, ele reteve o garçom, acrescentando uísque e água de coco ao pedido. Em seguida ajeitou-se na cadeira com uma risada de autossatisfação. Estalou os dedos:

– Certas vezes não acho no bolso quatrocentos réis para pagar um chope. Por mais que queira colocar ordem na vida, alguma coisa é mais forte do que eu. Responda-me, o que vale a vida de um poeta se ele não tem às mãos as bebidas de que necessita?

– Algo mais forte do que a vontade – falei a mim próprio. E então, a ele. – Um poeta não pode passar pelo infortúnio de não ter o que beber. – Fiz uma pausa. – Queria lhe dizer que li muitas vezes a *Marcha fúnebre* e os *Poemas da morte*. Há anos os tenho, nunca me canso de lê-los.

Fez um gesto vago de cabeça. Ouvia-me sem contudo fixar a atenção em mim. Percebi que não seria possível qualquer conversa antes de o garçom trazer as bebidas. O que não demorou. Ao ver garrafa e copos na mesa, segurou o braço do empregado fazendo gestos brincalhões na direção da boca. Conhecedor dos seus hábitos, o outro se prontificou a lhe trazer os pratos prediletos. O constrangimento entre nós desapareceu ao perceber que eu pertencia ao tipo do mecenas ao qual um artista não precisa consultar ao fazer os pedidos. Como acontecia ao conselheiro Aníbal.

– Você cultua a morte de uma maneira expressiva – falei, mal o vi erguer o copo à altura da boca. – Fascínio seria a palavra exata?
Sim, fascínio. Sabe o que me atrai nos seus poemas? A familiaridade que demonstra com a morte.

As bochechas se coloriram de vermelho. Respondeu com ar grave:
– Não é todo o mundo que lê os meus poemas, sr. Afonso. Suas palavras me dão satisfação. Infelizmente, muita gente não me considera mais que um artesão dos versos. Construções bonitas, metáforas bem construídas, onde está a emoção? Gostam das quadras nos jornais, aí está onde sou conhecido. Versos fáceis fazendo alguém ridículo, pintando o descalabro da cidade. E, principalmente, maledicência; maledicência e ridículo. Morte, protestam! Para que precisamos falar dela se chegaremos lá de qualquer maneira? Queremos cores, não luto; não precisamos de cinza e sonhos banhados de névoa. Bem, todo mundo precisa viver, Afonso, mesmo os que vivem pela morte. Assim, não tenho outro jeito, dou ao público o que pede.

Observei-o em silêncio. O que saberia ele da morte que não as digressões de sua, como diria, veia literária? Teria alguma vez se deparado com ela de verdade? Teria causado a morte? Não era possível falar de morte com quem nunca tivesse matado, não tivesse buscado nos olhos vidrados da vítima os sinais do seu fim. Que nada soubesse dos sofrimentos que torcem o agonizante em suas horas finais, as súplicas impotentes que nos lança. Por fim o nosso júbilo de penetrar, pelo sofrimento alheio, os subterrâneos que nenhum outro homem contemplou neste mundo.

Falei:
– Uma vez li umas palavras suas. O que é a morte de um homem? Não o fim dessa vida mesquinha na Terra, a que nos sujeitamos para mera satisfação das necessidades do corpo; não é o que importa. Sabe o que pensei? Aí está o primeiro passo na busca da morte. Sim, o que é de fato a vida? Privações e necessidades sem fim, cegados por uma vaidade sem limites; eis o que queremos salvaguardar e que nos choca ao sabermos que um dia perderemos.

Ele acenava a cabeça em concordância. Lembrei-me dos gracejos trocados na Colombo, cercado dos poetas mais festejados do país.

— Não para nós — acrescentei. — Para nós, a morte tem outro significado além do fim de regalias que, no final das contas, não passam de satisfação de necessidades não muito superiores às dos animais. Você faz versos, eu tenho anotações. São anos e anos de observações minuciosas que me levaram a caminhos que ninguém mais trilhou.

Ele alisava o longo bigode, pensativo. Os fios sob o nariz oscilavam graciosos, impelidos pelo movimento suave dos dedos. Houve um momento em que o rosto pareceu sumir por trás do bigode, numa lenta mutação causada por minhas palavras. Completei:

— Não quero lhe parecer um doido.

O rosto inchou com uma expressão de gravidade. Envolveu-o um ar de melancolia surgido do olhar imobilizado, do lidar impotente com versos que não lhe arrancavam o êxtase buscado.

Falou, escolhendo as palavras com cuidado:

— Não sei em que o possa ajudar, meu amigo. A morte me causa fascínio, verdade. Meus terrores mórbidos são tudo o que me importa. Mas você a tem como um empreendimento pessoal. Terei usado a palavra certa?

— Vou lhe contar uma história verdadeira. Acredita em inferno? Acredita que nossos males nos são impostos a despeito do que queremos ou buscamos, por uma maldição? Maldição legada no nosso nascimento; talvez antes ainda. Peço-lhe alguns minutos para contar algo que nunca aparecerá em seus versos negros. Um dia talvez se encontre na iminência de ser esmagado por algo monstruoso, que não possa explicar ou em que não queira acreditar, mas que, não obstante, tenha de admitir ser você próprio.

Ele tamborilou com os dedos na mesa. Voltou a alisar o bigode, realçando a leveza dos fios louros que se movimentavam como as asas de um pássaro delicado. O garçom depositou na mesa uma cesta com salgados que ele catava sem desviar os olhos de mim. O sorriso de indulgência foi deixado de lado por uma expressão pesada, envolvendo-o nas sombras que o faziam temível.

— O que passo a contar aconteceu com um homem que não vem ao caso. Escapando de uma tragédia em que o pai quis matá-lo num momento de insanidade, pouco mais do que um bebê, foi criado pela família da tia. Ao crescer, revelou todos os sinais de crueldade que possuem os amaldiçoados. Distraía-se matando animais e observan-

do neles o sofrimento que antecedia a morte. Adulto, provocou ou presenciou tragédias que dizimaram a família que o acolheu. Por fim, matou o chefe da família para se apossar dos seus bens.
Ele fez um movimento de cabeça, sem demonstrar admiração. Juntou as duas mãos, entrelaçou os dedos e colocou-as diante da boca:
– E o que aconteceu depois?
Acenei a cabeça, numa admissão muda. Ele derramou mais vinho no copo, tomou tudo de uma única vez, como se uma sede irresistível lhe secasse a garganta. Continuei:
– Esse homem foi embora para longe de todos os que o conheceram, longe de tudo o que acabasse por provocar novas tragédias. Pensou que, distante dos lugares que o ligavam às memórias de crueldade, estaria livre da maldição. Enganou-se. Ela seguiu-o como uma sombra. Só poderia livrar-se dela por meio de um único expediente: matando-se. Mas tal não poderia ser feito antes de concluir suas observações. O inevitável aconteceu; provocou outra tragédia, retornando assim ao seu país. Percebeu assim que, onde quer que estivesse, sua vida seria um círculo sem começo e sem fim de horríveis tragédias.
Calei-me, esfregando as mãos. Suava, nunca havia suado pelas mãos. Qualquer que fosse a situação, por mais tensa, as mãos sempre permaneciam frias e inertes, prontas para agir. Meu ouvinte fazia movimentos contínuos com a boca, mastigando sem parar. Agarrou o copo e esperei que o esmigalhasse. Tive a impressão de que ele queria me fazer calar. Prossegui:
– Durante algum tempo, esse homem contentou-se em observar as vítimas da peste, absorvia-se em seu sofrimento, infligia-lhes novos sofrimentos. Um dia houve um pequeno incidente que provocou a morte de dois desconhecidos. Ele se perguntou o que teria acontecido para provocar a morte de dois homens que nunca vira. Um incidente de rua explicaria? Ação de instintos assassinos? O que não demorou a entender foi que, de uma forma ou de outra, acontecimentos relacionados ao seu passado e a fatos ocorridos desde então haveriam de impeli-lo a matar. O mais importante é que a euforia de causar a morte, que o estimulava, lhe trouxe a verdadeira dimensão do horror. A dor, que tanto quis entender, passou a sentir dentro de si. Percebe a diferença? Inflige aos outros apenas o que não suportava para si. Quando julgava aproximar-se realmente da dor e da morte, nada fazia além de fugir de ambas. Mesmo que não matasse as pessoas com as próprias mãos, provocaria a morte delas por sofrimentos maiores que os pro-

vocados pela violência apenas. Refiro-me ao conselheiro Aníbal de Barros e à esposa, Ana Teodora.

A revelação do nome do infeliz casal causou um estremecimento em meu ouvinte, conforme eu esperava. O rosto se tornou cinzento e mastigou com a boca vazia, tateando a mesa em busca dos copos com uma mão trêmula. Ao perceber que não havia mais nada na garrafa, fez um gesto aflito ao garçom. Abriu a boca e pensei que me mandaria calar. No entanto, voltou a mastigar em silêncio.

– Essa tragédia abriu-lhe os olhos para o que acontecia. Começou a pensar que as mortes provocadas por ele não foram fruto de seu desejo, ao contrário. Uma maldição, dona do seu corpo e da sua vontade, tornou-os instrumentos de seu desígnio. Acredita que pode ter sido assim? Por que então, em seu tortuoso caminho, ele haveria de esbarrar três vezes numa menina que se fez moça e por fim mulher, provocando-lhe uma paixão desarvorada? Seria possível pensar que algo a colocou em seu caminho, como se por meio dela o desígnio maldito se consumasse? Não é possível crer que tantas mortes fossem provocadas por acasos. Existia um plano estabelecido, um desígnio que o levava ao encontro de pessoas que dariam à maldição um caráter material, assassino. Note que essa menina não é uma menina qualquer. É a filha de uma prima dele, concebida num ato de profanação entre pai e filha. Haveria indício mais claro de que as verdadeiras forças do mal se concentraram nela? E houve um acontecimento importante. Um incidente com um escravo que, este sim, tinha o instinto das feras assassinas. Ele o matou, e a morte do outro transmitiu-se a ele como possessão demoníaca. De uma forma ou de outra, tudo se encerra na maldição. O que não passava de uma sequência fortuita, provocada pela mera satisfação de sua malignidade em sangue alheio, originava-se, na verdade, de uma vontade superior a ele que sempre acabava por prevalecer.

Calei-me. O segundo Chablis caminhava para o fim, e mais três copos vazios de uísque amontoavam-se diante dele. O poeta contraiu o rosto num esboço inútil de risada. Falou, fixando os olhos nos meus olhos, com uma firmeza inesperada:

– E como acha que vai acabar?

A pergunta era simples e quase me fez rir.

– A vontade a que me refiro possui uma maneira concreta de se manifestar. – Esfreguei a testa diversas vezes sem estancar o suor. – Um homem sem rosto, encapuzado, aparece do nada. Uma vez ata-

cou-me com um punhal. – Esqueci-me que a história era referida a outro homem. – Ele está impaciente. Se antes não se separava da minha vontade, agora quer me submeter de qualquer maneira.
– Não sabe como se libertar dele? – Voltou a tamborilar no tampo da mesa. – Vou pedir mais uísque que não quero me lembrar de nada depois que sair daqui. Acredita em cristianismo? – Abriu a boca num início de risada. – Cristo é a ideia contrária da história que me contou.
– O que quer dizer?
– A ideia da religião, um padre, Deus e o diabo, a perdição da alma. Já conversou com um padre? A palavra maldição carrega junto de si uma ideia profundamente religiosa. Salvação, como se diz. O maldito procura a salvação, não a encontra e mergulha mais no abismo.
– O que lhe resta, então?
Fez um gesto largo de mãos:
– Quer que lhe responda com sinceridade? – Fez uma pausa para engolir um resto de Chablis que estava no copo. Bebeu lentamente, seguindo uma espécie de ritual, prolongando a pausa de propósito. – A maldição, a sequência de tragédias, a infelicidade... só terminarão com a morte do homem que praticou o mal. – Por delicadeza, situou o personagem da história na terceira pessoa antes de prosseguir. – Conheci o conselheiro Aníbal e sua encantadora esposa, a morte deles me chocou. Nunca entendi o que lhes aconteceu e prefiro continuar pensando que foram vítimas de uma tragédia. Bem, teria todos os motivos para desejar o mal a esse homem. No entanto, não é o que sinto aqui, dentro do peito. Tenho pena dele.
– Não é de piedade que estou em busca! – Percebi o erro. Senti-me tão inquieto que não fui capaz de coordenar os movimentos. Os braços tremiam e tentei contê-los em vão. – Desculpe-me, estou confuso...
Olhou-me com bondade:
– Nada posso fazer além de demonstrar piedade por ele. Não seria capaz de sentir solidariedade por um homem nessas circunstâncias, a despeito do seu sofrimento.
– Acredita que um homem possa ser bom, caridoso com os semelhantes de dia e um assassino de noite?
Ele riu:
– Nesse caso, ele não seria bom ou caridoso, apenas assassino. Olhe, esse livro já foi escrito.

— Não pensava em romance. Falo da vida, de um homem de verdade, do inferno que o devora ao andar de noite pelas ruas dominado pela volúpia de sangue. Das impossibilidades de se livrar do diabo. Já teve o diabo junto de si, sussurrando aos seus ouvidos? Tentou se livrar dele e percebeu a sua fraqueza?

— Existem maneiras modernas de considerar certas manifestações anormais. Chama-se neurose, alguns usam a palavra obsessão ou ideia fixa...

— Não falo de neuropatias, falo do maligno, das manifestações do mal. Não se pode entender o mal como busca de ódio ou vingança. O impulso cega a pessoa, transforma-a num monstro, anula-a pela posse de uma entidade maior do que o espírito humano.

Ele não se abalou. Observou a minha reação com a impassibilidade de um médico que comunica ao doente a gravidade do seu mal. Continuou, retomando um pensamento interrompido:

— Como falei, me causa piedade ver alguém passar pelo que me contou. Sinto ainda mais pelas vítimas. — Fez uma pausa, avaliando as próprias palavras. — Ouça agora o que vou dizer. Quando escrevo versos fúnebres, nada tenho em vista além da minha própria morte. Nunca pensei em infligir a outro o reflexo dos meus tormentos mórbidos, além do que eles próprios compreenderem de um poema. A única morte que me traz a verdadeira experiência de exterminação é a minha. A morte de qualquer outro só me causa piedade.

— Piedade! Por que piedade? O que se perde com a morte de um homem? Gula insatisfeita, vaidade não recompensada? Versos que só causarão indiferença? No entanto — a voz a custo me passava pela garganta —, não estou certo de que o monstro esteja morto.

Percebi o seu sobressalto. Falou:

— Pelo contrário. Tenho certeza de que não voltará a matar. A maneira como a vontade maligna separou-se de você, digo, do seu conhecido, faz crer que os infortúnios estejam terminados. Já não são uma única pessoa, se me compreende. O império da maldição já não é absoluto, e acredito que o homem conseguiu enxergar o monstro e separar-se dele.

Ele engoliu em seco, o rosto perdeu parte da dureza, transformando-a em bondade:

— A presença da moça trará o desfecho à infelicidade que me descreve. O pesadelo está terminado. O que você chama paixão desavorada talvez seja simplesmente amor. Sabe onde ela está?

– Ela desapareceu. Fugiu. No entanto, receio que ele a encontre. Não sei o que acontecerá.

Ele não replicou. Continuou me olhando em silêncio. As mãos voltaram a se mexer, afastando de si bebidas e salgados. Estava nauseado. O rosto se tornou sombrio, talvez se lembrasse de Aníbal. À sua mesa, o responsável pela desgraça de um grande amigo, e ele bêbado demais para saber o que fazer. Fiz um gesto ao garçom, pedindo a conta. Ele me impediu:

– Não, deixe. Prefiro que não pague. Não se preocupe comigo, conheço todo mundo, não se negarão a pendurar a conta para mim.

As últimas palavras foram ditas com dureza. Os sinais de embriaguez nos olhos desapareceram sob um brilho forte e claro. Um misto de resignação e ressentimento cobriu o poeta. Os olhos pousaram em mim, mas não me viram. O suor que brotava da minha pele evaporou-se, em seu lugar permaneceu uma palidez fria. Levantei-me e fiz um gesto de despedida. Virei-me, caminhei para a saída. Pelo espelho, vi que ele se apossara de um copo e o levava à boca com avidez.

21

Não havia ninguém quando cheguei a casa. Os últimos criados, o casal que tomava conta da cozinha, foram embora um dia antes de Tibúrcio. Sem sequer esperar pelo pagamento. Não podia censurá-los. Fizeram o que qualquer um, com um mínimo de senso, faria.

Andei na escuridão sem dificuldade, o senso de direção continuava perfeito. Procurei um candeeiro na despensa e acendi. Entrei no quarto de Tibúrcio. Girei o foco de luz de forma a ver tudo ali dentro. A escassa iluminação não foi capaz de separar a pouca mobília das sombras. Um catre de madeira, uma escrivaninha com gavetas, um baú.

Abri o baú. Havia um redingote e uma camisa de seda, usados em suas incursões noturnas quando voltava embriagado. Dei com uma foto e peguei-a. Um moço sorridente envergava o uniforme de guarda. Coloquei-a de volta no baú e fechei-o. Nada mais havia no quarto. Dir-se-ia que ninguém entrava ali havia muito tempo. Anos morando ao relento ou em barracões destinados a escravos, confundindo-se com a própria sombra, quatro paredes para aquele homem nada significavam além da mais profunda escuridão. Tibúrcio nunca teve qualquer lugar que denominasse casa. Ali não fora diferente. Uma cavalariça, lembrei com uma risada, ele pensava que cuidaria de cavalos quando viemos para cá. Lá fora ouvi o ruído de um carro a motor. Havia muito tempo pensara em comprar um. E então os anos passaram, e os planos foram esquecidos.

Peguei uma caixa do lado do baú e abri-a. Retirei de dentro os instrumentos de suplício de escravos que Tibúrcio recolhera na fazenda Ferreirinha. Alguns estavam muito deteriorados, outros pareciam bem conservados. Quanto tempo passava sentado naquele cômodo, contemplando-os e refazendo os gritos do passado dentro da espessura do silêncio que ali o acolhera?

Coloquei a candeia no chão e me sentei no catre. O colchão era de palha e senti um incômodo pelo desconforto. O mais espantoso, no quadro que me deparava e ao qual recorria para lembrar o homem que habitara aquele quarto, era que nunca tinha entrado ali antes.

Havia um espelho pendurado numa parede e mirei o rosto que surgiu diante de mim. Falei:

— Quer saber o que penso de você? Não é um monstro como todos dizem. Não passa de um criminoso reles.

Deitei-me. Lembrei a fazenda Ferreirinha e senti vontade de estar lá. Por que não voltara para lá em vez de vir para a cidade? Poderia ter vivido na solidão e em paz. Inútil. Por mais que me afastasse daquele quarto pelas voltas da imaginação, por mais que voasse para o passado e o refizesse nos pensamentos, acabava a sós num cômodo minúsculo numa noite em que a alvorada aproximava-se como nova ameaça. Quantos momentos houvera iguais àquele em que eu abria os olhos e percebia, pelo cantar dos pássaros, que breve amanheceria? A cada tentativa de me fixar numa época, deparava-me com momentos tão sós e vazios como aquele.

Adormeci entre as vozes que atravessavam o tempo. Acordei com uma sensação de asfixia. O vulto estava debruçado sobre mim, estrangulando-me com um pedaço de corda. Empurrei-o, não consegui deslocá-lo. Tentei livrar os punhos, em vão. Esperando que minhas forças se esgotassem, soltou uma risada.

— Pensa que pode se livrar de mim?

Percebi que ele trajava o vestido da minha mãe. Algo ferveu dentro de mim, e a visão me faltou. Tamanha profanação esgotou o resto de minhas forças. O vulto aproximou o rosto do meu. Quietou-se e pensei que examinava as evoluções da agonia nos meus olhos congestionados.

— Saia, vá embora, você não existe.

A risada se transformou numa gargalhada:

— Eu não existo! — Ergueu-se e enxerguei traços de um rosto sempre oculto. O aspecto era descarnado e tinha uma expressão demente. Senti medo dele, não pela morte concentrada nas mãos que me asfixiavam ou por me ver na mesma situação das minhas vítimas. Tive medo que, se separasse o mal e o bem dentro de mim, não passasse de uma vítima tão indefesa como as que sucumbiram em minhas mãos. De resto, se morresse estrangulado pelas mãos de um assassino desconhecido, e meus despojos fossem encontrados dilacerados, nada se faria além de um ato de justiça ao qual não poderia me furtar.

Ele afastou-se, mas as mãos puxaram a corda mais forte até a respiração me faltar. Falou e havia raiva na voz:

— Tenho vergonha de você e não me custaria matá-lo. — Afrouxou a corda, e o ar entrou-me pela garganta numa golfada. — Dou-lhe a última chance.

— Não quero nada. Mate-me ou vá embora. Não me amedronta.

Ele me largou e afastou-se da cama, permanecendo de pé do lado da porta. O vestido de minha mãe estava sujo e rasgado. Segurou o tecido na altura do pescoço, arrancou-o do corpo rasgando-o em toda a lateral. Juntou os restos do vestido e os atirou em mim.

— Até aqui temos sido uma única vontade. Daqui para frente, seremos duas vontades opostas. E inimigas.

Quis atacá-lo, não saí do lugar. Ele percebeu os meus esforços.

— Pensa que basta expulsar-me para negar os seus crimes? Nunca conseguirá se livrar de mim. Sou o seu lado forte. E a sua fraqueza me é insuportável.

— Acabou-se. Tudo o que passei está para acabar. E... quer saber como me sinto?... pela primeira vez na vida sinto alegria.

— Ouça bem. Ainda quero poupá-lo, não para lhe devolver o poder que lhe pertenceu. Poupo-o porque ainda tem algo a fazer. Uma última morte. Depois, não precisarei mais de você.

— Mas quem diabo é você? — balbuciei numa voz gaguejante que mais parecia o estertor de um moribundo. Completei: — Por que deveria obedecer-lhe?

Ele me olhou enviesado. Não havia zombaria nem sarcasmo no rosto esquálido que se destacou da noite, apenas uma solenidade que a escuridão do quarto não ocultou. Falou:

— Porque não tem escolha.

Adormeci ou desmaiei. Ao abrir os olhos, as lembranças não passavam de um sonho confuso e continuei imobilizado no catre de Tibúrcio. Passei a mão pelo pescoço, estava cheio de arranhões. Vi o vestido de minha mãe rasgado no chão e peguei-o. Levantei-me com dificuldade e caminhei apoiando-me nas paredes.

Só havia eu dentro de casa. Senti fome e não me lembrei da última vez que havia comido. Firmei as pernas com dificuldade. Saí do quarto e passei pelo corredor, dando no terreiro. As flores estavam murchas, pendiam sobre os caules com uma cor violácea, cheiravam mal. Havia sujeira na casa inteira, lama, lixo, excrementos. Espalhavam-se no chão e nas paredes. Algum dos criados, pensei, alguém que ali entrara durante a noite. A boca encheu-se de um gosto amargo, prossegui até a sala, encontrei a porta aberta. Um vento da praia soprava, fazendo-a gemer nas dobradiças. Fechei a porta. Examinei a sala, os sofás todos rasgados, mais ainda, dilacerados. A estante deslocada, livros atirados ao chão, páginas arrancadas.

Os restos do vestido de minha mãe permaneciam em minha mão. Num gesto de raiva, joguei-os ao chão. O gosto amargo voltou a permear a boca e pensei que em minhas veias, no lugar de sangue, corria esgoto. Às vezes, ele se acumulava na língua fazendo-me cuspir um bolo esverdeado.

O portão rangeu e busquei o punhal na cintura. Passos leves entraram na casa, atravessaram o jardim e alcançaram o pórtico. Meu coração saltou ao identificar os ruídos amortecidos que resultavam do contato de uma pisada quase fluida sobre a terra. Levantei-me às pressas e corri para a porta. Abri-a de repente, e a mulher envolta numa manta escura assustou-se.

– Felícia! – exclamei.

Seus olhos jovens e brilhantes refletiram um brilho intenso. O manto que lhe cobria a cabeça afastou-se, e uma mecha de cabelo grisalho saltou para a testa. O brilho dos olhos embaciou-se até restar uma superfície velha e arranhada. Minha mente confusa se debateu no tumulto dos tempos superpostos. Sim, claro, Felícia. Só que não era a filha, mas a mãe.

O rosto pálido olhou-me com dureza. No lugar do hábito, usava um vestido de fazenda grosseira que caía até o chão; um manto grosso e escuro passava pela cabeça cobrindo-lhe o corpo até a cintura.

Afastei-me, fazendo um sinal para entrar.

Ela abraçou-se sob o manto. Um vago perfume de flores trazido pelo vento entrava pela janela, misturado ao sal. As cortinas ondulavam suaves na janela e cheguei a acreditar que a casa estava limpa e tudo respirava o ar puro das primeiras horas da manhã. Abaixou a cabeça, evitando olhar-me de frente. Entrou e imobilizou-se do lado da entrada, ainda mais encolhida. Parecia uma mendiga que nos estende a mão, exibindo uma aparência mais depauperada que os trajes denunciavam. Recordei-a no convento anos atrás. A altivez e os ressentimentos já não lhe coravam o semblante. Pelo contrário, cobria-a uma palidez doentia; desmanchava-se por efeito de uma moléstia lenta porém tenaz. Algo da filha, que não soube definir, transparecia da mãe com igual vigor. Uma imagem antiga, que resistira aos tempos dentro daquele corpo envelhecido, transpareceu em seus olhos como uma sombra oculta num campo inundado de sol.

— Não pensava que ainda nos veríamos — falei após um silêncio prolongado que o espanto mútuo ainda mais alongou.

Minha voz lhe arrancou um tremor. Era possível que se julgasse a sós como fora a maior parte da vida. A clausura daquela sala silenciosa e vazia não estava distante da que a cercava todo dia. Pareceu desperta de um sonho. Movimentou o rosto como se não soubesse onde estava. Falou, pensativa:

— Não pensou que nos veríamos mais. Claro, seria o certo. Não estou aqui de voluntário desejo.

A voz soou hesitante e rouca como a necessitar um esforço muito grande para produzi-la. Enxerguei-a confinada numa caverna no fundo da terra, conversava com ela através de uma fenda na rocha. Puxou o manto para trás de forma a libertar mais o rosto. A impressão de velhice e doença se tornou mais visível.

Busquei uma peça em que fosse possível acomodar-se. Sentei-me numa poltrona sem o estofado e lhe apontei o sofá em frente cujo acolchoado não estava muito estragado. Ela não percebeu o gesto e continuou de pé. Falei:

— E o que veio fazer aqui?

Ela manteve os olhos pousados nas paredes. Julguei que buscava um indício de religião. Nada encontrou; cruz, oratório, apenas paredes nuas mal adornadas por um quadro que não disfarçava a impressão de aridez ali dentro.

— Vim buscar minha filha.
— Ela não está aqui.

Falou como se orasse em voz alta. Os olhos evitavam os meus, parecia encerrada no claustro fazendo promessas a um deus de quem nunca sentiu proximidade.

— Diga onde está que vou buscá-la.

Apesar da extrema penúria que transparecia do seu aspecto e da aparência de flagelo que lhe sulcava o rosto, as palavras soaram enérgicas.

— Por que pensa que sei onde está sua filha?

Pela primeira vez, desgrudou os olhos das paredes e pousou-os em mim e acreditei que a voz com que dialogava possuía um corpo

O rosto expulsou a palidez, adquirindo um tom cinzento que continha raiva, amor, desespero; tudo o que se esperaria de uma mulher em sua situação. A alteração, embora invisível, teve um efeito positivo em mim, trazendo-me de volta a menina com quem tivera tantas rusgas na fazenda Ferreirinha.

Sua voz soou acusadora como me lembrava do convento:
— Sr. Afonso, é hora de se dar conta do mal que fez à minha família e evitar novas tragédias. Não preciso lembrá-lo de que desta vez está envolvendo uma vida inocente dos nossos erros e pecados no passado.

Seus olhos não evitaram os meus. Um meio-sorriso esboçou-se em sua boca. Pareceu-me que o riso descobria um desespero acumulado nos anos de confinamento. Como admitir que tivéramos vidas tão próximas, durante anos nos víamos todos os dias? Agora, nem ela acreditava ser eu humano, nem eu a tinha como mulher.

— Prima. Não sei onde se encontra a sua filha. Não pense que seja capaz de lhe fazer mal. Sei quem a chamou aqui e o que disse de mim. Saiba que todas as vezes que encontrei Felícia foi para fazer-lhe algum bem.

Sua reação me desconcertou. Mal acabei de falar, dobrou-se numa risada tão forte que pensei fosse sufocá-la. Incapaz de se dominar, meteu a mão no vestido trazendo-a envolta num pedaço de pano grosseiro. Pressionou os lábios até se acalmar. Levantei-me:

— Vou buscar um copo d'água. Infelizmente a prima veio numa hora em que todos os criados saíram.

— Sim, um copo d'água. Me fará bem... — completou numa voz tão baixa que desapareceu num sussurro.

Fui até a cozinha, esperando encontrá-la na mesma situação do resto da casa. Felizmente foi poupada da fúria do meu inimigo e encontrei jarra e copos sem dificuldade.

De volta à sala, encontrei-a sentada na poltrona, apática. O rosto iluminou-se ao se ver diante do copo de água. Bebeu tudo e permaneceu em silêncio, prolongando a pausa para que o assunto fosse abordado com a gravidade requerida. Falou:

— Desculpe-me, sr. Afonso. O assunto que me traz aqui é penoso, o senhor conhece o meu envolvimento no caso. Felícia é minha filha e não tive a felicidade de lhe dar uma situação legítima. Assim, ela cresceu desconhecendo quem eram os verdadeiros pais.

— Nada ganharia sabendo o que lhe ocultaram.

— Entregá-la aos cuidados da família Bettencourt foi o melhor que pude fazer nas circunstâncias do seu nascimento. E incluo a sua presença entre os males que vitimaram a minha família.

— Senhora, não penso que eu esteja envolvido no maior de todos eles, que foi o ato que originou a sua filha... — Ela recuou na poltrona e se persignou. Puxando um crucifixo, beijou-o seguidas vezes, apontando-o na minha direção. — Minha sugestão é que deixe o passado no passado. Nada vamos ganhar revolvendo-o.

— Como deixar de lado o passado se é ele que nos coloca aqui frente a frente? Sabe o que me pergunto? Por que o senhor foi buscar essa pobre menina, o que pensou encontrar nela?

— Não a busquei, fatos fortuitos nos puseram frente a frente. A primeira vez, ela não passava de uma mocinha. Se a senhora acredita na presença da religião e do bem e do mal, julgará que existam propósitos malignos por trás dos nossos encontros. Não saberia desmenti-la.

Os olhos concentraram-se em mim como uma arma de fogo, e as mãos agarraram-se ao crucifixo. O rosto se recompôs e recuperou a mocidade que a abandonara tão abruptamente. Os lábios, movendo-se imperceptíveis, denunciaram uma oração interposta ao nosso diálogo.

— Desde que soube do desaparecimento de minha filha, tenho me perguntado por que Deus me expôs ao demônio.

— Repito que nunca tive intenção de encontrar Felícia.

— Intenção! Como o senhor pode afirmar suas intenções em relação às pessoas antes de lhes causar danos como tem causado?

— Senhora, sei quanto se atormenta por causa de sua filha. Admito que a minha presença contribuiu para o seu desaparecimento. O que não quer dizer que esteja envolvido nele. Não estou. Só soube o que aconteceu por intermédio do sr. Sinval Bettencourt. Penso que ela se sentiu perturbada com os últimos acontecimentos, talvez impelida pelo próprio tio que se apressava em mandá-la para longe. Acredito que se afastou pela própria vontade. Se tiverem um pouco de paciência.

— Não acredito que não saiba de nada como afirma. Ela teve a vida normal de qualquer moça donzela da corte, preparava-se para casar e constituir família quando o senhor apareceu.

— Ouça bem, sra. Felícia. Não fiz nada para demover a sua filha de qualquer propósito. Pelo contrário, conversei com ela, deixando claro o que deveria esperar de mim. Quis afastar-me dela para sempre e creio ter tido sucesso no início, no entanto algo me perturbou. Como mãe, julgo meu dever colocá-la a par de tudo o que me relaciona a Felícia.

— E posso saber o que o perturbou?

— Como falei, afastei-me. Não tinha intenção de voltar a vê-la. Então algo aconteceu comigo. Não pude ficar longe dela. Senti o que nunca tinha sentido...

Um gesto brusco me interrompeu:

— Valha-me, Nosso Senhor! — Juntou as mãos como numa reza. A palidez fundiu-a à penumbra da sala, e os olhos refletiram um brilho seco. Ergueu o rosto para o teto e esperei que caísse em prantos. Dominou-se e crispou o rosto, enfurecida. — O senhor compreende o que diz? Tem a idade para ser o pai dela, não é um rapaz que se afeiçoou da minha filha e me faz confidências. O senhor é viúvo, envolveu-se numa relação escandalosa com uma mulher casada, resultando na morte dela e do marido. Agora vem me dizer que sentiu pela minha filha, uma moça que ainda não fez 21 anos, algo que nunca sentiu por outra mulher! Como acha que devo entender as suas palavras?

Esperei que se calasse. Respondi:

— Não ignoro os anos que me separam da sua filha. Mas o que existe entre nós é o passado. O que me perturbou não foi um rosto bonito de mulher ou o seu sorriso inocente. Foram as sombras do que nos ligava, o abismo aberto no sorriso ingênuo desta menina que não sabe os horrores que carrega dentro da alma, e que não permaneceram lá atrás como seria de supor.

Ela levantou-se abrupta e caminhou até a janela, mãos entrelaçadas na altura do peito. Recitava as litanias diárias do convento:

— Minha filha tem a alma limpa, não carrega nenhum dos horrores que o senhor carrega na sua.

— Não me refiro ao que ela fez em sua vida, mas à ignomínia ligada ao seu nascimento.

— Sr. Afonso. Vivi num convento e reparei todas as faltas que cometi, numa vida de claustro e penitência dedicada a Deus. Meus pensamentos, palavras, todos os meus atos foram voltados a Jesus. O que acontece nada tem a ver com isso. O senhor perseguiu uma moça inocente, acabando por perturbá-la com a sua influência degenerada.

— O que aconteceu nesses anos, se me permite a observação, foi que a senhora se trancou tanto tempo num claustro religioso que esqueceu como é a vida aqui fora. Como pode entender o que acontece com Felícia, depois de tantos anos confinada em quatro paredes? Pensa que chamando-a moça inocente e eu degenerado, tudo está explicado? Seu peito inchou num movimento de respiração profunda. Girou mais uma vez o rosto pela sala, em nova busca de sinais de religião. Uma das mãos desapareceu dentro de uma algibeira e voltou enroscada num terço:

– Sr. Afonso, não preciso acumular experiências deste mundo para saber o que está acontecendo. Não porque conheça Felícia ou tenha participado da vida dela. Pelo contrário, porque conheço o senhor. Porque ainda tenho na memória as impressões que levei para o meu claustro do seu comportamento. Eu o vi arruinando a minha família. Degenerou o meu irmão até lhe causar a morte num incidente tenebroso, envolvendo um escravo fugido. Vi o mal que causou aos meus pais, levando-os à ruína e à morte. Se quer saber o que fiz esses anos no meu claustro, além de servir ao Senhor, foi pensar no que aconteceu e refletir sobre a nossa ruína. Em tudo avistei o seu dedo. O gesto caridoso de minha mãe, ao trazê-lo para junto da nossa família, provocou a nossa perdição. Sei também que a sua presença não se limitou à minha família. A polícia está investigando a morte violenta de muita gente, e o seu nome consta das investigações. Entende agora a razão do meu desespero ao saber que Felícia é o atual objeto do seu interesse?

– Bem, senhora, vejo que antes de entrar aqui foi bem informada do que aconteceu enquanto esteve no claustro. Mas não se engane. Como todo mundo, quero ver esse assassino na cadeia. Melhor ainda, no inferno! – Ela assustou-se e se persignou. – Quanto ao nosso passado, objeto de duas décadas de reflexões, não ousaria contrapor outro ponto de vista. Talvez apenas repetir que o ato do senhor seu pai, em relação à filha donzela que na ocasião era mais nova do que a sua filha hoje, não foi digno de um homem honrado. Ora, Felícia, do que quer me convencer, que nasci um monstro no seio de uma família honrada? Ou não pensa que eu também tenho as minhas recordações? Quer que lhe diga o que João Bento fazia com os escravos? O que os obrigava a fazer? Como se divertia com os tormentos que lhes infligia? Nunca viu o senhor seu pai chegar bêbado das orgias com prostitutas? Como foi que ele a tocou, não quer me dizer também? Quanto tempo dedicou, de suas reflexões no convento, a esse episódio tenebroso? Estava dormindo, ele lhe invadiu o quarto bêbado...

– Cale-se. Já não me atormentou o suficiente?

— Não sou o monstro que contaminou uma família honesta com a sua presença maligna. Na verdade, contaminei-me pelas condutas perversas praticadas pelos seus. Se fui levado ao encontro da sua filha, vítima inocente de um ato abominável de que não participei, tal também se deve à sua conduta e à de sua família. Eu e Felícia somos consequência de monstruosidades passadas que não foram enterradas no claustro religioso junto a você.

Ela me olhava com os olhos arregalados, segurando o terço que fazia correr entre os dedos com agilidade. Seus lábios batiam um contra o outro numa súplica, que se comunicava ao resto do rosto escurecendo-lhe as bolsas sob os olhos. Parecia alheia ao que a cercava como se estivesse dentro das paredes do claustro. Pensei que não mais se desligaria das preces e que a conversa estava terminada. Pelo contrário, num movimento súbito guardou o terço e desta vez observou o lugar:

— O que houve aqui? Foi invadido por ladrões? — Tão rápido como abordou o assunto, deixou-o de lado. — Felícia é inocente, não tem culpa de nada, não tem culpa de nada. — Inclinou-se e apoiou a cabeça sobre os braços. Estava aos prantos. — Se pensa que minha filha o vai acompanhar em suas iniquidades, está enganado. — Levantou o rosto, resoluta, os olhos vermelhos prenderam-se aos meus sem mais conter o ódio que me dedicava. — Você é um homem mau, Afonso, um homem muito mau. Gostava de matar os animais, ria satisfeito com o sofrimento que lhes causava. Uma vez entregou um cachorro ferido a ratos famintos; vi com os meus próprios olhos. Tanto pedi a minha mãe que o mandasse embora, e ela me aconselhava paciência. Quando concordou comigo, era tarde demais.

Foi a minha vez de expressar irritação:

— Infelizmente, o que aconteceu não pode ser mais evitado. Mesmo que agarre esse terço e repita suas rezas pelo resto dos tempos. Se me tivessem mandado embora nos tempos idos, admito, estariam livres de muitos problemas, não todos. Não evitaria, por exemplo, o meu encontro com a sua filha. Como falei, apenas conversamos. Acredito que nunca tenha conversado com ela.

Felícia estremeceu. Ao falar, tinha os olhos voltados a um acontecimento antigo:

— Verdade, nunca cheguei perto de Felícia depois que ela nasceu e... Uma vez pedi ao sr. Sinval Bettencourt que a trouxesse ao meu encontro. Algo a assustou, e ela desapareceu por dois dias.

Suas palavras me fizeram lembrar o encontro com Felícia no quarto de um prédio semiabandonado, nos distúrbios da vacina obrigatória. Quis contar-lhe o ocorrido, ilustrando as maneiras insidiosas em que eu e a filha nos aproximamos um do outro por meio de expedientes que não teriam acontecido sem a sua própria contribuição.
– Vê o estado da sala? – falei. – O resto da casa está pior. O que tem arruinado a vida de tanta gente também não me deixou de lado. Não foi obra de ladrões, asseguro-lhe.
Ela me olhou sem demonstrar entendimento. Esperou por alguma explicação. Balbuciou:
– Quem fez isso?
Levantei-me, jogando os braços para cima.
– Esta noite quis me estrangular. Sabe o que queria? Que eu fosse atrás de Felícia e a matasse. Sim, matasse. Ficou furioso quando recusei. Às vezes me aparece como se fosse minha mãe. Fala com a voz dela, mas sei que não é ela. Esta noite rasgou o vestido, a única recordação que tinha... Estou certo de que não desistiu.
Ela pareceu reduzida a um novilho sentindo o que o esperava ao ser levado para um lugar onde outros iguais, jogados no chão, esvaíam-se em sangue.
– E quem é ele?
Encolhi os ombros e balancei a cabeça, numa negativa. Ela continuou me olhando em silêncio, e sua pele baça pareceu enrugar-se. Fez um gesto de incredulidade:
– Não posso acreditar que alguém queira matar a minha filha.
– Não ouviu falar dos assassinatos na cidade? Que motivo tinha cada vítima para ser morta?
– Os homens estão se afastando de Deus e se entregando ao demônio. Por isso tanta loucura.
– Pode ser, senhora. Meu conselho é levar a sua filha para longe. Esse estranho, esse vulto como me aparece, está determinado a exterminar os descendentes de sua família. E a todos os que se aproximarem de vocês. E, claro, de mim.
– Quem pode desejar tanto mal a nós?
Sim, quem!
Falou, numa mudança repentina:
– Você, que viu minha filha de perto, diga por favor, Afonso, é uma moça bonita?

Seus olhos reluziram a inocência das décadas passadas. Distingui um risinho coquete, uma risada idêntica à que observava em Felícia menina nos tempos da fazenda Ferreirinha. Acreditei que o tempo não havia passado. Continuávamos presos num lugar do passado e bastaria eu estender a mão que ela a seguraria com força. A veleidade me arrancou um sorriso amargo. Que Felícia tinha diante dos olhos ao imaginá-la segurando a minha mão?

– Ela parece muito com você anos atrás. Os olhos, principalmente. O resto, não sei se tem importância. Moça muito bonita, capaz de virar a cabeça dos moços. Sabe o que me atraiu a ela? Uma antiga ligação com você, com um passado que continuou vivo em mim. Houve algo de bom entre nós, Felícia. Ou deveria dizer Finoca! Talvez seja o que fui buscar em sua filha. Infelizmente houve também muita coisa ruim.

– Quando o via maltratar os animais na fazenda, alguma coisa me transtornava tanto. Queria ensiná-lo a ser bom com os animais. Porque... porque assim também seria bom comigo. Você deve ter percebido, jamais gostei de um moço como gostei de você. Acreditava que haveria um caminho para nós, para todo mundo, desde que fôssemos bons. Nunca compreendi por que se afastava quando me via por perto.

Afastava-me, claro, porque ela era boa e eu ruim, porque não seria possível uma ligação entre o bem e o mal, a não ser que um fosse destruído. O que, de uma forma ou de outra, acabou por acontecer, estando o fato apenas para se completar. Falei:

– Tinha medo de machucá-la. É verdade, sou um monstro como você afirma. Queria entender o que acontecia comigo e por isso mergulhei nos livros. Porém nunca ousei causar o menor dano a tia Inês ou a você.

Complementou, um tanto alheia:

– Você procurou o conhecimento e nada encontrou. Eu busquei o caminho de Deus e vivi em paz comigo e com os homens.

– Talvez tenha encontrado o caminho certo, no final das contas.

– Primo – ela falou num tom familiar –, tenho uma filha que nunca vi. Não importa que ela nunca venha a pensar em mim. Deus Nosso Senhor será a Eterna Testemunha do amor que lhe dediquei e nunca pude lhe oferecer. Ontem fui chamada com urgência porque o sr. Sinval Bettencourt não sabia o que aconteceu com ela e pensava que eu seria capaz de descobrir. Não importa. Ao receber a carta, meu primeiro pensamento foi o anúncio do casamento dela. Não preciso descrever o choque. Receio por minha saúde que está se deteriorando e suspeito que Deus não me tenha reservado muito tempo mais na Terra. Mas não posso fechar os olhos sem ver Felícia feliz. E agora isso.

– Ela logo aparecerá, prima. Sinval exagerou a preocupação ao comunicar-lhe o seu desaparecimento. Não aconteceu anos atrás? Ela não voltou bem?

Fez menção de se levantar. Segurou-se num braço da poltrona e antes que tomasse impulso foi dominada por uma fraqueza. Permaneceu imóvel, ofegante. Voltei a encher o copo com água e lhe entreguei. Ela pegou-o, sôfrega, bebeu tudo de uma vez. Falou:

– Tenho medo de que aconteça algo sério com a minha filha. Uma voz me alerta, aqui no peito. Diz que eu podia ter evitado a tragédia.

– Por que fala em tragédia? Não haverá tragédia nenhuma. Felícia está bem e vai voltar. Talvez um pouco confusa, não mais que isso. É uma moça impetuosa e há de considerar a idade. Mas não lhe falta bom senso. Para que se mortificar? Ouça agora, Felícia... quero dizer, senhora. Você tem razão, não sou um homem normal. Nunca fiz nada para o bem de ninguém, pelo contrário. Desde menino, acreditava que bondade não passava de fraqueza, e eu era um menino fraco. João Bento era forte e cruel. Ele era o chefe de todos os meninos. Eu o invejava. Só que João Bento não passava de um idiota, morreu vítima da sua arrogância. E houve o episódio do escravo Enfrenta-onça, sei que está lembrada.

– Sim, o escravo que matou João Bento. Que... você matou!

– Muitos anos se passaram, e o episódio ficou lá atrás. Sinval Bettencourt mencionou-o e quero dizer que realmente houve alguma coisa. Minha mente está perturbada; certos episódios, o melhor é esquecer.

– Se prefere esquecer, por que falar nisso?

– Porque pode ter importância, em relação à sua filha. O fato é que percebi que Enfrenta-onça tinha uma força, melhor dizendo, poder, que o fazia superior aos outros escravos. Que o fazia superior a todos os homens. Fazia-o mais forte que uma onça. Comecei a segui-lo, a vigiar os rituais dos negros. Lembra-se, sua mãe tinha medo de que fosse coisa do diabo. Bem, algo aconteceu.

– O que aconteceu?

– Não sei explicar. Ou tenho medo. Descobri que o poder dele tinha relação com sangue. Ou com o diabo. Ou com ambos. Pode ser coisa do diabo, pode não passar de uma doença cuja cura seja descoberta neste século.

Assustada, ela tampou os ouvidos:

– Por favor, por favor. Não quero falar nisso. Não quero pensar que tal coisa possa ter acontecido.

– Bom, então vamos esquecer, por ora. O que quero dizer é que Sinval está certo ao dizer que fiz mal a muita gente. Nada fiz à sua filha. Como não fiz a você e à sua mãe. Pelo contrário, mandei Felícia afastar-se de mim. Ela compreendeu o que acontecia e passou a me evitar. Fez mais do que isso, foi embora para não deixar que nos aproximássemos novamente.

Ela levantou-se e olhou-me com compaixão. Pareceu recuperar parte do afeto que muitos anos atrás dedicara a mim e tive a impressão de que a sua mão se aproximou da minha.

– Você nunca teve fé, não é mesmo? Nunca conheceu o amor de Deus, Afonso. Outra teria sido a sua vida, o que me faz sentir piedade. Eu... se não fosse Deus, não sei como teria suportado. Minha mãe tinha uma fé tão grande.

A menção à tia Inês me fez subir as escadas e abrir as gavetas da escrivaninha da alcova. O crucifixo estava lá dentro, peguei-o e voltei à sala. Lá embaixo, uma dor aguda queimou a palma da minha mão. Com um grito, larguei-o. Ele caiu entre os meus pés e, ao abaixar-me, vi a figura do crucificado transformada no diabo. Peguei-o com a outra mão, o diabo soltou uma gargalhada e enfiou os dentes em mim. Enfurecido atirei-o para a mulher que assistia à cena, impassível.

– Eis o crucifixo da sua mãe.

Ela o pegou antes que caísse no chão. Beijou-o. Fechou os olhos num ato de contrição, formando duas lágrimas. Nunca tinha assistido, numa face humana, a tão clara demonstração de dor e ternura. Observou-o com atenção. Havia nela uma expressão pacífica como se todos os momentos perdidos de paz acabassem de ser recuperados no contato com o objeto metálico. Olhei-o, não havia imagem diabólica, apenas o crucificado agonizando. Aquela cena abarrotou o meu cérebro de lembranças antigas. Sobretudo tia Inês, a mãe da mulher diante de mim, a avó da moça ameaçada por mim. As lembranças rodopiaram entre si e fechei os olhos. Uma carapaça dura voltou a envolver-me. Cicatrizou todos os vestígios de compaixão porventura experimentados. Fui tomado de pensamentos de natureza oposta. A começar pelo sarcasmo pela fé de minha prima. Com uma careta de repulsa, virei o rosto para não vê-la. Por que me obrigava a aparentar paciência e ponderação com uma mulher que, qualquer um via, não valia mais do que uma barata esmagada? Bem verdade, não sabia quem via diante de mim: a mãe, a filha, a avó. Minha boca encheu-se de biles.

Ela caiu em si:

— Mas o que será de Felícia?

Caminhei até a janela e olhei para fora. Haveria alguém vigiando a casa? Sinval? Para onde Tibúrcio teria ido sem dinheiro, sem roupas, sem nada? Estaria rondando por aí, esperando uma oportunidade? Virei-me. Atentei para o brilho dos seus olhos. Não fui capaz de lhe fazer face. Talvez ali residisse a alma humana, tudo o que ela tentou me dar nos anos que desapareceram. Talvez ali estivesse o que busquei nesse tempo sem me dar conta.

Falei, evitando olhá-la:

— Nada acontecerá com ela, asseguro-lhe. Digo pela memória de minha tia Inês, de quem guardo a mais grata recordação. Espere com paciência, volte para o convento, em um ou dois dias receberá uma carta de Sinval dizendo que sua filha está em casa. Terá então a chance de vê-la.

Minhas últimas palavras causaram uma comoção forte na pobre mulher:

— Meu Deus, nunca pensei que a veria. Ela é inocente do ato profano que a gerou. Acredita no que digo, Afonso? Felícia não pode pagar pelos nossos erros. Ela é tudo pelo que entreguei a minha vida ao Senhor. Todo o tempo Lhe pedi apenas que nada acontecesse com esse ser tão puro.

Pureza! Que pureza seria concebida por um ato entre um homem e uma mulher, que em nada diferia da mais completa bestialidade? Por mais que eu buscasse as raízes da deformação da minha mente na tragédia da infância, nada se comparava àquela obscena demonstração de irracionalidade. Em vão imaginava os detalhes que ilustravam a cena invisível num quarto coberto pela mais completa escuridão. Ver, escutar, pressentir, a porta abrir-se num leve rangido e um corpo bêbado, brutal, apodrecido por uma vida entregue à dissipação, deitar-se sobre ela e enroscar-se ao seu corpo jovem, lambuzá-la com seus sussurros lúbricos de bêbado e... de pai!

Aquela mulher ofereceu a sua vida, ou o que lhe sobrou dela, ao claustro no afã de purificar o fruto do ato ignominioso. Tinha de reconhecer; o sacrifício foi recompensado. Em vez de seu ventre gerar um ser como eu, oriundo das trevas, deu vida a uma criança que irradiava luz. Deus teria assim se compadecido das mazelas da mãe e deixado de punir o ato contra a natureza humana com os tormentos que acompanham os seres gerados nas trevas. Por que eu não fora, da mesma forma, agraciado com semelhante demonstração de graça?

– Diga ao sr. Sinval – falei acompanhando-a até a porta – que o homem que mata as pessoas, o assassino que ele quer descobrir, não é o mesmo homem que pode ajudá-lo a encontrar Felícia.

Ela parou do lado da porta sem compreender o que lhe era dito.

– Você promete ajudá-lo a encontrar Felícia?

– Ela será encontrada em breve, como falei.

Hesitou antes de sair. Segurou-me o braço, e o frio da sua palma penetrou-me a pele. Seu corpo encostou-se ao meu e fui atravessado por um tremor. Olhamo-nos, seus lábios tremiam.

– Afonso, muitos anos atrás, pedi que me beijasse. Ainda se lembra? Éramos crianças e não sabíamos o que nos esperava. Não sabíamos em que um beijo tão bobo podia se transformar. – Virou o rosto para fora, envergonhada de si própria. – Não haveria nenhum mal se me abraçasse agora, não acha? Nunca fui abraçada...

Tomei-a nos braços, abracei-a. Seu corpo, frágil e quebradiço, aconchegou-se ao meu e me apertou. Não soube dizer qual era o forte e qual o fraco, qual o monstro repulsivo, qual o devoto de Deus. Apertei-a, pensando que concluíamos algo interrompido quatro décadas antes. O frio de suas mãos transformou-se num calor fervente que atravessou a minha pele e contraiu o meu peito. Quis deitá-la no chão e possuí-la como... como o pai. Pareceu-me ser tudo o que buscava nesses anos. Meus pensamentos confundiram-se, enxerguei Ana Teodora abraçando-me com fervor e eu a torturando. Por que pensar que seria diferente com minha prima? Mergulhando mais ainda na vertigem, vi-me estreitando-a num abraço mortal. Ela asfixiava-se, os ossos quebravam-se contra a carne, o peito aberto numa poça de sangue, as vísceras rompiam a pele entre as feridas criadas pelos ossos partidos. E então sangue, muito sangue, sangue fluindo de seus lábios rachados, do nariz enregelado vibrando em inúteis tentativas de respirar, sangue empoçando-se nos olhos vidrados. E, misturando-se ao seu sangue, o sangue que sairia dos meus lábios vermelhos de desejo. Numa conjugação de volúpia e morte, eu beijaria os seus lábios sangrentos, concluindo assim, em toda a minha vida, o único ato de amor de que fora capaz.

Seria tudo efeito de um delírio? Ela se desprendeu num arranco. Olhou-me assustada como se tivesse assistido às transformações que ocorreram nos meus pensamentos:

– Não sei o que aconteceu comigo! – exclamou. – Fugi de Deus. Sim, claro! Como pode ser, abraçada a um homem. Um homem que...

– Ela afastou-se, tomada de repugnância. – Um homem que tocou tantas mulheres, que tem as mãos vermelhas de sangue. – Puxou o crucifixo de tia Inês e beijou-o.

Encarei-a, imóvel. Dentro de mim, um rosto igual ao meu, um rosto que possuía os meus traços, os meus pensamentos, mas não era eu, gargalhava. O rosto avermelhou-se com a estupefação da mulher, e uma fúria misturada a crueldade envolveu-o num êxtase de sangue e de dor. Mas esse não era o meu rosto. Era um rosto que ria dentro de mim, e eu fazia força para expulsá-lo.

– Meu Deus, meu Deus! – ela repetia, e pensei que via o rosto que não era o meu. – O que será de mim, meu Deus, eu pequei, pequei. Tantos anos sem um único pensamento que não fosse a religião!

A última lembrança foi o crucifixo dentro de sua mão e minha prima olhando-me com a expressão de aturdimento que me recordou uma vítima da peste ao perceber a minha transformação, num beijo em que a sufoquei. De dentro de mim surgiu o demônio gargalhando com o rosto que não era o meu. Observei a cor pálida da mulher, o demônio voltou para dentro de mim, e tudo à volta mergulhou numa noite precoce.

Ela se afastou. Atravessou o portão que fechou com cuidado às costas. Não se virou, continuou em frente, as pernas mal se destacando dentro do vestido grosseiro que a cobria como um prolongamento do claustro. Os pés tocavam o chão num contato cansado, medroso, a custo lhe fornecendo o impulso para o próximo passo que a levaria de volta ao claustro e dali para a morte. O dia foi coberto por uma mistura nauseante de fumaça e poeira, névoa concentrou-se à volta da mulher tornando-a um fantasma no caminho da dissolução. Fechei a porta. Voltei para a poltrona, caí sobre ela, e tudo desapareceu. Permaneci horas no estado de letargia em que não separava vida da mais completa aniquilação.

Um bater vigoroso na porta me trouxe de volta à consciência. Caminhei tonto, abri-a. Diante de mim, cinco guardas e um comissário de polícia. Atrás deles, reconheci Sinval Bettencourt. Seu rosto mostrava-se descomposto, cinzento, pálido. Os músculos do pescoço contraíam-se num esforço de conter a fúria trancada nos lábios retesados. Mandei-os entrar. Repararam na desordem da sala e no estado dos móveis. O comissário parou diante de mim e foi direto ao assunto:

– A senhora Felícia... irmã de caridade, esteve aqui, nesta casa, ontem de manhã.

– Ontem de manhã! Devo ter perdido a noção das horas. Para mim, ela acabou de sair.

Meu espanto surpreendeu os policiais que olharam uns para os outros.

O comissário continuou, desviando os olhos dos meus:

– O corpo dela foi encontrado na praia. Pode ter se jogado, não sabemos. Pode ter sido atirada; é o que acreditamos.

– Morta! Como pode ser? Ela saiu daqui em paz.

– Levando em conta os antecedentes de homicídios nos últimos anos nesta cidade, temo que tenha sido atirada. Estava machucada, bem machucada. – A voz do comissário era seca e fria. – O senhor admite que ela esteve aqui antes de... de desaparecer. Quero dizer, o último lugar em que foi vista viva foi esta casa.

– Sim, ela esteve aqui. Conversamos. Eu a levei até o portão e não a vi mais. Somos primos e não nos víamos há anos.

O comissário acenava a cabeça a cada palavra que ouvia de mim. Não demonstrou interesse em nenhuma.

– Havia marcas, não muito visíveis, ao redor dos braços e no peito, como se tivesse sido apertada. Tinha uma costela partida. Duas, melhor dizendo. Alguém a enlaçou e apertou forte. Devia ter muita força. Ela desmaiou e foi arrastada até a água. Tudo indica que foi assim. Ah, quase me esqueço... Encontramos um crucifixo dentro da mão. Na palma havia uma queimadura em forma de cruz como se o metal estivesse em brasa.

– Antes de sair, nós nos abraçamos. Ela pediu uma recordação de infância. Havia recordações entre nós. Muitos anos atrás, quero dizer. – Encontrando os olhos do comissário fixos em mim, abri-me numa risada de discernimento. – Ora, não a machuquei, nunca a machucaria. O crucifixo pertenceu à mãe dela. Eu o guardava e lhe entreguei. Ela gostou de vê-lo depois de tantos anos. Saiu daqui satisfeita quando lhe assegurei que a moça, Felícia, seria encontrada.

Sinval entrou na sala, atraído pelas minhas palavras:
– Senhor comissário, é esse o meu receio. A moça cair nas mãos dele antes de a encontrarmos. Pode esperá-la um destino semelhante ao da irmã de caridade.

O comissário fez um gesto de mão, mandando-o calar-se. Falei:
– Senhor comissário, devo lembrá-lo, e a esse senhor, de que estão na minha casa. Se houver acusação contra mim, submeto-me ao seu julgamento. Se não houver, não quero ouvir insinuações. Restrinjam-se aos fatos.

O policial desculpou-se:
– Claro, o senhor tem razão. Ela pode ter se jogado, Sinval, não se esqueça. Ou ter sido atacada depois de deixar esta casa. – Voltou-se para mim. – Quero esclarecer, sr. Afonso, que estamos aqui porque foi o último lugar em que ela foi vista viva!

Passava o chapéu de uma das mãos para a outra. Uma delas segurava uma bengala pelo castão.

– Uma irmã de caridade se matar, nunca ouvi maior disparate – interrompeu-o Sinval, exasperado.

– Essa irmã de caridade – contrapus – tem uma história de vida atormentada.

O comissário andava de um lado para outro, prestando atenção nos móveis quebrados:
– O que houve aqui? Parecem sinais de violência.
– Um criado que foi embora. Por que fez tal coisa? Não sei. Pode ser que, como o sr. Sinval Bettencourt, não me tenha em bom julgamento. Quanto à irmã Felícia, ela saiu daqui sem nada aparentar. Se eu adivinhasse o que estaria por lhe acontecer, teria ido junto com ela.

Sinval não conteve uma risada:
– Que é justamente o que deve ter acontecido.

Calou-se ante o olhar reprovador do comissário que continuou examinando o ambiente. Perguntou se os guardas podiam olhar os quartos. Havia uma denúncia de que a moça estaria escondida em casa. Falei que sim, dois guardas subiram as escadas, o comissário seguiu em frente e entrou na cozinha. Fui atrás dele.

Erguendo a bengala, tocou numa ou noutra panela. Girou o corpo com agilidade, olhando à volta um tanto alheio. Era baixo e troncudo, moreno, o rosto quadrado fazia um contraste com o chapéu-coco.

Expressão dura, fria, seca, bem de acordo com a ideia de um policial. Sob o queixo crescia um tufo de barba que se erguia mais rala pelo rosto, morrendo embaixo das têmporas. Os lábios moviam-se imperceptíveis sem quebrar a imobilidade do restante do rosto. Falou como se pensasse alto, lançando as palavras ao ar:

– Sr. Afonso, temos muitas indicações a incriminá-lo. Infelizmente, nenhuma definitiva. Seu empregado, o sr. Tibúrcio, prestou depoimento, afirmando tê-lo visto entrar em casa de madrugada diversas vezes, com as roupas rasgadas e, o mais significativo, com sangue nos trajes. Para culminar, mandou-o matar o sr. Sinval Bettencourt. Terá muito a explicar.

Afastou-se de modo a me ter todo sob a sua visão. Seu rosto contraiu-se num olhar tenso e intimidante. Falei:

– No momento em que me pedir as explicações, terei todas aquelas a que me sentir obrigado. E, não se esqueça, também fui atacado pelo assassino. Testemunhou-o o sr. Bettencourt em pessoa. Ele pode dizer como aconteceu.

Ele me observou em silêncio, a bengala tocando cada objeto, empurrando-o de leve como a se certificar de sua materialidade. Pela primeira vez, revelou curiosidade por mim. O olhar inquisidor desmanchou-se num sorriso cínico, assegurando-me de que conhecia todos os tipos iguais a mim.

– Sr. Afonso, vamos deixar de lado o assassino, por ora. O que me importa agora é a moça. Ela desapareceu de casa no dia da viagem para Buenos Aires. Não pode ter saído para uma volta, não concorda? Já se passaram três dias. Nesse ínterim, uma parente dela, religiosa, deixa o convento para ajudar na busca. Ela vem procurá-lo porque tem razões para supor que o senhor sabe do paradeiro da moça. Creio não ser preciso deduzir o que aconteceu até o corpo dela ser encontrado. Se eu acreditar que ela descobriu o que houve com a moça e então o senhor... o senhor...

– Quando o senhor tiver tal conhecimento, estarei à sua disposição. Não antes.

– Que o senhor conhecia a moça e se encontrou com ela sem a autorização do tio, isso o senhor não nega.

– Escute aqui, senhor comissário – interrompi-o –, encontrei-a como se encontra qualquer pessoa. Ela tem vinte anos. O comissário parece desconhecer que não estamos mais no século XIX. Estamos no século XX.

– Mas não muito longe do século XIX.
– Devo acrescentar que havia uma acompanhante com ela.

Ele me examinou em silêncio, os lábios esticaram-se e se imobilizaram numa expressão de zombaria, não distante de provocação. Falou:

– Talvez o senhor, que morou tantos anos na Europa, possa me explicar. O que faria um homem matar alguém que nunca conheceu antes e abocanhar pedaços de carne humana como uma fera?

Estava claro que a sua intenção era me provocar, me fazer perder o controle. Respondi, reunindo toda a calma de que fui capaz:

– Vejo que o senhor comissário entrou em minha casa mais levado pela intenção de me provocar do que esclarecer o que aconteceu à irmã Felícia. Entendo que o senhor compartilha da convicção do sr. Sinval Bettencourt de que sou o assassino, sendo as provas uma questão de formalidade. Pois ouça o que tenho a dizer...

Ele fez um movimento de mão, num gesto ambíguo de desculpas. Calei-me. Ouvi o ruído abafado da bengala batendo num prato de louça, afastando-o para o lado. Senti as mãos frias e fechei-as. O pescoço, pelo contrário, queimava-me, e bagas de suor rasgavam-me a pele. O comissário percebeu a minha perturbação, seus olhos astutos emitiram um brilho satisfeito.

– Como falei – ele prosseguiu engolindo a risada, decidido a não largar mão da vantagem obtida –, minha principal preocupação é descobrir onde está a moça. Quanto mais o tempo passa, maiores os receios sobre a sua saúde. Imagino-a amarrada, meio sufocada, sem comida, sem nada. Não ouviu falar de coisas semelhantes na Europa, o senhor que viveu por lá? Assassinos pérfidos torturando vítimas inocentes. Graças a Deus, não se praticam semelhantes atrocidades na nossa cidade. O que não quer dizer muito, com os progressos dos últimos anos; reformas, avenida Central, o porto... sobretudo o porto... tantos estrangeiros aqui desembarcando. O que pensa o senhor?

– Caso o senhor não tenha reparado, vivo aqui retirado, não frequento a sociedade. Envolvi-me com a moça na qualidade de parente. Ela gostava, ou gosta, de me ouvir. Atravessa conflitos penosos que podem ser responsáveis pela sua saída intempestiva de casa. Como deve saber, não é a primeira vez que desaparece.

O comissário acenou com a cabeça como se tudo lhe soasse familiar. Não obstante, deixava claro que não estava satisfeito e percebi que nada do que ouvisse modificaria a ideia que ali o trazia. Calei-me, ele continuou acenando sem demonstrar que me ouvia. Havia um sorriso congelado em sua boca. De repente me tocou com o dedo e falou quase me soprando as palavras nos ouvidos:

— Sr. Afonso, vou dizer agora o que penso. Há muito tenho seguido os seus passos. Sei que não é nada do que diz. Já lidei com outros como o senhor, sempre os peguei. Quem é o senhor de verdade ainda não descobri, mas pode estar certo, vou descobrir. Temos o testemunho dos seus fâmulos, do seu administrador. Dos amigos do saudoso conselheiro Aníbal. Até testemunhos sobre acontecimentos sobrenaturais. Bem, quanto à irmã, não sei nada. Pode ser que, contra todas as hipóteses, ela tenha se matado. A moça, no entanto, e isso é uma promessa que faço, se alguma coisa acontecer a ela, o senhor vai ajustar as contas comigo. Não vou esperar outra moça desaparecer para tomar uma ação definitiva. Sei como tratar desclassificados. Mais ainda, sei como tratar desclassificados bem-educados. Essa grã-finagem que exibe para nós não vai valer nada quando eu o tiver aqui, na minha mão. Esteja certo. Tanto a moça desaparecida como todos os que morreram nas mãos do assassino. Ele tem os dias contados, nunca deixo de fazer o que afirmo!

22

A morte da irmã Felícia estava em todos os jornais e não esconderam o fato de ser a minha casa o último lugar em que estivera viva. Por onde andasse me sentia observado. Era como se uma opinião geral silenciosa, envolvendo-me, se alastrasse. As pessoas lançavam-me olhares assustados e afastavam-se. Ao sair de casa, vi uma criança apontando-me um dedo. A mãe empurrou-a e foram embora apressadas. De noite, fui atacado por dois vagabundos numa viela, bati-lhes com a bengala até se estenderem no chão. O meu impulso foi dilacerar-lhes a carne, mas pressenti uma armadilha. Dominado pelo instinto de fera acuada, foi uma verdadeira proeza contentar-me com umas bengaladas e afastar-me ao vê-los inertes no chão.

Queria procurar Felícia, não o fazia por receio, não sabia o que esperar de mim. Sentia aproximar-se o desfecho de uma antiga maldição que pairava sobre a família. Todos tiveram mortes trágicas. Os últimos personagens eram Felícia e eu. Desejava com sinceridade que a polícia descobrisse o seu paradeiro e a levasse para longe.

Se me guiasse a razão, iria embora da cidade. Há muito não punha os pés na fazenda Ferreirinha. Não obstante, ali permanecia como se lançasse de propósito um desafio à polícia. Tinha medo do vulto, medo de ladrões, de bêbados. E a simples possibilidade de não ver mais Felícia me lançava no mais profundo desespero. Meus laços com ela me apertavam, tornavam-se asfixiantes se fosse apropriado o termo, e não acreditava que ela também não sentisse o mesmo. O mais insuportável era que, a cada dia distante dela, a sensação de aniquilação aumentava e não via a hora em que não conseguiria respirar sem tê-la do lado.

Andava nas ruas como um sonâmbulo. Parecia-me que o próximo passo seria o último, então nada me restaria. O mundo era um caminho estéril e infinito e eu não passava de um inseto. O ar que entrava nos meus pulmões não era suficiente para me manter vivo, se não possuísse qualquer coisa que também pertencesse a Felícia. Por outro lado, sentia-me como um cachorro escorraçado depois que Tibúrcio foi embora. Ninguém aceitava trabalhar em casa, nada sabia das contas da fazenda, recusavam-se a me servir nos restaurantes. As palavras do comissário esclareceram a minha verdadeira situação. Cachorro escorraçado, repetia-me. Se, antes da tragédia que envolveu Ana Teodora, havia algo em mim que atraía as pessoas, essa aura murchou, inverteu-se, as pessoas passavam por mim e seus olhos denunciavam medo ou repulsa como se estivessem diante de um empestado e fizessem por bem afastar-se.

Queria localizar Tibúrcio. Não voltou sequer para pegar as roupas. Nada. Segundo o comissário, havia me denunciado como suspeito dos homicídios. No entanto, não sentia raiva dele. Meus paroxismos de furor, alimentados por um ódio que me impeliu a cometer tantas atrocidades, não se manifestavam contra Tibúrcio. Ademais, nunca houve, entre nós, acordo de cumplicidade ou encobrimento nos crimes cometidos. Pelo contrário, a honestidade era o que esperava dele e devo dizer que cumpriu a sua função com o mais excessivo rigor. Reconhecia assim não haver traição nem ingratidão envolvidas.

Minha casa deteriorava-se. Sentia-me um fantasma, um ser banido da espécie humana que ainda conservasse um instinto de existência incompatível com a sua aparência apodrecida. Estava encurralado, não sabia o que aconteceria comigo no dia seguinte. Não obstante, não saía dali.

Chegando a casa de noite, um sentido me alertou de que havia alguém lá dentro. Parei no portão e olhei para cima, distinguindo uma sombra imperceptível esgueirar-se entre as janelas do sobrado. Esperei imóvel junto ao muro. Quando ele saiu da frente, entrei rápido pela varanda. Experimentei a porta, destranquei-a. Empurrei-a com cuidado, tive medo que rangesse. Não havia ninguém na sala. Encostei-me na parede e fechei os olhos, um estalido da madeira me indicou a direção do movimento. O intruso saberia que eu chegara? Era possível que tivesse fugido pela janela dos fundos, pois muito tempo se passou e nada ouvi. Cheguei a admitir uma alucinação, como tantas que me assolavam nos últimos anos.

Minha paciência teve sucesso, escutei um movimento irregular em cima. Convencera-o de não haver ninguém em casa. Quem quer ali estivesse, acabava de entrar no meu quarto. Tirei os borzeguins, coloquei chapéu e bengala no chão, subi as escadas. Cheguei em cima a tempo de ver uma sombra saindo do quarto. Abaixei-me para não ser visto.

Ele entrou em outro quarto, caminhei para lá. Antes que percebesse ter sido localizado, cruzei a porta e vi um homem de costas. Virou-se, era Tibúrcio. Seus olhos giraram pelo quarto, não havia saída. Resignado, endireitou-se mantendo-se contra a parede, olhos fixos em mim. A respiração cortava o ar, ruidosa, as narinas dilatadas tremiam. Fechou os punhos numa posição defensiva.
— Por quê? — perguntei.
Ele se mexeu, inquieto. Os olhos, presos em mim, acompanhavam meus movimentos mais insignificantes. Estávamos próximos um do outro, três metros não mais, e distinguíamos as expressões mútuas.
— Olhe tudo. Esteja à vontade. Não encontrará nada, nada! Diga-lhes que não viu nenhuma roupa manchada de sangue. Nenhuma cabeça humana arrancada. Que não existe carne humana decomposta dentro de nenhum baú. Diga-lhes que, se o assassino esteve nesta casa, não está mais.

Ele me olhava em silêncio e percebi os seus olhos vermelhos como se tivessem chorado. Os cabelos brancos sobressaíram na escuridão, à maneira de um halo. Ao vê-lo pela primeira vez, eu não passava de um menino, e ele, um soldado recém-chegado da guerra do Paraguai. Pela primeira vez me deparava com a força, o desafio, a coragem. Agora não passava de um homem velho e desamparado. Quem olharia por ele na minha ausência?

Um gosto amargo subiu pela minha língua. Tornou-se mais forte e teria vomitado se houvesse alguma coisa no estômago. Ele percebeu o meu mal-estar e contraiu os lábios. É possível que tenha distinguido o cansaço resultante de anos mergulhado em infindável violência. Do meu lado, enxerguei este mesmo episódio acontecendo outras vezes, muitas vezes, dezenas de vezes, eu e ele nos encarando no escuro, de olho no medo e no ódio acumulados nos olhos do outro.

— Vou lhe fazer uma confissão, Tibúrcio. Os últimos homens que matei, fechei os olhos. Não podia mais ver os olhos da vítima. Nunca falei a ninguém sobre isso. Eu fixava os olhos dos animais, identificando o momento em que passavam da vida para a morte. Todas as vezes que matei procurava esse momento. Como... como se abrisse uma fresta na morte pela qual pudesse espreitá-la um instante que fosse. Alguma vez pensou que haveria uma eternidade à nossa espera e que ela estaria visível aos nossos olhos de mortais? Mas fracassei, fracassei sempre. Tantos esforços em vão. Exceto num homem. Num único homem, vi a morte alongar-se pela eternidade em toda a sua sombria extensão. Enfrenta-onça, lembra-se do que aconteceu? Uma árvore me salvou a vida. Do contrário, seria ele quem me veria desaparecer. É possível que fosse isso, confusão momentânea entre duas mortes, a minha e a dele. A morte dele me trouxe o que tanto buscava. Esse foi o erro; se não tivesse espreitado num relance a eternidade, não saberia que ela existia. Agora é tarde demais. Tarde demais, Tibúrcio. Bem, não sei por que estou falando tanto. Devo-lhe certas confissões por tudo o que fez por mim. Não pense que esteja zombando, nunca zombei de nada. Você me deu a chance de ver tudo o que procurava e não soube reconhecer.

– O que está dizendo? Você é um louco. Louco e assassino.

– Por que diz isso? Não sou assassino. Não sei o que acontece comigo. Já ouviu falar que somos todos, de alguma maneira, dominados pela potência do mal? Por que razão eu mataria as pessoas? Não as roubo, nada quero delas. Nada ganho com a morte delas.

– Também se mata por insanidade, pelo cheiro de sangue, pelo instinto de fera, por maldade. Pensa que nunca vi casos como o seu, na guerra? Pensa que não sabia reconhecer o que acontecia à minha volta? Mas ali era diferente, podia-se tanto matar como morrer. – Olhou para mim com uma expressão mista de zombaria e piedade. – Não sei se é digno de ódio ou pena.

Avancei a mão sobre o seu pescoço, antes de tocá-lo, recuei. Ele levantou um braço num gesto impotente de defesa.

– Pois ouça você agora. Pode ser que esteja louco, não o desminto. Na verdade, prefiro que seja assim. O que não diminui a minha culpa.

– Caí numa risada estridente. – O mais triste é que nem o demônio me respeita mais. Ele manda seus fantasmas me perseguirem, mortos de muitos anos atrás. Lembra-se do comendador Antônio Ferreira? Mas claro, como poderia esquecê-lo? Por ele você lutou no Paraguai e ganhou a alforria. E minha mãe. E um vulto sem rosto, sem corpo, com dois olhos vermelhos envoltos em trevas. Não sei quanto tempo mais serei capaz de lhes opor resistência. Não quero fazer mal às pessoas, Tibúrcio. Sinto engulhos quando penso no que fiz. Devo estar doente. Sim, doente. E não quero fazer nada a Felícia. Infelizmente, tenho medo de que seja tarde demais.

As últimas palavras lhe causaram um estremecimento.

– O que está dizendo? Encontrou a moça e...

– Não encontrei ninguém. Tenho medo de que ela própria se faça mal. Da mesma maneira que o demônio se encarnou em mim, ele a quer agora. – Passei a mão na testa, sem a menor certeza de que minhas palavras fizessem sentido. Continuei: – Não quero fazer mal a ela, Tibúrcio. Iria embora daqui, até me mataria. Mas tenho um pressentimento de que posso ser a última esperança dela.

Ele se dobrou numa risada:

– Quer dizer, então, que ela vai causar mal a si própria se você não impedir! Ninguém acredita nessa conversa de demônio, Afonso. O que chama demônio é a sua própria tara. Você não pode ser esperança de ninguém. Pelo contrário. O medo de todos é você encontrá-la.

– Pois estão errados. Estão todos errados. Se a polícia me pegar, se me trancafiar, se eu morrer, ela estará perdida.

– Estou cansado de suas mentiras. Não espere ajuda de mim.

Acenei a cabeça, reflexivo:

– Não poderia reprová-lo. Você é um homem íntegro. Sim, pode ser que eu não seja o homem certo. Quero lhe explicar por que o respeito. Nunca respeitei ninguém, exceto você e minha tia Inês. Mas ela morreu há muitos anos. Nem me lembro se chorei em sua morte. Os homens choram quando perdem aquilo que os ampara em vida. Não é verdade?

Seus olhos piscaram e quase soltou um gemido, descobrindo a boca murcha e os poucos dentes estragados.

– Chorar! Escute aqui, seu bastardo assassino. Eu lutei numa guerra, não venha me dizer o que é a morte. Vi a morte dezenas de vezes, nos olhos de companheiros e de inimigos. Não a sua torpe eternidade que não passou de delírio de insano. E todas as vezes que vi a morte lutava contra ela, nunca desejei provocá-la. Nunca provoquei a dor em ninguém, a não ser na guerra. Mas isto você não compreenderia de forma alguma. Nasci escravo, ao crescer descobri que existia um mundo e que esse mundo pertencia aos homens. E nem sequer homem me permitiam ser. Não passava de um animal como os que você matava e dos quais prolongava a agonia, levado por seu vício assassino. Se um dia conquistei o direito de ser homem, foi pegando uma arma e indo para outro país matar homens que nunca tinha visto. Fui compensar a covardia de um branco e lhe trazer de volta as medalhas e os feitos. Estive na guerra, de que você, com sua cabeça doentia, nunca chegou perto. Mata pessoas isoladas nos becos, protegido pela noite. A única vez que enfrentou um homem de verdade, infelizmente, as circunstâncias o salvaram. Ou, quem sabe, o demônio. – E, ao pronunciar a palavra demônio, soltou um riso de escárnio. – Cheguei no momento em que matou Enfrenta-onça, tive vontade de atirar e estaríamos, assim, livres de uma maldição. Mas não atirei. Eu, que tinha atirado em tantos homens na guerra. O que reteve o meu braço? O demônio, Afonso. Quem mais? Sou, assim, também responsável pelas desgraças causadas. Mas o que estou fazendo aqui discutindo propósitos tão formidáveis como a eternidade; um preto velho, escravo, um molambo tirado da miséria pela sua repulsiva generosidade? O que quer de mim? Não sou mais escravo, não sou molambo, não sou mais gente. Não tenho nada e nada arrisco a perder.

– Você se ergueu acima da maldição do seu nascimento, Tibúrcio, felicito-o. E não passava de um escravo a quem não faltavam dúvidas quanto à própria humanidade. Mas não pense que os escravos eram os únicos amaldiçoados.

– Está enganado, os únicos amaldiçoados eram os escravos. Não há maldição em você, Afonso. Essa palavra, em sua boca, não passa de uma justificativa torpe para os seus crimes.

Suas palavras me causaram um tremor. Uma ânsia de morte apoderou-se de mim e perdi o discernimento. Saltei sobre ele sem lhe dar chance de defesa. Agarrei-o pelo pescoço e quase o torci. Meus dentes rasparam o seu ombro como mandíbulas de fera. No momento seguinte, voltei a mim e me afastei.

Não demonstrou medo ou espanto. Antes, total compreensão. Se pensava ser possível convencê-lo da minha inocência, agora nada mais importava.

– Assim você matou! – balbuciou, admirado de ainda estar vivo.

Recuei, até sentir a parede contra as costas.

– Não, nada disso. Não é nada do que pensa. Não sou o monstro, não sou uma fera à solta pelas ruas.

– Vi-o chegar a casa de madrugada. Todas as vezes tinha os olhos injetados como agora, esse mesmo rosto desvairado.

– Se me escutasse uns minutos, tenho certeza de que compreenderia.

– E por que precisa da minha compreensão?

– Porque, como disse, eu o respeito.

– Se conquistei a liberdade e depois perdi tudo, foi por ser um homem! Essas coisas só acontecem com os homens. Mesmo que tenha sido escravo anos atrás, mendigo e não passe de um... preto. Pois ouça.

Essa humanidade, nunca duvidei dela. Mesmo na guerra. E nunca a vi em você.

— Você não sabe do que fala. Não sabe nada. Nunca conheceu as trevas, no entanto elas existem. Pensa que na vida existe apenas um caminho e este é o da retidão? Era visível que ele nada nutria por mim além de repugnância. Nenhum respeito. Completei:

— Não me orgulho dos assassinatos, pelo contrário. Quero esquecê-los, meu desejo é que nunca tivessem acontecido.

Ele riu e a risada descarnada se confundiu com a escuridão. Havia um brilho de ódio que nunca percebera nele, mesmo nos piores episódios com Ana Teodora. Tratava-se da mais baixa impressão que um homem poderia revelar de outro e me causou pesar. Senti um vazio tão absoluto que não poderia ser menor do que o vazio da morte.

— Quando entrei aqui não sabia o que procurava — falou num tom grave, esforçando-se para fazer uma revelação difícil, não tendo certeza das próprias palavras. — Pensava que haveria provas. Queria dar um fim aos crimes. Queria também buscar o meu próprio perdão por não os ter impedido. De qualquer maneira, fui castigado além da conta...

— Você sabia quem eu era desde que viemos para cá. O que pensava? Que eu reconheceria o mal e me modificaria?

— Quando Ana Teodora morreu e o vi desesperar-se, pensei que não aconteceria mais. Que havia um homem dentro da sua pele. Para a infelicidade de suas vítimas, eu estava errado.

— Mas por que tanto ódio agora? Não foi apenas porque o mandei matar Sinval Bettencourt. O que fiz com você?

Os resquícios de riso foram suprimidos por uma contração de dor que pareceu sugar todo o rosto. Não sei se lágrima ou suor, pequeninas gotas brotaram em torno dos olhos inchados.

— Você, seu assassino nojento, você matou o meu filho!

Num clarão lívido, recordei a foto no baú em seu quarto; um moço vestido em uniforme de polícia. Minha mente não teve dificuldade para buscar o fato. O guarda que veio atrás de mim de quem parti o pescoço. Ali estava, desta vez não uma vítima como tantas que manchavam as minhas mãos em meus delírios de sangue; pelo contrário, o filho do homem diante de mim cujos últimos anos de vida sustentaram-se pela ideia de uma busca fadada ao fracasso. Podia-se, da mesma forma que outros fatos trágicos, compreendê-lo como mais uma tragédia das que me cercavam, fortalecendo a ideia de maldição que transcendia uma simples coincidência.

Recuei horrorizado. Apoiei-me na parede e tateei à volta, em busca de uma cadeira. Não encontrei e continuei em pé, sentindo o chão desaparecer embaixo de mim.

— Vá, vá-se embora. Não existe nada aqui que lhe sirva. Tudo foi queimado há muito tempo.

— Tudo o que tive, o que poderia ter tido, a única recompensa que esperei deste mundo tão cheio de maldades, você arruinou e destruiu.

Não tive certeza de que ele desembainharia um punhal. No meu estado de atordoamento, não lhe oporia resistência. Virou-se e tomou a direção da porta. Eu não passava agora de um inseto num quarto vazio, esmagado por um ato fortuito de violência, sem um gemido, sem a menor demonstração de dor.

Ouvi os passos descerem a escada e o ranger da porta lá embaixo. Seguiu-se o ruído amortecido de pés contra a terra e por fim o portão. E então novamente o silêncio.

Saí de casa e rumei para a praia. O grunhido rouco das ondas batendo contra as rochas silenciou todos os outros ruídos e esqueci o que ali me trazia. O mar não passava de um abismo infinito que devorou o resto do mundo e senti um impulso de desaparecer sob a água. A noção de matéria desaparecia naquele composto líquido, e com ela a razão que levava os humanos a se infligir dores e sofrimentos. Parei na calçada, rente à água. Avistei a silhueta da irmã Felícia, Finoca, minha prima. Os sentimentos que a ligaram a mim terminaram por abreviar-lhe os dias de uma vida miserável. O vulto de mulher, já fundido à escuridão, caminhou sobre a água e se desfez lá adiante, e a superfície do mar voltou a borbulhar com suavidade, sem qualquer vestígio de alguém que ousara desafiar a sua insólita grandeza.

Permaneci imóvel, gelado, aspirando o ar impregnado de sal. Lembrei-me do dia em que aqui chegara. A terra flutuava na atmosfera líquida que cobria a cidade. E camadas e camadas de nuvens prestes a rasgar o céu sobre mim.

Perambulei pela praia, perambulei pelas ruas, penetrei todos os quadrantes da escuridão; passei a noite à espera de uma esperança muda e inexprimível de salvação. Estava sentado num banco de praça, no largo de São Domingos, quando amanheceu. Vi as pessoas passarem com uma curiosidade nova, como se tão tarde quisesse penetrar no segredo da vida que vivera negando.

O sol se ergueu acima dos sobrados e me pus a caminhar. O dia claro e o calor trouxeram o bando diário de gente, de carroças e agora também carros motorizados. Caminhei a esmo, por fim na direção do largo do Rocio com uma ideia de onde estaria Felícia. Ao atravessar a avenida Central, tive uma surpresa. Mais se assemelhava a uma pintura expressionista de Paris das últimas décadas do século anterior. O movimento de gente era intenso. Homens em fatos escuros, empunhando bengalas, passavam alheios aos palácios que se sucediam materializados de um sonho coletivo. Caminhavam pelo centro da avenida como faziam na rua do Ouvidor. Mais à frente torres e cúpulas concentravam-se e se fundiam por ação da perspectiva, multiplicando o movimento e a impressão de exuberância dos palácios. Naquela hora da manhã, em que sol e sombras se distribuíam igualmente pelo ar, a sensação de frescura e conforto reforçava a impressão de um novo tempo que surgia. Carros motorizados alternavam-se com carruagens, uma carroça atrelada a um cavalo moroso contrastava-se com o movimento dinâmico das novas máquinas. Os empregados de uma loja erguiam o toldo sobre a porta, trocando risadas. Recuei ante a passagem de um carro a motor. O *chauffeur* segurava o volante lustroso com o cuidado empregado a uma joia; atrás, um elegante casal desfilava empertigado e imune às impressões que a nova avenida causava nas pessoas.

Prossegui pela rua do Ouvidor, mofina diante da exuberância da avenida que lhe roubara o brilho. Parei aturdido com uma nova visão do passado. Um casal da província, cercado de quatro crianças, saía d'A Torre Eiffel carregando roupas novas e mercadorias que nunca pensaram existir. Senti um impulso de lhes arrancar as roupas compradas, rasgar tudo, mas eles desapareceram antes que os alcançasse.

Precavia-me, sobretudo, da possibilidade de me seguirem. Virei ruas, entrei em lojas, voltei atrás, construí um labirinto entre mim e meus perseguidores.

Cheguei à rua do Sacramento e observei os poucos sobrados velhos ainda de pé. O movimento de pessoas era pequeno. Caixeiros, vendedores ambulantes, operários de tamancos, criadas domésticas. Exibiam rostos sonolentos e alheios. Examinei as entradas até reconhecer uma porta estreita lateral a uma loja. Entrei e subi as escadas com rapidez. Lá em cima, cheguei a um corredor comprido e sombrio espremido por uma numerosa quantidade de portas. Paredes descascadas e sujas de fuligem eram cobertas de sombras. Odor de confinamento e urina seguiu-me por todo o percurso. Não havia iluminação própria e toda a luz que ali chegava vazava por um pequeno vitral na extremidade oposta.

Caminhei pelo corredor, sentindo uma crescente excitação. Parei diante de uma porta e voltei o rosto para as escadas, comparando a distância com uma lembrança antiga. Da última vez que ali estivera, havia uma luz minúscula saindo do quarto, risadas sórdidas de bêbados e súplicas finas de mulher que mal atravessavam a escuridão. Lá adiante uma porta se abriu, dando lugar a uma mulher envelhecida e maltratada que a fechou atrás de si, experimentando a fechadura. Caminhou pelo corredor, olhos grudados em mim. Esperei que me perguntasse quem procurava, mas prosseguiu em silêncio. Na certa, acostumara-se a se deparar com todo o tipo de gente e nada mais lhe despertava a atenção. Quando desapareceu nas escadas, bati. Não houve resposta. Voltei a bater e novamente não houve resposta. Toquei a maçaneta e girei-a. A porta se abriu e entrei.

O interior do minúsculo cômodo superou a impressão de sujeira e degradação do corredor. Deparei-me com uma cama e uma mulher adormecida sobre ela. Fechei a porta e caminhei até a cabeceira. Observei Felícia imóvel, surpreendendo-me com o rosto descarnado cujas pálpebras fechadas me impediram de penetrar no segredo da angústia que ali a havia trazido. Todos os velhos sinais de vivacidade estavam ausentes. A cor de cera que a cobria anunciaria a morte se um ligeiro movimento do peito não denunciasse a respiração. Pareceu-me entrar no quarto de uma agonizante da febre amarela e apertei as mãos para me convencer da materialidade do que me cercava. O resto do cômodo não passava de uma réplica dos numerosos quartos de cortiço em que entrara, e a amargura despregada das paredes revelou a extensão do desespero que ali trouxera aquela jovem mulher.

Ela abriu as pálpebras sem demonstrar me ver. Examinei os olhos baços semelhantes a olhos de um afogado coberto pela água calma do oceano e enxerguei sua mãe jazendo no fundo do mar. A imobilidade absoluta do corpo diante de mim foi quebrada por um ligeiro movimento, piscou ao me ver. Mesmo assim não se mexeu. Vi uma cadeira, trouxe-a e sentei-me. Tirei o chapéu e coloquei-o junto à bengala, no chão. Falei:

– Achei que a encontraria aqui.

Ela não respondeu. Continuou em silêncio e duvidei que me ouvisse. O corpo esquálido, as mãos mal visíveis sob o lençol, a pele

cinzenta cortada por veias azuladas denunciavam o estado de prostração. Era possível que uma tênue ponte no tempo ligasse os últimos momentos da mãe à filha. Voltei a pousar os olhos no cômodo, incapaz de mantê-los na mulher. Minha respiração cortava o ar pesado daquele claustro com um ruído rasgado. Não poderia ser muito diferente do ruído produzido por um afogado em seus últimos esforços.
— Eu sabia que você viria — falou num balbucio.
Voltamos a nos encarar em silêncio.
— Claro — concordei olhando para a rótula da janela.
— Não precisei sair da cama para saber que você estava lá fora. Acho que sonhei. Sim, sonhei. Vi quando entrou no prédio, ouvi seus passos subindo os degraus. Você estava incerto da porta e recuou quando a mulher passou.
— Eu devia saber que você veria tudo. Talvez mais ainda, me chamasse.

Ela não respondeu. Pelo contrário, o rosto enrijeceu-se transparecendo dureza que nunca imaginei no rosto da menina que me oferecera tantos sorrisos. Senti-me subjugado pelo olhar que se apossava de mim como eu tentava em vão apossar-me do olhar das minhas vítimas. Percorreu-me um tremor e não passou despercebido dela.
— Eu o queria aqui. Chamei-o. No meu sonho, vi-o cochilando na praça. — Seu rosto pareceu alargar-se num sorriso pálido.

A mão dela moveu-se entre as dobras do lençol e se aproximou da minha. Tocou-me de leve, e os dedos fecharam-se sobre o meu pulso. Teria levantado e saído dali, corrido, se não me sentisse imobilizado. Pressenti uma presença estranha entre nós, algo invisível que estaria por irromper dentro de mim e me fazer o assassino. Ela percebeu que os meus olhos perderam a frieza em que se mantinham e se moviam inquietos. Esperei que retirasse a mão. Ao contrário, manteve-a agarrada no meu pulso. Enquanto sua mão permanecesse pousada na minha, nada poderia acontecer.

Falou como se acabasse de ler os meus pensamentos:
— Sabe por que seguro o seu pulso? — A expressão dela era de zombaria. Não zombaria de menina donzela, infantil; não a malícia alegre de uma criança ao nos desafiar com o pretenso mistério do seu afeto. Transparecia crueldade, crueldade comigo e consigo própria, corrompida pela incapacidade de infligir mal ao outro. Concluiu: — Seguro-o porque enquanto tiver a minha mão sobre a sua nada de mau poderá nos acontecer.

Não soube quem tinha diante de mim, a filha ou a mãe. Ao entrar no cômodo, alertou-me a percepção da inevitabilidade da tragédia, concretizada pela lembrança dos antigos cortiços nos quais agonizavam as vítimas da peste. Mas não era a mesma situação. Não com Felícia. Eu não vinha ali para trazer sofrimento nem tragédia. Pelo contrário, cumpria evitá-la.

Lancei-lhe um riso de pouco caso:

— Não tenha medo, não vou lhe fazer mal.

Quem ali ameaçava quem?

— Eu... tive uma revelação — ela voltou a falar tão baixo que mais parecia sussurrando. Retirou apressada a mão do meu pulso e tive a impressão de que me experimentava. — Sonhei com a religiosa que não conheci. De quem me escondi neste lugar anos atrás. Ela tinha o meu rosto. O que pensa que é?

— Uma armadilha. Não são as palavras dela que ouviu. Será empurrada para o abismo. Quando se der conta, será tarde demais.

Ela ouviu as minhas palavras com aparente indiferença, mas percebi agitação nas minúsculas contrações do rosto. Continuou:

— A religiosa disse que conhecia tudo de mim e que eu só me livraria do mal se seguisse uma vida de entrega à religião como ela. No claustro e na solidão, conheceria a presença de Deus. Ele, e só Ele, me salvaria de um mal muito grande. Se não lhe obedecesse, eu seria entregue ao demônio.

— Não acredite. A vida no claustro não a levou para perto de Deus e sim a anos de solidão e infelicidade. Ela morreu em tormentos e fiz parte dos seus tormentos.

— Sempre o tive como o melhor homem do mundo. O único de quem senti proximidade. Quando o meu tio falou aquelas palavras horríveis de você, não acreditei!

— Novo engano, Felícia. O que você sentiu não é verdade. Estamos juntos por outra razão, porque temos o poder de nos causar um grande mal. Não sou a bondade que você busca, pelo contrário. Sou a outra parte, o lado que a impelirá à degradação. Seu tio não a enganou.

Pensei que minhas palavras causariam impacto nela. Nada demonstrou. Pelo contrário, parecia conhecer de antemão tudo o que lhe diria. O rosto, mal distinto da penumbra pela palidez, ruborizou-se. Os braços agitaram-se, sua mão procurou a minha e apertou o meu pulso tão forte que formou uma mancha escura.

– Você sabe o que a religiosa me diria se não tivesse morrido. Por que não diz? Pensa que posso passar a vida toda no desconhecimento? – Um clarão de fúria brilhou nos seus olhos. – Nos últimos meses, não me reconheço. Olho para mim e vejo outra mulher. Sabe quando começou? Quando o encontrei na igreja de Santa Rita, Afonso. Pensei que até então eu fingia ser uma pessoa para não terem medo de mim. Porque trazia aqui dentro algo muito ruim. – Elevou os braços e fechou as mãos com força. – Odeio-me, odeio todos. Odeio tudo o que me rodeia. Sabe o que é odiar todo mundo e, mais do que tudo, odiar a si?

– Sei o que é o ódio.

– Sim, ódio. Olhe. – E largando o meu pulso levantou as costas numa mostra de vigor físico incompatível com a imagem prostrada diante de mim. – Tio Sinval nunca soube quais eram os meus sentimentos de verdade. Nunca o deixei descobri-los, tive medo do que aconteceria. Homens como ele só estão preparados para reconhecer o bem, mesmo que esse bem não passe de um sorriso estúpido de menina. Com você, não preciso ocultar nada.

– O que está dizendo! Nada disso é verdade. Quer me provocar? Quer saber se eu sei distinguir o mal de verdade? Não o vejo em você. Ele está aqui dentro, mas não vem de você.

– De onde vem então? De você?

Não respondi, fiz um gesto vago. Seus olhos brilharam com a frieza de um lago congelado. Encostando-se na cabeceira da cama, suspirou com impaciência:

– Você me confunde, Afonso. Antes tudo parecia fácil, normal. Sabia me fazer simpática e alegre, tudo o que os outros esperavam de mim. No dia em que o vi na igreja, alguma coisa aqui dentro pulou para fora. Alguma coisa que não podia mais controlar. Algo que podia ser mau. Lembra-se de como esperava as suas palavras com ansiedade? Eu estava noiva, sim, noiva. Na semana seguinte, desmanchei o noivado. Não dei explicações. Só sabia que nunca poderia pertencer a outro homem... Uma noite, acordei e me vi morta. Cheguei a tocar o meu corpo gelado. Meu tio chorava e quis dizer-lhe que não se preocupasse, não era eu de verdade. Só você não demonstrava dor, só você divertia-se com a dor dos outros. Pensei que doravante eu não era mais eu. Sabe o que estou dizendo?

Olhei-a nos olhos:

– Está mentindo.

Seus olhos transformaram-se numa chama:
— Não estou mentindo. Pelo contrário, pela primeira vez digo a verdade. O que aconteceu com você? Tem medo do que pode ouvir de mim?
— Não tenho medo das suas palavras. O medo é das palavras que quer arrancar de mim.
— Então, deixe que diga as palavras que você se recusa a dizer. Nós dois surgimos de um grande mal, não é verdade? Podemos passar muito tempo fingindo que somos como os outros. Não podemos mentir a vida inteira.

Abanei o rosto, numa peremptória negativa:
— Não existe nada maligno em você, apenas infelicidade. Para se estar ligado ao mal, não basta existir uma tragédia no nascimento. É preciso sentir prazer no sofrimento alheio.

Ela riu e virou o rosto, ocultando a risada. De repente adquiriu um tom grave, doído. Os olhos vermelhos pareciam ter chorado todo o tempo de confinamento:
— É o que você sente? Prazer com o sofrimento alheio?
— Mais do que isso. Sinto volúpia com a desgraça alheia. Provoco-a. No início, pensava que era maior do que ela. Que havia algo dentro de mim inocente. Que me concederia o perdão. E um dia poderia negá-la. Estava enganado. Totalmente enganado. Não levou muito tempo para descobrir que não era senhor do mal que praticava, mas vassalo. E então, o que me cumpria fazer?
— Renegá-lo, arrepender-se.

Não contive uma risada:
— Não se renega o mal uma vez praticado. Existem apenas duas saídas: ou se aceita, ou se suicida. Tentei a segunda uma vez, não tive sucesso. Assim, o mal tomou conta de mim, tornou-se o meu senhor.
— Não acredito que o mal se torne senhor de alguém que não queira se entregar a ele.
— Você não conhece nada, senhorita. Mas olhe para você e olhe para mim. Não pensa que existem diferenças entre nós? Para você é simples renegar o mal, até rotineiro. Tenho certeza de que nunca teve experiência com ele de fato.

Foi a vez de ela soltar uma risada:
— Você agora fala como o tio Sinval. Ele passa o tempo todo me adulando. Diz que sou linda e prendada, os moços me adoram e

tenho tudo o que todas as moças desejam e não têm. Seria a mulher mais perfeita do mundo, se não me ocultassem tanta coisa sobre mim. Por quê? Não somos tão bons e dispostos a perdoar as faltas dos que amamos? Tenho certeza de que tio Sinval não gostaria mais de mim se meu pai fosse um respeitável Comendador da Ordem de Cristo.

Ocultei o estremecimento pelas últimas palavras. Ali estava o elo final, o Comendador. Não respondi, e ela manteve os olhos fixos em mim. Seu olhar gelado me fez sentir espreitado por uma fera que rugisse dentro de mim.

A atmosfera muda foi cortada por uma risada estridente. Ela se divertia com o meu constrangimento ou fingia divertir-se:

— O que foi, Afonso? Está surpreso de ver que não sou a menina tola que o seguiu nas mazorcas da vacina obrigatória como um cachorrinho? Não se assuste, não vou falar de fatos antigos nem fazer perguntas. Ademais, quem ainda se importa com a Ordem de Cristo ou da Rosa? — A expressão de deboche foi substituída por um ar grave, sobressaindo uma visão inesperada de envelhecimento, como vira tantas vezes em prostitutas na forma de pequenas rugas ao redor da boca.

— Um dia você colocou a mão no ombro de minha avó, que Deus a tenha, e mandou-a para casa, levando a certeza de encontrar o filho curado. Quer que eu esqueça o que se passou? Nada significou além de coincidência? Em vez de se condoer da nossa dor, você se divertia?

— Não separe um fato dos outros. É preciso ver tudo o que aconteceu, a partir daí, até hoje. Se assim fizer, compreenderá o que houve. No entanto, adianto-lhe que não passou de ironia, divertimento, se prefere chamar. Nada aconteceu, desde que me conheceu, que resultasse no bem das pessoas.

— Talvez o bem e o mal não sejam tão opostos como você ou tio Sinval consideram. O que é o bem hoje pode significar o mal amanhã ou o contrário. Como você próprio me faz crer.

— O bem não é sempre visível, está certa. Não o mal. Este sempre acaba por ser identificado, não importa de que maneira se manifeste.

— Você me confunde, Afonso.

Acenei com a cabeça:

— Felícia, não importa o que existia e o que existe, você é a mesma pessoa. Não digo pelas suas palavras, elas não são importantes. Digo pelo que vejo.

Ela franziu a testa, espantada:

— O que vê! Afonso, não precisamos nos enganar. Eu não quero enganá-lo. Nem quero ser enganada. — Riso. — Gosto de ver o seu espanto. Ele me diverte. Sabe por quê? Porque já não parece tão seguro de si. Reconheça que o embaracei, trouxe-o dos ares distantes de grande senhor, como exibia ao andar pela avenida, para este quartinho aqui em que se é pobre e doente e mais nada.

— Sim, você conseguiu — admiti, sentindo uma dor aguda queimar-me o peito. — Mas não aqui, nem agora. Há muito se foram os ares de grande senhor. Nunca fui um grande senhor, na verdade. Não passo de um pobre-diabo que veio do nada e descobriu que podia ser mais cruel que todo mundo; muito mais. O meu retrato é pobre, mas verdadeiro.

Ela crispou o rosto, comovida. Pensei no que se passaria em sua mente com a mesma ansiedade de um condenado à espera da sentença do juiz.

Nunca me senti tão desamparado como naquele momento, à espera do desfecho de um mau pressentimento em vias de se materializar. Felícia manteve os olhos fixos em mim, no entanto algo dentro dela pareceu recuar. Não durou muito tempo. Um sorriso zombeteiro voltou a riscar os seus beiços:

— Você e Sinval (tio!) fazem a mesma cara quando não têm coragem de olhar para mim. — Ensaiou uma risada que engoliu de pronto. Espichou os beiços fingindo amuo. — Palavras tão dolorosas vindas de sua boca, Afonso, nunca pensei ouvir. Para ser franca, não acredito nelas. Mas já não importa. O seu sofrimento não me importa mais. Nada em você me importa. Vou revelar a verdade. Tio Sinval, quero dizer, Sinval me ama como um homem ama uma mulher! Por isso desmanchei o noivado, porque não podia conviver com outro homem, sentindo o que sentia por ele.

Reconheci que ela sabia do que falava. Mais ainda, sabia (ou queria) me golpear sem mover um dedo. Para tanto bastava uma palavra ou uma risada. Perguntei-me o que provocou tal transformação. Porém, ao contrário do que ela esperava, não me fez efeito. Não com tais palavras, não naquele momento. Na verdade, nada do que vinha de sua boca soava verdadeiro e esforcei-me para não rir. Uma mistura de amargura e malícia, satisfação falsa repleta de vaidade e rancor, reduziu o seu rosto a uma máscara sem expressão. Movia-a um propósito confuso, mistura de ideias a meu respeito em que nenhuma prevalecesse. No fundo, queria saber quanto eu suportaria. Brincava comigo como um gato brinca com um camundongo. E, pior, sabia que poderia prolongar isso indefinidamente, da mesma maneira que o gato sabe que em momento algum o camundongo será capaz de lhe resistir. No entanto, suas palavras soaram dolorosamente reais. O que Sinval faria a ela relacionava-se ao que o Comendador fizera à filha. E as palavras Comendador da Ordem de Cristo e da Rosa não lhe vieram à boca por acaso. Dissera-as de propósito, por saber que encerravam alguma coisa que haveria de me surpreender. Mais ainda, chocar. Não era assim preciso que o fato fosse verdadeiro. Bastava que tais palavras saíssem de sua boca. Que fizessem sentido para mim. A associação entre evento passado e presente estava feita e, com ela, o final da nossa ligação. Falei:

— Não sei o que pretende de mim, Felícia, as palavras entre nós não fazem mais sentido. Vou embora.

Fiz um gesto para ir embora, ela virou-se ágil e me segurou o braço. Tentei soltar-me, desisti. Não seria capaz de sair dali, apesar de aquela mulher não passar de um arremedo da Felícia de que me lembrava, da Felícia que ainda tinha diante dos olhos. Falou:

— Pelo contrário, Afonso. Agora é que elas fazem sentido, pela primeira vez na vida. – Olhou para os lados, como uma ave à espreita de um cão de caça. – Quando entrei neste lugar, pensei que aqui vinha para morrer. Agora, pelo contrário, sinto que a minha vida é minha de verdade.

Mais do que sinceras, suas palavras soavam estúpidas. Arrependi-me de ali ter vindo, estava numa armadilha e, como um animal estropiado, debatia-me incapaz de livrar os membros das presas de metal. O que acontecia entre mim e Felícia? Aquela mulher não era a Felícia cuja ausência me fazia sofrer. No entanto, por mais que a sua figura se transformasse diante de mim, adquirindo a vulgaridade de uma prostituta, o fascínio que ali me prendia não se modificava.

De repente suas maneiras sofreram total transformação. Dirigiu-me um sorriso lascivo e tocou-me o rosto com a ponta dos dedos. A blusa escorregou expondo-lhe os ombros e parte dos seios, os braços nus roçaram-me o rosto. Permaneci imobilizado, à espera de que ela me abraçasse. E que o seu abraço me apertasse até a asfixia, quebrasse os ossos. Meu Deus, o que teria acontecido no passado que reproduzisse tal situação? Claro, com pequenas transformações, se incluísse o clima de amor, lembrava-me Ana Teodora. Tudo o que eu evitava e

queria esquecer voltava de supetão. Tão longe dos acontecimentos originais, um episódio refazia-se por meio de uma lembrança deteriorada, com o propósito de me torturar. Quis empurrá-la, não fui capaz. Como num pesadelo, o corpo não obedeceu à vontade. Ela debruçou-se sobre mim, o rosto apoiou-se no meu enquanto os seios mal despontados do lençol eram amassados contra mim. Dizia entre suspiros:
— Não se aflija, meu amor, não deixei Sinval me tocar. Nunca trocaria você por ele. Falei que só seria sua e de mais ninguém. Juro por Deus. Irritei-o. Quis me possuir, afastei-o. Falei que se tentasse de novo, contaria a você. Ele ficou furioso, por isso fugi e vim para cá. Neste lugar só você seria capaz de me descobrir. Agora beije-me, beije-me com força. Faça comigo o que fazia com Ana Teodora.
— O que diabo Ana Teodora tem com isso?
— Quero que me ame mais do que amou aquela adúltera.
Em vão, quis afastá-la:
— Afaste-se de mim, Felícia. Ainda é tempo para remediar tudo, logo será tarde demais.
Os lábios aproximaram-se dos meus:
— Tarde demais! Por que tarde se sonhei tanto?
Seus olhos brilharam como os olhos de Enfrenta-onça na escuridão.
— Você não é você, e eu não sou eu. Acredite em mim.
Ela imobilizou-se e já não sabia quem me mirava, a mãe, a filha ou o vulto. Não sabia onde estava, em que tempo, se tudo estaria para acontecer e eu não passava de um menino a ponto de cair no abismo.
— Por favor, Afonso, não torne as coisas difíceis. Não vê que me sinto livre pela primeira vez na vida? Por que estragar um momento de alegria?
Momento de alegria! Quantos anos de danação se seguiriam?
Sua mão passava pelo meu rosto, pelo pescoço. Senti um bolo seco na garganta. Quis empurrá-la, jogá-la para longe, livrar-me dela, sair daquele cômodo contaminado, mesmo que caísse nas mãos dos meus inimigos lá fora.
— Beije-me, Afonso — falou passando os dedos no meu rosto, implorava. E de repente não era Felícia, porém Ana Teodora, o que me provocou um grito.
— Vá embora, vá embora daqui!

Meus olhos arregalados viam a prostituta enforcada oferecendo-me a corda. Gritei, afaste-se, leve isto daqui. Ela não se importou, continuou passando os dedos no meu rosto e me beijando, enquanto ajeitava a corda em redor do meu pescoço.

— Não se lembra, Afonso, quando fui ao seu quarto com a corda para concluir o ato das nossas núpcias? Não se lembra que prometeu morrer junto de mim?

Num gesto enlouquecido, empurrei-a para longe, segurei-lhe a cabeça, preparando-me para lhe quebrar o pescoço. Sussurrei-lhe nos ouvidos:

— Sabe como comecei a matar? Os porcos da fazenda. Por que porcos? Porque eram os únicos animais a perceberem que alguma coisa terrível os esperava, a mostrar total inconformidade com a morte e se desesperarem quando lhes enfiava o punhal. Já viu um porco ser morto? Não, claro que não. Não é um espetáculo adequado aos olhos de uma senhorita. Bem, eles são completamente amarrados e é possível sentir no seu debater, no palpitar dos músculos retesados, na corrida desabalada do coração, na tempestade comprimindo músculos e nervos numa manifestação final de desespero, seus roncos animalescos transformados em gemidos humanos. E foi aí que tive a primeira revelação do que buscaria nos anos seguintes. Porcos e homens debatendo-se diante da inevitabilidade da morte. Acha absurdo? Acredite, não estão tão longe uns dos outros. Era o que eu sentia na contração dos músculos do animal subjugado. Nesse momento, eu lhe enfiava o punhal, não rápido; não, de maneira alguma. Com vagar, cuidado, minúcia, a estudar cada detalhe do seu desespero, como se explorasse a sua anatomia e tivesse medo de estragá-la com um ato precipitado. Bom, no meio da tempestade da morte, em que os elementos mal se tocam num furor absoluto, eu observava a minúscula cintilação nos olhos estúpidos do animal indicando o trespasse. Mas precisava ser rápido ou perderia tudo. Ali estava o que eu buscava e precisava alcançar de qualquer maneira nos anos seguintes, para penetrar no mundo da morte. E tal só poderia ser feito quando eu tivesse um ser humano nas mãos. Compreende o drama que me perseguiu e por que tive tanto empenho em realizá-lo?

Felícia retesou o pescoço, tentando se livrar de mim e apertei mais os dedos. Então enxerguei o vulto em cima da parede diante de mim, rindo da minha alucinação.

— Quem diabo é você?

A risada desapareceu e os olhos sobressaíram do nicho de sombra que o cobria:

— Eu sou... — falou como se mastigasse uma palavra havia muito guardada na boca. Preparou uma gargalhada, e os olhos voltaram a arder. Então eu soube tudo, quem era ele, por que queria aniquilar-me, a Felícia, a todos. Só ele possuía a razão e o ódio.

— Você é o meu pai.

Ele olhou para mim, os olhos incandesceram, pareciam perfurar-me. Os olhos, tia Inês dissera. Umas vezes parecem os da sua mãe; outras, os dele.

— Se o deixei viver foi para completar a minha obra. Todos os que se aproximaram de você morreram. Resta apenas ela, ninguém poderá salvá-la.

Ao dar por mim, segurava o pescoço de Felícia. Ela me olhava chorosa e gemia, observando os meus olhos de fera.

— Vai me matar?

Libertei-a e me coloquei diante da parede, segurando a testa para a cabeça não estourar.

— Você matou todos eles?

Acenei com a cabeça.

— Você matou a religiosa?

Novo aceno.

— Há algum tempo tenho tentado acreditar que a maldade não estava em mim, mas num outro ser, num ser deslocado de mim que encarnasse o mal. Esse ser me empurrava para os crimes e, quando eu era incapaz de realizá-lo, ele próprio se encarregava. Meu pai. Ele matou minha mãe. Voltou da morte para matar todos. E... eu. Não, não sei. Ora, não passa de visão. Eu matei. Por que fiz?, me pergunta. Por amor. Por ilusão de amor. Mas não posso esquecer que me livrar do mal é o mesmo que me livrar de mim.

— E por que veio aqui?

— Para matá-la, e então a mim. Foi o que acabei de entender. Uma vez tentei me matar. Tinha causado a desgraça da única mulher que amei, Ana Teodora. Só repararia o mal que havia feito com o meu sangue. Não deu certo. Depois só seria capaz novamente se conhecesse um novo amor e lhe causasse a desgraça. Andava pelas ruas sem esperança de acabar com tudo quando nos encontramos. Compreendendo o que nos esperava, tentei afastar-me de você. Tentei de todas as formas de que fui capaz.

Ela me olhava boquiaberta e engoli em seco. Continuei:

— Por isso matei a religiosa, deveria ter me jogado no mar depois dela. Não fui capaz. Não a amava, não a amava o suficiente. Amava você. Numa alucinação confundi as duas e matei-a. Tarde demais percebi o engano. E então, só restava você. Não, com você não falharia. Passei a me concentrar no esforço de lhe mandar uma mensagem para nos encontrarmos aqui. Neste lugar. Tive sucesso, eis-nos aqui, os dois. A sós. Sabe o que aconteceu para enxergar o que estava para fazer? Vi o meu pai na figura do vulto que me tem perseguido e, estranhamente, ele me impediu de concretizar a última tragédia antes de desaparecer deste mundo. Logo ele que me compeliu a matá-la. Teria me refreado apenas porque é tarde demais?

Estava pálida, porém não demonstrava medo, pelo contrário; apesar da ameaça próxima, não temia o perigo.

— Desde que nos encontramos na igreja, tudo o que conversamos, foi para que eu tivesse o mesmo fim da sra. Ana Teodora?

Fiz um aceno de cabeça. Completei:

— Nenhuma mulher pode chegar perto de mim sem sair extremamente machucada. Ou morta. Tudo o mais não passa de veleidades. Você teve sorte.

— Olhe...

Distingui uma cólera mal disfarçada em seu rosto:

— Quero que saiba. O que falei sobre Sinval não foi verdade. Quero dizer, não inteiramente verdade. Ele não tentou me violentar. Eu o chamei. Fui eu que o desejei.

Levantei-me da cadeira.

— Ele amava Ana Teodora. Ela preferiu-me a ele, nunca se resignou. Percebe o que acontece? Das situações que me apresenta, você é excluída de todas.

Começou a tremer, e a palidez voltou a cobri-la. Estendeu a mão e segurei-a. Ela me rechaçou, retirou a mão como se tocasse um monte de sujeira. Falou aos gritos:

— Afaste-se, não me toque, não ouse encostar-me a mão. Ouviu bem? Não me encoste. Sinto repulsa por você.

E dobrando-se, caiu numa gargalhada. Olhava para mim como se eu não passasse de um mendigo que a tivesse tocado e lhe passado uma doença. Estremeci sob o pensamento de que aquela mulher nada tinha da Felícia que eu havia buscado. Só agora me dava conta do engano tosco que provocara mais mortes e mais sofrimentos.

Na verdade, aquela era uma Felícia corrompida por mim, um ente liberto de meus pensamentos mais desvairados para me humilhar. Avancei novamente o braço e segurei seu pescoço com força. Apertei até cair em mim. Se não a amava, se não a queria de verdade, do que adiantaria? Do que adiantou tudo? A força que me guiou o pulso desapareceu. Afastei-me, ouvi-a choramingar:

– Desculpe se falei o que não devia. As palavras me vieram à boca, não sei o que aconteceu.

– Ouça. Nada aconteceu de verdade com você. O que a perturbou foram fatos que pertencem apenas a mim. Quando se recuperar, saberá do que estou falando e não se importará mais.

Ela levantou o rosto, olhando-me desafiadora:

– Façamos então o que veio preparado para fazer. Matar, morrer; morreremos juntos. Você se redimirá dos seus crimes, eu não precisarei enfrentar a minha maldição.

– Quer saber o que a perturba? A minha presença. No momento em que eu desaparecer, tudo voltará a ser o que sempre foi. Sinval é um homem bom e deve lhe honrar o nome. Não usá-lo para perversidades.

Seu rosto contraiu-se numa expressão desconfiada. Algo imaterial lhe cobriu os olhos como uma névoa, algo que vinha de dentro e apossava-se dela:

– Ora, odeio-o. Odeio Sinval, odeio você. Sinval é um fraco, e você, um monstro. Por causa de vocês, eis onde estou. – E com uma risada lívida. – Os lugares em que você matou tanta gente não eram iguais a este? Pois, de agora em diante, é o meu lugar. Nunca mais vou sair daqui.

Seus olhos devanearam pelo ambiente, despojados de lucidez. Antes que continuasse, acertei-lhe um tapa. Ela soltou um grito e caiu de costas na cama. Debrucei-me sobre ela, falei rente a seu ouvido:

– Agora, escute bem. Esta é a última vez que ouvirá as minhas palavras. Não sei o que a espera pela frente, a morte, a loucura, o sofrimento. Talvez nenhum deles. Talvez todos. Não fui eu quem os trouxe a você. Não, pelo contrário, só posso consumar o que outros fizeram. Direi agora o que vou fazer. – Tirei o punhal da cintura e passei-o rente ao pescoço dela. – Sente o frio da lâmina? É o frio da morte. – Peguei-a pelo pescoço, ergui-a. Seu rosto não passava de uma máscara sem cor. – Como falei, matei as pessoas para enxergar nos seus olhos o fulgor da morte. Tenho tudo anotado em casa. O dia em que me for, alguém lerá o que escrevi e continuará o meu trabalho. E depois outro continuará. Porque tudo o que se liga à morte não termina nunca e todas as gerações que me seguirem não serão suficientes para concluir o trabalho. Vê como o frio da morte é diferente de tudo o que sentiu até hoje?

Seus olhos continuavam a girar desvairados e pensei que nunca mais seriam capazes de recobrar a lucidez. Ao contrário de outros olhos de quem chegara tão próximo, não vi medo neles. Não havia nada, apenas um branco, se pudesse dizer assim, e nada além. Nunca tivera nas mãos uma vida por mim tão desejada como a dela, nunca a morte me pareceu um rompimento tão absoluto com a vida. Por outro lado, não havia estranhamento em seu olhar, nada que denunciasse a esperança dos que vivem e dos que sonham. Tal constatação fez a minha mão relaxar o punhal. De repente, ela gritou:

– Saia, saia daqui. Vá embora. Não me toque. Não quero vê-lo nunca mais! – Essas foram as palavras e novamente não soube se as dizia a mim ou seriam as palavras de sua mãe para o seu violentador.

Voltamos a nos encarar, e os olhos dela aquietaram-se. Estávamos tão próximos que os nossos lábios se tocaram. Fechou os olhos. Naquele estranho abraço, não senti qualquer emoção a não ser a que provinha do desejo de morte. Bastaria pressionar aquela carne terna e macia, um pouco mais de força e estaria tudo acabado. Como... como a mãe. Quando aqui entrassem, haveria dois corpos. No entanto, não pude. Não fui capaz. Larguei-a, minha mão tremia.

Ela caiu na cama sem emitir um som. Olhava fixo para o teto, e não soube se estava lúcida ou apenas murmurava os recessos de uma consciência torturada. Sentei-me ofegante na cadeira. Só me restava esperar que ela dissesse alguma coisa, mostrasse ao menos que não estava louca.

Deixei o punhal cair no chão e apanhei-o assustado.

– Nada mais a fazer – murmurei.

Numa visão tão clara como o dia, soube o que aconteceria. Passos subiam as escadas, logo irromperiam no cômodo. Corri para a porta, desisti e saltei para a janela cuja rótula abri num arranco. Não tive tempo, a porta foi arrombada num estrondo. Entraram quatro guardas seguidos do comissário e de Sinval Bettencourt. Todos tinham armas apontadas para mim.

– Graças a Deus – falou Sinval, correndo para a cama e sacudindo Felícia. – Graças a Deus, chegamos a tempo.

Ele pegou-a com ternura e abraçou-a. Ela pousou nele os seus olhos sem vida e começou a chorar. O comissário avançou um passo na minha direção:

– Pegamos o assassino, finalmente.

Encarei-o com frieza:

– Assassino, como assim! Essa moça está morta? Há marcas de violência? Pelo contrário, ela corria o risco de morrer de inanição.

– A menina do morro do Castelo, ela procurou o sr. Sinval Bettencourt, ela o reconheceu. Alguma coisa em você a impediu antes... Nunca devíamos tê-lo permitido chegar tão perto dela.

No momento seguinte, Tibúrcio entrou no cômodo e compreendi como ali chegaram. Apenas ele seria capaz de me localizar. O mais curioso é que trajava o fraque comprado no Raunier. Viera preparado para um grande evento. Eu deveria saber que ele emprestara um caráter fortemente simbólico à minha captura. O assassino do filho e de tantos outros. Girei os olhos na sala, mantendo-os um momento em cada um dos presentes. Eles viravam o rosto com medo que os hipnotizasse, ou algo assim. Felícia continuava a despejar lágrimas ao meio de palavras desconexas. O comissário falou:

– Atirem se ele fizer qualquer movimento, é muito perigoso.

Voltei-me para Tibúrcio:

– Aceitaria a minha palavra se lhe dissesse que sou inocente da morte do seu filho? A tragédia não foi causada por mim. Fui atirado nela da mesma forma que o rapaz. Por vingança, por maldição, por não ser mais capaz de prosseguir tal vida e me saber impotente para extingui-la. A razão que me fez praticar atos abomináveis é a mesma que, no final das contas, me destruiu. – Voltei-me para Sinval Bettencourt. – Agora podemos comprovar a sua teoria quanto à minha natureza sobrenatural, tal como lhe afirmaram testemunhas de fatos passados. Diga-lhes para atirarem, saberá então se tinha razão ao se deparar com certos livros em minha casa.

Ele olhou para mim e para os guardas. Moveu a pistola e pensei que me faria mira. O comissário fez um gesto, dissuadindo-o. Continuei:

– Do que tem medo, sr. Bettencourt? Não tinha uma teoria brilhante sobre os assassinatos? Pois chegou o momento de comprová-la. Não pode deixar escapar tal oportunidade.

– Creio, sr. Da Mata – falou ele, num falso tom de deferência –, que o senhor terá a chance que todos têm de provar a inocência num

julgamento. Assim é a nossa justiça e assim terá de ser. Ademais, o senhor tem se dito inocente.
— O fato de encontrar a sua sobrinha viva é uma forte evidência, senhor. Saiba de uma coisa, se eu quisesse matá-lo, o senhor não estaria vivo agora. Mas nunca desejei o seu mal, acredite. Diga para ele, Felícia, o que falei do seu tio. Um homem honrado que ela deveria respeitar em primeiro lugar, não foram essas as palavras?
— Nada disso tem importância, sr. Da Mata — ele respondeu sem mover a arma. — O principal é que agarramos o assassino, e ele não vai matar mais.
— Tem certeza do que diz? Veja então nossa situação; pegou o assassino em flagrante do lado da vítima. Só que a vítima está viva. E não me parece ter sofrido violência física. Como é que os fatos se juntam, sr. Bettencourt? Explique-me.
— Não preciso explicar nada. Temos uma testemunha do crime do morro do Castelo. Desta vez tivemos sorte, chegamos antes que o senhor concluísse o seu ritual de fera.
— Sabe há quanto tempo estou aqui? É muito mais do que necessitaria uma fera pela qual me tem.

O comissário interveio:
— Daqui a pouco dirá que todos os crimes foram um engano lamentável. — Riu e voltou o rosto para Tibúrcio. — Escute as minhas palavras, senhor. O seu filho morreu fazendo cumprir a lei, como muitos anos antes o senhor se expôs para lutar pelo nosso país. A diferença é que o seu filho perdeu a vida nas mãos de um miserável assassino enquanto o senhor lutou contra soldados leais que também lutavam pelo seu país.

Foi a vez de Tibúrcio:
— Não lhe tenho rancor. Na verdade, devo-lhe muitos favores. Tenho-o como um infeliz dominado pela ideia da maldade. E por visões. As visões o perderam. Meu erro foi querer ajudar. Como se fosse possível extinguir o mal. Paguei com a vida que me era mais preciosa.

Calou-se. Pensei que os guardas conheceriam o filho ou se recordariam das manchetes nos jornais. Estariam dispostos a atirar em mim, mais além, buscariam um pretexto para atirar. Apenas um fato os continha. A possibilidade de ser eu um monstro sobrenatural e as balas nenhum efeito produzirem em mim.

— De qualquer maneira, senhor comissário, não me pegou em flagrante. A não ser que a moça diga que tentei matá-la. Do contrário, terá de deixar-me ir embora. Haverá um júri popular e não estou certo de que a minha culpa ficará provada.

O comissário olhou para os guardas e depois para Felícia. Seu olhar abrandou-se nesta última, tornou-se súplice como se pedisse a ela as palavras que significariam a minha condenação. Ela me olhou e distingui o sorriso de triunfo que clareou os seus olhos. Não precisei mais para adivinhar suas palavras. Fez um gesto de cabeça, afirmativo:

— Ele tentou me matar. Se não chegassem, eu estaria morta! Ele tem uma faca, encostou-me no pescoço.

Tive a impressão de que começaria a rir como o vulto.

— Vejo uma marca vermelha no seu pescoço, Felícia — observou Sinval. — Ele quase a estrangulou.

— Ele quase me estrangulou... — ela repetiu as palavras do tio, numa entonação quase histérica. Parecia incapaz de pensar por si própria.

— Eu também quero morrer...

Neste momento, entendi a razão de Tibúrcio trajar-se com tamanho rigor. O momento mais importante de sua vida, podia-se dizer. Depois de perder e recuperar a vida, e então desejá-la apenas para perdê-la pela última vez, restava-lhe consumar as perdas num último ato como um cavalheiro.

Felícia levantou-se com energia e fez um gesto para mim:

— Ele quis me matar. Ele matou todo mundo. Ele confessou.

Fiz um gesto para alcançar a janela. Antes que a tocasse, esbarrei em Tibúrcio que se antecipara, esperando o meu movimento. Ao segurá-lo pelo ombro, senti uma pontada no quadril. Sangue me escorreu pela calça e vi um punhal cravado em mim, na altura da virilha. Simultaneamente, puxei o meu punhal e cravei-lhe na barriga. Ele abriu a boca, a princípio espantado. No instante seguinte, a boca formou um sorriso brando. Escutei uma palavra de agradecimento.

Antes que o corpo de Tibúrcio caísse, o comissário gritou, atirem! O estampido de uma arma ecoou dentro do cômodo, sem me atingir. Ao invés, Felícia, que saltara da cama na minha direção, abriu a boca estupefata. Nem sequer de um grito foi capaz. Uma ponta de sangue aflorou em seu rosto e se expandiu, fluindo como um rio. O corpo caiu inerte em cima de mim. Amparei-a, vi seus olhos racharem-se. Experimentei um sentimento infinito de pesar e abandono. Meu peito esvaziou-se e vi minha vida sumindo dentro do sangue que deixava o seu corpo. Após um momento de total perplexidade, ouvi um segundo tiro que me acertou o ombro. Empurrei Felícia em cima do comissário que me apontava o revólver. Ele gritou que não atirassem. Gritos soaram por todo o quarto e mais tiros foram disparados. No momento seguinte, eu tinha passado pela janela, levando a rótula em meu peito. Precipitei-me na rua lá embaixo.

Caí em cima do ombro ferido, espantando um cavalo e um grupo de homens que correram para a calçada oposta. Na janela, surgiu um braço empunhando um fuzil que refletiu o sol antes de novo disparo criar pânico na rua. Uma mulher com um véu no rosto chorava e gritava, meu filho! Arranquei o punhal cravado na coxa e apunhalei-a. Gritos na calçada acompanharam o meu ato, transformaram-se em tropelias. Gritei:

– Morra, maldita!

A mulher caiu diante de mim, esvaindo-se em sangue. Não soube se ela era de verdade ou mais uma alucinação engendrada por um mundo que girava enlouquecido atirando as pessoas no chão aos gritos, ou apenas mais um assassinato monstruoso que amanhã estaria nos jornais, ao lado da minha foto. Não precisariam mais de uma menina para me levar a julgamento por assassinato. Soou-me como ironia, mais uma, a última, estava certo.

Aproveitei o corre-corre e saí dali mancando. Não acreditava que escapasse, escapei.

O resto aconteceu em rápida sucessão. Quis ir para casa, obedecendo a um impulso moribundo. Precisava salvar as minhas anotações. Encontrei-a em chamas. Os bombeiros tinham acabado de chegar e empunhavam inutilmente as mangueiras. As anotações subiam para o ar transformadas em cinzas. Recuei e afastei-me antes que me reconhecessem. Escurecia e em todos os lugares por onde andava distinguia um grupo armado à procura do "Assassino do Diabo". Os jornais estampavam na primeira página, "Descoberto o Monstro Assassino". Alguns se reportavam aos tempos em que eu entrava nos quartos dos moribundos da peste. Anunciavam, Falso Piedoso, o Assassino Antropófago. Outros faziam referência a acontecimentos sobrenaturais, relatando episódios em que testemunhas comprovavam a minha natureza anormal. Estes últimos destacavam minha fuga pela janela com o corpo crivado de balas.

A cidade estava em pé de guerra e assemelhou-se aos motins da vacina obrigatória, com exceção de que agora todos se uniam, e o inimigo era só um, eu.

Queria comprar um jornal para ver se Felícia tinha morrido, mas não tive esperança. O destino dela estava selado desde o momento em que entrei naquele quarto. Só me consolava o fato de o tiro que lhe tirou a vida ter partido da arma de Sinval Bettencourt. Não, em nada me consolava essa nova desgraça, e devia ter sabido que tal seria o final. Uma vontade maligna moribunda, mas ainda viva, entrelaçou as tragédias de modo a fazê-las mais dolorosas. Ou a se divertir com elas. Sentia pesar por Sinval e, se pudesse, faria tudo para lhe diminuir a dor. Agora minha vida não passava de uma grotesca sequência de desgraças, semeadas em total gratuidade. O final era um só, todos os que me cercaram, de uma ou de outra maneira, foram aniquilados.

Destituído do ódio que me sustentou toda a vida, nada vi na noite além de uma outra noite, mais escura e mais suja, que me sepultava. As vozes que me infestavam desapareceram num silêncio brando, libertando-me das alucinações. Era possível que tudo se fosse na última visão de Felícia caindo exânime nos meus braços. Não sei se resultado das feridas ou da ausência do ódio, me senti tão enfraquecido, tão depauperado e sujo que passei despercebido pelos bandos de homens armados à minha procura. Perambulei pela cidade, sentindo as forças esvaziarem-se e sabendo que nunca mais recobraria nem as forças nem a vontade que as criou.

Quando menos esperava, fui reconhecido. Deparei-me com um bando armado a cerca de dez metros. Um deles parou e estendeu o dedo na minha direção. A reação de todos, tanto minha quanto deles, foi uma completa surpresa. Esquecidos das armas, olharam-me como se algo impossível, sobrenatural, se materializasse diante deles. Permaneceram pasmados, imobilizados, sem ousarem mover-se. Do meu lado, nada fiz do que se esperava. Pelo contrário, invadido por um cansaço infinito e uma fraqueza impensável poucos dias antes, senti-me perdido e incapaz de esboçar a menor reação.

Levantei os braços num sinal de rendição. Meu gesto foi interpretado equivocadamente. Entenderam que eu estava prestes a voar sobre eles e entraram em pânico. Largaram as armas, fugiram e gritaram valha-me Nossa Senhora!

Agora estou diante do mar, na praia de Santa Luzia. Tantas vezes diante de suas águas escuras, nunca me senti tão próximo delas. Já não distingo o que é um corpo humano do que é massa de água. Gostaria de levar uma emoção especial antes de me internar no oceano. Apenas esse esforço me detém diante do mar. Nada me ocorre, nada capaz de criar o menor laço com os que ficarão na Terra. Que crie a ilusão de tal laço. A morte não pode ser maior do que o vazio que trago dentro de mim. E então vou em frente.

Este livro foi impresso na Editora JPA Ltda.
Av. Brasil, 10.600 – Rio de Janeiro – RJ
para a Editora Rocco Ltda.